中国科普作家协会资助项目

王晋康文集
第9卷

古　蜀

王晋康　著

科学普及出版社
·北　京·

图书在版编目（CIP）数据

古蜀 / 王晋康著．-- 北京：科学普及出版社，2023.2

（王晋康文集；9）

ISBN 978-7-110-10466-8

Ⅰ.①古… Ⅱ.①王… Ⅲ.①幻想小说 – 中国 – 当代 Ⅳ.①I247.5

中国版本图书馆 CIP 数据核字（2022）第 121263 号

策划编辑	王卫英
责任编辑	王卫英
封面题字	张克锋
装帧设计	中文天地
责任校对	焦　宁　张晓莉　邓雪梅　吕传新
责任印制	徐　飞

出　　版	科学普及出版社
发　　行	中国科学技术出版社有限公司发行部
地　　址	北京市海淀区中关村南大街 16 号
邮　　编	100081
发行电话	010–62173865
传　　真	010–62173081
网　　址	http://www.cspbooks.com.cn

开　　本	710mm × 1000mm　1/16
字　　数	7460 千字
印　　张	470.25
插　　页	1
版　　次	2023 年 2 月第 1 版
印　　次	2023 年 2 月第 1 次印刷
印　　刷	北京中科印刷有限公司
书　　号	ISBN 978-7-110-10466-8 / I · 641
定　　价	2888.00 元

目　录

古　蜀

生死平衡

死亡大奖

古蜀

序

在中国西方昆仑神话、东方蓬莱神话、南方楚神话、中原神话这四大神话体系中，昆仑神话是成型最早、流传最广的一种，是中国神话的主流。昆仑神话里有太多的西来痕迹，有太多的蜀地痕迹，诸如百神之首为西王母、黄帝娶西陵氏、大禹生于西羌、大禹娶蜀地的涂山氏等。以上种种，极有可能是华夏先人在史前迁徙过程中留下的种族记忆，只是在时间冲刷下风化破碎，扭曲变形，零星地保存在《山海经》等上古典籍中，诸如：

> 玉山，西王母所居也。西王母其状如人，豹尾虎齿而善啸，蓬发戴胜，是司天之厉及五残。——《山海经·西山经》
>
> 鲧窃帝之息壤以堙洪水，不待帝命。帝令祝融杀鲧于羽郊，鲧复生禹。帝乃命禹，卒布土以定九州。——《山海经·海内经》
>
> 吾令羲和弭节兮，望崦嵫而勿迫。——《离骚》

中国几位国学大师在爬梳上古神话的过程中，不约而同地把目光投向了西北和蜀地。王国维有诗云：“回首西陲势渺茫，东迁种族几星霜？何当踏破双芒屐，却向昆仑望故乡。”顾颉刚认为“昆仑是一个有特殊地位的神话中心”，蒙文通认为“昆仑宜为上古一文化中心”。

而昆仑神话中隐约透出的草蛇灰线，恰与现代基因科学的研究结果相符。最新的 Y-SNP 理论是以父系谱系来研究各族群的流变。用它来研究华夏族群，发现汉、藏、羌均源于先羌，其分流时间大约距今六千年，这正好是传说中黄帝和蜀之先王蚕丛的时期。再往前追溯，先羌的前身原是南亚的一个族群，经云南和蜀地北上，这也有可靠的基因位点证据。至于现代人类各族群最初都是来源于非洲，于本文无关，不拟涉及。

需要说明的是：“昆仑神话”所言的“昆仑”并非新疆的昆仑山脉，那是汉武帝的张冠李戴。华夏种族中“昆仑”概念的形成，到汉武帝命名昆仑山脉，中间隔了数千年之久。神话中那座虚无缥缈的昆仑神山，应是华夏先民在遥远的北上、东迁过程中对某些圣山的记忆，它更有可能位于蜀地。

大约在黄河文明兴起的同时或稍后，蜀地也兴起一个灿烂的古蜀文明，一般认为它是羌人南下所建立的。古蜀文明向上可追溯到六千年前的蚕丛时期，即李白在《蜀道难》中的感叹：蚕丛及鱼凫，开国何茫然！由于古蜀文明没有发展出文字，它差点被埋在时间的废墟之下。直到三星堆和金沙文物出土，这个文明才稍露头角。尽管现在能看到的只是这个文明的一鳞半爪，但其灿烂博大也足以令后人膜拜。

汉语古籍中有对古蜀文明的点滴记载，诸如：

> 蜀之先王名蚕丛，后代曰柏濩，又次者曰鱼凫。
>
> ——《蜀王本纪》
>
> 蜀侯蚕丛，其目纵，始称王。——《华阳国志》
>
> 鱼凫田于湔山，得仙，今庙祀之于湔。——《蜀王本纪》
>
> 荆人鳖令死，其尸随水上……令至汶山下，复生，起见望帝……望帝立以为相。时巫山峡而蜀水不流，帝使令凿巫峡通水，蜀得陆处。
>
> ——《本蜀论》
>
> 鳖灵治水去后，望帝与其妻通。惭愧，自以德薄不如鳖灵，乃委国授之而去，如尧之禅舜。鳖灵即位，号曰开明帝……望帝去时子圭鸣，故蜀人悲子圭鸣而思望帝。——《蜀王本纪》
>
> 廪君死，魂魄世为白虎。
>
> ——《后汉书·南蛮西南夷列传》

这些记载只是古蜀历史珠串上寥寥几颗珠子，而且传说成分大于史实。但即使如此，这些零星的珠子也十分宝贵，因为它们尽管扭曲变形，仍然折射了真实的历史。比如上例中所说的“蚕丛，其目纵”，后人一直把它当成荒诞不经的传说。谁能想到，金沙和三星堆文物的出土竟然证实了这最荒诞的记述，原来蜀国确曾有过一个崇拜纵目的民族！而汉族上古神话《山海经》中所说的烛龙“直目正乘”，恐怕与蚕丛的纵目也不无联系。

至于古蜀人信仰的神祇，因其过于邈远，又没有文字资料，已经很难考证。但既然蜀地是昆仑神话的发源地，那么，把昆仑神话当作古蜀人的信仰，应该不算牵强。

这个故事所写的就是那个人神共处的时代，一批半神半人的英雄。神话的曲面镜中折射的是真实的上古历史。故事中的西王母既是神灵，也可以看作一个洞察过去未来的哲人。

第一章　千里入蜀

混沌初开之际，神州各族先民都经历过人神共处的时代。那时，诸神所居并非在九重天阙而是在与凡界毗邻的昆仑神山，诸神多为半人半神的英雄，皆由凡界巫王提升而来；而凡界英雄同样可具神性神力。

神州诸先民如先羌、诸夏和古蜀人等其实同出一源，都是来自太阳落下的方向，他们万里跋涉，经过了雪山、深谷、荒野和草原，经历了“火爁炎而不灭，水浩洋而不息。猛兽食颛民，鸷鸟攫老弱”的灾变时代，最终在各地分枝散叶。这些经历十分渺远，因时间的流逝而风化破碎，但始终牢牢刻印在族群记忆上，演变成了表面歧异而本质同一的、以昆仑为核心的神话体系。

——《西王母致后人》

驾着太阳车在天上巡行是件很刻板的活儿，路线和时间完全固定，而且天天如此，年年如此，实在枯燥无趣。但日神羲和勤勉忠谨，从未懈怠过自己的责任。他端坐在御手位上，手中攥着六匹麒麟神兽的缰绳。麒麟又叫开明神兽，原是昆仑山九重天阙的守卫，也轮班来做太阳车上的脚力。它们头上长着枝枝丫丫的长角，四足是马一样的单蹄，身上披着青光闪烁的鳞甲。它们神力无比，轻松地拉着沉重的太阳车，跑起来快如飞矢。太阳车由昆仑山上的神树建木打造，高大轩昂，富丽堂皇，雕着精致的云雷纹。它被红光笼罩，凡人只能看到一轮红彤彤的太阳。

不过这些年来，每天的巡行不再枯燥，因为日神羲和常常有一个同乘者，即那位百神之首、驻跸昆仑之虚的西王母。那时，神界已经定出“诸神不得干涉尘世”的戒律，所以连百神之首的西王母也整日无事，便常常搭乘太阳车出来遛风。她现在环佩丁当，风度雍容，因浩淼深厚的神力而保持着青春靓丽，容貌如三十许少妇，早就不是“穴居、善啸、蓬发戴胜、豹尾虎齿”的旧貌了。西王母的同行给羲和的枯燥行程增添了浓浓的温馨，这一点自不待言。他从来不敢以西王母的丈夫自居——昆仑诸神从凡界提升时尚处于母系社会，女性酋长领导氏族，实行群婚制，子女只知其母而不知其父——但这么多年来，他们实际上是以夫妻相处的。所以，在枯燥的巡行中听“妻子”唠唠闲话，甚至她只是静静地坐在身后，都令一天的行程充满乐趣。

令他欣慰的是，虽然地位尊崇的西王母心机深沉，不随便透露心迹，但显然也很享受这样的“夫妻同行”。现在她几乎天天都随车遛风。如果没有女儿随行，她还会让羲和离开御手位，坐在后座上，这样可享受身体相偎的情趣。

不过，近来两人单独巡行的机会不多，因为她的两个女儿金凤和朱雀也迷上了这样的巡行。姐妹二人的性子都野，不爱安安生生坐在车里，倒是常常合骑一只麒麟跟在车后；有时她俩兴之所至，干脆化为凤鸟跟在太阳车后边。两只羽色斑斓的长尾凤鸟，一只金黄一只朱红，伴着太阳车翩翩飞舞，自是一道风景。偶尔二人也挤在车内，那是为了听羲和叔叔讲古——羲和常常祈祷她们真的是自己的亲生女儿！若能听她们脆生生地喊一声“爹爹”，便是不做神祇也值得啊——两姊妹爱听上古时代诸位半神英雄的业绩，像共工怒触不周山、女娲补天、后羿射日、夸父逐日、大禹治水等。不过两人最爱听的，还是正史之外的遗闻逸事。比如那天羲和无意中透露，说女娲也是西王母的曾用名，而女娲“炼五色石以补苍天，断鳌足以立四极，杀黑龙以济冀州，积芦灰以止淫水”的壮举实际是她们的母亲干的，两姊妹大感兴趣，缠着母亲再三追问，但母亲只是微微笑着，既不承认也不否认；又有一天，羲和自曝隐私，说早期的神界曾有一个广泛的误传，说羲和或常羲是一位女性，是十个太阳的母亲，这个误传很晚才得到纠正。姊妹俩听得咯咯地笑，调皮的朱雀还说：“那我和姐姐要喊你‘羲和婶婶’啦。”羲和一笑了之。

羲和讲古的时候，西王母从不插言，总是凤目半合、似听非听。不过羲和跟姐妹俩都发现，这位百神之首其实很享受这些回忆。

从太阳车上俯瞰神州，最显眼的标记是两条平行东流的大河。黄河位置偏北，离太阳车远一些，中间还有长长一段河道远远地甩向北方，看得不甚清楚；长江位置偏南，视野相对清晰。长江自打过了虎跳峡之后基本是正东流淌，与他们的行程正好相逆。太阳车每天从汤谷启程，中午到昆吾，傍晚至虞渊，晚上栖于崦嵫，要逆着长江之流走一个全程。虽然每天的风光没什么变化，但随着时间的流逝就浓缩出了沧桑巨变。这几千年中也曾灾变迭生，诸如海进陆退、冰川南下、洪水泛滥、旱魔肆虐，所谓“火爁焱而不灭，水浩洋而不息。猛兽食颛民，鸷鸟攫老弱”。在西方，这些灾难是由高高在上的“万民之父”故意降下的，为的是惩罚那些不敬上帝的凡人；而在东方，“万民之母”从未刻意向人间播撒灾难，反倒是努力消弭它。原因无他，当娘的总是比当爹的心软一些，更知道疼爱儿孙；再说东方诸神并非“天生神胄”而是从凡界提升而来，自然对人间的疾苦感同身受。

好在这些灾变已经过去，现在风调雨顺，四海升平。尘世子民的各个族群都越来越昌盛。这些进展转化到视野中，则是地上的森林和草原日渐退缩，而整齐的农田和鳞次栉比的房舍日渐增多。这令云中的观察者心中欣慰——当然，森林和草原的退缩势必影响到野生生灵，它们同样是诸神的子民啊。但这是无法两全的事。毕竟人类是诸神的嫡长子，当娘的多少有点私心还是可以原谅的。

今天金凤姐妹合骑一只麒麟与太阳车同行。这是一只年轻的雌麒麟，从前一直在昆仑山的九重天阙做守卫，今天是首次做巡天之行。所以她十分亢奋，撒着欢儿地窜上窜下，跑前跑后，没个消停。朱雀兴致勃勃地喊：

“母后，羲和叔叔，我们刚刚发现了一件新鲜事，你们看！”

她指着下面的长江。此刻太阳车下对应的地段是长江之中最险峻的瞿塘峡。激流奔腾咆哮，一泻千里。河道中有为数不多的商船。下行船只其快如飞，转眼之间已经越过重重峻岭；上行船则需一队纤夫牵引，行进速度极慢，从天上看几乎是钉死在那里。唯有一个竹筏，虽然也是逆水而上，并且无帆无桨也无纤夫牵引，却一路行得飞快。筏上有两人，像是年轻的一男一女。西王母和羲和也来了兴趣，俯下身去注目观看。

原来竹筏前有两只白鱀豚牵引，它们绷紧了挽绳，欢快地破浪而行，在江面上拖出一条长长的白练。竹筏这会儿到了著名的滟滪堆，再往前不远就是瞿塘峡的峡口了，也就是著名的夔门。两岸高峰夹峙，壁立如削，上游的宽阔江面进了夔门之后陡然被束成一条细带。受束的江水咆哮着，怒冲冲地撞在屹立江中的滟滪堆上，化作冲天的白浪。逆流而上的两只江豚更为亢奋，身体绷紧如弓，奋力摆尾击水，但因为水流过急，它们的速度明显地慢了下来。筏上两人半蹲在筏的前部，身体充满张力，似在呐喊着为江豚鼓劲儿。竹筏赶不上太阳车的速度，很快它就落到身后，越来越远，在苍茫夜色中变得模糊。忽然金凤朱雀不约而同地惊呼一声，朱雀说：

“姐姐，我看见它好像倾翻了！”

“我也看见了。母后，”她笑着央求，“让我俩返回去看看吧。”

朱雀也央求：“母后，我俩只看一眼，一会儿就回来，行不？”

“你们想去救助他们吗？别忘了咱神界的戒律。”西王母温和地责备，“不要去了。放心，他们没有危险。”

两姊妹不敢违逆母亲，只好不情愿地跟在太阳车后，扭转身躯，努力向后眺望。但太阳车速度太快，何况瞿塘峡高峰夹峙，只有在正午和午夜才能见到日月。此刻竹筏早已融入黑暗中，无法得知二人的生死。

金凤有些怅然，悄声说：“只有等明天了。”

朱雀也不甘心，但她眼珠一转，附耳轻笑道：“不用等明天啦，回昆仑后就找青鸟姐姐，请她们连夜去探信儿！”

金凤笑着点头。昆仑山上有三只青鸟，是西王母的专职信使，每日来往于天地之间，消息十分灵通。而且三只青鸟与姐妹俩最为交厚，只要姐妹俩说一声，她们笃定不会拒绝。

前边就是群峰如枪的崦嵫山了，这是太阳车停泊之地。四人在这儿分手，羲和赶着太阳车去崦嵫泊车，西王母和金凤姊妹乘云而北，去往云蒸霞蔚的昆仑神山。当晚，姊妹俩央求了三只青鸟，她们欣然答应，一只青鸟当夜就带回了确实的消息：筏上两人确实无恙，此刻正在筹划向滟滪堆作第二次冲击，姐妹俩也就放心了。青鸟还探到，这两人原来是一对兄妹，出身于楚地的王族，是颛顼、昌意、鲧、禹的后代。父母早亡。哥哥鳖灵今年26岁，精于剑术，胸有韬略，为人沉毅勇决；妹妹娥灵20岁，天生丽质更兼天生异禀，懂得鸟言兽语，善于役鸟使兽。两人此次千里西行是奔蜀地去的，因为一位异人曾占卜说，在太阳落山的方向、群山之后的巴蜀之地，是兄妹二人兴旺发达的地方，他们将子孙繁茂如江中之鱼、天上之星。

姊妹俩高兴地谢了青鸟姐姐，准备在明天的巡行中寻找那二人。

昨天黄昏时，两只白鳖豚拖着竹筏奋力逆水前行，已经上到滟滪堆两侧的河段。这儿的水流最为湍急，白浪滔天，涛声如雷，水下尽是凶险的漩涡，必须尽快越过去。可惜两只江豚行到这里时已经气力不支了，尽管兄妹俩高声吆喝着鼓劲儿，但竹筏还是越来越慢，直到停止，又被激流冲得掉头而下。江豚身上的挽绳带翻了竹筏，兄妹两个都落到水中。不过二人都精通水性，丝毫没有着慌。按照事前的预案，娥灵迅速游到两只江豚旁边，卸下挽绳，以免它们被缠绕住而在水下窒息。鳖灵则迅速追上竹筏，努力把它拖到岸边。竹筏上拴有一个防水的羊皮囊，囊中装着几件宝物，不能丢失的。

他们被急流冲下十几里，水势稍缓后，终于稳住了阵脚。鳖灵气喘吁吁，把竹筏拉到岸边一个回水处，系牢在一块岸边礁石上。好在筏上的羊皮囊事先捆扎得很牢固，这会儿安然无恙。随后娥灵也伴着灰灰和蓝蓝游到这儿——灰灰和蓝蓝是娥灵起的名字，因为它们的背色一灰一蓝。一直非常尽职的两只江豚今天出了大纰漏，颇有羞愧之色，不大敢直视主人。娥灵笑着，哦哦地抚慰它们。又打开羊皮囊，掏出干肉来喂它们吃。两只江豚拒绝了干肉，这会儿它们已经喘息稍定，便自己到河中捕鱼。它们长着一对小眼，皮肤光滑，耳孔小如针眼，尖尖的喙部向前伸出，时时发出哒哒的双声音节，这是它们赖以捕鱼的声呐。

灰灰和蓝蓝身手敏捷，捕起鱼来非常轻松，很快就吃饱了。它们回到这片洄水湾，露出脑袋，两对小眼定定地望着娥灵，口中嗒嗒地同娥灵对话。交谈一会儿后，娥灵回身，笑着对哥哥说：

“它们向我保证，一定把竹筏送过这段激流。刚才它们通知了附近的同类，已经联系上七八只。一会儿它们就会到这儿聚齐，然后合力把竹筏顶上去。”

鳖灵高兴地说：“那太好了。替我谢谢它俩。”

娥灵说：“灰灰蓝蓝，你们真能干！哥哥让我感谢你们。”

两只江豚回以欢快的嗒嗒声。没过多长时间，连绵的嗒嗒声在四周响起，江面上出现了七八只背鳍。有的江豚干脆跃出水面，以此来通知它的到达。其他江豚也跟着来，一时间江面上到处都是它们跃上落下所画出的弧形。

这儿水势凶险，晚上是没有行船的。浓重的夜色淹没了江面和两岸的峭壁，谷中只听见激流的咆哮。鳖灵兄妹没有急于第二次冲击，而是让十只江豚在江边洄水处养精蓄锐。到了午夜，一轮明月越过了江岸的峭壁。今天正巧是月圆之夜，明亮的月光洒在浪花上，变为飞珠碎玉，远处的滟滪堆清晰可见。兄妹俩决定乘着月光启程。鳖灵从岸边礁石上解下缆绳。娥灵下水，把挽具戴到灰灰和蓝蓝身上。两只江豚拉着竹筏，平稳地破水前进。其他江豚此刻没有用力，只是紧跟在竹筏后面，嗒嗒声连绵不绝。竹筏溯水上行十几里，重新到达滟滪堆。巨大的礁石看起来比白天更为骇人，礁石前是冲天的白浪，礁石后是湍急的漩涡。此时，江豚的嗒嗒声忽然提高，穿破了震耳的涛声，这是它们共同发出的总攻令。筏后的江豚同时用嘴巴顶着筏尾，奋力甩动着尾巴，而筏前的灰灰和蓝蓝也更加奋力击水。在十只江豚的前拉后推中，竹筏相对轻易地越过了滟滪堆侧最窄的水道，而后一路疾行，很快就越过夔门。江面在这儿豁然开阔，水流也显著变缓，鳖灵兄妹松了一口气。

筏后的嗒嗒声又响成一片，娥灵欣喜地说：“哥哥，它们知道竹筏已经安全了，在向咱们告别呢。”

娥灵朝筏后高声哦哦着，向八只江豚感谢并告别。它们来了几个欢快的鱼跃，很快消失在江流中。灰灰和蓝蓝拉着竹筏，不慌不忙地向西行进。夜色渐渐变薄，太阳从群峰后冉冉升起。

第二天，金凤朱雀随太阳车巡行时，一直在留意那只竹筏。傍晚时分她们找到了。竹筏已抵达长江与嘉陵江的汇合处，此处水流较缓，所以船上两人显得很放松，男的仰躺在筏的后部，枕着双臂，企脚高卧，一副自得其乐的样子；女的坐在筏前，赤足伸入水中，似是在曼声唱歌。他们昨晚闯过滟滪堆处时想必有一番艰难的搏斗吧。

金凤和朱雀今天以鸟身飞行。她们贪看竹筏，不觉与太阳车拉远了距离。羲和叔叔回过身，高声唤她们赶上。朱雀答应一声，却没有加速追赶。她对江中这个由江豚牵引的竹筏及筏上的兄妹二人很是好奇，很想抵近看个仔细。至于为什么去看——并没有明确的目的。无非是看看他俩长什么模样，是什么样的人，竟然能够“子孙繁茂如江中之鱼、天上之星”。迟疑间太阳车已经远去，隐于灿烂的晚霞之中。向后看，那只竹筏也被拉远了，很快就要隐于薄暮中。朱雀知道姐姐其实是同样的心思，因为她同样好整以暇地缓缓飞着，没有急于追赶太阳车。朱雀笑嘻嘻地说：

“姐姐，反正赶不上太阳车啦，咱们干脆折回头，看看那只竹筏吧。”

“今晚不打算回昆仑了？”

“不回了，在外边好好玩一天。”

“母后会责备的，她一再告诫，诸神不要在尘世现身。”

朱雀笑着说：“咱俩平素很老实听话的，偶尔破一次例，也不算什么嘛。”

“你真是个捣蛋鬼。如果母后责备，我就说是你的主意。”金凤笑道。

朱雀知道姐姐已经同意了，得意地说：“我才不怕呢，果真挨罚也有姐姐顶着。那——咱们就飞回去？”

金凤笑着点头。两人在空中转身，收拢双翅，斜向俯冲下去。

竹筏在薄暮中急行。鳖灵稳稳地立在筏上，髻发赤足，身形瘦削但肌腱饱满。穿着楚人流行的服饰：上身是交领曲裾的衣衫，下身为裳裙。腰间插着祖传的铁剑，剑柄上镶着美玉，犀牛皮的剑鞘上缀着钻石。妹妹娥灵坐在筏前，哦哦地指挥着江豚。她天生丽质，皮肤白皙，漆黑的双眸湛然有神。身着楚地妇人常穿的交领曲裾锦衣，短裙，腰系丝带，项间挂着一只虎形青玉坠。竹筏上拴着一个鼓鼓囊囊的防水羊皮囊和一只竹篙。

竹筏到了嘉陵江口，商船渔船明显变多了，两岸的山路上也时见荷锄挑担的路人。鳖灵把竹筏停到北岸一处僻静的林边，对妹妹说：

“走吧，咱们照例上岸转转，灰灰和蓝蓝在附近休息。”

这一路只要到了江口码头，鳖灵总要上岸转转。因为对于想干“大事”的他来说，无论是山势水路、道路城郭、风土物产、民风民气，如此等等，都是很宝贵的知识。他离开竹筏前略为沉吟，对妹妹说：

“只是这儿路人较多，羊皮囊留在竹筏上不安全，我随身带上吧。”

娥灵笑着说：“用不着，我有办法。”她朝林中高声哦哦着，很快，一只金丝猴荡着树枝飞快地过来，蹲在对面的横枝上，毛色金黄，黑眼珠一眨不眨地望着娥灵。娥灵喜爱地说：

“多漂亮的金丝猴！来，姐姐喂你吃干肉！”

她从口袋中取出几块干肉，递给它。金丝猴放心地接过去，大口吃完，美滋滋地咂着嘴巴。娥灵又和它哦哦一阵，把羊皮囊递给它。金丝猴点点头，一手拎上颇为沉重的羊皮囊，仅用一手两足，飞快地爬上附近一棵巨树。转眼它消失在密密的枝叶中，但转眼间又出现了，手中没有了羊皮囊。它对娥灵吱吱几声，荡着树枝离开，消失在密林中。娥灵说：

“哥，羊皮囊已经藏好了。它会留在附近，等咱们想取回时，唤一声它就会过来的。”

“娥灵你真能干，这一路多亏你。哥哥怎么就学不会鸟言兽语呢。”

“哥哥你就别贪心了，我怎么就赶不上你的学问和剑术呢。”

两人谈笑着，沿山路向北走。没走多远，娥灵突然停下，紧张地说：“哥哥你听！鸟雀在齐声叽喳，说江边过来一只老虎，白色的，个头特大！”

鳖灵拔出铁剑，戒备地观察四周。果然，沿江山路上过来一只白虎，身上骑着一个人。白虎的身体巨大，大约是一般老虎的两倍身长。骑者同样身体高大，手里拎着一把巨大的弯刀，刀长也为一般刀剑的两倍。再往远处看，后边跟着几只虎豹熊罴，身上各骑着一个士兵。它们在山路上信步走着，显得安适自在。尤其是白虎，步伐矫健轻松。兄妹俩屏住气息，隐在大树后边，悄悄看着他们走过去。鳖灵轻声说：

“一定是巴王廪君。早就听过有关他的传言，说他身高丈二，骑一只白虎，有万夫不当之勇。还听说他训练了一支兽军，十分凶悍。”他略为思忖后决定，“妹妹，咱们跟上去看看。”

两人悄悄在后边尾随。不久暮色降临，那行人消失在暮色中。两人加快脚步追了一会儿，远远听见喊杀之声，然后前边出现一个封闭的山凹，谷口有鹿砦栅栏，栅栏前有两个游动的哨兵。不用说，这儿肯定是巴军的训练场了。两人从旁边的山坡上绕过去，依着喊杀声的方向，在一处悬崖边钻出林子。现在他们居高临下，借着月光，能清楚地看到训练场中的情形。几千名士兵在练习夜战，他们大都是五短身材，没有穿甲胄，短衣短裤，脚上穿麻鞋，一手执轻便的藤盾，一手执弯刀。他们攻防有度，尤其善于地滚刀法，借着藤盾的掩护在地上滚动，专门砍敌人的腿脚。再往前看黑压压一片，正是巴王的兽军。几百名骑者各骑着虎豹熊罴，随着令旗迅速变换着阵形，显然训练有素。阵列中心是骑白虎的巴王。

鳖灵心中忧虑。他和妹妹此去准备投奔蜀国，而蜀国摊上这么一个凶悍尚武的邻国，显然不是福分。两人看了一会儿，时间不早了，他拉拉妹妹，沿原路退回。

训练场的喊杀声逐渐被抛到身后，最后消失了。月光照射不到密林中，难以寻到来时的路径。但鳖灵兄妹都走惯夜路，能在黑暗中辨识方向，倒也不担心迷路。他们顺利地走出密林，前边地势较为开阔，树林转为灌木草地。行进中娥灵忽然停住脚步，低声惊呼道：

“哥，玉坠被挂掉了！”

那只虎形翠玉坠是亡母的遗物，绝不能丢失的。娥灵蹲下身，在黑暗中焦急地摸索，鳖灵赶紧止住她。山野之地难免有毒蛇，虽然娥灵通鸟言兽语，但蛇是没有语言的，万一被毒蛇咬一口就麻烦了。好在鳖灵随身带着火石火镰，这儿又远离巴人的训练场，不怕被发现。鳖灵搜来一捧枯枝，做成火把，用火镰燃着，在草丛中仔细寻找。幸亏玉坠被挂掉时娥灵及时发现，就掉落在不远处，很快找到了。娥灵欣喜地拾起玉坠，重新系牢，挂在项间，又仔细塞到衣服里边。

该重新上路了，但鳖灵仍在用火把仔细照着地下。娥灵好奇地问：

“哥，你还在找什么？”

鳖灵没有回答，仍在地上察看。过一会儿他抬起头，笑着说："妹妹你真是福将啊。你掉了玉坠，让我发现了一处铜矿。你看，这种蓝绿色的圆叶草叫作铜草，长铜草的地方就有铜矿。我还找到一块露头的矿石，"他把手里的东西递过来，"这种颜色发蓝的石头就是铜矿石，而且从色泽重量看，矿石的品位蛮不错。可惜这儿在巴国，离蜀国太远。但不管怎样，先把铜矿的方位记下吧。"

他们仔细观察四周，以周围的山势为标记，记下了铜矿的准确方位。然后返回到停竹筏的地方，在筏上休息了一夜。第二天早上，娥灵向密林中哦哦地呼唤，那只金丝猴果然应声而来，从高高的树端取下羊皮囊，双手捧给娥灵。娥灵再次用干肉犒劳了它，同它告别。两人继续西行。

两岸地势逐渐变得平缓，不再是壁立千仞的峭壁，而是一个个馒头似的山包，山上谷间都长满了藤萝巨树，汇成连天的浓绿。向前后远眺，曲折的江水似是从浓绿中一头钻出来，又一头钻进身后的浓绿中。江面上商船变多了。下行商船仍然较快，与竹筏的相对速度较大，常常在一揖一问之间，双方距离已经拉远。上行商船仍要靠一队纤夫牵引。纤夫们个个赤身裸体，身体几乎与地面平行，高亢的号子声在江谷中回荡。他们看见这只竹筏能逆水疾驰，艳羡不已，直起身齐声叫好。虽然他们个个裸体，但在这地老天荒的地方倒也不显得猥亵。鳖灵笑着向他们问好，连娥灵也落落大方地挥手致意，激起纤夫们热烈的响应。又行一会儿，鳖灵说：

"前边快要到沱江口了。到那儿后咱们就要离开长江干道，沿沱江一路北上。娥妹啊，这一去就不回头了。"

"对，本来就没打算回头。那个老人家说，咱们注定在太阳落下的地方落地生根。我信他的话。"她笑着问，"哥你信不？我知道你一向是'敬巫祝而远之'，'敬鬼神而远之'。"

"怎么不信？我若不信，也不会有这一趟千里之行。"鳖灵笑着说，"不过你说我'敬而远之'也不为错。真正临事之际，占卜是没用的，鬼神也是没用的，还得靠咱们自己。靠手中的剑、腹中的智术还有你役鸟使兽的本领。"他沉思片刻说，"那个老人不是一般的巫觋，是个智慧圆通的异人。我信服他的占卜。”

兄妹俩是在丹水之滨遇见那位老人的。楚国国都原在丹水之滨的丹阳（河南淅川），后来迁往郢地（湖北江陵）。但鳖灵兄妹没有随王族迁去。他们属于王族的旁支，再加父母双亡，家道中落，一直靠打鱼为生，不想离开故土。那天他们照例在丹水的谷口捕鱼。丹水在北边的群山中曲折蜿蜒数百里，直到冲出谷口后地势才豁然开朗，水面辽阔。两岸是参天的巨树，河滩上是茂密的水草。但这些年来气候逐渐变得干旱和寒冷，丹水水量比早年小多了，故老传说中常常提及的大象、犀牛等已经绝迹。

说是兄妹捕鱼，其实常常是娥灵一人的活儿。倒不是哥哥偷懒，而是妹妹通晓鸟言兽语，役使鹳鸟或鱼鹰捕鱼对她而言是很轻松的事，所以兄妹二人倒也过得逍遥自在。妹妹捕鱼时，鳖灵常常躺在林中草地上，或者看祖辈留下的竹简，或者干脆枕着双臂做白日梦。他也喜欢放风筝，因为风筝可以带着他的心灵离开尘世，飞到高远空灵的地方。今天风力正好，长长的丝绳尽头，湛蓝的天幕上，一只凤鸟随着风势翩翩起舞。鳖灵把绳头系在树根上，像往常一样仰卧在地上，眯着眼睛看风筝，进入半睡半醒的状态。这几天替娥灵捕鱼的是两只白鱀豚，即灰灰和蓝蓝。它们原应生活在长江中下游，但不知为什么贸然来到丹水，又不幸受困于一处浅水。那天娥灵听见了它们焦灼的求救声，连忙赶去解救了它们。以后灰灰和蓝蓝与娥灵成了好友，一直逗留在这儿，殷勤地为她捕鱼。

今天两只江豚捕到的是一只硕大的乌头。这种鱼是水中一霸，但它今天流年不利，碰到了更厉害的克星。灰灰和蓝蓝咬死了这只乌头，合力抬着它露出水面。娥灵高兴地喊：

“呀，好大一只乌头！你们俩真能干！灰灰，蓝蓝，不要再捉了，这只肥墩墩的乌头足够我和哥哥吃三天啦。你们去玩吧。”

但灰灰和蓝蓝没有离开，它们在水中露出脑袋，两对小眼殷殷地看着主人，不停地嗒嗒着。娥灵听了，黯然对哥哥说：

“哥你过来！灰灰和蓝蓝是和咱们告别哩，它们想回南方的老家去。灰灰蓝蓝，真舍不得你们走啊，希望以后还能见面。”她高兴地喊，“哥，它们答应啦，说明年秋汛时来看我们。”

鳖灵跑过来，兄妹二人同灰灰和蓝蓝依依告别。两豚在空中跃了几次，潜入水中消失了，兄妹俩依依不舍，对着那边久久地挥手。就在这时他们发现了那位老人，他骑着一头青色的兽，站在下游的岸边含笑看着这边。他相貌清奇，白须飘拂，穿的也是楚人的上衣下裳。兄妹俩热情地迎上去，拱手问好。老人拍一下坐骑，信步走过来。娥灵好奇地问：

“老人家，你骑的是啥？远远看去我以为是牛，但牛没有这样的角，不是这样的单蹄，皮毛也没有青色的。”

老人微笑着说：“我刚才见你通晓鸟言兽语，不妨自己问它。”

娥灵迟疑一下，“这种兽我从未见过，不知道能不能听懂它的话，我试试吧。”她同青兽哦哦一阵，青兽回以友好的吼声。少顷娥灵欣喜地说：“我听懂了！它说它叫麒麟，又叫开明神兽，原是昆仑神山九重天阙的守卫，有时也拉着太阳车在天上巡行。”

“对。”

“那它怎么成了你的坐骑？”

老人笑着说：“你还问它嘛。”

娥灵和麒麟交谈一会儿，笑了：“哈哈，我知道了，原来是你和日神羲和下棋赌赛赢来的。”

“没错，按照赌约，他让我用上三年。”

“麒麟还对我透露了一个秘密呢，它说你虽然不是神，但是个非常了不起的人，昆仑诸神都很尊敬你。现在你要骑着它去‘旱骨’，去写一本流传千古的奇书。‘旱骨’是什么地方？”

鳖灵插话：“应该是‘函谷’吧，就是有名的函谷关。”

老人微笑点头，问：“二位不是一般的渔夫吧，我想你们恐怕是咱楚国的王族。”他指指鳖灵华贵的佩剑和岸边的一件铜鼎，后者也是贵重的古董，但兄妹俩一直拿它煮鱼。

鳖灵点点头：“是的，我们确实属于楚国王族，只是父母早亡，家道中落，一直以捕鱼为生。当今楚王雄才大略，杀伐征战，开疆辟土。所谓一将功成万骨枯，血腥味儿难免重一些。倒不如我们被天席地，捕鱼捉虾，餐风饮露，日子过得安逸。”

老人赞赏说：“确乎为隐者之风。我刚才还听见，你们虽能役使鸟兽捕鱼，但每天只捕够当天的用量，这样的自律十分可敬，正所谓天物不可暴殄，君子取之有度。不过，”他笑着说，“依我看来，二位才华过人，福荫深厚，恐怕做不了出世之人，终究要到世上建功立业的。”

娥灵高兴地说：“老人家，你说得对极了！我哥哥一向胸怀大志，仰慕伊吕之风，他那个隐士模样啊，是装出来的。”

鳖灵说：“老丈，已经中午了，请赏光留下吃顿便饭。”

老人不客气，下了麒麟，让它自去林中嬉戏。娥灵在铜鼎中煮好鱼汤，又拿出随身带的黍饼，陪老人吃了饭。席中三人交谈甚欢。吃完饭，老人说：

“我刚才说过，你们二位恐怕都做不了出世之人。老朽略懂术数，就做一次占卜吧。娥灵姑娘，你去拔一些蓍草茎来。认得蓍草吗？”

“认得，我们这儿叫蚰蜒草。”

她跑到林边草地，一会儿就捧着一把蓍草茎返回。老人把它们折成长短不一的短节，又在沙滩上平出一片平地，把短节排列到平地上。娥灵好奇地看着，那些蓍草短节的排列，既像周文王演的八卦，又像税官们算账用的算筹。老人专注地摆弄一会儿，直起身，欣然笑道：

“我果然没说错啊，占卜同样如此。请听卜辞。”他对娥灵念道，“翩翩归妹，西南宜行，夫君在兹，后且大昌。”又转向鳖灵，“翩翩公子，西南宜行。相王之尊，后亦大昌。”

这两首卜辞并不晦涩，连娥灵也完全听懂了。卜辞中说“后且大昌”“相王之尊”，如此重的分量，使兄妹俩不由得为之一震。鳖灵疑惑地问：

“你说西南，是否指巴蜀之地？据说那儿不通文字，未识教化。”

老人笑着点头又摇头：“对，正是在太阳落下方向的巴蜀之地。那儿不识文字确乎是真，未识教化则肯定是谬传。但天机不可轻泄，你们自己揣摩吧。我这么多嘴，神灵肯定已经着恼啦。”

他随即招来麒麟，笑哈哈地飘然离去。

老人走后，兄妹俩的生活并未改变，依旧捕鱼为生，也依旧只捕够当日用度便在林中休憩。虽然老人做出了“后且大昌”“相王之尊”的惊人占卜，但娥灵生性达观，不慕富贵，并未把它当成多么了不得的事。她不知道哥哥是怎么想的，只是敏锐地察觉到，哥哥每天陷入沉思的时间好像更长了，显然老人的预言在他心中激起了波澜。但哥哥不说，她也不着急问。这么着一直到了当年秋汛季节，河水大涨，一次捕鱼时忽然听到熟悉的嗒嗒声，然后两只圆圆的脑袋露出水面，两对小眼睛欣喜地盯着二人，原来是灰灰和蓝蓝，它们果然乘着汛季来看望老朋友了！就在此时鳖灵忽然说：

“灵儿，要不咱们就依那位老人所说，离开家乡去蜀地吧。我盘算过，去蜀地水路比较好走，正好灰灰和蓝蓝来了，咱们可以乘坐竹筏，由它们拉纤。”

哥哥说得很随意，但显然是熟思几个月后的决定。娥灵一向是无可无不可的，凡事都依哥哥的意见，爽快地同意了。她问了两只江豚的意见，它们非常热心地答应了。反正它们总要回长江故地的，送兄妹去蜀地也算是顺路。兄妹俩回家简单收拾了一下，砍了几十根楠竹扎成竹筏，准备了一些干肉干粮，带上几件祖传的宝物，把茅舍和家具弃之不顾，又与左邻右舍话别。第三天凌晨，他们早早来到江边，开始了这趟前程未卜的千里之行。

这会儿竹筏到了一道山岬前，鳖灵立在筏上向远方眺望，说：“前边山岬处好像有栅栏突入江中，栅栏前有哨船巡逻，是不是到了巴国的边界？噢，南岸有一处临河集市，我去打探一下。你让灰灰和蓝蓝休息进食，这一程它们辛苦了。”

“好的。”

娥灵只穿小衣跳下水，为两只江豚解开挽绳。解放了的江豚在水面上欢快地窜跃，围着娥灵快速转了几圈，然后潜入水中捕鱼。鳖灵解开筏上绑的竹篙，把筏撑到南岸。一个慈眉善目的白须老者笑吟吟地迎上来，问客人要什么货物。鳖灵便指着前边问：

“老丈，那边是不是巴国边界？”

“对，是巴国边界，有士兵常年驻守，过往商船都要交税的。”这位老者见多识广，看看客人的精美佩剑，再看看竹筏上的羊皮囊，好心地提醒，“你若带有贵重物品，最好预先做一点儿准备。单单交点税不打紧，但那些兵爷们啊，可不是每天都讲道理的。”

鳖灵拱手相谢：“谢谢老丈提醒。听说巴王廪君身高丈二，目如鹰隼，骑一头白虎，有万夫不当之勇。是不是这样？”

“大致不差吧。我们常见到巴王沿江巡逻，骑着白虎，在山路上纵跃如飞。后边跟着一队兽军，虎豹熊罴都有。噢对了，他今天刚刚沿江过去。”

“刚刚沿江过去？”

“对。”

鳖灵沉吟着。这么说，昨晚那位骑白虎的巨人肯定是巴王了。如果他在自己之前赶到这儿，说明白虎的脚力相当惊人。老者看看水中那位只穿小衣、正同江豚嬉戏的姑娘，虽然距离较远，但姑娘的美貌仍然光彩夺目。老者再次好心提醒：“巴王巡江后有时就住在这个关卡。要是他今晚在这儿，你们更得小心点。水中那位姑娘是……”

“我妹妹。”

老丈叹息着摇头：“她是个漂亮姑娘——太漂亮啦。你刚才说巴王目如鹰隼，至于他看漂亮女人的眼力啊，那更是比鹰隼还锐利。像令妹这样水灵的姑娘，一旦被他看见，恐怕不会轻易放过。”

“多谢老丈提醒，我想办法对付吧。”鳖灵略为沉吟，掏出一把金沙，“有烦老丈为我搜罗两样东西，是货摊上没有的。给你添麻烦了。”

“客官尽管说。”

“我想要一支浸油的火把，高度要一人高，足够燃上三个时辰的。还要一身白色的孝袍。”

老者稍顿，大略猜到了客人的用意，不过没有多问。他笑着说：“这两样平常东西，哪里要得了这么多金沙。你先收起来，待我备齐了再说。”

他收拾了地摊，带上货物回村去了。一个时辰后，他在暮色中匆匆赶来，带来了鳖灵要的东西。鳖灵付了酬劳，谢过老丈。老丈又叮咛几句，与客人告别，回村去了。鳖灵和妹妹留在这里进食休息，准备半夜再出发。

深夜，天幕上圆月初亏，繁星如豆。江面上的波纹闪着冷光，偶然有鱼儿蹿出水面，翻起一朵水花。静寂中只有哗哗的水声。两岸的山林都变成了黑色的剪影，静静地贴在天幕上。在巴国关卡，一名夜哨突然发现，在下游方向，一豆火光从夜色中钻出来，很快地逆水而上，越来越近。现在能看见火光下似乎是一个竹筏，但筏上好像是空的。夜哨立即用牛角号报警，熟睡的士兵从梦中惊醒，脚步急迫地各自就位，十几张强弓拉紧弓弦。夜哨高声喊：

“么子人？快停下！格老子的，再不停老子就要放箭啦！”

竹筏仍从容不迫地原速行进。筏上插着一只高高的火把，明亮的火光映出一具穿白袍的直挺挺的“尸体”。那是鳖灵。娥灵此刻潜在筏下，一身小衣，口中衔着一根用来呼吸的芦管，芦管上端伸出水面，隐在竹筏的缝隙中。她两脚击水，双手牵着挽绳，紧张地控制着江豚的行进。听到前方喊叫着要放箭，不免把心提到嗓子眼里。如果箭雨射来，自己倒是有竹筏护身，但筏上的哥哥还有筏前的江豚，都无法躲过的。但这会儿无法可想，只有硬着头皮前进，心中祈祷着哥哥的大胆计谋能够成功。哥哥说巴人尚鬼，笃定不敢向死人射箭的，但愿如此吧。

忽然，关卡上的呵斥声被斩断了——士兵们已经看清筏上只有一个死人！这个躺着死人的竹筏无帆无桨，却能飞速地逆水前进，那不是鬼神之力又是什么？被惊呆的士兵们愣了片刻，像听到命令一样，齐刷刷跪下叩头。转眼间竹筏已经越过关卡，在夜色中隐没，只能看到越来越弱的一豆火光。

离关卡不远的岸边有一幢小小的干栏式木屋，那是巴王的临时休息处。身体高大的巴王挤在狭小的木床上，鼾声如雷。那头巨大的白虎则卧在屋外草地上熟睡。老虎本是昼伏夜出，不过成为巴王的坐骑后改变了虎类的作息时间。但熟睡的白虎仍保持着敏锐的听觉，它忽然从熟睡中惊醒，竖起耳朵聆听，又昂起头向江面眺望，然后发出一声骇人的虎啸。睡梦中的巴王被惊醒，从小屋中敏捷地窜出来，赤着上身，满身黑乎乎的胸毛，手中握着那把特长的弯刀。值夜的小头目阿呆拎着刀慌慌张张跑来，气喘吁吁地说：

“大王，怪事！怪事！一只竹筏躺着死人，也没有帆，自个儿往上游飘，跑得飞快！一定是鬼神相助，弟兄们没敢放箭。”

“竹筏？死人？”巴王忽然想起，下午沿江巡逻时，曾远远瞥见一个无帆无桨但会逆水前进的竹筏。他当时也觉奇怪，曾经驻足观察。那件怪事其实不怪，因为筏前偶尔露出灰色和蓝色的背鳍，而且水面上的三角波纹并非以竹筏为顶点，而是在筏前两丈处，显然那儿的水下有拉纤的江豚。筏上蹲有两个人，好像是一男一女。他们能役使江豚拉纤，自不是凡俗之辈。是了，肯定是他们，使用这种鬼门道偷越关卡。他恼火地骂阿呆：

“你他娘的才该死。那个竹筏没啥子鬼神相助，是两只白鱀豚在拉纤。”

阿呆面色苍白，战战兢兢地问：“大王，你说我该死，是不是要我自行了断？”

巴王怒声喝道：“去死吧，你这种傻屌活着也没球用处。”

阿呆的面色更见惨白，不过没有犹豫，横过弯刀向颈中抹去。电光石火之间，巴王闪电般出手，击落了阿呆的弯刀。阿呆更加惊惧，不知道是不是有更重的处罚。巴王横他一眼，没好气地说：

“你这颗驴头暂且寄下吧——这事不能只怪你，也怪那龟儿子太狡猾。”阿呆一时还走不出震惊，呆呆地立着。巴王自语道，“这么装神弄鬼，一定有什么值钱的玩意儿。老子这就沿江边去追他们。阿呆，你立即通知兽军，赶快追上我。”

他匆匆回小屋，披上一件无袖的皮甲，挎上弯刀，翻身骑上白虎。白虎怒啸一声，一剪一扑便到了江边，然后沿着江岸如飞追去。木屋前的阿呆拾起弯刀，擦一把冷汗，口中念诵着“白虎大王保佑”，赶快去通知。十名亲随兽军很快骑上虎豹熊罴，匆匆追了过去。

天色放亮时竹筏赶到了沱江口。四周阒静无人，两岸山坡上长着参天巨树，有树干挺直的楠木、黄桷，也有气根蔓生的榕树。林中藤萝遍地，水面上弥漫着白色的雾霭，飘渺升腾有如仙境。鸟雀声啾鸣一片，水鹿和轴鹿在水边悠闲地饮水，猴群在林中怡然游荡。鳖灵对水中的妹妹说：

“灵儿，已经到蜀国境域，肯定安全了，你上来吧。这段路赶得太急，灰灰和蓝蓝肯定累惨了，让它们好好歇一阵儿。”

娥灵卸下挽具，同江豚道了辛苦，让它们进食休息。她爬上竹筏时说：“哥哥你真是神机妙算。士兵们吆喝放箭那阵儿，可把我吓坏啦。”

“没事，我料定他们不敢朝死尸放箭。”

鳖灵涉水把竹筏拉向北岸，系在石头上。只穿小衣的娥灵抖抖身上的水珠，从羊皮囊中取出干衣服，说：

“哥，我去林中换衣服。”

“去吧，不要走远。”

娥灵上了岸，漫步来到林中。周围鸟鸣啾啾，娥灵哦哦地向鸟雀们问好，鸟雀们听懂了，啾鸣声立即更为响亮。她与鸟雀应和着，怡然自乐。然后隐到一棵树后，脱下湿透的小衣，在晨光中从容地擦拭身体，也小心地擦拭了胸前的虎形玉坠。这枚玉坠碧绿通透，水光潋滟，是家中的传家之宝。母亲去世前郑重地传给她，让她在找到如意夫君收到聘礼后，把玉坠作为回赠。如此宝贵的玉坠，幸亏昨天没有丢失。那位异人老者说她“夫君在兹”，不知那位未来的夫君到底是谁？什么模样？什么时候第一次相遇？她在遐想中换上干衣服，忽然鸟鸣声乱作一团，随之鸟雀们炸了营，扑扑棱棱地向西群飞。娥灵从树后探出身子，急急地喊：

“哥哥小心！鸟雀告诉我东边有危险，还是那只大个子白虎！”

岸边的鳖灵立即拔剑四顾，林中的娥灵则急急地穿衣。她忽然停下了，因为四周忽然变得死寂，盈满了杀气。娥灵警惕地张望，忽然打一个寒战——离她不远处的树丛中露出一双绿幽幽的巨眼，然后显出脑袋，再是身体。果然是那只巨大的白虎，而且身形与一般老虎不同，特别细长，近似龙形。虎身上仍旧骑着那个高大的男人，上身只穿一件无袖皮甲，敞着怀，露出黑乎乎的胸毛。手中拎着一把特长的弯刀，刀身闪着寒光。那个巨无霸面无表情，直如石像，沉默着逼近衣衫不整的娥灵。

白虎恶狠狠地瞪着，张开血盆大口，龇出两排巨牙。娥灵急中生智，柔

声说:

“乖乖儿白虎，我是娥灵啊，天下的鸟兽没有不认得我的。白虎乖乖儿，听姐姐的话，退回去，对，就这样，慢慢地退回去。”白虎慢慢变得温和柔顺，垂下目光，一步步向后退去。娥灵信心大增，有点儿不知天高地厚了。“对，就这样，你真乖。现在，把骑在你背上的家伙儿掀下去，再一口咬断他的喉咙。来，听姐姐的话，快把他掀下去……”

白虎迟疑地扭头看着背上的人。虽然这个“姐姐”的声音富有魔力，但背上是它主人，似乎不该把他掀下去再咬断喉咙。巴王发怒了，用刀拍拍白虎屁股，厉声喝道:

“虎儿！虎儿！”

主人的怒喝让白虎突然惊醒。知道上了小姑娘的当，恼羞成怒，前爪略略一按，一个虎跳扑到娥灵面前。它更加凶恶地龇牙怒吼，森森白牙几乎挨着娥灵的鼻子。娥灵这下没招了，立即掏出随身带的匕首横在面前。这把匕首也是件祖传宝物，削铁如泥，但在今天的强敌面前只如玩具。白虎背上的巴王闪电般出手，弯刀直刺娥灵的咽喉，又迅即收回。这一招只是虚招，娥灵安然无恙，只是项间的玉坠随刀光飞了起来。巴王轻舒长臂，在空中一把抓住玉坠。他好奇地看看，握在手心。然后虎背上的巨人又变成了石像，一言不发地盯着娥灵。

危急之际鳖灵赶到了。他一手执剑，一手抓着长藤荡过来，从半空中一跃而下，把妹妹掩在身后，急急地说:

“灵儿快逃！我已经把江豚套上了，白虎在水中赶不上竹筏！”

娥灵焦灼地低声说:“我不能一人走！这狗东西刀法厉害得紧，你也不一定能打赢！”

鳖灵厉声喝道:“听我的，快逃！我随后追上！”他抖出一片剑花，开始了连绵不绝的攻势。巴王看出对方是个强敌，但也凛然不惧，以弯刀从容对敌。鳖灵步伐轻捷，剑击如电；而巴王胯下的白虎与主人心意相通，驮着主人左闪右避，一纵就有几丈远近。二人旗鼓相当，林中一片铿鸣之声，树叶被剑气和刀气摧落，纷纷扬扬落下来。

娥灵不放心离开哥哥，也舍不得被巴王抢走的玉坠，但她知道哥哥的话是对的，便狠狠心，离开哥哥奔向江边。只要到了水里，就是她和哥哥的天下了，那狗熊再厉害也占不了便宜。这边鳖灵并不打算恋战，一边和巴王搏斗，一边瞅空就向岸边退几步。现在他离江边已经不远了，再有两纵就能跳到筏上，忽然娥灵又惊呼一声——江边草丛中冒出十只虎豹熊罴，背上各骑着一个士兵。他们手执弓箭或弯刀，恶狠狠地包抄过来。娥灵慌急中又使出看家本领，把匕首横在面前，一边后退，一边喃喃地念诵着："虎乖乖，豹乖乖，熊乖乖，我是娥灵啊，天下鸟兽都听我的话，你们快后退，听话的乖乖姐姐才喜欢……" 在她的念诵声中，十只猛兽的目光开始迷茫，脚步也明显放缓。娥灵正在窃喜，但后边那只白虎怒啸一声，于是十只猛兽眼神一抖，立即清醒过来。它们恼羞成怒，更加凶恶地逼过来。鳖灵苦笑道：

"灵儿没用的，它们有白虎指挥，不会听你的话。"

此时两人已经会合，背靠着背，环视着周围的强敌。这边的巴王胜券在握，便退出圈外，安闲地看着手下收紧包围圈，自己则好奇地把玩着玉坠。他忽然起了一个念头，高声命令：

"儿郎们莫要伤了女娃！她会鸟言兽语，老子日后用得着。"

十名兽军诺一声，继续进逼。包围圈已经很小了，十把刀剑在眼前晃动，局势非常凶险。但娥灵听到巴王的命令，顿时有了主意，低声说：

"哥哥我有办法了！他不让兽军伤我，那我就在前边冲，你跟着我！"

她瞪圆双眼，呀呀怪叫着，根本不管对面的刀剑，照直扑去。对面的敌人果然不敢伤她，立即左右闪开，放她出来。但这些士兵训练有素，在闪过她后立即合围，把鳖灵堵在里边。娥灵扭头看见哥哥没能跟出来，立即回身，想杀回包围圈，但圈外的巴王迅速插过来，阻住了去路。娥灵怒声喝叫，挥舞匕首与巴王拼命。但她远不是巴王对手，巴王虚应两招，刀光一闪，娥灵的匕首就被震飞了。巴王把弯刀挂在了事环上，徒手前来擒拿娥灵。

包围圈中的鳖灵瞥见妹妹形势危殆，急欲冲过来，但无法冲出训练有素的兽阵。正所谓关心则乱，慌急中右臂中了一刀，鲜血淋漓，长剑几乎掉地。鳖灵立即把长剑换到左手，凶狠地盯着敌人，准备拼死一搏。周围的巴军慢慢逼近，就要发出致命一击——忽然一切都静止了。周围掠过一波奇异的红光，红光是两只大鸟发出来的，它们飞过来，轻盈地收拢双翅，落在一棵巨树的水平枝丫上，静静地看着这片战场。目光安静祥和，浸透了魔力。它们相貌奇异，一如传说中的凤凰，头顶有长长的凤冠，身后拖着长长的五彩斑斓的尾羽，身上的羽毛鲜艳亮泽，一只为金黄色，另一只为火红色。两只鸟并身而立，两个鸟头之中正好嵌着红通通的半边朝阳。它们沐浴在朝阳的光晕中，更显得圣洁妖娆。

巴蜀之人素有太阳崇拜和鸟崇拜，十位兽军见神鸟降临，不由得想扔下武器叩头礼拜——但强敌还在咫尺之间，他们又不敢放下武器。左右为难中，都用目光向巴王问询。但巴王也被突然出现的神鸟给镇住了，此时同样在发愣。这样的静止画面保持了很久，似乎连树叶都不再摇动。只有双凤身后的朝阳没有静止，它缓缓上升，猛然一跃，离开了江面，向空中缓缓升起。巴王明知在神鸟面前不敢造次，眼下最保险的做法是悄然撤退，但他实在不甘心！这个女娃既懂兽语，又俊得让他心尖儿打战，无论如何也舍不得放弃啊。他悄悄瞄瞄四周，见两兄妹正看着神鸟发呆，而神鸟这一阵也没啥子举动，便大着胆子，驱动白虎悄悄逼近，准备一把掳住娥灵，然后转身就跑。他的小伎俩自然逃不过神鸟的慧目，那只羽色火红的神鸟一声怒鸣，口中喷出一道长长的火焰。火焰落到白虎屁股和后腿上，烧得皮毛滋啦啦地响。白虎负痛，狂叫一声，不等有令便狂奔而逃，几乎把巴王掀下虎背。十个士兵如梦初醒，急忙催赶着胯下的猛兽，追着主人落荒而逃。

鳖灵兄妹放下心来，满心喜悦，对神鸟合掌致谢。双凤欢快地鸣叫一声，飞离树枝，向天上飞去。其中羽色金黄的那只好像想到了什么，在半空中忽然折转身，一个俯冲钻到林中。少顷她再次升空，飞向二人头顶，把一团绿草扔下来。神鸟飞走了，空中留下清脆的女声：

“这是止血的药草，嚼碎后敷在伤口上。”

两人接住药草，感激涕零，再次向空中致谢。空中的双凤并未急着离开，她们你追我赶，以太阳为中心跳起了圆圈舞。她们长喙前伸，长腿和尾羽拖在身后，身体充满了张力，她们飞得越来越快，双凤似乎变成了四凤，进而连缀成连绵不断的圆形鸟阵。从兄妹俩的方位看去，太阳正好落在圆形的中心，衬着急旋的鸟阵，似乎太阳光芒也在旋转——却是反向的旋转。整个画面神妙绝伦，充满了动感。兄妹二人惊呆了，心里滋生出无比的敬畏，不由得俯伏在地，叩头礼拜。双凤停止了舞蹈，啾啾地欢叫着，振翅飞向高空，消失在碧澈的蓝天中。

鳖灵欣喜地说："咱们刚到蜀地，虽然遭逢强敌，但遇上神鸟相助，这是好兆头啊。看来老人的占卜很灵验的。"

衣衫不整的娥灵先穿好衣服，找到被巴王击落的匕首，插回腰间。然后从哥哥手中拿过药草，嚼碎，小心地敷在哥哥的伤口上。神鸟赐的草药很灵，伤口很快止血了。娥灵恼火地说：

"哥，那个狗熊个子臭男人，把我的玉坠抢跑了！"她恼火中也有佩服，"那狗东西的刀法倒是绝高，真个是快如闪电，一刀就把玉坠挑走了。"

玉坠是亡母的遗物，鳖灵自然也心疼，但无法可想。"真是可惜。但已经没了，灵儿就别想它了。到蜀地后，哥哥请最好的玉工，给你雕个一模一样的。走吧，该进沱江了。"

竹筏离开长江干道，沿沱江一路北上。

在东边的江边山路上，一行人兽没命地狂奔。跑了一会儿，巴王勒住了狂奔不止的白虎。后边的十名兽军也赶紧勒住坐骑，惶然地看着主子。白虎趁主人停步，赶紧转回头，沮丧地舔着被烧伤的臀部和后腿。巴王干脆下了虎背，拍拍白虎的背让它休息，自己踱到江边，立在一块巨石上久久地向来路眺望。他仍然面色冰冷有如石像，心中却是懊恼不已——那样鲜艳水灵的女娃，晃得他睁不开眼睛，尤其还懂鸟言兽语！其实最让他难忘的，是那女娃呀呀怪叫着径直扑向刀尖的场景。那会儿她就像只凶恶的小母狼——但这个样子更惹人怜爱。这头小母狼今天敢这么护哥哥，将来也会这样护男人。可惜的是，只差那么一点，没能把她掳回巴国。他举起玉坠看看，坠上似乎还带着那女娃的体温，然后他珍重地纳入怀中。一位兽军讨好地说：

"主子，我看见竹筏上绑着一只鼓鼓囊囊的羊皮口袋，肯定装有宝贝。可惜，被两只神鸟这么一搅，到手的宝贝给弄飞了。”

巴王冷冷地横他一眼，没有睬他。另一位斜眼兽军连忙骂：“快闭上你的臭嘴，净惹咱主子生气。管它皮囊里装的是啥，咱主子咋会看上那些破玩意儿？告诉你吧，那位懂兽语的水灵姑娘才是咱主子心尖尖上的宝贝。可惜呀……”

巴王不由绽出一丝微笑，这小子倒机灵，说到自己心里去了。他忽然有了想法，便招手让斜眼过来：“斜眼，日后若是见了那姑娘，你还能认得不？”

斜眼嘿嘿地笑：“那还用说。这样水灵俊俏的姑娘，就是把她扒了皮……不对不对，就是把她烧成灰……该死该死，看我这臭嘴。”他啪啪地自抽了两耳光，“这么说吧，别看我眼斜，可眼力比刀子还快。日后我若是见这姑娘不能一眼认出她，主子你剜了我的两眼当泡踩。”

巴王难得地露出笑容，这让斜眼十分得意。巴王略顿，说：“那好，斜眼你这就离队，潜入蜀国跟踪这女娃儿，一定要摸清她在哪儿落脚。”

斜眼慨然答应：“主子你放心。我一定找到她，再想办法把她掳回巴国，囫囫囵囵交到主子手上。”

巴王立即一声断喝：“不许你动她！你只用摸清落脚处，回来告诉我就成，少不了你的重赏。”想了想他再次警告道，“记住不许你动她，否则我就……像你刚才说的，先扒了你的皮，再把你烧成灰。”

斜眼知道越是挨骂越受宠，喜滋滋地答应了。他当即下了虎背，脱下军装，只留内裤。穿着军装无法潜入蜀国的，他打算到前边的农家去偷一身衣服。等那个光脊梁消失在前方密林中，巴王令随从牵上那只无主的老虎，走上回程。一路上，他还不时捏捏胸前那件珍贵的玉坠。

第二章　太阳神鸟

古蜀人是一个崇拜纵目的奇特民族，那些夸张的凸目是他们的高倍望远镜。他们想用这样的凸目来看清云中的神灵，也想眺望民族的未来。

——《西王母致后人》

西王母一行在周国接受了周王的祭献，西行千里赶到蜀国，正赶上秋季的祭昆仑大典，今年还要为新铸的鱼凫（蜀人第三代先祖）铜像开光，所以分外隆重。

王城分内城外城，都被城墙包围。蜀地的城墙同周国完全不同，用以防洪而不是防兵。城墙矮而宽，内外坡度都很平缓，可以过车，这样的坡面是为了抵抗洪水的冲击力。外城中靠近城墙的地方有举行国祭的祭台，台面上有竹木结构的宽敞祭厅。厅内密密麻麻摆满了礼器，它们是如此的五彩缤纷、琳琅满目，巧夺天工，便是以西王母等诸神的眼光，也不由得叹为观止。

大厅中轴线的深处有一棵高大的青铜神树，三只粗壮的树根支撑着挺拔的树干，树上栖着十只金鸟，九只在下，一只在树的顶端，每只都蹲伏在火焰状的圆盘上，长嘴勾喙，圆眼短颈，昂首挺胸，展翅欲飞，它们是蜀民信仰中十个太阳神的写照。一条巨龙从树顶蜿蜒而下，头下尾上，雄健有力的爪子紧紧抓住树干，前爪到了根部，而龙尾高到树梢。神树的枝条下垂，枝杈上缀着累累的仙果。这棵神树便是传说中的建木，是诸神上下天界的天梯，所谓“建木在都广，众帝所自上下，日中无影，呼而无响，盖天地之中也”。

神树之前是同样巨大的青铜神坛，镶有云纹的大地上屹立着两只外貌奇特的巨兽，独角，双耳上竖，身体两侧有翼翅，各向上方展开。两兽以各自的独角和翼翅托起第二层大地。第二层大地上是四个祭祀者，面外而立，各人的双手合抱着不同的祭神礼器，四人头上托着第三层大地。第三层大地之上则是四座山峰，各饰有兽面纹，四个峰顶托着华丽的盝顶建筑，云雷纹中有更多的神人和神鸟。这座青铜神坛象征着由天、地、人、神所组成的宇宙。

青铜神坛之前，中轴线的一侧，则是马上要开光的祖先神鱼凫的铜像，此刻尚被红绸盖着。它是祭厅内所有雕像中最高的。

祭厅四周环列的图腾柱上嵌着各种精心制作的青铜面具，不少面具上还贴有一层更为精致的金箔。面具形貌剽悍粗犷，大都阔嘴、高鼻、立耳、异常大的树叶形凸目。也有不少体型较小的鸟足神人、各种青铜尊罍、各种玉璋、玉琮、玉璧等，不可胜数。神器中还有一件造型奇特的羊龙，身体大体呈龙形，龙口大张，头上有四只角，其中两只弯角像岩羊，两只直角像山羊。它头上尾后，趴在一根铜柱上。

祭厅对侧是数百对粗大的象牙，水平排列在木制的架子上，令人联想起剽悍雄壮的象群，油然生出敬畏之情。在祭厅四周的地上还排列着数目众多的跪俑，他们的身形较小，或为辫发或为笄发，上身赤裸，双手反绑在身后。跪俑多为男性，也有一些袒露双乳的女性。

祭厅正中心留有一大片空场，这是为神灵献舞的地方。空场附近是一排木架，挂着从大到小各种石磬。祭礼开始了，乐师童律用木棰击打着组磬，奏出舒缓凝重的祭乐。蜀人尚五，50名漂亮女子鱼贯走进空场，在大祭司的女儿妹姬的带领下缓缓起舞。这是处女对神灵的献舞。能够参加献舞，对蜀地的未婚女子来说是莫大的荣誉，所以她们全都盛装而来。蜀国已经有了数百年的太平年景，富足的生活滋养出羊脂美玉一般的美女。她们个个能歌善舞，唇红齿白，身形窈窕，赤着纤足，戴着玉质或金质的手镯、脚镯、耳环、精致玉珠串成的项链。她们以黛石描眉，以孔雀石描眼纹，以朱砂涂唇。上身穿低胸的丝衣，下身是丝质短裙，显得性感撩人。这群美女又以妹姬为最，她的美貌和舞姿都无人能及。

翩翩起舞的美女们吸引了周围男人贪馋的目光。今天是隆重的祭昆仑大典，参加者自应敛神收心，保持着肃穆虔诚的心态。但——对这样漂亮的女子多看两眼，神灵也不会怪罪的。

这些目光中就有望帝杜宇，他率领两位重臣庚辰和夷均，以及众多外地赶来的头人，跪在祭厅的一侧，各自手捧精美的玉璋。杜宇捧的玉璋最大，超过一臂长，玉质温润，雕刻着精美的花纹。杜宇身边有一只青色麒麟仰卧在地上撒欢，身上的鳞甲闪闪发光，其外貌与青铜神坛上的独角兽有几分相像。麒麟本是昆仑神山上才该有的灵兽，不该出现在凡间。不过，处在祭厅内神秘的氛围中，它的存在也不算突兀。杜宇是一位年轻的王，年轻而快乐，多才多艺，风流倜傥。除了对神和祖先的虔诚外，他的快乐还另有一层——他酷爱匠作和乐舞。所有祭神的礼器，无论是青铜器、金器和玉器，他都要亲自参与制作。他的技艺高超，甚至最有名的匠师，如玉匠冉明、青铜匠泥余、金银匠寒凌也对他十分钦佩。原因无他，除了他天资过人，而且作为君王，他有更好的条件来提升技艺，也有更为广阔的视野。这些技艺之外的东西更能提升作品的品位。眼前这尊马上就要开光的祖先神的造像，其最关键的部位，像面部五官和全身衣纹等，都是他亲手制作。

祭乐舒缓凝重地流淌着，令人想起巍巍乎昆仑、浩浩乎大江；想起星空的辽阔、时间的久远；想起神灵的荣光、祖先的呼唤……但他觉得祭乐过于凝重了。他忽然起身，把玉璋交随身侍卫阿昌拿着，走向正奏乐的童律。庚辰和夷均知道这位不安分的望帝又要干出点新鲜事了，但他们唯有摇头，无可奈何。杜宇走过去，拍拍童律的肩膀。童律心领神会地交出木棒，杜宇紧接着演奏下去，乐声几乎没有中断。但慢慢地，旋律很自然地转换了，变得欢快而明亮。百鸟在空中翩翩飞翔，群兽在林中婆娑起舞，鱼儿在水中倏然来去……白云在天上悠悠飘荡，和风在林中轻悄穿行，山水在峡谷间淙淙地流淌……舞女们觉察到旋律的变化，随之加快了节奏。妹姬在旋舞之中把目光投向组磬这边，正与杜宇的目光相接，两人会心一笑，于是妹姬的舞姿更加热情奔放。甚至连那只麒麟也被欢快的旋律陶醉，竟然插到舞女群中，随着乐曲节奏扭腰抖胯，摇头摆尾，脚步踏踏地随众人起舞。

祭礼的主角是大祭司巫咸。穿着华丽的丝质法衣，戴着贴金的青铜面具，头上是云纹冠。他也听出祭乐的旋律变了，变得轻灵跳荡，不再是祖先留下的凝重的古乐，颇为不满，但看见是杜宇本人在演奏，他只是重重地哼了一声。杜宇一向是个不安分的帝王，早就说要改变祖先留下来的祭乐。他说那些祭乐虽然大气凝重但过于沉重滞缓，已经不适合当下了。神州初创的年代，神祇们胼手胝足、披荆斩棘、含辛茹苦，那时这种音乐是合适的。但今天是太平盛世，万民同乐，难道神祇们就不想轻松一下吗？他毕竟是帝王，大祭司虽然不满，也只能由他去。而且，公平地说，杜宇即位以来，各种祭神礼器越来越精美，远远超过蚕丛、柏灌、鱼凫等各代先王的礼器，神灵一定会宠爱他的。即使他擅改了祭乐，神灵也不会降罪。

而且，不管杜宇如何折腾，祭礼的主角仍然是自己。现在该主角上场了。他走进空场的中心，助手捧来装神杖的锦袋。他抽出神杖，先捧在手中，举过头顶，让众人瞻仰杖上精细的鱼鸟箭杆纹。那是蜀族特有的图腾，是蜀民和神祇之间交流的信物。众人都屏神静气，向着神杖叩头礼拜。大祭司用右手抓起神杖，在头顶挥动着，双目微闭，吟哦起冗长的祷词。

在乐声和吟哦声中，一朵彩云从东方冉冉飘来，停留在众人头顶。

彩云中，西王母沉醉地欣赏着祭台上的礼器，由衷地说：

“太漂亮了，太壮观了。”她微笑着说，“虽然作为神祇，总希望凡人的祭祀越丰盛越好，但我也觉得蜀人的祭献太奢靡了。他们把大部分的财富都献给了神。”

羲和笑着问：“我们刚刚在东方享用了周国的祭祀，不知道王母更喜欢哪一家？”

西王母温和地责备：“羲和啊，你可是犯禁了，神祇对所有子民都该一视同仁，不管祭物多寡，只要心诚就行。”

“没错，是这样的。不过各处礼器的风格不同，我想你总会有自己的看法。”羲和笑着说。

西王母也笑了，斟酌着说，“这么说吧，商周的礼器多为‘四平八稳’的重器，我在其中感到了高山的雄伟和大地的深厚；蜀国的礼器则多为人、兽和禽鸟的造像，我在其中感到了风一样的佻脱，水一样的轻灵。”

羲和深深点头：“对，是这样的。龙生九子，各有不同。各地的子民各有不同的脾性。”

太阳车后边，今天金凤和朱雀姐妹合骑一头麒麟，着红衣的朱雀在前，着金黄衣衫的金凤在后搂着妹妹。金凤说：

“听！他们的祭乐改变了！现在的旋律轻松欢快，就像母后说的，风一样的佻脱，水一样的轻灵。”

朱雀快嘴快舌地说：“我更喜欢这样的旋律，不喜欢听那种四平八稳的祭乐。其实我最腻烦的，是听中原的祭司念祭文。好好的话不会说，非要说那些绕舌头的轱辘话，也不怕神灵们听不懂！他们这样绕舌头，都怪他们发明了曲里拐弯的文字！”

金凤笑着点点她的后脑勺：“可是，所有民族都要有文字的呀，没有文字的民族就走不出童年。”

西王母有所感触，喃喃地说：“童年，童年……是啊，所有孩子都要走出童年的。可是，走出童年的孩子就离父母远了，离神祇远了……没办法，这是注定的命运，挡不住的。”

羲和感受到了这番话中淡淡的感伤，看看“妻子”，没有说话。年轻的姊妹还感受不到母亲的感伤，笑嘻嘻地观看着下面。祭礼继续进行。那尊青铜像的蒙布被拉下来，露出了真容。铜像赤足立在高台之上，两只夸张的大手握着一支巨大的象牙。人像身着三层华衣，外衣为斜衽露右肩的方形披巾，第二层内衣为短袖长衣，有尖三角形的衣摆，第三层内衣为齐膝长裾。三层衣服都绣着华丽的龙形、人面纹和云雷纹。铜像的面部尤为逼真，虽然也有类似其他铜像的夸张，但总的说风格比较写实。浓眉阔目，眼角上挑，络腮短须，头戴圆平硬冠，神态端庄威猛。铜像露出来后，祭祀仪式中有一个明显的停顿，众人都被这尊又写实又夸张的铜像惊呆了，片刻的静默后是发自心底的赞叹声。云中诸神都是见过鱼凫的，观赏中不由得暗自点头。西王母说：

“真是一件杰作啊。青鸟信使告诉我，铜像的关键部位是杜宇亲手制作的。刚才的新祭乐也是他亲自谱写的。”

金凤很惊奇：“是吗？我一向不大看得起他，认为这家伙是个不务正业的王，只知道玩耍嬉乐，咱们巡天时常常撞见他游山玩水。母后这么一说，我倒要对他刮目相看了——虽然他确实耽于玩乐，但毕竟能玩出品位，玩出新意。”

西王母轻叹：“可惜他生得早了，也不该生在帝王之家。否则，千年之后，一种叫做艺术家的职业倒很适合他。”

羲和说：“太阳车不能久停，请王母点化这位新神，一同回昆仑吧。”

西王母点点头，用食指向下指一指铜像，一道金光射过去。祭厅里，铜像的身体突然一抖，四肢慢慢活动，然后步伐滞缓地走下台座，但那尊铜像仍好端端地立在原处。走下神坛的鱼凫与铜像基本相同，只是手中没有握象牙，而且雕像中大胆夸张了的双手和双足也恢复了正常比例。铜像的分身对凡人是不可见的，祭礼照常进行，众人平静如常。只有那只麒麟虽然下凡已久，毕竟灵性未泯，能够觉察到这隐形的变化，它浑身一机灵，停止了舞蹈，紧盯着走下神坛的鱼凫。它认出是老主人，立时摇头摆尾，欢天喜地，踏踏地跑过来。那位大梦初醒的新神尚在茫然之中，呆立在地上，左右睃巡着。他忽然看到了半空中的神祇车驾，恍然悟到是怎么回事，立即双手合掌，虔诚地对空礼拜。

西王母又是一指，一道金光射去，点化了那头外貌奇特的四只角的羊龙。羊龙苏醒后同样先是茫然四顾，从铜柱上动作僵硬地爬下来。它立刻认出了主人，便踏踏地跑过来，驯服地趴在鱼凫脚前。鱼凫骑上它，羊龙立即升空，朝天空的仙驾飞去。麒麟没想到被老主人撇下，颇为失落，生气地对空嘶吼着。

鱼凫来到西王母诸神面前，正要礼拜，西王母微笑着，先来个当头断喝：“你是谁？”

鱼凫一愣后应道：“我是鱼凫啊。”

“对，你是鱼凫，但你还是谁？”

鱼凫忽然醒悟：“噢，我现在是蜀人的祖先神，所以这具身体上叠印着许多先王的元魂，诸如教民蚕桑的蚕丛，又如率众迁徙的柏灌，等等。”

西王母点点头：“对，是这样的。我也和你一样啊，也是众多前身的叠加，诸如女娲、蜀山氏、大姒赤阴等，她们都是母系时代的众多女首领。”

鱼凫指指下边：“王母，我们的祭献是否让您满意？”

西王母笑着调侃：“不要忘了你的新身份啊。”

这位新神难为情地笑了，立即换了人称：“王母，他们的祭献您是否满意？就我所知，这些年来各种礼器越来越精美了，这其中望帝杜宇有很大功劳，好多礼品是他亲手制造的。但他取消了最神圣的人祭，祭礼中再没有鲜红的人血。我担心这会影响到祭祀的效力。”

西王母平静地说：“那种伴着鲜血的人祭是天地初创时代的产物，我不会去评判它的是非。但我更满意用人俑取代真人。”

新神释然了：“听王母这样说，我就放心了。但杜宇是个好的匠师和乐师，却不是个好的帝王，他把过多的精力和聪明用到匠作和乐舞之事上了。”鱼凫摇头叹息，“我担心，他若再这样下去，那位大祭司怕是要取而代之了。”

羲和笑着说：“常言道儿孙自有儿孙福，你已经成了神，凡间儿孙的事就不要再操心啦。随我们回神山去吧。提前告诫一声：昆仑神界有一条戒律，‘诸神不得干涉凡间’，凡违犯者将受惩罚，直至逐出神界。你务必牢记。时候不早了，开始回程吧。”

羲和吆喝一声，六匹神兽绷紧了挽绳，太阳车疾速西行。羊龙被撇下，略为发愣，赶紧四蹄踏踏地跟上去。姐妹胯下的麒麟也起步要走，但朱雀却用力抓住它的角，让它前行不得。她大声对前边喊：

“母后，我和姐姐先不回家，我俩发现了一个最漂亮的高山海子，想去洗澡！”

西王母扭头吩咐一声：“早点回来。”

车骑前方是乱峰如枪的崦嵫山，罩着夕阳的余光。西北方向是昆仑神山，它高过周围的众多雪山，但山头上并没戴着雪帽子，而是一片鲜亮的浓绿。浓绿来自一棵巍然屹立的参天巨树，即传说中的“建木”，以其巨大的树荫覆盖了整个山顶。树上百鸟啼啭，鸾凤齐舞。高大雄伟的九重天阙一重重地向前延伸，每重天门前都有开明神兽在守卫着。守门神兽看见了从空中归来的车驾，尤其是牵引车驾的同类，个个仰起脑袋，发出欢喜的嘶鸣。车骑再走近，树荫中露出金碧辉煌的宫殿。空灵邈远的仙乐从云中飘来，伴着袅袅而来的异香。鱼凫是第一次目睹昆仑仙山，触目所见都令他震惊和敬畏，不由得虔敬地合掌礼拜。

祭礼结束了，大祭司把金杖小心地装回锦袋，叩别，交给手下捧着。护卫阿昌此时还捧着望帝的那支巨璋，不知道该如何处置，过来请示望帝。杜宇不在意地指指台架，让他直接送过去。祭司不满地说：

“这样的大典中我王竟然没有手捧玉璋，这是失礼的，神灵肯定不高兴。”

杜宇对这位常常板着面孔的大祭司一向敬而远之，也从不把他的训诫当回事，笑嘻嘻地说：“虽然我没有手捧玉璋，但我亲自击磬奏乐，还亲手制作礼器，神灵怎么会怪罪？绝不会的。”刚刚舞罢的妹姬正向她父亲跑来，气喘吁吁，满面香汗，杜宇指指她，笑着加了一句，“神灵也会悦纳妹姬的献舞。妹姬，你跳得太好了！比林中的小鹿更优雅，比空中的凤鸟更轻灵。昆仑诸神一定会激赏你的舞姿，我敢说他们绝对比你这位古板爹爹有眼力。”

妹姬今天十分欣喜亢奋，咯咯笑着：“谢谢帝尊夸奖，我也敢说你绝对比我爹爹有眼力。不过，今天我跳得好，多半要归功于帝尊演奏的磬乐，今天的旋律优美欢快，有如仙音，把所有舞者都带入了最高的境界。”

“啊呀呀，妹姬姑娘的夸奖太重了，我衷心感谢。”

妹姬含情脉脉地看着杜宇。在她眼里，杜宇不是握着天下权柄的望帝，而只是一个潇洒快乐的男人，多才多艺、能歌善舞，性格宜人，是王城众多女子的偶像。可惜她没有福分做帝后了，爹爹早就为她订了婚，一个月后就要举行婚礼，杜宇身后的重臣夷均是她未来的公公。她未来的夫君葛仲也官居重位，是王城护卫统领，在蜀地，这个官职实际就是三军的统领。此刻，她周围的几个人，父亲巫咸，未来的公公夷均，另一位重臣庚辰，都是眼光雪亮的人，自然不会看不到她对杜宇的情意。但依蜀地的风俗，女子婚前是自由之身，可以任意拉着她喜欢的男人去林中野合，所以众人都对此装聋作哑。

对她的情意，风流的杜宇心如明镜。他笑着打趣：“祭礼结束了，妹姬你赶快回家吧，你的嫁妆怕是该着手准备啦。”他对大祭司说，“我今天不回王城了，想去青龙池玩玩。”

他怕大祭司再来一番“国事为重”的教诲，话一说完就骑着麒麟，带上八名护卫和侍女秋草，笑嘻嘻地走了。一行人渐行渐远，妹姬仍依依不舍地望着望帝的背影。大祭司在鼻子里哼了一声：

“姬儿走吧，随我回家。”

妹姬知道父亲为什么不满，但从不放在心上。她笑嘻嘻地挽着父亲的臂膊，有意气他：“可我真舍不得离开他。爹爹啊，你当初为啥不让女儿嫁给他呢。”

大祭司更重地哼一声，什么也没说。他并非不想让女儿坐上帝后的宝座，而且以妹姬的美貌、才华、血统，都是做帝后的上选。问题出在祭司本人这里。他对杜宇一向心有芥蒂，认为他玩心太重，举止轻浮，心无城府，算不上合格的帝王。再加上他与重臣夷均一向交厚，所以当夷均登门为儿子求婚时，他没有犹豫，爽快地答应了。女儿妹姬得知后曾大为恚怒，但那时木已成舟，何况妹姬也是“玩心太重”的性格，虽然气恼，也走不到拼死抗婚的地步。日子长了，她也逐渐认可了这门亲事。

只是，妹姬始终放不下对望帝的情意。

望帝骑着灵兽在前，护卫和秋草骑着矮小的川马紧随其后。马队离开王城，过了一条河，又行了几十里山路。下午时分来到一座雪山下，晶莹的山顶映着金光。杜宇对众人说：

“你们依旧守在这里，只要阿昌和秋草两人步行跟我去。那座青龙池美得像荷叶上的露珠，不能让你们这些粗手粗脚的家伙给糟蹋了。”

七个赳赳武夫勒住马，不好意思地嘿嘿笑着。杜宇一边催动麒麟往山上爬，一边吹着一支双排的骨笛。阿昌手执弯刀，秋草背着一些吃食杂物，两人徒步跟着麒麟。阿昌武功不错，步伐矫健，紧跟着快速奔跑的麒麟寸步不落。秋草也是走惯山路的，但毕竟是女流，不久就气喘吁吁。阿昌便放慢脚步等她，上石坎时拉她一把。于是秋草更显得娇喘吁吁，有时就半依在阿昌怀里——两人早就相好了，连杜宇也知道。

不久三人看到了上方那座青龙池。“龙池”或“海子”是蜀民对高山湖泊的爱称。湖水清澈澄碧，呈现美丽的蓝色，其他海子也有红色、黄色或紫色。这儿的山高刚过了林木线，乔木或灌木都消失了。只有一片绿草花海，茂密如毯，浩浩荡荡地铺展开去。花儿都带着高山花卉特有的紫色，色彩特别鲜艳。高山蜂蝶的色彩同样鲜艳，在花间轻盈地飞舞。高山特有的红嘴鸦立在岩石上，羽毛黑得发亮，用黑亮有神的眼睛不错眼珠地盯着山下的来客。这儿的风景美得令人心醉，令人心尖尖打战，令人心灵静谧无欲无求。杜宇感受敏锐，所以他从不让那些粗莽武夫们跟来，怕他们糟蹋了这片美景。

他们走入一片低矮而茂密的松林，松叶青翠欲滴，松林上面就是青龙池了。阿昌忽然指着天上，低声惊呼：

“帝尊你看！”

秋草几乎同时惊呼一声，看向天空。杜宇停止吹笛，顺着他俩指的方向看去，同样大吃一惊，瞪圆了双眼。碧蓝如洗的天上飘来一朵彩云，云中飞出两只羽毛斑斓的凤鸟。它们此刻双翅平举，借着高山气流轻灵地滑翔着，长长的斑斓尾羽平拖在身后。在它们后边，一只麒麟踏着祥云冉冉而降。林中三人屏住声息，紧张地窥视着。两只鸟滑过松林时，洒下一波奇异的红光。然后两鸟绕着青龙池盘旋几圈，轻盈地落下来。落点离松林只有二三十步远。它们随即抖一抖毛羽，变成——果然是两位姿容妙曼的仙子！一位着金黄衣衫，一位着朱红衣衫。麒麟也降落了，在草地上欢快地打滚。着金黄衣衫的仙子先脱去衣服，下到海子中去洗浴，另一位着朱红衣衫的仙子还停在岸边，饶有兴趣地四处观看，听见她在喊着：

“姐姐，这儿真美！美得这么纯净，依我看不亚于昆仑仙阙！”

已经下水的姐姐曼声应着，催妹妹也下水。松林中的杜宇看得痴迷，拍拍身下的麒麟，让它悄悄向前潜行，直到松林边缘才停下，在这儿看得更清楚一些。侍卫阿昌信仰虔诚，觉得仙子不可亵渎，在身后惊惧地拉他，向他使劲摇手。但杜宇恼怒地瞪他一眼，挥挥手，回过头继续贪婪地偷看。阿昌无奈，对秋草做了个绝望的手势，但他俩是奈何不了望帝的，只能提心吊胆地等着局势的发展。

海子中，金凤在澄碧的湖水中悠然自得地戏水，岸边正在脱衣的朱雀忽然轻声笑了：“姐姐，松林边有一个色鬼在偷看哩。好像是望帝杜宇。没错，就是他，骑的是麒麟，凡间独一无二的。姐姐，你看他贪馋的丑样子！”

金凤淡淡地说：“去，把他的眼睛剜出来。”

“好！”朱雀把自己的一只纤纤素手变成锋利的鸟爪，不过并没有立即前往松林。她笑着问，“姐姐，真要剜？男人偷看漂亮女人洗浴，虽然可恶，也算不得十恶不赦。只怕我剜出来，还得你耗费神力为他治疗。”

金凤也就是随口一说，这时微微一笑：“既然你求情，那就暂且留下那双狗眼。要不索性成全他吧——既然他是望帝，我让他的双眼凸出来，望得更清楚一些。”

她用食指指指松林，一道金光射去。

松林中，杜宇的视野陡然变得清晰，水中的裸体姑娘突然从远景拉成近景，近得能看清她的睫毛和皮肤上的水珠。她从容地戏水玩耍，眼睛却瞟着这边，嘴角挂着讥讽的微笑。杜宇大喜过望，来不及细想自己如何一下子就成了千里眼。身旁的阿昌惊呼：

“帝尊，你的眼睛！”

杜宇也察觉到眼睛似乎有异常，小心地用手摸摸，顿时大吃一惊。双眼已经突出很长，变成了螃蟹的眼睛，这样的怪模样，如何回去见人！不过，虽然大为震惊，他也舍不得放弃刚才的清晰视野。他再次注目，视野中仍是那位裸身姑娘清晰的近景，衬着澄碧的池水，透明的蓝天，美得令他心醉。当然，长出这么一双螃蟹眼也让他揪心，一时不知道该如何是好。

正在这时，他胯下的麒麟欢叫一声，踏踏地向海子跑去——它看见了那只雌麒麟。螃蟹眼的杜宇措手不及，被麒麟驮着向海子跑去，一时手足无措。身后的两人更是吓破了胆，手足打战，紧紧捂住嘴巴。他们不敢有大的声响，只能绝望地祈祷。

正在海子中戏水的姐妹俩震惊地发现，那个躲在松林边偷窥的男人竟然胆大包天，公然向这边跑来！金凤勃然大怒，喝一声：

“妹妹随我来！”

她即刻化为鸟身，一飞冲天，带起满天的水珠。接着她疾速俯冲，用强劲的爪子把杜宇从麒麟身上攫住，又是一飞冲天。杜宇惊骇欲绝，腰部被巨爪抓住，尖声叫着，四肢疯狂地舞动，不过一双眼睛倒是即刻恢复了原状。金凤飞到高空后，高声喊：

“妹妹接着！”

把爪中的男人用力抛出去。杜宇惊叫一声，四肢舞动着，从空中急速跌落。眼看他就要撞上嶙峋的山岩，朱雀欢叫着俯冲下来，准确地抓住杜宇，然后奋翅升高，飞到姐姐之上，笑着喊：

“姐姐接着！”

姐妹二人在空中把杜宇扔来扔去，兴致盎然，笑声不绝。阿昌和秋草吓破了胆，在草地上追着两只鸟，可怜巴巴地左奔右跑，冀望主人从空中摔下时他们能接着。但他俩的步行当然追不上鸟的飞翔，不久就精疲力竭地瘫倒在地上，绝望地仰望着空中。杜宇的坐骑，那头灵兽麒麟，绝对是个重色轻主的货，只顾和新交的女友缠绵，在草地上撒欢打滚，根本不管天上的主人，这让阿昌恨得牙关发痒。

但杜宇自有不凡之处，经历了几次抛掷后，他已经镇静下来，想出了对策。这会儿轮到金色鸟抓他，他手疾眼快地一伸手，抢先抓住强劲的鸟腿，借势猛一旋身，双手抱住了鸟身。这下子形势陡变，轮到金凤惊叫了。她在猝不及防中现了人形，随杜宇急速坠落。朱雀反应神速，立即急速俯冲，插到两人的下方，用脊背托住二人，然后鼓动双翅，缓缓降落。鸟背上的杜宇惊惧地看着怀中的裸体姑娘，他不敢再抱下去，但身在空中他又不敢丢手。金凤惊怒地瞪着他，一时也不知道该怎么办。忽然杜宇福至心灵，明白了仙子发怒的原因，便指着地上急急地辩解：

“不是我，是麒麟自己跑出来的！”

顺着他的指向，金凤看见两只麒麟正在草地上厮搂着翻滚。她恍然悟到杜宇说的是实情，怒气登时平息。此时已经离地面不远，她嫣然一笑，忽然出手把杜宇推下鸟背。杜宇仰面朝天地摔到地上，十分狼狈，但并未受伤。金凤即刻化为鸟身，喊道：

“妹妹咱们走！麟儿也跟上！”

朱雀俯冲下来，匆匆抓起湖边两人的衣衫，随姐姐飞走了，空中留下女性清脆的笑声。朱雀笑问：“这就走？太便宜他了吧。”金凤简短地解释：“是那只雄麒麟自己跑出来的，不怪他。”她们的坐骑，那只雌麒麟，虽然对新结识的男友依依不舍，但不敢违逆主人的命令，驾一朵彩云追上去。被撂下的雄麒麟对着空中伤心地嘶叫。它堕入尘世多年，失去了神力，只能眼睁睁地看着女友离开。这只堕入凡间的麒麟总归是神兽，阿昌平时对它一向恭谨有加的，但这会儿实在忍不住，恨恨地踢它一脚，骂：

“你个重色轻主的孽畜，还不快去救助主人。”

他和秋草赶紧跑过去，扶起主人，察看身上丝毫没有受伤，这才放下心来。麒麟也跟着来了，表情讪讪的，低着脑袋，不大敢直视主人。好在主人没有责怪它的意思——杜宇的心不在它身上，他仍然全神贯注地凝视着空中。

空中的两只凤鸟并未急着离开。有了这段有惊无险的小插曲，尤其是知道了错不在杜宇，这点小误会反倒是蛮有趣的桥段。她们心情愉悦，以夕阳为中心跳起了欢快的圆圈舞。它们的旋转越来越快，长喙前伸，长腿和尾羽拖在身后。地上的杜宇贪婪地盯着她们，眼睛再度伸了出来，变成柱状凸目，重新获得了清晰的视野。两只鸟越飞越快，似乎两只变成了四只，变成了首尾相连的圆形鸟阵。衬着鸟阵的飞旋，太阳的光芒好像也在反向旋转。整个画面充满了动感，充满了张力。这幅图景与鳖灵兄妹看到的一样，但在“艺术家”杜宇的眼里更具震撼力，尤其是他此时“别具慧眼”，能看清这幅图景的所有细节。

他的心弦被强烈地拨动，黄钟大吕在心中震响，一件杰作开始在心中成形。

忽然，那两只神鸟在他的视野中迅速拉远，看不清了，很快完全消失。原来，他凸出的双眼一下子恢复了正常。刚才阿昌看见他的眼睛又变得凸出，再度惊慌不已，幸亏在两只神鸟消失后，主人的眼睛也恢复了原状。阿昌余惊未息地说：

“我的望帝啊，今天你可把小人吓坏了呀。”

秋草捂着胸脯说："也把奴婢吓坏了呀。幸亏两位仙女心软，对你手下留情。"

杜宇虽然也有余惊，但更多的是惋惜——惋惜刚才那幅绝美的画面已经消失，也惋惜他的双眼不能望远了。他盘腿坐在草地上，眼睛半闭，凝神回想，尽量清晰地把那幅画面刻入记忆。等他觉得已经记牢，便眺望着空荡荡的天空，喟然长叹一声：

"我要把今天见到的画下来，刻成一件最美的金器。"

第三章　望帝拜相

凤儿曾说过一句话：一个民族只有有了文字才能走出童年，这话不错，但不够全面。实际上，人类童年的终结也始于金属的冶炼。先民们学会了从自然之物中冶炼出人造之物青铜、铸造出越来越精美的祭神礼器，那是工业时代的肇端。吊诡的是，虽然先民的本意是以其取悦神灵，但神权的衰落和人权的昌盛自此就开始了，无可逆转。

——《西王母致后人》

鳖灵兄妹先顺着沱江又沿着雒河迤逦北上，去往蜀国王城。两岸的景色随他们的行程徐徐展开，有如百里画卷。竹林慢慢增多了，榕树增多了，象群的出现也更频繁，时时见一群小象跟着母象在河边饮水，用象鼻向空中喷着水花。有时能在竹林中看到一种奇异的动物，毛皮黑白相间，以竹子为食，模样憨态可掬。虽然鳖灵见多识广，也不认得这种动物。后来才知道它们是“貊”（熊猫）。这儿是典型的盆地景色，周围是连绵的山岳，包括楚地见不到的戴雪帽子的远山，中间是平原。阡陌相连，竹篁中露出农家茅舍，农夫牵着水牛下田耕作。河里的船只也显著增多，尤其是到了王城附近的码头，船只更是络绎不绝，有北上的运粮船，也有南下的运矿石的船，或原木编成的木排。也常常碰到王公贵族的游船，一色高大的楼船，船屋上绘着精致的神鸟羽人，绮靡撩人的歌乐之声从挂着竹帘的屋子里荡漾出来，竹帘后闪动着舞女的倩影。

兄妹俩刚到蜀地之时，鳖灵就通过地方头人上报望帝，说楚人鳖灵兄妹千里来投奔，但打算先在蜀地转一圈，了解蜀地的风土人情，一个月后到达王城水码头，届时希望能与地方官碰头。他这样做，是想在望帝君臣心中提前营造出足够的印象。不久他们收到了望帝传过来的回信，说他竭诚欢迎远方的客人。

在这一个月中，鳖灵兄妹踏遍了蜀地的山山水水，所见所闻让他俩大开眼界。印象最深的是几点：

一是蜀国的不设防。在中原，战争不断，哪儿有不设城墙的城市？但蜀地的城市都没有防御用的城墙，代之以坡度平缓的防洪堤。堤上都不设内地城墙上必有的城门，因为人们可以直接通过坡面上下出入。蜀民说，自鱼凫建国以来，蜀地已经享受了数百年的太平。这除了蜀国的强大，恐怕也得益于蜀地封闭，外敌难以入侵。

二是蜀地的富足，甚至超过内地，这出乎鳖灵兄妹的预料。但细想也不奇怪，数百年的太平肯定会积累出巨量的财富。富足的太平年景也滋养了花一样鲜艳、水晶一样精致的美女，她们都衣锦带罗，环佩丁当，穿着低胸上衣、不及膝短裙，涂口红画眼纹，尽情张扬女性的美丽和性感。与她们相比，娥灵反倒是不重修饰的化外女子了。

三是对神灵祭祀的虔诚和丰盛，远远超过中原。可以说，蜀人创造的财富大半都献给神灵了，只有少部分留给凡人享受。但这儿的祭祀取消了血腥的人祭，而在中原诸国，人祭习俗至今没有完全根绝。

所以，那位睿智的老人说得对，崇山峻岭之后的蜀地绝不是未识教化的蛮荒之地，而是一个富足开明的国度。

但蜀地的某些明显的缺陷也让鳖灵诧异：

一是没有文字。如此富足开明的国家，竟然至今没有文字，实在是怪事一桩。可能正因为如此，外界对其知之甚少，误认做蛮荒之地。

二是洪涝严重，即使高大坚固的防洪堤也不能完全防住洪水。蜀国因洪水破城而不得不多次迁都，至于一般城市更是屡毁屡建，已经习以为常。细想起来也不奇怪，蜀地四周全是险峻的山脉，这造就了蜀地的肥沃土地，成就了数百年的太平年景。但同时也把洪水的威力十倍地放大。就在这样的巡视中，鳖灵立下了“若能为相，必先治水”的决心。

三是武备松弛，数百年的太平是最厉害的腐蚀剂，足以令全国沉醉于歌舞升平之中。想想他们亲眼见过的巴国武备、那位蛮勇的巴王、强悍的兽军，不免为蜀人担忧。

他们考察了一个月，按照约定时间赶到王城水码头。他们把竹筏靠上码头，解开江豚的挽绳，同它俩依依告别。鳖灵取下羊皮囊，背在身上，把竹筏推入水中，让它自己顺流而下。办完这些事，他看见娥灵仍在与两只江豚告别，用面颊蹭着江豚吻部，喃喃地说着什么。这场对话持续了很久，超过了正常告别的时间，鳖灵立在远处，没有打扰它们。最终灰灰和蓝蓝走了，两只背鳍迅速划过水面。它们到了江的中流后，从水中蹿出来，同主人做最后的告别。娥灵待它们的身影完全消失后，才表情伤感地走过来，泪光泫然。鳖灵问：

“告别时都说了什么？说了那么久，而且你这么伤心。”

“它们确实说了一些奇怪的话，让我伤心。”

“是吗，都说了什么？”

“这的确是两只灵兽啊。它们说，这个世界终将成为人类的天下。总有一天，江上的船只会比白鳘豚更多。到了那时，也许它们的后代将失去生养之地。所以它们求告，如果有一天鳖灵为相为王，请务必告诫子孙后代，善待它们的子孙。”

她语气感伤，态度很郑重。鳖灵顿了一下，肃然承诺：“好的，如果我真的能……我一定答应它们。”

娥灵拂去感伤，嫣然一笑：“好的，我替灰灰蓝蓝谢谢你啦。”

那边有人急急地跑过来，穿着官服，用内地的雅语大声喊：“来人是不是鳖灵先生和娥灵姑娘？”鳖灵赶快迎上去见礼。那人谦恭地说，他是蜀国的通译。望帝命他在这儿迎接两位贵客，已经等候十天了。望帝将在王室造作局等客人。

兄妹俩谢过通译，随他去王城。

国祭台附近坐落着王室造作局的综合作坊。虽然都是简陋的竹棚，但高大的工棚连绵不绝，自然汇成一派雄伟的气势。兄妹两人饶有兴趣地观察作坊的制作，不时向通译询问。

他们先走进金器制作坊。几名匠人用木棰熟练地锤打着黄金，把它们锤得薄如蝉翼。再用青铜利刃划掉金箔的毛边，用嘴一吹，把金箔吹离台面，轻轻地揭起来。兄妹俩虽然见多识广，但还是第一次看见沉重的金子竟然能被吹起来，很是好奇。工人们把加工好的金箔贴在青铜面具上，用小小的圆锤敲实，再用青铜利刃小心地刻出铜像眼睛和嘴巴处的空洞，割出金面具的周边轮廓。作坊里还有不少工匠，正在錾刻金蛙、喇叭形器等物品。

接着是玉作坊，占地面积更为宽阔，作坊中人头攒动，匠人应在百名以上。一件方形玉琮的外表已经大致成型，在木架上固定着，匠人们正在用"空心钻"的工艺来钻内孔。所用钻具是一根空心竹管，通过兽皮条连着硬木手把，当匠人前后拉动硬木手把时，兽皮条就带动竹管正转和反转，在工件上钻出环形的凹槽。匠人身边有一位个子瘦小的助手，负责把刚玉砂随时加到钻孔内，这些刚玉砂才是真正的磨具。钻孔时竹管会迅速磨损，必须频繁更换，所以钻孔效率是很低的，工匠们所能依仗的是时间、耐心和对神的虔诚。玉作坊中其他匠人均有明确分工，有人在加工玉璧等礼器，有人在加工玉贝、玉镯、玉项链等日常用品。项链的玉珠小如粟米，卡在模具中，工匠用一件很袖珍的钻具在上面钻孔，青铜钻尖细小如针。鳖灵饶有兴趣地浏览着，通译笑着问：

"鳖灵先生，这儿的玉器比中原之地如何？"

"依我看，匠人的手艺不亚于中原之地，也有质量很好的翠玉。只不过总体而言，玉的质地要逊色一些。"

通译点点头："先生所言极是。毕竟蜀地交通不便，外地的良玉难以入蜀啊。"

下面是木作坊。匠人们用单片的青铜大锯在解圆木，或者用木工刨在刨木材，坊中锯末刨花飞扬，弥漫着木材的清香。制造的木器大多是祭礼用器具；接着是较小的骨作坊，只有三名匠人，正在做骨笛、角号等器物。鳖灵试着吹了一下用鹰翅骨做的双排骨笛，声音高亢明亮，音质与内地的埙、箫等截然不同；接着是黑铁锻造作坊，里面有三台红炉。离他们最近的一台红炉上，一位瞎眼匠人用力按压着兽皮囊为红炉送风，年迈的匠师和年轻的助手用大锤小锤在砧子上敲打着工件，动作配合精妙，大锤声沉稳舒缓，小锤声轻快急骤。锤打声中工件逐渐成形，是一柄弯刀。

最后是青铜铸造作坊，它在所有作坊中占地面积最大，气势也最为雄伟。作坊中有几百人在忙碌，个个满面黑灰。周围摆放着各种铜器的成品和半成品，其中的铜像造型奇异，个个都有树叶形的特大的眼睛，兽耳一样的立耳，有些铜像的脚部是鸟爪形。鳖灵仔细观赏着，心中暗暗赞叹。

前边有一个大坑，坑边建着熔炉，炉内火光熊熊，但并非烧木柴或木炭，因为火焰直接出自一个金属管口。管口则与竹管相连，在地上蜿蜒伸展，一直通到几百步外。那儿有数十口井密集地毗邻，显然燃烧的气体是从井中出来的。井上都有高大的鹰架，从远处望去鹰架密如丛林。娥灵好奇地问哥哥：

“炉中烧的是什么？好像是气。”

鳖灵也是第一次见到这样的气井，想了想说：“这恐怕就是故老传说中说的‘泽火’吧，据说蜀地的地下常有石脂，能够点燃，而泽火常与石脂并存。泽火可以用小罐密封，携带千里之远后仍能燃烧，我在楚地曾亲眼见过一次。”

通译笑着点头：“先生说得对。鳖灵先生，你真是见多识广啊。”

这些金、玉、木、骨、黑铁、青铜各种作坊中使用的工艺都是最原始的，也相对粗糙，但整合起来，便营造出一种蛮悍迫人的气势，一种工业之美。

第三个坑里有一件快要完成的面具模型，一个匠师正在做最后的修理。为鳖灵兄妹带路的通译大声禀报：

“帝尊，鳖灵兄妹来了！”他扭头说，“这就是望帝。帝尊是蜀地最优秀的匠师，最好的祭神礼器大多出自帝尊之手。”

原来那个匠师竟然是杜宇！这大大出乎鳖灵的意料，内地的帝王们是不会亲自干匠作之事的。坑中的杜宇穿着匠人的麻质短衣，但衣服和脸上都干干净净，不像其他人那样满面黑灰。他正干得投入，知道远客到了也无暇回头，只说了一句：

“这件活马上就完，你带两位贵客先去各处参观，再带到我的客房。”稍停又补充道，“把大祭司、庚辰、夷均、葛仲都请来！”

说话时手中不停，继续修整这件蜡模。这是一件巨大的面具，基本已经完工，静静地仰躺在型砂上。它有一点与其他面具截然不同：旧有的面具虽然都有“纵目”，但只是把真实的眼睛夸大并做成凸棱清晰的叶形；而这个面具是真正的“纵目”，眼睛呈圆柱形，突出面部有三指左右，看上去十分怪诞而野性。鳖灵兄妹好奇地观察着，杜宇身边的侍卫阿昌则捂着嘴窃笑——只有他知道这种柱目的由来。那天望帝偷看神女洗澡，看得眼珠都凸出来，后来被神女捉弄，变成这么一种怪样子，幸亏神女离开时让望帝的眼睛恢复了原样。不过这位风流望帝倒是够洒脱的，不但不去隐瞒这件丢人事，反倒公然给铸出来了！不知道拿这样的祭品献祭，那些神灵们，尤其是亲历这件事的两位美貌女神，该生气还是发笑？

这时，天上的一团彩云中，骑着麒麟的金凤姐妹也在向下观看。工棚挡住了两人的视线，她们目运神光，看清了棚内的情形。朱雀兴致勃勃地说：

“这些金器啦，玉器啦，青铜面具啦，做得真漂亮！姐姐你看，那不是咱们救过的鳖灵兄妹吗？你还为那个男人送过药草呢。原来他们是来投奔杜宇啊……那是杜宇，这会儿在亲自修整面具模型……哎呀，杜宇这个厚脸皮，竟把那天的凸眼睛公然铸成面具了！早知他这样脸皮厚，那天该把他摔个半死！”

金凤也看到了那个柱形眼珠的面具，同样忍俊不禁。“没错，确乎是个厚脸皮，不过也确实是个好匠师。”她和妹妹笑着继续观看。

面具的精加工完成了，表情栩栩如生，杜宇欣赏了一会儿，不由得回想起那天在青龙池的经历，那段经历绝对值得回味。衣着金黄的姐姐，衣着朱红的妹妹，她们珠圆玉润的声音至今还在耳边响着哩，更不用说那具在水中嬉戏的羊脂美玉般的胴体——当时就是用这样的凸眼睛看到的，看得分外清晰。她们一定是昆仑山的神女，偶然降落凡尘，不知道何时有幸再遇见她们？他冥思了一会儿，跳出坑外，工人们开始合箱，准备浇铸。杜宇来到不远处一间客房，这是专为他建的，比周围工棚精致，但总的说还是比较简陋的。屋子也是用竹子搭建的，呈圆锥形。屋内只有一圈沿墙排列的木质长椅，宽度较宽，铺着兽皮，可做床铺用。竹墙上挂着杜宇脱下来的丝质王服、王冠和佩剑。墙角的一个竹编台架上放着醴酒、干肉和点心水果。阿昌已经打好了水，杜宇在铜盆中洗洗手脸，在长椅上坐好。通译带着大祭司巫咸、王臣庚辰和夷均，带兵官葛仲，还有鳖灵兄妹进来。阿昌请大祭司坐下，其他人站立着。娥灵进屋后好奇地四顾，一眼就看到墙上挂着一张画板，用木炭笔画着一幅草图：两只凤鸟拖着长腿和长尾绕着太阳旋转，虽是草图，已经颇具神韵。她用肘子扛扛哥哥，小声说：

“画得真漂亮！我猜，画的是救过咱们的两只凤鸟。”

鳖灵仔细看画面，点点头：“对，没错。”

杜宇立即问：“你们也见过这两只凤鸟？”

鳖灵答：“对，见过。我们在巴蜀边界附近曾碰到骑白虎的巴王，还有他的一队兽军。他想掳走我妹妹，我救妹妹时被兽军围困，右臂受了伤，几乎送命。危急之际两只凤鸟出现，口吐神火，把他们吓走了。”

娥灵笑着补充：“那只羽毛金黄的凤鸟还特意折返，为我哥采来止血药草呢。她们离开前在天上跳过这种圆圈舞，美极了。”

通译做了翻译，翻译时还加上了自己的见闻，他说两人千里入蜀，两只江豚为他们拉纤，而且娥灵姑娘会鸟言兽语。这些传奇的经历让众人印象深刻，特别是同样见过两只神鸟的望帝。他仔细打量着两位客人，鳖灵沉稳大度，气质不凡；娥灵天生丽质，光彩照人。大祭司也很受震动，以一个祭司的眼光来看，这两个异族人能蒙神鸟眷顾，肯定不同寻常！

鳖灵兄妹走上前与望帝见礼，没有伏地叩拜，而是作了一个长揖。鳖灵说：“楚人鳖灵兄妹见过帝尊，感谢帝尊派通译到码头相迎。”

杜宇对他没有跪拜并未在意，为他引见了在场诸人，鳖灵兄妹一一见过礼。当杜宇介绍葛仲是夷均的儿子时，鳖灵敏锐地觉察到不妥。依内地诸国的为王之术，决不会把王城禁卫的兵权交给一位重臣的直亲，那样太危险，很可能祸生肘腋。看来，这位望帝对至关重要的兵权过于轻忽。但鳖灵表面上不动声色，同葛仲见了礼。依他的初步印象，这位统领是个性格粗率的武人。

引见之后，杜宇笑嘻嘻地问："你一个异族人，怎么想到千里迢迢投奔蜀国？"

鳖灵当然不会说出那段"相王之尊"的卜辞，那只能沤烂在肚子里。他笑着说："是一位先祖托梦让我来的。"

"一位先祖？"

"对，一位赫赫有名的先祖，三千年前他崛起于西北草原，部落以牧羊为生，并以羊为图腾。后来他教民定居，教民稼穑，教民蚕桑……"

"你说的……可是蜀人先祖蚕丛？"

鳖灵笑道："是蚕丛先祖吗？据我所知，蜀地有关蚕丛先王的传说确实与这些事迹契合。但我说的不是他，而是诸夏的先祖黄帝，这些事迹在诸夏的文献中都有记载。帝尊你看，两位先祖大致在同时同地崛起，功业事迹也大略相同，实在过于巧合。"

说到这儿他有意停顿。杜宇凝视对方，慢慢理会到他的话中之意："你是说——两位先王实为一人？"

鳖灵笑着点头："对，据我看二人实为一人，只是其后代分流了。由于时间过于邈远，在不同支后代的传说中，这位先王被赋予不同名字。因为两个族群的传说太吻合了，不可能是巧合！所以，我不是异族人，我是来投奔我分手了近三千年的堂兄弟。"

杜宇大笑："说得好！原来蜀人和诸夏有共同的先祖，那么，蜀国竭诚欢迎远方来的堂兄弟。你是打算……"

鳖灵抢先说："既是不远千里来走亲戚，自然要带点薄礼，请望帝笑纳。"他打开羊皮囊，捧出一件青铜尊和一件青玉琮，"这件铜尊是中原的周王赏赐我家先人的，这件青玉琮是远在长江之尾的一位酋长送给我家先人的。"

杜宇立即瞪大眼睛，目中异彩闪烁——是那种"被陡然击中心灵"的喜悦。他是行家里手，一眼就看出两件宝物的艺术价值。他对侍卫阿昌说："快点唤冉师和浞师来！”阿昌快步出门，没多一会儿两位匠师匆匆赶来，脸上和衣服上带着劳作的痕迹。一般来说，地位卑微的工匠见到望帝，应该是诚惶诚恐、伏地参拜的，但杜宇常年在作坊中劳作，可以说与匠师们熟不拘礼了。两人进来后只是向众人作一个揖，便很家常地凑过来，欣赏这两件宝物。仔细鉴赏后，青铜匠浞师说：

“铜尊的工艺与咱们不相上下，但铜锡配比可能比咱们好，铜器更坚硬，声音更为清亮。”

玉匠冉师说：“玉琮的制作水平与咱们也不相上下，其上的阴纹雕刻更为精细。玉质要比蜀地温润通透。”

杜宇说：“两件器物你们都拿去，好好揣摩，务必学会他们的长处！学会之后，每人做一件比它们更好的器物。干好了有重赏，干不好你们就直接跳河吧，不要来见我了。”

最后一句话虽然是戏谑，但两位匠师都郑重地答应。冉师说：“顺便说一句，好玉料不多了，又该举行一次采玉礼了。”

杜宇看看大祭司：“好的，安排到下一个月圆夜如何？请大祭司推算一下。”

大祭司曲起手指推算一番，点点头：“好的，那是采玉的吉日。”

杜宇问鳖灵：“蜀地风俗是请十位玉女到河里采玉，楚地是否有这样的风俗？”

鳖灵说是的。楚地采玉也是在月圆之夜来到河边，由女巫们作舞雩之礼，再由七位裸体的处女下到河里采玉。人们相信，那时河伯将敞开他的怀抱，把一向深藏不露的美玉借着明亮的月光显露出来。能够被选为采玉女是莫大的荣誉，只有身世高贵又美貌靓丽的处女们才会被选中。杜宇问：

“娥灵姑娘的水性如何？”

“她？她是水里的一条鱼。”

杜宇笑着说：“既然楚地也有同样的风俗，而且娥灵姑娘水性好，我想邀她做这次的采玉女，不知二位意下如何？”

鳖灵戏谑地想：这位望帝真是个眼力惊人的品玉师啊，一眼就看清了娥灵这块璞玉的价值。不错，以娥灵的美貌、王族血脉、温和开朗的性格，她做采玉女完全合格。只是，恐怕事情并非仅仅“采玉”这样简单，也许这位风流帝王已经看中了娥灵，打算把她“采”到宫中，今天是走了第一步。对于这个前景鳖灵当然没有意见，这正符合那位异人的预言。只是——望帝的进攻未免太性急太直接了一点，有失身份。娥灵没想到这些深层的因素，此时目现异彩。她知道这是一份难得的荣誉，很感谢望帝的美意。她看看哥哥，没有说话，鳖灵笑着替妹妹答应：

“我的妹妹肯定乐意，她会把望帝的邀请看成莫大荣誉。”他又从羊皮囊中掏出两样东西，“依这儿青铜作坊的规模，也许铜矿快要枯竭了吧。这是我们在途中发现的矿石和铜草，只可惜，那个地方在巴国范围内。”

杜宇接过来，认真端详着。蓝绿色的铜草还没有完全枯萎；矿石同样带着神秘的蓝色，那是开天辟地时神的造物，内蕴天地的精华。他看后把矿石递给涅师，涅师仔细看了颜色，又掂掂重量，点头说：

“先生说得对，是铜矿石，而且成色很好。”

杜宇笑着称赞：“鳖灵先生是个用心之人啊。可惜铜矿在巴国境内，而巴人尚武，宝贵的青铜肯定用来制作兵器，实在是暴殄天物。”

大祭司也接过矿石和铜草察看，看后深深地看着鳖灵。到此刻为止，他更加确证来人不凡，既有不凡的出身，神鸟的眷顾，也是个凡事用心、经邦济世的人才。鳖灵笑着说：

“说到铜草，倒想起一点花絮。知道我们是怎么发现的吗？是我们在山间走夜路时，娥灵丢失了玉坠，寻找玉坠时正好发现了铜草。”

杜宇说：“这么说，娥灵姑娘真是福缘深厚啊。怎么，玉坠找到了吗？”

“玉坠倒是找到了，可惜遭遇巴王时，被那个‘狗熊个子臭男人’抢跑了。”鳖灵笑着学妹妹说话，娥灵不好意思地笑了。“我答应过她，到蜀地之后，请一位最高明的匠师重新琢一个。”

他看着玉匠冉师。冉师笑着说：“你要找最好的玉匠啊，就在你面前，但不是我——帝尊才是蜀地最好的玉匠，尤其是雕琢比较小巧的女性饰品。”

杜宇默认了冉师的评价，爽快地答应：“好的，请娥灵姑娘画出那件玉坠的模样，我亲自为你雕琢。”

娥灵不知道该不该答应——让望帝亲自为她雕琢玉坠，这样的礼遇太重了，在内地是绝对不可思议的。她看着哥哥，鳖灵爽快地替她答应：

“那就谢谢帝尊了，随后我会画出玉坠的模样。”

两位匠师小心翼翼地捧着两件宝物走了。鳖灵又从羊皮囊中拿出一样东西，那是一束竹简。他说：

“还有一件更为贵重的礼物要献给帝尊——不过，观赏之前先表演一个小魔术吧。娥妹你出去，走到听不见我们说话的地方。”娥灵事先已经知道哥哥的安排——以这个小“魔术”来给“未识文字”的蜀国君臣留下足够深的印象——笑着出去了，一直走了百步才停下来。鳖灵请阿昌找来木炭笔和一块木板，对杜宇说：

“请我王随便说出一件事，我可以不用说话，就能告知百步外的妹妹，让她照着去做。”

杜宇很好奇，随口说，“那就让她笑一笑吧，令妹的笑靥一定美如鲜花。”

鳖灵笑着摇头：“太简单了，最好复杂一点。”

“那就让她摇一摇头，拍两次手，跺三次脚。”

鳖灵在木板上写出如下的文字：“一摇首，两击掌，三顿足。”从未见过文字的杜宇等人好奇地看着他写。鳖灵很快写好，请阿昌把木板送给屋外的娥灵。阿昌一头雾水地送去，那边的娥灵接过木板，看看上面的文字，一丝不差地照做了。屋内的几人大为吃惊，庚辰疑惑地问：

“传心术？”

鳖灵微笑道：“可以算作传心术吧，它不光能把一个人心中的想法传给远方的人，也能上传神灵，下传子孙后代。但这种传心术丝毫不神秘，”他打开随身带来的竹简，让众人看上面的刻字，“我刚才写的就是这样的文字。只要学会文字，任何人都能具有这种法力。文字是诸夏的先哲仓颉造的，据古书记载，当文字出世之日，天雨粟，鬼夜哭，龙为之潜藏。”

杜宇击节赞赏：“好！我早就听说商周有文字，商王和周王祭祀时以文字来与神沟通。鳖灵先生今天把文字带到蜀地，是一件能让神鸟起舞、神龙潜藏的大事。以后烦请先生教蜀民识字，我要当第一个学生。”他郑重地接过竹简。

“能向望帝传授文字，那是我的荣幸。娥灵也识字，也可以教授。”他唤回门外的娥灵，又说，“鳖灵还有两个建议，冒昧向我王和大祭司提出来。”

“请讲。”

“我们来时从巴国经过，偶遇巴王，曾跟踪着他，夜探巴军军营，亲眼见识了他们的训练。巴人尚武，兵力强悍，包括一支蛮勇的兽军。巴王廪君本人更是骁勇好战，万夫难敌。这些恐怕不是蜀国之福，宜早做防备。”

杜宇不在意地说：“巴人确实曾小犯边境，都被我方击败了。蜀国泱泱大国，建基立业近千年之久，国力雄厚，那些小小的蛮夷之国岂能撼动。而且蜀人敬天礼神，我们的祭献无人能比，昆仑诸神一定会护佑我们的。”

鳖灵看看杜宇，又看看大祭司和两位王臣，后者都没有明确表示意见，但似乎都对那个“蛮夷之国”有轻视。鳖灵对杜宇的话颇不以为然。他一向认为，兵者国之大事，虽然需要祈求神的护佑，但首先要尽人事，神只会护佑那些做了努力、尽了责任的子民。葛仲在众人中官职较低，一直没怎么说话。这会儿谈到军事，他插话说：

“对，巴军有两次入侵，都是一打即溃，看来不过是些乌合之众。”

鳖灵对他的话更不会认可，因为他亲眼见识过巴军的训练。那么，是巴王故意示弱，以懈怠蜀人警惕？如果那个粗蛮的巴王还有这样的鬼心眼，那就更危险。不过，他今天是初见望帝，不想陷入争辩，就很自然地转了话题：

“那就好，愿昆仑诸神护佑蜀人永享太平。再说我的另一个建议。蜀地沃土千里，雨水充沛，是宜于种粮的天府之国。只是四周环山，地势低洼，排水不畅，极易发生涝灾。我知道蜀国曾多次治水，但修修补补的治水是不行的，以堵为主更不是长远之计，应该想办法根治。”

蜀地易涝，常有周期性的大洪水，这是多年的顽症。杜宇尚未说话，大祭司急急问：“鳖灵先生有什么妙策？”

“我一路西来北上，又在蜀地考察了一个月，大致摸清了蜀地的水文。在北边的玉垒山一带，岷江和沱江相距很近。如果把两江之间的山峰凿通，既可泄洪，也可灌溉。另外，沱江在金堂峡一带河道狭窄曲折，是泄洪的瓶颈。

如果把此处拓宽，洪水就能顺畅地南下，泄入长江。这样以疏代堵，是釜底抽薪的办法。”

杜宇几个交换眼光，大祭司担心地说：“这是很大的工程啊。”

“确实是件浩大的工程。但蜀国疆域广大，国力强盛。若以举国之力来干这件事，肯定能干成的。虽然开支浩大，百姓要吃苦，但一旦成功，就可造福百代。只要把利害说透，百姓们会支持的。”有一点他没有说：他已经知道蜀地祭神的花费十分惊人，如果拿来兴修水利就不愁资金支绌了。但这一点牵涉太广，此时不便轻言。

杜宇问：“鳖灵先生是否善于治水？”

鳖灵笑了，自信地说，“楚人也是鲧、禹的后代，治水的本事是从血脉中带来的。我也知道，蜀民几百年来一直同洪水打交道，积累有宝贵的经验，现在只要集其大成，再提升一步，一定能把这件大事办成。其实我提的这个建议，就是综合了蜀地父老的意见。”

杜宇大喜，与大祭司和庚辰、夷均商量一会儿，三人都没有异议。庚辰表态说：

“这肯定是件千难万难的事，说不定得苦干一辈子。可是再难也得干，蜀地年年洪水肆虐，必须痛下决心了！”

杜宇当即宣布：“那就请先生屈尊担任国相，治水的重任全部交给你了！这件事必须倾注全力，无暇旁骛。所以，你的其他两个建议先放一放。我会记在心上，等把水治好再说。”

鳖灵没有推辞，看看妹妹，慨然答应。娥灵自是十分欣喜，那位老人的占卜果然灵验，刚来蜀地，哥哥已经顺顺当当当上国相了。但这副重任砸在肩上，哥哥肯定要受苦了，而且是几十年的苦。不过，既然他们千里来蜀，就是要干大事的，也已经做好了吃苦的准备。她笑着朝哥哥点头。

大祭司忽然说：“治水之务十分繁重，单单鳖灵先生一人操持未免太辛苦，恐怕需要一个助手，”他指指杜宇身边的夷均，“我觉得让夷均担任就不错，请望帝决定吧。”

鳖灵看看大祭司和夷均，知道大祭司对自己还不放心，便笑着说：“那太好了，能有夷均大人或其他重臣相助，我求之不得。”

杜宇略略考虑，痛快地说：“好，就让夷均专职去当助手。庚辰，以后的国事就多由你操劳了。你先为二位安排一个临时住处，然后在帝府附近开工修建一座新府邸。府邸式样你可询问鳖灵国相，看他喜欢什么样式。”

鳖灵说：“多谢帝尊。我没什么要求，俭朴舒适即可。”

庚辰答应，请两人跟他走，要先为他们安排临时住处。兄妹与众人作别后离开，鳖灵已经走出屋子，忽然返回，笑着说：

“斗胆了，能否让我在这幅画上添两笔？”他指着那幅双凤绕日飞舞的画。杜宇笑着点头。鳖灵拾起刚才用过的木炭条，笔法娴熟地添了两只相同的飞凤。“我们遇见的神鸟是两只，望帝遇见的也是两只。不过作为画面来说，四凤更为协调和饱满。”

杜宇仔细欣赏，欣喜地说：“没错！画面更圆满，更有动感和张力了。噢对了，请你画出娥灵姑娘那个玉坠的模样，我来为她雕琢。”

他还记挂着这件小事，让娥灵心中感动。鳖灵凭记忆画出了虎形玉坠的模样，娥灵稍做改动，交给望帝。杜宇扫了一眼，把图样记在心中，然后把画样交给阿昌：

“阿昌，你把画样送冉师，让他马上准备玉料，一定要最好的翠玉。”

阿昌拿着画样走了，兄妹谢过望帝后也走了。等他们走远，大祭司微讽地说：“帝尊，你对娥灵姑娘很用心啊。”

杜宇笑嘻嘻地说：“这么出色的姑娘，不值得用心吗？”

“帝尊对漂亮姑娘一向都很用心。”

“对，那是我一生的乐趣。漂亮的姑娘连神灵们也会喜欢的，否则先祖留下的规矩中，为什么要挑选最漂亮的处女为神灵献舞？”

“恭喜帝尊，有了这么一个能干的国相，以后就有更多时间来对姑娘们用心了，去干匠作乐舞之事了。”

杜宇听出大祭司的不满，但并不在意，他笑着说：“这样不好吗？大祭司用虔敬的经文来取悦神灵，而望帝亲手制作最精美的礼器来取悦神灵。昆仑诸神一定会双倍地护佑蜀人。”

大祭司轻叹道："你说的也是。能让神灵真心喜欢我们的祭献，当然是好的。"他没有多说，起身准备离开。"好吧，就依帝尊所言，你继续对姑娘和匠作乐舞用心吧。"

出了作坊，走到一个路口他停下了，默默地等着。没有多久夷均赶来了，两人结伴回王城。夷均说：

"我知道你会在这儿等我的。大祭司推荐我当鳖灵的助手，我想你一定有所交代。"

大祭司点点头："夷均大人啊，你怎样看这位千里而来的鳖灵？"

夷均简短地说："绝非寻常之人。"

大祭司沉沉地说："你说得对。据我刚才的观察，此人绝非寻常之人。他精明干练，喜怒不形于色，既有经邦济世的才干，也有深沉莫测的心机。且不说他似乎还享有上天的眷顾，至少是两位女神的眷顾。这种人不会久居人下的。望帝仓促地拜他为国相，不知是蜀民之福还是蜀民之祸。治水这些年你们会经常在一起，务必注意观察他，有什么情况及时告知我。"

夷均痛快地应允："我的亲家，你尽管放心。你不交代我也会留心的。"

这个月的月圆之夜是采玉的日子。好的采玉点大都在河的上游，在那些急流冲出峡谷后陡然变得平缓的地方。美玉原本都藏在深山之中，蒙天地造化，吸吮了日精月华。然后在山河变迁中露出地面，从山体上崩坍，又被急流裹挟而下，磨出了浑圆的外形，最后在水流平缓处停住脚步，静静地沉睡千年，等待着赏识者的采集。上午，采玉船队顺雒河而上。采玉船队头一艘船上坐的是十位采玉女，大祭司的女儿姝姬排在玉女队伍的首位，第一次参加采玉的娥灵排在最后。船上还有一位女巫和十名侍女，她们负责在采玉时为十位采玉女去衣、焚香净身、采玉后着衣，这些都有严格的程式，是从祖先传下来的。一年一度的采玉可以说是王城一年一度的选美，是女人的盛大节日。十位玉女都是盛装而来，她们亢奋欣喜，笑声不绝。依照惯例，今天她们都不能戴金、银、钻等首饰，而是佩带各自最好的玉饰，像玉坠、玉项链、玉手镯、玉脚镯、玉戒指等。娥灵带着一枚虎形玉坠，玉质晶莹，绿得像一汪水。这是杜宇亲自赶工雕琢的，他在让阿昌把玉坠送来时还捎来一句话：

“还好，总算赶上了娥灵姑娘在采玉礼上佩带。”

这位望帝对娥灵的私事如此上心，娥灵当然心存感激。不过感激之外多少有些……难以言明的感觉。娥灵从小到大一直深受哥哥影响。以哥哥的处事准则，为帝王者更应把心放在国事民生上，而不应在脂粉群中打转。当然感激还是主要的，试想，如果在如此隆重的采玉礼中，自己只能戴一枚匆匆购得的普通玉坠，那该多煞风景。所以，抚摸着项间这枚精美的玉坠，娥灵心中不时闪过杜宇的面容。

船上除了娥灵外的九位玉女相互都是熟识的，热情地攀谈着，只有娥灵比较孤单，也多少遭众女的嫉妒——一个异族姑娘初来乍到，轻易就当上采玉女，这在过去是从无先例的。妹姬是玉女之首，注意到这一点，有时特意过来同娥灵攀谈几句。娥灵体会到妹姬的好心，心存感激。

采玉船队的第二艘船是杜宇乘坐，只带着阿昌等几名随身侍卫还有侍女秋草。夷均没来，他随鳖灵走了，已开始在玉垒山一带探查地形；庚辰这次也没来，他在全力督造新的相府。但按照惯例，行采玉之礼时蜀王是必来的，他要对首件玉料行触玉之礼。而且就杜宇本人的意愿而言，怎么会缺席这样的场合呢？他非常享受这个仪式，在他看来，美玉同美女一样，都是上天赐给人间的极品至宝，所以，看着美丽的裸女抱着美玉出水，实在是不可多得的享受。

第三艘船上载着大祭司及手下的女巫男觋，他们要向河伯和月神祷祝，祈求他们护佑这次的采玉成功，祈求神灵慷慨赐予。第四艘船上坐着玉匠，他们负责接收玉女们采到的玉。更多王公贵族的船随行在后边，他们中有的是女儿被选为采玉女，全家人都来助阵；有的人则是为儿子挑选佳偶；还有一些人则干脆是借这个名义来沿河游玩。

船队一路留下鼓乐之声。两岸密林中的动物被惊扰，猕猴和金丝猴们探头探脑地向林外查看，在河边饮水的象群甩着长鼻喷水，水鹿则惊慌地躲入林中。被鼓乐声惊动的群鸟飞上天空，在船队的上空盘旋追逐。船队行了一个白天，快傍晚时到达预定的采玉点。已经预先来这儿选点的玉匠冉师在这儿迎接船队，与杜宇和大祭司见了礼，登上第四艘船。

第一艘船已经停泊在河心，十位采玉女在侍女的服侍下脱光衣服，露出处女挺立的乳胸、美妙的腰凹、丰满的臀部和神秘的隐处。她们都是王城中顶级的美女，在如水的月光下，她们的身体比在日光下更为迷人。女巫舀着备好的香汤，依次浇在每位采玉女的头上，这是象征性的净身。净身之后，妹姬把娥灵拉到一边说私房话。她笑着问：

“娥灵妹妹，你是第一次参加采玉吧？”

“对。”

“听说望帝送你一件虎形玉坠，是他亲自雕琢的，就是这一枚吧。”她指指娥灵双峰之间，一枚绿色玉坠映射着皓月之光，显得水光潋滟。娥灵不在意地说：

“对。我原有一枚虎形玉坠，是亡母留给我的，可惜入蜀途中被巴王抢走了。我和哥哥第一次拜见望帝是在造作局的工棚里，玉匠冉师也在场。当时我哥哥请冉师雕琢一枚，但冉师说望帝的手艺比他更好，望帝不好推辞，就答应了。”

她是有意淡化这件礼物的意义，不想让众玉女猜度她与望帝有什么特殊关系。妹姬笑着说：“冉师没说错。望帝确实多才多艺，能歌善舞，王城的美女没有不喜欢他的。还亲自制作小巧的金玉首饰送给姑娘们，比匠师做得更好，一点儿不带匠气。对于王城的姑娘们来说，有一枚望帝亲手制作的玉饰是最大的荣耀。看，我这一枚玉坠也是他送的。”

她的胸前也有一枚玉坠，是羊脂白的鸟形，雕刻和玉质都属上乘。妹姬又说：“但据我所知，给你的这一枚才是最精美的，玉质也最好。”她笑着打趣，“娥灵妹妹你不要怕我吃醋，我虽然喜欢那位可人儿，但没有做帝后的福分，下个月我就是葛仲的妻子了。所以，这肯定是我最后一次参加采玉之礼了。”她的笑容中藏着些许黯然。

娥灵真诚地说：“我怎么会吃醋？望帝送我玉坠，只是看在我哥哥的面子上。妹姬姐姐，我初来乍到，以后还要姐姐多多照顾。”

“好说，我与妹妹一见如故，十分投缘，以后尽管来找我玩。有啥需要帮忙的也只管开口。”她富有深意地笑着，“我好歹是大祭司的女儿，虽然不是女巫，也懂一点占卜之术，今天为你做一次占卜吧。妹妹，这很可能也是你最后一次参加采玉了。那位风流的望帝很性急，也许一年之内就会迎娶你，哈哈。”

娥灵也笑了：“你的占卜肯定不准。即使他真的有这个意思，光他一个人急也是不行的。姝姬姐姐，至少到眼下为止，我没有一点儿想法。”

她说的基本是实情。杜宇对自己很用心，也许确实有封后之意。从她本人来说，肯定不讨厌这位风流倜傥的王。但毕竟她和这位王刚认识不到一月，她的好感还达不到谈婚论嫁的地步——就在这个瞬间，毫无来由的，她突然想到了一个很可恶的家伙，那个满胸黑毛、粗野剽悍的“狗熊个子臭男人”。他抢走了自己的玉坠，妄图把自己掳走，还差点杀了哥哥。所以，娥灵对他只有满腔恨意——那么，怎么会在这个时刻突然联想起他呢？娥灵不知道。

姝姬不大相信娥灵的表白，但只是嫣然一笑：“说得对，你不要着急，应该憋一憋这位性急的望帝，让他来追你才对。好了，咱们该下水采玉了。你第一次参加，下水后你跟着我就行。”

第三艘船上鼓乐齐鸣，石磬的声音辽远清亮，骨笛的声音高亢跌宕。大祭司带着贴金的铜面具，立在船头挥舞着金杖，高声吟唱着对河伯和月神的祷词。第一艘船上，十位采玉女从船舷依次跳下河，她们个个都是好水性，在水里是十条活泼轻灵的鱼。这样的采玉礼——祭祀、净身、由裸体的处女采玉——是祖先传下的规矩，是对神灵的回报，但在实际执行中已经有了悄悄的改变。因为对古礼的虔诚遵守并不一定能收获好的玉，理由很简单，你没办法把一茬一茬的年轻女孩快速培训成玉料鉴赏家，她们的玉臂皓腕很可能抱来一堆无用的麻石。所以，真正的玉料是玉匠提前选好的，他们把玉料从沙中扒出来，冲净表面的积沙，放置在比较显眼的地方，而采玉女们下水后，只需寻找在月光下闪闪发光的石头就行了。这样，她们就不需要辨玉的经验而只需有一双明亮的眼睛。十条美人鱼欢声笑着，在水中快意矫捷地游动，很快就每人找到了一块玉料，抱着返回，大的玉料则由两个人抬着。她们从水中出来，累得满脸通红，闪着月光的河水从她们头上淌下去，流过圆润的双肩和挺立的乳胸。玉匠的船已经开到了附近，他们把竹筐坠到水面之下，让采玉女把玉料放进去，等筐装满之后，船上人喊着号子，把竹筐拉上来。这样的话，采玉女就不用把玉料抬离水面，否则玉料出水后会分外加重，靠她们的纤纤素手是抬不动的。对于最重的几件玉料，则把采玉船开过去，垂下绳索，由采玉女套在玉料上，直接由玉匠们拉上船。冉师对水下哪儿有玉料了如指掌，所以采玉进行得十分顺利。

采到的首件玉料按规矩应由玉女的首领——这次是妹姬——采得，然后由女巫送往王船，由望帝行“触玉之礼”，即用额头触一触玉料，表示对神灵的感谢。在这之后杜宇就没事了，他坐在船头，兴致勃勃地观看，让阿昌为他斟着醴酒——观看美玉美女，当然要有美酒助兴啊。同样依先人传下的规矩，除了玉匠的船，其他的船都不能靠近采玉的河段。采玉的处女们是神圣的，她们的美丽胴体不能被男人的目光所亵渎，最多只能有一个月光下的远观。那几个玉匠因是职责在身，可以除外——杜宇真愿做一个玉匠！其实，这样的远观也别有情趣，在朦胧的月光下，升腾的水汽中，远处的采玉女们多了几分神秘，飘飘摇摇有如仙子——想到这儿，他不禁想起那次在高山海子边，远远观看女神沐浴的场景。身后的阿昌突然哧地笑了一声，但等杜宇扭头看他时，他已经把面孔板成了石像。杜宇心窍玲珑，猜到阿昌这一声笑是从哪儿捡来——阿昌一定也想到了那天，想起了主人双眼凸出的怪模样。另一侧的秋草与阿昌心意相通，此时也是忍俊不禁。杜宇佯怒地哼了一声，两人立即垂手低眉，表现出十二分的惶恐。

美玉是神的财富，不能贪求，所以，每个采玉女采到三块玉料之后，采玉就结束了。鼓乐再起，大祭司吟哦祷词，感谢河伯和月神的赐予。采玉女们欢笑着上船，再次用香汤净身，由女侍们服侍着穿衣。初次参加采玉的娥灵很兴奋，经历了共同的采玉之后，她和其他九人变得亲近了，大家叽叽喳喳地说着闲话。妹姬一向是众女的中心，这会儿倒比较沉默。娥灵拉拉她，低声问：

“妹姬姐姐，你好像有心事？”

妹姬走出沉思，也做出了决断。她莞尔一笑：“妹妹，采玉前我就说过，这是我最后一次做采玉女了，所以我想干一件事。”她对船上的女巫说，“你们走吧，不要等我。”说完径直走向船舷，在众人的惊愕目光中纵身一跃，和衣投入水中。她在水中露出身子，向惊愕的众姐妹笑着挥挥手，转身向王船奋力游去。

王船上，杜宇远远看到一个女子投入水中，正向这边游来，忙令船工迎上去，又令阿昌用竹篙帮她。那个女子很快游近了，拉着竹篙，轻快地跳上船，原来是大祭司女儿妹姬，身上的丝衣湿透了，紧紧贴在身上，展露出清晰迷人的曲线。杜宇笑着问：

“妹姬姑娘，你怎么和衣跳水？我的船上可没带备用的女人衣裙。”

妹姬微微一笑，没有接他的话头：“我的王，你知道的，这是我最后一次做采玉女了，下个月我就是葛仲的女人了。”

“我当然知道。我已经交代庚辰，让他替我准备了一份重礼。”

“谢谢啦，但我想要另外的礼物。”

杜宇已经猜到她的意思，迟疑地问：“另外的礼物……”

“不是金银也不是美玉，我只想让望帝陪我一宵，就在这河边的仙境之中。”

杜宇一时颇为踌躇。蜀地的风俗，女人婚前是自由的，可以任意拉上一个她喜欢的男人去山林中野合。作为一个风流倜傥的年轻男人，杜宇从来不缺少这样的艳遇，也很享受它。何况这次是妹姬，王城里能歌善舞的美人尖子。这位美人此刻湿淋淋地站在他的面前，曲线毕露，和裸体差不了多少。杜宇踌躇的原因是——妹姬的父亲、她未来的公公、她未来的夫君。虽然婚前的男女自由交往是普遍的风俗，但男人的嫉妒心也是普遍的人性。妹姬知道他为什么踌躇，笑着说：

“我知道我王为什么迟疑——顾忌一位大祭司和两位重臣的面子，但是否你也该顾忌一个姑娘的面子？如果这个可怜女子婚前最后的请求被当众拒绝，”她指指船上的侍卫，“她肯定没脸再看明天的太阳。”

这个“可怜女子”言笑晏晏，但目光中透出决绝。她分明是说：“我王啊，我可是认真的，你斟酌着办吧。”被逼到墙角的杜宇十分尴尬，看看身边的阿昌诸人，他们个个眼观鼻鼻观心，摆出一副石雕的面容。杜宇最终叹一口气，对妹姬说：

“行，我答应你。阿昌，你让船工把船往前开吧，不管开到哪儿，反正开到拂晓就返回。”

妹姬喜笑颜开，挽上杜宇走进楼船的卧室。

后边的大祭司看到女儿突然跳下水游到王船，然后王船离开船队独自开向上游，他自然知道这意味着什么，心中十分恼火，却也无可奈何。这显然是女儿主动的，她对这位风流望帝的好感可不是一天半天了。现在她是抢在结婚之前，趁她还是自由身的时候，实现自己的夙愿。当然，女子婚前的自由交往是蜀地的风俗，只是——他不知道未来的亲家公和女婿是否有足够的达观。

他沉着脸，下令不要管那艘王船了，其余船只照常返航。

载着采玉女的船也在返航。其他八个采玉女都看到了妹姬的行事。大家心照不宣地沉默着，目中闪烁着异样的光芒，其中有轻微的嫉妒，但羡慕和钦佩的分量更重。唯有娥灵的心情比她们复杂。这些天，她感受到了杜宇对自己的殷勤，也开始对这个英俊快乐的男人萌生好感；她当然清楚，作为帝王，他不可能一生只有一个女人；而且楚地和蜀地有同样的风俗，女人在婚前是自由的，所以她对妹姬的做法并无不满，反倒对她的敢作敢为怀有钦敬。但不管怎样，这件事还是重重地影响了她。如果说她曾为杜宇稍稍打开了心灵之门，但现在这扇门瞬间关上了。

为什么会这样？她说不清。也许内中真正的原因是缘于哥哥——如果哥哥为蜀王，决不会这样做的，决不会因男女私情而影响与大祭司和两位重臣的关系。这并非谁对谁错的事，不，谁都没有错，但不同的人负有不同的责任。这位望帝就没能承担起自己的责任。

就在这瞬间，娥灵在心中做出了一个决定，一个相当决绝的决定。她悄悄取下项间的玉坠，借着在船舷观景的机会，不为人觉察地扔到河里。小小的玉坠没有激起声响，只是溅起了一朵小小的水花，随即一切归于平静。之后她就放下心事，和其他采玉女高兴地闲聊着。

船队第二天回到王城。娥灵在家休息了一天，去已经开工的新相府工地看了看，准备第二天离开王城，到北边找哥哥。哥哥和夷均大人已经开始治水前的探查工作了，娥灵要跟他们一起干。庚辰大人为她备了一条小船，船上还装有带给工地的给养。

傍晚时有不速之客，是妹姬和她的未婚夫葛仲，他是中等个子，相貌平常，穿着戎装，是个性格粗豪的男人。他与娥灵见礼，说：

“娥灵妹妹，妹姬说你是她在采玉时新结识的好友，我们特来邀请你参加我们的婚礼。时间是在一个月之后。”

娥灵高兴地说：“我肯定要参加的。我明早要去玉垒山找我哥。玉垒山离王城不远，到时候，夷均大人和我哥肯定会赶回来参加婚礼的，我随他们一块儿就行。”

“好的。你说得对，我父亲和鳖相已经答应回来参加婚礼。”

妹姬亲热地挽着未婚夫，喜气洋洋的样子。娥灵在心中揶揄地想，这位姐姐对感情上的事倒是拿得起放得下，她昨天还了一个夙愿，今天就把过去的感情痛快地挽了个结，扔到雒河里了。现在她已经心地清净，与未婚夫携手迈进新的河流。妹姬拉着娥灵的手，说了一会儿女人的话。忽然发现娥灵没有戴玉坠，便问：

“妹妹，你那枚漂亮的玉坠呢？怎么没有戴它？”

娥灵不在意地说：“真可惜，就在采玉那天，不小心掉水里了。”

妹姬定定地看着她。她足够聪明，猜出这恐怕不是真正原因。真正原因——恐怕与自己还有某种关联。想了想，她俯在娥灵耳边，悄声说：

“妹妹，采玉那天我还了一个愿。还愿之后，我就把之前的事全忘啦。”

她耳语的时候，那位未婚夫在一边笑嘻嘻地看着。娥灵也笑着和她耳语：“我不知道你还了什么愿，但我替你高兴。至于我这枚玉坠算不了啥，掉了也就掉了。”

两人都在打哑谜，但妹姬更加断定：娥灵玉坠的“丢失”肯定与自己那天的“还愿”有关。她有点摸不准这个小妹的心思，想了想，决定不把这件事说破，便笑着对未婚夫说：

“葛仲，采玉那天，娥灵妹妹的玉坠不小心掉到河里了，咱们得送她一个新的。”

葛仲豪爽地说：“这事容易。我明天就到冉师那儿，让他挑一块最好的玉料，亲自为娥灵妹妹雕一枚。妹妹想要什么式样，只管告诉我。冉师的手艺是全蜀地最好的——如果不算望帝的话。我催他快点做，赶上妹妹带着它参加婚礼。”

他无意中提到杜宇，妹姬和娥灵不由得互相看一眼。娥灵想，这位未婚夫肯定还不知道那天妹姬的“还愿”吧，这不奇怪，对这种事，没人会在未婚夫面前多嘴的。她忙说：

“那就多谢啦，我未来的姐夫哥。”

葛仲问了她的玉坠式样和颜色，两人告辞。

第四章　鳖灵治水

世界上各族先民都有洪水灭世的神话，但英雄治水的传说却唯神州独有。其中，在诸夏和古蜀人中，治水传说似乎是各自独立的，治水英雄分别为中原的鲧、禹和蜀地的鳖灵。但禹兴西羌、禹生石纽，大禹“岷山导江，东别为沱”，这两条河都位于蜀地——所以，两地的治水传说交错渗透，其实是同一个起源。

——《西王母致后人》

娥灵在玉垒山附近找到了哥哥、夷均和他们的十几个手下。娥灵与哥哥分别只有一个月，但一个月的风餐露宿已经让他大大变了样：又黑又瘦，头发凌乱，衣服被荆棘挂破，手臂上有不少挂痕。夷均和十几位手下也大抵如此。也许哥哥最大的变化是心态，现在他的内心已经被治水之事占满了，完全不是家乡那个闲适淡泊的哥哥了。他发现了娥灵没戴玉坠，也顺口问了一声。娥灵说，采玉那天不小心掉进河里了。以哥哥平素的敏锐，他应该也像妹姬姐姐那样悟出其中有蹊跷，毕竟这是望帝亲手制作的礼物，意义非同小可，妹妹把它弄丢后不该这样漠然的。但现在的哥哥只是不在意地说：

“真可惜。没关系，我请冉师为你再雕一枚。”

“你不用操心了，妹姬姐姐和葛仲哥哥已经答应送我一枚，也是请冉师雕琢。夷均伯伯，来这儿前一天，你儿子和妹姬特意去见我，邀我参加婚礼。”

夷均高兴地说：“那好啊，到时候咱们一块儿回王城，鳖相也要参加的。”

“对，我一定参加。走吧，娥灵，今天我们就要最后定下开凿河道的路线了。”

鳖灵、夷均、娥灵及手下爬上一座山，在林木中穿行，到了一处悬崖旁。

鳖灵指着身后对娥灵说：

“依据这些天的探查，这儿应该就是岷江距沱江距离最短的地方，只需把这儿凿通就可以导岷入沱。可惜林木繁杂，山路难行，无法直接测量并确定最合适的路线。”他叹息着，“真盼着能飞到天上，那就对山势水向一目了然了。”

娥灵说：“真的，能长一双翅膀就好了。我倒是能把鸟雀唤来，只是探路这样的事太复杂，它们听不懂的。”

鳖灵让手下把绳索拿来，拴到悬崖边的树上。共有两根绳子，一根是主绳，粗如人臂；另一根是测深绳兼保险绳，只有大拇指粗细。他把绳子往身上拴，准备下崖，夷均再次劝说：

“鳖相你不要亲身犯险，我带来的侍卫石牛原是猎人，善于攀登，武功好，很精干。让他去测量吧。”

身材瘦小、精明干练的石牛过来：“鳖相，让我来吧。”

鳖灵拒绝了：“不，我要量出山顶到江面的准确高度，这个尺寸最重要，关系到开山的工程量。还是我自己来。”

几人反复劝说，但鳖灵不听。娥灵只好说：“哥哥千万小心！”

“放心，你看还备有保险绳，万无一失。”

他绑缚妥当，夷均检查了，石牛再次复查，确认了安全。鳖灵准备下去了。这时，对面山顶上出现了一大群猴子，捶胸顿足的，恶狠狠地向着这边咆哮，其中一只狂吼怒叫的老猴子显然是猴王，它的吼声最为刺耳。娥灵凝神听了片刻，苦笑着说：

“哥哥，它们已经猜到咱们要开山辟河，也猜到这会毁了它们的家园，所以这会儿在破口大骂，让咱们快滚蛋。那个老猴子骂得最难听，它骂的那些脏话啊，我都学不出口。”

鳖灵苦笑道：“这些猴子真正通灵啊。它们骂得不错，如果这儿被劈开，它们的家园确实要被毁掉。没办法，世上事多半不能两全，为了百姓，只能对不起它们了。”

“我用兽语尽量安抚吧。”

“没用的。这事涉及的是它们的根本利益，没办法安抚。只能由它去了。”

他开始往下攀登。石壁如削，偶然有横生的矮树。他小心地蹬着石壁，上边慢慢放着绳子。有时他也借某棵树木或某条石棱歇息一下。不久，他就下到悬崖的半腰了。

一朵彩云冉冉飘来，云中是金凤朱雀两姐妹。今天二人以鸟身飞行，飞到这儿变回了人身。她们饶有兴趣地看着在绝壁上缒绳而下的鳖灵，朱雀说：

“这些凡人竟要把这样的高山凿通？太不自量力了吧。”

金凤摇摇头，沉沉地说：“不，母后预言他们会成功的。别看每个凡人的力量微不足道，但只要拧成一股绳，就能干出惊人的业绩。母后还预言，这条人工开凿的河谷将造福百代百姓。只是，这些不幸的猴子们就要失去家园了。不过这是命定要发生的事，没办法改变的。”

朱雀笑道：“刚才听鳖灵说，他真盼着能飞上天，那样就能对水路一目了然。其实这不是难事，咱们能轻松地帮他实现。”

“你忘了神界的戒律？”

朱雀笑嘻嘻地：“我没忘，不过，小小地犯一次，也算不得什么。”

“最好还是别犯吧，母后不会因为是她女儿就网开一面的。”

那边的悬崖下，鳖灵手足并用，缒绳而下。此刻崖壁内凹，他的身子已经悬空。忽然，对面的老猴子向这边飞快地攀过来，它动作敏捷，单手荡着野藤，用双脚抓握石棱，另一只手中握着一块尖利的石头。它很快来到绳索附近的崖壁，地点在鳖灵之上。它努力用两足站稳，把绳索按到石棱上，开始用力砸。悬崖上的娥灵发现了，惊呼道：

“糟了，那个老猴精在砸绳子！”

鳖灵抬头一看，知道情势危险，高声喊：“快点起绳！”

悬崖上的人急急地向上拉绳，但绳索被老猴子按在石缝中卡死了，再也拉不动。老猴子所在位置在半崖处，上边的人一时无法奈何它。鳖灵见绳索拉不动，老猴子又在拼命砍砸，形势危急，只能另想办法，便开始努力荡绳，想抓住悬崖上一根横生的矮树来保命。但那棵树太远，几次荡绳都没有成功。

绳索在悠荡中加剧了同石棱的摩擦，再加上老猴的奋力砸砍，转眼之间主绳已经喀喀嚓嚓地断掉。在众人一片惊呼声中，鳖灵急速坠落，然后突然停住——是保险绳拉住了他。下降的冲力让他在悬崖上大幅游荡，险些把脑袋在石壁上撞碎。鳖灵在危急中仍保持着镇静，在飞速的摆荡中迅速观察四周，看有没有可借力的地方让他停下。可惜，在这个高度上没有可以借力的树木，他只能在荡近山崖时力求抓住石棱，但尝试两次都没有成功。

老猴子看见了那根保命的细绳，仍然不肯罢休，纵过去开始砸它。崖上人大声喊打，石牛跑回放行李的地方去取弓箭，其他人在寻找石头，但山顶一时找不到石头，夷均情急中掏出勘察用的小锤，瞄准老猴掷去。小锤准确地砸中了老猴的肩膀，老猴痛叫一声，穷凶极恶地向上吼叫，但手中并不停止。没有多久，细绳也被砸断一股。它本身就细，断股后再也承受不了鳖灵的重量，戛然断裂。在娥灵撕心裂肺的尖叫声中，鳖灵拖着断绳急速坠落。从方位看，他落不到水中而是会落到一片嶙峋巨石上，势必送命。

电光石火之间，两只巨鸟突然出现，从天上疾速俯冲下来。金色鸟先到，一爪抓牢了鳖灵的右肩，止住了他的坠势。红色鸟随之赶到，抓牢了鳖灵的左肩。然后两鸟用力扇动翅膀，飞上山顶，把鳖灵放到地上。

半崖处的老猴子看到仇人被神鸟救走，无可奈何，捶胸顿足地表示愤怒。石牛这时已经取来了弓箭，愤怒地瞄准这只可恶的老猴子。他的箭法百发百中，老猴子在劫难逃了。就在他要放箭时，鳖灵看到了，立即喝道：

“石牛莫射！”石牛停住箭，疑惑地看着鳖灵，鳖灵叹息道，“不要怪罪它，它只是保护自己的家园。放它去吧。”

石牛只好引弓不发。他气恨难平，指着老猴子骂：“老猴精，是鳖相慈悲，饶你一条命，快滚！下次再让我碰上你，决不轻饶！”

他略抬箭头射过去，利箭呼啸着钉入老猴子头顶的石缝，箭尾快速颤动着，敲到了老猴子的脑袋。老猴子这才知道害怕，缩起脑袋，厉声长啸着，纵跃着回到了对面山顶。它恨恨地率领它的子民离开山头，消失在密林中。

众人齐齐向救命的神鸟叩拜，鳖灵则是长揖致谢。两只神鸟没有急于离开，安静地立在崖顶，两只鸟头轻轻点动着，似与众人问好。虽然此刻是鸟身，但众人分明知道她们是女性，也能看出她们的盈盈笑意。忽然，金色鸟振翅飞走了，飞向山凹的一片丛林。她转瞬间又飞回，嘴里衔着一束绿草。她落在原处，把药草吐给鳖灵，用清脆的女声说：

“你受伤了，把药草嚼碎，敷一敷。抱歉，我俩刚才用力太猛了。”

鳖灵兄妹是第二次听到这个声音，不由得心中一荡。这是年轻女性的声音，清脆甜美，珠圆玉润。鳖灵低头看看自己，两个肩头都有利爪抓出的伤痕。伤痕相当深，可见刚才危急之中，两只神鸟在攫抓他时用了全力。刚才他身处危难感觉不到疼痛，这时一经提醒，才感觉到霍霍的剧痛。娥灵很心疼，赶忙嚼碎药草，为哥哥敷药。妹妹敷药时，鳖灵忍着疼痛，笑嘻嘻地看着两只神鸟，用目光表示谢意。他忽然灵机一动，说：

“感谢两位姑娘第二次救命之恩。可我还想得寸进尺——能否请二位就像刚才那样带我上天，让我看清周围的山势和水路？冒昧了，实在是冒昧了。”

两只鸟面面相觑，朱雀小声嘀咕：“刚才只是临危救人，还不算多犯戒，可如果……要不，索性犯它一次？”

金凤这次没有再说“最好不要犯戒”的话，稍为犹豫后向妹妹点头。鳖灵见神鸟应允，大喜过望，立即走过来，请神鸟来抓住他的肩头。但两只神鸟看看那些伤痕，摇头拒绝。当过猎人的石牛想出了办法，此刻鳖灵身上还带着那根断绳，石牛为他解开，十字交叉地在胸背处捆紧，在两侧留出两个绳圈，以便神鸟来抓。

两只神鸟点点头，表示同意这个方案。夷均和娥灵再次检查绳索的绑扎，确认了安全。鳖灵来到崖边，两手平举，各握着一个绳圈。两只神鸟展翅升空，从他头顶一掠而过，掠过的瞬间各用双爪抓牢一个绳圈，带着他离开地面。先向前掠过深涧，又回过头爬高，越过山顶。鳖灵在空中亢奋地大声欢呼，这样的经历真是太刺激了，确实是不世之遇！现在，在高高在上的俯瞰视野里，曾被峻岭密林重重遮掩的山势水向变得一目了然。岷江和沱江分流南下，在群山中蜿蜒曲折，分头行进，各自消失在远处的群山中。但在上游某处，两江仅仅隔着一座小山峰，相距很近。鳖灵指着那个方向说：

“请二位女神朝这个方向飞，两条江在这儿相距最近。我得想办法留个记号，免得下去后找不到。”

两只鸟对他“留记号”的打算嫣然一笑。她们沿那个方向飞到头，再折回来，忽然口吐烈火，沿着他指的方向烧出一条笔直的火路。崖顶的众人看见林中忽然升腾出熊熊烈火，而那儿正是两鸟带着鳖灵消失的地方，不由得惊惶失措，娥灵更是惊慌，大声唤着哥哥。但众人随即看到两鸟掠过火场飞回来，鳖灵仍好好地悬在它们之后，都松了一口气。两鸟轻盈地飞过来，同时松开巨爪，把鳖灵丢在地上。鳖灵随着来势翻了一个滚，站稳了脚步。这次两鸟没有再停留，直接从众人头顶掠过，轻捷地直上九天，留下一串清脆的笑声。

众人向神鸟远去的方向虔诚地礼拜，个个感激涕零。鳖灵回过身，指着那条火路，兴奋地说：

“看！这条火路就是神鸟留下的路标，只用照着它劈开一座峡谷，就成了！夷均大人，明天咱们就可以正式动工了！”

娥灵痴痴地看着神鸟消失的方向，心驰神往地说：“哥哥你真幸运，能被神鸟带着在天上飞一趟。啥时候我也能上天一次，那就太高兴了！”

鳖灵笑着说：“下次再碰上二位，央她们带你一次吧——不好。刚才那位红衣女神说了，帮助凡人对神界来说是犯戒的事，母后说不定会惩罚她们的，咱们还是别让二位为难吧。”他又说，“她提到‘母后’我才知道，原来她俩是西王母的女儿！金黄羽毛的是姐姐，叫金凤；朱红羽毛的是妹妹，叫朱雀。”

娥灵又惊又喜：“原来两位姐姐是西王母的女儿啊。”

夷均悄悄打量着鳖灵，目光中包含了发自内心的钦敬。他原对这个“异族人”抱有很深的戒心。但一个月来，这个异族人脚踏实地，身先士卒，不惧生死。而且他宅心仁厚，心地坦荡，这从一些小事上就能看得出来，像刚才他制止石牛射杀老猴，这会儿心思周密地不让神女为难。尤为难得的是他两次蒙神鸟救命，而神鸟竟然是西王母的女儿！看来他确实是“天命”之人。他将为蜀民带来福祉而不是灾难。

石牛等十几个随从也和夷均一样，对鳖灵十分钦敬。他们没有夷均那样复杂的心事，只知道鳖灵身为国相，能和他们一块儿吃苦，一块儿搏命，一块儿滚大铺，一个锅里搅饭勺，那么很自然的，鳖灵就是他们最亲近的大哥。为了这样的大哥，豁出性命也是高兴的。

以后的日子里，金凤姊妹每天都随太阳车巡行，一天也不落。蜀地玉垒山这儿的事她们已经放不下了，每天都想看一看。在太阳车的高度，尘世的一切都袖珍化了，连高大的雪山也变成低矮的雪堆。小小的玉垒山夹在群山之中，几乎难以辨别，而那些辛苦操劳的众人小如蝼蚁，难以看见。所以，这些天来两姊妹常常托故离开太阳车，化为鸟身或骑着麒麟，降到玉垒山山顶的高度，就近观察那儿的进展。

今天金凤姐妹以鸟身飞行，后面跟着骑羊龙的鱼凫。姊妹俩回到昆仑山后，私下里把鳖灵治水的事告诉了鱼凫，后者自然对家乡的事牵肠挂肚。当然，他现在已经被提升为神，应该把天下的百姓都看成他的子民，包括西北的羌人、西南的藏人、中原的周民、东方的夷民和南方的越民。甚至应该包括神州之外那些蓝眼金发的白人，卷头发翘屁股的黑人，还有那些尚不知道穿衣遮羞、兀自茹毛饮血的海岛土著，等等；甚至也应包括山里、水下、空中、草间所有的野生生灵。但刚被提升的鱼凫还远未达到“天下为公”的境界，对此他颇有自知之明，并不强求。再说，那些遥远的族群自有他们的神照顾，而昆仑山的神多关照一下血缘更近的子孙，也算不上多大的私心。所以这些天来，鱼凫总是骑着他的羊龙，早早地等在太阳车前。看见前来的金凤姊妹，三人会有一个心照不宣的眼神。

这会儿太阳车已经驶到鳖灵开凿水道的地方，即后人称的“宝瓶口”。姊妹俩和鱼凫正要编一个离开的理由，西王母扭头看看他们，然后指指下边，平和地说：

“鱼凫，你不是牵挂着下边的事吗？你看吧。”

她没有提金凤姊妹，但两人知道母后是把她俩也涵括在内的，多少有些难为情。西王母神力通天，她这么一指，遥远的玉垒山就迅速拉成清晰的近景。这儿已经是热热火火的工地，有千百人在忙碌，忙碌中也秩序井然。当日姐妹俩用神火烧出的那条路线今天仍是火光熊熊，不过不再是神火，而是用木柴烧起来的。一堆堆大火连缀成一条火龙，烧灼着下边的石头，也舔着山顶上的天空。旁边已经准备了很多桶水。不远的一处山泉旁人们仍在排队用木桶接水，再挑到这边来。等火焰熄灭时，石头已被烧红，众人迅速把水泼过去。热石头受激，腾出弥天的水雾，喀喀嚓嚓地裂出了细缝。等水雾散去，众人一拥而上，用金属撬杠顺着石缝用力撬动；或者一人扶钎，一人抡圆大锤击打钎子端部来扩大石缝。那些被撬下的碎石则被迅速抬走，抛到山下；大的石头被垫上滚杠，几个人合力推着，顺着未竣工的河道推入河中。

不远的山背处也有熊熊的炉火，这儿是锻造作坊，被磨秃的青铜或黑铁纤子、被撬弯的撬杠都被送来，烧红后修复。作坊旁边是厨房，一口大锅热气腾腾，年轻厨娘在准备午饭。往远处的山峰看，那儿有几百个伐木工人。巨树用青铜片锯来锯，中等以下的树则用铁斧砍。有人喊着“顺山倒哎”，然后是一声轰然的巨响，一棵巨树喀喀嚓嚓地倒下，把附近的小树也压折了。巨树倒下后，人们一拥而上，砍下小枝，捆成柴捆运往工地。削光的主干仍然过于粗大，无法抬动，就顺着一条溜道溜到这边来。放眼望去，这个山头上的树已经差不多被砍光了。

对面山头上仍是林木葱郁，但以工地的规模估计，很快就轮到砍伐它们了。那片林木中，老猴王带着群猴，猴群中也杂有岩羊、鹿、獐等动物。海拔较低的竹林中则群集着数量众多的貊（熊猫），毛色黑白相间，面容憨厚可爱。众兽都呆呆地看着家园被毁，目光迷茫、痛楚，更多的是无奈。

西王母挥挥手，清晰的近景陡然推远，众人和群兽都隐没在距离中。西王母叹息：

“等这座山崖被劈开，附近的树木也会被砍伐尽了，野生生灵们只能迁走。但这个工程成功后，可让千百代的百姓受惠。唉，世上事多半不能两全。”

车后的鱼凫则完全站在“蜀人先祖”的立场，对眼前的场景是一边倒的赞赏：

“这个叫鳖灵的龟儿子硬是了得！凿开宝瓶口，导岷江水入沱江，既能灌溉又能防洪，亏得他能想出这样的好招数！只是不容易呀，这么大的工程量，我估摸着，至少得三十年才能完成。”

朱雀说：“这么长时间啊！他一个凡人，30年后熬成老头子啦。”

鱼凫叹道：“那是当然，凡人嘛，哪像你们姐妹俩永远年轻。”

金凤一直没怎么说话，这会儿忽然说：“母亲你们先走吧，我和朱雀去地上看看。”

西王母回头看女儿一眼，温和地警告：“凤儿，雀儿，我知道你们已经违犯过一次戒律，以后切勿再犯。若再犯戒，你们就会被逐出神界，失去神力，我也帮不了你们。”

姐妹俩互相看看，笑着说：“知道啦。”

她们飞离了太阳车，鱼凫急急地喊：“两位公主等我一下，我也想去！”他怯怯地看着西王母，希望她不会禁止。西王母没有说话，算是默认了他的请求。鱼凫大喜，急忙催着羊龙追赶。但朱雀笑着调侃他：

“你这只四只角的坐骑太磨蹭，追不上我们。我俩先走了，你自己在后边一步步挪吧。”

两鸟收起翅膀，疾速向下俯冲，很快变成了两个黑点，消失在尘世的绿色中。鱼凫怕和她们走失，催着动作笨拙的羊龙，急急地追了过去。

太阳车上只剩下两人，西王母柔声说：“他们都走了，羲和，你来后座吧。”

羲和固定好六只麒麟的缰绳。它们都是通灵神兽，不用指挥也能顺顺当当地走完全程。他来到后座，把那位百神之首揽到怀里，指指下边说：

“依我看，姐妹俩对那儿的关心有点过了，不是好兆头。”

西王母轻叹一声：“我何尝不知道。可是羲和啊，有些事是命中注定的，连我也阻止不了。”

羲和叹息着点点头，把怀中人揽得更紧一点。太阳车安静地飞驰，把那一带甩到身后。西王母平静地说：

“她们对尘世这么感兴趣，也怪神界的生活太平淡乏味。羲和，我其实很留恋天地初创时的忙碌日子，炼五色石以补苍天，断鳌足以立四极，杀黑龙以济冀州，积芦灰以止淫水……还有，教百姓种庄稼、养蚕、辨认药草……虽然辛苦，日子倒也过得充实。”

羲和大笑："那时可没有羲和这个男人，只有一个叫常羲或羲娥的女子，每天在汤池里为十个太阳洗澡。"

西王母也笑了："你不必介意。那是个遥远混乱的年代，有一点误传也是免不了的。"

"王母，你知道我对金凤姊妹有多么疼爱。我总觉得，她们应该是我的亲生女儿。"

西王母淡然一笑："可惜我帮不了你，那是个'人知其母而不知其父'的年代，连我也不确知谁是她们的生父。"

"没关系的，不管是不是亲生，我在心里都把她们看成亲生女儿。"

西王母沉思一会儿，突兀地说："她们走了也好。羲和啊，我真不该有这样的神力，可以洞视千年万载。我能看到，几千年后天上不再有太阳车，而只有一些屁股后喷火的怪东西；雪山的簇拥中也没有了昆仑神山，它只留在华夏族群的记忆中，变成了缥缈遥远的神话。今天的神族衰落了，被新神代替了；新神也逐渐衰亡了，而凡人变得无比强大无比张扬。我不愿看到这些，但我知道这是挡不住的，所以，如果金凤朱雀她们下到凡间，在凡世留下血脉，也未尝不是好事。"

羲和深深地看着西王母："我不知道百神之首原来有这样的想法……不管是神是人，世上最苦母亲心啊。"

他搂紧了西王母，不再说话。六匹神兽不知道主人的心思，照旧欢快地向前飞奔。太阳车向西方疾驰着，前面又快到乱峰如枪的崦嵫山了，而昆仑神山照旧在西北的雪山簇拥中闪着神光。

今天望帝杜宇和大祭司第一次亲临工地视察。庚辰和葛仲也很想来，但他们职责在身，不能离开王城。工地上，未来的河道已经被剥去一层，深度有两人深。在这条长长的河道里，数千民工仍在忙碌地堆放柴草，准备下一次的烧灼。杜宇兴高采烈地说：

"鳖灵，干得好！把这件事干好，你是蜀国第一功臣！"

鳖灵已经在工地上忙了两年，几乎变成一个野人，长发蓬乱，胡须满面，面庞黑瘦，眼窝深陷，衣服多日没有换洗，褴褛脏污，与其他工人无法区分。只有眼睛仍光彩熠熠，举手投足的气度也与众不同。他笑着说：

“不敢当，是帝尊的功劳，也是大祭司、庚辰诸人的功劳。没有后方的支援，我和夷均啥也干不了。”

“你的府邸已经建好了。可惜啊，建成之后，你和娥灵姑娘一天也没住过。”

“感谢帝尊赐予的府邸，工地上事务太繁忙，没时间回去。等完工后我再住吧。”

“你说过那要30年啊，哪能30年不回家？你还没有家室，总不能到30年后再娶妻吧。你最近抽空回去一趟，我已经为你预选了十几名合适的女子，等着你回去亲自选定。”

鳖灵一愣——蜀王这句话让他忽然想到了两位神女，尤其是着金色衣衫的姐姐金凤。这两年来，她们多次来过工地。虽然她们属于神界，地位尊崇，但给他的感觉很亲近，并非遥不可及。当然，如果说他对金凤有什么希冀，那也未免太不知高低，毕竟人神之间隔着万丈鸿沟。但不管怎样，当蜀王提到婚事时，金凤突然从他脑海里蹦出来，说明他确实喜欢上她了，无法再欺骗自己。他的片刻怔忡被杜宇看在眼里，后者敏感地问：

“莫非你已经有了意中人？尽管对我说，哪怕是你看中了西王母的女儿，我也敢去为你去求婚。”他是开玩笑，没想到这个玩笑说的正是实情。

鳖灵忙推辞：“哪里哪里，每天忙于施工，哪有时间啊。感谢帝尊的美意，但这事稍后再说吧。”

杜宇转向娥灵。娥灵变成了一位黑妞，衣服破旧，满面尘色，但黝黑的肤色仍掩不住她的鲜艳水灵。杜宇笑着说：

“娥灵姑娘也该谈婚论嫁啦。”

娥灵也是一愣——鬼使神差地，她忽然间想到了那个骑白虎的男人。自打有过那次遭遇，这个“狗熊个子臭男人”已经是第二次在她心中蹦出来了，蹦得毫无来由。她当然不会看上这头粗鲁野蛮、满胸黑毛的狗熊，所以，这会儿想起他真是晦气。她的片刻怔忡也被杜宇敏锐地看在眼里，笑着问：

“莫非娥灵姑娘有了意中人？尽管告诉我。”

问过这句话，杜宇殷切地等待回答，他真希望娥灵是这样的回答——满脸绯红地看看他，然后低下头羞涩地一笑。但娥灵只是淡淡地笑着摇头，没有接他的话。聪明的杜宇马上看出来，自己并不在娥灵的心上，这让他十分失落。他只好自己找了一个台阶：

“看来娥灵姑娘不好意思说，那就告诉你的哥哥，由他转告我，我来为你筹办婚事。”他对鳖灵、夷均等人说，“好的，这儿的事托付给你们。我和大祭司要走了。”

大祭司说：“你的麒麟跑得快，咱们没办法同路的。你先走吧。”

杜宇骑上麒麟率先离开，远远听见他在吹骨笛，旋律欢快，笛声清亮高亢，响遏行云。这边大祭司同鳖灵等人道了辛苦，也离开了，夷均很默契地单独送他。二人远离诸人后，大祭司问：

“我的亲家，这人怎么样？”

夷均坦诚地说：“这两年多来他一心扑在工地上，从不外出，与各地的头人们也没有来往。没有发现他有二心。”他不想对大祭司过分显露对鳖灵的赞赏，但想了想，还是侧面地表示了自己的看法，“大祭司，他有神鸟护佑啊。两年前在巴国边界他们兄妹曾蒙神鸟救过一次，那次咱们没有亲见。但在这儿勘察路线时，鳖灵曾摔下悬崖，两只神鸟救了他，又带他上天查看水路，这是大家亲眼所见。直到现在，两位女神常来工地看望，与他们兄妹十分亲密。据说两位女神是西王母的女儿。”

大祭司世事洞明，完全明白这番话的分量——既有神鸟护佑，也许……天命应在此人身上？但表面上他不动声色，只是微微点头：

“我知道了。亲家你辛苦了，有什么情况及时告我。”

“亲家放心。”

金凤姐妹又来到玉垒山的上空，隐在云中看着下边。骑着麒麟的杜宇刚刚远去，远远还能听到他高亢的骨笛声。麒麟的速度很快，后边一队卫士鞭着坐骑努力追赶。朱雀指着他说：

“肯定又去游山玩水啦，这个不务正业的王。还是个超级厚脸皮，那天你罚他把眼珠凸出来，倒是遂了他的心愿——想想他当时用凸眼珠窥视你的馋模样！后来，他竟公然把那个怪模样铸成祭神的面具。”

金凤笑道：“没错，他是个厚脸皮又不务正业的家伙。但他的青铜器和玉器确实做得漂亮，有一种内在的灵气，这种境界是很难达到的。”她补充说，“也很有音乐天分，你听，他的笛子吹得多动听。”

“他干错行啦，不如把王位让给鳖灵，自己去当匠师或乐师。”

“你说得对，他当匠师或乐师，肯定是好样的。鳖灵当王也肯定是好样的。”

朱雀转了话题：“姐姐，咱们离开太阳车时，我远远听见羲和叔叔在谈论你，说你对这儿过分关心，不是个好兆头。”

金凤调侃她：“你个偷听大人说话的捣蛋鬼。羲和叔叔没说你吗？我看你同样是过分关心啊。”

朱雀调皮地说：“我是关心凿山这件事，有人怕是关心干这件事的人吧。”

金凤笑着点点她的额头：“你不用撇清自己，我和你的关心是一样的。”

“姐姐啊，我说句不知高低的话，你可别训我。”

凤姐揶揄她：“朱雀今天怎么啦？你是个怕姐姐训的妹妹吗？说吧，说吧。”她笑着说，“其实我根本不必催你，知道你有话憋不住的。”

朱雀笑了：“对，我心里有话确实憋不住。我想说的是——其实当个凡人也不错，神界的日子年年如此，太平淡，太没劲儿。”

“怎么没劲儿？你说说看。”

“你看，昆仑神山上没一个孩子，更没一个婴儿。可是，如果有几个崽崽囡囡哭啊闹啊、拱在怀里吧唧吧唧吃奶，咧着没牙的嘴甜笑，奶声奶气地喊爹娘，撅着小鸡鸡撒尿，一定是非常有趣的。可惜咱们从来没有经历过。”

金凤笑得捂住嘴：“你说得非常有趣，继续说。”

“然后孩子们长大了，成人了，看见异姓就会脸红，脸红之后又会偷偷走到一起，拥抱、亲吻，然后是结婚、怀孕。对了，你说神山上多咱见过孕妇？自打我长大就没见过。可是，依我看来，怀孕的女人最漂亮啦。”

金凤笑得喘不过气：“你这个厚脸皮的朱雀，还说什么杜宇是超级厚脸皮，我看你的脸皮更厚。”

朱雀坦然说：“我才不怕谁说我厚脸皮呢。我只是说出了心中的真实想法。我相信，比我大的那位姐姐其实早就有同样的想法啦，只是她脸皮薄，从来不对别人说，哪怕是对她最亲的妹妹。”

金凤突然沉默下来，定定地望着妹妹，目光中含有淡淡的苦味儿。朱雀也随之沉默下来，用同样带着苦味的目光看姐姐。然后她们不约而同地轻叹一声，把目光转向夕阳，望着它出神。朱雀的话触动了姐妹俩内心最深处的积愫和幽怨，此时只能无言。身后，骑着羊龙的鱼凫刚刚赶到，正巴巴地向她们跑来，一边向她们招手。朱雀突然指着下边的密林：

“姐姐你看！白虎，巴王的那只白虎！它怎么跑到了蜀国的北边？这儿离巴国国都有千里之遥呢。”

下边的密林缝隙中果然能看到那只白虎，它悄然无声地走着，目光警觉。金凤仔细察看，它的白色毛皮和超长的身体是明显的特征，不会认错的：“真的，确实是那只白虎！”

“是不是巴王贼心不死，派它来偷袭鳖灵兄妹？”

“不管是不是想偷袭，反正肯定和鳖灵兄妹有关。咱们去看看吧。”

两人化作鸟身飞过去。等鱼凫骑着羊龙赶来，姊妹俩已经进了密林。鱼凫赶紧催着羊龙追了过去。

夕阳落山，工地上响起了悠长低沉的牛角号，众人拖着疲乏的身体，络绎向工棚走去，年轻的厨娘手里拎着勺子在工棚口迎接。工地还余下几个人，是鳖灵领着石牛等人在检查今天的施工进度和质量，这是每天的程序。娥灵跑过来，笑嘻嘻地说：

“哥哥，我去林中一下！”她指着后方那片未经砍伐的树林。

“又要和鸟兽聊天？天已经快黑了，不要耽误太久。你也累一天了。”

娥灵答应着，来到了附近的原始森林中。这是一片混交林，山体较高处是清一色的松树，低处是阔叶树，种类繁杂，有高大的楠木、珙桐、鹅掌楸，银杏、水杉和桫椤。林中鸟鸣啾啾，时有野鹿野羊从林中闪过。一只松鼠立在横枝上，小眼睛滴溜溜地看她。她撮起口唇与鸟雀唱和，与松鼠交谈，语气亲切，但话语中透着忧伤：

“鸟兽们啊，这片树林很快也要被砍伐了，你们提前迁到其他地方吧。实在对不住，为了劈山开河，只能这样啊。”

鸟雀们叽叽喳喳地回应她：“不怪你，知道你也没办法。我们迁到别处就是了。”

“你们迁到别处，再见到我，还认得不？”

“一定认得的，天下只有一个懂我们话的娥灵啊。”

娥灵高兴地笑了，忘掉了刚才的伤感。突然她听到了异常的鸟语声，侧耳细辨，一下子愣了：

“你们说什么？不远的林子中有一只凶猛的白虎？身体特别长？”她紧张地思索着。鸟雀们说的很可能是巴王的那只白虎。那么，它千里迢迢跑到这儿是什么目的？还想把自己和哥哥咬死？她想回去告诉哥哥，但临行之际又犹豫了。哥哥如果知道这个消息，肯定会率领众人，包括箭法出众的石牛，带着弓箭弯刀前来捕杀。虽然这只白虎两年前差点咬断她的喉咙，但它是听巴王的命令，怪不得它。这是一头威猛雄壮的生灵，是上天妙手偶得的珍品，如果把它砍成肉酱——她实在不忍心。当然，如果这只洪荒巨兽兽性大发，把自己变成鲜血淋淋的尸骸，同样不是好的结局。只是她觉得，凭她与白虎的接触经历，如果白虎没有主人的指挥，她应该能与白虎友好相处的。但——

如果它的主人，那个粗野的“狗熊个子臭男人”也来了呢？如果他真的来了，肯定不怀好意，应该赶紧唤来哥哥，率众围捕，把他杀死——可是，他同样是一头威猛雄壮的生灵啊。

心地慈悲的娥灵不知怎么做才对。她犹豫很久，最后一咬牙，决定暂不通知哥哥，自己先去把情况摸清再说。这是一个过于冒险的决定，是因某种潜意识的心理因素而做出的。此时她还不知道，当她做出这个决定时，已经朝自己的人生之路迈了一大步。

她掏出随身带的匕首，壮着胆子，独自向鸟雀指的方向摸去。天色已晚，林中更暗，她在黑暗中摸索前进，难免心惊胆战。但她鼓足勇气坚持往前走，也时时停下来，向鸟雀们询问。不久她知道离白虎不远了，便更加警觉，做好了搏斗的准备。她突然停下，觉得白虎就在附近了。果然，片刻之后，暮色中出现一对绿幽幽的巨眼。那双眼睛盯着她，逐渐向这边靠近，显然已经发现她了。娥灵张紧了全身的肌肉，背靠一棵大树，把匕首护在胸前。

白虎轻悄无声地从林中走出来，径直走向娥灵，但随着它的走近，娥灵身体的张力反而慢慢放松——她已经觉出白虎今天非常友善，大异那次相遇时的凶恶。白虎慢慢向她靠近，目光和动作都非常温柔。它走近了，竟然像只小猫一样温柔地卧在娥灵身边，在娥灵身上蹭着。娥灵也慢慢垂下匕首，用左手试探着去抚摸白虎的脑袋。令她欣慰的是，白虎平静地甚至喜悦地接受了她的抚摸，还伸出带刺的舌头，轻轻舔她的手。眼前的情况让娥灵既欣喜，又不解。她喃喃地问：

“白虎乖乖，你今天咋不对姐姐凶啦？你从巴国千里迢迢跑到这儿，想干什么？”

白虎盯着她，扬一扬下颌，往她手心郑重地吐出一个小玩意儿——竟然是自己的虎形玉坠！那枚碧绿通透、水光潋滟的宝贝。娥灵震惊地接过，摊在手心里，久久盯着它，问：

“是你的主人让你还我的？他这会儿在哪儿？”

白虎回头看着林中，娥灵不由得身上一抖——暮色中，一个高大的身影从树后走出来，不声不响地向娥灵逼近，果然是他！巴王廪君，那个“狗熊个子臭男人”。他仍然是那天的打扮，赤身只穿一件皮甲，敞着胸，露出黑乎乎的胸毛，赤脚穿一双草鞋。挎着弯刀，背着弓箭，箭长也是普通箭的两倍。他面无表情，就像一尊石像。他走近了，一言不发，伸手来拉娥灵，娥灵下意识中疾速一挥匕首。按说以巴王的身手是不会被伤着的，但可能是今天他没有防备，结果左腕被划出一道伤口，鲜血涌出来，滴滴答答地滴在林地的枯叶上。娥灵知道糟了，这头被惹恼的野兽绝对饶不了她，凭自己的气力和这把小匕首，绝不是他的对手。她立即反转匕首顶在喉头，怒声喝道：

“你再走近我就自杀！”

巴王面无表情地盯着自己的伤口，看着鲜血一滴滴向下滴落。他忽然闪电般出手，在娥灵猝不及防之间已经叼住她的右腕，劈手夺走了匕首。娥灵绝望惊惧地看着对方，不知道这个野人会怎么折磨她。这时白虎忽然竖起耳朵，作势向一个方向扑去。巴王看看那个方向，原来是一对来林中亲热的男女发现了这边的动静，这时衣衫不整，正惊惧地偷偷溜走。巴王没把这两人放在眼里，不在意地挥挥手，止住了白虎，任由那对男女溜走了。

娥灵用力挣扎，但在巴王的掌握之中，她的挣扎只如蜻蜓撼石柱。巴王轻松地扳过她的左腕，放平，用娥灵本人的匕首在她脉门处划了一刀。不过他划得很轻，刚刚划破皮肤。然后他静下来，等着伤口渗出血珠。娥灵不明白他的用意，停止了挣扎，紧张戒备地盯着他。巴王很随意地把匕首还给她，照直盯着她的眼睛，缓缓说：

“老子特意跑来找你，跟我走，做我的女人。”

他说的是中原的雅语，虽然学得怪声怪调，听懂还是没问题的。此时娥灵的伤口已经渗出了几颗血珠，他把娥灵的手腕翻过来，让她的伤口贴着自己的伤口，两人的血流到了一起。娥灵敏锐地猜到，这是巴蜀男女缔结此生之盟的神圣仪式，身体忽然瘫软了，软软地靠在树上，泪流如泉。巴王抢上一步，紧紧抱住她。在这一瞬间，娥灵感受到这个男人的无比强悍，他的肌肉像铁一样坚硬，怀抱像山岩一样厚重。她从没设想过随这个“狗熊个子”度过一生，但——也许这是命中注定？古往今来，有多少女子被蛮族男人抢走，横在马背上，在胜利的呼哨声中疾驰而去。她们自此永远离开家园，离开亲人，在完全陌生的地方悄悄抚摸着心中的苦痛；时间长了，痛苦会渐渐忘却，她们会品尝热烈的爱情，生儿育女，传下她和一个蛮族男人的共同血脉！这样的经历已经成了深镌在女性血脉中的记忆，甚至成了女人们潜意识的期望——对力量和野性的期望。她想了想，声音喑哑地说：

“想让我做你的女人，你得答应一个条件。”

“讲！”

“你虽然是王，也只能有我一个女人！”

巴王愣了——哪个当王的没有三妻四妾，何况是雄壮如虎的他？要他答应这个条件，实在太为难他。娥灵看到他的犹豫，立即一翻腕，把匕首重新顶在喉部，冷厉地说：

“你若不能答应就放我走，要不你干脆杀了我。”

巴王怒吼道：“你个不知天高地厚的女娃，老子从来没受过谁的要挟！”娥灵没有丝毫犹豫，立即一用力，匕首尖刺破喉咙，鲜血立即往外喷出。“别！别！”巴王心疼地急喊，想夺下匕首又不敢动手。娥灵见他这样，停止了用力，巴王赶紧放低身段解释，“你别急，听我讲嘛。要我不近别的女人，这事实在太难，我得认真想一想才敢答应。老子不能说空壳子话哄你嘛。你先把刀放下，先放下，容我认真想想。”娥灵对他的好言软语有点儿感动，虽没有放下匕首，但也不再用力，就这么看着他，目光也平缓了。巴王苦着脸，显然这个决定很难做出。想了一会儿，终于一咬钢牙，干脆地说：

“好，老子答应你！老子只要说过的话，就一定办到！”

娥灵的身体再次瘫软了，握着匕首的手臂无力地垂下来，再次泪流如泉。巴王一把拉她过来，赶紧掏出随身带的金创药，为她止了血，娥灵不再抗拒。然后巴王粗声说：

“老子答应你的条件，你也得答应老子一个条件。”娥灵无力地笑着，向他点头，“做了我的女人，不能干涉老子的国政！”

娥灵无力地笑了：“我才不稀罕管你的劳什子国政。”

巴王高兴地大笑，双手把她举过来，如举孩童。他把娥灵放到虎背上，自己也跨上白虎，从背后搂着娥灵，准备返回。娥灵挣扎着推开他，从白虎背上下来，跪在地上叩拜，苦声说：

“哥，妹妹要走了！我会回来看你！”

她的泪水汹涌奔流。此刻她已意识到，这一去很可能就是兄妹的永诀。巴蜀两国素来不睦，也许有一天会成为敌国。如果是那样，她倒宁愿和哥哥永不见面。但这就是她的命，当那位异人做出“夫君在兹，后且大昌”的占卜，哥哥决定千里西行时；当她与巴王在山林中偶然相逢，被他抢走玉坠时；当自己轻易关闭对另一个男人的心灵之门，把那人赠送的玉坠扔到河中时；

当望帝谈论兄妹婚事，她脑海中却无端蹦出这个狗熊个子的身影时……那时她的命运就已经定了。今天她得知白虎出现的消息却没有通知哥哥，而是单身前来，恐怕正是潜意识替她做出的决定，要她来赴这个与命运的约会。她再次向工地方向叩拜，在心中与哥哥诀别。

林外有了火把和人声。一个身影闪进来，是曾被巴王派来蜀国当细作的斜眼，这次他是来做向导。他急急地说：

“他们来人了！鳖灵带头！”

巴王对娥灵急急地说：“我不怕他们人多，但我不想和你哥交手，咱们快走！”斜眼打一个呼哨召来坐骑，是一只个头较小的老虎，跨了上去。娥灵摇摇头，没有急着走。她用匕首割下一块树皮，咬破食指，在树皮上写血书。火把和人声越来越近，斜眼心急如火，用目光频频催促巴王，但巴王没理他，耐心地等待着。娥灵写好了，从巴王的箭囊中抽出一支长箭，把树皮信穿到箭上，声音沙哑地对巴王说：

“射给我哥吧，小心别伤了他。”

山头上满是火把和人声。刚才在林中溜走的那对男女带路，女的是工地的厨娘，指着前边紧张地说：

“白虎就在这一带！我俩从那儿溜过时，娥灵正和那个狗熊个子拼命！”

鳖灵、夷均、石牛与众人大声呼喊：“娥灵，你在哪儿？娥灵，快回来！”

林中没有声音，鳖灵心急如焚。按厨娘的描述，林中肯定是巴王和他的白虎。他和它千里迢迢潜行来蜀，很可能是冲着娥灵来的。但心急如焚中另有一个声音告诉他：以他与巴王的接触来看，巴王不会轻易伤害娥灵，倒更可能是想掳走她。当然，以娥灵的烈性，她会和巴王以命相拼的，除非……

鳖灵手持铁剑，警觉地向前搜索。忽然林中飞来一支羽箭，射向鳖灵左侧。羽箭速度不快，鳖灵一闪身，敏捷地抓住它。这是一枚很长的箭，箭上穿着一块白色的树皮，树皮上有一行血字。鳖灵借着火把急急地辨认，夷均和石牛焦急地问：

“是娥灵写的？写的什么？”

鳖灵抬头苦笑："娥灵说不要找她了，是她情愿给廪君做女人。还说，她会回来看哥哥。"他看看两人，叹息着说，"我了解她。这是她的真实意愿，否则巴王再逼她也不会写的。"

众人无奈地停止了搜索。鳖灵对着林中嘶声喊："娥灵！一路走好！记着回来看哥哥！"

林中没有动静，看来林中人已经走远了。鳖灵又等了一会儿，确认妹妹已经走远，便带着众人黯然回工棚。

在山顶的夜空中，金凤姐妹也叹息一声，变成鸟身，展翅离开了这里，鱼凫骑着羊龙跟在后边。自打姊妹俩发觉白虎出现在蜀地后，就一直隐在空中监视着，下边发生的一切看得清清楚楚。刚才，在娥灵同巴王搏斗时，她们本打算出手相救，但后来她们发觉，原来巴王千里迢迢赶来并非为了杀人，而是来求婚！而且这个粗野男人颇有诚意——这个喜欢到处折花的家伙，竟然艰难地答应"今生只有你一个女人"！娥灵最终是心甘情愿跟巴王走的。既然如此，她们当然不会干涉。

只是，娥灵走了之后，兄妹就很难相见了。她俩俯瞰着暮色中踽踽返回工棚的鳖灵，心中很是同情。

远远的河边，白虎驮着两人伫立着。娥灵倚在巴王的怀中，泪流满面。笨嘴拙舌的巴王不会哄女人，只是搂着她，搂得很温柔，很体贴。他耐心地等着，等娥灵用泪水同哥哥告别，同她原来的生活告别。与斜眼同时潜来蜀国的还有九名兽军，这会儿赶来与主人会合。但他们很聪明地待在远处，一声不吭，连胯下的坐骑也不让有动静，生怕打扰了那边的二位。最后娥灵擦擦泪水，哑声说：

"走吧。"

巴王用腿夹一夹白虎，白虎驮着二人，步伐欢快地走入夜色，十名兽军紧跟身后。

十一只坐骑的脚力都很强健。他们很轻松地通过了沿途的蜀国关卡，显然鳖灵并未部署军队堵截或加紧盘查。两天后，他们顺利越过了巴蜀边界。

在这趟路程开始时，娥灵曾伤心地哭了一天。但她是个拿得起放得下的女子，当第二天的朝阳升起时，她就很干脆地把眼泪、悲伤、思念、留恋等统统留到了昨天。她喜笑颜开，很享受地偎在巴王的怀里，一会儿撮着口唇与鸟雀们唱和，一会儿同胯下的白虎交谈，一会儿向巴王翻译鸟兽们的话。或者高声来一支楚地和蜀地的山歌，唱得白云都停住脚步，鸟雀也不再鸣啭。娥灵还时不时扭过身，搂着巴王的脖子，给他一个透不过气的长吻。不久巴王就觉得，昨天他很艰难地做出“此生只有你一个女人”的承诺，换来这个娇小水灵的女娃，实在太英明了，是大大地占了便宜。如果他当时舍不得做出承诺，让娥灵一怒之下自杀……连想都不敢想啊。

谢天谢地，他当时果断地同意了。他很为自己的明断而得意。

晚上，一行人赶到了嘉陵江口，这儿离王城不远了。巴王低下头，体贴地问怀中的女人，是连夜往王城赶，还是在这儿支起帐篷，好好休息一夜，因为连续两天的急行军太累人了。娥灵的眼睛在暮色中闪闪发亮，痛快地说：

“我不累。不过今晚就住这儿吧，我要在今夜就成为廪君的女人。”

巴王大喜过望，心尖尖都在颤抖。他从来没有这样的感觉——被一个女人爱恋会是这样令人心醉。他立即让士兵就地驻扎，支起简易的帐篷。娥灵到河中洗浴去了。她不让巴王跟去，巴王也就老老实实地待在远处，观看月光下那个妙曼的身影，聆听她曼声唱歌。歌声顺着水面滚过来，听起来格外甜美圆润，也让巴王的醉意更浓了几分。不久，娥灵洗浴完了，只穿着小衣，长发蓬松地回来了。巴王要抱她回帐篷，娥灵嗔道：

“不要你抱。去，你也去河里好好洗一洗。”

巴王嘿嘿地笑着，听话地脱光衣服，跳到河中，生猛地洗了一番。等他洗完回来，娥灵并未待在帐篷里，而是立在帐篷外边同鸟雀唱和。看见巴王过来，她立即高兴地说：

“廪君，原来这儿我来过，鸟雀们都认识我！”她忽然顿住，凝神回忆片刻，急急地说：“快，让士兵点起火把！”

巴王不知道她要干什么，但顺从地照做了。娥灵举着火把在地上仔细寻找，光腚的巴王和十个士兵一头雾水地跟在后边。不久，娥灵找到了两样东西，举给巴王看，欣喜地说：

“廪君，你的女人要先送你一个大礼。不，其实是我哥哥送你的，借我的手而已。”

“什么大礼？一株草和一块石头？”

“这是铜草和铜矿石，是我们上次路过时哥哥发现的——那时我们来窥探你的训练营。矿石成色很好，而且铜草长了这么一大片，想来铜矿储量不会低。你说，这算不算一桩大礼？”

巴王当然知道这个礼物的价值，大喜若狂：“我的小亲亲、小心肝、小灵鸟，你天生是个旺夫的女人啊。”

他粗鲁地抱起娥灵回到帐篷，在那儿完成了男女的结合。

这些天金凤姐妹一直关注着工地，在这儿常来常往。所以，对于工地的众人来说，一对神鸟在头顶飞翔已经是常见的图景。神鸟随后会变成一对水灵灵的女子，她们的美貌晃得众人睁不开眼睛。后来这幅图景中又多了一条羊头龙身的神兽，不过众人没认出神兽背上的老者，那个老老实实跟在女神后边的人，正是他们了不起的先王鱼凫。

每天早晨，太阳车开始巡行前，鱼凫都会早早地等在车旁。看见姊妹俩过来，赶忙迎上去讨好地问：

“两位公主今天还去工地不？要是去，带我一起去。”

朱雀逗他：“你自己去就行啊，你是不认识到家乡的路，还是怕回不到昆仑山？”

鱼凫自卑地说：“我是个新神啊，还没搞清神界的规矩，我怕去多了，惹得西王母她老人家不高兴。”他叹息一声，说了一句很不得体的话，“我真不该来神界，这儿数我资格最浅，对谁都得赔着小心，连看大门的麒麟也不敢得罪。要是还在我的蜀国，哼！”他把后边的话咽了下去。

姊妹俩虽然常打趣他，其实心里蛮同情。再说他作为蜀人的祖先神，关心家乡是值得夸奖的。所以每次去那个工地，都会喊上他。

两三年来她们看见，那条人工河道每天在加深，但进度越来越慢，因为现在用的木料只能到很远的山上砍伐。她们知道鳖灵很苦，除了工地上的忙碌，还要加上失去妹妹的痛苦。那是多年来与他相依为命的妹妹啊。在这件事上没人可以安慰他，即使他两个最好的助手夷均和石牛也走不进他的内心。他显得更加黑瘦，乱发长须有如野人，眉目中透出疲惫。

晚上，姊妹俩飞落在附近山头，恢复人身，骑着羊龙的鱼凫照样像尾巴似的跟在后边。她俩已经从凡间讨来两套麻衣，改作村姑打扮，不再穿华贵的丝衣，因为那和工地的氛围太不协调。不远处就是鳖灵睡觉的工棚，门是敞开的，他睡得不踏实，梦中辗转反侧，时有叹息。姐妹俩和鱼凫在外边凝视着，心中隐隐作疼。鱼凫咕哝着：

“这位鳖相真受苦了。哼，那个不务正业的杜宇，他倒逍遥自在。我真想拎着耳朵把他拎过来，让他替一替鳖灵。”

金凤叹道：“按这个进度，30年才能凿通啊。”

“30年，鳖灵都熬成白胡子老头了。”朱雀说。

“30年，还得有多少树木被砍掉啊。”金凤说。

“是啊，多少生灵会失去家园。”朱雀说。

鱼凫叹道：“我真想帮帮他们，可惜我法力低微，帮不上忙。”

朱雀白他一眼：“鱼凫，你这话是说给我俩听的吗？”

“哪里哪里，”鱼凫忙赔不是，“我心里有话憋不住，顺嘴就冒出来了。两位公主别往心里去。”

金凤没同他计较，回头平和地对朱雀说：“雀妹，鱼凫没说错。实际咱们能帮他们的，帮鳖灵，帮蜀地的百姓。救这些树木，救树林中的生灵。”

朱雀定定地看着姐姐：“对，咱们自然能帮他。不过姐姐，你不怕失去神力，被逐出神界，当一个活不过百岁的凡人？”

金凤嫣然一笑：“那天你说了好多厚脸皮的话，我还笑话过你。不过呢，其实你说得不为错。神山上的生活雍容华贵，安逸舒适，但年年如此，未免太平淡，太没劲儿。正如你说的，神山上没有拱奶吃的婴儿，没有牙牙学语的幼童，没有脸红羞怯的初恋情侣，没有漂亮的孕妇。我们都太成熟，成熟得失去了活着的激情。如果咱们哪一天失去神力，变成一个寿命有限的凡人，因为担心死神降临而抓紧享受短暂的人生，其实也是不错的选择。”

“对，这正是我的想法。不过姐姐，你是否确实已经看中他了？”她指指工棚中熟睡的鳖灵。“不是我逼你回答，我知道问这话还太早，但不问不行。在你决定帮他之前，恐怕要先做出这个人生的大决定，否则，咱们一旦迈过那道门坎，就无法走回头路了。”她白了鱼凫一眼，“喂，这是我们姊妹俩的私房话，你不能听见。”

鱼凫笑着说：“我没听，也没看。我这会儿又聋又瞎。”

朱雀把这件事明明白白掀开了，金凤不由得也盯着工棚中的鳖灵。不知怎的，在这一瞬间，金凤忽然想到了杜宇，想起那个“厚脸皮”的、不务正业的王。那不是个好王，但是个好男人，一个才华横溢的“艺术家”（母亲说，千年之后那是受人尊敬的职业）。如果拿这两个男人做一个比较，那么，鳖灵的心灵如商周的鼎，沉稳方正，上面压着的是沉甸甸的责任。但担子太重了，压得他只能在地上行走而不能飞翔。为了这责任，他不得不舍弃许多乐趣甚至亲情；杜宇的心灵如蜀地的青铜鸟，轻扬佻脱，乘着欢乐的风。他的欢乐就如初春的暖阳，让周围的人都感到温暖。但他的心灵太轻了，坠不住帝王的责任……金凤摇摇头，笑着说：

“你个小鬼头，说什么哪。你这么世故老练，倒应该你做姐姐我做妹妹。真要预先做出人生的大决定，我也得先帮你挑一个丈夫。不过，今天我们先不说这些。朱雀，那就这样定了吧，咱们帮他。”

朱雀没有再坚持。确实，现在就让姐姐做出回答太早了些。而且不光姐姐，在做出“从神界自我放逐”的决定前，自己怕是也得做出人生的选择吧。但她眼下同样做不到。那就按姐姐说的，先往前走一步再说吧。她笑着说：

“行啊，咱们帮他。”

听到两人的话，鱼凫既大喜过望，又不免为姊妹俩担心：“两位公主，你们这样决定，不知道我有多感激。可是，你们违犯神界的戒律……”

朱雀轻松地说：“由它去吧，我才不稀罕什么神的身份。你刚当上神，新鲜劲儿还没过去哩，我俩已经当了两三千年啦，正想换换新鲜呢。”

金凤莞尔一笑：“那就这样定了吧。”

两人轻松地做出了这个重大的决定，但打算十数天后再实施，因为她们要做的事非常耗费内力，要先养足精神。再说，也想最后陪几天母后、羲和叔叔和青鸟姐姐，被逐出神界后再想见到他们就难了。鱼凫从两人的轻松中听出了浓浓的苦涩，感动不已，可惜无法劝慰。

眼下是暴雨频发的季节，这为开河工作增加了不少麻烦。湿木柴不容易点火，有时好容易点着，一场暴雨就把它熄灭了。甚至转眼间暴雨汇成激流，把河道里堆放的木柴稀里哗啦地冲走，那可是费尽千辛万苦才运来的啊。吃过两次亏后，鳖灵不得不放慢干活节奏，转而把安全放在第一位。当乌云低垂、估计会有暴雨时，他们就赶快把河道中待燃的木柴转移到安全的高处，还要盖上树枝防止它淋湿。然后焦灼地盯着天空，等着乌云散去。

今天又是乌云低垂，闪电在地平线上频频闪烁，空气湿重难耐。众人照例把木柴转移到高处，盖好，等着暴雨来临，但暴雨迟迟不来。头顶的乌云却越聚越浓，劲风也吹不散它。众人聚在山顶等了半晌，等得心焦，石牛着恼地说：

“这个鬼天气！成心和咱们作对呀。要是能像两位女神那样就好了，咱们飞到天上把乌云赶走。”

夷均看看鳖灵：“两位女神有十几天没来这儿了。也许她们已经把这儿忘了。”

石牛使劲摇头：“不，不会的，她们不会忘。就是忘了开河，也忘不了鳖相啊。”

石牛说出了大家都心照不宣的一个秘密，众人都笑着看鳖相。鳖灵笑着说：“我可不敢指望两位女神会牵挂我。”他机敏地转移了话题，“这会儿闲着没事，咱们扎两只风筝吧，算是为两位女神设一个路标。从天上看，各个山头都一模一样的。有了风筝，等下次她们来时，远远就能看到这儿。”

众人都赞成。一位老竹匠去柴堆中抽出一根楠竹，用篦刀剖成长长的竹片。他的动作很熟练，篦刀轻快地向前游走，被剖开的竹丝像长蛇一样蜿蜒抖动。竹片劈好，众人都上手来扎，从小就谙熟制作风筝的鳖灵做总指挥。

两只风筝很快扎好了，以鸟身的金凤朱雀为模特。然后众人拆下一条黄色被面，一条红色被面，分别蒙在竹子框架上。这样，两只风筝中一只的主色调是黄色，有如姐姐金凤；一只的主色调是火红色，有如妹妹朱雀。又绑好了风筝的拉线。人工河道的尽头正是风口，劲风扑面。鳖灵领众人到这儿放飞了风筝。两只风筝逆着风势扶摇而上，一直升到乌云底部。在那儿稳住了身子，只是偶尔随风势跳荡几下。

石牛把风筝的拉线拴到附近的石头上，众人或坐或卧，兴致勃勃地观看着。看着它们，鳖灵不由得回忆起和妹妹在丹水河滩放风筝的情形，心中袭来浓浓的怅惘。巴蜀之间不通往来，一直没有听到妹妹的消息。他已经让葛仲派了细作，也许很快会得到消息的。但愿她一切都好吧。想来应该很好的，那个粗豪的巴王一定很宠娥灵。

两只风筝就像呼风唤雨的使者，乌云急剧地加浓了，天光晦暗，下午变成了夜晚。很快，暴雨夹着狂风和闪电来了。众人赶快跑回工棚，从门口往外看。外面暴雨如注，青白色的蛇形闪电在天地之间闪现，未竣工的河道中很快汇出了洪水急流。两只风筝没有受到暴雨的影响，仍在风雨中翱翔着，闪电熄灭时它们被黑暗吞没，闪电闪亮时它们又顽强地重现。众人挤在门口兴致勃勃地指看着——忽然，一道通天彻地的闪电劈向很近的山崖，耀盲了众人的眼睛。就在闪电劈来的同时，响起一声震天动地的霹雳，半边山崖被劈碎，哗啦啦地滚下来，堵住了人工河道的河口。

众人目瞪口呆。莫非这是神的惩罚？莫非神灵不容许开河，不容许渺小的凡人擅自改变神灵定下的秩序？众人不约而同地盯着鳖灵……鳖灵在紧张地思索，面色苍白，双眉紧蹙。忽然他想通了什么，高声喊：

“是风筝！是风筝把闪电引来了！”他向众人解释，“我想起来了，在家乡放风筝时就有过同样的经历。那次风筝线被卡死在一棵大树的树梢，随后是一场大雨。等雨后去看，那棵大树被闪电整个劈开了。”

众人的脸色变和缓了，这么说，山崖被劈、河道被堵并非天意，并非神灵的降罪。想想也是的，刚才大家看得很清楚，闪电的走向正是沿着风筝拉线。而且，若是神灵降罪，两位女神就不会来帮忙。至于河道被堵算不了什么，这堆零碎的石头很容易就能移走。但鳖灵的心思并没到这儿止步，他想了想，说：

“也许这是上天给咱们指出一种开河的办法——用闪电来击碎岩石？！石牛随我来，咱们趁这个机会，赶快再试一次！”

他领着石牛飞快地跑出工棚。闪电不时照出他们的影子。众人看见，他们把余下那只风筝的丝绳解开，拉向河道中央，固定在刚才堆集的石堆上。他们弄好了，鳖灵让石牛离开，他最后一次检查丝绳的绑缚。他检查完了，猫着腰准备离开。又是一道耀眼的闪电。借着闪电，工棚里的众人看见这么一幅惊人的画面：两只巨鸟幽灵般从天而降，俯冲掠过河道的河口，动作准确地合力抓住鳖灵的肩头，一闪而逝。几乎同时，又一道通天彻地的闪电击中了河口的石堆，从闪电的走向看，显然是第二只风筝引来的。在震耳的霹雳声中，那个石堆被击碎，水流夺路而下，小的石块被水流冲走。

但鳖灵和两只神鸟呢？已经被闪电烧成灰烬了？众人轰然跑出工棚，焦灼地呼喊着鳖灵，四下寻找。原来三人安然无恙，已经回到地上，就立在工棚附近，金凤朱雀也恢复了人形。透过风雨声，听见金凤在细声责备：

“鳖灵啊，这已经是我们第三次救你了。你还有几条命等着我们来救？”

朱雀说：“下一次，恐怕我们不会正巧在附近了！”

鳖灵很感激，也有点难为情，笑着说：“刚才我太莽撞——可是我已经试出来了，风筝确实能引来闪电！以后可以利用闪电来劈开岩石。”

金凤朱雀一时无言，为这个男人的执着而感动。他刚刚险些丢了命，可这会儿他还是在盯着开山！外面大雨如注，鳖灵拉两位姑娘进工棚避雨。众人很有眼色，都淋着雨留在外边，以便三人能清静地说话。工棚中，金凤温和地说：

“这个办法不实用，闪电并不是每天都有的。”

朱雀笑嘻嘻地说：“鳖灵你莫担心，姐姐和我已经决定帮你了，用我们的神力。”

金凤微笑着，没有接妹妹的话，但显然是默认了。鳖灵大为震惊，一方面是喜悦，一方面是担心，喃喃地说：“可是，神界的戒律……”

朱雀抢先说："这你就甭管了，我们自有办法来应付。"

鳖灵感激涕零："我真不知道该如何感激你们。"

朱雀笑着说："感谢话留着以后再讲吧。呶，你肩头又被抓伤了，我给你找药草。"

她走出工棚，化为鸟身飞向树林。金凤和鳖灵留在工棚里，默默相对。金凤叹道：

"你是个一条道走到黑的人。"

鳖灵承认："是的。这件事是我开始的，我一定要把它干完，哪怕赔上一辈子，哪怕赔上性命。"

"那你最好珍惜自己的生命。今天是朱雀突然起意，非要冒雨前来。她说看见你们放起两只鸟形风筝，也许是有事召唤我们。若非如此，你已经被烧成焦炭了。你若死了，这桩工程恐怕也会夭折的。"

"谢谢你的教诲，我记下了，以后一定小心。"

朱雀带着药草进来了，嚼碎药草，敷到鳖灵的伤口上。鳖灵不好意思让女神来干这种活儿，但妹妹已经不在身边，只好听由朱雀来干，心中对二位女神感念不尽。夏天的暴雨说停就停。太阳露面了，烧红了满天的晚霞，被雨水冲洗过的蓝天如水晶般通透，一弯彩虹挂在天边。众人们立即忙碌起来，撬开河口处残余的石堆，把它们推到山下。积石移走了，积水也排干了，依两位女神的要求，鳖灵让众人撤离河道。金凤朱雀走出工棚，化为鸟身，飞向河道。然后，在众人震惊的目光中，两只巨鸟同时喷出长长的蓝白色的火焰，烧灼着河道底部的岩石。她们的神火自然比凡火强劲，岩石很快发出暗红色。不过，像这样子连续喷火极度耗费神力，她们也是第一次做。她们坚持着，一直到烧红了整条河道。然后她们飞向下面的江面，饱饱地吸足了水，再飞回来喷到灼热的岩石上，河道中顿时腾出漫天水汽，发出强烈的嘶鸣声。骑羊龙的那位神灵也来了，虽然帮不上忙，但也前前后后地跟着。

众人惊喜地看着这个震撼的画面，齐刷刷地跪下叩头。只有鳖灵没跪——他觉得，以他与两姊妹的相知和友情，伏地叩拜并不合适。他双手抱拳，真诚地表示感谢。

夕阳将尽时，两只鸟落到鳖灵面前，恢复人身。她们显然是累惨了，就像是干完农活的村姑，不再是气定神闲、超凡脱俗、衣裙飘飘的神女。金凤努力调匀气息，含笑看着鳖灵，没有说什么，朱雀气喘吁吁地说：

“石头已经烧酥啦，快叫众人撬吧。撬完我和姐姐再烧——只要神界还没收回我们的神力。”

听了这句话，鳖灵才知道二人的帮忙原来要付出怎样的代价，更是感激涕零，再次向她们行礼，叹息着说：

“大恩不言谢。我欠你们太多了。”

金凤笑着让他和众人免礼，朱雀笑嘻嘻地说：“我姐姐说得没错，你不用跟我们客气。鳖灵，说不定以后咱们就是一家人啦。”

她用目光向金凤那边调皮地示意。鳖灵一激灵——朱雀的暗示激醒了他的愿望，那是他梦中祈盼而又不敢奢望的。他目不转睛地看着金凤，金凤嫣然一笑，未置可否，只是说：

“让众人清理碎石吧。我和妹妹休息一晚，明天继续帮你们烧山岩。以后我们会每天如此，”她叹息着重复了朱雀的话，“只要母后还没收回我俩的神力。”

这番话平淡中也透着苦涩，鳖灵心中辛酸，但也无法安慰。突然他注意到远处待着的那个人，轻声问：“那是谁？”

朱雀笑着说：“你不认得吗？不认得他，难道不认得他骑的羊龙？”

鳖灵恍然大悟——原来是蜀人的祖先神，鱼凫！他与那尊铜像酷似。他抢步过去，就要大礼参拜，但鱼凫抢先一步止住了他，反倒向他拜下去。鳖灵给窘得惶恐无地，连声说：“怎么使得，怎么使得！”赶紧把鱼凫硬架了起来。鱼凫庄重地说：

“你开山治水，对蜀人有大恩，我替后代子孙谢你。”又压低声音说，“不要对别人说出我的身份。我新被提升为神，法力低微，一点儿忙也帮不上，没脸见我的子民。”

鳖灵很为这位祖先神的心意所感动，连忙答应。

太阳快要落山。晚霞中的西王母、羲和都在看着下边的情形。西王母叹道:“只能收回二人的神力，逐出神界了。”

羲和苦涩地说:“只能这样了。”

西王母说:“不过——不妨法外施恩，成全她俩吧。等河道完工再施惩戒。”

“姊妹俩在昆仑山的时间不长了，真舍不得啊。”

西王母摇摇头:“看开点吧，哪个父母都要送女儿出嫁的。”

太阳车没有停留，向西方疾驰而去。

山上的树绿了又黄，树上的雪落了又化。两位神女尽力尽意地帮助众人，每天累得筋疲力尽。鳖灵着人在工棚旁边修了一个小小的精致窝棚，姊妹俩干完活后疲累得不愿上天，就在这个窝棚里休息。她们帮凡人开河已经公开，晚上不回昆仑神山也就不怕母后责备了。好在她们担心的事——神界会收回她们的神力——迟迟没有发生，她们知道这肯定是母后法外施恩，也就怀着感激之情，抓紧时间做自己的事。在她俩的帮助下，河道工程进展迅速，但姊妹俩有了新的担心：半年来她们的神力耗损太甚，不敢说能坚持到河道开通。

这天晚上，累了一天的众人在工棚里酣睡，姊妹俩也在小窝棚里熟睡。忽然头顶上一片响亮的鸟鸣，大家被惊醒，听见鸟鸣是在呼唤金凤朱雀。大家跑出工棚察看，月光下有三只黑色的小鸟在头顶盘旋，高声鸣叫着，悬停在金凤朱雀和鳖灵的头顶。这是三只青色的鸟，只是在月光下显得像是黑色。它们在喊：

“快撤离，这儿马上就要被闪电劈开！”

众人惊讶地看看天空，夜色晴朗，月光皎洁，哪儿像是有雷电的样子？但金凤和朱雀意识到将要发生的事，急急对鳖灵说：

“赶快让大家撤离！从没有三只青鸟同时出动的情况，一定是母后让它们来通知的！”

鳖灵和夷均猛然醒悟，立即指挥大家尽快撤离。厨娘想带上锅灶和食粮，被鳖灵厉声制止。众人扔下一切，迅速往侧边山上撤离。听见青鸟在远远地喊：“再远些！再远些！”

终于听不到青鸟的催逼声了。这时众人已经来到十几里外的一座山顶，从那儿能看到人工河道。大家紧张地等着。在他们头顶的高空，一朵彩云中，西王母和羲和凭空而立。今天他们没有乘太阳车，没有麒麟和鱼凫随行。西王母笑着说：

“我怕一个人的神力不够，只好把你也拉来了。既然是犯错，两人一起犯吧。”

羲和笑着点头：“好的，我愿意犯这个错。”

“其实咱们真不该帮他们，帮他们是对神界的犯罪。凡人们只要有了这么一次成功，就会一发不可收。他们很快会无比张扬，最后会把神灵都忘掉的。”

羲和平和地说：“你说过，世上该发生的事都是挡不住的，那些身后之事且不管它。咱们今天只是帮金凤朱雀，让她们少辛苦几天，提前做个了结，早日下凡去吧。”

“其实，如果咱俩也被惩罚，像她们一样被贬出神界，倒也是个不错的结局。”

羲和笑着说：“这确实是我的愿望。”

西王母叹道：“可惜无法实现，咱们脱不了自己的责任。不说这些了，那么，现在就干？”

“行，开始吧。”

彩云之下，山头之上，众人看到了惊人的一幕：晴朗的夜空中，突然凭空扯出一道暴烈的闪电。它是那样明亮，似乎把天地劈成了两半，万物都融化到青白色的电光中。闪电准确地击中那条未完工的河道，岩层沿着它被劈开，山岭呻吟着向两边歪过去，形成了一道细而深的峡谷。那道青白色的电光也照出了空中两个身影，他们正离开这里冉冉上升。金凤朱雀认出是母后和羲和叔叔，高兴得蹦跳着高喊：

“母后！羲和叔叔！谢谢你们啦！”

众人跪倒一片，虔诚地叩拜。但空中没有人应声，两个身影迅速升高，很快消失了。

开河工程在这之后就只剩下收尾了。从开工算起的第四年春天，工程顺利完工。山崖被劈开，变成深深的河道，将岷江与沱江连在一起。这样的壮举，自打开天辟地以来还是首次。

这条河道的前端还留着一层薄薄的石壁，那是一道暂时的阻水堤，是为了施工时保持工地没有水。现在工程结束，阻水堤就要除掉了。石牛等人腰里系着保险绳，拎着大锤，用力砸开这层石壁。被一道石堰逼高了的岷江春水咆哮着冲进这条人工河，溢满了河槽，然后流向沱江。而在同时，江水以自流灌溉的形式送往蜀地的万顷农田。蜀王杜宇和大祭司巫咸、王臣庚辰专程赶来参加通水仪式。杜宇欣喜万分，同鳖灵拥抱，动情地拍着他的肩膀：

“辛苦了，辛苦了，鳖相功高如山啊。赶快回王城休养一段，你的新家早就在等你入住了。”

鳖灵笑着说：“谢谢望帝，也谢谢庚辰大人为我建房。”

夷均在大祭司旁边，指着鳖灵悄声说着什么，目光中满是赞赏。大祭司心情复杂地悄悄打量着鳖灵，一边听一边点头。王城侍卫统领葛仲和妻子妹姬也来了，葛仲今天没有穿甲胄，搅着妻子，站在父亲夷均的身后，他们对鳖灵也是满怀敬意。

欢庆的人群中没有金凤和朱雀。

山顶上空悬着彩云，今天昆仑诸神都在彩云中，黑压压一片，列队而立，肃然无声。金凤和朱雀垂手立在太阳车前，正在接受百神之首的惩戒。西王母平和地说：

“凤儿，雀儿，神界戒律不可轻忽，我只能收回你们的神力，把你们逐出神界了，你们不要怪母亲心狠。”

金凤和朱雀神色平静：“不怪母亲。我们决定做那件事时，就很清楚这个结局。”

“但愿你们变成凡人后，都能找到自己的最爱，在尘世留下你们的血脉，子孙昌盛，绵延万代。”

金凤、朱雀笑着说：“谢谢母亲的祝愿。”

“凤儿，雀儿，也许昆仑山不久就要迁离尘世，我可能见不到未来的小外孙了。替我亲亲他们，让他们不要忘了外婆和羲和爷爷，不要忘了青鸟阿姨和各位长辈。”

姊妹俩听出了西王母的伤感，忙含泪答应：“好的。”

“虽然神界戒律不可轻忽，但毕竟你们是我的女儿，我就施一点法外之恩吧。”她掏出两颗药丸给二人，“这是两颗不死药。如果在尘世过得不顺遂，你们就服下它。虽然不能恢复神力，但还能化为凤鸟飞回神山，还能做到与天地齐寿。”

两人珍重地收下。羲和掩饰了自己的凄然，笑着说：“到凡间后，可不能忘了最疼你们的羲和叔叔。每天我驾着太阳车路过蜀地时，别忘了给我打招呼。”

两位姑娘扑到羲和怀中，亲昵地同他拥抱：“忘不了叔叔的，我们每天给你打招呼。”

姊妹俩同云中诸神告别，同三只青鸟告别，三只青鸟在她们头顶盘旋悲鸣。鱼凫过来向两人行礼，老泪纵横：

“两位公主，苦了你们了。”

朱雀笑着调侃他：“这会儿可怜俺俩苦了？这事说到底，还不是你撺掇的。”

金凤怕这话伤着他，忙插话道：“妹妹是逗你哪，你别在意。有什么苦的？你也在凡间过了几十年嘛。”

朱雀笑着揭挑他：“对了，你那天还在后悔，说不该来这儿当神，没有你在凡间自在。”

鱼凫被当着西王母揭出这句话，尴尬而惶恐，赶快看西王母的脸色，西王母倒是浑不在意。她对女儿们说：

“你们已经不能飞翔，让麟儿送你俩下去吧。它这一下去同样不能上天了，就长留你们身边做脚力吧。”

麒麟不知道自己已经被贬出神界，欢天喜地地小跑过来，在姐妹俩身上蹭着。姐妹俩同母亲最后拥抱，泪水再也忍不住，汹涌而下。她们骑上麒麟离开，与云中诸神挥泪而别。

第五章　姊妹易嫁

上古神话中常常嵌着历史的影子，但变形了，碎片化了。后人很难依据这些严重变形的碎片去复原真实的历史，但其逆过程倒是可行的——如果能用其他方法探知真实的历史，那么你会惊喜地发现，众多变形的神话碎片竟然能与真实历史一一对应。

——《西王母致后人》

与母亲、羲和以及众神诀别后，金凤姊妹纵然早有心理准备，也不免心绪繁乱。离开神山后，她俩都陷于沉思，忘了给胯下的麒麟指明路径。这只麒麟倒是自作主张，踏踏地来到一个风景如画的高山海子边，因为这儿有她最美好的记忆。等她落到地上，金凤环顾四周，蓦然认出这是当年遭遇杜宇的那个青龙池，一时思绪翩翩，当时的画面清晰地重放：朱雀说杜宇在偷窥，自己恶作剧地说："那就让他的眼睛凸出来！"杜宇摸着自己的凸眼睛，既惊惶又不忍舍弃清晰的视野，那个蠢样子又可气又可笑。忽见他骑着麒麟从林中公然跑出来，自己登时大怒，化作鸟身，把杜宇攫上高空。半空中杜宇突然转身抱住自己，自己一惊之中恢复人身，从空中跌落，朱雀赶快来接住他们。厚脸皮的杜宇并不以凸目为耻，反倒按这个形象亲手制作面具……

这家伙作为王来说是个不务正业的主儿，但作为男人来说其实蛮不错，宅心仁厚，开朗快乐，多才多艺，而且与她有过肌肤之亲——虽然那只是出于机缘巧合。但不管怎样，这个男人在她心中已经刻下了印象，无法抹去。前一段沉迷于开河工程，每天所见都是鳖灵，几乎把他给忘了。现在，工程的事已经了结，又位于曾经与他邂逅之地，杜宇忽然在她心中复活了。她沉思有顷，对朱雀说：

“妹妹，我想先到王城看看杜宇。听青鸟说，近来他在全力制作一件太阳神鸟金器，几乎痴迷了。”

朱雀不屑地说：“看他干什么，那个只知道玩乐的王。鳖灵拼死拼活干了四年，连咱俩都累惨了。他倒好，一点儿玩乐也没耽误。”

“你说得对。那不是个好王，但是个好人。再说，他正制作的那件太阳神鸟其实是咱俩的画像，咱们还是去看看吧。”

朱雀不太能理解姐姐的复杂心绪，在朱雀看来，鳖灵沉稳方正，是可以彪炳千秋的高山；而杜宇纵然佻脱轻灵，也只能是无根的风。她想了想说：“你想去就去一趟，我不去。这样吧，我先去找鳖灵，让他准备好府邸迎接你！”

“干吗是迎接我，是迎接咱俩！也好，咱们分头行动，在王城见面。”

虽然这儿美如仙境，两人也无心多停。她们乘麒麟下山，在岷江一个码头分手，金凤骑着麒麟去王城，朱雀乘坐一艘顺路的小船去工地。

失去神力的麒麟虽然脚力强健，毕竟再不能乘风驾云、瞬间千里了。金凤风尘仆仆赶到王城，来到望帝的府邸，却扑了个空。听管家说，望帝忽然心血来潮，出门去了，说是要到一个最美的地方完成一件什么金器。管家不敢怠慢女神，立即通报了大祭司。大祭司听说金凤降临凡尘，慌不迭地赶到帝府，要对女神叩拜。金凤赶忙拦住他，笑着说：

“以后别来这套虚礼，我已经不是神祇了——我帮蜀民开山挖河，违犯了神界的戒律，已经被收回神力，逐出神界。”

大祭司非常感动，更是坚持叩拜：“不，尽管你们姐妹被贬出神界，但在我的心中，在蜀民心中，永远是至高无上的神祇。”

金凤拗不过，只好容他叩拜。大礼已毕，把他扶起来，问：“杜宇呢，那个不务正业的王呢？我想见见他。”

“他去那个高山海子了，就是曾与你们邂逅过的那个地方，昨天刚走。”大祭司不满地说，“明天是鳖相乔迁新居的日子，他本来答应要到场的。但他说他有了突然的冲动，一定要去青龙池，在那儿制作一件最精美的金器献给两位女神。他就这么一甩手走了。”

对这位行事素来“不靠谱”的望帝，大祭司的不满溢于言表。金凤倒是有些感动，她知道那种冲动叫“创作冲动”，可遇而不可求。所以杜宇为了紧紧抓住它，宁可放弃重要的政务，金凤是能够理解的。只是，他所去的地方原来正是青龙池！真是不巧，两人竟失之交臂。

她默然片刻，笑着说：“可惜了，我刚从那儿过来啊。那好吧，我返回去找他。我要看看他到底能做出什么样的精品。”

“好的，我安排人送你去。”

“不用啦，我仍骑麒麟就行，一个人走自在一些。”

“好的，依你的吩咐。那么，你不先见一见鳖相？”

“明天吧，我抓紧时间去青龙池，争取明天赶回来，赶上庆贺他的乔迁。”

她与大祭司告别，催动麒麟，匆匆返回那个高山海子。

赶到工地的朱雀也扑了个空，工地只有少量留守人员，他们说鳖相刚刚在这儿开完竣工庆典，回王城去了。新辟的河道把岷江水送往沱江，江水平静地流淌，似乎已经流淌千年。不少百姓远道而来参观，他们知道这项工程将使蜀地基本免去涝患，还能灌溉万亩良田，无不欢喜雀跃，但没人认出旁边的姑娘就是帮助开河的神女。朱雀回想起这些年的风风雨雨，想起鳖灵几乎为这项工程送命，不禁感慨万千。她没有多停，拦了一艘顺路的小船，急急向王城赶去。

王城里，在鳖灵的新府邸中，大祭司、庚辰、夷均、葛仲夫妻、石牛等人在为他祝贺乔迁。石牛已经升职了，现在是王城守卫副统领。新府邸建得很漂亮。虽然当年鳖灵要求新房不尚豪华，只需俭朴舒适即可，但既然是国相府，庚辰当然不会降低档次。府邸占地广阔，房间高大轩昂，管家仆婢也都配齐了。只是院内的树木花草还没长大，显得院子空落落的——也许更主要的原因是院中还缺一个女主人。大祭司喟然叹道：

“这座府邸建了三年，你在玉垒山苦干了四年。除了当年曾回来参加过我女儿的婚礼，四年来你这是第一次回王城啊。”

鳖灵笑着说："本来要30年后才能住进来的，多亏两位女神相助。"

"即使有女神相助，你也辛苦了。夷均多次对我说，他对你十分敬佩。"

"多谢了，这是众人的功劳，是夷均、石牛的功劳，也是望帝、大祭司和庚辰的功劳。庚辰大人，谢谢你三年的辛苦，为我造了这么好的府邸。"

"不客气，是我的荣幸。望帝原本说今天要亲来祝贺的，但他突然兴起，到一个高山海子去了。望帝生来是这样的脾性，鳖相不要见怪。"庚辰说。

"哪里会见怪，我只有感激。"

姝姬说："可惜娥灵妹妹不在这儿了。鳖相，我是在采玉时同她结识的，一见如故。三年不见，真想她啊。"

鳖灵也不免黯然。三年来他没接到过妹妹的来信。葛仲派去的细作不久前才返回，据细作说，妹妹确实做了巴王的王后而且极受宠爱，当哥哥的也就放心了。细作还说了一个重要消息：巴国新建了一个规模很大的炼铜作坊，地点就在当年他发现铜草和矿石的地方。无疑这是娥灵献给丈夫的礼物。她既然做了巴王的女人，这样做无可厚非。只是——巴王不会有闲情逸致去铸什么铜鸟铜尊，笃定会把它变成锋利的戈矛箭镞，这肯定不是蜀国之福。

引水工程完工后，该关心军备事务了。只是得谨慎从事，不能让望帝产生"鳖相过于关注军队"的印象。他对姝姬说：

"我也很想她。但她既然已经是巴国王后，巴蜀两国又素来不睦，还是不见面为好。"

姝姬叹息着点头。

热闹过一阵后，众人都走了，只有大祭司和夷均两人留下。大祭司郑重地说：

"鳖相，借一步说话。"

鳖灵看看他，说道"好的，请到内室吧。"

两人随鳖灵到内室，屏退左右。大祭司在谈话之前，先取过随身带的锦袋，从中抽出那根神杖，虔诚地供在几上，对它行礼。行礼后他转过身，凝重地说：

“今天虽非祭祀之日，我也把神杖供上。因为，我下边要说的话，想让蜀人的祖先和神灵都听到。”

鳖灵知道他即将说的话肯定分量极重，看看夷均也是表情庄重，便肃然说：“大祭司请讲，鳖灵洗耳恭听。”

“望帝杜宇是一个好人，心地善良，仁义远播。但这些年来他醉心于匠作之事，耽于嬉戏玩乐，一向贻误政务，废弛军备。作为大祭司，我非常欣赏他为神灵制作的精美的神器，神灵会悦纳的；他轻徭薄赋，与民同乐，老百姓也喜欢他；只有少数人不满意，认为他疏忽了帝王的职责。这是一小批惹人厌的人，万民快乐时他们不快乐，万民沉醉时他们非要清醒。鳖相，我想你也是这样的人。”

鳖灵笑着点头：“对，我注定是这样的人。”

“这些人都忘不了，歌舞升平的蜀国近旁有一个蛮勇好战的邻国。你四年前就提出过警告，但望帝充耳不闻。鳖相提过一次之后，也从此不再提及。别人以为鳖相是忘了，我却不然。我想，除了工地事务繁忙的原因之外，你是尽量远离兵权，以防主上生疑。你的谨慎是对的，可惜巴王不容我们这样谨慎下去。”

鳖灵肃然静听。

“今天我斗胆问鳖相一句话。”他顿了一下，以手指天，“神灵在上，巫咸要说的话上可对天日，下可对黎民。我要问的是：为社稷苍生考虑，你是否认为自己做王更好一些？而望帝更适宜做一个出色的匠师？”

这番话重如千钧，鳖灵谨慎地沉默着，看看旁边的夷均。夷均点点头说：“这也是不少王臣和头人的意见。至于犬子葛仲，我虽然未同他谈过，但我想他也会同意。”他特意点出这一点，意思是明白的：“如果一旦决定行废立之事，军队会为我们所用。”

鳖灵一向是有决断的人，略为考虑，干脆地说：“感谢各位的推重，我知道你们的意见都是出于公心，鳖灵铭于肺腑。但一则望帝于我有知遇之恩，二则如若王位更替引发内乱，则非社稷之福，巴军更容易乘虚而入。帝位更替是天大的事，容我想想再说。此事暂且到此为止，不能让第四人知道。你们也不必再问，如果我做出了决定，会自己找你们的。”

大祭司和夷均点头：“一切听你的安排。”

外边有人通报：“女神朱雀驾到！”鳖灵急忙做一个手势——那件密谋同样不能让朱雀知道。两人默契地点头。待朱雀进门，鳖灵二话不说，扑地便拜。朱雀有点意外，赶忙笑着拉起他：

“咦，今天鳖灵大人怎么这么客气？依咱们的交情，用不着这套虚礼吧。我是女神时，也没有受过你的大礼呀。”

鳖灵凝重地说：“正因为你们被逐出神界，我更要向你叩拜。你们两位永远是蜀民心中尊贵的女神。”

“好啊，那你为尊贵的女神办件事吧。”

“尽管吩咐。”

“我和姐姐已经被逐出神山，无家可归啦，你为两位可怜的孤女安排一个住处吧。”

鳖灵立即说：“那好办，这处新府邸我还没住过，从此就归你们了，我另找地方。”

“我俩哪能住这么大地方？你还住这儿，给我俩腾出一个小院就行。说不定啊，我姐姐愿意每天见到你呢。”她促狭地说。

鳖灵当然听得懂她的暗示，心头一热。这确实是他心中的渴盼，渴盼而从不敢奢望。现在金凤被逐出神界，定居在王城，那这桩婚事成功的可能性就大了一些。他欣喜地说：

“一切听朱雀姑娘的吩咐。那么我住侧房，你们姐妹住上房。咦，你们俩一向形影不离，今天怎么没在一块儿？”

朱雀含糊地说：“她让我先来安排房子，随后就到。她嘛当然得端一点儿架子，不能贸然登门，至少得主人表示欢迎之后。”

鳖灵真诚地说：“朱雀啊，你们两位能住到我家，你不知道我有多高兴。可惜娥灵不在，不能与你们亲近。”

他有些伤感，朱雀笑着安慰：“别难过，等姐姐和我安顿好，总有办法让你和娥灵妹妹见面的。”

杜宇一行在头天傍晚赶到了青龙池，按他的吩咐，手下连夜做好布置，把錾刻金器的工作台和工具放到面向海子的草地上，又在工作台上放置好錾刻的原料：一片已经捶好的质量上乘的金叶。他们还为杜宇搭了一座帐篷，但杜宇没有进帐篷休息，一直在月光下的高山草甸上打坐养神，那头雄麒麟卧在旁边。

侍卫们都在稍远处的松林休息。杜宇身边只留下阿昌和秋草。他俩熬到深夜，太困乏了，背对背坐在草地上，靠在对方肩头入睡。夜深了，白云在天上无声地滑行。月光如水，星星眨着眼睛。万籁俱静，月光下的海子没有一丝波纹。杜宇安静地打坐，眼前一直幻化着双凤绕日飞翔的神奇画面。这个画面最先来自目睹，后来移植到心中，休眠了四年时间。现在，它已经有了自己的生命，马上要推开混沌，呱呱坠地了。

太阳还在雪山背后，但已经映红了一线朝霞。他站起来，伸伸腰，做了几次深呼吸。此刻他已处于极度的创作亢奋中，大步走到工作台前。案台上的金叶在晨光中璀璨夺目，他胸有成竹地开始了錾刻，动作流畅娴熟，身体充满张力。

就在这时，乘着麒麟的金凤也到了这里。阿昌和秋草发现了，忙上前迎接，要向望帝通报，金凤赶快摇摇手制止了，杜宇显然已经处于创作亢奋中，此刻万不能惊扰。她下了麒麟，轻步上前，立在侧旁观看，专注于制作的杜宇没有发现她。杜宇干得十分轻松，金叶上并没有画出图形，但整个图形他已经了然于心，錾刻起来动作流畅，一气呵成。没有多长时间，太阳神鸟已经完工。杜宇放下錾锤，长啸一声，神态激扬。

朝阳冉冉而起，越过了雪山的隘口。阳光照到金器上，忽然显现了神迹。太阳神鸟图案被反射到头顶的云层，在云层下显示出来，比原件大了万倍，但仍然异常清晰。白云上有四只金凤围着太阳旋转，它们的颈部前伸，长尾和长腿拖在身后，充满动感。画面金光闪烁，比彩虹更为斑斓夺目。金凤惊喜万分，不知道为什么神迹突现，是母亲或日神显现的神力，还是神品本身已经具有神力？不管怎样，她合掌感谢上天。震惊的阿昌、秋草和林中众人也都看见了神迹，伏地叩拜。只有杜宇还陷在亢奋中，目光迷醉地看着映在白云上的图像，再低头对照自己的作品。

金凤走过去拍拍他的肩。杜宇从迷醉中惊醒，见是金凤，忙来同她见礼。金凤笑着说：

“祝贺你，这是一件惊人的杰作，可以说是一件神品。它也会和仓颉造字一样，使得天雨粟、鬼夜哭，龙为之潜藏。杜宇啊，你将因这件杰作在历史上留下足迹，正如鳖灵将因治水伟业在历史上留下足迹。哪怕山作海、江水竭、天地合，世间的繁华被时间湮灭，只要后人能够看到这件杰作，仅仅依据它，就能复原出一个性灵飞扬、天才勃发的煌煌盛世。”

杜宇感激涕零：“金凤公主，人生难得一相知。有你这句话，我虽死而无憾了。但我知道，我沉迷于匠作之事，误了政务，是一个不合格的王。”

金凤叹道：“江山易改，天性难移啊。不必活那么累，各依天性吧。”

他们听见麒麟快乐的吼声，原来两个老相识已经悄悄离开主人，躲到一边的草地上厮搂着打滚去了。这一幕立即引起两人的相同回忆——当年就是因为同样的原因，造成那次令人脸红的又很美丽的误会。就在这个瞬间，金凤在心中完成了她在两个男人中的选择。这并非理性的选择，更多是听从心灵的呼唤，是那种“一击而中”的心灵碰撞。这个不务正业的王，这个厚脸皮的、与自己有过肌肤之亲的男人，这个心窍玲珑、率性而为、心地善良的家伙，正是自己命中的男人啊；而那位如商国方鼎般方正稳重的鳖灵，虽然自己也很喜欢，其实他与朱雀更为相配。她想深层的原因是：虽然她外表稳重，其实内心中很不安分，时刻盼望着天崩地裂的爱，可以为一次爱的闪光而抛弃一切；而朱雀呢，尽管外表活泼佻脱，其实内心世界更为深沉方正，虑事更为周全。两人决定帮鳖灵开河之前，当妹妹的曾提醒姐姐要事先做出人生的决断，那件事上就能看出两人性格的差异。这是天地造化的安排吧。

金凤在心中完成了选择，立即觉得轻松了。她对杜宇说：“告诉你一个消息，我和朱雀因为用神力帮你们劈山开河，违犯了神界的戒律，已经被逐出神界了。”

杜宇喜出望外：“那就是说，你不走了？”

金凤微嘲地说："你这么高兴，有点幸灾乐祸的味道啊。"

被揭出短处的杜宇虽然难为情，仍是笑得没心没肺。金凤前行两步，沉思地望着前方的海子，碧蓝的湖水令人心醉。她轻声说：

"这儿真美啊，一点儿不亚于神山仙阙。我和妹妹还属于神界时，最爱到这儿来洗浴。"

杜宇福至心灵，立即讨好地说："你这会儿愿不愿意洗浴？我带士兵撤到远处为你守护，保证周围没有一双眼睛。"

金凤讥讽地说："但我最怕的，是一双能够望见远处的凸眼睛啊。"

杜宇尴尬地笑了，很厚颜地说："没错，感谢你那天让我大饱了眼福，你的倩影我终生难忘。"

"喂，那天就在这儿，在半空中，有一个厚脸皮的男人突然搂住我，被我一怒之下推到地上，摔了个半死。这件事你还记得吗？——不过，这会儿我倒是很留恋被那个男人搂着的感觉。"

杜宇大喜过望，一点儿也不耽误，立即搂紧了金凤。金凤没有抗拒，于是杜宇立即把拥抱升级为亲吻，金凤仍没有抗拒，而且开始迎合。

两人长久地亲吻，两只麒麟也在厮搂着打滚。阿昌、秋草和众侍卫远远看着，喜得咧开了嘴。秋草受到感染，悄悄握住阿昌的手。阿昌咧嘴笑着，幸福得忘乎所以。

两人带着太阳神鸟金器回到了王城，赶到相府去庆贺乔迁之喜。他们去得晚了一步，客人们都已经离开，连鳖灵也陪着朱雀去妹姬家做客了。但杜宇兴致不减，回到帝府，立即派阿昌把众人全部招来。客人赶到时，太阳神鸟被供在案几上。大家在第一眼就感受到这件作品的分量，虔诚地瞻仰着。神鸟图案下面衬着火红色的丝绸，镂空处形成一个烈焰四射的太阳，四只神鸟伸颈飞翔，动感十足，似乎能听到欢快的鸣叫声。大祭司由衷地说：

"太漂亮了！我一生中见过万千神器，这肯定是最杰出的一件。昆仑诸神一定会悦纳它。"

杜宇喜笑颜开："有一位女神已经提前悦纳了。告诉你们，金凤答应了我的求婚，我们打算最近举行婚礼。”他身旁的金凤幸福地微笑着，默认了他的话。

这个消息过于突然，众人一时愣住，目光都很复杂。石牛很失落，在心中为鳖相抱不平——在开河的那段日子里，金凤明显对鳖相很有好感，她怎么最终会选择望帝？鳖灵的目光中藏着深重的痛苦。他与金凤姐妹相识四年，在工地上同甘共苦，相知甚深，已经把金凤铭刻在心中了。他原以为金凤会选择自己的，这几天朱雀的不断调侃更强化了这个印象，没想到金凤很突然地选择了另一个男人。但他很好地掩饰了自己的失落，欣喜地说：

“太好了，真是个好消息！我这就和大祭司着手筹办大婚典礼。”

大祭司的第一反应是政治上的考虑——杜宇现在有了女神为妻（尽管是被贬的女神），那么，此前的密谋是否还要继续？如果继续，会不会被激发神灵的怒火？一时难以做出决断。但他也掩饰了心中的波澜，向杜宇表示祝贺。

众人纷纷祝贺，开始商量安排大婚的时间。

朱雀没有参加众人的谈话，而是用目光同姐姐交流。她素来知道姐姐对鳖灵的情意，所以对姐姐这个决定感到非常突然。金凤当然知道妹妹的心理，走过来搂着她，两人走到一边，悄悄耳语：

“姐姐，出乎我的意料啊。”

“妹妹对不起，没有事先同你通气，但感情的事是说不清楚的。就在看到太阳神鸟的瞬间，我突然被击中了。我觉得，能够制作出这件神品的人，他的心也是金子做的。”

“你的选择并不错，那家伙虽然不是个好王，却是个好男人。只是鳖灵恐怕一时难以转过弯……”

“妹妹你想过吗？也许另一个女人更适合他，只是这个傻妮子心肠太好，一向把姐姐摆到前头，把自己给忘了。”

朱雀一瞬间大彻大悟！目光中异彩闪烁，用力向姐姐点头。朱雀可不是遇事拖拉的人，立即离开姐姐，走回人群，笑嘻嘻地对鳖灵说：

“喂，鳖灵哥，借一步说话。”

鳖灵第一次听她这样称呼，很新鲜，也觉得更亲近，微笑着跟她来到室外，朱雀内疚地说：

“对不起，鳖灵哥，我此前孟浪了。原以为姐姐……”

鳖灵笑着截断她的话：“不必道歉，我哪会怪你，只能感谢你的好心。朱雀，你的心像金子一样纯洁，像水晶一样透明。望帝会是一个好丈夫，你姐姐的选择没错。”

“对，他是一个不务正业的王，但他是一个好男人，也会是个好丈夫。他亲手制作的这件太阳神鸟太漂亮了，太出色了，即使摆放到昆仑神山上也毫不逊色。他的灵感与我们姐妹俩有关啊。当我们化身为两只凤鸟、绕日飞翔时，被他撞见过。”

“对，我本人也看到过那个画面，太美了。它一直铭刻在我心中。不妨小小地吹吹牛——他的画稿我还更改过呢。”

“我姐姐刚才说，正是这件杰作一下子‘击中’了她，促成了他们的婚姻。可是，这件作品的原型是两只神鸟啊。后来两只鸟都失去了神力，变成了凡间姑娘。这倒没什么，她们并不留恋什么神的身份。可是，现在姐姐马上要成亲，撇下妹妹一人，孤苦伶仃，多可怜啊。”

鳖灵突然意识到朱雀将要说什么，不由一震，目光灼灼地盯着她。他与姊妹俩相识的四年中，朱雀一直藏在姐姐的光环之下，而他也一直更多地盯着姐姐。现在，朱雀用玩笑口吻提出了另一种可能，而且这层布一经戳破，就是顺理成章的事，甚至是更为恰当的选择。他很痛悔自己过去竟然没有想到。朱雀继续说：

“其实这位妹妹已经看中了一个男人，只不过这个看法一直藏在她的潜意识中，没有明朗化而已。现在呢，经姐姐刚才提醒，她倒是明白过来了，可惜，那个骄傲的男人眼中从没有她。”

鳖灵笑着说：“那个男人哪里是骄傲，他肯定是个十成的瞎子，连耳朵鼻子都是瞎的。”

“如果那个男人能接受她，姐妹俩同时结婚，就像那幅太阳神鸟的画面，两鸟比翼齐飞，那该多完美！不过，也许这只是那位妹妹的一厢情愿。”

鳖灵大笑，什么也没说，突然搂住朱雀，给她一个深深的吻。朱雀也笑着，爽快地给了热烈的回吻。时间在热吻中静止。然后，鳖灵没做什么表态，也不等朱雀再说话，就径直拉着她回到屋内。众人意识到将有什么事情发生，因为两人都是满脸光辉。鳖灵欣喜地对大家说：

“刚才望帝宣布了一个好消息，我再加上一个吧。这一位尊贵的女神，朱雀，刚刚屈尊答应了我的求婚，愿与这个平凡男人共结连理。帝尊，我提一个建议，是否可以把两场婚礼合在一起操办？”

杜宇大喜过望：“太好了，太好了，双喜临门！就这样定了！”

金凤过来搂住妹妹，悄声打趣：“妹妹，我正与杜宇商量为你提婚呢，你的动作比我还快呀。”

朱雀笑着说：“姐姐知道的，朱雀一向性急，还是个厚脸皮。”

鳖灵说：“金凤姐妹暂时没有住处，就住这座新府邸吧，住这里等着望帝和我来迎娶。但我不能再住这儿了，婚前我住这儿不合适。”他看看大祭司，“能否让我先住到大祭司府上？”

大祭司立即读懂了鳖灵的话外之意——虽然他已经与杜宇成了近亲，但这并不影响此前的政治策划。大祭司此刻已经化解了刚才的担忧：既然继金凤选择杜宇之后，朱雀选择了鳖灵，也就说明神的眷顾是平等的，那件密谋也就没什么后顾之忧了。他笑着说：

“我当然竭诚欢迎，不知道帝尊有什么意见？”

杜宇心无城府地说：“干吗住大祭司府，住帝府最方便，婚礼那天，咱俩可一块儿出发，一块儿去迎娶，这样婚礼更好操办。”

鳖灵合掌感谢：“好的，那就依帝尊的意见。”

王城沉浸在欢乐的气氛中。望帝与鳖相同时结婚，两个新娘又是神女下凡，再加上一项旷古绝今的水利工程刚刚完工，百万民众从今年起就要受惠，可以说是三喜临门。百姓们载歌载舞，欢庆这个节日。

在城墙附近的那座国祭台上，不计其数的祭器中又新添了不少凸目的青铜面具。自打望帝亲手制作出第一件，这种面具就广受祭司们的欢迎，因而大行其道。因为它既形象地诠释了“蚕丛目纵”的故老传说，也表达了凡人对神界“望眼欲穿”的尊崇。当然，祭厅中最耀眼的神器还是望帝新制作的那幅太阳神鸟，它位于祭厅的正中，贴在火红色的丝绸上，展翅欲飞，是万人注目的中心。

大祭司把金杖供在祭台上，向神灵和祖先们禀报了望帝和鳖相的婚事。想来西王母如今升职为岳母大人，一定会笑口大开吧。

西王母、羲和、鱼凫在彩云中聆听着大祭司的祷词，西王母怜悯中有欣慰：“我可怜的俩女儿，虽然被收回神力，逐出神界，总算有了不错的归宿。”

羲和也欣慰地说：“是啊，不久就会让你看到两个小外孙。”

西王母叹道：“不一定能看到了。羲和，我想最近就实施那件事：把昆仑山迁走，远离尘世。”

羲和虽知道这件事，仍吃了一惊：“这么快！”

“羲和，知道为什么吗？鳖灵率众人开山引水这件事，你还没能看出它的意义。这是凡人第一次合众人之力来改变神灵定下的秩序，它将成为一个象征：人的时代即将开始，神的时代就要结束了——不过这并不怪鳖灵，也不怪金凤朱雀。世代更替是自然之道，谁也挡不住。”她开了一个玩笑，“你尽管放心，即使你和太阳车离开这儿，太阳照旧会东升西落。”

羲和叹息：“对，我不会为此忧心。我忧心的是另一件事。”

西王母指指东方：“我知道你忧心的是什么——战争。”

“对，战争很快就要来了，会把这儿蹂躏一空，满目的繁华化为灰烬，精致的礼器变成碎片，千年的基业转眼成空。实在可惜啊。”

鱼凫震惊地望着二人，西王母看看他，温和地警告：“羲和的预言没错，但是鱼凫啊，你可不要去向子孙告警，不能再重蹈金凤朱雀的覆辙。而且，尘世的战争是无法避免的，诸神即使干涉也没有用。”

鱼凫诺诺地答应。他心情焦灼，极目向东方远眺。他看见了自东方滚滚而来的战尘：巴王骑着白虎，率巴国大军疾速前进。巴人都是短打扮，不穿甲胄，右手执弯刀，左手执藤甲，脚穿麻鞋，个个动作敏捷，凶悍无比。士兵的纵队中还杂有一支更为凶悍的兽军，虎豹熊罴背上是手执长矛的士兵。鱼凫实在忧心。蜀国数百年无战争，民众都醉心于精雕细琢的生活，曾有的血性都被泡软了，泡酥了，肯定抵挡不住凶悍的巴国大军。

他估计得不错。蜀国的边防一触即溃，巴军一路横扫，如入无人之境。鱼凫还看到，一位蜀国斥候拼命鞭打着坐骑，向王城疾驰。

婚礼隆重热烈，王城成了花的海洋。百花灿烂，更有面如桃花的众多美女，她们借着这场婚礼张扬自己的美丽。蜀民已经安享数百年的歌舞升平，那他们当然有理由相信，神祇会继续保佑蜀人继续歌舞升平。尤其是，他们为神灵贡献了那么多、那么精美的礼物。

巍峨的帝府里正举行盛大的婚礼，大祭司做主持。“太阳神鸟”挂在大厅的正面墙上。它是人世间“凤鸟双飞”的最传神的写照，所以最适合做婚礼的吉祥物。现在，画图中的四只凤鸟欢快地飞翔着鸣叫着，召唤着地面上化为人身的金凤朱雀。两位新娘光彩照人，身上仍保持着女神独有的光晕。

依照巴蜀之地的风俗，两对新人都用匕首划破了手腕，男下女上，把手腕贴在一起，这象征着夫妻血脉交融，恩爱百年，永不分离。新人们幸福地对视着。忽然一个斥候破门而入，撞碎了这个幸福的场景。斥候一直跑到杜宇身边，气喘吁吁地喊：

“帝尊！巴国举国来攻！敌军来势凶猛，已经深入蜀地二百里了！”

婚礼上的众人：杜宇、鳖灵、大祭司、金凤、朱雀、庚辰、夷均、葛仲、石牛都大为震惊。大祭司看看鳖灵，喃喃地说：

“应验了，四年前鳖相初来蜀国时就警告过，现在果真应验了。”

众人都从这句话中读出了他对望帝的严厉责备。大祭司没有说错，杜宇无视鳖相的警告，四年来耽于玩乐，没做任何准备，实在失职。鳖相虽然也有责任，但这四年来他全身心治水，情有可原。鳖灵正要说话，一向不理政务的杜宇表现出少有的果断，立即下令：

“大祭司责备得极是，但御敌要紧，我的罪己诏以后再写吧。现在立即结束婚礼，送金凤回新房，送朱雀回相府。召集各王臣和头人来帝府，商量如何迎敌！”

其实不用召集，各重臣和各地头人此刻大都在这儿。连金凤和朱雀也没有离开，她俩已经是蜀国人了，在这个生死关头，同样不能旁观。她们穿着婚纱，参加了匆匆召开的御前会议。会后，鳖灵、葛仲和石牛都没有回家，直接奔赴前线。

第六章　白虎死生

历史如一头凶暴的龙，即使驭手也不知道它最终冲向何方。灿烂的文明常常毁于蛮族的马蹄，或者深埋于时间的废墟。千百年后，那些湮灭的文明即使有幸重见天日，也只剩下了片鳞只爪——但即使只有片鳞只爪，其绝顶的灿烂也足以令后人顶礼膜拜，追思先人的辉煌。

——《西王母致后人》

鳖灵等人赶到前线也无法扭转败局。蜀军兵败如山倒。将士们的斗志在数百年歌舞升平中早就泡酥了，根本无法抵挡巴国的虎狼之师。鳖灵带着葛仲和石牛拼命抵抗，也只能维持着相对有秩序的溃退。四年前他富有远见地提出过警告，但这四年来望帝没有在提升军备上做过任何事情，他作为国相同样没有做。这不光是因为忙于治水和避嫌，而是他深知，数百年的和平已经打造了一个最坚固的梦，凭一己之力是无法让蜀人梦醒的，除非他们经受了切身之痛。

他带着败兵一直退到王城。虽然局势万分危殆，他并没有完全绝望。所谓置之死地而后生，当蜀军目睹父老亲人惨遭蹂躏、不得不背水一战时，定会重新燃起先人的勇气和血性。这些天来，他尽量保全了蜀军的主力，把它撤到王城。这场危难中石牛脱颖而出，显出了不凡的才干。几天前石牛提出一条妙计，也许能一举扭转颓势。他同意了，责成石牛负责，从全国各地征用了各种役畜，像水牛、大象和马匹，随蜀军撤到王城中。

这些天他当然时常想到娥灵。据探哨说娥灵也到了蜀地，征战中一直和巴王同骑那只巨虎，还带着四岁的女儿。娥灵是巴国王后，各为其主，没什么好埋怨的。但每当想起，也许正是娥灵献给丈夫的那个大礼变成了巴军手中的青铜戈剑，从而大大提升了巴军的兵力，鳖灵难免摇头。再者，没准儿娥灵役鸟使兽的本领，也帮巴王提高了兽军的战斗力？鳖灵没有得到这方面的情报。不过，尽管他和妹妹已经分属敌国，但有一点是肯定的：娥灵绝不会忘记哥哥。纵然她助丈夫灭了蜀国，但肯定会想尽一切办法保住哥哥的性命。

那么，且耐心等待，等着她来找自己吧。

巴王廪君搂着娇小的娥灵和女儿小铃铛儿骑在白虎背上，立在一处高地远眺。巴国军队团团包围了蜀国王城，儿郎们刚刚攻破了外城，只余下面积不大的内城，再把它攻破不过是一天的工夫。可以说蜀国已经在劫难逃了。不远处的蜀国祭台上，富丽堂皇的祭厅已经被彻底焚毁。巴军毫不怜惜地砸碎了异族的神器，包括青铜神树、青铜立人、各种雕像、玉璧玉璋玉琮、成堆的象牙、各种金器、成组的石磬、石雕的神兽，等等。砸碎后再用火焚烧，然后一股脑儿丢弃在祭坑中。杜宇亲手制作的那件青铜凸目面具也被砸破了，但因偶然原因没有被埋，它滚落在祭台角落，以一双凸目悲伤地望着天空。蜀国残军固守着内城。但蜀地城墙的作用是防洪而不是防兵，坡度很缓，甚至外坡的坡度比内坡更缓，所以易攻难守。城墙上的蜀国士兵都很疲惫，伤痕累累，但他们知道再无可退之处，都抱着必死的决心，目光中是绝望的凶狠。

娥灵阴郁地遥看着蜀国王城的惨景，表情沉痛。她的腹部突出，已经有了三个月的身孕。廪君知道妻子心中难过，温声安慰她：

“我已经命令儿郎们少杀人，还下了严令，绝不许伤害你哥哥，谁敢违犯，老子砍了他的二斤半！你尽管放宽心。但你得劝他投降，只要他降了，我同样让他当国相。”

娥灵凄然说：“我知道哥哥，他绝不会投降的，一定会以死相拼。”

“那就怪不得我了。不投降只有死！”

“我对不起哥哥。”

廪君不耐烦地说：“我说过多少遍了，攻蜀是老子定的，与你无关！当年你答应过，不得干涉我的国政。”

娥灵摇摇头，沉默片刻后忽然说：“好的，现在我就进城去劝哥哥投降。我带上小铃铛。”

女儿一直悄悄听着爹妈的谈话。四岁的孩子听不懂大人的世界，不过妈妈最后这句话她听懂了，高兴地问：“妈，是不是要带我去见舅舅？太好了！我要见舅舅！”

巴王想想，爽快地说：“行，你去吧。大军围城，他们不敢把你俩怎么样。不过，我把话说到前头，如果你哥把你俩当人质，老子是不会受要挟的！”

娥灵摇头：“我哥哥不会伤害我俩的，也不会把我俩当人质。我去了，明早以前回来。但你得答应，我回来前不许攻城。”

巴王痛快地说：“行！我答应你明天之前不攻城，反正他们也没处可逃了。”

“你得给我发誓。”

巴王不耐烦地说：“发啥子屌誓！老子一口唾沫掉地上能摔八瓣，说过的话决不反悔。你赶紧走吧，快去快回。”

小铃铛儿快活地催着妈妈：“妈你快走，我要见舅舅。我还从来没见过舅舅呢！”

内城中挤满了人，兵士们驱赶着牲畜，水牛最多，也有马匹和驯化的大象。杜宇、鳖灵和大祭司在巡城，金凤朱雀跟随着，她俩也像男人一样身着戎装。杜宇沉重地摇头，痛悔地对鳖灵说：

“鳖相，只恨我当年没听你的警告。”

葛仲也很痛悔：“当年我太麻痹，被巴王的小花招蒙住了眼。”

鳖灵平和地说：“我身为国相也有责任，这几年我只顾治水，把提升军备抛到了脑后。”

“事已至此，只有以死相拼了。鳖相，今晚由我、葛仲和石牛率残军袭击敌人，你带家眷和大祭司他们从后边渡河逃走。虽然船只已经被巴军烧毁，但有这么多的大象和水牛，足以渡家眷过河。渡河后你们就往北方的群山中走吧，那是蜀人的发祥之地，虽然贫瘠狭窄，总能给你们一个立足之地。”他苦笑道，“你不用劝我，这是我作的孽，理当拿我的命来偿还。”

金凤平静地说：“不，我不走。我与你死在一块儿。”她惋惜地叹道，“只可惜我和朱雀都失去了神力，没办法帮你了。”

朱雀说：“我丈夫不会走的，我也不会走，大祭司带着百姓走吧。”

鳖灵与石牛对望一眼，镇静地说：“不必着急，现在还不到最后关头。你看，巴王已经停止了进攻，我妹妹肯定会来劝降的。”朱雀疑惑地看看丈夫，她知道丈夫肯定不会投降，“等她来时，我们再相机行事。”

话音刚落，手下来报：“有一位女人要进城，她没说姓名，只让我把这枚玉坠交给鳖相。”

那是一枚碧绿的虎形玉坠，鳖灵接过，似乎还感受到妹妹的体温。他释然点头：“是娥灵的玉坠，而且是她从家乡带来的那枚。我没猜错，她没忘记哥哥，果然进城来了。带她进来吧。”

娥灵进城前有意脱下王后的丝衣绸裙，穿上当年的旧衣裙，她想让哥哥第一眼看到的仍然是当年的妹妹。她骑着一匹个头矮小的川马，把女儿搂在怀里，一名蜀军士兵领她们越过防洪堤，进了内城。城里的情况很糟，人、畜和杂物拥挤不堪。水牛和大象挤满了内城的街道，人们正忙于往它们背上拴缚物品，显然是打算突围。兵民们仇恨地看着敌国来使。她不由摇头，像这样带着辎重突围，即使突出去，也绝对逃不脱巴国兽军的追杀。小铃铛儿皱着眉头问：“怎么这么乱啊。舅舅在哪里？”在铃铛儿的小心眼中，从未见过的舅舅是个很神秘很遥远也很亲切的形象，因为从她懂事起，当妈的就每天对她念叨舅舅。妈妈也常对着西方天空发愣，铃铛知道她是在思念住在西边的舅舅。

她们被带进帝府，杜宇坐在正中，鳖灵、大祭司、金凤姐妹立在旁边。娥灵含泪喊：

“哥哥！”

鳖灵亲切地说：“妹妹好，四年多没见了。当年你跟着巴王走时给哥哥留下一封树皮信。信上说：你会回来看我的。你果然回来了。”他说得很平和，很亲切，但对娥灵来说，这句话不啻是最尖刻的讥刺。“给，这是你送来做信物的玉坠，请你收好。”

她接过玉坠，泪流满面：“哥哥，这场战争不是我能挡得住的，恐怕神灵也挡不住。”

“妹妹，我知道，这是命运的捉弄，我不怪你。我还要感谢你没忘了哥哥，在最后时刻进城来见我，你是想保住我的命。事态紧急，咱们摊开了说吧。我希望你能劝巴王退兵，但我知道你劝不动；巴王让你来劝我投降，但我也决不会投降。我提一个双方都能接受的意见吧：我们放弃抵抗，也请仁义的巴王为城中军民留一条生路。王城的镇国重器，金银财宝，除了你们在祭台上已经毁掉的，其余全留给你们。我们只带随身衣物，不带武器，在明天一天内渡河离开，回到北方的岷山，蜀人祖先住过的地方，永远不再回蜀地。如果你们不放心，等我们撤退时，巴军可以来检查所有人的行李。”他说，“不知道巴王是否会开恩答应。如果不答应，我们只有以死相拼了。”

娥灵略为考虑，断然说：“我一定让他答应，但你们怎么渡河？船只都被烧了。”

“城中有这么多的水牛和大象，足够载我们渡河了。”

“那好，就这样定了！来这儿前我已经让巴王答应今晚不攻城，我这就回去，让他把休战令再延长一天。你们务必在一天一夜内全部撤出。你们的行李不必检查，能带什么东西就尽量带走吧。武器也带上，到新地方恐怕要用上的。这件事上我想我能说服巴王同意。我回去后，如果能劝得他同意，就在巴军营内放出一个风筝通知你们。就用你喜欢的凤鸟风筝。”

“好的，看到风筝我们就安排撤退。多谢妹妹，有劳你了。”

鳖灵向在场诸人征求了意见，杜宇、大祭司都苦涩地同意，这是唯一可行的方案了。就在这个当口儿，发生了一点小意外——娥灵怀中的小铃铛儿突然大哭起来：

“舅舅不理我！舅舅不喜欢我！”

鳖灵不由赧然。形势危殆，只顾忙于和娥灵谈军务，确实疏忽了她身边的小女儿，那位面红齿白、油光粉嫩的小家伙。这样一位水晶般精致的小可爱本来就不该出现在眼前的惨景中，两者太不协调了。娥灵伤感地说：

“小铃铛儿从小听我念叨你的名字。虽然她从没见过舅舅，却是她最亲的人。”

鳖灵愧然抱过小铃铛，紧紧搂在怀中：“小铃铛儿，舅舅怎么会不亲你呢，你是舅舅的小心肝，你这个小铃铛一直拴在舅舅的心尖尖上。只是我们这会儿忙着大人的事，很重要很重要的事，没时间陪你玩。等将来有机会，一定接小铃铛儿来舅舅家住几年。”

铃铛悄了气，腻在舅舅怀里，叽叽喳喳地说着话。鳖灵搂着她，心中有愧——眼下万事牵心，蜀国百万百姓的命攥在他手心里，确实没心思听铃铛闲扯。但铃铛的亲情让他感动。娥灵说得没错，四年来，她一定每天在女儿耳旁絮叨舅舅的名字，否则小铃铛不会对从未见面的舅舅这么亲。总算安抚住小铃铛，兄妹匆匆交流了各自的情形。鳖灵说杜宇和他刚刚与金凤朱雀结婚；金凤朱雀也过来抱了小铃铛，同娥灵匆匆攀谈几句，知道娥灵又怀孕了，已经有三个多月。军情紧急，不容她们从容叙谈，娥灵要立即返回——她还是有点担心丈夫不守信，会提前发动进攻，万一如此，一切都无可挽回了。当然她知道丈夫的脾性，说过的话不会失信的，但眼下的形势她不得不十二万分的小心。鳖灵送妹妹匆匆离开内城，金凤朱雀跟在后边。他们在内城城墙上默然拥别，鳖灵紧紧抱着外甥女，眼眶红了。朱雀和金凤与小铃铛儿吻别。临别前娥灵盯着哥嫂，泪水盈满眼眶：

“哥哥，嫂嫂，但愿来日我们还能见面！”

就在这时，小铃铛又给大人们制造了一点意外。铃铛知道妈妈现在是要带她回去，要离开舅舅了。妈妈说眼下太忙，不能在这儿多住。小铃铛很懂事，不会勉强妈妈留下。但她像小大人一样，按自己的心愿做了安排。她说：

“妈，知道你忙，你走吧。我先留在舅舅这儿玩几天，等你忙完了，再接我回家。”想想她又补充道：“妈你放心，我保证乖，一点儿不给舅舅添乱。”

周围大人全都噤声！娥灵、金凤、朱雀、妹姬泪水盈眶，几乎失声。小铃铛当然不能留在这儿，那意味着她将与妈妈永远分开，但这种话怎么能对孩子说出口？娥灵只好忍泪劝小铃铛，说舅舅确实忙，你看城里都乱成什么样子了。等舅舅忙完，一定会到巴国去接小铃铛的，那时说不定还会给你带来一个可爱的小弟弟小妹妹。小铃铛终于知道自己的计划泡汤了，肯定要离开舅舅了，不由得号啕大哭。娥灵狠心把她从舅舅怀里拽过来，上了马，匆匆离开。

鳖灵三人站在城墙上，目睹母女俩骑马走下城墙的外坡，向巴军兵营走去。有两名巴兵过来接上她，她回过身，向这边招手，转身离开。走了很远，还能听见小铃铛的哭声。鳖灵长久沉默着，长叹一声：

“妹妹，铃铛，为了蜀国的社稷苍生，只有对不起你们了。”随后向石牛下令，“你去吧，立即按计划开始准备！”

他回帝府后，向杜宇等人讲了这桩筹谋已久的秘密计划。这个计划是石牛最先提出的，鳖灵和葛仲做了补充。为了确保万无一失，当时只限掌兵的这三人知道。他们已经悄悄做了周密的准备，只等娥灵进城之后就要实施，因为鳖灵料定妹妹肯定会来劝降的。杜宇等人听后为之一振，在满目绝望中第一次看到了希望。然后各人分头出发，指挥兵士和民众开始准备。牲畜背上的行李是对娥灵使的障眼法，这会儿都毫不怜惜地抛弃。所有水牛、马匹和大象都被喂饱，在它们的尾巴上绑了浸油的芦柴，身上画出狰狞的纹饰，其中水牛的牛角上还扎上尖刀。然后悄悄集中在城内紧靠防洪堤内坡的地方，面对巴军的帅营。士兵们也都吃饱，脸上画出狰狞的鬼脸纹。鳖灵、杜宇、葛仲、石牛也都画了，其中杜宇是自己对镜画的，画得很仔细。画好之后还对鳖灵炫耀：

“我的鬼脸画得怎样？廪君看了也会吓出冷汗。”

他的鬼脸果然画得最好，既凶猛又精致。鳖灵笑着点头。这位望帝虽然不是一个英明的帝王，但至少不愧为一个男人，在即将国破家亡的时刻没有垮掉。

今天石牛任总指挥。他是个胆大心细的人，仔细检查了所有准备，确保万无一失。深夜，万籁无声。少量蜀国老兵在低矮平缓的城墙上守卫，时时敲着刁斗。城墙之内，水牛和大象密密麻麻，士兵们蹲伏在畜群之后。这么多的人畜挤在一片狭小的地方，但寂静得就像坟场。

杜宇和鳖灵站在城墙上向敌方眺望。那里也有守卫，时时传来刁斗声，军营四周点着明晃晃的火把。但在“蜀军已放弃抵抗”的消息传开之后，巴军士兵显然放松了警惕，这会儿都进入了黑甜的梦乡。忽然杜宇指着巴营内说：

“鳖相你看！”

鳖灵也看见了，巴营内飞出一只鸟形的风筝。天黑，辨不清颜色，只能看出是凤鸟的形状。这当然是妹妹放的，她为了让哥哥早点安心，肯定是一说通丈夫就把风筝放了出来。风筝在夜空中冉冉上升，在高空中稳住了，只是偶尔抖动一下。风筝上贯注着妹妹的情意，也有小铃铛的情意。注视着风筝，鳖灵再次生出深深的歉疚。当然这不会影响他的决心，他看看星星，已经是三更时分，回头对杜宇说：

“开始吧。”

“好的，开始吧。”

两人下了城墙，金凤、朱雀、妹姬等妇人为杜宇、鳖灵、庚辰、夷均、石牛、葛仲等捧上壮行酒，今天除了大祭司要留在城内祈祷，城内所有男人全部上阵。士兵们都端起了酒碗。大祭司手执神杖，表情狂热，低声祈祷着。祈祷结束之后，鳖灵走到队伍正前方讲话。为了不惊动城外的敌人，他压低了声音，但铿锵的声音仍能传到每人的耳中。他简短地说：

“宗庙社稷、先人坟墓、蜀人血脉、家人性命，全都在此一战！干！”

他带着众人干了碗中酒，把碗轻轻放到地上，然后请总指挥石牛下令。石牛低声吼：

“举火！”

士兵同时用火把点燃了牛、马、象尾部的芦柴。牲畜们负痛，狂暴地向前奔跑，很快越过平缓的防洪堤，排山倒海般向敌营冲去。士兵或骑在役畜背上，或跟在畜群之后，不声不响地向前猛冲，杜宇、鳖灵、石牛、庚辰、夷均、葛仲等骑着马，手执铁剑或铜戈，冲在队伍最前边。大祭司留在防坡堤上为蜀军祈祷。

熟睡中的巴军士兵被惊醒，顿时乱作一团。巴人一向笃信鬼神，被乍然出现的怪兽和鬼怪吓呆了。他们放弃了抵抗，惨叫着向后逃窜，鬼怪们在乱兵群中大砍大杀，血雨四溅。巴王被惊醒，赤着上身窜出帐篷，一眼就看清了眼前的局势，立即命令身边的斜眼：

“斜眼，你快保护王后逃命！”

自己则跨上白虎，冲上前去。娥灵瞬间明白了一切，知道自己上当了，上了亲哥哥的当，鳖灵巧妙地利用了她对哥哥的情意和愧疚，有效地麻痹了巴军，实施了这次奇袭。抬头看，那只用来向哥哥报告平安的鸟形风筝还在夜空中飘荡！她的颟顸害了丈夫，害了巴国。她心痛如绞，怒声喊：

“好你个鳖灵！廪君，我和你死在一块儿！”

巴王回过头怒吼：“给老子活着！你有铃铛，肚里还有我的娃！”敌军已经杀到眼前，他挥舞长刀，开始了凶猛的抵抗。娥灵知道丈夫的命令是对的，她要为丈夫保住女儿，保住肚子里的孩子，便随着护卫，泪流满面地逃走了。小铃铛在她怀中号啕痛哭。

巴人兵败如山倒，但巴王和白虎骁勇异常，拼死抵抗，逐渐站稳了脚跟，巴国士兵开始向这儿聚拢。蜀国这边，鳖灵和石牛都看到了危险——巴军数量远远超过蜀军，一旦站住脚跟，清醒过来，就会反败为胜。他们催着各自的马匹和大象上前，亲自同廪君搏斗。在数位高手的夹击中，巴王险象环生，但仍能拼死支撑。

夜空中，骑着羊龙的鱼凫在紧张地观看。自打开战以来他就守在蜀国上空，没有回过昆仑神山。虽然这是犯规的事，但西王母同情他，也就默认了。他曾眼睁睁看着蜀军兵败千里，也焦急地看着鳖灵他们布置火兽阵。蜀军的大胜让他亢奋，但眼看局势又要恶化，不禁焦灼万分。他真想从云中跳下去帮忙，但一则这违犯神界戒律，二则他法力低微，一个衰朽老头，即使参战也帮不上多大忙。他忽然灵机一动，想出一个主意，赶紧从羊龙身上下来，拍拍它四个角的脑袋，急急地说：

“羊龙啊，我不幸做了神，不能管凡间的事。可你不是神，只是神的坐骑而已。你若想管管闲事，还是可以的。”

羊龙心领神会，立即从云端俯冲下去。正在苦战的白虎陡然看见一个四只羊角、身体像龙的怪物自天而降，吃了一惊，但惊定后仍凶狠地扑过来。

羊龙比不上白虎的敏捷强健，但心眼鬼道。它从容地迎上去，脑袋一低，正好借白虎扑来之势，用羊角划破了它的腹部。白虎惨叫一声，鲜血淋漓，从空中摔下来。巴王没来得及跳离，被白虎压在下面。他拼命想挣扎出来，蜀兵已经一拥而上团团围住，要把人和虎剁为肉酱。鳖灵见状大喝一声，喝住了蜀军。他拍着大象上前，看着这位骁勇的巴王，他的嫡亲妹夫，恨意中杂着怜悯和伤感。如果他们都是村夫百姓，鳖灵会杀鸡宰羊，把酒尽欢，款待这位远道而来的亲戚。想来他还会与这个性格粗犷的家伙非常投契，结为莫逆之交。但不幸他们都位居王相，至亲的亲情被政治毒化了。他下令道：

“把巴王的弯刀给他。”蜀兵把他的弯刀扔过去，被白虎压在身下的巴王行动不便，没有接住。“廪君，我的妹夫，请你自行了断吧。我会把你和白虎的遗体送往巴国安葬。还有，我向你保证，决不会伤害娥灵、小铃铛和娥灵腹中的孩子。”

兵士们严阵以待，几十把长矛团团围住，然后从白虎腹下拉出巴王，把那柄特长的弯刀递给他。重伤的白虎猛烈地喘息着，用悲伤的目光看着主人。这位末路英雄惨然一笑：

“鳖灵，我的大舅哥，多谢了。你骗了娥灵来偷袭我，手段有点阴，不过这是打仗嘛，我还是服你。可惜啊，这辈子咱俩没能交上朋友。”他拍拍白虎的额顶，柔声说，“虎儿，虎儿，咱们一块儿上路吧。”又向着远处高喊，“娥灵，我的好女人，好好活下去，把俩娃儿养大，为我报仇！”然后一刀勒断了白虎的喉咙，再一刀勒断了自己的，鲜血狂喷。鳖灵心情沉重地摇摇头，背过脸去。

在远处的河边，士兵们护卫着娥灵上了竹筏，打头的是曾经潜入蜀国的那位斜眼侍卫。灰灰和蓝蓝还在这片水域候着，它们虽然是通灵的兽，毕竟不能了解世事变迁人间悲喜。它们见到娥灵后高兴地纵跃着，向主人问好，心中奇怪主人怎么不聊天了。娥灵抱着小铃铛儿向战场方向遥拜，凄然高喊：

“廪君廪君，我会为你报仇！”

江豚拉着竹筏顺流而下，迅速没入夜色中。在他们身后，那只风筝逃过了战场的毁灭，一直在夜空中飘荡。

第二天傍晚，娥灵赶到了巴蜀边界的哨卡，这正是当年哥哥装成死人蒙混过关的地方。从那时起不过五年时间，但她已经历尽了人世沧桑：她嫁给了曾经的仇人，又跟着丈夫毁了哥哥的国家，接着被哥哥欺骗，累得丈夫送了命。想想这些真是万念俱灰，恨不得一头扎进洪波中！但她不能死，为了小铃铛，为了肚里的娃，为了丈夫，为了巴国……四岁的小铃铛可能多少明白了事情的真相，至少说，这一路上，她不再问舅舅了，不再说到舅舅家玩的事了。她有时忍不住哭着问："爹爹啥时回来？我不让爹爹死。"听到她的稚语，娥灵只有以泪洗面。

哨卡上严阵以待，用弓箭瞄准竹筏。筏上的斜眼大声喊了话，守卫知道是巴王王后，又知道巴军已经全军覆没，惊惶失措，赶快把王后请进关卡，请示该怎么办。斜眼对娥灵说，蜀军肯定马上追到，这儿是守不住的，只有赶紧逃到王城，再想办法组织抵抗。娥灵在一天的航程中已经想好了该怎么做，凄然摇头：

"不，我在这儿等蜀军。斜眼你立即回王城，通知大巫师和众臣。如果我回不去，就让大巫师主持国政。"

斜眼迟疑地说："王后，国家大事我不敢多嘴，可是巴王的命令是让你一定活下去，你肚里有他的娃。"

"放心，我不会死的。蜀相鳖灵毕竟是我的亲兄长，也许我能凭兄妹之情，把蜀军拦到巴国边境之外。即使拦不住，他也不会要我的命。你快走吧，危难之际，我手边没有什么信物，你把这枚玉坠带给大巫师吧。"

斜眼劝不动她，只好接过玉坠，珍重地贴身收藏，含泪告别。娥灵下到竹筏上，同灰灰和蓝蓝告别，嘱咐它们听斜眼的指挥。江豚快活地答应了，拉着竹筏顺流而下，很快消失了踪影。

关卡上的小头目阿呆请示如何备战，娥灵摇摇头："这几个人拦不住蜀军的，不必备战。只需把一只小船锚在中流，船上堆满引火之物，就行了。"

阿呆猜到了娥灵的打算，不敢拦阻，赶紧去执行了。但在执行中做了一些改动：把关卡现有的三只小船全都装满引火之物，互相拴牢，锚在河的中流。他对娥灵说：

“王后，大家都陪着你，要死咱们一块儿死。”

娥灵看看众人的决绝眼神，叹息一声默认了。她抱着熟睡的小铃铛，和几十名士兵安静地待在江的中流。江水哗哗地拍击着小船，拍击着远处的河岸。往事如水，流过娥灵的脑海。昨晚鳖灵哥哥熟练地欺骗了她，把她变成一个十足的傻瓜，变成巴国和丈夫的罪人，而他的欺骗之所以能够成功，是基于对自己善良天性的透彻了解，正是这一点曾让她狂怒。但此刻她已经不怨恨哥哥了。哥哥那样做也是迫不得已，是被丈夫逼的。为了他的蜀国，他只能这样做。现在她要做同样的事——利用哥哥的亲情阻止蜀国的大军。基于她对哥哥的了解，她知道自己多半会成功。她还知道，即使哥哥对她放了一马，她也不会就此罢休，一定会卧薪尝胆，十年生聚，以便有一天杀往蜀国，雪报国仇家恨。这也是命中注定的，从她答应做巴王女人那天起就注定了，甚至从她和哥哥听信“夫君在兹”“相王之尊”的卜辞，决定千里西行时就注定了。远比她睿智的哥哥当然更能看透这一切，不会怨她。现在的问题是——对这位人情练达、心机深沉的蜀相鳖灵，她能否用亲情羁縻得住。

他们在江中等了半天，傍晚时蜀军的先锋船队到了，为首的统领是她的熟人石牛。娥灵立在船头与石牛见了礼，干脆地说：

“我打算在这儿自焚，追随亡夫。死前请让我与哥哥见一面吧。”

石牛立即下令船队停止前进，派人通知鳖相。没有多久，鳖灵乘一艘小船匆匆赶来，把船锚在娥灵船只的对面。娥灵抱着熟睡的小铃铛，凄然看着哥哥，抢先说：

“哥哥，对不起。我没能拦住巴王进攻蜀国。”

鳖灵柔声说：“灵儿，我不怪你，我知道那与你无关。哥哥也要说声对不起，我骗了你，利用了你对哥哥的情意。”

“我恨过你，但已经不恨了，你是为了蜀国，国事大于亲情。哥哥，我没脸请求你在这儿停止前进，但我也没脸回去见巴国父老。如果蜀军要继续前行，请容我举火自焚，然后你们就可以往前走了。”

鳖灵长叹一声。他知道妹妹这会儿是在欺骗他，是在做自己做过的事。

一旦他心慈手软放过妹妹，她一定会回国收拾残局，整军经武，把仇恨化为复仇的动力，那对蜀国是很危险的事。但他也知道，自己不会让妹妹在他眼前自焚。还有正在熟睡的小铃铛，他怎么忍心让这条小生命在火焰中化为灰烬？哪怕这会儿小铃铛醒来，好奇地问舅舅此刻来干什么，他都无言应对。他无法直视小铃铛无邪的眼神。他长叹一声说：

“容我过去同几位王臣商量一下，我想他们会卖我这个人情。灵儿，我本想让你发誓永不复仇，但我不想为难你了。天命注定的事，就依从天命吧。也想让你唤醒小铃铛，舅舅同她说几句话，但我想想还是不说了，就让她安心睡下去吧。”他让艄公起锚转舵，又回头说，“你嫂嫂和妹姬都在后边船上，你想不想见见？只有金凤不在，她随望帝留守王城。”

娥灵含泪点头。鳖灵回到蜀军船队中，先安排朱雀和妹姬乘小船去和娥灵见面，又唤来夷均、石牛和葛仲商议大计。他皱着眉头说：

“娥灵已经抱着必死之心，我不忍让船队轧过她和小铃铛的尸体前进。但更重要的是，现在蜀国同样元气大伤，虽然已经全歼攻入蜀国的巴军，但凭我们这点兵力，想占领整个巴国是不可能的。弄不好会深陷泥沼，进退失据。当然，如果放娥灵走，她和儿女们卧薪尝胆，十年生聚，然后归报巴王之仇，那也是很危险的前景。不过好在蜀国也睡醒了，再不会像过去那样沉醉于歌舞升平。所以我想，这次就到此为止吧。”

夷均点头同意，葛仲不乐意地说：“就怕我们那个不争气的望帝，好了疮疤就忘掉疼啦。”

鳖灵立即说：“不要紧。有你和你父亲、岳父在，也有我在，不会荒废军备的。”

他的话中有特殊的意味，夷均恍然悟到了——鳖灵实际已经对大祭司当年的密谋给出了回答。他立即说：“好的，我赞成鳖相的意见，就此止步。咱们迅速赶回王城，还有更重要的事要干。”

这下连葛仲也明白了，点头赞成。石牛虽然刚当上统领，还不大通晓权术之事，不了解三人内心深处的想法，但他素来敬服鳖灵，自然也不反对。

鳖灵派石牛去召回了朱雀和妹姬，二人红着眼眶回来了。又让士兵把巴王和白虎的尸体放到一艘小船上，连船送给娥灵。娥灵和众士兵泪流满面，向巴王的遗体磕头。鳖灵坐在指挥船上，没有过来同妹妹再次告别，直接令船队拨转方向走了。他遥遥望见，娥灵抱着铃铛，跪在船头向他告别。铃铛好像醒了，用力扭着身体往这边看。鳖灵苦涩地摇摇头，转过身去。

蜀军的战船在视野中消失了。娥灵抱着小铃铛，含泪看着载着丈夫和白虎遗体的那艘船。一人一虎都被白布装殓着，安静地躺着——就如当年偷越关卡时，哥哥裹着尸衣躺在竹筏上！世事如梦啊。

小铃铛已经醒了，不过仍很困乏，钻在妈妈怀里不抬头。娥灵心中酸苦。按她本意，怎么着也要把丈夫的遗体带回家中安葬，让他永远陪着自己和儿女。但天太热，尸体保存不了那么长时间。而且她想尽快赶回王城主持大局，以免出现什么意外，巴国这条破船再也经不起风浪了。但弃船登岸后若带着丈夫和白虎的遗体太耗时间。还有一条很重要的原因是——小铃铛。她不想让女儿知道爹爹的死讯，尤其不想让她看见血迹斑斑的尸体。思前想后，决定还是就地火化吧。但只有躲开孩子的眼睛，才好举行葬礼。

她唤来阿呆，说天快亮了，你带两个士兵，带小铃铛上岸去玩一会儿，两个时辰后开船。阿呆接了命令，避开铃铛，低声说：

“我先去拜一拜。”

娥灵点点头，阿呆率两个士兵跳到那艘船上，对着白布下的遗体虔诚地三跪九拜。小铃铛看见了，抬头问妈妈：

“母后，阿呆叔叔在干什么？”

娥灵忍着泪哄她：“在求昆仑诸神，保佑咱母女平安。”

小铃铛立即接口：“还有爹爹！保佑爹爹早点回来。”

娥灵努力忍住泪：“对，保佑爹爹早点回来。小铃铛，让阿呆带你到岸上玩。树林中有鸟，有猴子、松鼠，妈不是教过你鸟兽的话吗？你去和它们聊天。”

小铃铛很兴奋：“妈妈也去。”

“不行，妈妈有正事，小铃铛最懂事，快去吧。”

小铃铛没有再闹，让阿呆抱着，坐一艘小船去岸边了。上岸后她高兴地向这边挥手，走向林中。娥灵立即来到载尸船上，士兵们已经把其他船上的引火之物转移到这儿，满船都是柴薪。她踩着柴薪过去，含着泪，慢慢揭开尸布。丈夫喉咙处血迹斑斑，双眼圆睁。他死不瞑目啊。娥灵轻轻合上丈夫的双眼，用湿布擦拭了颈部的血迹，低声说：

“廪君啊，你走好。你放心吧，我会把两个娃带大。等他们长大，一定为你报仇。”她也向白虎行了礼，“白虎你也走好，在那边多照应我男人。”

她用尸布重新盖好两具尸体，再次叩拜后，狠下心对士兵说：“举火吧。”

士兵们齐齐地跪在各自船上，面向先王叩拜。礼毕，他们点着火把，扔到这艘船上。火苗在柴薪中蜿蜒着，轰的一声燃烧起来。此时太阳已经出来了。

太阳车赶到此地，碰上了等候在这儿的鱼凫。他全程目睹了蜀军的大胜，心愿已毕，准备今天随太阳车回昆仑了。在西王母面前他不敢表现得过于兴奋，那天他让羊龙偷袭白虎，犯了戒律，但他的欣喜之色是藏不住的。众神看见江中升起一团火焰，在宽阔的江面上，这团火焰显得格外醒目。那是为巴王举行火化。羲和叹息一声：

“王母，点化他吧。虽然他是咎由自取，败得很惨，总归是个英雄。”

西王母点点头，向下一指，一道金光射向那团火焰。火焰之上，忽然显现出一人一虎的身影。不过比较虚浮，凡人是看不见的。巴王从长眠中醒来，迷茫地看看四周。他看到天上的太阳车，恍然悟出自己被点化成神。白虎也醒了，他骑上白虎，向天空升去。到了太阳车旁，他正要向西王母叩拜，胯下的白虎突然怒吼一声，作势要向侧边扑去——那儿有一人一骑，骑者他不认识，但那只坐骑，扒了皮他也不会认错，就是那只长着四只羊角的畜牲！当时他在蜀军的偷袭中苦苦支撑快要反败为胜时，这畜牲卑鄙地偷袭白虎，让他功亏一篑，抱恨终生。他也怒吼一声，两腿一夹，准备过去报仇。那边的羊龙当然早就认出了仇敌，赶紧低下脑袋，四只羊角冲着前方，准备以死相拼。鱼凫毕竟当了几年的神，懂得神界的规矩，知道西王母面前不容造次，便止住胯下的羊龙，尴尬地望着西王母，等着她的发落。

白虎要扑过去时，西王母指了一指，白虎立即僵在原地。西王母叹道：

“廪君啊，冤冤相报何时了，凡间的恩怨就由它去吧。”

巴王却不买账，怒声说：“说得轻巧！凡人打仗，神灵们为啥要拉偏手？！要不是这畜牲，”他指着羊龙，但分明是把鱼凫也包括在畜牲之内的，“不要脸地偷袭，老子……”猛然悟到这是在西王母面前，便改口说，“我不会败的！”

鱼凫有点理亏，当时确实是他撺掇羊龙下凡偷袭的。就连西王母也有点理亏，她一双慧目明察天下事，当然知道事情的根根梢梢，但她睁一眼闭一眼，没有惩处鱼凫，毕竟蜀国是他的父母之邦啊。所以，这会儿虽然廪君出言顶撞，言语粗鲁，却也情有可原。她仍然温和地说：

“你说得不假，但凡间恩怨还是放下吧。细究起来，这事是你的错多一些。是你挑起了这场战争，死在你手中的无辜百姓何止万千，难道他们就该死？你现在已经成神，听我的劝，莫再追究了。”

巴王却是个一头撞南墙的货，听不进劝。他怒声说：“我才不想当神！我决不会和这畜牲……”他用手指着羊龙，但仍把鱼凫也包括在内，“当邻居。要是天天见他，那还不把我气成臌疾！再说，”他抬头看看西王母，声音忽然变软了，浸透了苦味，“我不想离开巴国啊，我舍不得婆娘和两个娃。”

西王母虽然智慧圆通，但对这位一根筋的巴王也是无奈。羲和知道自己该说话了，劝道：“廪君啊，我理解你的心情。但你已经死了，便是西王母，也无权让你回人间复生。”

巴王犟着脖子说，“死也罢，活也罢，反正我不和他俩在一块儿！”

西王母啼笑皆非。羲和想想，对西王母附耳低言几句。西王母略为犹豫后点点头。羲和回头笑着说：“廪君啊，你真是个死牛筋。好在王母她大人大量，不和你一般见识。她刚才答应对你法外施恩，”巴王，甚至白虎，都立即竖起耳朵，“你想回凡间，回到娥灵和儿女身边，也是可以的。不过不能以人身回去。”

“你是说让我变成畜牲？行，畜牲就畜牲，只要能待在巴国，能见着我婆娘和娃。”

“我说个两全其美的办法，你就借白虎的躯体复生吧，这样你和白虎也不会分离了。但事先说明，你复活后不会说人言。”

廪君一愣——这也就是说，他虽然能回到女人和娃儿身边，却不能同她们说话，这种重逢未免太残忍。他踌躇片刻，断然说：“行，我认了！”

西王母和羲和相视一笑，松了一口气。“好的，你可以下凡了。”

巴王叩别西王母和羲和，临走还不忘恶狠狠地瞪鱼凫和羊龙一眼。他骑着白虎走了，下降途中，两具身体渐渐合一。等他们到了地上，已经变成一只有血有肉的白虎，形貌和原来的白虎完全一样。它昂首远眺，又抽着鼻子闻闻，忽然面露欣喜，向河边快步跑去。

河边林中，小铃铛正和鸟雀们交谈。虽然妈妈从小就教她鸟言兽语，但这种能力多半是天赋，后天的学习不大管用的。她学到现在，也只能和鸟雀们简单地互相问好。即便如此，她也聊得兴高采烈。忽然鸟雀们聒噪起来，小铃铛听不懂它们在吵吵什么，偏着脑袋问：

“你们在说啥？铃铛听不懂啊，说慢一点。”

鸟雀们仍叽喳一片。不过，已经用不着听它们说了，小铃铛已经看见——爹爹的白虎！没错，肯定是爹爹的白虎。白虎缓缓地走近他们，阿呆和两个士兵惊喜地低声喊：

“大王的白虎复活了！白虎，咱们大王呢？你的主人呢？”

白虎听得懂人的语言，却无法用人的语言回答。它走近小铃铛，伸出舌头轻轻舔她。虎的舌头带刺，可以把骨头上附着的肉都舔下来，但此刻它舔得很轻，很温柔。铃铛高兴地抱着它的脖子，连声问：

“白虎你回来了？爹爹呢，他啥时候回来？”

白虎仍是默默地舔着。阿呆赶快跑向河边，高声呼唤着：“王后，王后，白虎复活了！”娥灵听见喊声，怀疑地看着眼前那艘烧剩的残船，她刚刚亲眼看着丈夫和白虎的遗体化为轻烟啊。不过她没有犹豫，立即令士兵把船划向岸边，未及靠岸，她已经跳下船，涉水向这边跑来。那只白虎驮着小铃铛，正漫步向她迎过来。她惊喜地问：

“虎儿，你复活了？你主人呢？”

她止住了，敏锐地发现了异常。她看到的不是兽的目光，分明是人的目光，清明从容，含着悲伤。白虎靠近她，伸出舌头舔，舔得很轻，很温柔。一刹那间她明白了真相。她把虎首搂在怀里，泪珠滴在虎颈上，悲伤地问：

“是你吗？我男人？”

白虎轻轻点头。

她果断地说：“那你跟我走，跟我回巴国。不管你是人身还是虎身，娥灵都是你的女人。走，跟我回家，两个娃儿不能没有爹。”

白虎轻轻摇头。

“为什么？你说话呀，用虎的语言也行啊，你知道我懂得的。”

白虎仍然摇头。娥灵的泪水夺眶而出。她不知道白虎为什么不能说话，哪怕是用虎语，但她已经意识到，白虎注定要离开她，离开小铃铛和自己肚里的娃崽，它现在是虎，只能活在山林中。小铃铛还在虎背上兴高采烈地吆喝，催着白虎驮着她找爹爹。白虎回头，轻轻衔着她的衣服，把她放到草地上。又伸出湿润的舌头，再次舔了铃铛，舔了娥灵，还回头威严地对三个士兵点点头，那是向旧部下交代：老子走了，好好服侍王后！然后它决然回头，一窜一跃，消失在密林中。娥灵哭喊着：

“廪君！”

铃铛高喊着：“白虎快回来，和铃铛玩！”

阿呆和两个手下号啕痛哭，对着林中使劲叩头。远处传出一声虎啸，声震山林，在河面上久久回荡。然后一切归于静寂。

娥灵对着虎啸的方向拜别，擦干眼泪，带着小铃铛上船，回家。

第七章　子规泣血

时间是世上最无情的判官，它会毫不怜惜地冲刷掉尘世的权势和尊荣，甚至连显赫的神界也不能例外。但凡那些能耐得住时间淘洗而留存于世的，即使仅仅是一首情歌、一首短诗、一句格言、一件工艺品，都是辉耀千古的神品。哪怕山作海、江水竭、天地合，曾经的繁华被时间湮灭，只要后人看到这样的一件杰作，便能仅仅依据它就复原出一个性灵飞扬、天才勃发的煌煌盛世。

——《西王母致后人》

战事已经完全结束了，但蜀军船队仍没有丝毫懈怠，挂着满帆向王城返回。这让心窍玲珑的妹姬觉出了异常，但她一直沉默着。夜里，妹姬独自来到船头，看着疾速快行的船只在船头激起的白浪。夜色消去了战争的痕迹，两岸仍如百里画卷，浓重的绿色为基色，一如当年采玉的雒河。妹姬不由想到，五年前的采玉之礼中，自己曾主动邀约心仪已久的杜宇，为他献出了初夜。那是个心地善良的男人，但实打实地说，他算不上一个好的帝王，过于轻忽做王的责任，也许他的帝王生涯就要到头了……葛仲过来，在她身上披了一件锦衣，又搂住她的肩。妹姬看周围没有士兵，低声说：

"葛仲，今天我和朱雀去见娥灵，娥灵无意中透露了一个秘密，鳖相和她当年之所以断然离开故土，千里西行，是因为一位异人为他们做过占卜。卜辞很不寻常，你想知道吗？"

"你说。"

她念了那两段卜辞。给娥灵的卜辞是："翩翩归妹，西南宜行，夫君在兹，后且大昌。"给鳖灵的卜辞是："翩翩公子，西南宜行。相王之尊，后亦大昌。”“相王之尊”这几个字让葛仲大受震动。他虽然与鳖灵是同谋，但这段卜辞却是头一次听说。鳖相竟然对同谋之人瞒着如此重要的卜辞，可见他的口风之紧。难怪大祭司对鳖相劝进时，他没有太多的踌躇，相对轻易地答应了这桩生死难卜的“谋逆之举”，原来早就有异人为他做过“为王”的预言啊。他说：

“是吗？我从未听鳖相透露过。当然，这种卜辞他不会轻易乱讲。”

“葛仲，鳖相既有异人的预言，又有神鸟三次救命，也许天命是落在他的身上？”

葛仲立即喝道：“一个女人家，不许胡说！这是掉脑袋的话。”

妹姬苦笑道：“我的夫君，不要把你妻子当成傻瓜。我知道，你们父子，还要加上我的父亲，也许还要加上石牛，早就想立鳖相为帝。坦率地说，和不务正业耽于嬉乐的杜宇相比，鳖相确实是更好的王。只是……夫君，也许你早就知道，我在婚前曾对杜宇有意。采玉那天，我还和杜宇度过一宵。”葛仲不置可否，但妹姬觉得他的身体变僵硬了。“那是婚前的事，已经交付流水了。现在你是我的夫君，我不会反对你的行事。只是，我不忍看见杜宇躺在血泊里，我知道大军急急赶回王城是干什么的。这样吧，等到了王城码头，我想留在船上。等王城一切平静后你再接我回去，我只是不想亲眼看见那个场景。”

她既然把话说得这样透，葛仲也没有再虚言粉饰，略略考虑后果断地说：“好，就依你的意见！”

妹姬叹口气，把身子紧靠在丈夫身上。此后他们谁也不提这件事，只是晚上睡觉时，两人都难以入睡。第三天船队抵达王城码头，庚辰在码头郊迎，说望帝和大祭司明天将在国祭台举行盛大的欢迎仪式。这儿离王城还有一天的路，蜀军下了船，列队出发。虽然旅途劳累，但在凯旋的兴奋中，还算是军容齐整。

只有妹姬没有下船，立在船头默默遥望着这边，似有病容。葛仲对大家说，妻子偶感风寒，身体虚弱，需要留在船上将养两日。私下里他唤过亲信成虎，低声说：

“成虎，你留下来侍候夫人，两天后我派人来接你。记住，这两天里你要紧跟夫人，不许她离开船只半步，否则我割了你的脑袋！”

成虎看着将军，为难地说：“要是夫人……我恐怕拦不住。”

葛仲解下佩刀递给成虎：“见刀如见我，必要时可以动武。只要不伤及她的性命，其他任何手段都可使用。切记！要是出了差错，我能饶你，鳖相饶不了你。”

成虎知道这个命令非比寻常，便肃然答应。

大军回到王城，在城外驻扎了一夜，准备第二天在正式的欢迎仪式中进城。但很多百姓已经等不及了，他们赶到城外，挑着猪羊美酒送进军营。鳖灵带上夷均、葛仲、石牛出营感谢，受到民众狂热的欢迎。

王城里同样是喜气洋洋，杜宇指挥大祭司、庚辰等人忙碌地准备了明天的欢迎仪式，很晚才睡下。深夜，熟睡的杜宇被阿昌唤醒。阿昌害怕望帝生气，赶紧说：

“帝尊，大祭司的女儿妹姬夜闯王宫，一定要马上见你！还说要单独见面，有十万火急的事！”

他知道当年妹姬与望帝有过一段情，所以对妹姬这个要求有点尴尬。杜宇稍顿，说：

“让她在客厅等着，我马上到。”阿昌走后，他略带难为情地对金凤说，“你陪我一块儿去吧。”金凤笑问为什么，杜宇老实承认，“五年前的采玉之夜，我们曾有过一段情。当然那算不了什么，蜀地风俗，男女婚前是自由的。可是，现在我和她都已经结婚了。”

金凤笑着说：“你去吧，不用我陪。她深夜闯宫，我想绝不会是来谈私情。”

杜宇穿戴好，立即赶往客厅。妹姬疲惫不堪，鬓发散乱，此刻正抱着水瓶狂饮。见望帝出来，她放下水瓶，神情焦灼地迎上来，示意他屏退阿昌。杜宇让阿昌出去，看妹姬的神情和风尘仆仆的样子，知道必有大事，便温声安慰：

“妹姬不要着急，歇息一下，慢慢说。”

妹姬喘息着，简短地说："有人要谋反，也许就在明天了。"

上午，送丈夫及大军离开后，妹姬久久立在岸上，神情忧伤地看着大军之后的烟尘。侍女们见她心情不好，默默地候在一边。侍卫成虎也按剑立在一旁，不错眼珠地盯着她。虽然她是夫人，但葛仲将军临走前有过严厉的交代，成虎虽不知这个命令的内情，但绝不敢轻忽的。

半个时辰后妹姬说："回船吧。"

她经过踏板返回船上，半途中突然脚下一滑，失足落水。侍女和成虎虽然吃了一惊，并不是太惊慌，都知道这位当年的采玉女水性绝佳，这点浅水淹不住她，就候在船舷准备拉她。河边水不深，能看见水底有一串串水泡冒出，冒水泡处有一团绿影，那是妹姬穿的衣服。但很长时间之后，那团绿影仍留在河底，不见夫人露头，水泡也不再冒出。成虎着急了，担心夫人是被水下的杂物缠住，赶忙甩脱甲胄，跳入水中救人——但他仍谨慎地带上葛仲将军留给他的佩刀。他对准水下的绿影潜去，摸到了一具身体。身体在水底一动不动，摸上去软绵绵的。她果然是被水下的杂物缠住了，此刻恐怕已经窒息。成虎十分惊慌，赶忙把佩刀插在后腰，托住妹姬的腋下，双脚蹬水，努力上浮。就在这时，他抱持中的妹姬忽然睁开眼睛，说：

"成虎，对不住了。"

右臂一挥，用事先备好的匕首划开了成虎的喉咙。成虎惊愕地瞪圆眼睛，喉咙处鲜血狂喷，染红了河水。妹姬甩脱了成虎的扶持，蹿出水面，流着泪对侍女们说：

"快去救成虎，他被水底什么人袭击了！我要赶快告诉葛仲！"

侍女们看见水下鲜红一片，惊慌失措，胆大的跳下水去救人，胆小的去喊其他侍卫。妹姬则趁乱离开了船。她在附近偷了一匹马，连夜向王城狂奔。为了不撞上回城的大军，她只能走另一条路。这条路很难走，有河滩地，有密林，而且距离远了不少。但无论如何，她一定要赶在大军到达之前赶回王城，否则杜宇就危险了。

一路急驰。将近午夜时，她擂响了帝府的大门。

听了妹姬的告警，杜宇并未显得惊惶，平和地说：“不要急，坐下慢慢说。我想，参与者是鳖灵、你父亲、公公和丈夫？”

妹姬艰难地点点头：“我不全知道，但至少有我父亲、公公和丈夫，估计也有鳖相和石牛。他们想废掉你这个不务正业的望帝，他们说，鳖灵会是一个英明的帝王。”

“是吗？那么，你是什么看法？你不要隐瞒，坦率告诉我。”

“也许——他们说得有道理。”

“那你为什么还要来告知我？要知道，你父亲和丈夫犯的是谋逆大罪，你一家都可能为此送命的。”

妹姬苦涩地说：“但我知道你若被废掉肯定也会送命，没有哪个废帝能安然活下去。让我就这么旁观你送命，我做不到。而且，毕竟是他们谋反在先，你虽然耽于玩乐，但总归是一个善良的帝王，不该遭受这样残酷的命运。我犹豫了很久，最终决定来向你报信，你是否知道，是什么原因让我下了最后的决心？”

“我不知道。请讲。”

“是我对你的了解。我知道，你如果能平定谋反，肯定会留下参与者的性命。反过来就不一定了。如果他们夺位成功，鳖相也许不愿杀你，但我的父亲、公公，甚至我的丈夫，恐怕不放心让你活着。”

她说的既是实情，也是委婉地向望帝求情，乞求望帝对谋逆者高抬贵手，毕竟他们都是她至亲的亲人啊。杜宇感动地说：

“谢谢你舍命来报信，更感谢你对我的相知，你说得对，我如果能平定这次谋反，决不会大开杀戒。妹姬，不管结局如何，有你的义举我就心满意足了。我问一句，你深夜潜入王城报信，他们知道吗？”

“他们不知道，我当时留在码头，和他们分开了。后来我设计脱身，杀了葛仲留下来监视我的侍卫成虎，找了一匹马飞奔来王城。其他侍女和侍卫都不知情，即使有人醒悟过来，火速赶来向大军报信，这会儿也赶不到。”她苦楚地说，“我不想看见亲人相残，可我为了能脱身，却不得不杀了一个无辜的侍卫。神灵一定会惩罚我。”

“你杀人是为了挽救国家，不得已之举，神灵不会惩罚你的。妹姬，对这桩密谋我早有预料。你不必惊慌，更不必担心。我向你保证，明天王城会平平安安，不会有人流血。今晚你就住帝府吧，让金凤陪你。”

妹姬并不相信他的安慰，但没再说什么。杜宇要带她去内室见金凤，妹姬忽然凄然说：

“我的望帝，我想抱抱你。”

这应该是提前同他诀别了。杜宇笑着，张开双臂，同她来了一个紧紧的、兄妹般的拥抱。然后他带妹姬入内室，向金凤说了当下的处境。

侍卫阿昌刚才被望帝屏退后，立即集合了帝府卫队，让兄弟们做好准备，只等望帝下令。妹姬深夜闯宫，并且神色惨淡，衣着狼狈，肯定有大事。也许一场血战就在眼前。他一眼不眨地守在门外，但奇怪的是，一夜过去，寝宫里安静如常，望帝并没有下达任何命令。

凯旋的王师进了王城，百姓箪食壶浆，在路上和在祭台下跪迎。大祭司也在祭台下迎接。鳖灵挽着妻子，坦然接受了众人的欢呼，俨然是一个王者了。大祭司目光锐利，看到了鳖灵态度上的变化。

三人并肩前行，沿台阶向祭台上走。远看祭台之上，望帝夫妇含笑立在台边，准备迎接他。鳖灵在半途中停了下来，转身直视着大祭司：

“大祭司，半年前你曾有个建议，我的答复是：请你等我的决定。”

“对。听夷均和葛仲说，你已经做出了决定。”

“不，那还不算最终决定。我还想最后征求一个人的意见，那个建议是否最终实施，完全以这人的意见为准。”

大祭司已经猜到了这人是谁，勉强说：“好吧。我希望这人在说出意见前慎重考虑。”

朱雀不懂二人的哑谜，好奇地倾听着。鳖灵转向妻子：“我的妻，半年前大祭司曾提出建议，说我更适合当一个王，而望帝更适合当一个优秀的匠师。”

性格透明的朱雀乍一听到宫廷密谋——尤其牵涉到她的姐姐——非常吃

惊，一时无法回答。在她惊愕沉思的时刻，大祭司直视着她的眼睛，沉声说：

“请相夫人以社稷苍生为重！”

这句话其重如山，让朱雀受到很大的震动。她看着丈夫，看看远处的望帝及姐姐，慎重考虑着。虽然对她来说事发突然，但她其实有足够的谋略和大局观，思索片刻后，果断地点头。她的动作很轻，但无论对于她本人，还是对于鳖灵，这个动作都重如千钧。鳖灵轻松地说：

“好啦，既然我妻同意，那我们今天就实施吧。”

他唤过后边的夷均，低语几句，夷均立即离开。少顷，葛仲和石牛带着军队不动声色地包围了祭台。台上的阿昌一直保持着高度警惕，立即发现了台下的异常。庚辰虽然不了解内情，毕竟是多年老臣，也敏锐地发现了异常。两人立即向望帝禀报。杜宇只是不在意地挥了挥手，笑着说：

“我知道了，你们不必管它。”

二人见望帝胸有成竹的样子，不再说话，但心中难免疑虑。鳖灵等人上了祭台。这儿虽然已经整理过，但当年的繁华已经不再。大祭司心痛地抚摸着地上残破的神器，包括那个凸目的面具，摇头叹息。如果当年望帝采纳了鳖相的警告，蜀国就不会遭受这场蹂躏。杜宇热情地迎上来，同鳖灵执手相握，金凤也同妹妹紧紧拥抱。鳖灵虽然怀揣密谋，但神色自若，而性格透明的朱雀看着欢天喜地的姐姐和姐夫，不免内疚和伤感。这时夷均发现了儿媳妹姬也在祭台上，大吃一惊。大军离开王城码头时，妹姬说她偶感风寒，留在船上调养，今天怎么在这儿出现？机警的夷均知道她的出现绝非偶然，莫非葛仲那个糊涂虫对妻子透露了密谋，而她连夜赶来报警？但察看祭台上的情况，并不像有什么异常。这其中的蹊跷他一时猜不透，但不管怎样得做好防备。他来到鳖灵身旁，声音极低地说：

“妹姬在这儿，此事有异。”鳖灵点点头，没有说话。他已经看见妹姬了。

金凤笑着悄声问妹妹：“妹妹怎么啦？你好像有心事。”

朱雀勉强笑着：“没什么，姐姐。”

金凤富有深意地说：“真的没什么，妹妹，尽管开怀大笑吧。”

朱雀敏锐地听出姐姐话中有话，但一时不明白她暗指什么。那边，杜宇与鳖灵分君臣之位坐定，杜宇大笑着说：

“蜀国危难之际，鳖相沉毅如山，以勇气和奇谋反败为胜，功高盖世，泽被千秋，我不知道用什么才能奖赏你。好在我是个一流的匠师，昨晚连夜制作了一件精美的礼品，也许它能表达我的谢意。金凤，请把那件礼品拿来。”

金凤微笑着拿来了，打开蒙布，众人大吃一惊——竟是一顶精美的王冠。更为精美的是上面贴的金冠带，铭刻着精美的图案。仔细看，图案与大祭司神杖上的图案相同，都是一只箭杆串着一鱼一鸟，这是鱼凫族通用的图腾，是蜀民同神灵交通的信物。这个礼物完全出乎鳖灵的意料，他不动声色地沉默着，看事态如何发展。杜宇亲手把王冠带到鳖灵头上，笑嘻嘻地说：

“以鳖相的盖世功劳，唯有这顶王冠才足以表达我的谢意。我早就知道，鳖灵更适合当一个王，而我更适合当一个自由自在的匠师。再说，”他笑嘻嘻地看看大祭司、夷均等人，“我若不让出这顶王冠，也会有人替我干的。”他指指台下带兵的葛仲和石牛。

大祭司和夷均被当面指出密谋，不免面有惭色，但两人以目光示意鳖灵立即接下，这个关头绝不能推辞。庚辰和阿昌等突然听到杜宇要禅让帝位，都大惊失色。但这并非鳖灵逼位，而是杜宇的主动禅让，他们也无可奈何。朱雀这才明白了刚才姐姐那句话的意思，心绪复杂，用目光探索着姐姐的内心，或者说，她和丈夫决定禅让的心理过程。金凤平静地微笑着。

昨晚妹姬深夜闯宫，告发了夷均等人的密谋。累惨了的妹姬心事已毕，很快沉沉入睡。但杜宇并未立即下令平叛，而是长久地思索着，举棋不定，金凤没有说话，静静地陪着他。良久，金凤问：

“夫君，如果你提前出手，平定内乱，有几成把握？”

杜宇看看她，说：“有五成。百姓是拥戴我的。”

“不，只有三四成。百姓拥戴你，但也不反对鳖灵。毕竟鳖灵开山辟河，根治了为患百年的洪涝，又力挽狂澜，打退了巴国的入侵。请恕我直言，在这些事上你是失职的，而鳖相确实功高盖世。何况至关重要的军权已经握在鳖灵手中，你这个望帝啊，一向对军权太轻忽了。”

杜宇苦笑："的确，我知道自己不是一个合格的王。"

"你还记得，咱俩约定终身的那天，我说过什么吗？我说，不要太累自己，各依本性去生活吧。你的本性是一只轻灵的鸟，不要让它被沉重的帝王之责所累。倒不如干脆放弃它，那样就能彻底放飞自己的性灵。值得庆幸的是，老天为你送来一个值得禅让的继任者。如果鳖灵做王，一定会给百姓带来福祉，也一定会善待你。更何况——你已经回天无力了，这是唯一的选择。"她笑着说，"至于我，我选择你做丈夫，并非因为你是望帝，而是因为你心地善良、才华横溢、钟情于艺术。不管你是望帝还是废帝，金凤永远是你的妻子。所以，果断地放弃吧，不要让明天出现一场血腥的内乱，不要让国家和亲情毁于一旦，也给刚逢战乱的蜀国一个喘息的机会。"

杜宇是一个拿得起放得下的人，听了这番话后顿时轻松，笑着说："有你永远陪伴我，对我已经足够了。好，听你的劝告，咱们依照天命吧。既然如此，今晚我要赶制一件东西。"

他取出一顶新帝冠。又取出一片金叶，裁为王冠的冠带，然后开始在金冠带上錾刻。他一向钟情于制作，帝府的工具都是齐全的。冠带上的图案他也成竹在胸，所以干得飞快，天明时就全部完成了。酣睡的妹姬早上醒来，见杜宇和金凤仍好整以暇地留在府中，气定神闲地欣赏一件金冠带，并没调集兵力去平叛，大为不解。金凤见她醒来，搂着她，给她指看那条金冠带，说了杜宇的决定。妹姬一下子轻松了，含泪拥抱了金凤。她虽然连夜赶来向望帝报信，但在她内心中也认为：望帝的禅让应该是最好的决定。

望帝把金冠给鳖灵戴上。鳖灵先取下金冠交给朱雀，自己扶杜宇坐好，退下去，郑重地行了三叩三拜的大礼。杜宇坦然接受了。鳖灵随之起身，带上王冠，慨然说：

"望帝高风，主动禅让帝位。为了社稷苍生，我接下了！帝尊，鳖灵一定不辜负你的厚望。"

杜宇笑嘻嘻地说："已经没有望帝了，只有你的兄长杜宇。所谓天无二日，让出这顶王冠后，我和妻子继续留在王城多有不妥，打算归隐深山。不知新帝可否开恩答允？”

鳖灵略微考虑，说：“西边的金沙邑沃野百里，百姓富足。旧王城已经残破，我想日后把王城迁到那儿。你们不妨先行一步，到那儿去住吧。”

“多谢新帝，选日不如撞日，我想偕妻子明天就离开王城。”

鳖灵没有虚留，知道这位废帝只有尽快离开王城才会心安，也才能让百姓安定。毕竟杜宇曾是一个善良的帝王，会有不少百姓留恋他的。他说：

“随宇兄的意，你愿意什么时候走就什么时候走。不过在你走前，我想办三件事。”他转向庚辰，“第一件，请庚辰大人继续统管王城事务。”

庚辰冷淡地说：“谢谢新帝看重。只是我老了，也想学望帝那样退隐山林。”

鳖灵笑而不言，看着杜宇。杜宇笑骂：“你这老家伙还要拿架子啊。现在不是你退隐的时候，等你帮新帝稳定了局势，再退隐不迟。”

庚辰见望帝发了话，不再推辞，向新帝谢了恩。

鳖灵转向夷均：“第二件，我刚才说过，我想日后把王城迁往金沙，打算派葛仲任金沙邑统领，负责新王城的兴建。至于旧王城的守卫统领一职，可由石牛接替。我准备大力整顿军队，防备巴国的复仇。石牛机敏干练，以后军队就交他训练了。”

夷均知道，新帝是想把最重要的军权交给他最信任的人，但夷均对此反倒释然。作为一位重臣，儿子又在王城手握重兵，除了轻忽职责的杜宇，任何一个帝王都不会放心的。所以让葛仲释去兵权是件好事，金沙邑统领也是一个重要的职务。他立即表态：

“很好，这对葛仲是一个很好的职位，我替儿子谢了。”

石牛也谢了恩。鳖灵转向大祭司：“第三件事，”他指指头上的金冠带，“这上面刻着鱼鸟箭杆图，是鱼凫族至高无上的图腾。只是，大祭司的金杖上已经有这个图腾了，我的冠带上不敢再有第二个。”

大祭司立即明白了他的意思，苦笑道：“没错，谢谢新帝的提醒。如今蜀国有了一个贤明的帝王，我的神杖就不该存在了。天无二日啊。我这就把它埋到祭坑中。”他不由感慨，望帝最后向新帝赠送金冠带这一手玩得绝啊——把神权和王权的矛盾公开化，使之不能再像过去那样并存。也许杜宇并没有这样深的心计，但至少从结果上看是这样的。大祭司稍顿，沉沉一笑，“不过，这样贵重的神器，最好有另外一件贵重的神器在地下陪它。”

“请讲。”

“新帝当年自楚入蜀时，曾带着商周的竹简，想在蜀地推广文字，只是四年来因治水和兵乱没顾上。但神灵曾告诉我，文字是大巧之物，不可轻用，它会使人们追逐机巧，忘却对神的敬畏，忘却敦厚的本性，在民心中种下祸乱的根苗。不知新帝以为如何？”

他挑衅地看着鳖灵。鳖灵叹道：“大祭司啊，识文字，开民智，这些从长远说都是挡不住的。”

“我知道，我知道，但是——能挡一时是一时吧，也算尽了我做祭司的本分。”

鳖灵沉吟着。他不想把文字埋葬在祭坑中，但他知道即使贵为帝王也不能随心所欲，政治就是一种互有损益的交易。他断然说：“好！就如大祭司说的，让它到地下陪你的神杖。只是我对大祭司还有一个不情之请。”

“请讲。”

“我的请求正是大祭司最早提出的。蜀国一定要强军振武，决不能再重蹈覆辙。但制造兵器需要大量的青铜，可蜀地的矿藏和冶炼能力毕竟有限，恐怕只能暂时减少祭神的礼器了。这关乎社稷百姓，神灵一定会谅解的。”

大祭司心中不悦。作为大祭司，职责所在，他当然不愿减少祭品。尤其是，在望帝一朝中，极端精美极端奢靡的礼器已经成为常态，陡然削减，神灵会不会怪罪？但新帝的决定完全合理，毕竟蜀国刚刚经历过一场惨败，几乎亡国，这种现实威胁谁都不敢轻忽。他想了想，叹息道：

“就依帝尊的意见吧。强军是对的，我只是担心神灵……好在帝后是曾经的女神，如果神灵不能谅解，就由帝后去沟通吧。”

这是玩笑，也是把“神灵怪罪”的楔子预先楔到鳖灵这边。鳖灵明白他的心眼，但没有计较。作为大祭司，能同意削减祭神礼器，已经很难得了。他想起大祭司第一次与他密谋时，说过这样的话：

“这是一小批惹人厌的人，万民快乐时他们不快乐，万民沉醉时他们非要清醒。鳖相，我想你也是这样一种人”。

他能说出这样的话，说明他是把自己引为知己的。这位大祭司不像一般巫祝那样守旧褊狭，而是清醒有大局观。自己来蜀国能碰见这样的大祭司，是他的幸运。他笑着说：

“多谢大祭司的通达。来，那咱们就处理竹简吧，竹简此刻是在宇兄手中。”

今天杜宇已经让妻子把竹简带到身边，为的是临走前与鳖灵做交接。当年鳖灵提的三条建议中，治水和战争都已完成，应该推广文字了。可惜，大祭司逼鳖灵做出了焚简的决定。作为废帝，他只能叹息一声，让金凤取出竹简。金凤很是不舍，长久抚摸着竹简，最后还是交出来了。

金杖和竹简都被扔到祭坑里，点火焚烧。众人都默然看着，知道那象征着一个旧王朝的逝去，一个新王朝的到来。

杜宇夫妻骑着两匹麒麟，当即离开王城。他神色黯然，但并不悲痛，反倒相当释然。当然，放弃先祖传下的帝位总归是件悲伤的事，自己归天之日，如何有脸见各代先祖？但他其实一直把“为王”当成一件苦差事，如今失去了，倒也不太可惜。阿昌等老侍卫要随他去，他坚决拒绝了，只带了侍女秋草，就这么净身出户。虽然他从不是心机深沉的人，但毕竟当过多年的王，古来废帝的命运他知道得不少。他相信鳖灵不是心肠冷酷的人，但他作为废帝也该有足够的自省。

秋草不愿离开阿昌，但侍候望帝夫妇是她的职责，只有与阿昌洒泪而别。金凤看在眼里，悄悄对秋草说：“你不必难过，等局势稳定下来，我去找妹妹求情，把阿昌也要到金沙邑来。”秋草这才转悲为喜。

朱雀来送他们，同姐姐洒泪相别。

王城中举行了登基大典，新帝号丛帝，又称开明帝。新帝和新后立在祭台上，接受万民的朝拜。庚辰等老臣虽然舍不得望帝离去，也算顺利地接受了现实，因为事情弄到这一步，首先要怪望帝本人不争气。再者，鳖灵功高盖世，人品高尚，智谋殊绝，他们也是钦佩的。

但这次登基大典与以往相比也有重大的变化：不再由大祭司为新帝着冠。

大祭司失去了往日的尊贵地位，与众头人和王臣同样站在丹陛之下，向丛帝行礼。

杜宇和妻子到了金沙邑，开始安排新的生活。金沙邑统领葛仲为他们在河边安排了一套干栏式的二层楼房，虽不豪华，足够三个人住了。楼上是两间卧室，杜宇夫妇住一间，秋草住一间。一楼是客厅和厨房，兼两只麒麟的卧室，还要兼金玉作坊。因为葛仲派人送来了杜宇在帝府的全套工具，琢玉的，制作金器的，说是丛帝特意让送来的。杜宇很是感激，叹道：

“知我者，鳖灵也。”

有了这些工具，他和金凤就有事干了，可以在艺术的天地里翱翔了。只是无法制作青铜器，笨重的化铜炉不可能搬来的。

葛仲还为他派了守卫，说是监护也行。但葛仲干得很有分寸，守卫远远地驻扎在几个路口，方圆十里的地方是属于杜宇夫妻的，可以自由活动而不会碰到煞风景的士兵。杜宇夫妻也刻意自律，游玩时只在这个小圈子里，从不越界。

痛定才能思痛，失去王位后，杜宇虽然如释重负，但免不了伤感惋惜。金凤比他想得开。她既然能轻松放弃昆仑女神的资格，当然也不会在乎尘世帝后的尊荣。何况她和朱雀早就说过，鳖灵应该做王而杜宇应该做匠师或乐师，也算是预言吧。她把太阳神鸟金饰挂在墙上，每天都对杜宇夸奖它。这并非虚意的安慰，这件杰作确实值得每天去品味。她说，时间是世上最无情的判官，它会毫不怜惜地冲刷掉尘世的权势和尊荣，甚至连显赫的神界也不能例外，即使西王母的赫赫威名，也可能被后人忘却。但凡那些能耐得住时间淘洗而留存于世的，即使仅仅是一首情歌、一首短诗、一件工艺品，其作者就足以含笑九泉了。而夫君你制作了那么多足以传世的精美神器，尤其这件太阳神鸟金饰，更是辉耀千古的神品。有了这样的作品，还有什么遗憾呢。

所以，静下心来，重新走入艺术天地，再为世上留下几件极品之作吧。

在妻子的安抚下，杜宇渐渐忘却了心头的创伤。不过好长时间并没有开始制作。他即使再洒脱，王位更替还是在心中留下了伤痕，只能借时间来平复了。何况，他最满意的作品，太阳神鸟金器，就挂在堂前。有它作比照，杜宇轻易不敢动手的。不愿新作品比它差，但想超过它又谈何容易。这样的创作高峰、创作灵感和创作心态都是可遇而不可求的。金凤理解他，也劝他不要着急。

这样，夫妻二人就彻底放松心情，骑着两头麒麟，带着侍女秋草，每天在野外游玩，乐不思归。这儿从没有别的客人，只有妹姬是这里的常客，她是随丈夫常驻金沙邑。妹姬常来嘘寒问暖，问这儿需要什么东西，问那些守卫的士兵们有无失礼之处。后来知道金凤怀孕，她来得更勤了，以过来人的身份给准妈妈提了好多建议。她也带来了朱雀的问候。朱雀也怀孕了，时间和姐姐几乎同步。朱雀让妹姬捎话说，丛帝初登帝位，百废待兴。等那边的忙碌稍微告一个段落，她就到金沙邑来看望姐姐。

金凤怀孕之后，杜宇更是把“创作”抛到了一边。因为现在有了一件新作品，是他和金凤共同创作的，等他呱呱降生时，一定是天下至美的珍品。所以，他把全部心思都放在照料妻子上。

春天来了，两人骑着麒麟去外边踏春。正是杜鹃花（映山红）怒放的季节，漫山遍野的山花汇成了亮丽的云霞，艳红如血，灼热如焰，空气中弥漫着醉人的花香。杜鹃鸟（子规）正在啼春，啼声响亮，略带凄凉，极具穿透力，在花丛中你唱我和，荡气回肠。其中有的是两声杜鹃，叫声如“不——哭，不——哭”：有的是四声杜鹃，叫声如“不如——归去，不如——归去”。侍女秋草兴高采烈地学着它们的叫声，学得惟妙惟肖。当她学雌鸟叫时，甚至能引来思春的雄鸟在头上盘旋，令她十分得意。春日的美景彻底清扫了杜宇心中的雾霾，他笑着说：

“金凤，我心情很好，也许又能孕育出一件杰作了。”

见丈夫走出阴郁，金凤舒心地笑了。

今天心情大好，他们不觉间走得远了一些，正巧与葛仲夫妇相遇。他们后边跟着两个士兵。葛仲负责整个金沙邑的修建，事务繁忙，但他从不敢轻忽杜宇这边的防卫，时常亲自过来巡查。因为一旦有什么差错，无论是废帝失踪还是被刺，他都吃罪不起。杜宇和葛仲相遇过几次，一般都是远远地互相点头，然后分手。杜宇不走出“圈”外，葛仲也不走进“圈”内，两人没有对面交谈过。毕竟，作为废帝的老部下，而且多少还带点情敌的成分，坐在一起不好相处。其实杜宇对葛仲印象不错。上次事变中，妹姬骗了他，杀了侍卫，连夜去王城给旧情人报信。但之后葛仲并没怎么责怪她，夫妻的感情仍然甚好，可见葛仲算不上心地狭窄的男人。

这次他们相遇后，葛仲照例待在远处，向这边点头致意，只有妹姬过来，同金凤攀谈几句，问了安好。他们要离开了，葛仲却突然改了主意：

“妹姬你先走，我想同前帝聊一聊。”

妹姬看看他，猜不出他的用意。由于某种情结她不好多问，就忐忑地离开了。葛仲让士兵邀了杜宇夫妇到一个树墩处坐定，从随身皮囊中取出酒器，斟了三杯酒。金凤见葛仲要敬酒，立即把心提到喉咙。她并不相信葛仲会在酒中下毒，不相信葛仲是这样的人。但杜宇的身份是废帝，生死常常悬于一线，形势逼得金凤也学会了防人之心。但她无法当面拒绝葛仲的敬酒，那样就太失礼了，也会激起不必要的敌意。思索片刻她有了主意，悄悄让秋草赶快回家，把她卧室床头盒中的一枚药丸拿来——那是母后赠给她的不死药。万一酒中有毒，只要手头有不死药就不足虑。秋草立即回去了。

宾主坐定，葛仲却不端酒杯，也不说话，就这么沉默着。杜宇以静制动，同样微笑不言。过一会儿葛仲说话了，第一句话是：

“帝尊，我是粗人，要是说了不妥当的话，你多担待。”

杜宇笑着说：“我不会计较，请尽管直言。不过，叫我宇兄吧，那个帝尊已经死了。”

“好的，我就僭越了。宇——兄，”他这样称呼难免别扭，“我想告诉你，妹姬心里一直放不下你。”

没料到他真的这么“直言”，杜宇有点儿尴尬。但他坦然说：“我和妹姬确曾有过一段情，那都是婚前的事，已经付诸流水了。现在，我心中只有一个女人。”他挽住金凤的胳膊。

葛仲没有就这个尴尬话题再说下去，沉默片刻，说：“宇兄，丛帝的帝位虽是你禅让的，但在你禅让之前，我和石牛就派兵包围了祭台，你恨不恨我？”

这是更为尴尬的话题，杜宇的脸色不由得变冷了。不错，帝位是他禅让的，但禅让之前，葛仲和石牛就派兵包围了祭台，这确实是谋反的勾当。石牛犹有可恕，他是鳖灵新提拔的将领，心中只有鳖灵。葛仲父子可是朝中老臣！他不知道葛仲为什么提起这个尴尬话题，莫非他干了恶事，还要自己替他洗刷吗？那未免太腆颜了。他冷着脸没接话，金凤悄悄触了触他的胳臂，意思是明显的，劝他不要率性使气，因小失大。不过，没等他想出该怎么回答，葛仲已经说话了。他苦笑道：

“知道你会恨我。不光是你，老百姓也会恨我。甚至到子孙后代，都会记着望帝一朝有一个叫葛仲的王城统领卖主求荣。甚至会说我之所以叛主，是因为情仇。”

他把话说到这份上，杜宇倒不忍心了，立即说：“仲弟言重了，言重了。说到底，帝位是我让出来的，子孙后代只会记得望帝是个不合格的王。至于说什么卖主求荣、什么情仇，那更是没影的事。”

葛仲摇摇头：“多谢宇兄的宽容。你的大度改变不了后人的看法。但后世怎么评论，由它去吧。我只想告诉宇兄，我真正下决心参与夺位之事，是在鳖相以火兽阵大破巴军之后。那时，目睹了蜀国转危为安，我在心中说，这位救民于水火的异族人就是我的王！现在说这些，别人可能说我在为自己粉饰，但他人信也罢，不信也罢，这是我的真心。”

他的话虽有自贬，却暗含着对杜宇的责备——正是杜宇的失职，才失去了臣子的忠诚。杜宇虽然心中不快，但不想与葛仲细究。而且他说的也确实在理。便大度地说：

“我信。我信这些话是你的真心。我这个王啊，确实不够格。”

葛仲端起酒杯——金凤不由回头看看，去拿救命药丸的秋草还没赶来，真急人——慨然说：“这都是些闲话，不说它了。我今天约宇兄交谈，是想给宇兄交个底，让宇兄安心。虽然我参与了当年的密谋，逼宇兄让位，但那是政见之争。对宇兄本人我是钦服的，至少没有恶意。宇兄，有我在这儿，你尽管放心住下去，不会有人来暗杀下毒的。若发现什么可疑迹象及时告我，我一定尽力保护二位的安全！”

他一饮而尽。杜宇也端起酒杯，一饮而尽。葛仲说最后那句话，也许是他发现了金凤对他的怀疑。金凤多少有些尴尬，也就不再犹豫，端起杯一饮而尽。葛仲今天的谈话不很得体，但看来他是个心地直率的武人，自己是多虑了。

等秋草揣着那枚药丸急急赶来，一皮囊酒已经喝了大半。秋草疑问地看看女主人，金凤微笑摇头，意思是用不上了。

三人尽欢而散。

从帝即位后的大部分时间都待在军营，也时常到蜀巴边境巡视。最近边境报告，说当年巴王的坐骑，那只身量特大的白虎出现在边境，有时还袭击士兵，所以军心有些不稳——白虎当时是在众目睽睽之下，和巴王一起死翘翘了，怎么竟然复活了？那是不是说巴王也复活了？但据细作的情报，巴王确实死了，因为巴王王后，也就是后来的巴国女王，一直带着重孝。她还下令全体巴人永远带下去，直到灭了蜀国，所以人称这是“万年孝”。

白虎复活的消息上报给从帝时，从帝只是淡淡地说了一句：“若果真复活，那就再杀它一次。石牛，这事交给你了。”

石牛简单地答应一声：“交给我了。”

不久从帝带着石牛巡视边境，首先从长江边开始，也就是当年鳖灵兄妹假装死人偷越关卡以及娥灵以自焚逼退蜀兵的地方，因为下边报告说，白虎最常出现的地方就是这里。今天的蜀巴边境已经不同往年，双方都加高了城池，增加了兵力，两边防线上都是旌旗招展，盔甲鲜明，士气高昂。鳖灵立在城头，久久地遥望对面。虽然对面即是强敌，是不共戴天的仇敌，他却很难生出敌忾之心。恰恰相反，心中满是柔情的回忆。他想起当年与妹妹一块儿在丹水河畔捕鱼，妹妹总是把所有活计揽起来，让他静下心看书练武；想起妹妹童趣盎然地同鸟雀对话，同两只江豚攀谈；想起妹妹被巴王抢走玉坠时，恨恨地骂着“那个狗熊个子臭男人”；想起自己受伤时，妹妹嚼碎药草轻柔地为他敷药；还有四岁的小铃铛哭着喊“舅舅不喜欢我，舅舅不理我”……

世事如水，亦如梦。至亲的兄妹二人却成了两个敌国的首领，总有一天会刀枪相见，真是造化弄人啊。

石牛为了一举射杀白虎，精心布置了一个陷阱。他先让细作到巴国放风，说蜀国丛帝这两天就住在边关。然后他在丛帝住室外布置了强弓硬弩、陷阱套索。如果那只白虎真的死而复生，那么它就是一只灵兽，它会抓住这个机会找丛帝报仇。箭法高强的石牛本人带着强弓，晚上亲自埋伏在通往丛帝住室的必经之路上。丛帝也衣不卸甲，剑不离手，做好准备。

今晚弦月如钩，月色朦胧。石牛和部下屏住气息，紧张地等待着。忽然探哨来报，说边境发现了白虎的身影，而且已经越界过来了！这种情况出乎石牛意料，他原想白虎肯定是后半夜来，那时人们都在熟睡，便于偷袭。没想到天色刚黑它就来了。他命令手下做好准备，20张强弓都拉满，瞄准了前方。不久，月光下现出白虎的巨大身影，腰身细长，近似龙形。石牛多次见过那只白虎，已经很熟悉了，可以断定这就是巴王的那只坐骑，不会错的，它的确复活了！

巴国女王娥灵带着七岁的铃铛和三岁的虎娃也来到了靠近长江的巴蜀边境，她此行是为了巡视边境，也是为了那只白虎。边军报告，最近白虎常在边境线附近游荡。它在巴国境内秋毫无犯，到了蜀国境内则常常发动袭击，咬死蜀军。三年前，同丈夫一起被火化的白虎突然复活之后，她曾在白虎的目光中看到了丈夫的影子，也许那具虎的身体里确实藏着丈夫的魂魄？后来白虎离开了，三年来没有音讯，令她苦苦思念。所以，听到白虎重现的消息她立即带一队兽军赶来，还带上了女儿和儿子。

夜里，她睡在那座干栏式小木屋中，母子三人挤在那张床上，床上似乎还有丈夫的味道。阿呆率兽军在周围守卫。睡前，铃铛和虎娃对着山林高喊：

“白虎伯伯，妈妈在这儿，我们也在这儿！你要听见了，就来看我们！”

清脆的童声穿透了寂静的夜空，荡入幽暗的林中。

两个孩子旅途劳乏，很快睡熟了。娥灵睡不着，披上衣服来到屋外。夜幕沉沉，只有林中的风哨声和长江的涛声。巡夜的阿呆见巴王出来，便紧紧跟在后边警戒。娥灵努力透过夜幕向远处看，但林中一直没有白虎的身影。过了一会儿，阿呆突然说：

“我王你看，它们有点不对劲儿！”他指着周围趴伏的虎豹熊罴。这些兽军坐骑都是训练有素的，但这会儿它们明显有骚动，个个昂首远眺，目光都朝向一处。阿呆说，“兴许白虎要出现了！”

他们也盯着那片树林，但很久没有动静。娥灵灵机一动，回屋把儿女摇醒，拉着抱着他们出来，让他们呼唤白虎。虎娃仍垂着脑袋半睡半醒，铃铛高声喊：

“白虎伯伯，我和弟弟在这儿！妈妈在这儿！你快出来吧！”

虎娃也醒了，和姐姐一块儿喊。不久，林中出来一个黑影，步伐从容地向这边走。是白虎！兽军的坐骑全都俯伏在地。白虎走近了，先对着群兽威严地低吼一声，那是让它们免礼，然后走近娥灵母子，伸出舌头依次舔三人。铃铛欣喜地抱着白虎的脖子，跨上虎背。虎娃虽未见过白虎，但早就知道它，所以皱着眉头忍受着白虎的爱抚。娥灵泪流满面，为了不让孩子们听见，附耳低声说：

“廪君，真的是你吗？你让我想得好苦啊。”

白虎没有回答，仍然温柔地舔着母子三人。虽然娥灵相信白虎体内肯定有丈夫的魂魄，但毕竟人兽相隔，她摸不清白虎的思维脉络，比如，白虎为什么执意不回家。还有，这次相会能有多长时间，白虎会不会像上次那样一跃而去。所以她尽量抓紧时间，急急向它通报着离别后的情形：

“廪君，这是虎娃，已经快三岁了。铃铛已经懂事了，但我没告诉她白虎就是爹爹。廪君，巴国的军力已经恢复，一定会报仇雪恨的。你就不要管凡间的事了，不要再袭击蜀军。我担心蜀军会设下埋伏杀了你。”

白虎听懂了，向她轻轻点头。

“廪君，你我生离死别已经三年，有多少话要对你说啊。但我不想拿凡间的事让你烦心了，抓紧时间，和孩子们多玩玩吧。”

铃铛在虎背上，地下的虎娃着急地喊：“我也要骑白虎！姐姐你拉我上去，妈妈你抱我上去。”娥灵抹去泪水，笑着把虎娃放到虎背上，让姐姐抱紧。白虎立即踏踏地小跑起来。

石牛拉紧了弓弦，悄悄瞄准白虎。但他发现，白虎背上似乎有骑者，只是身体矮小，不像是士兵，更不会是身高丈二的巴王。白虎轻舒四肢，无声地走近。石牛忽然听见白虎背上有人说话，是孩子的声音！石牛忙用手势让手下不要妄动，睁大双眼观察着。白虎走近了，背上果然有小孩。小孩子在低声说：

“虎伯伯，我舅舅在哪儿？怎么还看不到呢？”白虎回头，似在警告他噤声，但不大一会儿，孩子忍不住又开口了，“虎伯伯，舅舅欢迎我和弟弟不？我知道舅舅和妈妈生气了，互相都不见面。”

此时石牛已经看清，虎背上是两个孩子，女孩有六七岁，搂着前边的男孩。男孩只有三岁左右，梳着一只冲天辫。石牛马上猜到他俩是谁——巴王的一对儿女，小铃铛和虎娃，也就是丛帝的外甥。正在这时，白虎机警地停下了，昂首四顾。它发现了周围有杀气，立即习惯性地耸起背毛，做好了扑击的准备。不过它马上想起背上的孩子，便回过头，衔着两个孩子的衣服，把它们轻轻放到地上。然后低低地怒啸一声，再度准备扑击。

石牛见它已经发现埋伏，干脆令所有士兵立起身，20张强弓对准了白虎。白虎确有灵性，知道今天肯定不能幸免，便悲伤地啸一声，卸去了身体的张力，干脆蹲坐在后腿上。它回身舔舔两个孩子，虎尾一拨，把两个孩子从身边推开。

石牛想，它是怕箭雨射来会伤着孩子啊，便严令手下引弓不发，又派人尽速向丛帝禀报。丛帝很快赶来，看见了两个孩子，立即令士兵放下弓，自己空手走进埋伏圈内。石牛怕白虎伤了丛帝，想止住他，他摇手拒绝。当丛帝走近时，白虎不自主地恢复了敌对态势，虎身下弯，作势要扑过来。石牛高呼“帝尊止步”，但鳖灵仍不管不顾，从容地走过去，在两个孩子面前蹲下，把后背留给了白虎。

小铃铛看着周围剑拔弩张的阵势，很是害怕，紧紧护住弟弟。三岁的虎娃不知道害怕，一双黑油油的眼珠滴溜溜地转着，好奇地看着众人。鳖灵拉住两个孩子的小手，柔声问：

“小铃铛，这肯定是弟弟虎娃吧。是你让白虎驮着你俩来找舅舅，对不对？”

见舅舅来到身边，小铃铛安心了，点点头说：“对，听说舅舅今晚住在这儿，我想舅舅，想骑白虎来。白虎不来，我就哭。后来妈妈说，‘没事，白虎你带他们去吧。’白虎这才听话。”

“妈妈来边关了，对不对？妈妈知道舅舅在这儿，对不对？”

“对。”

“小铃铛，虎娃，你们想舅舅了，妈妈也想舅舅了，是不是？”

小铃铛和虎娃用力点头。小铃铛说：“你们大人真怪，妈妈老是自言自语：报仇，报仇。我知道是要找舅舅报仇。可她还是想舅舅。”

虎娃插话，“舅舅，真是你杀了我爹爹吗？”

鳖灵尽管睿智通达，却无法回答虎娃的这句稚语。他心痛如绞，回身看看白虎——他敏锐地断定，它不是兽，而是人。它虽然口不能言，但它的目光中盛着太多的情感。有怒火，仇恨，更多是悲伤，还有一些说不清道不明的东西。也许它并非白虎，而是巴王的元神借它复生？但鳖灵能确定，为了孩子，这只附有巴王魂魄的白虎此刻不会袭击他，不会恶狠狠地一口咬断他的脖子，而他本人也绝不会当着两个孩子的面射杀白虎，虽然这正是他和石牛设下埋伏的原意。他没办法回答虎娃的话，只好含糊地说：

“虎娃，也许你爹爹还没死呢。”

两个孩子高兴了，雀跃起来：“真的！？”“当然是真的！”“我就说嘛，爹爹肯定没死！”

也许是感念于鳖灵猜到了自己的身份，白虎彻底卸去目光中的敌意，也卸去了身体的张力。它直起身，冷淡地看看鳖灵，走到一旁，蹲坐下来。鳖灵一边一个抱起孩子，平和地对白虎说：

“铃铛和虎娃留这儿了，让我带他们好好玩一天。明天你再来这儿，把他们接走。”

两个孩子兴高采烈地说：“白虎伯伯，你走吧。我们要跟舅舅玩，明天再回去！”

白虎起身，平静地看看四周。20张强弓虽然已经垂下，但弓手们保持着高度警惕，箭仍然搭在弦上。白虎没把这些弓弩放在眼里，转过身，从容地离开了，长长的虎尾悠闲地摆动着。

石牛没想到精心的埋伏竟是这样的结局，虽然心有不甘，但也很高兴。丛帝把两个小家伙扛在肩头，孩子们乐开了花，丛帝也喜笑颜开。这种发自内心的喜悦也感染了石牛。丛帝即位以来，心中一直压着沉重的担子，难得有今天的轻松。所以，石牛也高兴地认可了这个结局。

第二天晚上，白虎如约赶来原地，仍在20张强弓的包围中。石牛知道其实不用这样，但他不敢懈怠自己的责任。鳖灵亲手把两个孩子放到了白虎背上。孩子们恋恋不舍，但舅舅说过，以后他们可以随时来找舅舅玩，所以并不悲伤，挥着小手高兴地同舅舅再见，同石牛叔叔再见。石牛把一个硕大的包裹拴在白虎脖子上，那里面是丛帝及众人送给两个小家伙和娥灵的礼物。白虎老老实实地伸着脖子，以方便石牛捆绑。石牛看着它，啼笑皆非。这家伙是蜀国不共戴天的死敌，这会儿绝对应是舍命相搏、血雨飞溅的场景才对头，怎么倒弄得像小孩子过家家！石牛心有不甘，对白虎喝道：

“白虎你听着，今天不杀你，但你别让我在战场或山野中看到你，那时我照杀不误！”

白虎不屑地横他一眼，怒吼一声，分明是给出了同样的挑战。看着它大模大样的样子，石牛倒给逗笑了：“好啊，那咱们都点点头，算是把生死状立下了！”

白虎果然威严地点头，石牛也忍着笑点头。鳖灵听着这场嘴巴官司，心中不免感慨。石牛说的没错，别看今天亲情浓郁、其乐融融，但他和妹妹之间还是有一场生死约会，总有一天会在战场相见的。这是命，没办法躲开的。

虎娃忽然想起来：“我的风筝！我的风筝忘带了！”

今天鳖灵抛开所有事务，专门陪两个外甥玩了一天，还亲手为孩子做了一个风筝，扎的仍是一只凤鸟。这会儿，他不由想起妹妹在巴军大营里放的风筝——那是为了通知哥哥，说她已经说通巴王，放蜀国残军一条生路，但哥哥却无情地骗了她！一时思绪万千，忘了回答虎娃。虎娃不依不饶：

“舅舅，我要风筝！”

石牛给他解释：风筝太大不好带，他们回程中要钻林子，过荆棘，风筝肯定会挂烂的。但虎娃不管这些很充分的理由，只是使劲扭身子：

“不，我要，我要嘛。”

鳖灵只好唤士兵把那只风筝拿来，拆开，把竹条和蒙布整理好，包到那个大包袱中。他对虎娃说：

“整个风筝确实没办法带。虎娃你看，我把风筝所有材料都带上了。你妈妈也很会扎风筝的，回家后，让她把这些东西重新一绑，风筝就出来了。好不好？”

虎娃高兴地答应了。

吻别时铃铛的眼睛红了，抱着舅舅的脖子不丢手。她毕竟懂事一些，对舅舅答应的“以后可以经常来玩”不敢完全相信。鳖灵小声安慰她：

“铃铛不哭，你是当姐姐的，得给弟弟做个样子。好了，走吧，妈妈在家等着哩。见了妈妈替我问好。”

铃铛轻轻点头，搂着兴高采烈的弟弟，红着眼眶走了。白虎步伐轻盈地走出关卡，走进树林，那只特长的虎尾在身后悠闲地摆动着。

第二天凌晨，鳖灵远远看见巴国那边放飞了一只风筝，当然就是虎娃带回去的那只，他妈妈把它复原了。

今年对神灵的春祭比往年寒酸许多。没有一件新添的礼器，没有新开光的铜像，也没有帝王亲自奏乐、处女献歌献舞的升平气象。三年来丛帝常在军营，春祭时匆匆回王城，祭祀之后又要匆匆离开。因为巴军的实力像蜀军一样在迅速恢复，那位巴国女王率领虎狼之军杀往蜀国已经是早晚的事。所以丛帝对训练抓得很紧。依他的计划，如有可能，就会主动出击，把战争消灭在巴国之内。

丛帝参加完祭礼，要离开了，歉然对大祭司说：“我要告辞了。祭品菲薄，请大祭司多在神灵前美言，等蜀国面临的威胁消除，我会补上削减的祭品。我走了。”

“帝尊请便。兵者，国之大事也。帝尊自当以国事为重。”

丛帝对大祭司身后的青铜匠师涅余说：“涅师你也跟我走吧，这几年不打算造新礼器，你留这儿没用。”

涅余不敢违抗，走了过来，小声咕哝着：“我去军营也没用处啊，那些简单的刀剑箭头，我徒孙的徒孙都会干。”

丛帝听见了他的牢骚，只当没听见。涅余虽然牢骚，还是乖乖地跟丛帝走了。

彩云中，西王母等在接受凡间的祭祀。鱼凫恼火地说：“今年祭祀这样寒酸，这个鳖灵完全不把昆仑诸神放在眼中！这也难怪啊，毕竟是异族人。非我族类，其心必异。”

羲和笑着说：“鱼凫啊，不久前我可是听你猛劲儿夸他，说他为蜀国立了大功。”

鱼凫脸红了，仍然强辩：“他确实是立了大功，但我现在才知道，他干那些事不是为了社稷百姓，而是存有二心！蜀国自蚕丛先王起的千年基业，硬是被这个奸贼篡夺了！”

羲和轻轻摇头：“天下没有不灭的王朝。”

西王母说：“对，也没有不灭的神灵。鱼凫，不要把眼睛盯着那点祭品了。我上次就说过，自从鳖灵开山治水，合凡人之力改变了神灵规定的秩序，神界就要衰落了，而凡人会变得无比张扬。孩子们长大了，要离开父母了，这是无法逆转的。总有一天，他们会把昆仑诸神全都忘记。羲和，我不想看到这一天。我已决定近期就把昆仑山迁走，远离尘世。”

羲和怆然点头：“迁走吧。”

鱼凫听见这个消息大为吃惊，想了想，向西王母求告说：“王母，昆仑如果迁走，就让鱼凫也像巴王那样回凡间吧。如果不能以人身回凡间，我甘愿也变成兽身。”他指指羊龙，“我和它合体就行。”

西王母淡淡地说：“巴王不想来到神界，你也不想留在神界。神界的日子就这么乏味吗？”

鱼凫毕竟不是巴王那样的粗人，听出了西王母话中的不满，胆怯地看看她，没敢再坚持。西王母叹息道：“我也不想把昆仑神山迁走啊，迁走后，就很难见到我的两个女儿了，还有我未来的外孙们。”

羲和笑着安慰：“王母不必伤感。你说过，金凤朱雀两人都会子孙繁茂，绵远流长。这样的结局也蛮不错的。”

西王母点了点头。

从帝匆匆走了。大祭司、庚辰等在祭台边送别，久久望着他的背影。正是阳春三月的季节，山野里杂草繁茂，百花盛开，群鸟鸣春。蜀地的春祭也是民众的节日，从祭台上就能看到周围快乐嬉戏的群童。女童们采摘鲜花编成花环戴到头上，比赛谁的花环最美丽；男童们则带着柳条编成的柳冠，互相追逐，唱着童谣。他们唱得十分热烈，是一曲只有十二个字的童谣，反复吟唱。庚辰侧耳细听一会儿，面露惊惧，对大祭司说：

“祭司大人，他们唱的童谣你听清了吗？我听清了。”他一字一句地复述着，“子规啼，望帝回。杜鹃红，望帝荣。”众人都悚然而惧。这明显是谋反之言——但却是儿童们唱出来的。庚辰轻声叹道：“按故老的说话，神的旨意常常经童稚之口唱出来。莫非这是天意吗？”

大祭司平静地说：“天意即民心。也许这首童谣并非出自神灵之口，而是哪位思念望帝的遗老创作的呢。”

众人默然。庚辰冷冷地说：“我也算是一位遗老吧。但我可以发誓，这首童谣并非我创作的，今天我是第一次听到。”他讽刺地说，“不过你第二句话说得对，我确实思念可怜无辜的望帝，不知祭司大人可有思念之情？”

大祭司坦然回答：“没错，我也思念他。他不是个合格的王，但让百姓们，包括咱们，活得轻松。”

“祭司大人，刚才从帝因祭器菲薄，请你在神灵面前多多美言。但我记得你说过，在神灵前美言的事，该交给那位曾是女神的新帝后。”

大祭司看看他，没有说话。

“再说，你就是想美言，怕也难以上达天听吧。要知道，蜀民与神灵交通的信物，那根刻着鱼鸟箭杆的神杖，已经被毁坏了，埋在祭坑中了。祭司大人对这件事倒是坦然接受，无怨无恚啊。”

大祭司扭头盯着他，不客气地说：“庚辰大人请慎言。你并非三岁童稚而是两朝老臣，有些话是不能随便出口的。”

庚辰脸色通红，不再说话。场面有点尴尬，众人都赶紧告别，打道回王城，离开这是非之地。大祭司虽然不客气地教训了庚辰，但之后面色如常，而且在回王城途中有意与庚辰同行。随从们都聪明地落在后边，只剩下两人独处。庚辰拿不准这位大祭司的心思。这人曾是逼望帝禅位的操刀手，但新帝即位后立即夺去他的神杖，又剥夺了他女婿的兵权，想来他也满腹怨恨吧。眼下蜀国的兵权被紧紧握在石牛手中，他是鳖灵的铁杆心腹，没有缝子可钻的。只有远在金沙邑的葛仲还握有部分兵权，若想举事，必得葛仲参加。所以，尽管对大祭司的心事摸不透，庚辰仍然想尽力说动他。临分手时庚辰说：

“刚才祭司大人教训得对，我记下了。不过，不能对他人随便出口的话，也许可以悄悄地告诉神灵？”

祭司看看他，说了一句莫测高深的话：“神目如电。”

然后祭司与庚辰拱手告别。

今天杜宇仍陪金凤出外踏春。他们骑着麒麟逛到河边，看见码头停着一艘船，船上是甲胄鲜明的士兵，有上百人。士兵下来，列队前往军营，原来是守卫换防——不，应该是加强守卫力量，因为原来的守卫不过四五十人。随后下船的贵夫人是妹姬。虽然妹姬是常客，但夫妻不想在她带重兵前来的场合下见面，便想悄悄退回。但两只麒麟已经认出了这位熟客，热情地嘶鸣起来。妹姬看见他们了，匆匆过来同二人见面，似乎面有优色。她指指后边的士兵，直截了当地说：

“这些士兵是我丈夫调来的，以便加强守卫。因为王城中最近流言纷纷，他因职责所系，不得不未雨绸缪，请你们不要在意。”

“什么流言？”

“王城中传唱一首童谣，可以说童稚皆唱。歌词是：子规啼，望帝回。杜鹃红，望帝荣。”她看看漫山的红霞，“你看，杜鹃正啼，杜鹃花正红啊。”

杜宇苦涩地说：“百姓爱我哉。百姓害我哉。”

“大臣中也有异动，比如——庚辰大人。”

杜宇复叹：“臣子爱我哉。臣子害我哉。”

姝姬转过来安慰：“你们不必过于担心。丛帝并没把这首童谣当回事。他说，望帝仁义远播，百姓忘不了他，原在情理之中，不必在意。当然也有一些臣子进言，说应及早防范，斩草除根，尤其是巴蜀之间战云已浓，不能在这个当口后方起火。我今天来就是提醒你们，务请谨言慎行，不要授人以柄。这也是我丈夫的意思。其实我俩很可能是多虑，知道你们一向很谨慎。我今天言语冲撞，务请谅解。”

“哪里，我们只有感谢。”

姝姬交代之后就匆匆坐船离开了。杜宇夫妻没有心再去踏春，悒悒而回。秋草不知道统领夫人来说了什么，但看出主人心情变坏，也不免忧心忡忡，这些天来，心思简单的秋草也尝到了宫廷争斗的味道。晚上睡下后，金凤歉然说：

“夫君，也许是我害了你。当时我劝你放弃王位，以便能彻底放飞性灵。但现在看来，我想得太简单了。过去的梦魇并非一刀就能割断啊，它仍坠着你的翅膀。都怪我，毕竟昆仑山上一位不食人间烟火的女神，不能真切体会人间的无奈。”

杜宇温柔地说：“金凤你不要自责。只能怪我自己，怪我不幸生在帝王家。是我把你也拖累了。真盼着能有什么办法，把过去一刀割断。好了，不说这些了，金凤你要放松心情，保重身体。等孩子出生后，咱们会忘掉一切烦恼的。”

但烦恼并非说一说就能忘掉。关键是那个梦魇的根源——帝王出身——无法消除。他们不相信鳖灵这位妹夫会对他们做出什么事，但世上好多事并非取决于个人意愿。当凶猛的洪水盖地而来时，一个人是挡不住的。

晚上，两人都睡不好。金凤忽然说：“夫君，我有个想法，你看可行不。”

“你说吧。”

“你说得对，烦恼的根源是你的帝王血统。所以，要想釜底抽薪，必须离开蜀地，比如——到东方的诸夏各国。到了那儿，没人会记得你曾是帝王而我曾是女神，我们只是芸芸众生中两棵野草。那时你就可以完全扔掉烦恼，放飞性灵，全身心投入你的创作中。”

“离开蜀地？但你有孕在身。”

金凤笑着说：“没关系的，离分娩还早着呢。你的妻子很能吃苦的，治水期间你已经领教过了嘛。”

“可是，向东方去，无论走水路陆路都要经过巴国。”

“更没关系。娥灵为了丈夫之死要向蜀国寻仇，是情理中事，但她绝不会为难失去帝位的杜宇。”

杜宇想了想：“好！就依你的意见，永远离开蜀地。”

他们商量了这件事的细节。比如，走前是否向丛帝和朱雀通报，决定还是不辞而别，免得横生枝节，等安定后再通知丛帝。至于走水路陆路，决定还是走水路，免得怀孕的金凤太辛苦。走前还要对秋草做出安排，她愿走愿留都行。

大策已定，两人放松了心境。杜宇尤其轻松，多日的梦魇一朝消除，他对今后的生活充满憧憬。金凤对丈夫的心境变化很是欣喜，这晚睡得很香。第二天凌晨金凤醒来时，丈夫不在床上。金凤起身去找，原来他在院里，默默地眺望远山。那儿杜鹃花正开得热烈，灿如朝霞。远远听见杜鹃鸟的叫声：“不——哭，不——哭。”“不如——归去，不如——归去。”丈夫回身看着金凤，金凤忽然发现，昨晚似乎远离了丈夫的忧伤又回来了。杜宇苦恼地说：

“金凤，对不起。我考虑了一夜，还是不忍心离开蜀地。我的根已经扎在这儿了。”

他的声音中浸透了那么重的忧伤和歉疚。金凤心中不忍，连忙安慰：“行啊，你不想离开，咱们就不走。留在这儿也不错，我正舍不得朱雀妹妹呢。”

“金凤，对不起，我拖累你了。”

“什么话！”她正色说，“杜宇啊，你知道什么能让为妻最快乐？不是安逸的生活。如果是那样我就不会离开神山了，而是一个快乐开朗的丈夫，就像我在青龙池看到的那样。”

杜宇感受到这句话的分量，笑着说：“好的，我一定做回那时的杜宇。”

秋草也出来了，站在两人后边。忽然她拉拉金凤的衣袖，惊惧地说：“主人主母，树丛中有人！”

两人也很吃惊，向那个方向看去，好像是有人影闪过，树枝尚在晃动。金凤十分忧心，莫非是刺客？那次与葛仲深谈之后，夫妇俩对葛仲已经完全信任。葛仲曾提到给他们派来贴身守卫，但夫妇两个不愿生活在陌生人的目光中，委婉地拒绝了。现在，如果那个黑影果真是刺客，那么一定是武功高手，凭杜宇和两个女流是无法抵挡的。杜宇微微一笑：

“是祸躲不过，不如迎面而上吧。”他面向树丛，高声说：“是何方的朋友，请现身吧！”那边安静如常，杜宇又喊了一声，“我是杜宇，若有远客，请现身吧！”

那边的树枝果然晃动起来，一个身影拨开枝条径直走过来。是一个男人，手中提着刀剑。秋草忽然捂住了嘴巴：

“是阿昌！”

果然是阿昌。他走近了，把弯刀抛到地上，向老主人叩拜。他神情疲惫，肩头有伤，显然是经历了什么大事。他声音沙哑地说：

“帝尊，庚辰大人被丛帝处死了！很可能是大祭司告发的！”

就在昨天，蜀国百官都赶到王城外30里的军营劳军。丛帝在军营颁了旨意，说军队已经训练完毕，他准备亲率大军杀向巴国，以便把战争消弭在国界之外。劳军后大军即出发。大祭司率领着庚辰、夷均等百官早早赶到军营。一身戎装的石牛在门口迎接。军营内秩序井然，甲胄鲜明，可以看出三年的训练卓有成效。但将士们各安其事，似乎不像即刻要出征的样子。

丛帝在大帐中候着他们。众人拜见已毕，夷均问：

“帝尊，今天就出征吗？我看三军还没有做出征的准备。”

丛帝笑着说：“抱歉，计划临时改了。”他用锐利的目光扫过群臣，“我昨天刚接到密报，说王城有人密谋在大军出发后举事，把废帝迎回来重登帝位。有人暗中联系金沙邑统领葛仲，让他带兵护送废帝回王城。废帝一些旧侍卫如阿昌等在城内接应。”他语气平静，但百官都大为震惊。这是谋逆大罪，势必有一场血雨腥风。“其实不必这样的，望帝若想复位，告知我一声就行，我会亲自去金沙邑迎接他。做帝王是个苦差事啊，尤其像我这样想不开的帝王。终日宵旰焦劳，万事忧心，没有哪晚能睡得安稳。你们说是也不是？”

百官默然。丛帝这番话当然是反话，但他说的是实情：比起那位终日嬉乐的望帝，丛帝这个帝王当得确实辛苦。但一个人的辛苦换来的是万民的欢喜安逸，所以密谋夺位的人是蜀民的公敌。众人不知道是谁参与了密谋，这会儿紧张地猜测着。只有庚辰心如死灰，他密谋的这场夺位还未开始就完蛋了。这会儿他已经猜到谁是毁了这个计划的祸首，不由恨在心中。丛帝的口吻转为严厉：

“我刚才说了，如果想要望帝复位，告知我一声就行。但明着来是可以的，密谋是不行的。试想，如果我正领兵与巴军激战，后方却突然失火，那么蜀军将是何等命运？蜀国又是何等命运？三年前的惨败，想来大家不会忘的。庚辰大人，你说呢？”

庚辰知道已经全盘皆输，倒也豁出去了。他冷冷地说：“没错，丛帝口舌如刀，庚辰辩不过。丛帝机警过人，庚辰也玩不过。我今天只有认输。只是，丛帝刚才提到那场惨败，倒让我想起一件事。如若丛帝当年不放你妹妹娥灵回国，然后率蜀兵直捣敌穴，只怕今天已经没有巴国了。”

夷均立即说：“放走娥灵的决定，是鳖相、我和犬子葛仲共同决定的。当时蜀军虽胜，同样大伤元气。凭那点兵力去进攻巴国，说不定会深陷泥沼，全军覆没。”

丛帝摆摆手，止住了他为自己的辩护，说：“当时该不该、能不能一举捣平巴国，后人自有公论。至于庚辰大人责备我放走妹妹，责备得极是。为国家计，我该杀了娥灵以绝后患，至少也该把她永远拘押在蜀国。只是当时娥灵死意已决，已经准备举火自焚，我实在不忍心看着妹妹、小铃铛和尚未出生的娃娃，在我眼前变成火球，所以一念慈悲，放她们走了。即使我今后遇上同样的情形，恐怕也只能做出同样的决定。有人说慈不掌兵，但我以为，为王为将者，既要有霹雳手段，也要有悲悯之心。即如今天处理这件谋逆的案子，我决不会杀一个人。”

庚辰大笑：“多谢丛帝慈悲为怀。只是庚辰犯了谋逆大罪，哪里还能腆颜活下去？死前我只有一个要求：这次谋反，罪在我一人，希望丛帝不要牵连无辜。尤其是望帝本人对此一无所知，希望丛帝不要牵连他。”

丛帝温和地说：“我知道望帝全不知情，绝不会牵连他。庚辰大人，你也不必求死，你可以去金沙邑陪伴望帝一生，验证我说的话是否算话。”

庚辰笑着摇头：“我信得过丛帝，验证那就不必了。诸位，我要走了，来世再见。大祭司，”他高声呼道，“我死前能否告诉我，当时你也曾参与密谋，是否只是为了向丛帝告密？”

众官都看着大祭司，目光非常复杂。虽说谋逆之人罪在不赦，但告密者也会被人鄙视。大祭司神色如常，走过来向庚辰施礼：“庚辰大人，你对前帝忠诚不渝，令人钦敬，请受我一拜。你说得没错，是我在洞悉密谋的内情后向丛帝报告了。你看重的是对先帝的情意，我着眼的是社稷之安危。两者都不为过，但依我看，我关注的东西分量更重一些啊。”

庚辰苦笑摇头：“大祭司，你也是口舌如刀啊。我这次是全盘皆输，事办砸了，辩理也没占上风。好了，我走了！”

他抽出佩刀抹颈自尽，立时鲜血喷溅，尸身兀自站立一会儿，才轰然倒地。虽然他犯了谋逆大罪，但死得壮烈，众人凄然中夹着钦敬。丛帝摇头叹息，下令：

“厚葬庚辰。此事到此为止，不要牵连他的家人和部属。望帝对此完全不知情，更无须追究。”

随后石牛报告，在宣布赦令之前，望帝的旧侍卫阿昌已经连夜逃跑，可能是去往金沙邑方向。

杜宇听了阿昌的报信，知道一场灾祸就在眼前。虽然他对庚辰等人的密谋毫不知情，但外人不会信的。即使相信，为彻底断绝后患，怕是也不会放过他。事已至此，他反倒心境坦然了，只想与妻子好好度过最后的时间。他让秋草带阿昌回屋，为他做饭更衣，自己也搂着金凤回屋去说话。秋草虽然惶惶不安，但阿昌能囫囫囵囵地来到身边就是最大的喜讯。她喜滋滋地领阿昌到房内，让他在自己床上暂时歇息，赶紧去烧水做饭。等她端着饭菜过来，阿昌已经和衣睡熟。秋草不忍叫醒他，帮他脱了鞋，把他的两腿搬到床上，盖好被子。她坐在床前，轻轻褪下阿昌的衣袖，用盐水为他清洗伤口。

忽然听见雌麒麟欣喜的嘶鸣声，它是向着远处嘶叫，显然是闻到了熟人的气味。秋草急急起身，向外看看，然后闯进主人卧室，惊慌地说：

“主人，朱雀，不，帝后来了！还有葛仲，带着兵！”

杜宇立即说：“快，叫醒阿昌，带他藏到树丛里。我和金凤去迎接朱雀！”

没等她去叫，阿昌已经被惊醒，提刀跳出来。虽然估计朱雀和葛仲来意不善，但他知道凭一人之力无力回天，留在这儿只会添乱，便按望帝的安排匆匆离开，藏入树丛之中。这边杜宇夫妇到门口迎接，果然是朱雀来了，后边是葛仲，再后边是挑担的五个士兵。朱雀看见姐姐，快步走过来，大笑着扑入姐姐怀中，两人紧紧拥抱。士兵放下担子，葛仲笑着同主人告别，随即带着士兵走了。

朱雀还像过去那样爽朗和漂亮，而且做了帝后更显得雍容华贵光彩照人。她和姐姐一样，已经有身子了，腹部微微凸起。她同姐夫寒暄几句，便拉着姐姐坐下，热切地说着闲话。大部分话题都是围绕着两个未出生的孩子。她说，担子里除了带给姐姐姐夫的美食，也有给孩子预先准备的小衣服，因为不知道是男孩女孩，衣服准备了两套。还有各种小金锁、银镯子、玉连环等。不知道她和姐姐谁将先分娩，最好是姐姐，这么着，姐姐的儿女还当兄姐，跟这一代一样。她问姐姐给孩子预先起名没有，说鳖灵现在太忙，给自己孩子起名的事也一并委托给杜宇了！

她叽叽呱呱说个不停，她的亲情仍像过去那样纯洁而浓郁。两只麒麟亲热地偎着她。不过，经历了前天妹姬的警告、今早阿昌的报信并知道庚辰已经被杀，作为废帝的杜宇不会相信，这位帝后果真像表面那样心无城府。朱雀正好赶在这个当口前来，绝不会只是同姐姐叙谈亲情吧。她闭口不提庚辰谋反及被杀的事，但越是不提，越是显得诡异。

但朱雀不提，他当然也不会提，主人客人热情地聊着闲话。杜宇问了丛帝登基的情况，问了巴国的情况。朱雀说：

“娥灵平安回到巴国了，代丈夫做了巴王。她生下一个遗腹子，是个男孩，小名叫虎娃。我为娥灵高兴。对了，鳖灵在前线见过铃铛和虎娃，是那只复活的白虎驮着他们来的！不过……”她长叹一声，“廪君的儿子长大后，恐怕不会忘掉父辈的仇恨。娥灵至今带着重孝，并取名叫万年孝，可见其复仇意愿。”

“是啊。但她是巴王的女人，这么做也在情理之中。我相信丛帝能未雨绸缪，妥善处置。”

“对，这三年他一直在训练军队，做好了开战的准备。战前他要把后方的事先安顿好。姐姐，我想单独和姐夫说几句话，可以吗？”

杜宇心想，该来的终于要来了，便平静地回答：“当然可以。金凤你先回内室。”

金凤看看妹妹，心中酸苦。妹妹和她一向亲密无间，今天有什么话必须瞒着姐姐？看来，眼前的帝后已经不是当年那个快嘴快舌、快乐开朗的妹妹了，姊妹感情已经被一个叫做王权的东西给毒化了。她把这些想法藏在心底，笑着答应了，回里间默默等待着，不由苦楚地回想起姊妹二人亲密无间的日子。

外面，朱雀直截了当地说：“姐夫，我今天是自己来的，我丈夫并不知情。”

杜宇点点头。

“我很赞赏你当时的明智大度，主动禅让了帝位。我丈夫曾发誓善待你们夫妻，他一定不会食言。不过近来王城有些纷扰，你们是否知道？”

杜宇不想牵连妹姬和阿昌，笑着说：“毫无所知。我们已经彻底与世隔绝了。”

“不是什么大事，不过还是告诉你为好。”她说了流传的那首童谣，“有王臣说，这首童谣鼓动谋反，应该查出作者杀一儆百，甚至有人主张赐废帝自尽，以彻底断绝后患。我丈夫决不会这样做，他对那些百姓很宽容，反倒严厉斥责了那些想对你不利的人，说：‘你们想害我做一个不义之人，在千秋之后留下骂名吗？’”

朱雀没有提庚辰被杀的事，杜宇也不提，只是顺着她的意思说："感谢丛帝的宽容大度。"

"是他应该做的。不过我想，"她加重了语气，"从长远说，一个废帝住在王城之侧，或者将来住在新王城里，难免会生出一些事端。"

杜宇平静地说："不必解释，这些我都看得透。说出你的来意吧。"

"姐夫，不要留在尘世了，化作一只鸟儿自由飞翔吧，那才合乎你的天性，才能充分张扬你的性灵。"她掏出一颗药丸，"把它服下，你就可以化身为鸟了。"

杜宇毫不惊慌，直视着朱雀："没有问题。我愿化身子规，声声泣血。只是你必须答应，我死之后，你要善待姐姐和她腹中的孩子。"

朱雀平静地说："无须交代，这原是我该做的。"

杜宇取过一杯水，慨然服下药丸。在他服药时，朱雀一直平静地看着他。杜宇不知道毒药的药力什么时候发作，所以服完后立即唤妻子出来，平静地说：

"金凤，我的妻，我要与你永别了。朱雀已经答应过善待你和孩子，我相信她不会食言。"

朱雀开心地笑了："我当然不会食言。"

金凤惊问："夫君，你怎么了？"

杜宇平静地说："朱雀妹妹要我离开人世，化作一只鸟儿自由飞翔。还给我带来了毙命的药丸，我已经服下了。"

金凤震惊地看着妹妹，无论如何不相信妹妹会这样做。朱雀走过去，拉着姐姐的手，含泪说："姐姐，咱们就要永别了。"这句话让金凤更为震惊，但朱雀含泪笑了，"我确实给姐夫服了药，但不是毒药，而是母后临别时赠我的不死药。你把你的那一颗也服下吧。然后你们结伴离开尘世，回到母后身边。尘世有尘世的乐趣，也有尘世的罪恶和无奈。为了责任，鳖灵和我都不得不做一些违心的事。你和姐夫的心地太单纯，太干净，不适合在人世生活，还是回神界去吧。"

杜宇惊问："你让我服下的是不死丹？"

朱雀含泪笑了，调皮地说："很宝贵的哟，母后只给我和姐姐每人一丸，天下怕也只有这两丸吧。你把我的那丸一口吞下，一点儿也不谦让。"

杜宇无比痛疚，朱雀是这样的善良无私，他刚才竟然认为她是来毒杀自己的！他泣不成声地说："好妹妹，姐夫错怪你了。"

金凤泪流满面："我的好妹妹啊……"

朱雀干脆地说："甭这么哭哭啼啼的，不像我的姐姐和姐夫。反正我这辈子不打算离开鳖灵，要这丸不死丹也没用处。倒不如成全你俩，每人各吃一丸，比翼齐飞吧。"

事已至此，金凤只好听从妹妹的安排。正在这时，屋外传来急骤响亮的啾鸣声。这声音姊妹二人非常熟悉——是母后麾下青鸟的声音，而且听声音，又是三只青鸟同时出动！三人忙出门，见三只青鸟并排立在院外的树上。三人同青鸟匆匆见礼，为首的青鸟说：

"两位公主，西王母着我们来通知，昆仑神山即将迁离尘世，你们二人如果想回神界，请立即服下不死丹，随我们回去。"

朱雀笑着说："谢谢三位姐姐的关心，不过我的不死丹已经没了。"

青鸟看看三人，见杜宇神朗气清，立即明白了："你给望帝服用了？"

"对。"她转向金凤，"姐姐，你也服下不死丹，夫妻俩随青鸟走吧。"

此时杜宇已经考虑成熟，笑着说："谢谢朱雀妹妹赠丹，也谢谢三位青鸟传信。不过，虽然我服了不死丹，并不想到神界度过一生。我舍不得这片故土，舍不得这灿烂的杜鹃花海。我愿做一只小小的杜鹃，终日在花海树丛中自由飞翔，做一个大自然的精灵。金凤，我的妻，不知道你是否愿意留在这里陪伴我？"

金凤平静地说："我会终生伴着你。"

朱雀和三只青鸟都沉默了。良久，朱雀叹息道："三位姐姐不必劝了，劝不动的。就这样回复母后吧。也替我向母后告别。"

三只青鸟点点头，正欲展翅飞走，金凤突然说："三位姐姐且留步。"她指指两只麒麟，"它们留在人世太孤单，能否向母后求情，让它们复归神界？"

青鸟答应了，展翅飞走。少顷，彩霞中射来两道金光，落在两只麒麟身上。两只麒麟浑身一抖，脚下立即生出彩云。它们同主人伤感地告别，欣喜地踏云而去。众人虽然不舍，更多是释然，毕竟这对它们来说是更好的结局。但这时突然生出意外，那只雄麒麟足下的彩云慢慢停住，不再上升了。它焦急地嘶吼着，雌麒麟焦急地回应着但逐渐远去，消失在蓝天中。不久，一只青鸟快速返回，遗憾地说：

“真遗憾。望帝这只麒麟来到凡间太久了，已经无法恢复神力。”

那只雄麒麟在离地不远的半空中悲伤地嘶鸣着，地下众人也为它伤感。突然又是一个意外——天空中出现一个黑点，黑点越来越大，原来是已经上天的雌麒麟又返回了。它回到男友身边，互相亲热地蹭着身体。然后雌麒麟奋力帮着那只失去神力的雄麒麟驾云走了——不是上到九天，而是在低空中勉力前行，前往它们的初恋之地，那个漂亮的高山海子。

这个意外的结局使众人顿觉温馨，心情也豁然开朗。传信的青鸟笑着同众人告别，展翅飞走了。这边三人也依依相别。杜宇从墙上取下那幅太阳神鸟，赠给朱雀：

“这件作品是我毕生心血的结晶。它是从你俩的联袂飞舞中得到的灵感，与你也大有缘分。把它留给你，权做纪念吧。”

朱雀郑重地接过太阳神鸟。“多谢姐夫，我知道它的分量。姐夫，虽然你为王不终，但有了这件杰作，你的一生就无憾了。我会在明年的祭昆仑大典中把它献给诸神。”

“谢谢妹妹的推重。再托你一件事，秋草无法跟着我们了，请带她回王城。”

“好的。顺便问一句，阿昌是否也到了这里？”

“是的，今天早上刚到。他是来向我们报信，说庚辰大人已经被丛帝处死。”

朱雀摇摇头。“不是处死。鳖灵要把他贬到这儿，一生陪伴望帝，但他执意自杀了。不过，说他是死于丛帝之手也不为错。正如我刚才说的，凡界有很多无奈，尤其是为帝王者。”她转了话题，“让阿昌和秋草一块儿回去吧，不会有人为难他的。我会为他俩操办婚礼。”

“好的，谢谢了。朱雀妹妹，不要忘了我们。”

金凤也说：“妹妹，不要忘了姐姐。”

“一定的，我们互不相忘。”

秋草欢天喜地，跑到树丛中唤回阿昌。阿昌消除了疑忌，跟秋草一块儿回来，两人流着泪同杜宇夫妇拥别。朱雀珍重地带上太阳神鸟金饰，带着阿昌和秋草，回到船上。在这段时间内，葛仲已经撤掉了此处的警卫，带着所有士兵上了船，与朱雀同船离开。岸边只剩下杜宇和金凤两人，向远去的船只挥手，朱雀也含泪回应。虽然让姐夫服了不死丹，夫妇两个可以在蜀山蜀水自由自在地活下去，但看着两人孤独的身影，朱雀仍免不了揪心地疼。

船队已经远离了那儿。在后方葱郁的林木中忽然飞出来两只鸟，大小悬殊。那只巨鸟当然是金凤，披着金黄色的羽毛，斑斓的长尾，身体散发着圣洁的光芒；另一只小鸟是子规鸟的形貌，虽远远大于平常的子规，但与妻子相比还是小得多，也寒碜得多，麻褐色的羽毛，没有五彩光晕。两鸟伤感地鸣叫着，飞到船的上空，在朱雀头顶盘旋几圈，做了最后的告别。

然后两只鸟升入高空，向西方的昆仑神山告别。他们目睹了一个震撼的场面：在大地的尽头，众雪山簇拥之中，巍峨高峻、色泽深绿的昆仑神山连根拔起，冉冉离开地面，在地上留下一个巨大的黑色伤疤。在它的波及下，周围的山峰剧烈地震动着，巨石纷纷滚落。四周空气流过来补充山体离开后的空间，形成一柱强劲的龙卷风。不过这些乱象很快消失，风息了，大地不再震动。地上那块巨大的黑色伤疤迅速变绿，很快被绿色全部覆盖，抹去了一切痕迹。

远去的三只青鸟已经飞上九天，消失在神山中。神山继续升高，底部越过云层，它继续飞升，越变越小，直到消失。

朱雀的船队已经走远，随河流一同隐入绿色的丛林。空中只余下杜宇夫妻化身而成的两只鸟，它们鸣叫着，略带伤感，但远非悲伤。然后它们折回头，盘旋着落入蜀地的山林，落在云霞般的杜鹃花海中。

一年以后，王城的祭台上再次举行祭昆仑大典。大祭司戴着金面具在吟哦祷词，但手中没有了金杖。鳖灵身着王服，头戴王冠，王冠的金带上是鱼鸟箭杆图。身着帝后冠服的朱雀捧着太阳神鸟金饰，虔诚地献给神灵。

祭厅中，凸目的面具已经被修复，重新固定在图腾柱上。它们以苍凉的目光眺望着，望着空间之远和时间之远。在它们的视野里，跳荡着一帧帧历史画面。

——从帝鳖灵率蜀人继续治水，拓宽疏通了沱江的金堂峡；

——年轻的巴王（虎娃）在训练军队，白发的娥灵和黑发的女儿立在他身后，身上仍穿着重孝。白盔白甲的士兵们振臂高呼：报仇！报仇！报仇！

——后代蜀王开通了金牛道，以五丁迎接所谓能够“粪金”的石牛，却引来了秦国的大军。

它们也看到了三千年后。

三星堆和金沙博物馆。雄伟精致的馆中陈列着无数精美的铜器、金器、玉器。展厅正中是那件小小的太阳神鸟金器，作为镇馆之宝，中国文化遗产的标志，它被珍藏在一个缓缓旋转的透明圆柱中，圆柱上端削成一个斜面。圆柱的斜面和侧面都能清楚看到里面的展物，它衬在紫红色的天鹅绒衬底上，金器镂空处就像红色的火焰。四只神鸟围着太阳旋转。

现在是晚上，没有观众，展品默默地浸泡在神秘的氛围中。夜空中有物飞来，原来是骑着羊龙的鱼凫，二者不着痕迹地穿过墙壁，落在地上。鱼凫从羊龙身上下来，走过来向太阳神鸟请安，絮絮地说着什么。然后他拍拍羊龙的背，一人一龙分别前往各自的像座，还原为青铜大立人和羊龙铜像。

凌晨时分，玻璃罩下的太阳神鸟也活了，两只凤鸟飞出透明圆柱，飞出大厅，在晨曦中飞翔，俯瞰着现代化的美轮美奂的城市，俯瞰着围绕城市的山林。又是杜鹃花盛开的季节，漫山遍野，开得像灿烂的云霞，像红色的火海。花丛之上有杜鹃鸟在群飞，声声唱和。它们的叫声清脆、欢乐，但叫声深处也不脱苍凉伤感。

双凤在花海之上飞舞，与杜鹃鸟唱和。然后回到馆中，还原为不动的雕塑。

生死平衡

楔子一

1977年夏天，世界卫生组织的一名干事，德国人冯·豪塞特先生风尘仆仆，从吉布提越过边界来到索马里北部一个偏远的乡村，找到了那位名叫阿里·毛马林的青年男子。这位黑人没有穿上衣，裸露着因为营养不良而膨出的腹部，满脸满身尽是天花留下的斑痕。豪塞特知道这个地区十分贫穷落后，当天花免疫法在大半个世界都得到普及时，这儿仍沿用古老的吹粉法防治可怕的天花，即把天花病人的干痂皮研成粉末，吹进健康人的鼻孔中。但这种方法不够安全，阿里·毛马林便未能幸免。幸运的是，他终于凭强健的身体战胜了天花病毒，免于一死。

豪塞特先生为他拍照时，毛马林傻呵呵地笑着，丝毫不知道这是在记录历史。这使激情型的豪塞特先生觉得十分遗憾。他请翻译告诉那位黑人，这张照片将使他名垂青史。天花是一种烈性传染病，由天花病毒致病，死亡率曾高达25%，它至少在地球上肆虐了两千年，埃及法老拉美西斯的木乃伊上就发现了天花瘢痕。英国史学家马考莱曾称它是“死神的忠实帮凶”。从免疫之父琴纳1796年发明牛痘接种算起，人类经过180年努力，终于在人类中消灭了天花，而阿里·毛马林先生作为世界上最后一位天花病人，无意中成了人类两千年进步的象征。

索马里语翻译努力把德国人的冗长谈话翻译过去，他不知道那位鲁钝的黑人听懂了多少。豪塞特先生又遗憾地说，可惜他来晚了，否则他一定为最后的天花病毒取一份样本，存在日内瓦的病毒基因库中。那位黑人显然听懂了，叽里呱啦说了一通。翻译迷惑地翻译着：

“他说你们的人已来过一次，把他身上的脓包刮了一些带走了，说要存在什么库中。为这还付他50美元呢，真是慷慨的先生。”

豪塞特很奇怪，据他所知，卫生界从没发表过任何关于采访毛马林并保存病毒样本的报道。他请翻译再次确认。翻译在经过长时间的盘问后说：

“没错，他说的意思就是这样。”

“那么问问他，是什么样的人？哪里来的？叫什么名字？”

翻译盘问后告诉豪塞特：“他说是两个月前来的，是三个白人，穿着西服，都很瘦，窄长脸，鹰钩鼻。其他情况他一概不清楚。”

豪塞特先生很遗憾，但他知道无法从这个文盲村民嘴里掏出更多的信息，便付了他 50 美元，与他告辞。毛马林对又一笔意外之财十分惊喜，笑得合不拢嘴。围观的村民们都欣羡不已，很后悔自己为什么没有得上天花。

归途中豪塞特同翻译仍在谈这件事。那位正在同极差路况搏斗的司机忽然插话，说这三个人他可能见过。两个月前他跑过这条路，途中见一辆车停在路边，三个白人旅客正面向东北做礼拜，还非常认真地拍打身上的尘土。司机常与伊斯兰教徒在一起，知道这是穆斯林礼拜中的“土净”仪式。那三人长相也是典型的阿拉伯人的特征，就是毛马林说的窄长脸，鹰钩鼻。这么说，这三个白人很可能是阿拉伯人。

回到日内瓦后他曾向一些阿拉伯同行询问过，但没人知道这件事。世界卫生组织早就在其他国家提取了天花病毒样本，分做三份保存在瑞士、美国和俄罗斯的试验室里。所以毛马林的天花病毒保存与否只有历史意义而没有科学意义。时间长了，豪塞特先生也淡忘了它。

楔子二

2031 年 2 月 10 日，在北京公主坟出版的《科技日报》第七版上刊发一篇短文：

漫话彗星

太阳系的彗星总数估计在一亿以上，已经发现及命名的有 1600 多个，这个名单上今年又增加一个新成员。

今年 1 月份，中国紫金山天文台、美国帕格马天文台及智利拉斯坎帕纳斯天文台几乎同时发现一颗彗星，已命名其为大食彗星。它的绕日轨道离心率很大，公转周期长达 1270 年，它上一次进入人类视野的时刻，是中国唐朝安史之乱期间。

彗星历来被视为不祥之兆，在中国的传说中，彗星主凶，主刀兵灾疫。随着科学的进步，这些迷信已经没有市场了。但历史是螺旋式发展的，“否定之否定”乃是马克思主义的基本定律之一。古代中国的“天人感应”思想经过去芜取精，又成了 21 世纪科学家认识世界的利器。随着科学视野的开拓，人们认识到地球绝不是孤立于宇宙之外，恰恰相反，各种天体的变化常常影响着地球的进程。某些科学假说认为，正是饱含固态水的彗星对地球无数次的轰击，才使早期地球集聚了大量的水；正是彗星中简单的碳氢化合物引发了地球的生命进化。即使在今天，彗星仍在影响着地球的生态环境。一些科学家相信，彗星中很可能含有类似病毒的低级生命，它们在太空的严寒中处于休眠状态，能够抵御宇宙射线的杀伤。一旦进入地球大气环境就会复苏，造成全球性的灾疫。不过这种假说尚无实证。

这颗大食彗星将在今年10月12日掠过地球，近地点约为50万千米，其碎片有可能落入地球大气层。届时，该彗星的最佳观察点大致在西亚一带，即古代黑衣大食的疆域，这也是大食彗星命名的由来。

这篇千字短文很快淹没在信息海洋中，没有引起任何注意。无人能料到它实际预报了一场世界性的灾难。

第一章　新月行动

清晨，科威特首相官邸里，阿卜拉·肖卡德首相很早就起床了。他做完小净，仆人铺好礼拜垫，他照例虔诚地行了晨礼。先是站、念、叩头，鼻尖和额头俯伏在地，然后盘脚坐下，两手平伸，手背向下：“我以赞颂人类敬爱的领袖开始祷告……”

肖卡德在非伊斯兰世界几乎度过半生。从 15 岁起，父亲就把他送到英国，就读于剑桥大学。进入政界后他担任过驻美大使、驻华大使……他被公认是具有现代思维、手段灵活的干臣，但这丝毫未影响他的宗教虔诚。

他站起身时念了祷告中的“台斯迷”：“奉至仁至慈的真主之名。”结束了这次晨礼，然后开始早餐。秘书哈米勒先生进来说：

“阁下，情报部的吉瓦德先生已经来了。美国、中国、日本、韩国大使将在 8 点 30 分到 12 点依次约见。”

“好，让吉瓦德进来吧。”

身材粗壮的吉瓦德从皮包里掏出一些资料，平铺在首相桌上，简要地综述了一月来有关伊拉克的情报：

“8 月初，美国大使施米特先生转来美国中央情报局的绝密情报，伊拉克将在 10 月中旬对科威特采取新月行动，很可能是类似 1990 年 8 月那样的不宣而战。稍后，以色列、中国、埃及情报部门也有同样的警告。我们立即集中力量对伊拉克进行严密的监视，但是，迄今为止，没有发现任何值得注意的动向。”吉瓦德对这个结果感到很困惑，他详细列举了伊拉克国内一个月来的较大事件：

“9 月 5 日，伊拉克北部的库尔德武装袭击了伊拉克军队，这是十年来第一次交火。伊拉克军队迅即进驻埃尔比勒城。但此后伊军十分克制，战火也没有再扩大。4月12日，伊拉克总统加米勒·萨拉米在巴格达神学院发表公开讲话，无非是‘阿拉伯必须统一’的老调重弹。首相先生，我真是不明白。”吉瓦德苦笑道，“为什么伊拉克常常孵出一些政治怪胎，是否先知穆罕默德对魔瓶的封印失效了？20世纪出了个萨达姆，21世纪出了个萨拉米。萨拉米十分善于蛊惑人心，伊拉克人对他，对这位致力于阿拉伯统一的现代先知，崇拜到了近乎狂热的地步！听情报人员讲，神学院的学生们听他讲演后个个如痴如狂，争着去亲吻他的鞋子。”

首相郁郁不乐，他知道这种狂热对于弱小的科威特必将形成威胁。吉瓦德继续介绍：

“9月20日，伊拉克全国接种汉塔病毒疫苗，萨拉米总统亲自到祖拜尔工业区为孩子接种。你知道，汉塔病毒是1996年在阿根廷首次发现的，由于它的特殊变异性，迄今未研制出它的免疫疫苗。巴格达在三个月前发现了八例病人，随即他们就宣布疫苗研制成功，我们认为这恐怕是心理战，是重塑伊拉克形象、避免旅游业滑坡的手段，也不排除萨拉米是以此收买人心。”

首相皱着眉头问：“你怀疑汉塔疫苗是假的？”

“完全可能是葡萄糖或生理盐水，萨拉米这个狂人是什么事情都敢干的。”

秘书在旁插了一句：“应该叫情报人员搞到一点疫苗，送回科威特鉴定。”

吉瓦德苦笑道：“我们已经想到了，但暂时还没搞到。伊拉克对汉塔疫苗的防卫措施极其严密，实在是一件怪事！这更说明里面肯定有鬼。”

首相沉思一会儿说：“你们先回去吧。美国大使马上就要来了。”

施米特大使乘坐一辆克莱斯勒电动汽车来到首相官邸。在科威特，电动汽车的充电服务还很不完善，网点不够齐全，常常给他惹出一些麻烦。那辆漂亮的奔驰汽油车是多么令人怀念！但在世界油藏即将枯竭的时代，美国政府已严令各政府机关必须使用电动汽车，他只好服从命令，至少在公务活动中如此。

首相已在门口迎候。首相身材瘦小，穿着白色的阿拉伯长袍，笑容和蔼，一双眼睛十分锐利。见到他，首相立即迎上来，按西方礼节同他握手：

“欢迎你，大使阁下。”

“你好，首相阁下。”

两人坐定后，首相微笑着说：

“谢谢大使阁下转送来的情报。47 年前的海湾战争中，贵国和其他国际大家庭的成员一同出兵，从科威特领土上赶走了入侵者，对此我们将永世铭记在心。”

满头银发、风度翩翩的大使欠了欠身子：“不必客气，那是我们应该做的。”

首相说：“在灾难再次来临时，除了祈求真主保佑外，我们希望国际大家庭再次为我们主持正义。请问，关于伊拉克的新月行动，你们还有什么新的情报吗？”

“暂时还没有，KH–23 型间谍卫星尚未发现伊军调动的迹象。但我想，恐怕不能高枕无忧。阁下知道，萨拉米总统执政 18 年来，掠夺性地开采国内油藏，并以这些石油美元狂热地扩充军备。现在伊军又恢复到 100 万军队，综合军力已跻身世界前 10 名。不排除他们还在生产生化武器。如果他们想占领无险可守的科威特，只需短短几天的动员时间。”

首相的嘴角浮出一丝嘲讽。他想施米特大使肯定知道，伊军的装备有一大半来自美国的休斯公司或洛克希德公司。自从解除对伊拉克武器禁运之后，美国的军火商们蜂拥到伊拉克，决心把禁运期损失的利润捞回来。当然，这些话他是不会说出口的。他恳切地说：

“我们十分信赖科威特与贵国的友谊。希望贵国这次能及早干涉，不要让侵略者的铁蹄踏上我国领土，造成上次那样的惨重损失。”

施米特大使苦笑道：“我们会尽力的。科威特是全世界仅存的大产油国，我们当然知道贵国的安全对世界经济的重要性。但是，今天已不是 20 世纪 90 年代了，21 世纪是亚洲的世纪。坦率地说，美国已无力组织这次国际范围的干涉了，请你找那几位气势逼人的亚洲邻居吧。”他的话中多少含有几分醋意。

首相微笑道：“谢谢你的建议。但鉴于我们与贵国的特殊关系，仍望贵国能积极参与。”

“这一点请放心。”

那一辆克莱斯勒电动汽车开走后，一辆豪华的红旗Ⅲ型汽油车填补了它的位置。从上个世纪末直到目前，红旗牌轿车一直受到汽车收藏家的青睐，一开始是因为它在政治上的纪念意义，后来则是因为它的悲壮——这种技术上已臻完美的汽车生不逢时，注定只能做石油工业的殉葬品。

南怀仁大使从车上走下来，穿着做工考究的藏青色西服，领带打得一丝不苟，风度优雅。首相在驻华期间已经与南怀仁相熟，所以两人很快切入正题。南大使恳切地说：

“请首相放心。中国与伊科两国都有良好的关系，但是，一旦某个国家敢明目张胆地践踏国际法，国际大家庭决不会坐视不管——要知道现在是 21 世纪！我国政府已与几个国家，包括俄罗斯、美国、韩国、英国、德国、日本初步商定，即将在波斯湾附近举行一次时间较长的联合军事演习，这样既可起到震慑作用，也便于在事变发生时做出快速反应。”

“十分感谢贵国的决定。”

“不过，”大使的语气稍为迟疑，“作为首相的多年朋友，我想以私人身份提一点建议。据我在中国国家安全部的一位朋友说，他有一个很强烈的感觉，新月行动的情报属于那种‘过于真实’的情报。几个国家的情报人员几乎同时窃到这个机密。但在另一方面，侦察卫星迄今未发现军队集结的实际迹象。两者反差太大，这不太正常。”

在这之前，首相从未怀疑过这个十分确凿的情报，他略有些吃惊：“你怀疑它是假情报？”

“目前言之过早。如果是假的，伊拉克抛出它是为了什么？吸引国际舆论的注意？掩护其他行动的烟幕？都不好解释。但那位‘领袖’的思维方式是异于常人的，我们也不能以常理来猜度。”大使笑着结束了谈话，“不管怎么说，请阁下相信我们的承诺。”

首相瞄了一眼立式挂钟，时间还充裕，日本大使的约见时间是在 20 分钟后。他笑着向南大使欠过身：

“让我们把公务抛开，谈一点私人话题吧。我在中国任大使期间，感受最深的你知道是什么？是对贵国及中华民族的羡慕，简直可以说是嫉妒。”他加重语气说道：“你们有两笔最丰厚的历史遗产：广阔的国土；一个吃苦耐劳、人数众多、向心力强的民族。所以，即使在鸦片战争那种最困难的时期，你们也仍有复兴的希望。科威特呢？‘科威特’的原意是‘小要塞’，但这个小要塞却无险可守；二百万人口，58%是国外侨民，那42%的科威特人是躺在石油美元上长大的，是噙着政府福利政策的奶嘴成人的，早已失去了锐气。这注定我们在战争来临时只能依靠大国的善心。”

南怀仁从这段坦率的谈话中听出了一个政治家的隐痛，他慰解道：

“首相阁下是一位极具远见的政治家。20年前，你刚开始执政时，就不顾几乎全国的反对，断然削减70%的石油产量，用艰苦生活磨炼科威特人的意志，也奠定科威特在今日石油市场上的绝对优势。我十分佩服首相的远见卓识和果敢坚毅。”

首相摇摇头：“积重难返哪！甚至连我费尽心机抢救下来的这笔石油财富，也可能变成灾祸之由，那句中国成语怎么说的？怀璧有罪？”

“匹夫无罪，怀璧其罪。”

“对，比如在我们那位北方邻居的眼里，布尔甘和劳扎塔因油田是他日夜垂涎的肥肉。”他转了话题，“还得向贵国致谢呢，一个中国医生治好了我儿子的痼疾。”

“是吗？”

“我的小儿子法赫米。他生下来就是过敏体质，15岁时一场重感冒，使他对几乎所有东西过敏，只好终年生活在玻璃面罩内。那是一个精致的囚笼，对一个活泼好动的年轻人来说，实在太残酷了！我已经带他走遍全世界几乎所有的著名医院，像德国的汉堡大学医学部，美国的国立变态反应和传染病研究所、马里兰大学人类病毒和免疫研究所、哈佛医学院，日本的东京医科大学等，医生们都无能为力。但一个月前，真主赐给我们一位中国青年医生，他用神奇的药膏和针剂治好了我儿子的怪病。”

南大使心中赧然。他此前知道法赫米的病情，也向他介绍过中国医生，但这位青年医生的到来他丝毫不知情。他小心地问：

“这位青年医生……”

“他是来海湾旅游的，名字叫皇甫林，听说是贵国著名的平衡医学学派皇甫右山先生的传人。”

南怀仁暗暗吃惊。他对国内情况算不上孤陋寡闻，但从未听说过什么平衡学派。莫非这是什么江湖医生？他不免有些后怕。万一这位医生把聋子治成哑巴，纵然是私人行为，也必然引起一些不大不小的外交麻烦。略为思忖，他想最好先不要说破自己的担心，便笑着问：

“令郎已经痊愈了吗？”

“彻底痊愈了。一个月前他还不能出门，偶尔出门必须带上呼吸净化器。现在他每天同皇甫林在海滨尽情游玩，就像遇赦的囚犯。他简直乐疯了！”

首相的喜悦之情溢于言表，大使也很高兴能有这样圆满的结局，笑道：

“衷心祝贺令郎康复。我要请求我国政府对这位医生予以嘉奖。”

红旗Ⅲ型轿车顺着科威特城的滨海大道疾驶。道路两旁尽是一幢幢装有卫星天线的小楼。几座海水淡化塔耸立在海边，高大的A型塔串着一个或两个闪闪发光的圆球。这些淡化塔是壮观与精美的结合，已经成了科威特的象征。路边和海滩行人很多，凭肤色和衣饰很容易辨别出其中的巴基斯坦人、印度人、伊朗人等，科威特人反而很少见。

南怀仁大使一边开车一边沉思，首相刚才提到的所谓“平衡医学传人”总是让他不放心。想了想，他用车载电话打给大使馆里的郭医生：

“你好，老郭。”

“你好，现在你在哪儿？有什么紧急情况吗？”

“不，我只是打听一点儿情况。你是否知道国内有一个平衡医学学派？据说创始人姓皇甫。请你尽量收集有关资料，我一会儿回去后，向我介绍一下。”

回到大使馆时，郭医生已在办公室等着他，问道：

“老南，怎么突然对平衡医学感兴趣？这儿没有它的资料，但我知道它，是安徽蒙城一带的一支民间医学流派。”

“你对它有什么评价？”

郭医生笑了:“你只需知道两点就行了。平衡医学的祖师爷皇甫右山公开宣称一药治万病，任何稍有科学知识的人都不会相信这种神话。还有，他竟然对千锤百炼的西方现代医学持全盘否定态度，实在太狂妄了。你怎么啦?似乎忧心忡忡的样子。”

大使扼要地介绍了情况:“如果这个青年人是一个民间巫医或者骗子，难免惹出外交麻烦。不过据首相说，他儿子法赫米的痼疾确实痊愈了。”

郭医生摇头说:“有些民间医生确有一些验方，他们还善于利用病人的信仰来治病。你知道，病人的心理因素的确能影响医疗效果。不过这种‘心诚则灵’的方法是巫术而不是医学，我不想多加评论。”

大使看看表，已经到了约定的通话时间，国内还在等着伊科之战的情况汇报。他对医生说:“你可以走了。近几天关注一下法赫米的病情，万一有什么意外，也好及时做出应变。”

“好的。”

大使来到保密室。保密室实际是一个密封严密的笼子，金属与橡胶的多层外壳能防止任何形式的窃听。他在加密电话里向外交部长乔野汇报了情况，乔部长说:

“军事演习决策已定，明天上午8时在北京、莫斯科、纽约等地同时宣布。我国将派以邓世昌号核航母为首的特混舰队，俄、美、泛欧联盟也同样派出特混舰队，日本派观察员。演习地点在阿曼湾东南，北纬22.5°，东经62°。请你预测一下，如果事态发展到不得不与伊拉克兵戎相见，阿拉伯世界将会有什么反应?”

“阿拉伯各国政府不会有反对意见，因为萨拉米的所谓阿拉伯统一是对各国统治阶层的威胁。个别国家可能保持中立，伊拉克毕竟是近邻，又是阿拉伯世界第一号军事强国。我估计不会有哪个国家公开支持伊拉克。但萨拉米在各阿拉伯国家有不少狂热的信徒，有一些小小的激进主义组织，他们会激烈反对外国干涉。”

乔部长苦笑道:“我们何尝乐意去!但是，这几十年来国际地位的提高也给我们套上了沉重的枷锁。你还有没有其他事?那么再见。”

第二章　江湖医生

皇甫林是25天前到科威特旅游的，下榻于豪华的希尔顿五星级饭店，又租了一辆马力强劲的法拉利跑车。在办理租借手续时发现信用卡已透支了，他决定先想办法把旅费挣到手。

皇甫林今年30岁，相貌平平，小眼睛，高颧骨，头发散乱，常穿质料普通的夹克衫和旅游鞋。频繁的旅游使他面庞黑瘦，皮肤粗糙，打眼一看，就像一个靠体力挣钱的劳工。他自幼继承了祖父的医术和性格，却没有继承祖父的简朴生活方式。他酷爱旅游，也喜欢各国的精美饮食，喜欢住豪华的饭店。他至今仍是单身。只要行医有了一定积蓄，他就立即揣上信用卡和护照出门，直到把钱花光才回来。美国的拉斯维加斯赌场，太平洋中的复活节岛，约旦的死海，意大利的威尼斯水城，澳大利亚的史前壁画洞穴……到处都留下了他的足迹。

无论在国内国外，找他看病的人都对他与众不同的收费方式感到奇怪：治愈一个病人，他要收取此人平均年收入的一半。这样，那些衣食不足的病人实际只象征性地交几个钱，富人则被狠狠地宰一刀。好在找上他的病人一般都已与死神签约，一旦遇赦，欢喜还来不及，不会计较医药费的多寡。

吃过早饭后他找到柜台经理。阿瓦迪经理大约40岁，缠着包头，穿阿拉伯长袍。他礼貌恭谨地用英语问：

“尊贵的客人，有什么事需要我效劳吗？”

皇甫林笑嘻嘻地说：“有一点小麻烦，我的信用卡已透支了，现金所余无几。”

他的英语不大地道，勉强能让对方听懂，对方稍一愣，立即圆滑地笑道：

“我们的惯例不接受赊欠。你需要同国内联系吗，我们可以提供便利。”

“不，我既不赊欠，也用不着要国内汇款。我想请你找一个得了顽症的有钱人。”

阿瓦迪经理目光中透出几丝怀疑，不过他很礼貌地把怀疑收藏起来：“你是医生？”

“不错。”

“你擅长哪个领域？心血管？内分泌？泌尿？神经？妇科？”

皇甫林笑哈哈地说：“都能应付吧。我的医术中没有这些分工。”

阿瓦迪经理的目光变冷了。这个其貌不扬的家伙，牛皮吹得未免太大了。他停顿片刻说：

“正好我知道一个病人。首相小儿子法赫米 10 年前得了过敏顽症，曾去过十几家世界著名医院求医，都没有效果。你愿意给他治病吗？”

他的话语中包含着明显的警告意味，但那个貌不惊人的中国医生笑嘻嘻地说：

“让我去试试吧。请你为我找一个汉语翻译，费用由我支付。我的英语还凑合，但阿拉伯语一窍不通。”

首相的私宅离海边不远，占地十分广阔。在低矮的花篱环抱中，几十幢房屋错落有致地散布在如茵的草地上。棕榈树遮蔽着卵石小道，后院有巨大的游泳池，一线瀑布从假山上飞泻而下。

年轻的翻译奥斯曼按响门铃，同开门的仆人交谈几句。仆人用电话请示后，请他们进去。客厅十分豪华，圆形屋顶上刻有复杂的壁饰，地上铺着做工精致的波斯地毯，墙角摆着精美的中国古瓷花瓶。屋内还有巨大的苏丹羚羊角和鳄鱼标本，墙上挂着著名的古代大马士革钢刀。这种刀弹性极好，弯成头尾相接的圆圈后仍能弹回原状，存世的数量很少，所以十分昂贵。他们在客厅等了片刻，一行人簇拥着病人进来。病人大约 25 岁，带着隔离面罩，中等身材，比较瘦削，穿着 T 恤和宽松的长裤。由于久囚室内，肤色显得苍白，目光忧郁冷漠。

病人身后有一位中年妇女，穿着做工精美的称作米拉叶的衣裙，未带面纱。她进屋后一直用锐利的目光打量着这位自己闯上门的医生。从她雍容华贵的气质可以看出，这就是首相夫人。皇甫林坦然地面对她的威严，只向她欠欠身子，说：

“请介绍病情吧。”

身后一位男子大概是家庭医生，详细介绍了法赫米的病情。他在15岁时患过一场重感冒，没有及时治愈，随后对很多东西过敏：花粉、螨虫、灰尘等。这种情况愈演愈烈，以至于麦片粥、酸渍柠檬这样的普通饮食也能致敏，呼吸室外空气都能引起严重哮喘，只能生活在空气净化面罩内。因为过敏源太多，以至无法查清和对症治疗。世界不少名医为之束手。

皇甫林毫不客气地说：“他的免疫系统已全部紊乱了。我想很可能与他生活过于安逸、小病大治等因素有关，所以实际是父母的溺爱害了他。让他试试我的药物吧。”

他从药盒里取出一些淡黄色的针剂和淡黄色的油膏，准备注射。首相夫人忽然严厉地问：

“你有把握治愈吗？有把握不出医疗事故吗？”

奥斯曼惊慌地看看夫人，赶忙把这几句话翻译过去。皇甫林冷冷地抬眼望望夫人，坦率地说：“我的药只能调动病人的潜能，是否治愈，归根结底要靠病人自己。依我的经验，这些药物有百分之八九十的显效率。至于说安全性，我的药物是很安全的，但也不敢保证绝对不会造成病势恶化。这位病人是否让我诊治，还请夫人拿主意。不过我劝你们试一试，他这个样子，”他指指玻璃罩中的病人，“活着跟死去有什么区别？”

翻译惊恐地看看他，不敢照实翻译，皇甫林厉声说：

“照我原话翻译！”

“不必翻译了，”病人忽然用地道的北京话说道，他在面罩里微笑着。“七岁以前我是在科威特驻华使馆长大的，汉语是我的第二母语。这位医生，请你放心诊治吧。确实如你所说，我每天生活在恐怖和禁锢中，不能享受和风、绿草、蓝天、碧水，时刻担心着食物中出现某种致敏因子。这种生活真是生不如死。”他扭过头，用阿语同母亲交谈几句，表情非常坚决，母亲很勉强地点点头。

皇甫林反倒犹豫片刻。他在病人从容的微笑里读出他的痛苦。这种终生的禁锢实在是太残酷了，刚才病人说这番话时尽管表情平静，心头一定在滴血。皇甫林停了片刻，柔声说：

“请你放心，我的治疗方法实际是很安全的。你知道人体免疫系统的作用机理吗？尤其是其中的特异性免疫。你讲一讲，这对治病很重要。”

“久病成医，我多少知道一些。简单地说，特异性免疫系统有 T、B 两种淋巴细胞。病原体进入人体后与它们相遇，T 细胞转化为致敏淋巴细胞，再产生淋巴因子，可以溶解和封锁病原体，以上反应称作细胞免疫；B 细胞则转化成浆细胞，再产生抗体去中和或溶解病原体，这些抗体存在于体液中，所以称作体液免疫；在与病原体搏斗以后，T、B 细胞还能转化成为记忆细胞，使人体在病后自动获得对该种病原体的免疫能力。但有时人的免疫系统过于敏感，对进入体内的无害蛋白质也发生激烈反应，这就是我患的过敏症。”

皇甫林笑着称赞：“行，这些知识就足够了，现在，请你坦诚地告诉我，你对我的信任程度有多少？我一定要听真话。”

年轻的病人犹豫片刻，才笑着回答：“40%吧。毕竟你是一个陌生人。而且我们还从未遇到这种闯上门来的江湖医生。”

皇甫林咧嘴笑道：“谢谢你的坦率。但从现在起，请你绝对信任我，你要从心底里认为我是真主派来的神医。我只要求你把这种信仰维持 15 天即可。”他收起笑谑，严肃地说，“这不是玩笑，人的心理因素对调动身体潜能确实有很大作用的。你答应吗？”

法赫米久久看着他，良久才决然道：“我答应。”

“请你告诉家人，我现在就要开始治疗，请他们离开。”

法赫米用阿语急速地同家人说些什么，似乎还有小小的争论，但最终首相夫人同意了。除了私人医生和翻译，其他人都退出去。皇甫林让病人脱去衣服，趴在长沙发上，开始用酒精棉球在他的脊椎两边消毒，一边对病人说：

“既然建立了对我的信仰，就请你不遗余力地做好两件事。第一，你要让自己相信，这病是完全可以治好的。人类本身就是在异己环境中进化过来的，如果人体没有抵御异己物质侵袭的本能——包括杀死有害病原体和‘忽略’无害蛋白质两方面，人类早就灭亡了。所以，每一个人的体内都天生具有这种潜能。只不过在近代社会里，由于滥用药物或过于养尊处优，这种潜能被压抑了。我现在只不过是唤醒它，唤醒本来就存在于你体内的本领。你记住了吗？”

法赫米点点头。这些深刻的道理经皇甫林娓娓道出，就像1+1=2那样确定，他没有理由不相信。他感到脊柱附近发凉，一个尖锐的东西慢慢刺进去。他不知道自己的私人医生正惊恐地看着皇甫林，后者正把满满一针筒的黄色液体推进这个要害部位。要不是法赫米在这之前有命令，他一定会起来制止的。翻译成了局外人，无所事事，好奇地打量着。私人医生便把他悄悄拉到一边，让他把那两人的对话为自己翻译。

皇甫林从颈椎开始逐渐向下注射，一直到尾椎。他一边注射一边说：“第二，请你想象体内由T细胞和B细胞转化成的记忆细胞正在被清除。你的记忆细胞记录了太多的错误信息，所以，当花粉食物等无害蛋白质进入人体后，它们也激烈反应，动员免疫系统围歼来者，这就是过敏反应。现在你要想象这些记忆细胞被全部清除——即使误伤了有用的记忆细胞也在所不惜，我们可以随后补救。”

奥斯曼尽可能把这些内容译给私人医生，穆赫医生听懂后，忍不住鄙夷地用阿拉伯语说：

“简直是江湖巫术。”

皇甫林听不懂他的话，但从他的表情猜到了话意。他笑着说：

“这些类似巫术的方法并不是我或我祖父的发明。早在二十世纪末，一些美国医生就采用了‘生物回授法’，使高血压病人学会自主控制体内的植物神经，从而自主地降低血压。还有人采用‘意象治癌法’，把癌肿形状画出来，让病人想象自己的T、B细胞如何努力吞食癌肿。我祖父只不过是个集大成者而已。奥斯曼，把这段话也翻译过去。”

奥斯曼顺从地翻译着，私人医生稍有些发窘——他以为皇甫林也懂阿语——以后就保持沉默。

皇甫林又说：“日本和德国科学家发现寄生虫可以增强人体抗花粉过敏的能力。因为寄生虫可产生大量的非特异性 IgE 抗体，它可抑制人体针对花粉产生的 IgE 抗体，还抑制了肥大组织分泌组胺和 5- 羟色胺，从而抑制变态反应。所以，万一我的药不见效，让你传染上寄生虫试一试。”他开玩笑地说。

注射完毕，皇甫林又用淡黄色药膏涂抹他的全身，尤其是脊髓及内脏部位。他说：

“好，穿上衣服吧。五天后我再来治疗一次。三个疗程后，我想你就可以把呼吸净化器扔到垃圾箱了。这几天你要待在静室里，努力默诵我说的两点，要像念古兰经那样虔诚。你能做到吗？”

法赫米起来穿上衣服。皇甫林已成功地激起了他的希望，他两眼炯炯发光，庄重地答应：“我一定听你的吩咐。”

穆赫医生悄悄出去了。少顷，首相夫人等一行人匆匆赶来。皇甫林微笑着对夫人说：

“我要走了，五天后再来。这几天他一定会发烧，那是正常反应，不要管它。”

夫人慈祥地说：“谢谢皇甫医生。请您不要回希尔顿饭店了，就住在舍下吧。你是来自中国的尊贵客人，如果怠慢了你，我丈夫会生气的。”

皇甫林知道是医生捣的鬼，他将被留在这儿做人质。他大笑道：

“多谢，多谢。我的信用卡已透支了，正发愁这几天的花费呢。我总不好意思向你们预支医疗费吧。奥斯曼，请你开着我租的汽车回饭店，让他们把行李送过来。把租的车退掉，从租金中扣下你的工资。顺便说一句，夫人，我们还没谈及医疗费呢，我的收费标准是很高的。”

不管首相夫人对医生的粗俗谈吐怎么想，表面上仍是笑容温婉：“不必担心，只要法赫米的病治好，我可以送你一口油井。”

“那我太高兴啦。”

皇甫林向法赫米做个鬼脸。法赫米文静地微笑着，他已经喜欢上这个狂放不羁的江湖医生了。

十五天后，法赫米取下呼吸净化器，准备随皇甫林出门。他的眼神中透着久囚遇赦的狂喜，也有抹不去的恐惧。首相夫人及其他家人也都心惊胆战地看着他，就像他的出门是踏上不归路。皇甫林吩咐：

“不要这辆罗尔斯—罗伊斯，换一辆敞篷跑车。法赫米，现在你已经回到你的正常状态，没有什么可担心的。”

法赫米、皇甫林和两个仆人坐上跑车开走了。走后片刻，一辆白色救护车悄悄追去，家庭医生在这辆车上。首相夫人留在家里焦灼地等着消息。

一个小时后，医生打来电话：“夫人，法赫米真的痊愈了！夫人，我简直不敢相信自己的眼睛，但法赫米确实没有任何哮喘迹象，他已经快乐得发疯了！那个中国江湖医生真是个神通广大的巫医！”

夫人喃喃祷告：“一切赞颂全归真主，全世界的主。”她回头激动地喊女儿，“艾米娜！快告诉你父亲，你哥哥已经痊愈了。遥远中国来的神医治好了他的病。感谢仁慈的真主！”

第三章　萨拉米的电话

首相刚从达斯曼宫回来，埃米尔刚才召见了他，问了伊拉克新月行动的情况。埃米尔沉痛地说：

“仁慈的真主为什么偏偏让我们有一个坏邻居？47年前的海湾战争中，科威特1000亿美元的外汇储备花费殆尽，一半以上的油井起火，我的堂叔法赫德亲王也在保卫王宫的战斗中牺牲。这一次无论如何不能让萨拉米的爪子伸进我国。”

当时首相安慰他：“请您放心，我们的两万军队都已进入一级戒备。中、美、俄等国的特混舰队正在途中。沙特、叙利亚、以色列甚至伊朗都公开表示全力遏制那个战争狂人。我想他不敢打一场必败的战争吧。”

回到首相府不久，秘书就急急地通报：“首相先生，萨拉米的热线电话！”

首相相当吃惊。想不到那个狂人会在这个微妙时刻打来电话。他急忙走进保密室，拿起话筒：

“愿真主保佑你平安，愿真主怜悯你，你好，萨拉米总统。”

“愿真主保佑你平安，愿真主怜悯你，使你们幸福。首相阁下，你是否已了解新月行动的全部详情？”电话那边传来震耳的大笑，“你是否相信这个鬼话？那是美国中央情报局和摩萨德的杰作。如果你什么时候得知伊拉克军队调动的确凿消息，请尽快通知我，我一定把那个擅自调动军队的反叛将领的脑袋砍下。肖卡德先生，不管是伊拉克人还是科威特人，不管是什叶派还是逊尼派，都是易卜拉欣的子孙，是穆罕默德的信徒，我们都是至诚的兄弟，绝不会自相残杀。阿拉伯民族一定要统一起来，才能形成世上最强劲的洪流。如果仍像现在这样分崩离析，早晚我们都会在沙漠的烈日下干涸。100多年前，阿拉伯的民族英雄纳赛尔就已经迈出阿拉伯统一的第一步，可惜后来失败了。我们一定要完成萨拉丁和纳赛尔的未竟之志！”

首相沉默着，让他独自大发宏论。萨拉米把话头一转：

“首相，为了消除误会，也为了用我对阿拉伯统一的虔诚信仰感化你，我强烈希望有一次高层会晤。只要你同意伊科合并，我马上辞去总统职位做你的普通士兵。会晤地点定在科威特城，时间定在15天之后，10月12日，如何？这样的安排有一个好处。据说所谓的新月行动要在10月中旬执行，如果这是真的，那么当伊拉克军队向科威特开火时，你可以把伊拉克总统当作人质，用他去塞住伊拉克的炮口，怎么样？真是绝妙的主意！”

电话那边又大笑起来。首相也禁不住微微一笑。略作考虑后，他想没有理由拒绝萨拉米的建议，尽管这种突然而至的安排带着那人一贯的神经质。不过至少那一点他没有说错：当伊拉克总统尚在科威特时，那边的飞机大炮，小型核弹或生化武器总不会发射吧。接待萨拉米的唯一损失，是必须耐住性子听这位狂人关于“阿拉伯统一”的说教。他笑道：

“我们很乐意在首都接待尊贵的伊拉克总统，就按你说的安排吧。”

挂上电话后他立即向萨巴赫埃米尔通报了情况。传真电话中，埃米尔皱着眉头问：

“你有什么想法？这是个捉摸不透的狂人。”

“我想有两种可能，或者新月行动是假情况或错误情报，我们只是虚惊一场；或者萨拉米在国际社会的压力下退却了，用这次会晤下台阶。不管怎样，看来我们度过了一次危机。感谢真主。”

“好，那就准备迎接这位不受欢迎的客人吧。”

此时还有另外一位不速之客正在太空以每秒16千米的速度向地球飞来，这颗大食彗星将在10月12日当地时间上午9点掠过西亚上空，这恰好是萨拉米定下的会晤时间。它距地球最近距离为52万千米。由于地球的强大引力，它将被撕裂成一串项链。个别碎块会被地球引力拖入大气层。首相想起他曾在《基督教科学箴言报》上读过的一则评论：

> 假如大食彗星的轨道只下降50万千米——这在天文距离中是一个微不足道的数字——按照轨道推算，它将撞上德黑兰、巴格达或特拉维夫，撞击能量足以把一亿生灵送到同一个天堂，不管是什叶派穆斯林、逊尼派穆斯林，还是他们的共同仇敌以色列人。感谢耶和华或安拉又一次保佑了他的子民，下一次地球是否还会有同样的好运？

他对这段评论印象很深，因为那个假设饶有趣味，假如阿拉伯人和犹太人、什叶派和逊尼派都进了同一个天国，他们之间根深蒂固的仇恨会不会消弭？安拉或耶和华是否有耐心听一听双方的申辩？

那时的阿卜拉·肖卡德感悟到，人世间的争斗是何等可笑。更可笑的是，即使他早已彻悟，但只要尚在人世，只要坐在首相这把椅子上，他仍然得煞有介事地继续那些可笑的游戏。

他按一下电钮，对进来的秘书吩咐道："今天没什么公务了，我想回去看一看法赫米。他已经走出囚笼十天了，病情没有反复吧。"

"没有，听夫人说这十天他几乎不回家，每天陪着皇甫医生在外边游玩。夫人说他已被囚禁了十年，就让他痛痛快快玩几天吧。首相先生，真要感谢那位从中国来的神医。正像先知穆罕默德所言，要学习知识就到中国去。"

第四章 初逢女神

法赫米把车子开得飞快，晃过了达斯曼王宫，经过了首相官邸。汽车七拐八弯，驶进了狭窄嘈杂的汉·吉费尔小巷。他好容易找到一块停车之地，把车倒进去，回头笑道：

“皇甫，你不是说想要尝尝阿拉伯的小吃吗？这里就相当于北京的天坛或天津的小吃一条街，来吧。”

他们兴高采烈地向小巷里挤过去。街道上人声鼎沸，两旁的房屋低矮古旧，墙外种着阿拉伯橡胶树和常春藤，空气中弥漫着阿拉伯香料和印度香料的清香。各种饮食摊点在灯光中一直延伸，摊上的铜食盆里摆着酸渍柠檬、蜜饯、坚果、一种叫巴斯卡斯的糕点、酥糕、加白糖的麦片粥，也有花椒盐、胡椒面、辣椒等各种调料，还有种种不知名字的阿拉伯小吃。小贩把阿拉伯人爱发誓的习惯发挥得淋漓尽致，他们指着先知、先知的女儿法蒂玛、外孙女泽娜卜和外孙侯赛因发誓，声称自己卖的是全世界最美味最便宜的食物。顾客大多是穿着阿拉伯长袍的男人，也有一些戴着布拉戛、只露出两眼的阿拉伯女人，有缠着包头的印度人，面色黝黑的巴基斯坦人。法赫米说：

“来这儿吃饭的大多是国外侨民，科威特人倒是很少来。不过，15岁前我常常和妹妹来这儿——当然是瞒着父母。你说吧，愿意吃什么？”

皇甫林已经目醉神迷了。他与其说是喜欢这些饮食，倒不如说喜欢这种情调。他笑道：

“咱们从这头开始，一路吃过去，直到肚子塞不进为止。行不行？”

“好，就这么办！”

于是他们在每个摊位上扔出一个第纳尔，依次吃过去。皇甫林一边吃一边评价：

“这个好吃，像中国的核桃酥。这个也不错，像中国的怪味豆。呀，呸呸，这是什么玩意儿？太难吃了！”

他忽然呆住了。离他们十几步远的巷口立着一位阿拉伯少女，大概是刚到。她穿着米拉叶丝裙，裙子的质地和做工十分精致，恰到好处地展示出她高耸的胸部、浑圆的臀部及臀部上方凹陷处的优美曲线。透过丝裙，可以看到金银线绣的内衣，装饰着金银箔片。耳朵上和脖颈上带着红宝石首饰。更要命的是，她还带着细细的铜丝面纱，面纱后的美貌在半遮半掩中更给人以无穷的遐想。

灯光昏暗，月光清冷，一个洁白无瑕的少女立在嘈杂纷乱的背景上，恍然是《一千零一夜》中的女神伊齐丝回到了人间。皇甫林被完完全全征服了。生在 21 世纪，他看过太多的女人裸体，长岛和夏威夷的裸泳海滩，悉尼和斯德哥尔摩富人区的裸体社交聚会，连教规森严的科威特，海滩上也可见穿三点式的女郎，风化警察对此装聋作哑。但是只有这一刻，他才彻悟到：女人的美应掩在羞涩和朦胧之后。

法赫米发现了朋友的失态：“皇甫，你发什么呆？”

顺着他的目光，法赫米也看见了那个少女。这时一个头顶红色大肚罐的男人打着响钹走过来，喊着“阿尔格苏斯，谁喝阿尔格苏斯！”这是科威特的一种传统饮料。少女唤住他，要了一杯，然后微微掀开面纱，把饮料送到口中。面纱的半遮半掩中可以看到秀挺的鼻梁，湿润的嘴唇，还有一双像羚羊一样明亮的眼睛。皇甫林如遭雷殛，似乎听到了自己心脏的爆裂声，他近乎痛苦地呻吟道：

“我的天，千寻百觅。原来我的女神在这儿啊。”

法赫米漾出谐谑的笑容，揶揄道：“原来我的朋友被爱神之箭射中了啊。”

皇甫林仍直直地盯着那儿，坚决地宣布：“对，我一定要把她娶到手！”

“你知道吗？她一定是科威特本地人，出身豪富，她的天性保守的父母决不会同意她嫁给一个——请原谅我的直率——食不洁食物的异教徒。”

皇甫林目光狂热：“为了她我可以舍弃一切！我明天就皈依伊斯兰教，我决不会再吃大肉、自死物、未诵安拉之名宰杀的牲畜，我会笃信五信（信天使、安拉、经典、先知、后世），笃行五课（念清真言、礼拜、斋戒、纳天课、朝觐），我要变成一个最彻底的穆斯林！”

法赫米摇摇头笑道：“今天我才知道什么是中国式的一见钟情。碰巧我和这位小姐很熟，她是父母的掌上明珠，自小接受西方教育，她的面纱后是一个彻头彻尾的个人至上主义者，反对任何形式的桎梏。你知道吗，她曾穿着这身服装化名参加悉尼的世界小姐竞选，当她把面纱揭开时，评委们在震惊中一致投了她的票，甚至通融她可以不做泳装展示。不过她随之就失踪了，令评委懊丧不已。她今年 19 岁，父母很早就想把她许给一位萨巴赫王族子弟，但由于她本人坚决反对，婚事迟迟未定。所以，很可能她与你心目中的女神并不吻合。”

皇甫林固执地说：“绝不会，她就是我的女神！”他忽然敏感地问：“你跟她很熟？是不是你和她……”

法赫米大笑道：“不不，很高兴我与你不会成为情敌。这位少女，”他有意停顿一下，“就是肖卡德首相的小女儿，我的亲妹妹。她的名字叫艾米娜。”

皇甫林惊讶地瞪着朋友。法赫米庄重地说：

“朋友，如果你真的爱上她，我可以助你一臂之力。我很高兴你做我的妹夫，你的才华和医术完全配得上她的美貌和嫁妆。用不用我把她喊过来，介绍你们认识？”

“不不，千万不要！”皇甫林急急地摆手。他努力从初见面的亢奋中走出来，沉思一会儿，平静地说，“佳人不可唐突。我会在一个更庄重更神圣的场合去见她。现在把咱们的活动进行完吧。”

他仍往前走去，一个摊位前一个第纳尔，专心地品尝着。偶然回头，看见白衣少女已经走了，很可能是她看见了哥哥和哥哥的医生。

第二天皇甫林没有让法赫米陪伴，他向法赫米要了 5000 第纳尔现金，一个人上街去了。晚上法赫米来到医生下榻的房间，惊讶地发现皇甫林已彻底变了模样。他穿戴着崭新的阿拉伯长袍和包头，正捧着古兰经在孜孜攻读，俨然是一位阿拉伯学者。法赫米在惊讶好笑之余也很感动，看来这个狂放的中国医生真的中了爱神之箭，而且一箭穿透心脏，无药可医了。

皇甫林放下书，郑重地说：“法赫米，我的朋友，请你告诉我，按阿拉伯风俗该怎样向你妹妹求婚。我听说求婚应由男方父母来做，但我的父母不在这儿。”

法赫米认真地考虑很久，才郑重地说：“我的朋友，我想先不告诉我父母，尽管他们很器重你，但是是否肯把爱女嫁给一个没有财产的异教徒？恐怕不容易。我先向妹妹转达你的求婚，如果你能打动她的心，事情就比较好办了，我父母对她是百依百顺的。但艾米娜的眼睛向来长在头顶上，你能否让射中你的那支利箭再把她的心脏穿透，只有靠安拉保佑了。”

皇甫林低眉道：“大哉真主。我既然皈依了安拉，安拉一定会慈悲并赐我幸福。”

法赫米说：“好，你在这儿等着，我现在就去找艾米娜，那个骄纵任性的公主。”

法赫米走后，皇甫林一直低声吟诵着清真言，尽力平静自己的思绪：“万物非主，唯有安拉，穆罕默德是安拉的唯一使者。”他生在宗教气息淡薄的中国，更生在一个具有叛逆基因的家庭，所以一向是以哂笑来对待任何宗教。现在，他努力收束自己的狂放，把它纳入对安拉和穆罕默德的虔诚中。大约半小时后，法赫米匆匆赶回来，满面喜色：

“好，艾米娜愿意见见你，这可是从未有过的慷慨。”他笑着说，旋即郑重叮咛道，“不过你得小心，那是一个很难对付的姑娘。但愿你的爱情能攻破这座要塞，愿真主保佑你。”

皇甫林义无反顾地走了，就像一个视死如归的勇士。

按法赫米的指引，他穿过棕榈树掩映的曲径，来到艾米娜的闺房前。他肃容停立了片刻，才去按响门铃，听见门后暗藏的通话器用汉语问：

“是皇甫林先生吗？”

她的汉语说得不算流利，但声音甜美，像是深山白云中飘出的银铃声。在那一瞬间，皇甫林几乎热泪盈眶，他强抑激动回答：

“小姐，是我，你的忠实仆人。”

门内温婉地说道："很抱歉，阿拉伯未婚女子的闺房是不让男人进的，只有让你站在门口说话了。"

"这就很好，这样更好。如果让我乍一面对心目中至高无上的女神，我怕自己会说不出话的。"

门内传来一阵轻微的窃笑声。他不知道这会儿法赫米也在自己屋里用双向可视电话观察着这一切。就在他按响门铃前，艾米娜特意要通了哥哥屋内的电话。她努力忍住讥讽的笑容，对哥哥说：

"哥哥，那位求婚者已经到门前了，你不要挂电话，我想让你看看他是怎么求婚的，我是如何回答的。"

法赫米看着她嘴角的浅笑，心里暗暗担心。看来，妹妹刚才的"慷慨"不是好兆头。他看见艾米娜斜靠在沙发上，不时往口里丢一枚酸渍柠檬。她面前的小屏幕上显示的是门外的情景，那个爱情俘虏低眉顺眼肃立在门口，表情十分虔诚。当然，皇甫林看不到室内的情景。

不幸的是，这位求婚者来的不是时候。艾米娜正在经期，每逢这时候她就痛得辗转难宁。这种久治不愈的顽症在她心中种下深深的恐惧，也使她对异性之爱抱着惧意甚至是厌恶。这位不自量力的求婚者——看看他的尊容！——正好给她的病中送来消遣。她恶意地微笑着，仔细打量着门外那个男人，然后吐出柠檬，娓娓说道：

"我在北京只生活到四岁，所以中国对我而言仍是一个遥远的国家，是《古兰经》和《一千零一夜》中描绘的神秘国度。那儿历史悠久，人杰地灵，物华天宝。告诉你一个秘密，其实我一直暗暗揣着一份盼望，盼着一位来自中国的英俊的白马王子叩响我的闺门。"

法赫米不由一愣。他知道无论依中国还是阿拉伯的标准，皇甫林绝对算不上英俊。他给人的第一形象甚至可以说是丑陋，一对小眼睛嵌在黄瘦的脸膛上，衣着随意，毫无医生的风度。只是接触久了，当皇甫林的才华灵光逐渐泛出时，他的尊容才显得比较顺眼。他想，心窍玲珑的妹妹说这番话恐怕不会是失言。

不知道皇甫林是如何咀嚼这句话的。他低垂眉眼，沉默了很长时间才抬头回答：

“很可惜，我既不是白马王子，也绝对称不上英俊。除了能以才华自负外，我只有炽烈的爱情了。不过，不知道你是否知道一句中国俗语，所谓郎才女貌，女人看重男人的是才华，男人看重女人的是美貌，虽然这种婚姻观过于陈旧。”

法赫米又是一愣。很明显，皇甫林这几句话中同样暗藏着骨头，心窍玲珑的艾米娜当然不至于听不出来。她在摄像镜头中朝哥哥看了一眼，沉思片刻，仍然笑嘻嘻地说：

“阿拉伯风俗恐怕要更守旧一些，对女人的唯一要求是顺从。当然，这些对丈夫百依百从、没有才华没有思想的女人，要靠丈夫的财产去养活。”

法赫米简直啼笑皆非，他想不到这一对痴男怨女的求婚对答竟成了唇枪舌剑的交锋。门外的皇甫林昂起头傲然说道：

“钱财于我如粪土。只要我愿意，我会很容易跻身世界大富豪之列，至少不比阿拉伯的富豪差。他们已经把真主的恩赐——黑色金子——挥霍殆尽了。世界首富们会头顶美元到我这儿购买健康，包括那些养尊处优、身体功能退化的石油富豪。”

法赫米不由得皱起眉头，他再次领略了皇甫林的狂傲。艾米娜微笑着说：“对，我还没向你致谢呢，你医好我哥哥的病，我的父母都十分感谢你。”

门外的皇甫林一挥手，不耐烦地说：“请不要在这个时候提这件事。我已治好几万人，我不会要求他们的妹妹或女儿因为感谢都嫁给我。”

艾米娜不说话了，法赫米能猜到妹妹内心的恼怒。这次硝烟味儿十足的求婚肯定不会成功了，既然如此，他倒乐意让骄纵的妹妹听听刺耳的话。于是他抱着谐谑的心情等着妹妹的回答。很久之后，妹妹才笑道：

“其实，我既不看重相貌，也不看重财产，只要求向我求婚的男人真正有炽热的爱情。”

皇甫林随声应道：“我对这一点颇有自信。如果我心目中的女神需要进行考验的话，我乐意从命。”

法赫米不由得摇头，这两位未免太意气用事了。妹妹嘴角挂着浅笑，漫声道：

“你看见花墙外那棵番石榴了吗？对，在你的左后方。那株石榴已经有两百岁了，每年四月仍然开满火红的爱情花朵。据说在一百年前，一位男人为了向心目中的女神求婚，在树下站了十天十夜。”

法赫米立即在电话中低声喊：“艾米娜，不要胡闹！”他知道妹妹是在恶作剧，哪有这件事，完全是她杜撰的。艾米娜在摄像镜头中嘘了一声，摇摇手指。门外的皇甫林迟疑了一下：

“不吃不喝？”

艾米娜笑得更甜蜜了：“当然，爱情就是沙漠中的面饼和甘泉。”

皇甫林冷冷一笑：“艾米娜小姐，你知道吗？按医学的统计数据，女人绝食一般可支持十三天，男人绝食一般可支持七天。所以十天后很可能我已是一具枯骨了。不过，我愿意接受这个挑战。下面我要问一些技术方面的细节：请问大小便可以暂时离开一会儿吗？”

这个粗俗的问题使艾米娜脸庞发红，她咬着嘴唇说道：“可以！”

“十天之内万一我倒下——但不离开原地，请问是否算数？”

艾米娜甜蜜地笑了：“哟，不必那么严格，我可以为你准备一把舒适的靠椅。”

“那好吧，我将从明晨6点，太阳升起时开始。再见。”说完他头也不回地走了。

法赫米此时唯有苦笑，没料到这场求婚竟然变成两性决斗！他真后悔自己撮合这件事，后悔在发现苗头不对时没有立即出来干涉。现在木已成舟，依他对皇甫林的了解，他决不会中途退却了。

他忧心忡忡地等着，看见皇甫林不慌不忙回来了，神色竟然很平静。他对法赫米微微一笑，问道：

“科威特有中国餐馆吗？”

“有，就在前天去的汉·吉费尔街附近。”

“今晚去那儿大吃一顿如何？当然还是你请客，眼下我的钱包太瘪。”

法赫米迟疑地说：“我的朋友，你是否听我劝一句……”

皇甫林大笑着截断了他的话头："还有你的医生穆赫，叫上他一块儿去吧。我要请他做一件事。"

既知劝阻无望，法赫米也爽朗地笑着答应："好，我们这就去吃个痛快！"

侯赛因清真寺尖顶的新月映射着月光，宣礼者穆安津在宣礼塔上呼喊着，声调抑扬顿挫："真主至大，我作证，除真主外，别无神灵。我作证，穆罕默德带来了真主的启示，快来礼拜，快来礼拜。"作晚礼的信徒们都俯伏在地，吟诵着"一切赞颂，全归真主，我心中的真主。"那座饭店离清真寺不太远，灯光昏暗，门厅冷落，阿文招牌旁边有一行中文：新月清真饭店，笔力相当遒劲老到。老板娘看到身着阿拉伯服装、气势轩昂的三个客人，忙喜笑颜开地迎上来。皇甫林夸奖道：

"字写得很不错！没想到在科威特还能看到这么好的汉字书法，是谁写的？"

老板娘是个40多岁的华侨，高兴地回答："是我丈夫写的，他在巴格达教中文。他常自嘲说一手好字没人识货呢，想不到今天碰上了识宝人。请进，快快请进！"

饭店铺面不大，几乎没有客人。三人坐定后，老板娘送上中、阿、英文对照的菜谱。皇甫林笑着说：

"不必麻烦了，你们有什么拿手的菜尽管送上来吧。"

"我的厨师是从家乡请的，最擅长的是鲁菜。不过，为了照顾各国客人的口味，平时做的饭菜都失去鲁菜的味道了。今天让厨师做几道原汁原味的鲁菜，怎么样？"

"好！告诉你，这位先生是个大阔佬，在科威特政界很有势力。只要让他吃得痛快，他一定会非常慷慨地往外掏第纳尔，还会向王公大臣们宣扬。"

"太感谢了，太感谢了。"

"当然，食物必须是洁净的。不光他们二位，连我也是虔诚的穆斯林。"

老板娘生气地说："那还用说吗？告诉你，我们夫妻和厨师都是回民，是中国的伊斯兰，向来按阿訇的规矩行事。但在科威特，他们总把我们当异教徒对待。你也看到了，这个饭馆的生意冷冷清清，已经快维持不下去了。”

她的眼圈发红，赶忙扭过头，法赫米安慰她：“不必难过，我会尽力替你宣扬的。”

老板娘吃惊地说：“你是科威特人吧，可你的北京话比我还地道！”

法赫米微笑道：“我在北京住过七年。”

老板娘非常兴奋，她想今天贵客临门，很可能饭店的生意将有一个转折。皇甫林又问：

“有什么国内的好酒吗？法赫米，我们稍微破点戒，喝点中国烈性酒可以吧，我看伊斯兰教规对戒酒并不严格，好像主要是戒葡萄酒吧。”

法赫米笑着默认了，老板娘高兴地介绍：“我们这儿有茅台、五粮液、泸州老窖、孔府宴，你要哪一种？”

“要孔府宴吧，味道平和一点，要两瓶。再来两瓶科涅克白兰地，给这位穆赫先生。”

老板娘喜滋滋地进去了。没有多久，一盘盘凉菜送上来，皇甫林为大家斟上酒，一样一样介绍：

“这几盘凉菜分别是海米三样、三色银芽、炝三白、麻酱白切牛肉、四味鸡丝。请吧。”

三人开怀痛饮。皇甫林似乎并未把明天要过的生死关放在心上，席上他十分健谈，介绍说鲁菜在中国八大菜系中名列第一，以口味鲜咸、葱香突出、善用面酱、清鲜脆嫩闻名。它的爆、烧、炒、炸、扒、蒸成为其他菜系的基本功。不过由于山东籍华侨较少，以至鲁菜远没有川菜粤菜闻名。

他又说，中国的回族其实是黑衣大食的侨民，唐肃宗借大食二十万兵马平定安史之乱，其后不少大食人留在中土，娶妻生子，逐渐演变成信仰伊斯兰的回族。在他的海侃中热菜也陆续上桌。皇甫林指点着：“这是糖醋鲤鱼、三美豆腐、油爆双脆、黄焖甲鱼、德州扒鸡、诗礼银杏。嗨，这一道是孔府一品锅，是孔府的名菜。知道孔府吗？儒家先圣孔子的祖宅。”他笑着摇头，“不行不行，中国菜让外国人吃，吃不出那种中国味儿，讲也讲不清。”

在他侃侃而谈时，穆赫一直笨拙地用着中国筷子，一边拿眼瞟着皇甫林。

酒过半酣，穆赫低声向法赫米说了一通，法赫米笑道：

“穆赫医生想拜你为师，不知你是否肯教他。”

皇甫林痛快地说：“可以。只是我所用的药液、药膏配方不能告诉他，我还没有申请药物专利。”

穆赫很高兴，急切地问道：“皇甫老师，请你告诉我，为什么那种淡黄色的药液那样神奇？”

美酒已激起皇甫林的豪情，他大笑道：“说来话长，话头要扯到七八十年前我祖父身上。今天有兴，我就多讲几句吧。法赫米，你尽量翻译，翻不了的医学名词，我用英语告诉穆赫。”

“好。”

皇甫林为穆赫倒一杯烈酒：“来，干了这一杯我就开始。”

穆赫也像法赫米那样一仰而尽，立时把脸皱得像根老苦瓜，不停地咳着。皇甫林和法赫米都笑起来。

第五章　医界狂人之一

1947 年，中国皖西大别山区。

小山半夜被惊醒，有人在用力擂门，喊：“周大夫，周大夫！”喊声和狗吠声混在一起，在空旷寂寥的山区回荡。小山一激灵，急忙起身，在黑暗中摸索衣裤。等他出门时，看见院里有几根火把，停着一张竹床，两只粗大的抬杠靠在一边。几个抬杠人敞着怀，围着病人蹲成一圈，头上腾腾地冒着热气。周医生已经出来，正在检查病人。煤油灯光照着他黝黑的脸，他的表情十分严峻。

小山今年 10 岁，出身于皖北蒙城一个书香世家。他的老爹不像一般土财主那样愚鲁，知道世道已乱，百亩良田不一定比得上薄技在身，所以狠狠心把小山送到至交周儒墨医生这儿学医。周医生是个基督教徒，中西医兼长。他从不待在城市，一直在偏僻乡村和山区巡回行医，他的医术和他的怪脾气一样闻名。

病人大睁双眼，乞求地看大夫。他的左脚已经腐烂发黑，发出一股怪味儿，颜面和颈部出了一些棕黑色血性疱疹。周医生从针盒中取出一个注射针头，在病人发黑的部位轻轻扎下去，问病人：“疼吗？”病人茫然摇摇头，“痒吗？”病人点点头：“痒，发高烧，头疼。”

周大夫沉着脸问：“为什么这么晚才送来？”抬杠的一名老者苦着脸说：“山里路险，不好往外送啊。满共五十里山路，折腾了一天，两头不见日头。周先儿，他是什么病，有救吗？”

周大夫脸色阴沉，从牙缝里挤出两个字：“炭疽。”小山已经懂得炭疽是一种凶恶的传染病，但此刻听到老师咬着牙挤出这两个字，才真正体会到它的凶险。他不由得打了一个寒战。

山里人不知道什么是炭疽，但从医生的表情知道它的厉害。他们怯怯地问：“还有没有救？”周医生略为踌躇，分开众人，俯在病人面前。他说：

“这个兄弟，我把病情给你挑明吧，你得的是皮肤炭疽，马上锯腿，兴许能保住命。可是，我这儿没麻药，没手术器具，你得忍着疼，我把它硬锯下来。兄弟，敢不敢，你说句话。”

病人惨然一笑说：“周先儿，俺们知道你是好人，都信服你。你就放手干吧，治好了我给你烧高香，治死了我认命。”

周医生走过来，喊小山做准备。他们借来杀猪刀，木工锯，用酒精消毒，把病人绑在床上，让乡人按住他。又让病人吃了足量止疼片，在他的嘴里使劲塞了几条毛巾。

远处传来鸡鸣声，天色已微明，熄灭的火把冒着青烟。周医生拿起刀锯，对病人说：“兄弟，我要动手了。”病人不能说话，用力点点头，眼神就如待宰牲畜一样恐惧。小山在旁递着器械，不敢正眼看手术，只听见刀子哧哧地划开皮肉，锯子隆隆地锯着骨头，剧痛下挣扎的病人在竹床上猛烈地痉挛蹿跳。

腿锯掉后病人已经昏死过去。周医生手脚麻利地止血，激醒病人，为病人注射了昂贵的盘尼西林。然后他一连声地下着命令：

“挖个深坑，把病腿埋掉，竹床和被褥烧掉。小山子多配一些5％石炭酸溶液，先让老乡们洗洗手脸，再把衣物消毒。”老乡们从他的紧张语气中知道了炭疽的厉害，赶紧照办。他又交代道：

“我今天要照顾病人，抽不开身。你们得回去一个会办事的人，赶快检查村里人特别是病人家属，看有没有类似病症。若有立即来找我。也要检查全村马、牛、羊，发现牲畜有恶寒战栗、眼睑浮肿、呼吸困难、瞳孔放大、黏膜发紫、鼻流血等症状，立即杀死烧掉，或用石灰水棉球塞住死牲畜的鼻孔，深埋在高燥处。千万不能舍不得！这病一传开就是几百几千条人命啊。我等这个病人一稳住，就去你们那儿。”

来人中年纪最大的老者说：“我听周先儿的话。我回去吧，别人回去说话不灵。”

老者带了几块干粮匆匆走了。周医生细心地为自己和小山消了毒。他坐到碾盘上，手指颤抖着。小山为他端来早饭，他摆摆手，说放一会儿吧，他吃不下。

小山怯怯地瞧着他的侧影，看着他紧锁的眉头，饱含痛苦的嘴角。他问："周伯伯，炭疽病真的这么厉害吗？"

周先生叹口气说："当然厉害。大约50年前，一场洪水过后，这儿流行过一次，死亡数万人。那时它是不治之症。现在有了盘尼西林，情况好些了，但还是不能完全根治。"他叹口气说，"自从亚当夏娃偷吃智慧果后，人类就有了原罪，世间种种痛苦乃是我们应得的惩罚。各种恶性传染病便是地狱的使者。六世纪的鼠疫毁灭了半个罗马，中世纪它又夺走欧洲2500万条人命。两千多年前天花就肆虐人类，死亡率高达25%。连流行性感冒在二十世纪初也曾使9亿人患病，2000万人死亡。这是上帝的旨意啊。"

小山气愤地说："周伯伯，上帝的心肠一定非常狠毒！"

周伯伯惊慌地说："孩子，不能说这种渎神的话。上帝是仁慈的，上帝对世界的秩序自有他的安排，你看凡是凶恶的传染病，它的病原体一般是比较脆弱的，或者生命力不强，或者难以传播。总之在它的生命之链中一定有易断的一环，使它不能在人类中任意肆虐。像炭疽杆菌，它的芽孢极为顽强，埋病畜的土壤中经三四十年仍有存活的芽孢，牧场一经传染可维持30年的传染性。但炭疽杆菌本身则十分脆弱，55℃加热40分钟、5%的石炭酸、阳光暴晒都能使它们死亡。如果炭疽杆菌、鼠疫杆菌、天花病毒都像大肠杆菌那样顽强和易于传播，人类恐怕早已灭亡了！"

小山十分崇敬周伯伯，但今天他却不能服气。也许一直在不信上帝的家中长大，他无论如何也不能相信这种"上帝的安排"。那晚他没有再反驳，只是默默地思考着。

他没想到，这个思考一直持续了十年。那时他已是北京医学院的学生。暑假他回到蒙城，小城也是一派大跃进的气氛，砖墙上大书着"苦干十五年，超英压美学苏联"的标语。街道两旁的民房院内，随处可看见土炼钢炉在冒着白烟。皇甫右山没有留意这些政治风景，他找到仍在县城行医的周先生，一进门就兴冲冲地说：

“周先生我回来啦！周先生，这两年我总算想通了，你说的不对！”

这突如其来的责难使周医生吃了一惊。他已经头发花白，腰背佝偻。这些年因为他的宗教背景吃了不少苦头，所以对自己昔日的得意门生也怀着谦卑。他的学生已经是一个健壮的青年，平头，脸色红润，肩膀很宽，仍穿着小城镇的对襟上衣，两道剑眉很浓，一对小眼睛熠熠有光，闪烁着狂傲之气。周儒墨惊惶地问：

“什么不对？什么不对？”

皇甫右山把他给恩师买的礼物掏出来，一本英国海沃德著的《近代免疫学》，几瓶北京酱菜，放在那张残缺不全的桌子上。诊所很简陋，屋角用布帘遮住一张土坯垒就的床，一床旧被，这几乎是这位孤身老人的全部家当。皇甫右山心头泛起一股酸楚，但这些世俗繁杂很快被他的纯理性思维所淹没。他拉老师对面坐下，兴奋地说：

“就是你在十年前所说的上帝的安排：凡是最凶恶的病原体一般都是比较虚弱的，这样人类才有生存的狭缝。”

老师惶惑地点头：“是我错了，我现在知道没有上帝，宗教是统治阶级欺骗人民的鸦片。”

皇甫右山啼笑皆非，不耐烦地挥挥手：

“你弄拧了，我完全不是这个意思！当然，世俗化的上帝肯定不存在，又仁慈又万能的上帝不会逼迫亚伯拉罕拿长子献祭——即使是试探也未免太恶毒。他也不会因一个渎神的人就毁灭整个耶利哥城，不会因人类的罪恶而用洪水毁灭掉人类，独独留下诺亚一家。周先生，你是那样的明智旷达，可是你在对上帝顶礼膜拜时，为什么不想想这些显而易见的事实呢。”

周医生的心房被狠狠剜了一刀。虽然新中国成立后他已放弃了对上帝的信仰，那只是表面的韬晦之计，在内心他时刻保存着那枚十字架。但小山子这几句简单的话却在他的信仰之墙上捅出一个大洞……皇甫右山转了话题：

“不提这个，暂且把这个上帝抛到一边去吧。但另一个上帝——客观上帝是存在的，上帝的秩序也是存在的。人类从单细胞生物发展到今天，一直是在异己环境中进化过来的，时时刻刻面临着众多的病原物：痢疾杆菌、大肠杆菌、鼠疫杆菌、天花病毒、狂犬病毒、艾滋病毒，等等。文明社会之前的原始人、类猿人、类人猿们并无医术，却能传宗亿万年，为什么？因为人类以及一切存留到今天的物种，都是进化的强者。人类在体内进化出了强大的免疫系统。一种新的病原体出现后，它会吞噬千万人的生命，但庞大的人类群体中总有一些资质特异者能战胜死亡——同时也获得了对这种病原体的免疫力并传给后代。今天的人类实际是无数幸存者的共同结晶，我们的免疫系统是一个极其丰富的宝库。世上有多少病原体，人类的免疫系统就有多少个相应的抗体。所以，”他加重语气说，“并不是你说的：凡是凶恶的病原体都比较脆弱。应该这样说：凡是生命力比较脆弱的病原体，因其较少有进攻人类的机会，人类体内未能激发出有效的抗体，所以它们才比较凶恶。”

他在周伯伯的面前展示出五彩缤纷的理性天地，使老人也不由自主地徜徉在其中。他微张着嘴，专心地听自己昔日的学生大放宏论。

“这样的例子太多了，你说过流感病毒曾十分凶恶，它在二十世纪初曾夺走2000万人的生命。白人殖民者初进澳洲时，他们带去的流感病毒对没有抵抗力的澳洲土人是绝对致命的，但现在幸存的澳洲土人已经不怕它了。天花病毒至今仍是凶恶的，但汉族人的抵抗力就高于从关外来的满洲人。那些骁勇善战的满族人对天花恐惧异常，以致把皇族成员是否生过天花作为立储的重要理由。”

老人很激动，对小山子的话已经完全信服。因为真理本身有强大的力量，当你一旦从乱麻中把真理之线抽出来，所有的乱麻都会理得泾渭分明。他被囚禁多年的灵气也苏醒了，接过小山子的话头说道：

“所以，病原体—人类，这是一种生死平衡，一种永远也不会结束的刀刃上的舞蹈。不过，人类已经有了祖先留下的抗体宝库，有了足够庞大的人口群体，再加上日益发展的医学，有了抗生素、消炎药、疫苗，人类一定会打胜仗的。是这样吗？”

他很奇怪那个青年人久久不说话。门外有人使劲敲锣，高声喊着：“除四害统一行动喽！撵麻雀统一行动喽！”人们熙熙攘攘地爬上房顶、树杈，锣声此起彼伏。周儒墨惴惴地侧耳听着外边的动静。没有人通知他，他不敢贸然参加，但他已经没心思与皇甫右山清谈了。不过，他不好意思催促学生离开。皇甫右山的思维则完全脱离了现实生活，他沉思默想着，很久才开口说话：

“周老师，我学了几年西医，觉得西医的发展之路完全错了，从根本上就错了。”

周儒墨几乎不相信自己的耳朵，听到这个结论，甚至比乍听到上帝并不存在更令人震惊，因为上帝毕竟见不到，而西医的煌煌功绩是举目皆见的。他疑惑地问：

“你说什么？”

“老师，我不是否认西医近百年的伟大成就，他们把诸多疾病从乱麻中抽出来一项一项加以歼灭，发明了化学药物、抗生素、疫苗等，肆虐两千年的很多凶恶疾病都得到控制。但是，西医是绕开人体的免疫系统直接和病原体作战，这实在是一个非常危险的游戏。一方面，人类免疫系统在无所事事中逐步退化；另一方面，病原体在超强度的锻炼中日益强化。这就像是高堤蓄水，总有一天人为的平衡被破坏，疾病就会加倍凶猛地吞噬人类。”

周儒墨目瞪口呆。这番见解简直令他不寒而栗。它摧毁了一个医生几十年的信仰。而且，它的可怕之处在于，它是那样赤裸，那样雄辩，几乎使你没有怀疑的余地。他胆怯地求问昔日的学生：

“那么，你说医学该如何发展？”

年轻的皇甫右山说出自己的结论时，丝毫没有胜利的欢快。相反，他的表情显得十分沉重：

“老师，那个问题我整整思考了十年，可是等得出结论，我倒宁可从未想过这个问题，因为这个结论太残酷了。我认为，医学发展了几千年，转了一个大圈后，恐怕又要返回到它的起点：人类应回到自然中，凭自身的免疫功能和群体优势去和病原体搏斗。在这场搏斗中，应该允许一定比例的牺牲者，只有这样才能把上帝的自然选择坚持下去。这是一种残酷而公正的生死平衡。新医学所要做的，只是用科学手段在不影响自然选择效应的前提下，把这个平衡点尽量移向生的一边——但绝不要妄想彻底摈除疾病死亡。”

老医生生气地问：“你是说，仅靠病人本身的免疫力去战胜病原体，如果不行就放任病人去死，不使用药物治疗？”

“恐怕就是这样，至少应剥夺他们的生育权利。少数人的死是为了整个人类的生。其实，现行的医学能避免疾病死亡吗？单单抗生素过敏，每年美国就要死亡15万人；因滥用药物造成耐药菌株的，每年也要死亡几十万。”

老医生非常气愤，他衰老的思维已经不能忍受这些离经叛道的见解，但他又难以驳倒。这时一个街道干部进来打破了僵局，那个女干部冷着脸说：

“周右派，全城统一灭麻雀，你为什么不去？”

老医生的身高似乎一下子变低了，怯弱地低声申辩：“没人通知我呀，我不知道该不该去。”

女干部朝皇甫右山瞄一眼，问：“这是谁？”

老医生忙说：“是北京医学院的一个学生，他是来教育我的。”

女干部不耐烦地说：“行了，快出去吧，我是为你好，免得别人说你有抵触情绪。”

老医生连忙低头：“那是，那是，我心里清楚。”临走他对皇甫右山说，“小山子，我走了啊。”

皇甫右山心不在焉地点点头，他的思维已经跑得太远，陷得太深，一时还回不到现实中，周医生又迟迟疑疑地交代：

“你那些想法……千万要谨慎啊。”

老医生的预感没有错。皇甫右山走得太远了，这已经不仅仅是医学观点的激进，甚至向全人类公认的伦理道德也提出了挑战。两年后皇甫右山毕业，留在著名的协和医院，但他不久就被医学界认为是疯子。八年后，他被红卫兵扫地出门，回到生他的农村，这回是因为他在政治上的渎神言论。

第六章　求婚决斗

已经6点了，法赫米和穆赫医生饭饱酒足，只有皇甫林还在旁若无人地大吃大嚼。老板娘喜滋滋地端上来一盘油酥千层饼和一盘水晶包子：

“这是我奉送的。皇甫先生，看着你吃得这么豪爽，真是痛快！”

皇甫林微笑道：“请你在10天以后的早上6点钟，再按今天的饭菜准备一桌，我们三人还要来。”

穆赫的舌头已经发直了，乜斜着眼问：“早上6点？为什么是早上？”

皇甫林没有回答他的问题，接着刚才的话题说：

“所以，在我祖父创立的平衡医学中，只需使用一种药品：人体潜能激活剂。实际上西方医学也早有一些零星的实践，比如西医发现，卡介苗原是针对结核病的疫苗，但接种后人体的肿瘤也明显消解；另外，对人体接种流感病毒、副流感病毒、人工合成的双股RNA（聚I:C*）等，可以诱生干扰素，后者是一种比较广谱的胞内免疫物质；中药中的大黄浸出液在体外对抑制细菌几乎无效，但服用后却能治疗腹泻、痢疾、肝炎、溃疡。实际上，这些药物或疫苗都能部分激活人体免疫系统，抗体被动员后不仅对抗它的诱生物，也对其他病原体包括肿瘤细胞实行全面进攻。这就好像：一只猫蹬翻油灯，惊醒了主人，正好抓住了窃贼。”

穆赫苦笑着摇头：“你的理论就像中国的《易经》一样难懂。”

“那你就不要去弄懂它。那是医学科学家的事。对于医生，只需学会使用这种药物就行了，正好这又是极为简单的。一会儿我就请你为我治疗。”

法赫米一直保持着清醒，啜着酒，默默打量着皇甫林。这时他决定不再沉默：

“皇甫，请听我说，我觉得你和艾米娜之间的争斗已经无关爱情了。当然这要怪艾米娜，但你何必一定要把这场决斗进行下去？如果你胜利了，艾米娜成了你的妻子，你们会有幸福吗？”

穆赫这才知道皇甫林是在向艾米娜求婚，而且是自杀式的求婚，十分吃惊。皇甫林微微一笑：“放心，我会妥善处理的。”

“反过来，如果你在十天的绝食中未坚持过来，或者落下残疾，我的良心能够安宁吗？”

“不必担心。中国的气功师有辟谷百天的记载，印度的瑜伽大师香达尔·帕伐罗埋在地下 14 天还安然无恙。当然我不是气功师，也不是瑜伽大师，但他们无非是学会了如何调动人体潜能，这一点我不比他们差。你放心吧，10 天以后，你们会看见一个仍然生龙活虎的皇甫林。而且——我今天还多了真主的护佑，既然我那么虔诚地皈依了他。”他半开玩笑地说。

几个人同老板娘和山东厨师再见，坐上汽车。一路上皇甫林没再说话，一直侧脸看着窗外阑珊的灯光。回到住处后，他拿出药剂和软膏，对穆赫说：

“穆赫医生，请帮我注射。”他脱掉衣服，全身赤裸地伏在床上，指导着穆赫，“自第一胸椎沿脊椎向下至尾椎部，共六处。还有双侧及肩丛神经和坐骨神经根，都注射 5647 号药物，臀部注射新 15 号药剂。”

穆赫小心翼翼地把这种淡黄色的透明针剂注射进去。

“好，再用那种华夏七号软膏涂抹全身，尤其是穴位处，你涂吧，到穴位处我会告诉你的。”

十分钟后他穿上衣服，笑嘻嘻地同两人再见：“晚安，我还能再睡两个小时，法赫米，明天我单独去，请你回避一下。”

“不，我要送你。”

清晨 5 点 50 分，法赫米陪着皇甫林来到院墙边的石榴树旁。四野很静，明月西沉，棕榈树拖着肥厚的阴影，阿拉伯橡胶树垂着一种叫老人须的花朵。惯于懒睡的科威特人都在睡梦中，只有艾米娜的闺房亮着灯光。一把做工精致的中国式红木椅子已摆在石榴树下。

看见这把椅子，皇甫林笑起来，他面朝远处的闺房弯腰施了一礼，当然他知道相距比较远，艾米娜不一定会看见的。他调正了椅子方向，面对艾米娜的闺房坐下，然后屏息瞑目，不再说话。

太阳慢慢地从棕榈树的缝隙里爬上来，几乎是同时，浓重的暑气开始弥漫下来。科威特的热季还未过去。室外最高气温接近40℃，空气闷热潮湿，不久，皇甫林的额头就开始津出细小的汗珠。

第七章　肉　弹

在巴格达北郊，三辆涂着迷彩色的“沙漠蝮蛇”军用吉普一直向北开。伊拉克副总统阿齐慈在第二辆车上。他今年42岁，脸庞黑瘦，不苟言笑，深陷的眼窝里嵌着一双鹰一般锐利的眼睛。摩萨德的情报员是这样描写他的：

“如果说喜怒无常的萨拉米总统是伊拉克的精神领袖，副总统阿齐慈则是这个国家的真正管家。他为人残忍严厉，精明干练，在军队和民众中威望极高。据说他一天工作18个小时，伊拉克100万军队中团长以上的所有军官他都能叫出名字。他善于笼络人心，常到荣军医院看望残废军人，每年至少五次。最常去的是巴格达北部110千米的萨迈拉荣军医院。因为院长、退伍陆军上校汉姆扎维是他极为尊重的老上级，又是他下国际象棋的棋友。

在政治观点上，阿齐慈与萨拉米一样，也是一个阿拉伯复兴的狂热信徒。不过，他刚愎自用，位高权重，相信他与萨拉米的权力之争只是早晚的事。我们应该努力使两个疯子早一点撕咬起来。

现在他是去萨迈拉荣军医院。公路两旁岗丘起伏。远处隐约可见扎格罗斯山脉淡灰色的轮廓，在那儿，凶悍好斗的库尔德民族几百年来一直是伊拉克一个不能愈合的脓疮。天气酷热，吉普在晒得发黏的沥青路上开过去，轮胎不断地发出唧唧声。

荣军医院到了。汉姆扎维上校在门口等他，一边不停地揩着汗。阿齐慈轻快地跳下吉普，朝退休上校迎过去，两人边走边低声聊着。

残废军人们已经知道这个消息，大家在凉荫下的石凳上或坐或站，都望着门口。阿齐慈走进来合掌行礼，铁板似的脸上泛出一丝微笑。老军人们都高兴地吆喝起来。一个只有一条腿的家伙笑道：

“阿齐慈老兄，今天既不是开斋节，不是古尔邦节，也不是圣纪，你怎么又想到这些缺臂少腿的老家伙呢？”

阿齐慈随口应道：“我来看看你被子弹打掉的那东西是否长出来了，要是能长出来，下一次我给你带个漂亮的新娘。”

这个粗鲁的玩笑逗得丘八们大笑起来。在和悦的气氛中，阿齐慈同他们握手，分发了一些礼物。一个小时后，老上校说：

“让副总统休息一会儿吧。”

阿齐慈同大伙告别，还是那个一条腿的家伙喊道：“汉姆扎维院长，我们知道你又要拉阿齐慈老兄去下棋。听说你上次输了个五比零，是吗？”

老院长在众人的哄笑声中威胁地伸出一只手指，然后领阿齐慈走进办公室。秘书小姐微笑着向副总统问好，待他们进去后，轻轻拉上了厚重的栎木门。她知道两人在里面至少要待两个小时，在这期间不许任何人打扰，除了总统的电话之外，什么人的电话也不接。

桌子上已摆好国际象棋。老院长回过头，仔细地锁好房门，脸上的笑容立即一扫而光。他严肃地走到办公桌后，拉开一个布幔，布幔后是一幅希腊风格的穆斯林宗教画，画的是人类始祖阿丹的堕落，怀孕的哈娃裸体卧在无花果树下。他按动一个秘密按钮，后墙悄无声息地拉开，露出一个很大的电梯间，两人不声不响一起走进去，关上门，电梯急速向下降落。

大约五分钟后，电梯缓缓停住，老院长侧身请阿齐慈先进去。在进内门之前，他们先停在一个电脑屏幕前。电脑用合成声音问：

“请报出你的姓名。”

阿齐慈报完以后，电脑说：“声纹核对无误，欢迎你，阿齐慈副总统。请你把手放在桌上。”

阿齐慈把手放在两个电眼上，电脑说：“指纹核对无误，请你直视屏幕。”

屏幕上出现两个圆环，阿齐慈直视圆环，电脑说：“瞳纹核对无误，请你在心中默诵密码。”

随着他的默诵，屏幕上打出一个个星号，等第12个星号打出来，电脑说：“脑纹核对无误，密码为一级优先。请进。”

身后的老院长也同样通过审查。进了内门后，眼界豁然展宽，前面是一个巨大的地下世界，四通八达的甬道连着各个房间和大厅。汉姆扎维上校问：

“阁下先从哪儿开始？”

“先到肉弹A组吧。”

他们来到一间小屋。屋内一尘不染，墙壁上有一排大屏幕，室中央有一个操纵盘。阿齐慈坐在操纵盘前，打开总开关，13台屏幕同时亮了，显出13个人的全貌。他们肯定不知道正在被人观察，仍在各自或看书，或休息。上校摁下一个红色开关，命令道：

“请立即集合，阿齐慈副总统阁下来看望你们。”

13个男女立即对着摄像镜头立正。他们个个表情坚毅，但年纪和服装各异。阿齐慈默默观察一会儿，摁下1号通话按钮：

“请问你的名字。”

“乌姆·阿依莎。”

“你的行程？”

“我准备明天动身去北京，那儿有我热恋三年的情人。”阿依莎脸上闪着幸福的光辉，笑容十分迷人。“我是在北大留学时认识他的，现在总算说服了我的父母，同意我嫁给这个异教徒，但他必须按穆斯林风俗为我举办婚礼。”她的表情在一刹那间变了，目光像剃刀一样锋利。“我将以种种理由把婚礼推迟到一个月后，在这段时间我将守候在北京。一旦从新闻媒介中得知多国部队的最后通牒或开战令，我将在当天起爆，让北京1000万人为伊拉克殉葬。”

阿齐慈突然问：“你给未来的公婆和其他家人买礼物了吗？”

阿依莎恢复了纯真快活的笑容：“当然！给公公带了一把镶着钻石的大马士革钢刀，他是中国军队的一名少将。给婆婆买了一件衣料，给小姑买了一瓶法国科隆香水。”她把小皮箱拎过来，一件一件抖搂，活脱是一个幸福得发晕的新娘。

阿齐慈满意地笑了。电视系统是互相隔绝的。其他12个人听不到这些对话，他们始终毫无表情地直视前方。阿齐慈又摁下11号按钮，那是一个近50岁的表情滑稽的男子：

“你的名字。”

“穆斯塔法·哈迪罗。”

“行程？”

“我将在明天动身去开罗。我是埃及肚皮舞的狂热爱好者，将走遍歌舞广场、福阿德一世大街等地，暗地寻访已被埃及政府取缔的肚皮舞娘。找到后，我会把日元、人民币、美元大把大把塞给她们，然后馋涎欲滴地欣赏她们的表演。当然，机会合适，我也会同哪一位共度良宵。”他淫邪地笑着，突然换上冷酷的表情：

“一旦得知多国部队发出最后通牒或开战令，而且埃及也参与或支持该行动的话，我将在出兵第11天挥动魔杖，让开罗变成一座死城。”

阿齐慈突兀地提问：“如果埃及政府因为你的放荡行为逮捕了你，而且在那第11天仍在狱中呢？”

哈迪罗咯咯地笑起来：“我有一个位居高官的朋友，一到开罗我就去拜见他，送上一份叫他忘不了的厚礼。这样，即使我有些小小的罪过，他也会看在钱的份上照顾我的。”

阿齐慈松下那个按钮，向上校点点头，表示满意。上校说：“这13个人都将在近几天出发，出发后将同我们割断所有联系，完全靠新闻界的消息去引爆他们，依照事先排定的次序，一天毁掉一座首都，这样安排是万无一失的。”

“好，向他们敬酒吧。”

他将13个按钮全部揿下。上校为他端来一杯白兰地，他向13个人举起酒杯：

“萨拉米总统因有一件紧急的外事活动不能前来，他让我向各位致意。你们是阿拉伯的勇士，穆斯林的信徒，你们履行了古兰经中颁定的圣战义务，用生命去填补阿拉伯统一大厦的根基。当两亿阿拉伯人在萨拉米总统领导下团结起来，令世界颤抖的时候，我们一定用金字把你们的名字书写在古兰经上。永别了，我的朋友！”

他含着热泪把杯中的酒一饮而尽，上校和那13个人也喝尽了，他们的目光中燃烧着狂热的火焰，也笼罩着死亡的阴影。

从这间屋里出来，上校领他走到一座高大的钢门前，这是肉弹B组。按一下按钮，钢门缓缓拉开，耳边立刻充满震耳欲聋的嘈杂鸟鸣。大厅十分宽广，几乎望不到对边，一排排鸟笼中装着天鹅、野鸭和燕鸥，它们都十分亢奋，不停地用脑袋撞着铁笼，连平素温文尔雅的天鹅也显得十分凶狠。

一排身着白褂的军人在门口迎候着。为首的穆马斯上校领着他们参观，他介绍道：

“这些候鸟的基因都经过改造，个个凶悍异常。在它们的导向系统中，我们强化了磁场导向的功能，淡化了其他导向功能，如天体方位，偏振光方向等。又在它们的脑袋上装了微型磁场，这样它们就会顺着人造磁场不顾死活地飞向某个调定的目标。它们身上的武器装置都是全塑的，雷达根本无法发现，即使发现也为时太晚。所以这是一种绝对可靠的肉弹。”

阿齐慈问：“投弹指令如何发出？”

“可以遥控。为了防止敌方干扰，也可使用‘出手不管’式，即事先调定投放时间后就切断联系。当然，用这种办法我们就无法从战争中后退了。”

阿齐慈冷冷地说：“一旦开始我们就不会后退。它们的迁徙兴奋期是否来得过早？到10月12日还有七天。”

“没关系，兴奋期的长短我们已经完全能控制。从现在起，直到10月底，我们可以在任何一天放出5000只死亡天使。”

“好，我对你们的工作很满意。你们就按10月12日向科威特放飞第一批来做安排。我们要让世界在死神的翼展下颤栗。”稍停他又补充道，“总统不能亲自来看望你们，他有重要的外事约见。”

几个人庄重地回答：“一切为了萨拉米！”

他们并不知道总统在10月12日将飞往科威特，与科威特埃米尔和首相会晤。否则，当他们知道这些死亡天使将在总统萨拉米的头上翱翔时不知该做何感想。

地下基地中有一位叫埃齐阿的下级职员，晚上他回到住处后，关上门，从秘密洞口拉出一部电话。他是直属内务部的秘密情报人员，按照例行程序，他要把每天地下城的情况向内务部长、萨拉米总统的女婿扎雅吉准将汇报。今天仍像往常一样，当他说“汇报结束”时，扎雅吉准将面无表情地喊了一声：

“一切为了萨拉米！”对埃齐阿汇报的情况，他未做任何评论。

日子一天天过去，那个中国傻瓜仍端坐在那张红木椅子上，丝毫没有撤退的打算。围观的人已经习以为常了，所以不像刚开始那样轰动，但也常有七八个人好奇地围观着、评论着。皇甫林对他们一直是视而不见。

这些天，艾米娜的妆台上总是放着一具玲珑的超焦距望远镜，每隔一段时间，她就把镜筒对准石榴树下的那个家伙。他无疑看不见屋里的动静，但每当她举起镜筒时，常看见皇甫林的嘴角浮出一丝浅笑，难道他会心灵感应？这倒使她觉得自己像是在偷窥男人，下意识地赶紧放下镜筒。

菲律宾女佣莎拉马不停蹄地出外打探。开始是女主人的差遣，以后变成她自己的爱好。打探半个小时后，她就兴冲冲地回来汇报：

“围观的人说，艾米娜的美貌确实值得任何男人这样做，还怪自己为什么没有想到这样的主意。”

艾米娜脸庞红红的，追问：“还说了些什么？”

“也有人说那个中国佬不是为了爱情，是为了你的嫁妆。”

“还说了些什么？”

莎拉难为情地嗫嚅着，艾米娜厉声说：“快说！”

她只好说：“还有一些亵渎的话，大都是巴基斯坦人、印度人那些下等人说的，他们说你能平心静气地看着一个男人为你送死，说你的心一定是用沙漠蝮蛇的唾液浸过的。”

艾米娜微微一笑，并没有生气。她挥挥手，女佣退了出去。从窗口看见法赫米正向院内停放的救护车走去。救护车是法赫米悄悄准备的，并且让穆赫医生整天守候在里面。

这几天哥哥一直没和她见面，她知道哥哥不赞成她的行为。这些她并不在乎。自小在金钱堆中长大，她已经过腻了这种甜得发腻的生活。所以从童年时起，她和哥哥就常常溜出去，在下等人的市场里掏两个第纳尔，买回一堆东西大嚼一通；或者和哥哥串通起来，给他们的外籍家庭教师来一个恶作剧。现在她已经 19 岁了，在科威特婚俗里，这已经是危险的年龄。但艾米娜却执拗地拒绝了一个又一个求婚者。在她患了痛经后，只要一想起她将成为他人之妻，生儿育女，侍候丈夫，她就倒了胃口。

已经第七天了，从望远镜中看，皇甫林的脸形明显地瘦了一圈，但两眼仍炯炯有神。在科威特的酷热中，中午几乎没有人在室外活动，天知道这个中国狂人不吃不喝不睡是怎样熬过来的！

艾米娜在游戏心境中多少开始认真考虑：如果皇甫林真的熬过这10天自己该怎么办？她对那人并没什么允诺，她明明说10天以后可以“考虑”他的求婚，那自然仍可以拒绝。当然，这么一来，可能真要把所有的潜在求婚者都吓跑了。

幸亏父亲这些天一直忙于国事，忙于那不知真假的新月行动，没有注意到后墙处的这幕哑剧，否则他可能会生气的……要不，真的嫁给这个中国佬？这个想法乍一跳出，她自己也觉得滑稽。尽管中国这几年已是世界上数得着的强国，但以科威特的眼光看，中国人仍然很可怜，他们仍是那种只知工作的“蓝蚂蚁”形象。不过，这个小眼睛中国佬与她心目中的中国人印象不同，他的狂傲不驯，率性而为，倒颇合自己的胃口。

想到这儿她不禁笑起来。她想起了皇甫林穿起阿拉伯服装的滑稽样子，就像《一千零一夜》故事中那只穿上阿拉伯长袍的猴子。她不会嫁给这个异教徒的。至于到时怎么打发他，就让哥哥出面得了。女佣服侍她睡下，为她熄了大灯。她很快就甜蜜地入睡了。

第八章　天真的未婚妻

清晨，阿航 407 号班机降落在北京机场。一个漂亮的阿拉伯姑娘幸福地笑着，走过护照查验窗口。她到行李输送带上捡起自己的皮箱，用小车推到出口，出口外面的一名中国男子已经急不可耐地叫起来：

“阿依莎，我在这儿！”

阿依莎立即飞起红晕，她急急把皮箱送给检查员。检查员已经看到这一幕，他在打开的皮箱中匆匆翻检一遍，里面全是女性的衣服、科隆香水、蔻蒂森唇膏，还有一把豪华的阿拉伯弯刀，不过那分明是一件礼物而不是凶器。他合上箱盖，笑着挥挥手，阿依莎立即从出口冲出去。衣箱没有扣好，哗啦一声散落在地上。她一时手足无措。匆匆经过的旅客都向她投来善意的微笑。那个男子急忙赶过来，把衣物捡回衣箱，阿依莎十分难为情，脸庞都羞红了。

十分钟后，两人坐上一辆编号为甲字头的军车。李合军轻轻揽住未婚妻的肩膀：

“阿依莎，听到你的回信，全家高兴坏了。我们明天就到福州去。”

阿依莎惊奇地问：“为什么？”

“我爸爸调到福州军区了，妈妈也在那儿安家。这次的婚礼，爸妈一定要亲自为我们操办。”

阿依莎明显犹豫着，看着车外飞速后掠的高楼，合军温柔地问：“怎么了？你不愿意去福州？”

阿依莎说：“合军，我的父母要我们在清真寺举行婚礼。”

李合军笑道：“没关系的，福州有很多有名的清真寺。而且，只要你乐意，我可以把伊拉克的宗教法官也请来。”

阿依莎把头埋在未婚夫的怀里："我听你的安排。"司机从后视镜里扫视这一对儿，偷偷地笑了。

汽车停在五棵松军队干部高级住宅区，司机帮他们把皮箱提进电梯间。电梯在15层停下，合军打开正中房门，这间200多平方米的住宅没有一个人。合军说：

"都搬走了，连女佣刘妈也走了。今天晚上就我们两人在这里称王称霸。喂，把外衣给我，换上拖鞋。"

门一关上，温柔文静的阿依莎就像换了一个人，她大笑着扑进合军的怀抱，两人一起跌到沙发上翻滚着，不停地吻着。阿依莎忽然推开合军，一脸庄重地说：

"哟，不行，我最近得了感冒还没痊愈，不能把你染上。"

"感冒？我去请医生。"

"不必了，带着药呢。"

合军说："那好，不过你试着吃几片中成药吧，治感冒很有效的。"他赶紧去药柜里捡出感冒清、紫雪丹，抱了一捧过来，阿依莎偎在爱人怀里顺从地吃了药。

"早点休息吧，明天上午去福州，坐飞机去。"

怕把未婚夫传染上，阿依莎坚持一个人睡在里间。半夜，合军忽然听到里屋的呻吟声，他急忙进去，见阿依莎正在床上辗转，脸上烧得通红。用手一摸，额头像一块火炭，合军急忙喊：

"阿依莎！阿依莎！"

阿依莎勉强睁开眼，微弱地说："一定是重感冒。"

"不要急，我马上喊救护车！"

几分钟后救护车停在楼下，医护们带着担架匆匆上楼把病人抬上。救护车风驰电掣，来到解放军总医院。两名护士把阿依莎抬进一间特护病房。她悠悠睁开眼睛。这是一个幽静的房间，屋内有两张病床，但只有她一个病人，墙上挂着一张液晶电视屏幕，窗口的吊兰吐着幽香，身材窈窕的护士小姐手脚利索地量体温，抽血化验。阿依莎感激地握住合军的手，合军温柔地说：

“安心休养吧，这是一所部队医院，条件很好。院长是我周伯伯，特意给你安排了一个最静的房间。哎哟，机票！”他喊道，“我得赶紧找人把机票退掉！”

他拍拍阿依莎的面颊，匆匆走了。阿依莎冷笑着看着这个多情种子。看来，自己可以安心地在这所军队医院住下去，直到从电视上看到那一天来临。昨天吃药时，她偷偷吞下一颗事先备好的 CB–3 药丸，这玩意儿装病真有效。简直太有效了，弄得她至今头痛欲裂，浑身骨节像碎了一样。

她不知道隔壁有几个人正通过闭路电视监视着她。李合军轻轻推开那扇门，轻声对那几个中年人说：

“遵照你们的要求，已经安排好了。”

“谢谢你，谢谢你对国家的忠诚。”

李合军疑惑地说：“她真的是伊拉克恐怖分子？”

几个人微笑着互相看看。国家安全部已得到绝密情报，为配合新月行动，伊拉克将派出 13 名著名的恐怖分子去各国首都。所以，对一星期以来进入国境的伊拉克人都进行着严格的监控。

看来鱼已经落网了。在阿依莎的血液里并没有发现亚洲 A 型或 B 型感冒病毒，倒是发现了一种微量的 CB–3 药物，这种药物服用少量就能产生高烧咳嗽等症状。

在首相官邸的那棵石榴树下，皇甫林已坚持到第五天，也是最难熬的一天。他感觉到自己的胃收缩得只剩下叠在一起的两层皮，两层皮饥渴地蠕动着，摩擦着，啃咬着对方。极度的疼痛使他浑身冒冷汗，精神处于半休克状态。

疼痛逼得他开始找出路。他想到一些著名作家在潜心写作时，连身体也会跟着情节出现变化：写到主人公腹部受伤时，作家的腹部竟会突现刀痕；写到主人公休克时，作家甚至突然休克。于是他想象着把胃部的疼痛向外扩散，转移到胳膊上、肩膀上、腿上。这些方法不是那么奏效，他几乎想放弃了。忽然左腿股四头肌处出现了一个持久的兴奋点，霍霍地跳疼着，胃部的疼痛开始逐渐减轻。

他迅速把自己的意识集中在这一点。用手摸摸，那儿的皮肤开始肿胀发热。他想起来了，这正是祖父皇甫右山在研究潜能激活剂时，在自身作药物实验的部位。从小就听祖父和父亲讲这件事，他已在这个部位的末梢神经中埋入自己的记忆。

第九章　一只蚂蚁

1969 年 10 月，中国皖西山区。

天刚蒙蒙亮，牛头山水库工地已经忙碌起来。在凛冽的秋风中，不少民工还打着赤膊，他们两两一组，用抬筐向坝上抬石头。他们不知道这个匆匆上马的水库在一年后的雨季即遭冲溃，从此再没有修复。他们像蚂蚁一样辛苦噙来的石头将顺着水势散乱在十几里的山沟里。

民工群中有一个人戴着眼镜，左腿微瘸，步伐迟慢，他后边的抬伴又故意把筐绳往前挪，抬筐一下一下地碰他的后腿弯，使他越发步履踉跄。走过队长面前时，身后那个人大声报告：

“队长，这个牛鬼蛇神偷懒！”

队长恶狠狠地训斥道：“皇甫右山，老实接受改造！”

皇甫右山黑瘦的脸上木无表情，听完队长的训斥，又把抬杠放到肩上。这时一个中年汉子抢过后边的抬杠，笑着说：

“正好我也是左腿瘸，咱俩正配对。队长，让我来教训这个老鬼。”

几分钟后，队长看到瘸汉子扔下抬筐，拉着皇甫右山往山后的窝棚走去，队长大声喊：

“瘸老三，你干啥去？”

瘸老三嬉皮笑脸地说：“棋瘾犯了，让这反革命陪瘸三爷玩玩。队长你怕啥？他又不是小妞。”

队长面红耳赤，那天他同一个小妞在窝棚里干活，让这个瘸鬼撞见了。他不敢得罪这个根红苗正的刺儿头，张张嘴没有喊出来。瘸老三走进窝棚，命令皇甫右山：

“把你的医药箱拎过来。”

皇甫右山默然照办。瘸老三笑嘻嘻地说：

“卷起左腿裤子来，包扎包扎。你贼胆包天，想把自己弄残废逃避改造啊。前天我亲眼看见你用脏水往腿里注射，还揉了一些树叶末、细土撒上面。”

他的左腿上有一条长长的伤口，肌肉外翻，略有红肿。皇甫右山平静地摇摇头：

“不，我是做试验。”

“什么试验？”

“说了你也不会懂。”

这句话反倒激起了瘸老三的好奇，他孩子气地央求：“你说说嘛，说说嘛，反正这会儿没事。你放心，只要我在这儿，他们不敢喊你上工。”

皇甫右山犹豫一会儿才说：“你左腿上曾有一个老疮，几次用药也不收口。有一天你在水田里被蚂蟥叮上，你用鞋底一阵拍打，结果把老疮也治好了。有没有这事？”

“对呀，有这事。”

“村里的田二娃，屁股上长个大疖子，那天捣蛋，被他爹狠揍了几板子，疖子也好了，对不？”

“这事我不大清楚，兴许有。咋啦？”

“每人体内都有一套抵抗生病的系统，叫免疫系统。只是当外界的细菌或病毒侵入后，免疫系统的反应常常慢了一些，或反应程度低了一些，或者不等病菌完全消灭后它们就收兵回营。我要试验的方法就是人工刺激这个系统，调动人体内所有潜能，用这种方法来治病，代替吃药打针。”

瘸老三笑道：“那敢情好，省了药钱。你试成没有？”

“还没有，不过一定能成。你看我这个伤口，经过第一次注射，它化脓后收口了。伤口附近的免疫系统已经被唤醒，我昨天特意洒了一些脏东西，但它没有再继续发炎，证明我的刺激是有效的。”

瘸老三豪爽地说：“那你就接着试！以后有用得着我的地方尽管说话，皇甫老弟，我这人眼里不揉沙子，谁好谁坏我一眼就能看准。我知道你是个好人、贵人。眼下是虎落平阳被犬欺，不要紧，总有一天你会扬眉吐气！你该干啥干啥，我上外头给你把风！”

瘸老三一瘸一拐地走出去了，皇甫右山在稿荐下翻出记事本，匆匆记下试验情况：

“1969年10月15日，在左腿股四头肌中间一段界于缝匠肌二分之一处，注入松节油、蓖麻油等混合油液。六小时后，局部出现条纹状和蜘蛛状充血，体温升高至38.2℃，八小时后恶寒，体温39℃，一星期后排脓液20毫升。又用污水经纱布稍做过滤向原创口注射，并向创口洞腔内探送垃圾粉末，均未造成感染。”

他想了想，又加上两句：“已见胜利曙光。我将推翻西医的理论基石！”

他把记事本塞到被褥下，走出窝棚。瘸老三正仰着头往一棵酸枣树上撒尿，还自得其乐地哼着黄梅戏。往工地望去，满坡的红旗，满坡的民工，就像一群漫无目的四处乱撞的蚁群。他怜悯地望着他们，像上帝在巡视自己的羊群，忘了自己其实是其中最卑贱的一员。直到听见队长恶狠狠的呵斥声，他才回到现实中。他喊上瘸老三，融入忙碌的蚁群中。

第十章　突然撤退

总算熬到第十天了。皇甫林已非常虚弱，他常常依在椅背上闭着眼睛，不知道是睡着，还是昏迷。不过，等他再睁开眼睛时，仍然目光炯炯地盯着艾米娜的闺房，目光带着病态的狂热。

法赫米整夜未合眼，他担心皇甫林会在最后几个小时的苦熬中瞑目不起。妹妹的闺房也彻夜亮着灯光，但他至今拿不准那个性格无常的妹妹是做何打算，她会笑嘻嘻地一推了之吗？

凌晨，皇甫林睁开眼睛，看见法赫米、穆赫和女佣莎拉都在身边。他的胃早已经麻木了，不知道饥饿和胃痛了，浑身有火烧一样的感觉。灵魂在火焰上挣扎着，急欲跳出躯壳，但他用顽强的意志把它禁锢住。他微弱地问：

“几点？”

法赫米轻声回答：“4 点 30 分。”

皇甫林不再说话，又闭上眼睛，在难挨的沉寂中又过了一个小时。他再次睁开眼睛：

“几点？”

“5 点 45 分，离 6 点只剩一刻钟。”

皇甫林忽然笑起来，猛然从椅子上站起来。他的身子摇晃一下，穆赫急忙上前扶住。他的笑容浮在那张皮包骨头的脸盘上，给人一种凄惨的感觉。皇甫林笑着说：

“支持不住了，只好认输了。喂，你过来，”他向女佣招招手，“请向小姐转达我的歉意，我不是她所盼望的勇敢的王子，我的爱情还不够虔诚。法赫米，咱们快去新月酒家！”

法赫米皱着眉头，这个行事怪僻的皇甫林！从这点说，他和自己骄纵的妹妹真是一对儿。他来不及多想，和穆赫把皇甫林扶上车，飞快地向新月酒家开去。路上他想到妹妹，那个心高气傲的姑娘听到这一意外结局时该是高兴？惊讶？懊恨？羞恼？他不由得暗暗笑起来。

老板娘果然如约准备好饭菜。但皇甫林并没有多吃，他让老板先来一碗八宝莲子羹，慢慢地啜着，偶尔在哪盘菜上动一筷子。那两人知道久饿之后不能暴食，所以只管自己吃喝。穆赫使用筷子的技巧已大有长进，把各种各样的中国美味一股脑儿塞进嘴里。

啜了两小碗稀粥后，皇甫林已明显恢复。虽然脸庞几乎瘦脱相，但目光十分明亮，精神头儿不错。穆赫由衷地赞叹道：

“你的潜能激活剂真是神奇！”

皇甫林笑着说：“不，比起印度的香达尔·帕伐罗绝食 14 天，我这次还远远比不上。我想下一次就有经验了。”

法赫米听得啼笑皆非，他还在想着下一次！下一次还会有这样的求婚吗？皇甫林笑着说：

“法赫米，谢谢你给予我的美好日子，我一定把它终生保存在记忆里。我后天就要走，坐 7 点钟的班机。请给我买一张中国航空公司的普通机票。”他笑着补充一句：“买了机票之后，你的医疗费也就付讫了。”

法赫米皱着眉头问：“就这么结束了？”虽然他在心里不满妹妹的胡闹，但让皇甫林这么突然撤退，他又为妹妹不平。皇甫安然笑道：

“中国古代有一位诗人，忽然想见自己的朋友，便连夜乘舟而去。抵达时天色已微明，他忽然又命舟子返回。问他为什么，他说乘兴而去，兴尽而返，岂不是一件乐事？法赫米，我看到了一个天仙般的女子，我也经受了爱情的考验，我一定会把这些美好的记忆永驻心间。这样就足够了，何必再进一步呢？”

法赫米听出他对艾米娜的委婉的责难，他愿意永远记住艾米娜的美好而忘记她的乖张，而且至少在表面上维护了艾米娜的自尊。很可能这是唯一可行的办法。

他叹口气，说：“好吧。过一段时间我会去中国看你。穆赫医生，你去不去？”

“去。我要到皇甫先生的家乡去学习他的医技，我想，呼吸着那里的文化空气，一定学得更好。”

“好，欢迎你们两位。去前先同我联系，免得扑空，你们知道我常在世界各地游玩。还有，法赫米，请你尽量照顾这家饭店。他们的饭菜确实不错，只是因民族偏见而度日艰难。我想，只须稍稍拉一把，他们的生意就会红火起来。”

“放心，我一定照办。”

老板娘听见了他们的对话，转过脸悄悄揩去泪水。

第十一章　天降祥瑞

就在他们离开酒馆时，一架银灰色的喷气机从他们头顶掠过，降落在科威特国际航空港。这是伊拉克总统萨拉米的专机。肖卡德首相和他的文武阁僚在机场里守候，地面已铺上红地毯。飞机停稳，舱门打开，萨拉米满面笑容，健步走下飞机，与肖卡德首相紧紧拥抱。有四个保镖紧紧跟在他的旁边。

萨拉米身上带着典型的阿拉伯人特征，长头，窄脸，鹰鼻，后头骨突出，中等身材，四肢瘦小。另外，他的颈部臃肿，面色红润，腹部膨出，似乎带有病态，他的动作也明显带有神经质。

未及寒暄，萨拉米忽然抬眼扫视一周，脸色唰地沉下来。他扭头喊过随行的国务秘书，怒声问：

“为什么没有仪仗队？为什么不按正常礼节？你们是怎么联系的？”

国务秘书十分惶惑，忙低声道：“按您的指示，这次访问是一次不事声张的工作访问，我们特意向科威特通知不举行迎接仪式，不要记者参加。”

萨拉米怒声道：“混账！我是伊拉克总统，不是不敢见人的恐怖分子或军火走私商，如果科威特不能遵循起码的外交礼仪，我马上乘飞机离开！”他对国务秘书喝道：“去，和他们交涉！”

国务秘书缩头缩脑地走过来。其实，不用他交涉，肖卡德首相已听得清清楚楚，他无法抑制自己的怒气和鄙视：这样的精神病患者竟然贵为国家元首，还妄想成为统一阿拉伯的现代先知！但他并不想把这酿成一次外交事件，谁知道呢，也许萨拉米正是想以这种拙劣的借口来挑起战争。他以政治家的敏捷做出了反应，未等对方的国务秘书开口，就笑着说：

“请告诉总统，科威特元首已在王宫等候他，并将举行盛大的欢迎仪式。

各国新闻机构的记者也已到齐。我们在机场贵宾休息室稍事休息就出发。”

萨拉米马上恢复了好心境，大步向休息室走过去，一边大声同科方人员说笑，首相皱着眉头，悄声告诉自己的秘书，通知王宫速做准备。二十分钟后，迎宾车队开到达斯曼王宫，衰老的埃米尔在王宫门口守候着。萨拉米急忙趋步上前，按阿拉伯的风俗做了祝福，又同埃米尔紧紧拥抱，十几个被匆匆招来的记者忙着抢拍镜头。

埃米尔致了简短的欢迎辞：

“欢迎来自北方的尊贵客人，伊拉克和科威特是唇齿相依的兄弟，我们的血管里都流着易卜拉欣和穆罕默德的血液。尽管在两国之间发生过不愉快，但乌云早已过去了。在21世纪，社会文明的进步和安拉的教诲都赋予我们足够的理智，使我们不去重蹈往日的错误。尊贵客人萨拉米总统的来访，正是伊科兄弟情谊的最好体现，祝愿客人在这里度过美好的时光。”

萨拉米致答词时，他的四个保镖不顾礼仪，在摄影镜头前仍公然挤上去，围在两个元首的旁边，这使首相隐隐觉得不安。萨拉米的答词十分热情洋溢，似乎并未听出主人欢迎词中的钉子：

“十分感谢尊贵的主人，你们的热情欢迎体现了阿拉伯民族的美好风俗，也表现了伊科两国兄弟般的情谊。这种情谊永远不会消退，就像血液不会失去红色。我想即使在21世纪，可能仍有一些人希望伊科之间发生战争，他们为此鼓唇弄舌，混淆黑白，我今天的访问就是让全世界看到那些谣言的可笑。”说到这里他话锋一转，“血浓于水，阿拉伯民族是一家人，在我们的字典里已没有什叶派和逊尼派，只有几个金字：阿拉伯穆斯林！我们要弘扬先祖的勇烈，将阿拉伯民族统一在一面旗帜下，让世界在强大的阿拉伯民族面前颤抖！尊贵的埃米尔阁下和肖卡德首相将成为统一阿拉伯的先驱，而我很乐意做埃米尔阁下的卫队长！”

埃米尔和旁边的首相交换着目光，不动声色地听着这一番不伦不类的鼓动。记者们拥挤着，咔嚓咔嚓地按着快门。忽然天边一颗飞行物以高速飞来，在空中划了一道白色的弧线。随着爆鸣声，这颗飞行物坠落在数百米外，传来沉重的响声。四个保镖早已猛扑过去，把萨拉米拉下讲台，用身子掩护起来，埃米尔被挤得踉跄跌下讲台，科威特的几个保卫人员迅速跑过去接住他。

人们在恐惧的静默中等待着，但随后杳无动静。萨拉米猛地掀开身上的保镖，怒喝道：

“胡闹！难道和埃米尔阁下在一起，还有人会暗害我吗？”他走过去，亲切地搀着埃米尔，“阁下，我想一定是出了什么意外。我们一块儿去看看，好吗？听声音，落地点不会太远。”

肖卡德首相走过去：“埃米尔阁下行动不便，我陪你去吧，记者也可以随行。”他知道不亲自去一趟，就无法让萨拉米相信。萨拉米同意了，同首相并肩而行，他的脸上现着怒容。四个保镖紧张地跟在后边，把科威特的保卫人员挤在身后，俨然把首相看成人质。

一行人不声不响，急急地往前走，记者们知道今天要挖到一个金矿，非常兴奋，他们忘了可能存在的危险，拎着照相机紧紧追赶。保卫人员们低声呵斥着，不让他们过于靠前。很快就找到现场，是在一处市内绿地上，草木被气浪推得向四周俯伏着，露出中间一个环形的土堆，土堆中是一个锥形的浅坑，坑底有一块淡绿色的透明冰块，这会儿在腾腾地冒着热气。

赶来围观的人都迷惑不解，一个共同社记者首先反应过来：

“陨冰！大食彗星！”他兴奋地喊，“没错，昨天各天文台已报道它将在 9 点 30 分左右掠过地球，最近距离为 50 万千米，可能个别碎块会被地球引力俘获。各国天文学家都已聚集在利雅得准备观察它。”

刚才还心惊胆战、惧怕是什么飞弹袭击的人都开怀大笑。萨拉米笑着接过警卫递过来的陨冰，它呈很淡的绿色，质地致密，摸上去微微温热。一名路透社记者说：

“幸亏不是陨石。陨石常以每秒十几千米的巨大速度撞向地球，这么大一块陨石的能量足以把 800 米外的达斯曼宫夷为平地。陨冰则因大量气化减缓了速度，温度也不致太高。”

萨拉米忽然有所触动，问这位记者：“地球上发现陨冰的几率有多大？”

“据说常有陨冰撞击地球，但落在居民区并被发现的几率很小。据我记忆，近 50 年来不到五次，好像在中国无锡地区连续发生过两次。”

“那么，陨冰落在两个国家元首面前的几率呢？”

记者听出他的话意，凑趣道：“绝无仅有！”

萨拉米忽然热泪盈眶，他缓缓举起陨冰在唇边亲吻，回头对埃米尔和首相说：

“对我们这样的沙漠之国，天降陨冰意味着什么？这是安拉向我们显现的吉兆啊！它预兆着阿拉伯民族的复兴，意味着真主已把这副世俗的担子交给我们两国首脑。在天降吉兆之后，如果有人不遵从安拉的旨意，必遭天谴！”

周围的阿拉伯人为他的虔诚感化，他们默默接过那块陨冰，放在唇边亲吻。首相最后把陨冰接过来，端详一会儿。淡绿色的陨冰晶莹致密，阳光在其上闪烁不定，把它内部的结构折射出来，那里一定深藏着宇宙亿万年的秘密。首相知道，即使至高无上的安拉也没能力改变陨冰的轨道，尽管这种想法有一些渎神。但萨拉米的即兴表演确实令人感动，他在周围的阿拉伯人心目中已成了信仰的化身，首相略为思索后流畅地说：

“感谢万能的真主赐我们吉祥。阿拉伯统一是易卜拉欣、穆罕默德、萨拉丁、纳赛尔诸位先贤的遗愿，科威特将用虔诚的信仰和石油财富为此略尽绵薄之力。阿拉伯统一任重道远，本人才资鲁钝，难以当此重任。但安拉既然赐我们吉兆，必将赐予我们一个雄才大略的领袖。”

萨拉米似乎并没听出他话中的钉子，走过来同首相再一次热烈拥抱，记者们的闪光灯闪个不停。萨拉米庄重地说：

“请把这块陨冰分成两份，我要把其中一份带回伊拉克。”

萨拉米结束了对科威特的闪电访问，当天下午便飞回伊拉克。总统专机没有飞往巴格达，而是直飞东北重镇埃尔比勒。萨拉米下了飞机，在卫队的严密保护下，驱车前往这座山城的中心。街道两旁警卫部队实枪荷弹，守护得连鸟雀也飞不过去。当总统车队经过时，军人们高呼着：

“真主伟大，一切为了萨拉米！”

市中心聚集着一群库尔德人，他们是被枪支驱赶来的，全都沉默着，目光中含着仇恨和恐惧，萨拉米一下车，就笑容满面地向库尔德人走过去。保镖们不敢拦阻，只好迅速越过他，把他与库尔德人隔开。萨拉米勃然大怒，喝道：

“退回去！我是在库尔德人兄弟之间，不是在异教徒那里！”

保镖们已习惯了这种训斥，默不作声，仍散在他四周严密观察着。萨拉米招招手，一个随从递上一个小巧的保温盒，萨拉米取出那块陨冰，在唇上吻了吻：

“库尔德兄弟们，知道这是什么吗？这是真主赐给我们的祥瑞。”他动情地叙述了天降陨冰的经过，“我没有回巴格达，直接到这儿来，是想把安拉的祝福第一个送给我的库尔德族兄弟。兄弟们，我们不能再在兄弟之间相互残杀了，不要再听某些恶意的挑唆。让我们放下武器吧，我以安拉恩赐的祥瑞起誓，我将公正地对待库尔德族，对待什叶派和逊尼派穆斯林，如果违誓，安拉会用雷霆惩罚我！”

他又吻了吻陨冰，把它交给人群的年长者：“请把它作为信物交给你们的首领，并请转达我的良好意愿。”

那个白发飘拂的老人迟疑着接过陨冰，一个保镖低声怒喝道：“吻吻它，赶快起誓！”

白发老者目光阴沉地瞪了保镖一眼，不得不把陨冰放唇边吻了一下，低声说：“我凭库尔德人的祖先起誓。”

萨拉米没有注意到这个小插曲，他把保温盒亲手递给老人，兴高采烈地同库尔德民众告别。在返回途中，他皱着眉头低声说：

“迅速返回巴格达，我觉得不舒服。”

随行医生在车上为他做了初步检查，他的体温较高，面部有几个红色的疹子。初步诊断是因风寒引发的风疹，医生给总统服了几片退烧药，说：

“快回首都，做详细检查。”

第十二章　死神之吻

肖卡德首相晚上返回家中时，法赫米不在家。艾米娜像一只蝴蝶般飞过来，扑到父亲怀中，叽叽喳喳地说着。肖卡德今天不大舒服，觉得脑袋发重。他本想早点休息，但不想扫女儿的兴，就笑着陪她说话。

他虽然昏昏沉沉，但政治家的敏锐还在。他觉得女儿今天有些反常，她的兴奋多少有点神经质。妻子像往常一样温柔地微笑着，但似乎也在隐瞒什么。他问：

“法赫米呢？”

“他去为那位中国医生送行。”

“皇甫林要走吗？为什么不先告诉我？”

“是中国医生执意不让惊动你。”

艾米娜咯咯地笑起来：“父亲，这个异教徒还向我求婚呢，就在后边那棵石榴树下，整整为我绝食了 10 天。”

母亲大惊失色，她一直把女儿的胡闹瞒着丈夫，并再三叮咛女儿不要让父亲知道。其实，艾米娜自己也不知道为什么要告诉父亲。也许是在下意识中想唤起父亲的注意，使事情有个转机？父亲果然很生气，脸色阴沉下来。艾米娜嘟着嘴说：

“父亲，那人简直是个疯子，我没想到他会真的为我绝食 10 天。如果不是个异教徒，说不定我真的愿意嫁给他。对了，他还为我皈依了伊斯兰教呢。”

首相仍然没有说话，带着怒意回卧室去了。母亲很惶惑，也很可怜女儿。当妈的对艾米娜纡曲的心理活动了如指掌。女儿尽情折磨那个痴情男子，却没料到在最后一刻皇甫林会决然而去，这对她的自尊心打击太大了。现在很可能她已经后悔，却不好意思请父母出面斡旋。首相夫人悄悄跟到卧室，低声对丈夫说：

“那个中国青年很不错。”

丈夫已躺在床上，烦躁地说：“以后再说吧，我今天太累。”

妻子轻声退了出来。

凌晨，她突然听到丈夫的呻吟声，他在床上辗转反侧。伸手摸摸，丈夫的额头烫得像火炭，脸上和身上出满了红色的疹子，她惊慌地喊来仆人：

“主人重病，快去请穆赫医生！”

穆赫没找到，仆人说他和法赫米一块儿为皇甫林送行，天明才能回来。忽然菲律宾女佣莎拉急急地进来：

“夫人，艾米娜小姐生病了，烧得很凶，脸上身上还出了很多疹子！”

莎拉结结巴巴地说着，身子摇摇晃晃，几乎站立不住。在她的脸上也是同样的红色疱疹。温柔谦让的首相夫人此刻变得十分果决，她命令道：

“一定是急性传染病，立即报告埃米尔！”

在豪华的科威特航空港候机大厅里，皇甫林、法赫米和穆赫医生站在窗前，透过巨大的玻璃窗，看见蓝天下一群野鸭拍着双翅从头顶掠过。中国民航 2347 号班机正从停机区开到起飞区，与旅客通道缓缓接合。一群身材修长、面目姣好的中国空姐们拉着行李车鱼贯而入。她们笑语盈盈，穿着天蓝色的空姐服，裸露的腿部光滑润泽。

广播中已开始用英语和阿语通报：“中国民航 2347 号班机已经开始登机，请到北京的旅客走 8 号通道。”穆赫为皇甫林提起小小的衣箱，三人走到登记口。要分手了，法赫米紧紧拥抱住皇甫林，热泪双流：

“我的好朋友，再见。我永远忘不了我们的友谊。”

皇甫林也很感动，故意皱着眉头说：“干什么？很快在中国还会见面的，穆赫也和你一块儿去。”

法赫米掏出一张瑞士银行的支票，唰唰地签上了自己的名字，然后把空白支票递过去：

“我的朋友，我知道若用金钱相赠是对友谊的亵渎。但是，我现在穷得只剩下金钱了。”他伤感地笑笑，“我希望这点钱能对你的事业有所帮助，使其他像我这样的病人重新获得生活的快乐。”

皇甫林看看法赫米，没有推辞，把支票装进口袋。他拎起小皮箱，踏上登机电梯，法赫米目送他直到身影消失。

法赫米走出机场大厅时，看见一群官员正从绿色通道里出来。为首的官员看见他，惊奇地叫道：

“小法赫米！”

法赫米认出是石油大臣贝克尔·萨巴赫亲王，便走过去见了礼，贝克尔亲王刚从埃及访问回来，高兴地问：

“法赫米侄子，你的过敏症全好了？我一直惦记着你的病，每次出国我都请当地政府为我咨询，但一直没有找到有效的办法。你是怎样治愈的？”

“我很幸运，碰上一位来自中国的神医。他用一种神奇的药剂和药膏很快就治好了我的病。”

穆赫在旁插了一句：“确实神奇！他的理论很像是天方夜谭，也很大逆不道，但他确实治好了不少绝症。我们已经约定，不久我就去中国投到他门下学习。”

贝克尔很感兴趣，拉着法赫米详细问了治病经过。他们走到门口时，忽然大臣的秘书跑过来，面色苍白，气喘吁吁：

“亲王殿下，请你立即到舒赫特军营。科威特城内有恶疫流行，几乎所有大臣全部罹病，埃米尔和肖卡德首相病情最为严重。埃米尔已命令你暂时代替首相行使职权，并请你考虑是否实行全国紧急状态。”他看见法赫米，补充道：

“法赫米先生，请你也到军营隔离，首相全家包括夫人、你妹妹全部病倒了。”

亲王和法赫米十分震惊。沉思片刻，法赫米苦笑道：

“亲王，请你快去，科威特不能没有领导。我要回家去，这些天我一直在家，如果有什么恶疫的话，我恐怕早已携带着病菌，不能再把你们传染上。再说父亲也需要我。”

他与亲王告别，拉上穆赫匆匆回家。

舒赫特军营里充满恐惧气氛，就像到处燃烧着死亡之火的贾汗拉姆地狱，穿着淡蓝色工作服戴着口罩的医护人员匆匆来去，士兵们则干脆全副武装，连防毒面罩也带上了，空气中弥漫着浓重的石炭酸味儿。

一个贝克尔不认识的低级官员向他汇报了情况：

“首都科威特城已有 30%以上的人罹病，且病情正迅速向全国蔓延。据报，已在舒艾拜、杰赫拉、迈哈瓦、布尔甘油田发现了零星病例，这些小火星很可能在明天就酿成大火。全国的医学专家都已经动员起来。他们中有50%已经病倒。到目前为止，他们对这场灾疫还束手无策。”他面色阴沉地说，“亲王殿下，这次灾疫在萨拉米总统走后第一天就开始了，最先患病者也多是迎接过他的政府官员，我怀疑是否是萨拉米搞的鬼。这个政治流氓是什么都敢干的。”他又补充道，“果真如此，他们一定会有后续行动。”

亲王见他的脸庞发红，神情倦怠，只是靠毅力才勉强支撑住。他亲切地问：“请问你的名字？职务？”

“拉什德·阿里·赛迪克，首相办公室的低等文官。”

“谢谢你，阿里先生，谢谢你在国家危急关头所表现的忠心和才干。现在请把医学专家召集过来；通知国际卫生组织，力争在八小时内派来专家小组和救护队；立即宣布，全国实行紧急状态，军队实行一级动员。”

医生到来之前，贝克尔亲王迅速梳理着思路，从发病的凶猛程度来看，很像是一场细菌战。但他的直觉不相信是萨拉米搞的鬼。这样由一国元首亲自去邻国播撒病菌，未免太招摇了，这毕竟不是中世纪。那么，这场突发的灾祸从何而来呢？

科威特王家医院的免疫学权威法哈特匆匆赶来，一进门就惊慌失措地喊叫着：

“这一定是真主对我们的惩罚，或是魔鬼在向真主挑战！贝克尔亲王，医学史上从未记录过这样极为突然的疫病，连当年横扫欧洲的黑死病，古印度流行的天花，二十世纪的亚洲A型流感也没这次凶猛！已经有人死亡了，如果不采取有效措施，估计死亡率至少为50%！”

贝克尔怒喝道：“住嘴！不许再这样惊慌失措！”法哈特医生立即噤声。贝克尔放低嗓音问，“究竟是什么病？”

医生惶惑地说：“我们已尽力做了检查。从发病迹象看应该是天花。据电子显微镜观察，病原体同天花病毒类似，也是卵圆形，复合对称，但病毒子粒的组成稍有不同。病毒核酸的检查报告还没有出来。另外它的发病也比一般天花更为迅猛。”

“这么说很可能是天花，你们是不是按天花进行医治？”

法哈特医生痛苦地喊起来：“亲王先生，问题是即使确诊为天花，我们也毫无办法！你知道，所有病毒都是超级寄生，它们侵入人体敏感细胞内部，用它的核酸代替人体细胞的遗传物质，从而大量繁殖。这种险恶的寄生方式使任何药物包括抗生素对其无效，只有靠人体在亿万年进化中积累的免疫力同它们搏斗，使用天花疫苗则是事先唤醒这种免疫力。但是，由于医学的进步，天花已在1977年绝迹，1979年世界卫生组织宣布废弃天花接种。卫生组织曾在美国和俄国保留着天花病毒作为研究之用，但是，为了避免工作失误造成病毒泄露或为恐怖分子窃取——那必将是世界性的灾难——几经推迟之后，终于在2018年将所存天花病毒全部销毁。如今我们已没有了天花疫苗，没有诊断血清……更要命的是，人类在几十年太平无事中已经失去了对天花的特异性免疫力！亲王殿下，你知道在我们面前是什么悲惨前景吗？对患病者我们基本无能为力；对于未患病者，只有根据新发现的病毒重新制作天花疫苗并为他们接种，才能避免世界性的大流行。不过，到那时，科威特恐怕已经在地图上被抹去了！”

这种悲惨的预测使亲王不寒而栗，他沉默很久才说：“世界卫生组织的专家很快就会到达。在这之前只有严密隔离，命令全国人民关紧门窗待在室内。”他忽然想起法赫米说的那位神医，尽管他并未深信，但是正所谓病急乱投医，在危急关头任何可能都要尝试一下，他立即命令随从：

“立即同首相的小儿子法赫米联系，请他设法尽快通知那位中国医生返回科威特协助治疗，工作报酬等问题由法赫米自己酌定。”

随从匆匆去了，秘书匆匆进来，面色惨白，急急打开屋角的电视：“首相，快看新闻！”

屏幕上，伊拉克副总统阿齐慈正愤怒地咆哮：

“……去科威特进行友好访问的萨拉米总统和随行 24 人全部患病，生命垂危。萨拉米回国途中经过的库尔德地区和巴格达都已暴发恶疫。毫无疑问，这是科威特的穆斯林叛徒下的毒手！这是 21 世纪最卑劣的流氓行径！我命令全国处于紧急状态，军队进入一级战备，一旦敬爱的萨拉米总统有什么不幸，1200 万伊拉克人民和 100 万伊拉克军队必将用科威特人的鲜血去洗雪仇恨！”他目光阴狠地补充：“我奉劝世界上任何一个国家，哪怕是超级大国，也不要向伊拉克人正义的愤怒之火上浇油。如果谁敢干涉我们，我们将派出 1 万名敢死队员，把 1000 个首都和大城市变成废墟。”

下面就是歇斯底里的群众场面，成千上万的伊拉克人面朝清真寺俯伏在地，在晌礼时为萨拉米的健康祈祷。从画面上看，伊拉克人的悲伤和愤怒是完全真诚的，他们目光中的仇恨和狂热使几百千米外的贝克尔都感到战栗。贝克尔立即拨通中国、美国、俄罗斯、日本各大国大使的电话，他们都答应立即同本国政府磋商。

30 分钟后，埃及大使回了电话：“代首相阁下，我受埃及、中、美、俄、日、韩各国政府委托，特向你保证，一旦科威特遭到从陆地、空中或海洋上的任何进攻，包括越境炮击或导弹袭击，多国舰队都将立即做出反击。联合舰队现在正向阿曼湾和波斯湾前进。”

“十分感谢国际社会的支援。”

“不必客气。另外，各国政府派出的医疗队已在途中，最快的半小时后就可到达科威特。”

“谢谢。”

就在这时，屏幕上的歇斯底里场面突然消失，信号中断，屏幕上只剩下一片雪花。十分钟过去了，伊拉克的电视转播还未恢复。在这难熬的十分钟里，贝克尔心如火燎，担心这是进攻的前奏，他不停地同边境驻军和雷达部队联系，并请各大国的 KH–23 锁眼式侦察卫星密切注视伊拉克境内的动静。

30分钟过去了，各处的情报来源均说伊境内毫无动静。突然，电视播放又恢复了。画面上仍是伊拉克电视台的导播室，镜头对准担架上的一个病人，他满脸都是疱疹，几乎难以辨认，但这张极为丑陋的面孔仍保持着令人不敢逼视的威严。话筒放到他面前，他声音喑哑地说：

“我是萨拉米总统。我去科威特访问回来就患上恶疫。也许是安拉要惩罚我们，也许是犹太复国主义者的阴谋。但无论如何不会是科威特兄弟的罪过！我相信他们，就如你们信任我。我命令军队立即停止动员，即使我死了，也不能向科威特境内开一枪！”

他显得十分虚弱，吸了几口氧，又喘息一会儿，才接着说：

“阿齐慈副总统为我的不幸而激愤，所以他的决定过于感情化。现在，他在我的劝说下已同意收回刚才的命令。希望伊拉克人民信任他的领导，同心协力共渡难关。”

电视转播结束了，贝克尔长长地吁一口气。不过有一点颇费心思，为什么阿齐慈副总统后来没有在电视中亮相？他是被软禁、枪杀，还是忙于国内事务？

第十三章　返回科威特

下了飞机，皇甫林就到北京各市场去闲逛。他去了大栅栏、天桥，在摩肩接踵的人群中东悠西荡，自得其乐，这样在市场闲逛是他的一大爱好。不过今天在闲适的惬意中常常冒出片刻怔忡。一个戴面纱少女的倩影会突然浮现在人声鼎沸、烟雾缭绕的背景上。那位姑娘的藐视和不恭激怒了他，使他一怒而去。但是，当他自认为已经把这些全部抛却之后，潜意识的思念却开始来折磨他。

这些天，他一直贪婪地想着中国的饭菜——在国外吃中国菜，哪怕是非常正统的中国饭菜，也全像变了味！他在谭家菜饭馆里吃了午饭，按规矩，女主人亲自陪他一块儿吃。下午，他又买了王致和臭豆腐，六必居酱菜，德州扒鸡，满满当当拎了一大包。晚上七八点他才回到“平衡诊所”，这是他祖父在北京开的分店，已经50年了，没有多大发展。因为北京的著名医院太多，病人的文化层次太高，他们轻易不会相信这种类似江湖医生的诊所。父亲退休回家后由他接手，他更是天生坐不住的性子，不会把时间浪费在这个小巷里。

巷里停着一辆高级的红旗Ⅲ型轿车，正堵着诊所的门口。他纳闷是什么大人物来看病？正在翘脚盼望的护士小娜一眼看到他，激动得尖声喊道：

“皇甫医生！是皇甫医生！”

两个衣冠楚楚的人立即从车里出来。他们举止从容，礼貌恭谨，但遮不住内心的焦灼，一个人趋步上前同皇甫林握手：

“是皇甫先生？你怎么没带手机。我们已等了四个小时。请立即随我们到机场，科威特代首相贝克尔先生邀请你返回那儿。科威特出现了极凶恶的天花疫情。”

皇甫林吃惊地问:“代首相?首相肖卡德先生呢?”

“他、埃米尔及大部分科威特领导人都已罹病。”

皇甫林很震惊,想问问法赫米兄妹的情况,但没有开口。他知道外交渠道肯定不会送来这些详情。他没有片刻犹豫,立即跨进车内,忽然又钻出来:

“小娜你也去,把所有的平衡药物全带上,快!”

他们匆匆忙忙把诊所内的药物都撂在三个大纸箱里。红旗轿车装不进这些箱子,两个官员到巷口随便拦一部工具车,让司机看了证件,工具车司机爽快地答应了。

两辆车在汽车的洪流中穿行着,不时尖啸着闯过红灯。指挥岗上的交警愤怒地瞪着眼,但他们看到了红旗Ⅲ型轿车的车牌号码,没有再吱声。小娜坐在工具车里,没想到情况竟会这样突变,几分钟前,她还绝对想不到能去科威特跑一趟!所以抑制不住激动,不时咯咯地笑着。司机是个二十多岁的小伙子,他这一辈子看见交警就腿肚打战,何曾想过能风风光光地连闯红灯?他也极为兴奋,在汽车急驰的呼啸声中不停地大笑着,同小娜高声交谈。

那时他们还来不及想象,科威特有什么样的惨景在等着他们。

一架波音757在机场已等了三个小时,机旁的人看见两辆车风风火火闯进机场,这才舒开眉头。皇甫林跳下车,交代地勤人员把药品装进货舱,自己则拉着小娜急急爬上舷梯。他们刚一踏进去,舷梯车已渐渐分离,两分钟后飞机就滑进跑道,呼啸升空。

机舱内经过改制,大部分座椅都拆除了,装着复杂的医疗器具和化验设备。头等舱里有外交部西亚司副司长韩去玉,有协和医院流行病学权威陈大中,他是第二批援科专家小组组长,还有其他几位。虽然已等得心焦火燎,但他们都很有教养,再加上皇甫林事先并不知情,不能怪他,所以几位彬彬有礼地同皇甫林握手。

皇甫林偶然向中舱一探头,看见那位工具车司机在角落坐着。他很惊异,正要开口询问,那位司机又是挤眉又是弄眼地比画个不停。他没有惊动别人,悄悄来到司机身边,司机苦苦央求:

“求你大发善心,我难得碰上这么一回奇遇,多刺激!特过瘾!让我也去科威特跑一趟吧。求求你，行吗？我一看就知道你老是个善心人！”

小娜弄清原委，也帮着他央求：“答应他吧，他碰上咱也算有缘分。”

皇甫林忍住笑，这个不安分的家伙倒挺合自己的脾性，不知道这个鬼灵精是怎么溜上来的。他板着脸说：

“好，小娜你立即教他注射，到病区后也能当个人用。反正飞机中途不会再停了，想撵你走也没办法。你叫什么名字？”

司机眉飞色舞，答道：“我叫兰小龙，回民。我听说回民的老祖宗是唐朝从黑衣大食过来的，早想去看看咱老家是什么样子！”

皇甫林不再说话，悄悄找一个角落，把几把座椅的扶手掀开，拼成一个沙发，躺下来闭目养神。不过脑子里一点也静不下来，法赫米、穆赫等人的面孔老在眼前打转。还有那位艾米娜的面孔。严格说，那是一个冷心冷肺的女子，不过她的刻薄包在稚拙天真中，不怎么让人反感，反倒使他念念不忘。

他听见前边几个人在低声闲谈，偶尔听见平衡医学、皇甫右山等几个熟悉的音节。于是他尖起耳朵偷听起来，在这方面，他从来不想做一个绅士。

皇甫林初进飞机时，陈大中教授就觉得似曾相识，他竭力回忆，总想不起来。等到介绍了姓名，他才恍然大悟。不，他没有见过这位青年，倒是和他的祖父打过交道。那怪人给他的印象十分深刻，所以40年后还能忆起来。这个青年人与他祖父长得非常相像，看来皇甫家的遗传基因十分强大而稳固。

他轻声问韩司长：“怎么找了这个活宝当专家？”

韩司长从他的话意中听出轻微的责备，他解释道：“是科威特点名邀请的，听说他在那儿治好了首相儿子的痼疾。你对他有所了解吗？”

“不，我只见过他的祖父皇甫右山，他和我的一位老师庚天均教授有过一次激烈的冲突。”

“他的什么平衡医学究竟是怎么回事？”

“一派胡言。你只用知道两点就能做出评价：皇甫右山说，按平衡医学，所有病症只需用一种药物——人体潜能激活剂，这岂不是天方夜谭！还说人类必须有意维持一定的死亡比率，才能保证自然选择的有效，才能逐步增强而不是削弱人体的免疫体制。公平地说，他的观点中不乏一些闪光点，但总的说他走得太极端了。他的观点与希特勒的优等种族理论是一母所生的怪胎，甚至可以说玷污了医学工作者的良心！”

韩司长说：“我好像听过一些传说，说他治好了一些病。”

“我知道，否则皇甫家也维持不了50年。找他看病的多是低层百姓，很容易形成对他的盲从和崇拜，这样他就能利用心理因素来治病。你知道，心理治疗的确能治好不少病症，甚至偶尔也能治好一些顽症，并且最容易在文化素养较低的阶层中奏效。”他苦笑道，“可惜，高度发达的医学对科威特的灾疫基本是无能为力，这种现状帮助了这种江湖医生。”

韩司长关心地说：“趁这个时间你多少介绍一下，你们抵科以后如何工作？”

“对已患病的人基本无能为力，只能做一些辅助治疗，避免继发感染并隔离传染源。然后我将用那儿的天花病毒制出天花疫苗，向健康人群注射——很可能要在全世界范围内注射。即使灾疫迅速控制，其花费也将超过数亿美元。”

“疫苗制成大约需要多少时间？”

“我将使用最新发展的杂交法，用大肠杆菌快速繁殖的特性，大量生产天花病毒，再由此制造疫苗。这种方法我们已发展得炉火纯青，估计四五天就可制出疫苗。”

韩司长轻叹道：“五天，按目前传播速度，科威特恐怕已经无人幸免了。”他困惑地说：“我是一个没有进过医学殿堂的外行，常被医学殿堂富丽堂皇的外表所惊服。在我印象中，现代医学没有征服不了的病魔，甚至复制人体都办得到，为什么对常见的病毒却如此无能？”

这番话使陈大中很羞愧，他低声说：

“现代医学正在发展对付病毒的办法，比如用干扰素诱生剂就是一种办法。干扰素基因位于人的‘体细胞’第二和第五个染色体上，当诱生素激活它并产生干扰素时，它再激活位于体细胞第21对染色体中的抗病毒蛋白基因，使病毒侵入的靶细胞内产生抗病毒蛋白（AVP），后者对各种病毒有广谱的抑制作用。可惜，诱生剂的研究还没有到实用程度。”

他们的心情都很沉重，不再说话，当专机抵达科威特机场，无线电中听到机场飞行调度说：

“中航 1248 号班机可以降落，请注意，由于疫病，机场只剩下少数工作人员，下降时请格外注意安全。”

飞机已对准跑道，开始降落，忽然一声巨响！一个东西狠狠地撞在舷窗上，在钢化玻璃上留下一团血迹和几根羽毛。皇甫林急忙从舷窗外向后看，见一群野鸭正迅速向后退去，很快消逝。机长在麦克风中说：

“请乘客放心，刚才是一只野鸭撞上飞机侧面，没有造成损坏，现在仍正常降落。”

飞机在跑道尽头缓缓停下。舱门打开，两辆丰田轿车飞速开过来，把他们接走。皇甫林对韩司长说：

“兵分两路吧，埃米尔王宫那儿你们去，我先去首相家。我对那儿比较熟。”司长和陈教授看看这个颐指气使的青年，没有表示反对。

第十四章　医界狂人之二

1992年6月，北京。

协和医院实习医生陈大中匆匆走进主治医生办公室，庚教授问：“特护室的李雅兰仍然没有好转？”

陈大中忧心忡忡地说：“没有。”

病人李雅兰78岁，是一位退休政界要人的夫人。庚教授向来怕接这种病人，一则各方干扰太多，再者这些人大多常服用一些贵重药品，体内病原体已经有抗药性，再对病人使用类似药物时疗效就很不明显。李雅兰不太有希望活下去，她的身体就像一块已经发出磷光的朽木，高血压，肾衰竭，严重的胃窦炎，都凑到一块儿了。他叹息道：

“尽人事听天命吧。”他看见年轻医生似乎还有话，便问，“还有什么事吗？”

“病人家属为他请了个江湖医生，是什么平衡医学的创始人皇甫右山。这会儿正在为她诊病。”

庚教授皱起眉头。所谓病急乱投医，绝症病人家属的心情可以理解，一般情况下他常对此装聋作哑。但他碰巧知道这个皇甫医生，他的医学论文和严新的气功传道一样荒诞。庚教授甚至专门请人搞到一些所谓的“人体潜能激活剂”进行严格的药理分析。分析结果是，这种药剂在试管里没有丝毫杀菌杀病毒作用，也不含任何对人体有益的成分。鬼知道那些淡黄色的药剂和药膏是什么玩意儿配出来的！

鉴于李雅兰的特殊身份，他不能放任这个江湖疯子在协和医院的病房里胡闹，便说：“走，我们得去制止一下。”

他们走进特护病房隔壁的观察室，透过窗户，看见病人躺在床上，处于半昏迷状态。病人的女儿和另外两个人正虔诚地看着一个四五十岁的男人，他瞑目仰靠在沙发上，长发，满脸胡须，方脸庞。一个年轻人很可能是他的徒弟，正在为他念本院的一本病历，这份病历当然是神通广大的病人家属弄出来的。年轻人念道：

“1976年4月病历，自诉头晕，血压波动在140～150/100～110mmHg。诊断为高血压，服用复方降压片。”

那个长发狂人欠欠身子，评点一句：“1976年，那是什么年代？在那个非常政治时期，作为政界要人的妻子，血压波动是很正常的，用什么降压片！”

“1980年6月病历，自诉胸闷，胸骨有压迫感，做运动试验有偶发性早搏，运动试验可疑阳性，诊断为冠心病，服用扩冠药物。”

皇甫右山又抬起头，略带刻薄地评点一句：“这点小病是因为生活太优裕，但服用扩冠药物是饮鸩止渴。须知人的机体也是好逸恶劳的，既然有药物起作用，心脏的自身能力就睡觉了。往下念。”

“1985年11月，血脂偏高，胆固醇240mg%，三酸甘油酯5.6毫当量/升，β－脂蛋白504mg%，诊断为高血脂，服降血脂药。”

那人说：“哼，不如少吃点，多走几步路更有效。念。”

“1987年8月，胃镜检查为慢性胃窦炎。”

他又评论道：“十药九毒。不断服药，干扰了胃脏内环境，咋会不生病？”

“1988年10月，患者咽痛，体温39℃，诊断为上感，青霉素滴注6天，后病愈出院。”

那人刻薄地说：“小病大养之典型例证！由病毒引起的感冒，使用抗生素全无功效。而且发热是人体的保护性反应，不是万不得已，不可肆意中断这个过程。治疗的副作用早已超过疾病本身的危害。”

年轻人低声说：“以下就是协和医院的治疗了。1989年4月，下肢轻度浮肿，检查结果，血肌酐3.6mg，尿素氮61mg，血色素11.5g，抗O 200单位之内，类风湿因子（一），蛋白甲泳结果：白蛋白62.3%，阿尔法1－球蛋白2.5%，阿尔法2－球蛋白10.9%，β－球蛋白9.6%，γ－球蛋白14.5%，血沉30毫米/小时，胆固醇276，三磷甘油酯96，总蛋白定量76，白蛋白45，球蛋白31%，IgM 119mg，IgC 831mg，IgA 244mg，C 384mg；口服复方降压片、速尿、心痛定、心得安、肌苷、降脂宁、叶酸及维生素类药，另服中药汤剂：西洋参 4 克，何首乌 12 克……”

“算了，不必念了！”那人从沙发上仰起身，目光鄙夷，“病人已经全部被药物包围，靠大量药物勉强把生命维持在极限值的边缘，完全不给机体自我修复的机会，这种治疗只能促死！”

病人一直在昏迷着，病人女儿胆怯地问：“还有救吗？”

“全部停药，用我的激活剂试试。我不敢说百分百的把握。”

庚教授实在忍不住，推开内门走过去。病人家属没想到让主治医生与皇甫右山碰头，窘得不知如何是好。庚教授微笑着问：

“皇甫医生，听你的说法，我们的治疗方案有一些不妥之处？”

那个长发怪人仍端坐在沙发上，傲然说：“按照西医理论，你们的治疗方法很对，可惜现代医学的基本理论错了。”

庚教授想不到他竟如此狂妄，不禁也动了气，他话中带刺地说：“是吗？请皇甫先生指教。”

“现代医学，尤其西医，是绕过人体直接和病原体作战。他们几乎把这些作战方法发展得尽善尽美。结果，无所事事的人体免疫能力日渐衰弱，经受超强度训练的病原体却日渐强大，你们难道看不出这是多么危险的游戏？这就如解放后治黄河，四十年太平无事的代价是悬河越来越高，不像历史上的堤防溃决和改道常常有疏浚作用。一旦有一个鼠洞蚁穴，现代社会的生死平衡就会在一夜之间崩溃！而这个蚁穴是处处皆有的：外太空致病微生物，地球上新变异的病毒，科学狂人或国家狂人的生物武器，国际恐怖分子的盗窃……”

“那么，依皇甫先生之见呢？”

那怪人没有理会，仍继续侃侃而谈：

“现代人的体质已经逐日下降，这已有统计数字为证：本世纪初，人的白细胞正常数值为 8000 ~ 10000，后来逐步下降，50 年代是 6000，70 年代是 4000，90 年代已到 4000 之下了。耐药菌株如洪水一样发展，连大肠杆菌和痢疾杆菌这种普通病菌也有了耐药菌株，抗生素也奈何不得。治疗败血症的青霉素用量已由几万单位加大到几千万单位，但死亡率仍回升到抗生素问世前的水平。”他刻薄地说，“我不知道全世界医学专家是不是都瞎了？从这些触目惊心的事实难道看不到水面下的冰山？”

庚教授不想反驳，这位狂人说的的确是世纪性的难题，问题是解决一个难题比提出一千个难题更困难。他和颜悦色地说：

“皇甫先生说得很对。不过我们先不要扯远了，仍回到这个病人身上吧。的确，她的肾衰竭已很难治愈了。皇甫先生有什么办法吗？”

“可以用我的人体激活剂试试。”

“这种药有国家批准文号吗？有药理检验报告吗？”

那人不屑一顾：“统统没有。一个牛顿力学的科学院不可能确认量子力学的正确。”

庚教授的忍耐已到了极点，冷冷地说：“好吧，这些我们都且不提，只问你有把握治好吗？”

那个狂人倒十分坦率：“没有。我的药只能最大限度地激发她的潜能，能否战胜病魔，归根结底要看她自身。”

“如果她的潜能不足以取胜呢？”

皇甫右山勃然道：“那就只好让她死去。平衡医学认为，人类必须保持一定的疾病死亡率，才能使自然选择有效地坚持下去。不胜利，毋宁死。你们用高昂代价维持的生存有什么意义？你们能对每一个贫穷百姓花这么多钱吗？对每一个穷人都有这样的耐心吗？用有限的自然资源维持少数特权者的苟活，实际上是对千千万万普通人的谋杀。”

庚教授已经不屑于同他争辩，他冷笑着转向病人家属：“你们是否愿意让这个……”他勉强抑制住，没说出“疯子”两字，“先生为你们治疗？如果愿意，请你们最好办出院手续。”

那位年轻家属已经被皇甫右山最后一席话惹恼，忙说：“不不，这位先生只是来咨询的。”她转过头冷漠地说：“实在对不起，请皇甫先生回去吧，我打电话叫一辆车送先生。”

那位狂人丝毫不感到难堪，呵呵地冷笑着，抬脚就走了。

第十五章　安拉的恩赐

科威特几乎成了一座死城。除了戴防毒面具的士兵在街上巡逻，一些穿蓝衣的医护坐着救护车经过，此外几乎看不到人迹。皇甫林以最快速度开到首相官邸。官邸内是同样的景象，除了士兵和蓝衣人员忙碌，见不到一个首相家人甚至佣人。忽然法赫米从房内走出来，他已瘦多了，显得十分疲惫。皇甫林大喜若狂，扑过去抱住他：

“法赫米！”

法赫米十分惊喜，但他忙把朋友推开：“你为什么不戴口罩，会传染的！”

皇甫林没有回答这个问题，他急急地问：“你没传染上天花吗？”

法赫米迷惑地说：“没有，这真是奇怪，连穆赫医生也病倒了。恐怕我是唯一的幸运者。”

皇甫林喜不自胜：“这我就放心了，这我就更放心了。”他向法赫米解释，“你未得病，就证明我的药激活了你的免疫系统。虽然天花病毒有变异，但被激活的免疫系统仍然有效。来，快点治疗病人吧。”

首相已经昏迷不醒，全身尽是脓疮，有的已融合成片，不停地说着胡话，有时还发生惊厥。皇甫林怜悯地看着他，轻声问：

“有几天了？”

“从出红疹开始到现在，有三天了，这几天一直说胡话：什么新月行动、阴谋等。”

皇甫林不再问，匆匆为他进行脊椎部注射和臀肌注射，他说：“恐怕治疗为时已晚，以后只有看他的体质了。这之后还会有高烧，那是正常反应，一般不要管它。”

处理好后，他问：“你母亲和妹妹呢？”

法赫米领他到另一间房子，首相夫人和艾米娜在那儿并排睡着。艾米娜的病状稍轻，她睁开眼睛，木然看看皇甫林，不知道是否已认出他。她那曾经十分美貌的脸上如今布满丑陋的红疱疹。皇甫林让她翻过身，要检查背部和进行注射，法赫米稍微迟疑了一下：

“皇甫，按穆斯林风俗，女人的身体不能向丈夫以外的男人展露。”

皇甫林厉声道：“医生眼里只有病人，没有男女！”他不由分说翻过艾米娜的身体，掀开衣服。她的背部也长满疱疹，皇甫林取出5647号药物，沿着脊椎向下至尾椎，还有双侧肩丛神经和坐骨神经根进行肌注或皮下注射，在臀部肌注新七号药，又用药膏细心地涂遍全身。他轻轻唤着：

“艾米娜，请相信我，我已经治好你哥哥的痼疾，也一定治好你的病，你相信我吗？”

艾米娜困难地扯动嘴角，挤出一丝微笑：“我相信。”

皇甫林轻轻拍拍她的面颊。他对首相夫人、莎拉、穆赫等进行了同样的处理，起身对法赫米说：

“快去王宫为埃米尔医治。我知道那些医学权威们对这种突发病毒没有灵丹妙药，也许我的江湖医术还多少有些用处。”

埃莎社记者穆里克在酒吧中泡了一个晚上，在伊拉克严格的新闻管制下，他常常用这种办法去获得一些零星消息，也能从酒吧中摸到社会各阶层的心态。

即使在这间小酒吧里也同样沸腾着那种病态的狂热，常常听到“尊贵的萨拉米”“真主的使者”这样的赞颂词，也能听到对“穆斯林的叛徒”的仇恨，这多半是指那些扬言要保护伊科边界的大国。不过这两天来，在萨拉米电视讲话后，这种战争狂热明显降温，变成对萨拉米健康的祈祷。

穆里克品着酒，突然有一种芒刺在背的感觉，似乎有一双目光在盯着他的后背。他佯做不知，举手唤过服务员，舌头发直地说：

“再来一瓶科涅克白兰地。”

在转身的瞬间，他用目光向后搜索一遍。果然，不远处一张桌子上，一位中年男子正盯着他。那人面前也放着一瓶科涅克白兰地，这是伊拉克人最爱喝的饮料。他穿着便服，但穆里克的职业目光看出他身上隐藏的军人气质。

穆里克的心房猛然收紧了，迅速把自己近几天的行迹回顾一遍，想不出有什么事惹起伊拉克军方的怀疑。他不禁又向身后扫一眼，那人与他目光相撞后并不躲开，反倒扬起眉毛微微示意。穆里克领悟了那人的暗示，他抄起白兰地，步履踉跄地出门，在人行道上还不时醉醺醺地向陌生人打招呼。那人果然跟上来，与穆里克保持二十步距离，若无其事地漫步走着，有时停下脚步，借着橱窗的反光检查身后。

在一个角落里，穆里克看看身后没有闲人，便停下来，那人急步赶过来低声说：

"你是埃莎社记者？"穆里克点头，"你愿意知道这次天花疫情的真相吗？"

穆里克迟疑着，不知道这是不是一个圈套："如果这不违犯伊拉克法律的话……"

那人冷笑着："不违犯伊拉克法律和伊斯兰法律，但违背萨拉米的法律。干脆说吧，你要不要这条消息？"

穆克里决心冒险："我要，我需要付给你多少钱？"

那人把一张纸塞到他的手里，笑道："我主要是想给萨拉米添点小麻烦，这个伪圣人！钱多钱少随你意吧。"

穆里克从口袋里掏出所有的现金，有三十美元，七十八埃磅，还有一百多元人民币，全部塞给他。那人机警地看看四周，很快消失了。

埃莎社10月18日电。

安拉的恩赐？

10月14日在伊拉克（主要限于巴格达和库尔德人聚居区）和科威特暴发的天花疫情，来势十分迅猛，已有迹象表明它正向邻国蔓延，沙特、叙利亚已关闭边界。目前天花疫情已成了举世关注的焦点。

敏锐的医学科学家已注意到此次天花暴发与大食彗星之间的联

系。众所周知，病毒是一种低等生物，甚至可以说是生物和非生物之间的过渡者。病毒构造极为简单，大小在250纳米以下，它们不能自主繁殖，必须依靠宿主细胞进行。病毒可以提炼成‘死’晶体，失去任何生命特征。但一旦置于合适的条件下，它又会复活。这种特征使它们能在陨冰里‘冬眠’，一旦进入地球生命环境就能复苏。有科学家认为，地球上很多种病毒的生命之源即来自彗星。

10月12日一块陨冰落到科威特，恰在伊科两国首脑会晤点的附近。善于即兴表演的萨拉米总统称它是‘安拉的恩赐’，是千年一遇的祥瑞。但具有讽刺意味的是，此后天花就开始流行，沿着萨拉米的足迹散布到科威特、库尔德山区和巴格达地区。据传，技艺高超的伊拉克医学专家们已悄悄检查了那块陨冰，确认其中含有天花病毒，但是为了避免萨拉米的尴尬，他们对此秘而不宣。

1977年，世界上最后一例天花病人痊愈。2018年，在几经推迟之后，最后两份存于美国和俄罗斯的天花病毒基因被销毁，以免因意外情况造成天花复燃。现在看来，这种做法是何等幼稚可笑。人们能永远生活在无菌环境吗？你消灭了天花，又会出来一种类似的白痘；你消灭了地球上的病毒，太空来客会送来新的病毒。所以，某种病毒的消失只能给其他病毒腾开舞台。这是永远不能结束的生死平衡。

据历史记载，天花的死亡率最高可达25%。但从科威特的情况看，死亡率恐怕要远高于这个数字。原因无他，医学进步造成了天花病毒的50年真空，使人类原有的天花免疫力逐步消退。从这个意义上说，那些孜孜努力消灭了天花的科学前辈们，恰恰成了天花女神的忠实帮凶，这实在是过于悲凉的讽刺。

第十六章　真诚的邻居

陈大中教授的实验室飞机就停在舒赫特军营。代首相贝克尔每天要去四五次。在波音757的无菌货舱里，各国来的专家夜以继日地劳碌着，他们都满脸倦色，双目通红。贝克尔每次进去，教授们都心怀歉疚地看看代首相，似乎疫苗尚未试制出来是他们的失职。但贝克尔仍硬着心肠一遍又一遍地催促他们，因为首都科威特城区及附近已有34万人染上天花。更可怕的是，地图上标志着疫情暴发点的小红旗几乎布满科威特，如果不能及时注射疫苗，科威特200万人将无一幸免。

实际上疫苗的培养速度已经成倍地提高了，陈大中教授搞疫苗已经三十年，他的行动就像一只配合巧妙的精密机械。他从液氮中取出封有人体二倍体细胞的安瓿，在37℃到40℃中的水浴中，使其在一分钟内融化。然后在超净工作台上切开安瓿，将其中的细胞悬液接种入培养液中。这些细胞在微载体培养罐中生长迅速，很快连成片状。他们同时从最先患病的首相肖卡德身上提取天花病毒，用大肠杆菌的限制性内切酶切开它的基因，同大肠杆菌基因重组，从重组后的杂交体中选出既具大肠杆菌的繁殖特性又保持天花病毒抗原决定簇的新杆菌，放入微载体培养罐中的细胞上培养。

新杆菌的生长异常快速，每25分钟繁殖一代。三天之后，在培养罐中到处都是新杆菌群落形成的网络。他们迅速提取了天花抗原，用高温减毒，从10月18日下午3时起，新疫苗源源不断地生产出来。

疫苗从生产线上下来立即装车，依疫情发现顺序投放各地。贝克尔看到第一架军用直升机载着疫苗飞走后，与那些疲乏不堪的教授们紧紧握手：

“谢谢，衷心感谢。”

陈大中脸色阴沉：“不用客气，首相阁下，我心里还不踏实。”

“为什么？”

“时间太仓促，无法做严格的药理实验。我们只进行了猴子实验，未及做人体实验。事急从权，如果按部就班地做完实验，恐怕科威特已经用不上了。当然，”他转而安慰首相，“凭我们多年的经验，对疫苗的安全性我有 100%把握，对疫苗有效性也有 80%把握。你不必过分担心。”

“我相信你们。”

“可惜疫苗对已患病者基本无效。肖卡德首相病状如何？”

代首相心情沉重地说：“非常不好。他的病情最重。”

国际卫生组织干事萨马迪先生走过来，对代首相说：

“首相先生，伊拉克和科威特之外的国家都关闭了边境线，但为了绝对可靠，我们还想用疫苗在重要关卡处设立一个隔离带，这就需要在贵国急需的药品中抽用一批，请首相谅解。”

首相犹豫很久才勉强答应。萨马迪的话使他想起了那个多事的邻国。据情报，这些天在伊拉克境内只有库尔德地区天花流行，这当然是那块当作礼物的陨冰引起的，不足为怪。另外，首都巴格达附近也有疫情，但似乎很快得到控制。萨拉米最先接触那块陨冰，他的病情如何？

像是为他的思索作答，秘书急匆匆赶来，告诉他，伊拉克副总统阿齐慈打来电话。

阿齐慈！就是那个在电视广播中叫喊“用血和火为萨拉米报仇”的阿齐慈！但这次他的声音异常亲切：

“贝克尔代首相阁下，请问埃米尔阁下和首相阁下的病状是否已经减轻了？”

贝克尔不愿告诉他真相，含糊地说：“对。估计几天内就可痊愈。”

“贵国的疫情是否已经控制？”

“还没有。但天花疫苗已赶制出来。谢谢你的关心。请问贵国及萨拉米总统的情况如何？你们为什么没有吁请国际卫生界援助？”

“萨拉米总统已经基本痊愈，身上的痂皮已基本脱尽。”阿齐慈的口吻十分崇敬，“萨拉米的确是真主赐给我们的领袖，这一次伊拉克全国军民都受他的恩惠。你知道吗？总统的免疫系统十分强大，他靠自己体内的抗体战胜了天花，又把自己的血液贡献给他的人民。”

贝克尔怀疑地问：“总统的血液？你们为多少人注射？”

阿齐慈大笑起来：“这是一个复杂的医学过程，不仅是你，连我也不是十分了解。简单说吧，如果一个病人对某种病毒有了抵抗力，他的血液中就有了某种抗体。可以用冻裂法把他的白细胞中的有效成分提出来，称为转移因子。再用转移因子为其他人注射，即能传递此人的抵抗力。当然，一个病人能提供的转移因子是很微量的。但正好我们卓越的科学家发现了一种基因工程法：只要有一个样本，就可以无限制地复制——产生这种样本的秘密仍在真主手里掌握着，科学家们还不能直接设计出它。萨拉米总统正好在关键时刻提供了这个样本。现在，巴格达全城和库尔德人周围的居民全都已经注射，形成了有效的隔离带。”他解释道：“只有那些库尔德人至今不同意我们派人去进行注射，这些多疑而愚蠢的家伙！”

他提高声音，不容置疑地宣布：“敬爱的萨拉米总统不忍看到科威特兄弟仍受病魔和死神的折磨，已决定派3000人的医疗队，并带上足量的天花克星去为你们注射。请你们不要拒绝穆斯林兄弟的好意。”

贝克尔迟疑着，不知该如何回答。阿齐慈不悦地说：“你总不至于像库尔德人一样，怀疑我们的好意吧。”

“不，我们十分感谢贵国的情意。但事体重大，我还要同首相和来科医疗专家商量一下。”

阿齐慈恼怒地说：“耽误半天就会送掉十万人的性命！也许，”他刻薄地说，“你是怕科威特人身上流着萨拉米的血液？请放心，我们施惠不图报。”他咔地挂断了电话。

贝克尔十分犹豫，如果能有办法挽救科威特人尤其是已患病者的生命，当然是求之不得的！但他不敢相信狡诈多变、生性反复的北方邻居。对这种所谓“转移因子疗法”，他也全无了解。他立即打电话向卫生组织的几个著名专家咨询。以色列的本·古里，俄罗斯的谢苗诺夫，中国的陈大中，日本的山口川夫商量后，给了他一个稳妥的答复：

“撇开政治上的考虑，阿齐慈所说的转移因子疗法是早已在实践中使用的方法。科学家已发明了克隆法来复制转移因子——主要是其中的干扰素，但周期达数月之久，远远不能应付突然性的病毒流行。不过，如果在伊拉克首先取得培育周期的突破并不是不可能的。伊拉克的生化科学十分发达，这是在二十世纪末萨达姆研制生化武器时打的基础。”

贝克尔仍在迟疑着。可惜埃米尔、首相和各大臣都在病中，无法和他们商量。他把电话打到军方首脑迪勒米准将那儿，但是，未等他开口，准将已紧张地报告：

“刚刚得到的消息，伊拉克军队已强行闯过了边界！”

“有多少人？”

“大约3000名。不过他们都是医护人员，没有带武器。他们声称是来挽救天花患者的生命的，并已蒙您同意。”

贝克尔苦笑道：“阿齐慈副总统15分钟前才同我通过话。我还没有同意。”

秘书急匆匆地闯进来，满面泪痕，贝克尔不由心中一沉，秘书说：

“首相……首相已经去世了！”

贝克尔眼冒金星。秘书急忙跨上一步扶住他。几天来的劳累已使他疲弱不堪，这重重一击使他难以承受。看来，中国那位神医并没有什么起死回生的本领。电话中准将还在急急地喊：

“首相，我军该如何行动？是否开枪阻止？”

贝克尔咬牙：“放他们进来吧，但注意警戒他们的后方。”

在伊科边境的一号哨卡上，今天是哈姆里少尉值班。边境线早已关闭，往日繁忙的高速公路上这些天异常沉寂，偶尔有一群躲避冬天的野鸭从边界对方飞过来，不过今年它们似乎来得早了一点。哈姆里少尉和士兵们一直戴着防毒面具，但恐惧仍然向心中渗透。从电视上看，科威特全境都成了疫区，200万人口中已有89万罹病，8.7万人死亡。谁知道防毒面具能不能挡住250纳米的天花病毒？谁知道“死神的忠实帮凶”会在哪一天偷偷降临？

早上八点，他忽然看见伊拉克境内有一列车队飞速逼近，便高声喊道：“做好战斗准备！”又迅速拨通团部的电话，“团长，伊拉克境内有一列车队很长，望不到头，用望远镜看大部分是客车或救护车，没有坦克或装甲车。他们已逼近了，请火速支援！”

他匆匆跳出岗楼，用血肉之躯向车队迎去。车队在横木前停住了。一个身穿淡蓝色医生服的女军医跳下车，笑容满面地走过来：

“你好。我们奉萨拉米总统的委派，前来科威特救灾。我们研制成功了天花克星，在伊拉克境内已扑灭疫病。这支医疗队共3000人，争取在两天内为所有科威特人注射完毕。请放行吧。”

美貌的女军医和蔼地笑着。这些天，哈姆里少尉很少看到不戴口罩或防毒面具的人，更不用说女人了。所以这名漂亮女军医就像沙漠中的甘泉。当然他不会因为欣赏美貌而玩忽职守，他严肃地说：“对不起，我们尚未得到上级的通知，不能放行。”

女军医佯怒地说：“难道你们怀疑我们的真诚吗？所有车辆你们可以仔细检查，绝不会有一支枪、一颗子弹。”

“我们相信，但作为军人必须服从上级的命令。”

女军医生气地说：“等那伙政客把一千零一个方案讨论完，科威特已没有一个活人了！俗话说去邻舍救火不能先穿礼服，请原谅，我们一定要立即通过。”

“不行！”

女军医讽刺地说：“你总不至于向一群手无寸铁而且急于救助你们的医护们开枪吧。”她径直冲过哨卡，一挥手，后面的车辆缓缓冲断横木涌过来。

哈姆里少尉一挥手，科威特士兵立即鸣枪警告，但女军医和她身后的车队置若罔闻。少尉有点政治头脑，知道在这种场合绝不能造成流血事件，于是他指挥着士兵步步后撤，一边用报话机急急向上级报告。

那些满面笑容的伊拉克军医们对着枪口一步步地前进。直到这场拔河比赛深入科境500米后，迪勒米准将才传达了代首相的命令。于是，剑拔弩张的局势一下子变成了一场联欢，那位女军医不客气地摘掉少尉的防毒面具：

“来，我先给你注射，注射后就用不着戴这个玩意儿了！”

3000人的医疗大军分成300队，按照计划迅速向科威特境内扩散。

第十七章　精确注射

绝密。

此命令必须由行动小组正副组长共同启封，阅后立即原件退回。

不得复制，不得私自销毁。违者就地正法。

封套内正文：

大伊拉克新月行动委员会：

第 12 号命令。

兹命令 300 名行动组员立即插入援科医疗队并随队出发，医疗队将向科威特民众注射 A 型疫苗。对科威特政府官员，萨巴赫王族成员，军队连长以上军官（含连长），警察中巡长以上官员（含巡长），各界实力人物等，均由行动队员注射 B 型药物。对普通民众中仇视伊拉克者，也可由行动队员相机处置。

注射 B 型药物者一般不要超过科人口总数的 30%。

此令。

大伊拉克新月行动委员会主席

阿齐慈

2031 年 10 月 17 日

《阿拉伯复兴报》10 月 18 日专栏报道：

伊拉克新闻署署长卡尔什答记者问。

史密斯（基督教科学箴言报记者）：伊拉克向科威特派去了3000人的医疗队，这次行动是否事先征得了科方的同意？

卡尔什：当然。我国副总统阿齐慈已向科威特代首相贝克尔通报，并已获他允可。

王小伟（人民日报记者）：贵国的转移因子快速克隆法在世界上属于首创，它的可靠性是否经过验证？据我所知，库尔德人聚居区的天花仍然非常猖獗。

卡尔什：库尔德聚居区的天花未能有效扑灭纯粹是政治原因。因为多年战争造成的隔阂，库尔德人拒不接受政府的援助。我们不得不派军队强制注射，这真是莫大的讽刺。但巴格达疫区的局势已经完全得到控制，这是有目共睹的。我想再次说明，由于萨拉米总统体内无与伦比的免疫系统，才使我们及时得到了特异性转移因子的样本。现在，伊科两国人民的血管里都有萨拉米的血液。我们永远铭记领袖的恩惠。

穆里克（埃莎社记者）：贵国的转移因子快速克隆法——如果它确实成功的话，应当无愧于下一年度的诺贝尔生理学或医学奖。你们是否会向科学界公开技术秘密呢？

卡尔什：伊拉克人绝不是守财奴。不过时间仓促，疫区情况又太复杂，这种药物还未得到绝对可靠的验证，适当时候我们会公布的。谢谢大家的光临。

卡尔什走下讲坛时，还特意看了看那位正忙于记录的穆里克。多谢这位聪明的傻瓜，关于陨冰病毒的情报正是通过他及时传播出去。他看着记者们急急冲出房间去发消息，不禁冷笑一声。

第二批来自中国的药物已经运到了。在法赫米的帮助下，皇甫林、小娜和已成为熟练护士的司机兰小龙已经培训了一千人的队伍，给九十万科威特人进行了注射。但第二批药物也快要告罄。好在皇甫林已经预见到这一情况，他在中国紧急采购了大批中药，品种繁多，有大黄、鸦蛋子、莨若、麝香、美人豆、虎耳草、博落回、石长生、大戟、八角金盘、三七、山慈菇、天南星、半边莲、蛇含草、马兜铃……这些都是潜能激活剂的主要成分。当然，再生产针剂已经来不及了，他只得采用变通办法：用大锅把这些中药按配比熬成药汤，令群众服用。于是，在科威特各个城区，常常见到一口大锅中翻滚着药汤，锅下是熊熊的火焰，就像贝都因人在沙漠中烤全驼那样热闹。

小娜和兰小龙都派到外地了，法赫米为皇甫林配了一架小蜻蜓单座直升机，使他可以方便地到各个疫区巡查。但不管多么疲累，晚上他总是尽量回到首相官邸。

首相已移到达斯曼王宫，由世界卫生组织的专家救护。首相夫人已明显好转，但艾米娜被病魔蹂躏得面目全非，满脸满身的脓包几乎布满了原来白皙润泽的皮肤。她高烧昏迷了三天，在谵妄中尖锐地呼喊着，有时反复地重复着一个三音节的词，似乎是皇甫林。皇甫林耐心地为她翻身，擦去她身上的黏液和分泌物。在体温过高的时候，为她灌服一些退烧药。

惨烈的灾疫也淡化了科威特人森严的男女之防。每当皇甫林进来，屋里的护士就悄悄退出去，似乎服侍艾米娜成了皇甫林骑士的专利。每当单独与艾米娜相对时，皇甫林常常握住她的手，不厌其烦地轻声唤着她的名字，向她灌输着希望，他相信自己的喊声能穿透意识障碍进入她的心房。

这一天，艾米娜缓缓睁开眼睛，皇甫林惊喜地喊：

“艾米娜！艾米娜！”

艾米娜的瞳孔中一片茫然，然后逐渐聚焦，一个面孔在虚浮的背景中逐渐出现。在昏迷中她一直在同两个人追逐、逃跑、搏斗、缠绵，一个是死神阿慈赖尔，一个就是他。当死神在狞恶地啸叫着追逐她时，常常是另一个轻悄深情的声音驱走死神。现在，她在昏迷中百寻千觅但始终相距一步之遥的面孔就在面前。她颤抖着伸出一只手。

皇甫林理解了她的意思，把脑袋凑过去，艾米娜抱住他的脖颈，把他拉到自己怀里，泪水汹涌流淌。皇甫林也觉得嗓中发哽。法赫米进来，正好撞见这一幕。他没有退回去，而是走过来拍拍皇甫林的肩膀。

但皇甫林的耳鬓厮磨使艾米娜感到了自己脸上的异常，她摸摸脸颊，摸到了正要退掉的痂皮。她恐惧地看看自己的手臂，看看皇甫林，忽然凄惨地喊：

“镜子！我要镜子！”

护士闻讯赶来，看到病人已经苏醒，十分欣喜。但病人又厉声重复：“镜子！”

法赫米上前按住妹妹，劝说道：“艾米娜……”

艾米娜狂怒地甩脱了哥哥。皇甫林忽然平静地对护士说：“去，把镜子拿来。”护士惶惑地走进梳妆间。皇甫林笑着说，“艾米娜，你当然知道白雪公主的故事，她的后母处心积虑杀死女儿，想成为天下最漂亮的女人。这种卑鄙的女人心态实在很可怜。我再说一个中国的历史故事，东汉时一位女子孟光肤黑体胖，麻脸跛足，但她选夫甚为苛刻，声言只嫁给大学者梁鸿。后来两人真的成了一家，夫妻恩爱，妻子每次端饭时都要把食盘举到与眉平齐，这就是历史上有名的举案齐眉的故事。”他的声音转为严厉，“我常常觉得那些顾影自怜的美女们实在可怜，因为她们除了美貌之外，是十足的精神上的穷人。当一个女人在心中充满对丈夫、对儿女、对世人、对生活的热爱时，她就不会只顾梳理自己的羽毛了。”

他接过护士递过来的镜子，庄重地说：“希望你在揽镜自照之前，先好好想一下我的话。”

他用汉语说的这段话太长，法赫米怕妹妹不能完全理解，就做了扼要的翻译。翻译又耽误一会儿时间，艾米娜接过镜子时已经比较平静了。她慢慢举起镜子，镜中是一个丑陋的麻脸，只有两道明亮的秋波似曾相识，法赫米、皇甫林、护士都紧张地盯着她。

她把镜子扣在胸前，闭上眼睛，几大滴泪珠从眼角溢出来。很长时间的静默后，她睁开眼睛虚弱地微笑道：

“皇甫林，我比孟光还丑吗？”

愣了一秒钟后，皇甫林和法赫米都舒心地大笑起来。他们在笑声中感觉到：艾米娜已经蜕去了一层旧皮，羽化成一个新人了。

就在这时，两个军人匆匆走进来通知他们，首相已经去世。

第十八章　死神的翅膀

自从给首相注射过一次药物后，皇甫林就没能见到他。首相在王宫由世界卫生组织医疗首席专家卡洛斯教授全天监护。埃米尔的病情逐日减轻，但首相一直高烧昏迷。这天早上他忽然清醒了，睁眼看看，四周没有一个熟识的人。他声音微弱地说：

“我们都属于真主，终将回到真主身边。”

未等翻译把话翻译给卡洛斯医生，他已溘然长逝。

几分钟后，代首相贝克尔匆匆赶来。卡洛斯悲凉地说：“很抱歉，我已尽了全力。但可悲的是，我实际上毫无作为。很抱歉，贝克尔先生。”

贝克尔心情沉重地同首相的遗体告别。全国的危机远未过去，他不敢在这里多停。临走时，他皱着眉头对卡洛斯说：

“有人说首相的不幸与那位中国医生的注射有关。你的看法呢？”

卡洛斯教授迟疑一会儿答道：“恐怕还不能下结论。埃米尔阁下也注射过，他已经基本痊愈了。我做过一些调查，经皇甫医生注射过的病人，有死亡的，但大部分已经痊愈。不过，患天花者本身就有自愈的可能，这说明不了什么问题。经他注射过的健康人有20%～30%仍传染上天花。不过，也有可能在他注射前这些人已是潜在的病人。总的说，由于疫情突然，无法做准确的统计分析，平衡疗法是否有效无法确定，但也不能断定这种疗法有害。”

“那我们该怎么办？是否制止他？一位中国教授强烈主张这样做。”

卡洛斯考虑很久才说道：“不要制止吧。虽然没有准确数据，但我有一个感觉，经他注射过的病人，似乎抵抗力更强一些。关键是现代医学在这方面并无灵丹妙药，既然如此，就让那位皇甫医生按自己的意愿去干吧，只要是无害而可能有效的疗法，医学界应该允许其存在。但愿他闯出一条新路来。”

首相下葬那天，皇甫林独自驾着直升机上天，在送葬队伍上方盘旋两圈，看着灵车缓缓地在街上爬行，数十万科威特人俯伏在地为首相诵经，其中有不少步履踉跄的病人。他拉起机头冲上天空，在科威特境内毫无目的地盘旋飞行。他飞过科威特南部的丘陵，一会儿又飞越东部的平原。在这个无河之国里几乎看不到水面的反光，公路密如蛛网，到处可见清真寺尖顶上的新月。傍晚时，他把直升机停在南部沙漠的一块绿洲里，一群飞鸟被惊动，嘎嘎地飞上天空。

对于首相的去世，法赫米和艾米娜十分悲痛。但悲痛中他们仍忘不了安慰皇甫林，这使皇甫林更加难过。

当然他早就说过，平衡疗法的药物只能去唤醒人的免疫机制，使免疫机制被充分调动起来，应付病毒的袭击。这样，平衡药物能把生死平衡点拉得靠近人类这边。但死亡不可避免，甚至一定比率的疾病死亡是维持人类进化的必要杠杆。

他深信祖父的这些见解，不过，当艾米娜在父亲灵前悲痛欲绝时，他仍然难以克制自己的内疚。

他悲凉地仰天长啸。极目望去尽是漫漫黄沙，蓝天白云显得分外辽阔。只有脚下是一片绿地，长着芨芨草和骆驼刺，那群惊飞的飞鸟盘旋一阵后又降落在绿洲上。他看清了，那并不是伊斯兰壁画中常描绘的沙漠飞鸟卡塔，而是一群褐麻色的野鸭。

忽然一道闪电划过心头。他蓦然想起刚到科威特时，正在下降的飞机曾与野鸭相撞，险些酿成事故。这会儿，那群野鸭显得有些异常。它们嘎嘎乱叫着，在草地上扑着翅膀。这是在迁徙兴奋期常见的行为。但一般来说，处于兴奋期的候鸟常常向着迁徙方向鸣叫，这些野鸭却呆头呆脑地四处乱撞。

他想起，科学家们早就发现，流感病毒的最初宿主正是野鸭，它们在迁徙期间把流感传播到世界各地。难道……他立即站起来，向鸭群潜过去。但鸭群立即发现了他，聒噪着飞上天空。

皇甫林咬咬牙，干脆驾机上天，像一只鸷鸟一样扑向鸭群。鸭群恐惧地尖叫着四散飞走，他用直升机再把它们圈过来。混战一会儿，鸭群的飞行已渐见迟缓。他瞅准一只野鸭穷追过去，等到直升机与野鸭并行时，他歪过身子，一把扯住那只野鸭的翅膀把它拽进机内。他用两腿夹住野鸭，掏出手绢把鸭子绑起来，然后就急急向舒赫特军营飞过去。

陈大中教授这几天已略为松闲，疫苗生产已走上正轨，不用他多操心了。生产的疫苗经过在科威特城区的试用，效果很好。这天，他静下心，想同国内的妻子通一次电话。来科威特已经六天了，他还未向家里报一声平安呢。妻子刚在那边喂了一声，忽然专家组的山口川夫急急走进来：

“陈先生！陈先生！”

他的表情十分惊慌，陈大中心房猛然紧缩。他知道山口川夫一向镇定，不是万分紧急的情况，他是不会这样失态的。他赶紧对电话说了一句：

“又有紧急情况，稍后我再回话吧。”

就挂上了电话。山口川夫急急说：

“艾哈迈迪、舒韦赫等地的病毒样品送到后，我仔细做了检查，它们与首都科威特的病毒相比，已经有了很大的变异。”他补充道：“这个结果我已复核过，你看，这是放大十六万倍的病毒照片。”

两个人苦笑着面面相觑。每种病毒都有自己独特的外壳，人类的抗体是特异性的，每种抗体正好与相应病毒子粒的抗原决定簇外形吻合，于是就能中和掉它的毒性，恰像一把钥匙开一把锁。照片上，各地天花病毒的外形是一样的，仅抗原决定簇有人眼不易察觉的变化，但这点变化足以使他们已生产的“钥匙”失效。

这就是说，一切又得从头开始。但在新疫苗试验成功之前，变异病毒足以杀死一半科威特人，并蔓延到世界各地。

陈大中无论如何不敢相信这一点。他知道，病毒由于构造极为简单，相对来说比较容易产生变异。流感病毒是最易变异的，它通过体内八条DNA短链的排列组合，每十几年就能随机产生一种致病病毒。但天花病毒在变异性上属于中等稳定程度，他们不该在短短几天内发生这样大的变异啊。

陈大中呆呆立着，大脑中飞快地思考。是不是因为从太空来的病毒，其变异性本身就十分凶猛？抑或这多种病毒是在实验条件下逐步分化变异的，现在被人同时撒播到科威特不同地区？

他打了一个寒战。如果是这样一个用心周密、心地阴毒的对手，那么现代医学倾其全力也难以对付。

外面传来直升机的轰鸣声，一架小蜻蜓单座直升机落在院内，未等旋翼停止转动，皇甫林就急急跳下来，手里拎着一只野鸭跑进屋：

“快点检查，我怀疑是它把病毒带进科威特的！”

山口川夫一句话也没问，接过野鸭就到显微镜室去了。他从鸭嘴中刮出一点黏液，放在观察镜下。随着调焦过程，那些圆圆的周边长有小凸起的天花病毒变得清晰起来——又是一个新种！

等他拿着结果返回，代首相贝克尔也匆匆赶到。从山口川夫的神色，大家已看到结果，皇甫林苦笑着说：

“其实，不用镜检我就知道了结果。我发现鸭头的皮下植入一个绿豆大的东西，喏，就是这个。”他从口袋里摸出一个很小的立方块。“我不知道它是什么东西，但估计它是控制野鸭定向功能的。那些野鸭的行为很异常，它们似乎丧失了方位感，神情亢奋，晕头晕脑。”

山口川夫说：“对，它们携带大量的天花病毒，而且是我们尚未检查到的一个新种。天花病毒不能使鸟类患病，它只是作为中间宿主。”

贝克尔忽然想起一件事：“汉塔病毒！伊拉克在一月前为全体人民注射了汉塔病毒疫苗，只有库尔德人除外。看来，这所谓的汉塔疫苗一定就是天花疫苗，他们那时就已经预谋好了！”

屋内气氛十分沉重，他们甚至感到深深的屈辱。一个头脑简单的狂人编造了一个彗星的神话，把全世界蒙骗了将近10天——对于现代战争来说，10天足以把一个国家从地图上抹去。现在答案揭开了，它是那样明显，那样无可置疑，各种事实都在向这个答案靠拢。可是，在这个中国人拎着野鸭闯进屋里之前，为什么没有人想到这一点？

皇甫林忧心忡忡地说：“伊拉克的医疗队……”

每个人都悚然惊觉。自然，如果这是一场不宣而战的生物战争，是伊拉克精心策划的，那么，伊拉克医疗队的针管里绝对不是萨拉米的转移因子，而是未经减毒的天花病毒或其他致命病毒，贝克尔首相疑惑地说：

“我一直派人监视着他们。从注射效果看相当不错，不少病人已经痊愈。至少说没有发现突然得病的人群。”他果断地说：“不管怎样，我要把他们全部逮捕后再逐步甄别。另外，还要通知各国政府和多国部队，请他们密切注意伊拉克国内动态。科威特人被疾病征服后，伊拉克军队恐怕就要出动了。”

几小时后他们得到了确凿的证据。通过复查 KH–23 锁眼式卫星十天来拍摄的胶片，他们发现十几拨鸭群都不是从北方路过，而是从巴格达以北的萨迈拉荣军医院里突然冒出来的。

在科威特以南的波斯湾洋面上，多国联合舰队已进行了十天的军事演习。这里有以“罗纳德·里根号”为首的美国核航母特混舰队，以“邓世昌号”为首的中国核航母特混舰队，以“库图佐夫号”为首的俄罗斯核航母特混舰队。英国、法国也派了几艘导弹护卫舰或猎潜舰参加。

但演习进行得敷衍了事。每天，海鹞式垂直升降飞机在飞行甲板上来几个起落，驱逐舰向浮标发射几枚自动寻的鱼雷，猎潜舰向预定海域丢几颗深水炸弹，演习便告结束。舰队的指挥官有意让士兵们养精蓄锐。他们时刻盯着北方伊科边境的动静。

这天早上海雾很大，直到八点钟才渐渐消散。“罗纳德·里根号”上三架海鹞式飞机刚刚降落在飞行甲板上。黑人海军准尉弗兰尼忽然发现海雾中钻出一个黑影。因为海雾造成的视觉误差，乍一看，他以为是敌机来袭，而舰载雷达竟然毫无反应！他几乎惊叫起来。但他随即认出这是一只庞大的海鸟，是一只白色的天鹅！天鹅动作优雅地舒腿收翅，轻盈地降落在飞行甲板上。

弗兰尼惊喜地叫起来，天鹅！他还从未见过天鹅降落在军舰上。他慢慢逼过去。天鹅并不惊慌，傲然停在甲板上，舒着它的长颈。甲板上闲逛的水兵看到这个尤物，笑嘻嘻地围过来。

天鹅感到了威胁，怒目相向却并不飞走。弗兰尼试探着伸手过去，天鹅立即愤怒地啄了一口。士兵们乐不可支地哄笑着。正在舰桥的舰长也看到这一幕，不由得浮出微笑。但突然之间，一种隐隐约约的恐惧潜上舰长心头。他机警地联想到科威特的疫情，立即命令值班军官汤姆逊：

“迅速把那只天鹅捕获，必要时可以击毙。”

汤姆逊带着匆匆扎就的扑鸟网赶来，喊道：“弗兰尼，舰长让快点抓住它！”

天鹅大概是看到真正的威胁，也可能是已经休息好了，不等汤姆逊走近，已经展翅飞上天空。汤姆逊迅速掏出手枪瞄准。就在他扣动扳机时，弗兰尼猛扑过来，把他的手枪打飞：

“畜生！那是一只美丽的天鹅，你为什么向它开枪！”

汤姆逊气急败坏地喊：“快，这是舰长的命令！”

士兵们不敢违抗舰长的命令，但他们恼怒地瞪着汤姆逊。一个士兵趁他不注意，一脚把手枪踢开，周围的士兵们大笑起来，等汤姆逊拾起手枪，天鹅已经飞远了。

第二天早上，弗兰尼开始发烧，身上出了一些小疹子。他以为是偶然的感冒风疹，没有在意。但到第三天，相似的病状已在“罗纳德·里根号”上蔓延开来。

在科威特的布尔甘油田，以雪哈莱为首的十人医疗小组夜以继日地忙碌着，她就是那位第一个闯过伊科边界线的漂亮女军医。这些天，她已经瘦了一圈，鬓发散乱，化妆品也遮不住面容的憔悴，但她心情很舒畅。经他们注射过转移因子的几万名科威特人，据了解很少再传染上天花的。

还有什么能比这更使医生高兴呢。

今天他们到油井为工人注射。那些满身油腻的工人傻笑着，露出一口白牙。雪哈莱知道科威特的这两个油田已是世界上最后的石油宝藏了，这些石油工人也将是历史上最后一批石油工人。她像小母亲一样和蔼地微笑着，把针头灵巧地扎进那些粗壮的胳臂。

忽然，几辆军用越野车从地平线上出现，车轮扬起一片黄沙。军用车很快来到油井，几十个全副武装的科威特军人跳下车，成扇形包围过来，医疗队和油田工人都惊讶地张大嘴巴。

为首一位中尉走近雪哈莱，仇恨地说：“你们这些披着人皮的魔鬼！你们被捕了！”

雪哈莱十分惊怒，她愤怒地嚷道：“你们疯了吗？我们是来为你们预防天花的！”

工人们也慢慢聚拢过来，不满地盯着这批军人。那位中尉冷笑道：

“不要再演戏了！你们知道吗？”他转向工人，“他们注射的不是什么萨拉米的转移因子，而是没有减过毒的天花病毒。他们想让你们全部染上天花！”

工人们的眼神中立即充满了恐惧，恐惧很快转为歇斯底里的仇恨。他们蜂拥而上，把医疗队拉入人群，噼里啪啦地打起来。中尉喝止道：

“不要打了！军方要审问他们！”他走近雪哈莱，女军医已经脸颊红肿，上衣被撕破，露出白皙的胸部。她用手掩住衣服，悲愤地看着中尉，这使中尉产生了一丝怜悯。他软声说：

“也许你们这些执行者并不了解真情。等审问清楚，我们会分别对待的。”

女军医悲愤地说：“不，我什么都了解。难道你们瞎了眼，你们不会睁眼看看注射过的人群？已经五天了，他们全都逃脱了天花女神的魔手。你们这样对待医疗队，总有一天，你们的良心会感到内疚的！”

中尉皱着眉头，确实感到迷惑。他自己也被注射过，如果那些人真的是在注射天花病毒，那么最多两三天后病状就会显现，可是从实际情况看远非如此。莫非真的弄错了？他低声说：

“这些情况你对军部说吧，我想他们绝不会冤枉你。你们只有九个人，另一个人呢？”

“他一直在单独行动，给油田上层人士注射。”说到这儿，雪哈莱忽然打一个寒战，想起那个行动鬼祟、不讨人喜欢的阿立德医生，他身上似乎总蒙着一层神秘，他在注射取药时很小心地避开别人的目光。可惜这一段太忙，没顾上细想这里的蹊跷。莫非……她顾不上考虑自己的处境，急急地说：

“你们快去油田总部把阿立德抓到！如果这支医疗队真的有什么名堂，一定是那个家伙在捣鬼。请你们相信我的话！”

中尉凭直觉相信她说的是真话，他喝令士兵们把九个医疗队员押上车，关照士兵们一定要礼貌对待这些医生。工人们恐惧地问：

“我们该怎么办？”

中尉苦笑着说：“随后会有医疗队来为你们检查的。”他没有多停，率领三名士兵，风驰电掣地赶往油田总部。在那儿没找到阿立德，人们说阿立德只给少数上层人士做过注射，注射后就不知去向了。被问及的人迷惑地问：

“到底是怎么回事？前不久中国医生为我们每人注射过一次，那位阿立德又注射过一次。科威特政府已经乱套了吗？”

中尉说：“情况复杂，难以马上说清。凡是被阿立德注射过的人，请立即到我们的医疗队去做检查。”然后他取出报话机，向上级汇报了阿立德潜逃的情况。

这时阿立德已经坐在萨迈拉荣军医院的地下室里，对面桌子上是副总统阿齐慈。副总统脸色阴沉，手指下意识地敲打着红心桃花木桌。他面前是刚送来的多国部队最后通牒：

尊敬的总统阁下：

鉴于贵国政府对邻国科威特使用了早已被国际公约所禁止的生物武器，对此我们已掌握了确凿的证据；又鉴于贵国政府公然向公海上进行演习的多国联合舰队使用了同样的武器，我们不得不遗憾地要求阁下立即停止类似行动，并于10月20日前在联合国监察小组的监督下，销毁位于巴格达北郊萨迈拉荣军医院地下室的生物武器工厂。否则我方将采取一切必要的行动。

联合舰队司令、海军上将

彼·奥多罗夫

阿齐慈冷笑着。伊拉克对此早有准备，只要那些强权主义者对伊拉克宣战，十三名肉弹就会按时爆炸，把世界上主要国家的首都全都变成死城。那时候他们自顾不暇，还会来张牙舞爪教训别人吗？

1991年2月海湾战争结束后，联合国监察员监督着销毁了伊拉克的生化工厂。但是，伊拉克生化专家的大脑是无法挖出来销毁的，而且在监察员眼皮底下藏起几管菌苗是再容易不过的事，其中就包括1977年取自世界上最后一个天花患者阿里·毛马林身上的天花病毒。那时伟大的萨达姆执政甫始，他英明地预见到：当天花疾病在地球上消灭几十年之后，当人类对天花的特异免疫力在几十年太平中衰亡净尽后，天花很可能成为头号杀手。而且，它不像鼠疫杆菌、炭疽杆菌这类恶疫那样恶名昭著，作为细菌武器使用时比较有隐蔽性。

所以，伊拉克的战略就是抢在他们预防之前作战。这是一个环环相扣的计划：用彗星转移世界视线——用定向发射的“陨冰”向科威特国家领导人散发第一波病毒——由野鸭散布多种变异天花病毒——由假扮的医疗队员对特定人进行精确注射。他丝毫不怕多国部队的干涉，等到科威特的精英阶层全部死亡，还有什么力量能阻挠近邻伊拉克接管这个国家?

他把最后通牒抛在一边，开始听阿立德汇报，但他的眉头越皱越紧。阿立德说：

“就在这个工厂里，我们对天花病毒经过长期的辐射变异，精选了毒性强、发病快的种群。它们可以使感染人群在两天内发病，死亡率高达80%。这些数据我们经过反复验证，是绝对准确的。但是，在科威特进行的B型药物注射中，只有不足10%的发病率，死亡率更是不足5%，即使加大用量也不行。而且据我所知，由陨冰引发的第一波传染和野鸭群引发的第二波传染都已得到控制，疫情逐渐减缓。要知道这几波病毒是完全不同的变种，不可能用一种疫苗就能制服啊。我不得不冒险潜回国内汇报。我怀疑病毒活力减弱。”

阿齐慈说：“你做得很对。”他转过头问，“萨瓦克上校，病毒检验结果怎么样？”

阿立德旁边的萨瓦克军医迷惑地说：“已经检查过，病毒的活力丝毫未减弱。”

阿齐慈冷酷地问：“你用脑袋担保？”

萨瓦克咬着牙说：“用脑袋担保！”

屋内的人都束手无策，阿立德迟迟疑疑地说：“难道真是因为那个中国医生？”

阿齐慈狐疑地问：“什么中国医生？”

“一个中国的江湖医生。在我们到达之前，在科威特首相之子法赫米的全力帮助下，他已为科威特200万人中的大部分注射了一种所谓的潜能激活剂，他声称这种药物能全面激活人的免疫系统，因此能对所有病毒而不仅是特定病毒产生抵抗力。老实说，听了这种天方夜谭式的神话，我当时只是嗤之以鼻。现在看来，这种说法值得考虑了。”

“他叫什么名字？”

“皇甫林。噢，对了，法赫米曾得过很顽固的免疫过敏症，世界各国著名医生都束手无策，皇甫林把它彻底治愈了。这个消息千真万确，因为我曾亲眼看见法赫米在科威特各地忙碌，组织人员注射那位中国医生的药物。法赫米一直没有传染上天花。要知道，肖卡德首相是第一个接触病毒的人，除了法赫米，他家里人员无一幸免。这是不是与那个医生的药物有关？”

萨瓦克上校说：“根据制定计划时的电脑模拟，两天前科威特的死亡人数应该达到最高峰，但是现在科威特的疫情显然已经慢慢熄灭。副总统阁下，”他壮着胆子说，“恐怕我们精心策划的新月计划已经失败了。”

阿齐慈很长时间不说话，咬着牙关，目光冷酷地盯着窗外。为了这个新月计划，伊拉克已耗费了数亿美元，对计划的每一个步骤都经过详细推敲，自认为万无一失。谁料到它会败在一个中国江湖医生手里？

但是，历史是为胜利者撰写的，这一次只有承认失败。他果断而有条不紊地布置道：

“萨瓦克上校，迅速组织生物武器工厂的撤退，尤其是各种菌种和我们的科学家。有了这两条，我们就不愁某一天再杀回来。至于那位叫皇甫林的中国人，”他冷酷地说，“不惜一切代价给我抓来。我要把他泡在天花病毒、狂犬病毒、鼠疫杆菌、炭疽杆菌和破伤风杆菌的浓菌苗中来检验他的药物是否可靠。”

当其他人都退出后，萨瓦克上校小心地问：“还有派往各个首都的肉弹……”

“已经不可能召回了。在这份最后通牒公布于众之后，各个肉弹就会相继爆炸。不管它了，让那几个爱管闲事的国家也吃一点苦头吧。”

他对具体事宜又一一做了安排，然后连夜驱车赶回首都。

“我的病全好了，真的全好了。为什么还不让我出院呢？”阿依莎委屈地说。李合军赔着笑解释：

“你的病太突然，医生至今没查到病因，他们怕你出去后复发。你再耐心多住几天吧。”

阿依莎看着他，泪珠慢慢从眼角溢出来。李合军惊慌地说：“你怎么啦？你哭什么？”

阿依莎哀怨地说：“我知道你一定不想娶我了，你一定变心了。合军，你如果不娶我，我该怎么办呢？我已经没有脸回伊拉克了。”

李合军苦笑着解释：“你胡思乱想什么呀。好，我这就去找医生。”

等他气冲冲走出病房，阿依莎眼中闪出一丝无法觉察的冷笑。已经是 10 月 20 日了，按照走前的推算，这时候科威特已经在伊拉克手中，而世界上一定是一片抗议声浪，多国部队也很可能已经开战。但这些天来，病房的电视里竟然看不到伊科两国的报道！这未免太不正常。

她很感谢中国人爱用高音喇叭的习惯。一次她偶然听到了高音喇叭中的报时声，才知道病房中的时间包括电视、手表以及为她诊病医生的手表都比外边慢了 10 分钟！不用说，这 10 分钟是用来对电视新闻进行剪辑的，大概初来时自己对新闻节目过于热心，引起了他们的怀疑。

那个痴情男子也很不老练，他肯定不相信自己的心上人是伊拉克特务，所以对于被迫演这场戏越来越恼火。这会儿他一定在和中国的反谍人员干架呢！

在另一间屋子里，李合军果然在怒气冲冲地喊叫：“你们总不能这么没完没了地软禁她！这么多天了，你们发现什么线索没有？她的全身衣服包括内裤乳罩都换了，难道她还能把炸弹或菌苗藏在肚子里吗？”

国家安全部的刘忠少校安慰他：“如果她不是伊拉克派来的肉弹，那再好不过了。这样吧，今天就让她出院，你和她立即乘车去机场，飞赴福州结婚，不要在北京停留，好吗？请你问问她是否同意。”

李合军眉开眼笑：“她当然会同意！她盼着做一个新娘，梦中都在喊！”

三十分钟后，一辆奥迪从医院出去。阿依莎满面喜色，不时侧脸看看北京的街道，人群熙熙攘攘，大楼巍然矗立。她遗憾地说：

“可惜，没能逛逛北京，看看市容。”

“等回来吧，爸妈想见你这个异国媳妇，已经快想疯了，结婚后我领你在北京玩个够。”

汽车停下了，前边是十字口，一排戴着黄帽的小孩子在过街。他们手拉着手，笑容灿烂。阿依莎忽然打开车门跳下车，李合军心中猛一咯噔，立即跳下车追过去，后面一辆车也唰地停住，两个安全人员敏捷地跳下车。但阿依莎只跑到孩子队伍前就停下了，她赞叹道：

“多漂亮的中国孩子啊！”

她俯下身去同孩子们亲吻。北京的孩子都是经过大场面的，他们落落大方地受了这一吻，回问道：“阿姨好！”孩子队伍走过去了，阿依莎仍在痴痴地看着，李合军笑着把她拉上车。阿依莎不顾司机在场，忘情地吻着恋人，低声说：

“我们的孩子也会这么可爱，你说是吗？”

李合军稍微有些脸红，忙说：“快走吧，不要误了飞机。”

后边车上下来的两个人紧皱着眉头，立即走过去同幼儿园阿姨耳语了一阵。脸色苍白的阿姨忙把孩子召集在一块儿：

“孩子们，这两位叔叔想领你们看真正的飞机坦克，你们愿意去吗？”

“愿意！”

两分钟后，一辆白色救护车开过来，把所有孩子接走了。那辆奥迪刚进机场的停车场，就有三辆轿车紧紧地围上来。李合军惊讶地看着荷枪实弹的武警四面包抄过来，回过脸，他看见阿依莎已七窍流血死在他怀里。

她又咬碎了一颗氰化钾胶囊。而在刚才，在亲吻孩子之前，她咬碎了装在假牙中的天花病毒小囊。

美国旧金山机场。

从旧金山到华盛顿的国内航班还有一个小时起飞，早到的旅客坐在活动椅上闭目养神，或者闲聊着，也有人在免税商店中闲逛。一个十五六岁的少年悄悄过来，在每人的行李上放上一枚胸花，胸花下是英文文字：

“我是聋哑人，我不想让衰老的父母为我操劳，请帮助我，感谢仁慈的主。”

有不少人拿过胸花，在原处放上一美元，也有人漠然不动。几分钟后，那个少年折回头，把美元收起来，并微微点头致谢。对那些未放美元的旅客，他把胸花轻轻放到他们手里，有些人付了美元，有些人嫌恶地摆摆手。少年也不再纠缠，马上收起胸花退回。

一个黑人警察看到了这一幕。按说在机场是不允许行乞的，不过这位警察大叔并没打算严格履行职责。他漫步走过去，用警棍轻轻触触少年的头。少年抬起头，略显惊恐地瞪着他。警察揶揄地轻声说：

“真的是聋哑人？”

少年目光中闪出一丝笑意，警察心照不宣地笑起来。那位少年拿起一朵胸花，用几张一美元的钞票包住，塞进警察的口袋，警察笑着走了。

在多国部队发出最后通牒的第二天，这名伊拉克少年恐怖分子用这些胸花向华盛顿、纽约、旧金山、西雅图等九个美国大城市撒播了天花病毒。那位好心的黑人警察第二天发病，七天以后痛苦地死去。在此之前，一个浑身脓包的少年倒在白宫草坪上，被保安人员发现。他随即死在陆军医院里。经指纹核对，这是一名臭名昭著的恐怖分子。

多国部队发出最后通牒第三天，在莫斯科地铁中，一名交了好运的阿拉伯商人醉醺醺地同每个人亲吻，并向每个人的手里硬塞进一万卢布的钞票。最后他踉踉跄跄出了地铁，在莫斯科刺骨的寒风中他也没戴帽子，脸庞烧得通红，身上已经出了细小的红疹。

多国部队发出最后通牒第十一天，开罗侯赛因清真寺中一颗炸弹爆炸，正在做晨礼的伊斯兰教徒惊惶四散。但很快就知道这只是一场虚惊。爆炸装置炸开后只是蓬出一团香雾，香味清爽宜人，似乎是玫瑰，又像是素馨花。教徒们又好奇地聚拢过来，但那个恶作剧制造者却不见踪影。

……

第十九章　行刺与婚礼

直升机在费莱凯岛停下来。孤岛被清澈蔚蓝的海水包围，对面隐约可见科威特城的球状尖塔，那是著名的海水淡化塔。小岛上保留着一座古代的要塞，这正是科威特名字的由来之地。

天花凶神忘记了这座小岛，皇甫林和法赫米也把它忘了。等到全国的局势平定，他们才想起这几座孤岛，决定还是给岛上的人补作注射。艾米娜已经病愈，非要跟着哥哥一起来。她仍穿着初见皇甫林时的衣裙，用一袭面纱遮住了留下斑痕的脸庞。

平时岛上多为游客，本岛居民并不多。现在游客早已绝迹，所以对居民的药物注射很快就完成了。法赫米拉着两人来到海边，艾米娜脱下鞋袜，把赤足浸在清澈的海水中。往东南望去，海天连接处隐隐可看见多国部队军舰的顶部，偶尔有一架直升机升空盘旋。艾米娜的秋水双瞳一直在面纱后定定地看着皇甫林。十几天的超强度工作后，皇甫林仍然神采奕奕，那两只小眼睛也分外深湛。他说这要感谢那十天绝食，超强度的劣性刺激极大地激发了体内的潜能。他笑嘻嘻地欣赏着艾米娜的侧影，轻声吟唱着阿卜杜胡·哈姆里的著名歌曲：

“你的腰，如春风摆柳，你的脸，如玫瑰盛开。”

艾米娜突然羞涩地说：“你知道吗？你的药物不仅治愈了天花，还治好了我的痛经。过去因为这个顽固的毛病，我对所有异性都……”她摇摇头，没有说下去。但皇甫林听懂了，她实际是在为初见面时的乖张道歉。他们俩已经到了心照不宣的程度。这位公主在病愈后像是换了一个人，完全没有了骄纵乖张的脾气。但她也没有因为麻脸而自卑，没有垂下眉眼，请求皇甫林的原谅。这个麻脸婆娘似乎已理直气壮地坐上皇甫家主妇的位置。正是这一点赖皮劲儿让皇甫林喜悦不已，他觉得这个女人的性格与自己对味儿！

法赫米走过来问：“昨天南大使见到你了吗？”

“见到了。他说埃米尔几天后要接见我，为我颁勋。”

“祝贺你！你的功绩确实值得一枚萨拉丁勋章。”

皇甫林开玩笑地说：“十分感谢你们对一个江湖医生的推崇，我在中国国内至今仍登不上大雅之堂。”

他的话中隐露怆然，法赫米安慰道：“没关系，很快他们就会承认你的。”

这时后面传来了飞机轰鸣声，一架法国海豚直升机疾速飞来，停在他们面前。一名军人匆匆跳下飞机，向他们跑过来，很远时就大声问：

“是皇甫林医生吗？”他看见了法赫米，忙立正敬礼，“法赫米先生，沃尔拜岛上刚刚发现疫情，代首相请你们尽快赶去！请上我的直升机吧。”

皇甫林立即说：“法赫米，药物已经不够了，你和艾米娜回去取药，我先去。”他从自己的飞机内取出药物，跟那位军人上了直升机。艾米娜揽着长裙匆匆跑过来，伸出手喊：

“我也要去！拉我一把！”

皇甫林笑着把她拉上机门，朝法赫米挥挥手：“我先去看看那儿的疫情，你等我的电话！”

海豚直升机一直没熄火，这时一拉机头飞起来，一直向东北飞去。沃尔拜岛已经到了，但直升机没有停留，仍全速向北飞。皇甫林觉得有点蹊跷，回过头看看舱内，三名军人已经掏出手枪凶恶地指着他们。他知道上当了，朝艾米娜努努嘴，艾米娜回头漫不经心地看一眼，神色不变，又回头看着窗外。

“几条伊拉克狗。”她轻蔑地说。

她的镇静使皇甫林暗暗高兴。为首的伊拉克军人气得满脸涨红，用手枪点着皇甫林的鼻子，恶狠狠地骂道：

“你这个该死的异教徒！我们费尽心机制订的计划被你破坏。我要把你吊在火上慢慢烧死！还有你这个臭婆娘！”

皇甫林好笑地看着他大叫大嚷，大声回答：“我听不懂！知道吗？不懂！”

最后两个字是用阿拉伯语说的。随后他拉过艾米娜，“把这个混蛋的话给我翻译过来。”

艾米娜用不流利的汉语说道：“他说你救了科威特人，使萨拉米免堕地狱，萨拉米十分感谢你，要为你发勋章！”她想想又补了一句，“还要亲自为我俩举行婚礼！”

皇甫林知道她在捣鬼，放声大笑起来，艾米娜也跟着笑。几个军人不知道他们笑什么，恼羞成怒，挺身上来想揍皇甫林，但在两人的气势下犹豫着，没敢真正动手。皇甫林厉声说：

“你们国家公然违抗国际公约，制造病毒武器，妄图灭绝你们同宗同族的穆斯林兄弟，这是真主的教诲吗？你们才是心地邪恶的异教徒，真主一定会惩罚你们！艾米娜，翻译过去！”

他不知道以艾米娜的汉语水平是否听懂自己的长篇大论，但那位姑娘连半个停顿也不打，立刻滔滔不绝地用阿拉伯语说了一大通，显然是义正词严。几个军人像被斗败的鹌鹑，虽然恨得咬牙切齿，但从此缄口，只是持枪瞪着他们。

皇甫林把艾米娜的面纱撩起，深情地看着那张麻脸，在她的嘴唇上轻吻一下：

“如果咱俩真的回不来，这一吻就算咱俩结婚了，好吗？”

艾米娜大笑着点头，猛然扑到他怀里狂吻起来。伊拉克军人恶狠狠地把他俩拉开，蒙上眼罩，然后直升机开始下落。

晚上皇甫林被反铐双手，眼罩也一直没取下来。他忖度着自己被关在什么地方？他们会如何处置自己？几分钟后他懒得再想这些问题，开始想祖父的平衡医学。祖父去世、父亲退休后，自己生性疏懒，没能光大祖父的心血结晶，算来愧对先人！如果能逃过这场大难，一定洗心革面，从头活个样子。

想想他又笑起来，他十分清楚自己的热情只有五分钟寿命，一旦大难不死，只怕又要去浪迹天涯，何况还拥着一位麻脸美人！

艾米娜今晚在什么地方？会不会受折磨？不过，再想也是白担心，干脆睡觉。于是他靠在墙角很快睡熟了。夜里他听见有跑步声、喧哗声、坦克行驶的隆隆声、飞机低空掠过的啸声。这些噪声不时闯入他的梦境，搅得他睡不安稳，他在梦中也喃喃咒骂着。

直到第三天中午才有几个军人匆匆来到临时监房，扯掉他的眼罩，打开手铐，用阿拉伯语叽里呱啦嚷叫一通，扯着他塞进一辆汽车。皇甫林没法与他们交谈，自言自语地问道：

“这就去砍头了？砍头饭也不让吃？”

汽车一路鸣笛，在街道上横冲直撞。皇甫林突然发觉，这两天巴格达一定发生了什么大事件。街头三步一岗、五步一哨，坦克炮口虎视眈眈地盯着十字街口。巴格达饭店、国家通信中心和电视塔前的戒备更加森严。不过总的说气氛还比较平静，行人似乎见惯不惊，照旧神情淡然地干着自己的事情。

等他从迷茫中回过神，汽车已停在一座豪华的官邸前面。皇甫林认出这是萨拉米的总统官邸。这是上个世纪末萨达姆建造的，宏伟的大门两侧有两个塔楼，装饰有纵横交错的纹饰，院内有棕榈树掩映的曲径，有豪华的雪花石喷水池，茵茵草地上白玉雕塑或躺或卧。再往后是大殿和寝宫，圆形房顶，尖形塔楼，是波斯风格和伊斯兰风格的结合。皇甫林正欣赏这座美轮美奂的建筑时，又有一辆车停下来。一个蒙着面纱的女人跳下车，欢呼着扑过来。

是艾米娜！两人在一群荷枪实弹的军人群中忘情地拥抱。有人在轻轻鼓掌，皇甫林抬头看看，是萨拉米总统，他的脸上也有浅浅的斑痕。

“欢迎，我的孩子们。”萨拉米慈祥地用英语说道，然后挽起艾米娜的胳臂，走进一间圆顶的大厅。阳光透过落地长窗泻下来，室内的天竺葵在阳光下显得浓绿欲滴。萨拉米请二人坐下，先递过一张“每日电讯报”：

“对于今天的会见你们很可能感到突然，所以谈话之前，请你们先看看报纸：国际时事版，标题是‘萨拉米同阿齐慈摊牌’。”

10月19日晚上，在一场不流血政变中，伊拉克法律总统萨拉米推翻了事实总统阿齐慈的统治。

极富魅力的萨拉米总统在伊拉克已被神化，但他从本质上说是一位空想家而不是政治家。而阿齐慈精明干练，处事果断，多年来已逐步架空总统。在这次新月行动中他竟然以萨拉米为诱饵，几乎使萨拉米为科威特殉葬。但他精心策划的新月行动被一位中国的江湖医生挫败，内外交困，萨拉米趁机一举翦除了政敌。据报道，萨拉米在重掌大权后，已向国际社会表示伊拉克将改邪归正。

萨拉米笑道：

“这些西方老爷的用词比较刻薄，但叙述基本未失实。感谢你，皇甫林医生，你挽救了科威特民族，使我不至于在真主那儿成为罪人，也使我翦除了伊拉克政治生活中盘踞多年的毒瘤。从今天起，我可以真正致力于阿拉伯统一事业了。鉴于你对阿拉伯民族的崇高贡献，我代表伊拉克政府授予你一枚萨拉丁勋章。这是第一个非阿拉伯人获得此项殊荣。”

随从捧着勋章，萨拉米慈爱地为他佩好，理好金黄色的绶带。在异常郑重的气氛中，皇甫林却忍俊不禁，他向立在一侧的艾米娜点头示意，突然问道：

“也许您还要亲自为我们举行婚礼？”

萨拉米愣了片刻，随即笑道：“这正是我马上要提出的建议，想不到我们之间是如此默契。”

皇甫林和艾米娜忍不住大笑起来。这使萨拉米感到十分意外，尴尬中带着恼怒。皇甫林笑着解释：

“请总统不要误会。我们遭到逮捕时，我的未婚妻在翻译中曾故意曲解军人的咒骂和威胁，她说军人说萨拉米总统要为我们颁勋，并要亲自为我们主持婚礼，想不到她的黑色幽默倒真的应验了。”

萨拉米也放声大笑：“这只能归功于真主的安排！”

在随后整整一个小时的谈话中，气氛十分融洽。萨拉米盛情地邀皇甫夫妇在伊拉克定居，他将建立一个国家基金会专门为平衡医学的研究提供资助。“那时伊拉克和科威特之间将不再有边境，你可以乘上汽车在两个小时内去探望岳母。中国还有什么亲人吗？可以全部接来，我会为他们建一座新的巴格达空中花园。”

晚上设了丰盛的家宴。宴席上总统只呷了几口白兰地，却频频向皇甫林劝酒，他特意为皇甫林备了中国的茅台。总统夫人则始终优雅地微笑着，低声同艾米娜交谈，她们的亲密神情活像一对母女。

宴会后，艾米娜悄声问醉意陶然的未婚夫：

“夫人告诉我，总统有一种痼疾，不能多操劳，这几年才被阿齐慈逐渐架空。你知道他得了什么病吗？”

那个醉鬼神志倒很清醒，他说：“总统脸上皮脂多，四肢瘦削，手背上多紫纹，从这些症状看，似乎是柯兴综合征，一种内分泌疾病。它有可能造成类偏执狂症状。”

“你愿意为他医治吗？”

“当然。”他脚步不稳地走向总统，用英语说，“总统阁下，如果你相信我的江湖医术，我想为您治疗一次，您愿意吗？”

总统高兴地说：“我当然相信中国神医。”

皇甫林让总统侍卫向昨晚那几个军人要回他的药品，随总统来到卧室。他详细询问了病情，让他脱去衣服睡在床上，然后细心地沿脊椎和肩丛神经进行注射。注射完毕，他笑着说：

“总统阁下，你太麻痹大意了，让一个没有经过安全检查的异国人，甚至是异教徒为你治病。你难道不怕我注进狂犬病毒或炭疽杆菌？”

总统在侍卫的帮助下穿起衣服，他笑着说：“不会的，我非常相信自己的判断力。”

“但判断力也有失误的时候。如果我为了某种原因，比如说为妻子的祖国复仇？”

总统有些不快，冷漠地说：“我同科威特兄弟没有任何仇恨。”

皇甫林尖利地冷笑一声：“恐怕未必！死于天花的十二万个科威特亡灵恐怕不会认错人的！”

萨拉米打个寒战，目光阴狠地看着皇甫林。机灵的侍卫们听不懂两人的英语对话，但从两人的神色看出敌意，立即做好戒备。皇甫林旁若无人地侃侃而谈：

“很可惜，你脸上的斑痕瞒不过一个医生的眼睛，那是美容师人为加上的。你并没有患天花，你在去科威特前已经注射过天花疫苗，也就是为全体伊拉克人但库尔德人除外注射的所谓汉塔疫苗。你不会冒险染上天花，虽然那样表演会更为逼真，因为你的命很值钱，比十二万条科威特人的生命值钱。所以，你并不是阿齐慈抛出的诱饵，你是一场种族灭绝战争的策划人兼操刀手！总统先生，你的戏演得不够逼真。如果你十年来一直是阿齐慈的傀儡，你会在一次侥幸胜利后的第二天就如此高枕无忧吗？我想阿齐慈倒可能是你抛出的替罪羊，或者我更相信他是甘愿牺牲自己，演一场丢卒保车的苦肉计。丢卒保车、苦肉计，这些中国的典故你懂不懂？”

萨拉米阴冷地沉默着，脸色阴晴不定。皇甫林痛快酣畅地骂下去：

“看来，你小看了中国的江湖医生，他们都是捣鬼的老祖宗，心狠手辣也绝不亚于你。你知道我刚才为你注射了什么？没错，是5647号潜能激活剂，只是剂量加大了十倍而已。两天最多三天之后，你就会像一只发情的公骆驼那样亢奋，食欲亢进，性欲亢进，狂呼乱叫，血脉偾张，你的生命力会这样狂暴地燃烧五六天，然后不可避免地逐渐熄灭，无论是现代医学还是真主都救不了你。在你绝望地等死时，你会有充裕的时间去想一想那些科威特人和库尔德人，他们满身脓包、高烧谵妄，挣扎着，最终有数万人没能逃脱死神阿慈赖尔的魔掌。想想吧，将心比心地想一想，你会死得安心一些。”

骂完后他冷淡地说：“我要走了，是去刑场还是牢房？”

艾米娜和总统夫人谈得十分投机，看见未婚夫和总统一块儿出来，她跳起来扑向皇甫林的怀中：

“你知道吗？总统夫妇明天要为我们举行婚礼。”她幸福地低语着，“按照伊斯兰的风俗习惯，总统府外已开始搭婚礼帐篷。我说父亲刚去世，但夫人劝我，这样幸福美满的姻缘，首相在天之灵也会高兴的。我真没办法拂逆她的好意，你说，该怎么办？”

皇甫林微笑着：“听夫人的安排吧。首相在天之灵绝不会责怪你，只要你能得到幸福。”

“那么，我就答应她？”

“答应吧。”皇甫林笑道，“按阿拉伯风俗，婚礼前我们不能见面了。晚安。”

他径自朝室外走去。两名总统保镖如影随形地跟上他。艾米娜皱着眉头看看总统，总统仍然笑容可掬，于是，艾米娜松开眉峰，回到夫人身旁，尽兴谈笑。

婚礼帐篷几乎像总统寝宫一样高大。朝阳照着帐篷上金碧辉煌的金银钱纹饰。帐篷外立着两排灯柱，挂着玲珑剔透的中国式水晶宫灯。帐篷内摆着几排桌椅，堆满了石榴、无花果蜜饯、酥糕、油炸丸子、红烧火鸡、蒸面粒等阿拉伯美味。歌舞班的人忘情地弹着竖琴，敲着大鼓和带铃手鼓，打着手钹，一位风姿绰约的半裸舞女在帐篷中央疯狂地扭动，她的肚皮和丰满的乳房都合着鼓点传神地颤动着。

忽然帐篷内响起了尖长的“扎额拉达”声，所有妇女都用舌头发出这种欢快的颤声。艾米娜穿着白色的丝质婚礼服，头上戴着“杜瓦格”头箍和面纱，由随侍女仆搀扶着出现在客厅。左边的女仆们向四面八方抛撒着盐粒，一边高声喊道：

“热爱先知的人祈求真主赐福于先知！”

幸福的艾米娜迈着小步，来到帐篷正前方，在蒙着绸幔的婚椅上坐下。女仆坐在她旁边，摊开手中的绢帕，接受客人的礼物。礼物大多十分昂贵，有钻戒、猫眼、缅甸宝石戒指，也有做工奇巧的埃及项链……随后，司仪大声宣布新郎驾到。皇甫林穿着白色的阿拉伯式礼服，与护送的男客告别后，步履从容地走向婚椅。总统夫妇也来了，他们作为女方的家长坐在主席，笑容满面地看着新郎，皇甫林在新娘面前略为伫立一会儿，伸手慢慢揭开她头上那块丝质头巾。全帐篷的人都屏息静气，连那些正在歌舞的舞女们也都把目光转过来。

头巾揭掉了，艾米娜满面喜色，在帐篷内柔和的光线中，脸上的疤痕似乎也不太明显了。立时四面八方响起了欢呼声和震耳欲聋的“扎额拉达”声。

歌女们的歌声一浪高过一浪，肚皮舞娘也舞动得更加疯狂。总统夫人亲自带着十几位女客，用金镑或金路易贴在肚皮舞娘的额头。陪皇甫林的男客也挤进来，大把大把地撒着银币。歌女们大笑着扑过去捡拾。

直到午夜两点，新人站起身，手搀着手，缓缓步下婚椅台阶。在一波又一波震耳的“扎额拉达”声中，他们向总统夫妇告别。总统夫妇慈祥地微笑着祝福他们：

“孩子们，祝你们幸福快乐。”

艾米娜同夫人吻别，转身面对总统，微笑着问：“总统，什么时候处死我们？”

皇甫林吃了一惊，他本想度过新婚之夜后再告诉妻子真相，没想到机灵的艾米娜已经猜到了。这个视死如归的姑娘使他心生敬意，他笑着吻吻妻子，把她搂得更紧。

帐篷内仍是一片喜庆的喧哗声。他们羡慕地看着亲如家人的总统夫妇和皇甫林夫妇，绝对想不到艾米娜正在邀请死神。总统微笑地盯着他们，很久才平静地说：

“今天我要教会你们区别政治家和恐怖分子。政治家可以冷静地把数千万人送向死亡，但他们仅在极端必要时才杀人，绝不会是一时冲动或为了泄愤。皇甫先生，我佩服你的勇气，杀了你对伊拉克的国家利益也没什么好处。所以我不会杀你的，即使几天后我会死于你的注射。去吧，和你的新婚妻子度过美妙的一晚，明天早上回科威特去吧。”

欢乐的客人们簇拥着新婚夫妻进入洞房，关闭了房门。夫妻两个默然相对。他们本已抱着必死的决心，萨拉米这个决定反倒使他们有点惶然。艾米娜问清了情况，轻声问：

“你真的给他注射了致死剂量？他真的还会放我们走？”

皇甫林一挥手：“先不要管它，人生须及时行乐，不能辜负这洞房花烛，良辰美景！”

艾米娜没有听明白这句文绉绉的话，但她还是笑着投入皇甫林的怀抱。

第二天拂晓，萨拉米信守承诺，派那架海鸥式直升机把两人送过边境。南大使、法赫米、军方代表迪勒米准将在边境守候着。他们同皇甫林热烈拥抱，艾米娜则按阿拉伯礼节用长袍裹着手同大使握手。大使动情地说：

“听法赫米说你们被劫持走，我立刻同国内联系。中国政府责成驻伊大使同萨拉米进行了强硬的交涉。我们真怕那个疯子折磨你们，处死你们，现在好了，你们总算平安归来了。”

艾米娜恍然道：“噢，原来如此，我还以为萨拉米真有善心呢。林，萨拉米是不是在今天发病？”

皇甫林沉沉一笑：“不，那是吓唬他的。我是一个医生，不管什么人生了病，我都只能按医生的良心去医治，至于那人的罪恶自有报应的时候。”

大使和法赫米不明白他们在说什么，皇甫林笑着对他们做了解释，两人大笑起来。法赫米笑道：

“皇甫，我真佩服你，在死神阿慈赖尔的阴影下还敢对萨拉米开玩笑。我想，他没有杀你，恐怕是抱着一线希望，想从你这儿得到解药。”

皇甫林收起戏谑，沉重地说：“不，我想不一定是这个原因。说实话，我拿不准他的思维脉络。这个枭雄，他使我既厌恶，又怀着几分敬意。不过，大舅哥，”他开玩笑地说，“你该称我妹夫了，那个狂人萨拉米为我们举行了最隆重的婚礼。”

法赫米喜悦地说：“祝贺你们。顺便告诉你，埃米尔已决定提供一亿第纳尔的资金，建立以先父命名的肖卡德基金会，专意资助你的平衡医学研究。欢迎你在科威特定居。”

皇甫林略微考虑了一会儿，笑着拒绝道：“不，我还是回国内。对于平衡医学来说，科威特这个舞台或试验基地未免太小，再者我也无法忘却对祖国应负的责任。不过，我会经常送艾米娜回娘家的。你同意吗，艾米娜？”艾米娜笑着点头。“至于回国后的资金和社会承认，你就不必担心了。这次回去，国内社会一定会把我当成凯旋的英雄。大使先生，”他讥讽地说，“什么时候彻底根除这种出口转内销的状况，才说明中国从心理上具有了泱泱大国的风范。你说对吗，亲爱的大使？”

南大使没有回答，脸上微微发红。五人坐上一架海鸥式垂直升降飞机，很快就飞抵临海的科威特城。下飞机时，大使和迪勒米准将一定要皇甫林夫妇先下机。他们跨下舷梯时，才发现机场上铺了红地毯，科威特埃米尔亲自在机场迎接。欢迎人群中还有护士小娜、调皮鬼司机兰小龙、艾米娜的女仆莎拉。这三个活宝又蹦又跳，大声叫喊，在庄严隆重的政治仪式中显得十分滑稽。皇甫林开心地笑着，挽住自己的麻脸婆娘走下舷梯。埃米尔微笑着迎过来，把皇甫林拥入怀中。

尾　声

七年之后，就是历史上命名为“黑色 2038”的年份，蓄势已久的各种病原体来了个大暴发，现行的防疫保健体系突然失灵。世界患病人数超过 10 亿，死亡 2000 万以上。

皇甫家的平衡医学在危急关头起了极为重要的作用。

在病魔肆虐时，世界上还有一块小小的绿洲。经受过全民性劣性刺激的科威特人有效地抗住病魔的侵入，这块盛产珍珠和石油的小小国家仍是一片繁荣。

后记

偶然在友人董振华处看到王佑三先生签名赠送的医书:《明天的医学向何处去——我的平衡医学观》，才得以神交这位医界狂人。此书看后有相见恨晚之感，它正好说出了我自己一些处于朦胧状态的想法。坦率地讲，王先生的“平衡医学”作为一个体系还很不成熟，它只是一些粗线条的论述。但文章中随处闪现的灵智，那些精辟独到的见地，都值得人们深思。

人类的万年文明史创造了灿烂的现代医学。但若以历史老人的视角做一鸟瞰，恐怕西医已面临一个十字路口。它过分关注具体而忽略了整体。它基本上是绕过人体免疫器官去直接同病原体作战。结果病原体在超强度的训练中日益凶猛，人体免疫系统在无所事事中日渐衰弱。这是一个极为危险的游戏。

从生命肇始至今40亿年间，各个物种包括人类一直是在异己环境中进化。正如王佑三先生所言：原始人本无医，传宗亿万年。这是因为人类百炼成钢的免疫系统和群体优势，在与病原体的抗争中始终占据上风。可惜，医学界被辉煌的医学进步耀花了眼睛，忘了这条最简单的事实。从这个意义上说，1979年医学界宣布全球消灭天花，以及今天人类社会消灭脊髓灰质炎的努力，是何等幼稚而短视。无论科技何等进步，人类能够生活在无病原体的世界吗？消灭一种病毒只是为新的病毒腾开舞台；短暂的太平只是为更大的灾祸做准备。

所以写出这篇惊险科幻小说以警醒世人。文中引用了王佑三先生著作的一些观点，有一些见解则是我本人的。但我要说明，本文是小说而不是医学专著，它只着眼于思想大趋势的正确，不拘泥于医疗细节的精确。有些观点比较异端，可能不见容于今天的社会，但愿历史会给出正确的评价。至于那位最终从科威特娶回一个麻脸美人的狂放佻傥的皇甫林，还有皇甫家与协和医院的恩怨则纯粹是虚构，读者不必当真。

死亡大奖

当时，耶和华将硫磺与火，从天上耶和华那里，降予索多玛和蛾摩拉。把那些城和全平原，并城里所有的居民，连地上生长的都毁灭了，那地方烟气上腾，如同烧窑一般。

——圣经《毁灭索多玛与蛾摩拉》

菩提祖师言：须防那三灾利害。此乃非常之道，夺天地之造化，侵日月之玄机。五百年后，天降雷灾打你，须要见性明心，预先躲避。再五百年后，天降火灾烧你，这火不是天火，亦不是凡火，唤作阴火，自本身涌泉穴下烧起，直透泥垣宫，五脏成灰，四肢皆朽。再五百年，又降风灾吹你，这风不是东南西北风，不是和薰金朔风，亦不是花柳松竹风，唤作赑风，自囟门中吹入六腑，过丹田，穿九窍，骨肉消疏，其身自解。

——西游记《悟彻菩提真妙理　断魔归本合元神》

第一章　第一个

事发后马云逢人就说，她早看出横死的那小子不正常，身上透着一股子阴气，印堂晦暗，眼神无光，鬼鬼祟祟，走路像是后边有鬼撵着似的。听者笑她是事后诸葛，她说真的真的，在车站旅社干了十几年，三教九流什么人都见过，咱的眼光早练出来啦，看人比袁天罡、李淳风还准。

北阴市车站旅社紧靠火车站，旅客下了车，拎着包，三分钟就能赶到这儿。不过首先他们得冲破层层封锁线。这几年旅馆业不景气，各个旅馆尤其是偏远的旅馆都派了大批服务员围追堵截，见旅客就扯袖子，拽提包，亲热得像没出五服。北阴市说大不大，说小不小，改革开放以来，好的东西进来些，坏的东西似乎进得更多。比如说，那些吃车站饭的贼娃子就不少，他们像韭菜一样，割一茬再长一茬。好些熟脸儿马云都认识了，不过她懒得去举报。你能举报得完？再说，得罪了这伙人，半夜下班时给你一刀，受罪不说，还算不了工伤。那些贼娃们还识相，因为马云在这儿资格老，只要马云值班，他们就不在她管的楼层作案，两边相安无事。有时劈面遇上了，还会向“马姐”点头招呼。再有就是那些“鸡子”，人数更多，一茬老的去了，嫩生生的新一茬就蹿上来。拉旅客时，服务员在明处拉，鸡子们在暗处拉。有时在车站楼道上与马云相逢，那些年轻姑娘们总是避在旁边，恭恭敬敬地叫声“马姐”。甚至有些臭男人也知道了这个称呼，可能产生了误会。那天一个 40 岁男人凑到她跟前，贼兮兮地说：“请马姐介绍一个好的，其实，最好是马姐你。”马云气晕了，追着那臭男人骂，从三楼一直把他骂出大门。

横死的那家伙是个二十多岁的小伙子，5 月 13 日住进来，连住了八九天，登记的名字叫仝大星。后来警察调查知道这是真名，也就是说，他登记时使用的身份证是真家伙。那家伙确实反常，从脸相上看是农村的，至多是小县城的，皮肤粗糙，走起路缩头缩脑，衣着简单，打哪儿看也不是有钱人。但他自己包了一个双人间，每天出门一趟，最多两个小时就返回，拎着大包小包的吃食。然后老鼠似的出溜一下，钻进屋里，紧紧关上门，在里面嘁嘁喳喳地一股劲儿吃完。说他像老鼠确实没亏说他，他心里一定怀着鬼胎，看人不敢直视，眼神溜一下溜一下。马云进去打扫卫生时，他会像诈尸似的突然回头，呆愣愣地盯着你，半天都透不过气。

马云打心底讨厌这个家伙，这中间还另有一点不大好说出口的小原因。那天下午仝大星拎了一大包核桃回家，关上门，咔咔嚓嚓的砸核桃声整整响了半天。马云的值班室与他的屋子是斜对门，实在听烦了，就敲门进去。地上一地核桃皮，仝大星手里拎着块半截砖，傻兮兮地看着她。马云说："你爱吃核桃？"他哼哼哝哝地说，"嗯，从小爱吃，俺爹妈从没叫我可心可意吃一次。"马云说："那你用得着这么费事？自选市场里有核桃仁，15元钱一斤，带皮核桃是6元，去了皮，再抛去坏仁的，其实价钱相差不多。"马云说这话其实在刺打他的馋相，但那人却认真地问："真的？真的？俺那儿从没见过卖核桃不带皮的。"

第二天那家伙果真买了一大包核桃仁，关起门吃了半天。马云打扫卫生时，他还搭讪着说，真的，真有卖核桃仁的。他面前摆着一大包没吃完的核桃仁，至少有二斤。但他竟没有想起来让让马云！

虽然马云不想对别人承认，实际上是这一点特别让她生气。按旅社不成文的规矩，这儿的旅客，尤其是住宿时间较长或多次来店的老旅客，吃什么好东西时都不忘给值班服务员送一点，大伙儿一般都笑纳了。服务员工资低，这么着隔三岔五能让娃儿们打打牙祭。撇开这点实惠不说，有这么点人情，也多少冲淡了旅客与旅店的金钱关系，显出点人情味儿来，像仝大星这样一毛不拔的铁公鸡、守财奴、不开窍的榆木疙瘩，是很少见的。

这家伙还有一点反常之处。五月的天气已经很热，空调没送电，男旅客们都只穿一件三角裤头，到卫生间解手冲凉，满走廊都是三角裤头。但仝大星却是衣衫整齐，连晚上出来解手时也穿着长衬衫。一句话，反正这个家伙透着古怪，让人腻歪。不过马云从没认为他是抢劫犯或小偷，这两种职业太抬举他了。马云估计他是躲债的，可能欠债太多还不上，干脆把剩下的钱一股脑儿吃到五脏庙里，就是死也落个饱死鬼。

不过她绝对没想到，仝大星会是那么一种死法。

仝大星入住的第10天晚上，马云值后夜。她和二楼值班的小白合伙做夜宵，吃饭时还看见仝大星“老鼠似的”溜出去买东西，又出溜一下钻到屋里。马云用筷子点着他的后背，对小白说了这个人的怪癖，还感叹说“人上一百，形形色色”，天底下竟有这种怪人，哪个女人跟上他算是倒八辈子霉。小白开玩笑说：“没准你看走眼了，这人可能是腰缠万贯的大富翁，来这儿微服私访。”马云笑问：“你看上他了？用不用我拉皮条，就怕你家大刚不饶我。”

小白走后，马云躺到长椅上假寐。凌晨四点，突然听见一声惨叫！那是真正的惨叫，穿透力极强，似乎不是从人的喉咙喊出，不是从胸膛响起，而是从遥远、阴冷、恐怖的幽冥世界发出来，透过第四维世界，直接抵达听者的灵魂深处！马云从朦胧的睡境中惊醒，心头扑扑直跳，脊背凉森森的。毫无疑问，惨叫声是从对门屋里传来的。马云犹豫着，不想进屋去查看。这是服务员之间约定俗成的规矩，多一事不如少一事。一次马云在门外听到女人的呻吟，一声接一声，以为是旅客得了急病。敲门没人应，便用钥匙打开门查看。灯一拉开，见一个赤身裸体的干瘦老头正趴在一个年轻女娃身上忙活，干瘦的屁股高高撅起，胯间的两个蛋蛋来回摆动。可能干得太投入，没听见马云的敲门声。马云呸呸地吐着唾沫，气急败坏地退回去。在那之后半年时间里，马云总是时运不济，不是破点小财就是丈夫骑车摔伤，她说都是那次撞了霉运。

管他妈的，睡觉——不过马云知道自己是在欺骗自己。对面仝大星屋里不会有女人，那声惨叫也不是干那种事的呻吟。这叫声太惨，太凄厉，如果不看个明白，马云今晚就甭想合眼了。敲门没人应。最终她打开屋门，拉开电灯，走到里间的门口。她看到的景色非常奇怪。虽然是五月天，仝大星还紧紧裹着毛毯。毛毯这时胀得圆滚滚的，就像一个充气的气囊，然后，伴着咝咝的漏气声，毛毯缓缓缩回，贴伏在睡者身上，显出鲜明的身体轮廓。在这个过程中，床上的人一动不动，不再有叫声、喘气声或其他声响。

马云立在里间门口喊了两声，没有回音。她犹豫着，不知道自己该往前走还是退回去。屋里有一种奇怪的、阴森森的气味，有点苦，带点让人呕吐的甜梢儿。这个味道似乎唤醒了马云的某种记忆，很长时间后她才想起这是火葬场焚尸炉的气味儿。马云爷爷过世时，为了让爷爷用个干净炉，烧得透一些，马云曾进到焚尸间给焚尸人送了一条烟，在那儿她闻过这种味儿。

不过当时马云没想这么多，她只是本能地觉得不对劲儿。屋里气氛诡异，一股寒气慢慢从脚下涌泉穴升起，过丹田，越天枢，把她的思维都冻木了。这场景就像是看一场恐怖电影，阴森森的乐曲冷酷地一波一波响着，忽然声音骤停，画面定格，然后……

马云一向不是胆小的人，这会儿咬咬牙，心一横，决定要看就看个明白。她嘴里喊着："醒醒，醒醒，你怎么啦？"一边慢慢走过去。透过仝大星肩胛支起的毛毯，她看见了仝大星的脸部。

然后是一声火车长笛般的惨叫。这声惨叫一直从三楼响到一楼，从一楼响到大厅。几个值班员被惊起，追在后边喊："马姐！马姐怎么啦？"

马云鸣着长笛一直冲进经理值班室。

今天经理室是老姚值班。老姚是丘八出身，爱喝点革命小酒。半斤卧龙玉液，一碟花生米，一碟肚条，能美滋滋地品上半夜。所以他最爱顶夜班，夜班费正好够他的嗜好，又不用听老伴儿啰唆，一举两得。今晚他已把半斤酒抿完了，浑身舒坦，想到床上躺一会儿。就在这时他听到火车长笛般的惨叫，他一个打挺坐起来，还没有蹬上鞋子，马云就像特快列车一样径直冲进屋里，面色惨白，两眼发直：

"死——死——"

老姚知道今晚睡不成了。他在这个旅社干了20年，死人的事虽说不多，也撞见过三四回。一回是一个退休团级干部，夜里心脏病突发，翘了辫，直到天明才发现；一次是一对年轻男女，脱得精赤光光，搂得紧紧地服了毒；还有一回是个沉默寡言的中年男人，像是读书人，见人礼节周全，又点头又问好的。没想到晚上却自杀了。他用一条细绳，一端系在床帮上，另一端系一块砖头，细绳在脖子上缠了一圈，砖头推下床吊在半空，仅仅这么一块砖头就把一条命断送了。

看来今天是第五个。老姚喝住马云："喊什么？死就死呗，你想张扬得全世界都知道？影响了旅社的客源，我要重重罚你！"他一边训，一边带上四节长手电，拿上警棒。今天没停电，按说这把长手电是用不上的，但这是他巡夜的标准行头，已经习惯了。警棒是车站派出所的关系送的，带上它胆气壮一些。他原想把死人的事通知派出所，想想还是先把情况摸清后再说，看马云这婆娘吓得三魂升天七魄出窍的，谁知道她说的"死人"是不是真事。

他带着马云上三楼，边走边低声训斥："你也是这儿的老职工了，这么沉不住气？上次，在床帮上吊死的那个，你还帮忙抬出来。今儿个是怎么啦？"

有老姚壮胆，马云脸上略略恢复了血色。她低声嘟囔着："你去看看吧，你看了就知道了。"三楼楼道上，不少旅客在探头观望，喊喊喳喳，他们都是被马云那一声长笛惊醒的。老姚大声吩咐："睡觉！都去睡觉！刚才有人夜惊了，做噩梦了，没事儿！"

安顿了众人，他们走到仝大星包间的门口。马云拉拉老姚衣角，可怜兮兮地说："你一个人进去吧，我不敢进。"老姚疑惑地看看马云，心想这儿到底出了啥事？那次上吊的死鬼模样够瘆人的，眼珠鼓爆，舌头伸出老长。那时马云虽然也"妈呀""妈呀"地低声惊叫，最终还是帮忙抬着死人的小腿，把尸体抬下楼。可今天看把马云吓得！

老姚多了一份儿警惕，把电警棒开关接通，擎在右手，小心翼翼地推开虚掩的门。事后他说，一进门他就闻到了一种怪异的味道，好像是发腻的甜味又带一点焦臭。床上那人静静地躺着，毛巾被包住一个清晰的人形。老姚轻轻走过去，稍稍拉开头部的毛巾被——他猛然头皮发炸，长电筒失手落到地上。

床上躺着的不是死人，而是一具骷髅。脸上的皮肉已烧光了——肯定是"烧"光，老姚没有经过推理就得出这个结论——只剩下黑色残渣还黏附在骨骼上。骨骼也是在高温中烧过的，成了灰白色。眼珠已经没了，两只深陷的眼窝死死地盯着他。

门口的马云一直在盯着老姚，大气也不敢出。她看老姚掀开毛巾被后身影就僵住了，然后他突然转身，随即一跤摔在地上，身躯猛烈地抽动。他一定是中邪了，一定是被床上的骷髅恶鬼勾走了灵魂！马云转身就逃，放声哭喊“救命啊，救命啊”。上百个被惊醒的旅客和服务员在后边追赶着，声音嘈杂地追问她，车站旅社闹成了一锅粥。

北阴市公安局今天是刑侦队队长吕子曰值班。凌晨四点半，他到电话值班室去巡查。值班的小李揉着眼说一夜平安无事，困得上下眼皮直打架，真不如出点事，还能逗逗精神。老吕说：“困了好办，我给你讲两个荤谜语，保准儿能把瞌睡虫撵走。”小李说：“好啊，吕队你快点说。”吕子曰拿腔拿调地念道：

“半天云里一庙门，庙门藏在黑松林，要问神灵有多大，阎王管死她管生。”他一脸坏笑，“再说第二个谜：半天云里二郎神，大营扎在黑松林，昂着脑袋上阵去，口吐白沫败回营。猜着没有？猜不着你就是个猪脑袋。”

小李说这种谜语还用猜，是个人就有那玩意儿。就在这时，报警电话刺耳地响起来，小李立即按下对讲键，对方语无伦次地说：

“我是车站旅社！有个骷髅鬼被烧死了，把姚经理的魂也抓走了。快来人！”

没等小李回话，老吕劈手夺过话筒厉声喝道：“慌什么！”他放缓语气：“不要慌，慢慢讲。什么骷髅鬼，什么魂被抓走？”

对方顿了片刻，口齿仍然不利落：“真的，三楼314号有个骷髅鬼，姚经理去察看，一进屋就跌倒了，猛劲儿抽搐。这会儿还在抽哩！旅客都被惊醒了，旅社天下大乱了，你们快来！”

电话中能听到非常嘈杂的背景声，老吕当机立断：“好，我马上去。小李你守住这边一摊子，我和技术室的小苏一块儿去。”

警车呼啸着开到火车站。这会儿没有来往列车，正是车站最沉寂的时刻。营业摊点大部分已关门。整个车站半睡半醒，只有夜空中的霓虹灯闪着诡异的光芒。老吕和小苏走进车站旅社，一进门就感到歇斯底里的气氛。上百人聚在旅社大厅，不少男女旅客只穿着内衣，他们交头接耳，神色惊慌。看见警察后他们都如释重负，不约而同地说：“来了，来了。”自动为他俩让开一条路。吕子曰走进值班室，一眼就看见“被恶鬼勾走灵魂”的姚经理好端端坐在那儿。老吕和姚经理原本熟识，讥讽地问：

“咋啦老姚？不是说你被鬼抓走了吗，这么快就还阳啦？”

老姚十分尴尬，苦笑着说：“误会误会。我进屋看见那个骷髅鬼，心里慌，手忙脚乱，把电警棒杵到自己身上了。马云这傻婆娘就嚷嚷起来，闹得天下大乱。”他指指旁边的马云，马云脸色通红，但羞色仍遮不住眼神中深深的恐惧。吕队长皱着眉头讥讽地问：“这么说，那个骷髅鬼是真的？”

“真的真的，那个绝不假。”老姚肯定地说，马云也一个劲儿点头，“我领你们去看。”

314房间门口聚的人更多，都从门缝里挤着往里看。尽管看起来他们十分惊惧，但似乎不看一眼又不甘心。两个夜间保卫守在门口，努力挡住人群。老姚赶走众人，对吕队长说，刚才他被电警棒杵倒后，曾有两个服务员进去把他拖了出来，还有就是第一个进去的马云。除了这四个人外没有闲人进门，现场至少是床上那部分保护得很好。“你看，你看吧。”

老吕和小苏走在前边，惊魂未定的老姚和马云跟在后边。等到那个骷髅头进入视野，连小苏也忍不住低低惊呼一声。枕上是一个灰白色的骷髅头，两个深陷的眼窝给人一种错觉，似乎无论你在哪儿，它都在阴森森地盯着你。老吕藏起心中的疑惧，小心翼翼地挑起毛巾被，看见一具完整的骷髅。毫无疑问，它是被一瞬间的高温烧成这样的。毛巾被的内层留着明显的焦痕，死者的内衣已经变成灰烬，掀开毛巾被的微风使它们飘散开来，露出里面的骨架。老吕小心地按按死者的胸骨，那里还带着微温。忽然哗地一下，胸部骨骼全散架了，在他轻微的指压下就散了架。显然它们在高温中被完全烧酥了。

老吕和小苏交换着眼神，惊诧不已。毫无疑问，这具骷髅是在这张床上烧成这样的，否则，任何人也没能力把这种一触即碎的玩意儿从别处运来，瞒过值班服务员的眼睛，再用它替换原来床上那个倒霉鬼。但是，能把皮肉烧光骨骼烧酥需要多高温度？总得1000℃吧，火化炉的温度是850℃，但那需要烧45分钟，1000℃的高温绝对会引发一场大火。但在这儿，除了死者贴身的内衣外，连毛巾被也没有烧毁。这种现象完全违反逻辑。

老吕尽可能轻手轻脚地把毛巾被揭开，让小苏从各个角度照相，闪光灯不停地闪着。拍完照，老吕盯住了死者腰间一个环形的宽布带，布带外圈基本完好，只有内层烧酥了，用手拨一拨，破碎的布片脱落下来，露出里面的——钞票。

全是百元钞票，紧紧地围在腰间，粗略估算不少于七八万元。老吕轻轻地抽出一叠，里面的几张已烧酥了，稍稍一碰便雪花般飘落，但上面的十几张仍完好无损。身后的老姚吃惊地说：

“原来是个贼！我咋说这些天他一直衣帽整齐，天再热也穿着长袖衬衫，腰里鼓囊囊的。原来腰里裹着钱！”

外衣里找到了仝大星完好无损的身份证，证件上是一个二十多岁的小伙子，相貌猥琐，无法和床上那具恶狠狠的骷髅联系起来。从证件号码看，他是1985年出生，今年26岁，是本市人。除此之外没有任何线索，没有随身行包，没有换洗衣服，没有自带的漱洗用具。这对于一个怀揣巨款在外住宿了十天的人，确实不正常。

老姚和马云的目光像追光灯一样紧跟着老吕转，盯着他的表情，想猜测出他对这桩事的看法。小苏触触老吕，轻声说：“是不是自燃？我见过有关自燃的报道。”老吕点点头，没有接腔。

现场勘察结束了，老吕让大家到外间坐下，他先到卫生间洗洗手，哗哗地放了小便。他是想借这个时间捋一下思路。无疑，怀揣巨款的仝大星十分可疑，这钱很可能来路不正。但目前最令老吕疑虑的不是这一点，而是——他的死因。他的死因太奇怪了，也许小苏说得对，他死于自燃。但人体自燃只见之于各种小报，老吕未在正规文献中见过。如果拿它作为验尸报告的正式结论，能否让上级信服？但从现场情况看，似乎又只有这一种解释。

走出卫生间，老姚殷勤地递过一份旅客登记簿：“看，仝大星的登记。”从登记上看，他的确是北阴市西柏县人，工人。老吕对身份证的鉴别很有经验，可以肯定仝大星的身份证是真货。这么说，一个可疑的窃贼或强盗，用真实姓名在一家旅馆连续住宿10天，每天的活动只是上街买小吃？

老姚和马云仍在眼巴巴地望着他。老吕清清喉咙，苦笑着说："这个案子把我难住了。事儿太古怪，各种细节没法拼到一块儿。不过基本可以肯定，仝大星不是他杀，也不是自杀，而是死于偶然的自燃，就是人体自己燃烧起来。人体自燃现象很罕见，正规文献上没有记载，但报刊杂志上有过报道。"

马云脱口喊了一句："不，不会！"

老吕看看老姚，饶有兴趣地说："不会？说说你的看法。"

"一定是他干了缺德事，被天雷打了！"

老吕原以为她有什么高见呢，这时不禁失笑："被天雷打了？有这么一位赏罚严明的老天爷，公安局可就省事了！不过据我看来，这位老天爷平时不大管事，要不像王宝森、成克杰，还有那些杀人不眨眼的惯犯，为啥都没挨雷击？"

老姚训斥马云："不许胡说八道，让公安领导笑话。"但马云仍不服气，低声辩解："按吕队长说的，自燃十分罕见，为啥这个自燃的家伙正好有这么多钞票？"

这个疑问老吕不能回答。实际上，他也知道自己的推理很不完善，其中有重要的缺节。他说："先按这个调调定吧。这件事盖不住的，但要尽量注意，不能造成群众的恐慌。老姚，你喊两个人帮他们把尸首运到公安局去，进一步分析。运时尽量小心。"

尸首运到公安局后，实际上已成了一堆骨灰，从中没能找出更多的线索。直到几个月后，当案情逐渐明朗时，老吕才意识到，"傻婆娘"马云的一番话，实际上歪打正着，正好点出了本案的关键，即暴死——横财之间的关系。他暗暗佩服马云的直觉，虽然她的推理裹着一层迷信的外衣。

回到公安局已将近早上5点，吕子曰先给妻子晓芳打个电话，说："实在对不起，今天又回不去了，出了个人命案。"电话中好久没回话，吕子曰小心翼翼地喊："晓芳？晓芳？"好久那边才悻悻地说："眼巴巴等了你一夜，实话告诉你，我可打熬不住了。你不回来，我就趁热被窝招个野汉子。”

吕子曰十分尴尬。从电话中他触摸到了妻子炽热的欲望，觉得自己小腹处也热乎乎的，便涎着脸笑道：“好老婆，干吗说得恁难听，我真的有工作，今晚回去好好陪你，行不？”

晓芳喝道：“记着吃早饭！知道你的德性，一熬夜就不吃早饭。”

吕子曰忙灌迷魂汤：“看，还是咱老婆知疼知热……”对方已咔地挂了机。吕子曰看看话筒，摇摇头，叹口气。又拨通了西柏县吉中海的电话。吉中海是他战友，两人在一艘鱼雷艇上待过两年，好得割头换项。可以说两人好到了这个份上，即使哪一位不在家，另一位可以闯到他家里说：“嫂子，做两碗炝锅面，放好洗澡水，再搭个铺。我今晚不走啦。”

两人转业后都分到公安，现在吉中海是西柏县刑警队的队长，吕子曰知道他思路清，心细，工作能力绝不在自己之下。还有一点吕子曰自叹不如，吉中海爱学爱钻，45 岁的人了，还在上着电大，学犯罪心理学、侦破学还有什么遗传学！

吉中海是一头沉，妻子在农村，他常年睡在值班室里，所以吕子曰没打他的手机，直接要了值班室电话。两人先照例笑骂几句，打一会儿嘴巴官司。吕子曰说：“书归正传，这儿出了件人命案。”他说了死者的情形和姓名、身份证号码，“老吉，你尽快了解死者的情况，尤其是经济情况，了解他近期有没有什么大笔收入，有没有可疑行为，还有他的社交圈子。”吉中海说：“好吧，这事儿容易，一会儿就办妥。”

不到 8 点半，吉中海的电话打回来，说西柏县确有此人，是县骨粒厂的工人。骨粒厂效益不好，每月也就是发个保命钱。这个仝大星是单身，父母都在外地农村。他没结婚，主要是因为家境太差，另外这人也有怪僻，太抠门儿，属于那种“抠抠屁股吮吮指头，外带剔剔指甲缝”的主儿。吉中海特别解释说：西柏县穷，大多数人都抠，一分钱当两分钱花，但这位仝大星特别抠，他谈了几个女朋友都吹了，就是因为这点毛病。最后一个女朋友比较想得开，说抠就抠吧，结婚后，他抠下来的钱不都是小家的？但有一天她和女友加上仝大星一块儿坐公共汽车，仝大星竟然只买了自己的车票，说：“我的车票已经买了，你们只用买俩人的就行啦！”那姑娘在女友面前丢不下这个面子，一怒之下和他吹了。

吉中海说得绘声绘色，听得吕子曰笑个不住。他问：“这么说，全大星根本没有可能得到10万元巨款？有没有其他可能，比如一个富有的远亲为他留下一笔遗产？”

“至少据我的调查，没有这种可能，除非他得了什么大奖。但他的骨粒厂同事说，没听说过获奖的事儿。”

“行，就介绍到这儿吧。你赶紧来市局，今天上午要召开专题会。”

吉中海骑上警用三轮出发。西柏离北阴市120里地，以吉中海的速度，一个小时就赶到了。北阴公安局大楼是新盖的，20层高，十分巍峨壮观。按吕子曰的吩咐，他直接赶到八楼小会议室。吕子曰已在这儿等着他，另外还有三个人，有技术室小苏，另两人他不认识。吕子曰拉他坐下，沏上信阳毛尖，又扔过来一盒金芒果烟。吉中海是头次进小会议室。这儿十分豪华，台湾红木茶几，进口真皮沙发，墙角摆着浓绿的巴西木，一排落地长窗。吉中海知道新大楼共花了一个亿，几乎全是各县公安局挣来的罚款。那两年市公安局甚至为各县下了罚款指标，完不成的领导就地免职！他拍拍沙发的皮面，不平地骂道：

“妈的，我们辛辛苦苦搜刮来的罚款，让你们享受，不怪老百姓骂你们。”

吕子曰笑着追问：“骂谁？骂谁？有你的份儿没有？”

吉中海承认：“当然挨骂有我的份儿，要不咋冤呢，只有挨骂的份儿，没有享福的份儿。”又问：“听说老局长就是为这幢大楼被告倒的，是不是？”

“是因为这幢大楼，可不是因为老百姓告状。”吕子曰压低声音说：“内幕消息，市委书记看中了这幢大楼，打算用市委大楼和它对换。老局长硬顶住了，他说我不能答应啊，我要是答应了，咋对得起西柏县那位挨千人咒万人骂、从鸡屁股眼里为我抠罚款的吉中海兄弟哩！”

吉中海骂：“去你妈的。”这时领导进了会场，有刘局长、刑侦处长等七八个人。刘局长先和县里的吉中海打了招呼，请他介绍死者情况。吉中海介绍了他的调查结果，也讲了仝大星“抠屁股吮指头”的怪癖，在会场引起一片笑声。最后吉中海说：

“从目前调查情况看，仝大星没有能得到10万元现金的任何途径。不过，由于时间太仓促，这个结论还有待进一步证实。”

技术室小苏接着发言，说在电脑检索中发现了不少自燃的非正式报道，但尚未发现正式的文献记载。技术处做了尸检，实际只是骨灰检查，确认死者的燃烧温度不会低于2500℃。刘局长请吕子曰发表一点看法，吕子曰收起平时的笑谑，认真地说：

“我觉得这个案子应分成三个层次。第一层是仝大星的死亡，基本上可以肯定为自燃。不管有没有文献记载，都不影响这个结论，因为现场明摆着，没有人能伪造。第二层是仝大星身上巨款的来源，肯定来路不明，应该继续追查。第三层是‘自燃’和‘巨款’之间的关系，”他不由得想起了马云关于这一点的评论，他当然不会相信因果报应、雷打龙抓之类的迷信，沉吟片刻后说，“也许只是偶然重叠，但应注意查证。”

刘局长和身边的人商量几句后说：“我同意大家的意见，如果没有其他发现，这个案子就以自燃结案吧。文献中没有正式记载，这没关系，如果最后得到证实，我们把它补上嘛。但对这个案子一定要谨慎，对外要统一口径。小苏，你再查查文献，对人体自燃找几条科学根据，找不到，编也编它几条！大家知道，北阴比较落后，迷信还很有市场，尤其是在农村。这个消息已经开始流传了，什么因果报应，天雷击，火龙抓。如果不把这股风刹住，不定还会惹出什么风波，甚至闹出个邪教组织来。我有个预感，总觉得这件事不会就此打住，后边有得闹腾哩。”他沉闷地说，“至于仝大星巨款的来历，当然也要紧追不放，老吕你注意查查本省和邻省近期有没有金额超过10万元的未结窃案或未结抢案。仝大星的社会关系和个人状况也不能放松，这部分调查就偏劳县里的老吉吧。”

散会后，老吕把吉中海送到门口，一直是一脸坏笑。吉中海奇怪地问：“笑什么？喝了笑狗子尿啦？”吕子曰笑道：“这个刘局长太不会说话，说县里的老吉就行啦，偏偏要加个‘吧’字。‘鸡巴’就‘鸡巴’吧，前边还加上

‘老’字。你说，‘老鸡巴’这仨字多好听？”

吉中海回骂：“这也强似你的名字：驴子日，驴子日出来的货，真不知道你爹咋能起这样的名字。”

这一回合双方旗鼓相当，笑着各自收兵卷旗。吕子曰说：“中午别走了，到家里吃羊肉糊汤面。”

吉中海已发动了摩托：“不，赶中午回去，下午就能出去调查。”

吕子曰也没多留，让他在门口等一下，自己迅速拐到一家糖烟酒店里，拎了一包糖果点心回来，“给，给嫂子带回去。”

吉中海没客气，接过来扔到摩托车后箱中，说：“你嫂子吃不上的，我最近不打算回家。这些小吃都美了我的侄女玲玲啦。”

吕子曰劝他：“还是听我的劝，把嫂子接到县城，随便干个什么小生意，也比你的收入高，还免得你俩尽唱鹊桥会。”

吉中海摇摇头：“不行，我劝过她，劝不动。你嫂子是个闷葫芦，一说做生意就发怵。算啦，就这么对付吧。我再干几年，提前退休，回乡里种地去。好，我走了。”

摩托车轰鸣着，很快消失在人群中。

第二章　西柏小城

第二天傍晚，吉中海拎上老吕送的糖果点心，步行穿过几条街，到弟弟吉中池家里去。

西柏是个小山城，西北与邻省相接。那一带尽是重重叠叠的高山，交通不便，所以在历史上西柏的交通一直是盲肠——有进去的路，没有出来的路。当然西柏早已今非昔比了，一条国道从县城西边穿过，与邻省相连。外界的新事物沿着公路，沿着电波，铺天盖地排山倒海地涌来。不过，以吉中海的感觉，这些新世纪的玩意儿并没有触动西柏县的根，深藏在岩石之下的老根。所以新旧混杂，弄成了一个大拼盘、四不像。街上到处可以见到超现代的摩登女郎，虽然衣装做工粗糙，但其性感大胆却可直追香港巴黎，极为紧身的短裤，露脐装，上下衣接合处是大胆暴露的青春胴体，鸡毛色的染发，紫色眼影和唇膏。老吉是个旧脑筋，决不会让自己的女儿这么妖冶。不过话说回来，他也不能否认这种打扮对男人十分有吸引力，连他也忍不住想多看两眼。只是不敢听这些摩登女子说话，一张嘴便是又艮又涩的西柏土话，而且言谈粗俗，时不时夹着几个荤字眼。这么一来，她们的吸引力就大打折扣了。

街上到处是网吧，成群的男娃女娃眼睛紧盯着屏幕，没日没夜地坐在那儿。他们的灵魂已经离开现实世界了。吉中海有时想，这代年轻人和自己不知道还算不算一个物种？别说精神上的互相理解了，连这些人的语言都听不懂。

网吧旁边则是算卦先儿们的根据地，有男有女有老有少，装备都很简单，一条短凳，一张画有太极八卦的白纸，便可开张营业。吉中海有意绕开了那儿，因为不少卦先儿都认识他，看见他免不了引起一阵惊慌。说实在的，吉中海对这些人向来是睁只眼合只眼。只要这世上有人迷信，卦先儿就除不了根。你把明的抓完，他们会在暗处摆摊。倒不如留一个溢流口。只要卦先儿们不惹是生非煽风点火，就由着他们赚那几个辛苦钱吧，全当是心理医生在开业。

还有在街灯暗影中踟蹰的“鸡子”们，公安局对她们其实也是睁只眼合只眼。既然男人们有那个玩意儿，有那个要求——他自己就尝过半夜醒来，燥热难当的滋味儿——那么妓女的存在不啻是道安全阀或溢流口，可以减少几起强奸案。有的社会学家曾建议干脆把妓女合法化，说这样反倒容易控制性病的传播。这当然是书生之见，无法在社会主义的体制下实现。但你也甭指望一次扫黄就能让妓女断根。这是一个永远解决不了的两难问题。

其实，万事万物都是建立在类似的矛盾之上，没有绝对的对，也没有绝对的错。只不过看你把矛盾的平衡点选在哪儿，如此而已。

吉中海自嘲地摇摇头，驱走了头脑中的思辩。前边就是弟弟的家，位于县乡接合处。这儿已没有了妖冶诡异的霓虹灯光，只有一盏发黄的路灯有气无力地照耀着，与天边明月相比而自惭形秽。兄弟的院落很大，院中一棵古槐，据说树龄已800年，60年前曾被闪电击垮半边，如今新绽的枝叶早已掩盖了旧伤。树冠葳蕤茂密，遮蔽了大半个院落。房子是青瓦青砖，房顶的瓦松铺就了一片绿毯。吕子曰下县检查工作时曾来过这儿，对它赞不绝口，说这样大的院子，在北阴市里不敢奢望。若放到北京，那更是副总理级的待遇！吕子曰还说，日后退休了，手边若能攒住几个钱，一定到西柏县来买一所这样的平房安度晚年。吉中池说他是拿穷人开心：要是有钱，早就盖洋楼啦，谁还住这100年前的破房子。

他按响门铃，弟弟来打开院门。吉中海把那包吃食递给他，说这是市局的老吕送的，玲玲呢，今天不在家？弟媳玉彤说：“玲玲在家，正和几位朋友关着门叽咕呢。大哥吃饭了没？今晚正好是你爱喝的羊肉糊汤面。”吉中海说：“吃倒是吃过了，就是吃得不如意，你给我盛一碗吧。”玉彤去厨房盛饭。吉中池朝里屋喊：“玲玲，你伯来了。”里边答应一声：“知道啦！”不过直到十几分钟后里屋门才打开，玲玲和两个朋友小冰、小玉叽叽呱呱地走出来。两个女孩向主人告别后走了，玲玲马上腻到伯伯身上。吉中海沉着脸说：

“咋，又来找伯伯要零嘴？去，包里有你爱吃的核桃软糖。”玲玲嘻笑着拿出软糖，又过来伏到伯伯肩上。

这些年在兄弟家常来常往，玲玲算得上他的大半个闺女。她今年19岁，去年高考落榜，在家闲了大半年。常言说女大十八变，这两年玲玲出落得异常漂亮，明眉大眼，唇红齿白，胸脯和臀部像吹气球似的涨起来。常听玲玲半喜半愁地喊：“妈啊，这件衣服又穿不成啦！”玲玲其实没有什么值钱衣服，但无论什么样的家常衣服，穿在她身上都能显出风韵，显出曲线。尤其让吉中海喜爱的是，玲玲虽然活泼却不失稳重。她的漂亮是天生的，不像时下那些女孩，全靠暴露和性感来招引异性。在容貌风度上玲玲颇得母亲的风韵，玉彤当年就是北阴高中有名的校花。弟弟能把这位校花擒获，是他终生引以为豪的胜利。

说起来玲玲只有一个缺点：不爱学习。用玉彤的话，是个“光脸憨子”。去年高考落榜对她也没什么压力，照旧活得轻松快活。她曾告诉伯伯说她“只玩一年，然后结束少女生涯，出去打工。”这会儿吉中海拍拍她的脑袋，笑着说：

“出落成大姑娘啦！不能留了，快嫁出去吧！”

玲玲噘着嘴：“偏不嫁！偏留在家里腻歪你们！”

玲玲妈已经把饭菜摆好，让玲玲喊老外婆吃饭。玲玲立在门口脆声脆气地喊：“老外婆，饭做得了，过来吃饭！”东屋里有人应道：“我不去了，还给我端来吧，只要一小碗。”

玲玲的老外婆，即玉彤的外婆已经95岁，平时基本不出她住的东屋，就像是一只不离壳的蜗牛。家里早已习惯了她的癖好，玲玲没再说话，盛了一小碗面片，又用小碟子盛了几样菜。吉中海说让他送吧，便端着一碗一盘来到东屋。玲玲婆惊喜得迎上来：

“吉相公，你来啦，快坐下。”

她已经瘦干了，背驼得像只大虾米，看人时只能侧着脸，日久连脖子也歪了。耳朵自然聋了，但还算不上实聋子。思维时而清晰时而糊涂。她有一点与别的老人决然不同，那就是竟然长着满口白牙，齐崭崭白生生的牙齿！

这是一口新牙。她88岁时牙齿已基本掉光，但半年后忽然冒出了两颗新牙，接着在几年中基本长齐。从第一颗新牙长出来，老外婆就处于极度的恐惧中。因为按迷信的说法，老人长新牙是要克死后代的。弟弟、弟媳和玲玲都不是老脑筋，没把这事儿放在心上。但老外婆显然没有这样豁达。吉中海记得很清楚，就是从那时起，老人再也不到儿孙们住的北屋去，她把自己严格囚禁在小东屋及附近的10平方米的院子内。

不仅如此，老人还佯作无意地向吉中海探听过："都说老人长牙克儿孙。要是这个老人死了，还克不克儿孙？"听到这句话，吉中海猛然打一个寒战！他知道玲玲的老外婆是想干什么——想以自己的一死来为儿孙赎罪。那是个冬天的晚上，一灯如豆，寒风从屋顶上滚过。老人怕费电，在东屋只让点一个五瓦的小灯泡。老人面色决绝，一双老眼闪着诡异的光芒，期待地盯着他。吉中海在心中暗自苦笑。这些年他自修了遗传学。老人长新牙这种稀奇事，从遗传学的角度看不算太稀奇。因为，同是哺乳动物的老鼠和大象，牙齿都是终生生长或多次更换。所以，"多次换牙"基因广泛存在于哺乳动物之中。只是在人类基因中，在第一次换牙后这个指令就冻结了。书上说这与猿人的寿命有关，猿人平均寿命只有二三十岁，一生之中有一副乳牙再加一副新牙就足够用了。久而久之，"多次换牙"的基因就被冻结了。

但对于一个寿命长达90岁的老人来说，在漫长的生命中，也可能因为某种偶然原因，偶然的指令错误，使"换牙基因"的功能恢复，所以老人长新牙并不是天大的怪事。据史书记载，武则天在80岁时就长了两颗新牙，她还为此把年号改为"长寿"呢。不过他知道和老人说这些没用，跟她说这些，无异于教家猫学下棋。

风还在屋顶滚动，满屋是肃杀之气。吉中海知道现在已处于关键时刻，自己如果一言不慎，第二天就得赶来为老人送葬。老人已做好赴死的准备了！他灵机一动，想出一个好办法。

"婆，这话我本不该对你说的，既然你问，我也无法瞒你。据我所知，老人换新牙的确克后代。"他欲擒故纵地说，又有鼻子有眼地举了许多实例。老人的眼神越来越"黑色"，那是死神的颜色。"即使这个老人在这当口死了，还是照克不误。像是……”他又举了一个例子。这会儿他已经不敢正视老人了，实在不忍心看她的眼神。他赶紧补充道：“不过，只有一个例外。”

老人精神一振，聚焦了目光。“只有一个例外，”吉中海重复着，“是我在湖北办案时听说的，那个老太太活了98岁，也是88岁换牙，几年之间把新牙长齐了。她的儿孙后代没一个被克死的，还出个大官呢。我听风水先生说，老人换牙是‘大恶’，但只要把牙长齐，反而会变成‘大福’，不但不克儿孙，还会旺儿孙呢。”

他总算对付着把谎话编圆了。老人显然信服了这番话，满脸欣慰之色。那晚离开外婆时，吉中海心里想这下子放心啦，老人一定会努力活到百岁，不把这茬新牙长齐，她绝不甘心闭眼的。

这以后玲玲的老外婆果然焕发了强烈的求生欲，两排新牙也逐渐长齐——不过她仍然坚决不进儿孙住的正房。从这点看，她可能并未完全信服吉中海的鬼话。

这会儿她接过“吉相公”手中的碗盘，放到小桌上，拉着“吉相公”的双手，絮絮地说个不停。两排齐崭崭的白牙嵌在这张历经风霜、皱纹纵横的苦瓜脸上，确实极不协调。吉中海笑着，耐心地听她说下去，知道她说的都是说过几十遍的老话题，“民国 × 年，咱家住在郑州，在黄河边种西瓜。正是收瓜的当儿，一场大水下来，把瓜地全埋沙里了。那时咱心里那个难受哇。谁知道到过年时，瓜又露出来了，个个是水灵灵的沙瓤好瓜！正月十五卖西瓜，开天辟地是头一遭儿！那年咱家可发了！”

吉中海不知道该不该信她的话儿。从道理上讲，他不相信西瓜埋到沙地里能几个月不烂，但听老人一次又一次复述这个故事，似乎也不是空穴来风。有时他真想找人打听打听是否确有此事。但是，哪儿还有健在的老外婆的熟人呢，即使有，恐怕也是老糊涂啦。老外婆经常复述的另一个故事则肯定是假的。

“看咱家这棵大槐树，看！”她向上指着，神秘地凑近吉中海的耳朵，“大槐树上有狐仙哩，民国三十七年，咱这儿有国民党的驻军，非要砍这棵树做工事，咱们咋劝也不听，咋劝也不听，他们拎着斧子上来啦。好，狐仙显灵了，一泡尿撒下来，拿斧子的人就瞎了，吓得趴到地下磕头。还有 1958 年大炼钢铁那阵儿也要砍树，那时阳气盛，狐仙不好露面，就托梦给公社的头头……”

吉中海笑着止住她的话头。这番话明显是杜撰的，但也许老人已经分不清真实和虚幻了。他不由想起老人的一件趣事儿，“文化大革命”时开诉苦会，让她上台，她鼻涕一把泪一把地说：“咱老百姓苦哇，远的不说，就说那六〇年……”主持会议的人赶紧把她拽下讲台。

那时她 60 岁，神智已经不大清楚了，谁能想到她又熬了 35 年？而且就凭这每顿一丁点儿饭食！吉中海在鱼雷艇上当兵时学过一个术语：“发动机怠速油耗”，它是指发动机不对外做功、仅仅维持自身运转所需的最小燃油量。他想，如果给人类也测一测“怠速粮耗”，老外婆一定是最低的。

他对老外婆大声说：“玲玲喊我吃饭啦！赶明儿再来听你摆古。”

老人正讲到兴头上，意犹未尽，不过倒是很通情达理：“相公，你先吃饭，吃完了咱娘儿俩再拉呱。吉相公，你能耐住性儿听我的废话，真是个好人哪。”

饭桌上的人都在等他。玲玲满脸鬼笑，问：“老外婆今天给你讲的啥？沙埋西瓜？狐仙撒尿？”吉中海笑着说：“玲玲！告你说吧，老外婆夸我有耐性，肯听她絮叨——这就是在批评你们哩。”

弟弟给哥哥斟上酒，无奈地摇摇头，说老人的思维真怪。前些天她忽然穿戴整齐，说要坐牛车去赶庙会，还一个劲儿自言自语：牛车咋还不来哩，咋还不来哩。我们解劝很久，说现在已经没有牛车了，也没有庙会。想出去玩儿，喊个出租行不？她最终知道是没指望了，就自解自劝地说：算啦，不去啦，反正头晌已去过一次啦——你听，她还说头晌已经坐牛车去过！

几个人都笑了。吉中海呼呼噜噜地喝着面条，说：“还是家常饭好吃，玲玲，给我再来一碗！”玲玲盛了饭回来，问：“伯，这两天你是不是在调查那桩人体自燃的案子？”

吉中海抬眼看看她，说：“没有啊，你听谁说的？”

玲玲撇撇嘴："行啊，你就对我保密吧。北阴晚报上早登啦，说死者叫仝大星，对不对？仝大星是小冰的邻居，小冰说那是个有名的老抠抠。他的日子也的确艰难，孤身一人，租了邻居家一间'半坡山'，屋子小得像鸽笼。小冰还说那人似乎有点神经病，见人不多说话，走路像老鼠似的，谁能想到他会死得这么轰动？死时腰里还缠着几万元！"

吉中海对北阴晚报很不满，但也无可奈何。这个消息反正是瞒不住的。现在报纸都讲销路，记者们好容易撞上一个轰动题材，还不像饿狗看见肉骨头，哪能放过？他们的报道要力求详细，力求骇人听闻，不会顾忌在报上披露现场情况会不会影响破案工作。好在这则报道上还没提具体钱数。他只好承认："对，你吕伯把我叫去，问过仝大星的情况。"

玲玲感情十分丰富，这件与她无关的事显然让她惊心动魄。她忘了吃饭，一双筷子支着下颏，秋水双瞳定定地看着远处，似是发问又似是自语，说这火是咋烧起的？好好一个人咋就烧起来了？是从哪儿烧起？一定是从双足的脚心，涌泉穴那儿。那么，当邪恶的地狱之火从涌泉穴升起，烧遍全身，直透泥垣宫（头顶），那是个什么滋味啊！那一定非常痛苦吧！听着这些阴森森的话——特别是听一个唇红齿白的妙龄美女说这些阴森森的话，真叫人不寒而栗。玲玲妈皱着眉头想阻止她，吉中海笑起来：

"玲玲！从哪儿知道这么多名词？看你神经兮兮的，像个老巫婆！"

玲玲不服气地辩解："是西游记上说的呀，菩提祖师对孙猴子讲道时，说天地间五百年一劫，先是雷灾，再是火灾——就是我刚才说的阴火，自本身涌泉穴下烧起，直透泥垣宫，五脏成灰，四肢皆朽。再五百年是风灾，唤作赑风——这个字儿是三个贝字叠在一块儿，我还特意查了康熙字典呢——自囟门吹入六腑，过丹田，穿九窍，骨肉消疏，其身自解。"

玲玲爸喝道："行啦行啦，打住吧！"他嘟囔着，"说得阴气森森的，倒像你老外婆的口气。你等95岁再说这些话行不行！"

玲玲看看爸妈，看看伯父，灵巧地转了话题，她问伯伯："那么，仝大星那些钱的来路查清没有？肯定来路不正，你想想，他穷得丁当响，从哪儿弄来10万元？10万元哪！"

吉中海浑身一震！为了不干扰破案，仝大星的确切钱数是严格保密的，玲玲怎么知道？是偶然蒙对了，还是她听到了什么消息？他佯作无意地问："越传越玄乎，谁告诉你是10万？"

玲玲拿一双大眼翻翻他："好啊，时刻注意保密是公安干警的优秀品质，不过，伯伯，你的保密对我没用，我有可靠的消息来源。"

"行，那就说说你的可靠消息。如果对破案有帮助，我申请对你奖励。"

"奖什么？"

"随你。"

玲玲忽闪着大眼，认真地想了好一会儿，但她最终要求的奖励却匪夷所思："我想——看看现场的照片。真的，我想知道阴火把一个人烧死，是个什么情景。"

吉中海和弟弟、弟妹交换了目光，三个人都暗暗皱眉，心头觉得不快：玲玲怎么搞的，似乎对这件事儿走火入魔了。吉中海岔开话题："那事好办。说说，你在哪儿听的可靠消息。"

玲玲说还是从小冰那儿批发的消息。小冰的表姐秦巧菊曾和仝大星谈过对象，实际上算不上谈，只是经人介绍见过面。那人太抠门，秦巧菊看不上他，很快对介绍人回绝了。但仝大星显然看中了她，对她念念不忘。不久前去找过她，吭吭哧哧地说他得了10万元大奖，问秦巧菊有没有意思。秦巧菊压根儿不信他的话，抢白他："你得奖是你的，给我说干吗！"立马儿把他撵走了。仝大星死了之后，秦巧菊才把这事儿抖出来，说想不到这肉拧头真的能得10万大奖！不过即使有这个大奖，还是不嫁给他为好。天生的薄福头，撞上大运也消受不起，硬是被"福"给烧死啦。

吉中海听着，眉头越皱越紧，他说："玲玲，这个信息确实很重要，吃完饭你就领我去找这位秦巧菊。"玲玲眉开眼笑："真的很重要？行，我领你去！"

半个小时后，吉中海和玲玲来到秦巧菊的馄饨摊前。这会儿吃客不多，馄饨摊上的电石灯吐着小小的火苗，与炉膛里的火苗相辉映。秦巧菊是个皮肤粗糙的姑娘，系着蓝围裙。看见客人来到，她马上站起来，脸上堆满职业性的笑容。她认出玲玲，听玲玲说明来意，便让两人坐下，直率地说："玲玲说的不假。大约半个月前，全大星的确找过我，说他得了 10 万大奖，明天要去郑州领奖。”吉中海盯着问：

“他是很准确地说是 10 万元，还是随口那么一说？”

秦巧菊想想，说：“他很扎实地说是 10 万元。”

吉中海又问，“他说得的什么奖，到郑州哪儿去领？”

秦巧菊摇摇头：“这一点儿没听清。我压根儿不信他的话，所以没拿耳朵听。再说我已有了男朋友，不想跟他掺乎，所以赶紧把他打发走了。恍惚记得他说是‘火什么石’公司，是火玉石？记不住了。想起来，这事儿是透着古怪。”秦巧菊一边熟练地包馄饨，一边纳闷地说，“说他是来骗我吧，他又再三再四地表示怀疑，说他从没买过奖券，咋会得奖呢？他怀疑是有人戏弄他，或者是发奖的人弄错了——你看，这又不像在骗人。不过这人向来神神道道的，我说不准。”

吉中海又向她砸实了全大星去领奖的时间。这时来吃客了，秦巧菊满脸堆笑地迎上来：“来啦？坐吧，香喷喷的鸡丝馄饨！”吉中海拉上玲玲向她道了再见。

玲玲的高跟鞋在石板路上清脆地响着。这儿是小城唯一留下的石板路了。月亮映出四周群山黑色的影子。玲玲挽着伯父的胳膊，急切地问：“有价值不？这些线索有价值不？”吉中海说：“很有价值，不过你不要对任何人说，千万记住！”

送回玲玲，吉中海返回县公安局值班室，立即要通了吕子曰的电话。他拿腔拿调地问：

“是‘驴子日’同志吗？”

那边没好气地说：“是吕子曰！什么驴子日马子日的——是你！”对方忽然福至心灵，猜到打电话的是谁，“是你老鸡巴！”

吉中海哈哈大笑，跟老吕打了一会儿嘴仗，然后说：“好，书归正传，这儿查出一条重要线索。”他简要地介绍了调查情况，吕子曰沉吟着：

“‘火’什么‘石’？‘火玉石’？郑州几百万人，公司多如牛毛，带‘火’字的也不少，什么‘火凤凰’‘火辣椒’‘一把火’，多得很。请郑州警方尽量找吧。或者，仝大星完全是说瞎话，是想骗往日的女朋友回头？”

“有这种可能。不过，按我的估计，应该是得奖的可能性大一些。因为至少可以肯定，他在离开西柏县时已经知道这笔款子是10万元，与现场情况恰恰相符。他离开西柏之前款子是否已到了他手里？肯定没有，否则他就不会对这件事表示怀疑。那么，在款子尚未到手时就能准确地知道数量，基本可以排除‘偷’和‘抢’的可能。再高明的小偷和抢劫犯也不能预知下次作案的收获呀，对不？”

“对，还是你老鸡巴心眼多，不亏你这几年尽学习。要不，是哪个百万富翁偶发善心，随便抽签抽出一个受奖者？雷锋的精神附到富翁的身上了？”

“我想不会吧。”

“喂，说老实话，这10万大奖要是落到你身上，你敢不敢要？”

“为啥不敢！”

“不怕什么阴火？”

“谁来烧阴火？阎王爷？他敢！不看看咱哥俩是谁。他敢捣蛋，先用电警棒杵他一家伙！”

仝大星之死在西柏小城激起了几波涟漪，很快归于平静。他在这儿没有亲人，没有朋友，连同事也不多，而一个陌生人的死亡难以激起人们长久的兴趣。只有吉玲玲还一直保持着关注，隔个三五天，她就打电话给吉中海：

“伯伯，仝大星案子有进展没有？我又有个新想法……”

然后她就讲起自己的猜测：可能仝大星是某位富婆的婚前私生子，富婆找到了他，给了他一笔10万元的感情补偿费。但富婆的丈夫得知后，派人残忍地暗杀了他。至于他的横死，可能是因为仝大星那天吃了很多零食，但很偶然地某两种食物起了化学反应，在他内脏烧起了一场大火……对她的奇谈怪论，吉中海只要当时不是太忙，总是耐心地听完，还要一本正经地加上一句：

“很好。这些想法对我们破案很有启发。继续想，继续推理，当一个女福尔摩斯。”

这天下午，爸妈都不在家，玲玲去帮老外婆打扫卫生，进了门，老外婆抓住她的双手，拉到自己身旁，喜滋滋地端详着，一边啧啧称赞：

“越长越漂亮啦！美人胎似的，看哪个男人有福了！”

玲玲面色微红，佯嗔道：“老外婆不许胡说。老外婆你松手，我帮你打扫卫生。”

老外婆不松手，枯黄干瘦的衰老的双手，紧握着玲玲白腴娇嫩的双手，形成了极鲜明的反差。老人半是清醒半是呓语地喃喃重复着：

“多漂亮的一双手，多漂亮的人儿。头晌里我也是一朵花哩，你老外公见我一眼，就看上我了，八抬大轿迎到门口……”

玲玲想转移话题：“老外婆，你知道不？咱县里出了一件蹊跷事，一个人跑到北阴市的旅馆里自燃了……”

“啥是自燃？”

玲玲绘声绘色地讲了仝大星的死状。老外婆的眼睛越睁越大，原来浑浊无光的眼神忽然变得十分有穿透力，脸色也越来越恐惧。“啥子自燃哟，这是叫龙抓了！”她斩钉截铁地说，“肯定是那个姓仝的人干了昧心事！老天爷的眼睛亮着哩，管你躲到哪儿！”

玲玲不屑地说：“老外婆，你那是迷信！”

“啥子迷信！”老外婆生气地说，“不是天龙抓人，好好的人咋会着起来？你们这些年轻人，不信老辈的话，早晚吃苦头！”她拽着玲玲走到门边，指指那棵半枯半荣的槐树，“看看，这也是天龙抓的！当年你老外公干了亏心事，差点叫龙抓走了，我劝他吃斋念佛，这才……”

玲玲吃惊地瞪大眼睛，这可是她从未听过的事儿！老外公干过亏心事？被天龙抓过又在龙爪下逃生？老外公死得早，在玲玲心目中，他已经属于历史了，没想到今天挖出来一件尘封多年的往事。玲玲的大脑飞快地转着圈。她知道打听长辈做的“亏心事”似乎不大光明，孔夫子不是说过“为尊者讳”嘛。但要不打听，她又心中痒痒地忍不住——想想吧，一件“天龙抓人”的传说竟然和自己的长辈扯到一起了！终于她佯装无意地问：

“老外婆，是你把老外公从龙爪下救出来了？当年他是……”

但老外婆的糊涂劲儿已过去，对这件尘封的秘密再也不吐一个字儿。她催玲玲拿出香炉、蒲团和观音菩萨的瓷像，在大槐树下摆好香案，虔诚地跪拜默祷。一缕青烟袅袅上升，微风吹来，青烟悄然四散，溶入空无之中。老外婆神色肃穆，稀疏的白发在微风中飘拂。玲玲虽然不信鬼神，但这个场景的神秘肃穆感动了她，她也跟在老外婆后边合掌默祷。

门铃响了。玲玲跑去打开院门，高兴地喊："是司伯伯！"司伯伯笑吟吟地进来。他穿一身亚麻布的中式夏装，显得儒雅飘逸。司伯伯是著名的科学家，研究什么"医学科学"，这个词儿挺拗口的。玲玲只见过他两三面，但对他印象极佳。这位北京来的科学家在西柏县城里可以算是一位"谪仙人"，凭他的卓尔不群的气质，在人群中你一眼能把他认出来。他与县城里的人们来往不多，常有那么一种"超然物外"的气度。总之，这是玲玲引以为豪的一位客人。

走过甬道，玲玲忽然想起正在香案前跪拜祷告的老外婆，她觉得让北京来的司伯伯看见这个场面未免太掉面子了，便抢前两步，想把老外婆扶起来。但司伯伯摇手止住她，走到香案旁，抽出一支香点燃，合在手掌里默默祷祝，然后把香小心地插到香炉里。

在他干这些事时，老外婆歪着头，一言不发地注视着。客人祷告已毕，她满意地点点头，似乎来人是一位相知多年的密友。然后她推开玲玲的搀扶，蹒跚地回到小屋里。

玲玲跟司伯伯进了客厅，孩子气地问："司伯伯，你也信观音菩萨？"司伯伯微微一笑："我当然不信，但我尊重别人的信仰。"玲玲说，"我爸妈很快就回来，司伯伯你先在客厅里坐，我知道你爱吃西柏的芝麻叶面条，我现在去做。"司伯伯说："好啊，我等着尝侄女的手艺。"

玲玲到厨房里忙，有时探头瞅瞅客厅。司伯伯在那儿瞑目静坐，身板儿笔直，胸脯微微起伏。她知道司伯伯老家在北阴市，高中和妈妈同学。后来妈妈没考上大学，司伯伯考上北大生物系。她还在无意中知道了司伯伯和妈妈之间的一点小秘密。那是司伯伯第一次来访的晚上，玲玲起来小便，无意中听到爸妈一段对话。妈妈逗爸爸："吃醋了？男子汉大丈夫，小肚鸡肠！"

爸爸闷声闷气地说:“我吃个屁的醋!”妈妈叹息一声,“别胡思乱想啦!我也不是当年的校花了,他也不是当年的高三学生了。人家现在是全国知名的大科学家啦。人哪,有时差那么一步,就会天差地别。”

分析这段对话,玲玲得出结论:第一,妈妈当年是学校的校花。这一点不用怀疑,虽说妈妈韶华已过,但至今风韵犹存。第二,她和司伯伯当年谈过恋爱。这也不用怀疑,才子爱佳人嘛。第三,他们的恋爱肯定尚处于朦胧阶段,没有订立盟约,所以,后来司伯伯考上大学,平步青云,和回到西柏小县的妈妈分了手,但妈妈对他并没什么怨艾。

这次司伯伯来到西柏县,听说是为一项与DNA有关的研究。因为据他说,越是偏僻的地方,人类的遗传谱系保留得越完整,也就越容易在其中筛选出某种致病基因。在这之前他刚刚在福建一个小县城待了两年。那儿的客家人实际是正统的中原人,自东晋时南迁,近千年来基本据守在那儿,遗传谱系保留得十分完整。司伯伯说他在那儿发现了两种致病基因。

晚饭桌上,司伯伯安详地笑着,夸奖玲玲的手艺。玲玲偷偷瞄着他和爸爸,不得不承认,拿两人相比,爸爸被比下去了。虽然爸爸五官端正,当年肯定也是个硬派小生,但他的英气已被岁月蚀去了大半。再看司伯伯,至今仍是英气逼人,一头青丝又黑又亮。尤其是两人的气度更是天地之差。爸爸的言谈举止绝对算不上粗鄙,但司伯伯更为儒雅飘逸,有浓浓的书卷气。

这一比,玲玲免不了为妈后悔,看来妈妈当年嫁给司伯伯更合适一些。当然,如果爸爸变成司伯伯,那只会生下一个司玲玲,不会有这么一个吉玲玲在黯然伤神啦。书上说男女的结合就像一场你死我活的竞赛,亿万精子拼命甩动尾巴,向唯一的卵子游去。等到第一只精子钻进卵子的外膜,卵子中就会发生一些化学变化,拒绝新的精子登陆。这么说来,每一个人包括自己的出生实际都是命运之神的偶然垂青。也许爸爸妈妈换一天做爱,甚至姿势有一点变化,都可能是“另一个”吉玲玲代替这个吉玲玲出生。

有人在她耳边大声喊她,吉玲玲这才愣过神,不由为自己的想法脸红。妈妈笑着问她:“你在发什么愣,司伯伯在问你的工作呢。”

司伯伯说:“玲玲歇了一年,也该找工作了。我的调查组正好需要一个助手，就让玲玲去吧。”

玲玲十分惊喜，给司伯伯当助手？给国内著名的科学家当助手？她嗫嚅着：“我行吗？”

“行。在西柏的工作只是收集整理资料，工作性质很简单的。当然你得学会抽血、穿刺、化验。我打算把你带到北京培训几个月。”

全家当然很高兴，玲玲尤其兴奋得不能自制。自己的命运会因为司伯伯不经意的几句话，来一个巨大的变化！妈妈喜笑颜开，叮咛她出去要听司伯伯的话，玲玲鸡啄米似的点头。

后来四个人又把话题扯到被天火烧死的仝大星身上。玲玲瞪大眼睛问：“司伯伯，人体真的能自燃吗？世上真有这样的事儿？”

“能。”司明简洁地回答，“人体自燃无非是一种化学反应，化学反应能否自发地发生，归根结底是看这种反应是放出能量还是吸收能量。人体是由碳水化合物和脂肪组成，都是可燃物质，它的燃烧属于放热反应。至于为什么一般人不会自燃？我打个比喻，这就像是放在斜坡上一个浅凹坑里的球，它具有对外做功的势能，但平时它在浅凹坑里保持静止。不过，这种静止是不稳定的，只要受到一点外力，就会一直向坡下滚去。”司明总结道，“人体也是这样，它平时不能燃烧，那是一种不稳定的平衡。如果用某种方法打破这种平衡，它就会猛烈地燃烧。你知道不知道面粉厂容易发生爆炸？面粉平时是不会自燃的，但如果飘浮在空中的面粉与空气混合，一点火星就能引发猛烈的爆炸。”

“到底用什么方法能使人体自燃？”玲玲着急地问，玲玲爸妈也侧着耳朵等他的回答，司明笑了：“很可惜，我不知道。我只是从理论上断定人体自燃是可能的，至于究竟用什么方法可以引起自燃，那不是我的研究课题。”

晚上9点钟，司明告辞。玲玲抢先穿上外套：“爸，妈，我去送司伯伯！”妈妈犹豫着：“天已经很晚了，外面不安全。”司明知道玲玲可能有话要说，便低声告诉玲玲妈：“不要紧，一会儿我再把她送回来。”玲玲妈说：“好吧，早点回来。”

玲玲很自然地挽起司伯伯的胳臂，就像挽着爸妈去街上散步，她觉得司伯伯与自己特别投缘。出了门司明说：“玲玲，街头新开了一家咖啡馆，走，我请你喝咖啡。”

这家咖啡屋叫“顺水人情”，霓虹灯组成闪闪流动的水波，内部装潢极为现代化，墙壁上是裸体的爱神和小天使，轻曼的音乐从天竺葵的浓绿中流淌出来。从室内装潢水平看，这儿并不亚于都城的咖啡厅。不过，看来西柏人还不习惯这种消费，偌大的厅堂里只有六七个人，而且他们的装扮和气度明显与屋内环境不协调。所以，当潇洒飘逸的司明挽着美貌的玲玲进屋时，老板和顾客们都觉得眼前一亮。

司明要了两杯咖啡：“玲玲，你好像有什么话要对我说？”

玲玲说：“其实没什么话，我只是觉得，多亏了司伯伯，我的生活马上要起一个大的变化。我一定好好学习，做好你的助手。说句套话吧，不辜负伯伯的期望。”

司明微微一笑：“其实，你做我的助手不一定合适。”

玲玲急了：“为什么？司伯伯，你可不能改变主意！”

“别急，傻丫头，我不会改变主意的。但是，搞科学研究不是人人都能干的，第一要坐得住，要能吃苦；第二要有悟性。玲玲，司伯伯说话很坦率，在这两点上你恐怕都不行……别急别急，我的话还没说完呢。但你另有过人之处，你天生丽质，是一种不加雕琢的美；你风度宜人，丝毫不带县城的‘小家子气’。据我观测，你在艺术上也很有悟性，很有天分。所以我带你到北京去，只是让你有一个浮出水面的机会，相信你在演艺界一定会出人头地的。”

“真的？”

“真的。你唯一缺乏的是对自己的自信。这点一定要改！千万不可妄自菲薄！比如说，”他压低了声音，“你注意到自己对那位青年男人的魅力了吗？从一走进咖啡厅，他的眼睛就没离开过你，那人在你左后方。”

按照司伯伯的指点，玲玲向左后方悄悄扫了一眼。果然那儿有一位衣冠楚楚的青年男子，T恤衫，白色西裤，白色皮鞋，风度俊雅，一眼就能看出他是从大城市里来的。他确实一直关注着这边，当与玲玲目光相接时，他微微一笑，意欲搭话，不过玲玲已红着脸转回目光。那个青年男子有点儿懊恼地垂下目光。

玲玲忽然想起老外婆今天说过的那句话："不知道哪个男人有福啊。"她的脸更红了。为了从窘迫中逃出来，她匆匆忙忙转了话题："我真有艺术细胞？……可老外婆老说我命不好，说自古红颜薄命……当然我不相信她的话，她是个老迷信。司伯伯，你今天给观音菩萨烧了香，你也信佛吗？"

司明回答前沉思了一会儿，他的回答令玲玲吃惊："不要尽指责老人们，实际上有很多迷信具有合理的内核。比如，老话说人类五百年有一劫，你信不信？肯定不信，对吧。但我信。人们总觉得科学会使生活越来越美好，但常常忘了，科学所造成的灾难也会越来越大：臭氧空洞、DDT、疯牛病、艾滋病、吸毒……历史上从未有过的灾难接踵而来，它们都是跟随科学降临人世的。"

玲玲担心地问："那么——真的每五百年就有一次劫难吗？"

"哪儿用得上五百年！随着科学的威力越来越大，劫难的周期也越来越短，我是研究遗传病的，就是用基因修补法来治疗人们的先天性疾病，像先天免疫缺损症、蒙古痴呆症、费城基因病、血友病等。这是不是好事？当然是好事，这些技术使千千万万病人过上健康人的生活。可是从另一方面说，它又是天大的坏事。过去大自然是用死亡来进行自然选择，虽然很残酷，但它有效地控制着病人在人口总数中不致超过某一个比例。如果能用人工的方法去修补错误基因，使病人也能生育，能活到天年，那这种自然淘汰就失效了！经过一代一代的累积，最终会造成这么一个结果：每人身上都存在众多不良基因，都需要去修补。最终，天文数字的医疗费用将使人类社会破产，那时将出现更大的人类劫难。你看，非常人道的做法导致了最不人道的结果。"他笑了，"和你谈这些，太沉重了吧。真的，我不该和鲜花般娇嫩的吉玲玲说这些话，这些沉重的痛苦本该由人类中的智者来承担。"

玲玲苦着脸："司伯伯，难怪你说我干不了科学家，你说的话就像天书，连听着都费力！"

两人哈哈大笑。

玲玲回到家已是10点30分了。她觉得很兴奋，睡不着觉，便关上卧室房门，拨通小冰家的电话。听见小冰妈带着睡意的声音："找小冰，已经睡了。"接着是小冰的声音："妈，我把这边的话筒拎起来了，你挂断吧！"

那边咔嗒一声挂断了电话，小冰神秘地低声问："是玲玲？有啥关紧事？"玲玲说："没啥，今天我司伯伯说要带我去北京培训，给他当助手，学抽血、穿刺、化验。我的生活马上要大变了！"没想到小冰对这个喜讯不以为然："不就是当护士吗，每天血糊淋刺的，叫我去我都不去。咦，你这么兴奋怕不是光为这事吧，"小冰敏感地问，"是不是爱上那个司先生啦？"

"胡说八道！"玲玲又羞又恼，"他比我爸还大一岁呢！"

"年龄大一点怕啥！司先生风度翩翩，气度非凡，又是单身，哪个女人见了不动心？你一定是看上他了！"

玲玲一急，连粗话也出来了："放屁放屁！他和我妈……还谈过对象呢。"情急之中，她连这桩战略秘密也透出来了。小冰的兴趣立即又提升了八度："真的吗？我听说你妈妈当年极漂亮，是有名的校花。可惜没把司先生俘虏过来——当然你爸爸也不错，不过比起司伯伯到底差那么一点。"

玲玲对这个评价颇有同感，也就没有反驳。小冰那边仍不放松："司先生跟你妈妈谈过对象又有啥关系？他和你又没任何血缘关系，真的，年龄不是障碍，现代女性才不管这种陈腐之见呢。"

玲玲气恼地说："不和你说了！不说了！八成是你看上司先生了吧，你说是不是？"

小冰笑着说："我看上也没用啊。有你亘在这儿，人家能看得上我？算了，睡觉睡觉。"

玲玲挂了电话，好长时间睡不着觉。司伯伯的音容笑貌老在眼前晃动。一丝不苟的头发，悦耳的京片子，目光中的睿智和深沉……她当然不会爱上司伯伯，年龄倒是次要的，主要是他与妈妈曾处过朋友，让女儿爱上妈妈过去的男朋友，总有那么一点不对味儿……再说司伯伯从来都对自己怀着长辈之情，他真是个好人……自己成了演艺界的明星，接受追星族的欢呼，司伯伯安详地坐在第一排观众席上……一个衣冠楚楚的年轻男人为她送来好大好大一束花，她把脸埋在花束里，忽然发现那个男人在"顺水人情"咖啡屋里见过……

她在这些美梦碎片中入睡。

第三章　第二个

吉中海一直关注着仝大星离奇死亡案。一个半月过去了，案情毫无进展。仝大星死于自燃，这一点已没有太大的疑问，疑点是他腰中来路不明的10万元巨款，以及巨款与离奇死亡的巧合。秦巧菊说仝大星曾说过他要去“火什么石”公司去领奖，于是他们请郑州市公安局对所有涉及“火”字的公司做了排查，这个工作难度很大，因为秦巧菊并没说是什么类型的公司，郑州市局只好全面排查：商店、销售公司、广告公司……与“火”有关的公司一共有231家，但没有“火石”“火玉石”或与之相近的名称。

吉中海有时苦笑着想，这样漫无目标声势浩大的排查也许只有一个作用：把嫌疑犯吓跑，从此再不露面。

这种局面一直维持到九月初。那天深夜，吉中海接到了吕子曰的电话，从他的急迫语气中，吉中海预感到案情有了重大进展。吕子曰告诉他接到省局十万火急的通知，安徽黄山风景区的一家小旅社里，又发现了一起因自燃死亡的事件！主角仍是西柏县人，叫陈廉，他正和新婚妻子旅行结婚。他妻子叫葛小白，也是西柏人，死者自燃时两人正搂得紧紧地睡觉……

吉中海急不可耐地打断了他：“葛小白死了没有？葛小白没死？”吕子曰肯定地说：“是的，葛小白还活着，是个难得的证人啊。省局和市局让咱俩立即赶往黄山！”

吉中海立即穿戴整齐，心里充满临战前的亢奋。这次不用怀疑了，两起自燃，又都是西柏人，这里面绝对有名堂！当然，在他做出这个无可置疑的结论时，心中仍免不了疑虑重重——如果这里有名堂，那就是说，两起“自燃死亡”都不是天然的，而是人为的。但哪个人有这种神通，能把现场伪造得天衣无缝？那简直不是人力所能为的，而是魔法或巫术。

好在第二起死亡留下一个活证人，这一点太宝贵了！吉中海向县局领导汇报了情况，建议他们对陈廉和葛小白两家暂时封锁消息，但要立即实施监控，看看能否发现什么可疑线索。

第二天一早，吉中海仍骑警用三轮去北阴。走前他按照县局给出的地址，到陈廉家去了一趟。陈家在电业局家属院，小两口婚后仍和父母住在一块儿。门口贴着崭新的大红喜字，陈廉妈妈这会儿正拎着菜篮出来买菜，与邻居高声交谈着。邻居在问小两口啥时回来，陈妈说早着哩，前天接电话，他们到了黄山，以后还要去无锡、苏州、桂林、海南……邻居家说那得多少钱啊。陈妈笑着说：多少钱她不管，她管了他们办喜事，还管他们旅游哇，是他们自己攒的钱。

吉中海怕引起陈家的注意，没有多停，登上摩托走了。这些对话当时并没引起吉中海的警觉。他想年轻人结婚都要收礼，一般要收个三五万的，再加上平时攒的本儿，足够支付结婚旅行的花销了。

吉中海和吕子曰乘市局的车当天下午赶到黄山，司机是小张。黄山公安局的老刘陪他们到了那家野百合旅馆。它位于黄山入口处的一个小山凹里，环境十分优雅。茂密的修竹簇拥着房舍，形貌清奇的怪松从半山坡上俯瞰。一只小松鼠从针叶中探出头，鬼头鬼脑地看着他们，等他们刚一走近，松鼠就唰地消失了。吉中海没来过黄山，对黄山的胜景赞不绝口。但他发现沿途竟没见到一只林鸟，听不见一声鸟叫！老刘说的确如此，游人太多，把鸟惊走了。来欣赏黄山美景的人实际上都是大自然的破坏者。

野百合旅馆是家私人旅馆。一进门，吕子曰就“闻”到了那种气味儿，和北阴车站旅社一样的味道儿——焦臭，带点甜梢儿，让人发腻。这儿的气氛也和那儿一样。旅客们都远远地围观着，低声嘁喳着什么。虽说人死已经一天多了，他们脸上还带着恐惧感。老板娘是个大块头，从老刘一进门，她就跟在屁股后头絮叨。

“咱家今年赶上霉运啦！正是旅游旺季，赶上这一个天打雷劈的，让他一搅和，影响多少客源啊！刘同志，旅馆可没一点责任，他们带有结婚证啊。”

老刘听烦了：“少说闲话，快领河南来的同志去看现场！”

死者住的房间是旅馆最高级的房间。进门是客厅，茶几上摆着新鲜水果，头顶上是镀金枝形吊灯。再往里是宽敞的卧室和卫生间，有电话和一台29英寸的彩电，一张宽大的双人床。床铺还保持着原状，毛巾被零乱地堆在床边，男人女人的亵衣扔在打蜡地板上。老刘轻轻挑开毛巾被，露出满床灰白色的碎骨，一个骷髅头与胸部分离，孤零零地斜卧在一旁。老板娘不住声地念着佛，说："造孽呀，造孽呀。"

吕子曰朝吉中海努努嘴，说："就是这样，和北阴旅馆里一模一样。死者的皮肉都烧光了，但周围的衣物被褥基本没损坏。"老刘领二人看了衣柜，衣柜里挂着男人女人的衣服，都是新买的高档时装。老刘解释说，受伤的女方是用毛巾被裹着裸体送往医院的，所以她的衣服都留在这儿。在俩人的衣服口袋和旅行箱中找到了两人的身份证和结婚证，还有西柏到洛阳、郑州和武汉的软卧火车票，有武汉到黄山的二等舱船票，也有大堆小堆的土特产和一些金银首饰，有各处的旅游门票。粗略估计，小两口这趟旅行已花了3万多元。吉中海忽然受到触动，问：

"还余多少现金？"

"现金不多了，但他们有一张牡丹金卡，卡上还有6万呢。"

吉中海紧紧追问："你们看过没有，卡上最初打进去多少钱？"

"看过，9月2日打入整10万。然后在9月3日、6日分别取了3万和1万。"

10万！吉中海和吕子曰互相看看，心照不宣地点头。两个籍贯西柏的死者，同是死于极为罕见的人体自燃，死前都得到过10万元的巨款。现在，即使是傻子，也知道这些绝非巧合。

这肯定是一桩大案。更准确地说，很可能是一桩大案浮出水面的部分。老刘也看出门道，小声问："咋回事？"吕子曰简短地说："西柏县另一起死亡案与这儿完全雷同。你把当时在场的服务员喊来，我们问问。"

那晚的当值服务员姓牛，四十一二岁，留着短发，看上去蛮精明的。她详细追述了死者的情况。"小两口是前天住进来的，两人兴高采烈，花钱如流水，住最高级的房间，大包小包买东西，还在附近饭店包桌吃饭。我偶然听女的劝丈夫，说花钱太多了，男的说，反正不是自己的钱，花光再回去！”吉中海在笔记本上迅速记上：不是自己的钱。“年轻人气力足，爬了一天山，晚上还在床上穷折腾。昨天早上我去送开水，敲敲门没人应，我打开门，见两人赤身裸体绞在一块儿，睡得正香。我把水瓶放桌上赶紧走了。昨晚9点我又去送开水……”

老刘忽然插嘴：“夜里9点钟你去送开水？”

姓牛的服务员唰地红了脸，表情十分狼狈，嗫嚅着说不出话。吉中海忙拉了拉老刘，示意他别问下去。不用说，夜里9点钟送开水是托辞，一般旅馆都是早上送一次。但姓牛的昨晚也绝非去作案。她一定是禁不住诱惑，想再撞上早上的一幕。这种用心说不上光明，但也算不上特别龌龊，毕竟人都有七情六欲嘛。老刘也悟到了这一点，厌烦地一挥手：

“往下说吧。”

姓牛的红着脸说：“我进去时两人又睡熟了，还是赤身裸体绞在一块儿。上午陈警长问我，那时男的是不是活着，我说没错，我亲眼见男的手臂在动。我把茶瓶放好，关门时无意回头，正好看见那团火！”牛服务员又跌回昨晚的场景中，恐惧地瞪大眼睛，身体战栗着，“一团强光！非常怪，很亮，也很柔和，带一点惨绿的底色。那强光……怎么说呢，似乎是包在某种透明的外壳内，是一个人形的外壳。强光持续了几秒钟，把我的眼耀花了。等我揉揉眼，那个男的已变得焦黑焦黑。我听见女的醒了，可能是被那团火烧烤，疼醒的。她尖声叫着，用力把男的向外推。我听见喀吧喀吧的声音，男人的骨头被推碎了，成了现在这个样子。天啊，一个人咋会这么快就烧光了，真是被天龙抓了？”

“那女的受伤重不重？”

“不重，”老刘答道，“这事儿真古怪，男的烧成黑炭了，女的基本毫发无损。”他从口袋里掏出几张照片，是法医为葛小白拍摄的。照片上，两名护士用力按着癫狂的浑身赤裸的葛小白，她的腹部和颈部有少许灼烧过的焦痕。老刘问：“你们去不去看葛小白？不过去也没用的，她已经精神失常了，只是语无伦次地喊：天上的火？天上的火？”

吕子曰和吉中海商量几句说:“既然如此，我们暂时不去医院了，这位服务员的证词已经足够，我们想静下心来研究研究死者留下的物证。”

老刘招待俩人吃了简单的客饭，把他俩留在公安局一间办公室内。晚上，他们详细检查了死者的杂物，没发现可疑之处。从门票上看，小两口参观了洛阳白马寺、关林、龙门石窟，郑州黄河游览区，武汉东湖、黄鹤楼、古琴台，从武汉坐船至黄山。值得注意的是，他们从北阴市出发是8月30日，但牡丹金卡上存入10万元却是在9月2日，而且是在郑州存入的。这说明，第一个死者仝大星所说的去郑州领奖一事并非杜撰！最有价值的证物是陈廉外衣中的电话本，上面记着100多个电话号码。可惜他记得比较乱，没有注明区号，有的连名字也没记，这给排查工作增加了不少困难。

号码大多都是8位数，有69字打头的，自然是西柏县的号码。吉中海加上北阴的区号试着拨了两个，没错，接电话的都是西柏人，都认识陈廉或葛小白，知道他们去旅行结婚还没回来。有些号码是63字起头的，大概是北阴市的号码。他们也加上北阴的区号试拨了几个。接电话的或者认识陈廉，或者是商场、邮局等单位。有一行号码比较可疑，记在电话本的页眉，字迹很潦草，旁边仅写着何小姐。他们先加上0377的区号打过去:

“我想找何小姐。”

对方是一个声粗气豪的男人:“什么何小姐。打错电话了吧，这儿没有何小姐。”

“请问你们是……”

“黄牛场！北阴市黄牛良种场！”

吕子曰连声道歉，挂断了电话，他与吉中海互相看看，不约而同地说:“打0371！郑州的区号！”

他们加上郑州的区号拨过去，那边是一个甜美的姑娘声音:“这里是天火创意室，请问有什么可以效劳的吗？”

天火！吕子曰心中咯噔一下，他向吉中海比了一个手势，意思是这里有戏。他接着问:“我想找何小姐。”

“我姓何，请问先生……”

吕子曰捂住话筒，同老吉交换一个兴奋的眼光，低声说："天火创意室，何小姐！"吉中海眼珠一转，迅速在纸上写了一行字：

天火创意室——火玉石！

吕子曰恍然大悟，原来秦巧菊说的什么"火玉石"就是"火""意""室"这三字的谐意。看来他们要刨出"10万元巨奖"的老根了！但同时心中免不了嘀咕，听了何小姐简短的对话，直觉已告诉他这个"天火创意室"不像是个黑道组织。现在该怎样往下问？略为踌躇，他决定冒用陈廉的名义：

"何小姐，你好。我是陈廉。陈廉，葛小白，你们还记得吗？"

"当然记得。再次恭喜你们获得一笔10万元的大奖。你们的蜜月旅行过得好吧。"

果然是她们颁发的大奖！案情进展如此顺利，简直让吕子曰喜不自禁："很好，我们的旅行过得很好。"

"陈先生有什么事吗？"

吕子曰迅速编出一个回答："没事，只是想再次感谢何小姐。我们回去路过郑州时，想再去拜访贵公司，给你们送一点小礼物。"

"谢谢，这是我们应当做的，再见。"

放下电话，两人互相捶一下肩窝，乐得不知高低。真想不到，10万元大奖的老根就这么顺利地找到了！当然，现在说"天火创意室"是什么犯罪组织为时尚早。他们很可能也是受人利用。不过找到"天火"总算是一大进展。至少两人都坚信：第一，10万元巨奖与两起离奇死亡肯定有关；第二，没有人会平白无故送出去10万元大奖，这其中必有内幕。

吕子曰向北阴公安局做了汇报，请他们上报省局，迅速对"天火创意室"进行监控。他们又把老刘唤来，说了情况，老刘也是乐得不知高低：

"这么顺利？太顺利了吧。"

吕子曰说："我们明早打算返回郑州，这边的事就委托你啦。请黄山公安局抓紧为葛小白治病，并通知病人家属。至于陈廉的死亡暂时对家属保密，以免在西柏又掀起一阵恐惧的浪潮。"

"明天就走？停一两天吧，老吉不是说还没逛过黄山嘛。"

“没那个命啊。算了，进过黄山的大门，就算到黄山游玩过了。”

晚上他们躺在黄山招待所的小楼里，听窗外松涛阵阵，流水潺潺。吉中海的欣喜劲儿已经过去，变得怔忡不宁。他说：“老吕，我有预感，前头还要出大事，有大磨难。”老吕笑他，“你担心天火烧到你的身上？听说天火是从涌泉穴开始烧起，我看看你脚心的涌泉穴，有什么异常没有。呸呸，臭脚！20年了，你这臭脚还是这么臭！”

天火创意室在郑州 ×× 路的一条小巷子里，门口是隶书的横额。隶书之下，一团青白色的火焰在幽邃的宇宙背景上燃烧。创意室门面很小，只有半间房屋，迎面是一台电脑和打印机，除此之外没有太多的设备。门口一个条儿，一对年轻人正趴在条儿上吃方便面就榨菜。最里面是一张小床，被子零乱地堆在那里。

市局的庞科长领着吕子曰和吉中海走进去。那对年轻人见了主顾，忙推开饭碗迎上来，看样子他俩都是惯于熬夜的人，眼窝发青，身材比较单薄，衣着也很随便，男的是短裤背心，女的是短裙和露肩装。吕子曰问：

“请问你是何小姐吗？”

姑娘用甜美的普通话说：“对，我姓何，先生请坐。”

“这一位……”

“他姓姜，是我的未婚夫。”

庞科长出示了警察证件。小姜和何小姐知道来的不是客户，眼中的热情稍微淡了一点，不过仍热情招待，请三人坐下，端出三杯可乐。吉中海一直悄悄盯着两人的眼睛深处，在那儿，他没有发现恐惧或提防的神情。

庞科长用随意闲聊的口气说：“这是县里的两位同志，想了解一点情况。你们创意室的主要业务是什么？”

小姜向后甩甩长发，解释道：“创意，就是为千千万万想发财的人出一个点子——不过我们出的都是正道主意。在21世纪最大的财富是什么？不是钱而是人的智慧，是人的创造力。英国科幻作家克拉克曾设想用同步地球卫星来完成洲际通信，五年后这个点子就变成了现实。可惜克拉克先生没有申请专利，否则他会因此成为亿万富翁。所以，我和小何搞起这个创意室，想用自己的脑袋为别人也为自己致富。”

吉中海插话：“我想问问，你们为什么起这么一个名字？天火，天上的火。”

小姜看看何小姐。何小姐立在他身后，攀着他的脖颈，笑道：“是我起的名字，因为我小时候看过一篇中国作者写的科幻小说，名字就叫‘天火’，写一个被文革压抑的天才青年为了探索真理，把自己的身体分解，去探寻天上的火种。小说写得好坏姑且不论，反正我记住了这个名字。后来小姜和我商量为创意室起名时，我就顺嘴说出了这个名字。”她得意地笑了，“小姜说我是福将。多亏我起这个名字，公司成立后的几笔大生意都与它有关呢！”

“是吗？讲讲看。”

小姜握着小何的手讲道：“小何说的不错。我们搞起了创意室，后来发现这种想法太超前了，整整半年内生意清淡，几乎维持不下去。直到有一天，我们忽然接到一个电话。对方说：你们是天火创意室吗？天火，天上的火，上帝的火。这个名字很好。冲着这个名字，我请你们做几笔业务。”

吕子曰问：“这是什么时候的事？”

“一年前，具体就是去年 4 月 13 日。”

吕子曰点点头：“请继续讲，对方让你们做什么业务？”

小姜瞪大眼睛说：“这笔业务太优惠了，所以直到现在我们也纳闷着呢。对方自称姓吴，叫吴明——明摆着是个化名，是‘无名’的谐音，吴先生答应每年给我们两万元保底费，让我们把公司一直维持下去。然后，当我们接到通知时，就会同时接到一笔 10 万元的巨款，作为奖金发放给指定的人，我们能另外得到 30% 的报酬。这一年来，公司就靠他的业务费维持下来。”

“领奖者是不是都是北阴市西柏县人？”

小姜惊奇地看看吉中海，肯定地说：“没错，吴先生只给出电话号码和人名，从电话号码看，都是北阴市西柏县的。我们也觉得很奇怪，他为什么频频给西柏人发大奖？我和小何推测他本人一定是西柏人，可能是在家乡受过恩惠，也可能是做过对不起家乡的事。现在发了大财，想以这种方式向家乡作出补偿。”

吉中海急急追问："你说'频频给西柏人发大奖'，一共发了几次？"

"五次。"

吕子曰和吉中海同声问："五次？"

"对，五次。"小姜不理解为何两人这样激动，他开始悟出这些发奖恐怕牵涉到某个案子，所以，他的回答也开始谨慎起来。

"有发放名单吗？"

"有，已经发了四人，第五个的奖金未到，还没有通知本人。"小姜肯定地说，向小何努努嘴。何小姐满怀疑虑地看看未婚夫，起身到柜子里去取名单。吉中海忽然觉得口中发干，嗓子眼发紧，几天来一直在他脑海里时隐时现的某种预感再次降临。他总觉得，这几天的调查太顺利了，一定有某种灾难或挫折在前边等着他们。现在也许它该来了。吕子曰看出他的紧张，用肘子轻轻撞撞他。

何小姐把名单拿来了，摊在两人面前。五个名字竖着排列，前四个名字已用红笔划了勾。这个细节让吉中海头皮一炸：真可恼，他们用红字打勾！这让人联想到法院的死刑布告或阎王殿的生死簿。仝大星的名字赫然摆在第一位，第二位是陈廉。第三位、第四位他没看清，因为排在第五位的一个熟悉名字吸引了他的注意力。他觉得眼前一黑，定目再看，没错，仍是那个非常熟悉的名字：

吉玲玲！

第四章　死神与幸运女神

太阳已落到西柏县西边的山凹中，火烧云烧得正旺。吉玲玲推开院门，一路尖叫着冲进来：

“妈！妈！爸！”现在不到下班时候，爸妈都不在家，玲玲又冲进老外婆的小屋：“老外婆！老外婆！”

老外婆听见重外孙女的惊叫，慌慌张张下床，把扑进来的玲玲搂在怀里：“玲玲乖不怕！玲玲娃不怕！玲玲，咋这么一惊一乍的？”

玲玲面色苍白，嘴唇哆嗦着，总算说出话来：“老外婆，又一个烧死的，又一个自燃的！都是咱西柏县的，两家都去黄山接人去了。刚结婚的小两口，男的叫陈廉，女的叫葛小白，我还认识她呢。两人睡梦中起火，陈廉的身体烧光了，小白姐被烧焦了一半，他们刚刚结婚哪。”玲玲痛哭失声，“小白姐和陈哥都是好人，咋会说死就死啊。”

“别哭，玲玲娃别哭。这都是报应啊。不是这辈子作过孽，就是上辈子作过孽，老天爷在生死簿上记着哩。”

玲玲哭着反驳：“你原来说管生死簿的是阎王爷，不是老天爷！”

“对，阎王爷管的生死簿。阎王爷也是归老天爷管哩，反正有人管不是？”

“不对，小白姐和陈哥都是好人，他们没做过孽！”

“那就是上辈子作了孽，报应到这辈子上了。”

玲玲抬起泪眼，看到空中死了半边的槐树，想起老外婆说过的“老外公作过孽”的老话，打了一个寒战。她不耐烦地说：“老外婆，我不和你说话了，你说话老是鬼气森森的！”

玲玲爸妈回来时都已经听说这个消息，虽说他们和陈葛两家素不相识，但这接踵而来的凶信让人心里沉甸甸的。饭桌上，玲玲爸沉着脸说：“听说陈廉的妈在家里哭天抢地，说上个月接到郑州一个电话，陈廉买东西中了10万大奖，当时他们觉得蹊跷，没敢对外人说。没想到陈廉去郑州领奖竟真的领到手了，更没想到紧接着就是陈廉的横死！一个电话要了儿子的命啊！”

玲玲妈叹道：“都说这是死亡大奖，只要中了奖，不出一个月，天雷就打到你头上了。这当然是迷信，可是，这俩人咋死得这么蹊跷呢？”

玲玲爸粗声粗气地说：“肯定是有人搞破坏！”

玲玲妈摇头：“不像不像，搞破坏的人干吗要送出去10万大奖？再说，搞破坏能让人自燃？”

这事儿真是理不出一点头绪。晚上，玲玲躺在卧室里，心情阴郁，无法宽解。她想着那恐怖的死亡大奖，想着陈廉妈的话：“一个电话就把陈廉的命送了！”她设想着小白姐在睡梦中，怀中的丈夫忽然变成了焦炭。她越想越怕，似乎那阴森的死亡气氛已浸透到卧室里。她在惊慌不安中蒙眬入睡，恶梦连连。她梦见自己家的电话线变成一条其长无比的蟒蛇，蟒蛇阴险地蠕动着。蟒蛇头变成话筒，咯咯地狞笑着：“是玲玲吗？我要去找你啦！”玲玲惊惧地摇着双手拒绝：“不要！不要来！”但话筒中慢慢探出一个脑袋：烧得焦黑的头颅，两只深陷的眼窝，白森森的牙床……

丁零零！电话响了。玲玲惊醒，出了一身冷汗。好久她才从梦魇中走出来，回到现实世界，但她一时间竟然不敢伸手拎话筒。听爸妈屋里有了动静，是爸爸起床到客厅去接电话。玲玲这才忙拿起话筒，喂了一声。

“玲玲吗？”是司伯伯悦耳的京片子。玲玲哽咽着喊一声：“司伯伯！”对方敏感地听出了她的情绪，关切地问：“怎么啦，玲玲？”

“又一个人被烧死了！西柏县又一起人体自燃。一对新婚夫妇，女的也被烧伤了，她还是我的熟人哩。”

“女方伤得重吗？”

“不重。原来人们传说她半边身子被烤焦了，刚才听我爸说，实际上只是轻微的灼伤。”

“噢。”司伯伯沉吟一会儿，谨慎地说，“这件事的来龙去脉我不清楚，反正我马上要回西柏县，等我回去再说吧。现在我要告诉你一个消息，一个与你有关的重要消息。”

由于陈廉之死所引起的阴郁心境，玲玲不由得做出了坏的预测。她的心紧缩着，胆怯地问：

“关于我的……什么事？”

“不要紧张，是一件好事，你记得那晚在‘顺水人情’咖啡馆里，有一个穿白色皮鞋、白色西裤的男青年吗？”

“对，是有这么一个人，好像一个人坐在角落里，在我们走前就离开了。”

“就是他。但他并没有离开，他租了一辆出租车，一直远远尾随着我们。等我把你送回家，返回的路上他截住我，做了自我介绍。他说他叫田间禾，是 ×× 家电集团驻河南的区域销售经理。在咖啡馆与你邂逅后对你一见钟情，不，是一见倾心。他喜欢你的美貌，更喜欢你的天然去雕饰，用他的话是‘带着露珠的纯真’。所以，他非常认真地希望我介绍你们认识。”

玲玲茫然地说：“司伯伯，我年纪还小。”

“对，我也是这么说的。但田间禾说他可以等你五年，在这五年内双方只是交一个朋友，互相做深入的了解。玲玲，回北京后，按照他留的名字和电话地址，我托朋友做了深入了解，原来这年轻人有很深的背景。×× 家电集团是一个家族企业，总裁田方成是一位亿万富翁，而田间禾是他的长子。朋友说，据内部人士讲，田间禾的口碑极佳，为人稳重，识大体，能吃苦，绝不是那种飞扬张狂的纨绔子弟。他父亲很看重他，特意让他从基层干起，培养才干，准备把公司这条大船交给他。玲玲，依我的接触和调查，这个年轻人确实不错，这种机会也是可遇不可求的。所以，我想先征求你的意见。如果你同意互相认识，我再同你的父母谈。”

这意外的喜讯把玲玲的心搞乱了，特别是刚刚她还陷在死亡所引起的阴郁心情中，转眼又迎来了一项过于“美满”的喜讯。就像才从暗屋子里出来碰上烈日当头，把眼睛都耀花了。沉吟一会儿，玲玲茫然地说：

“司伯伯，这事儿太突然，我总觉得像是在梦中，我怕没有这么好的命吧。”

这句话一定对司明有所触动：“命？”他重复着，苍凉地说：“什么是命？死亡才是命。每一个婴儿从呱呱坠地之日起，就在不可避免地走向死亡。谁能逃脱这个命运？但这并不妨碍人们去享受生活，享受爱情、亲情、友情，享受美食、美景、美声……我扯远了。玲玲，说说你有什么意见。”

玲玲踌躇地说：“司伯伯，我听你的。”

“好吧，那就答应他，两人开始交往吧。我再回西柏时，会带他一块去，你们见个面。现在，你把电话转给你爸妈。”

玲玲喊爸妈接上电话，她挂了这边的分机，听见爸妈和司伯伯长时间地交谈着，爸妈的喜悦溢于言表：“嗯……听你的……玲玲还小，但先接触接触没坏处……老司，大德不言谢，如果这项姻缘促成，请你多喝两杯喜酒吧。”那边又说几句什么，玲玲爸朗声大笑：“好，好，就这么定了！”

此后两天爸妈没再对玲玲提起这件事——他们知道司先生已与玲玲深谈过——但从两人嘴角绷不住的笑意看，他们对这桩婚事极为满意。玲玲倒是心乱如麻。并不是她不满意田间禾，不是的。那晚的短暂相遇，他已在玲玲心中留下很好的印象。哪个少女没做过“灰姑娘”和“白马王子”的春梦呢，这位田间禾就是一个标准的白马王子。玲玲只是觉得幸福来得太“轻易”，太“完美”，她怕自己无福消受。有时，难免想起老外婆说的“红颜薄命”的谶语。

玲玲爸妈不了解女儿的心思。他们觉得玲玲像是换了一个人，不再傻笑了，有心事了，这么大的喜讯也没向她的任何一个朋友张扬。他们觉得，女儿在一夜之间成熟了。

两天后玲玲接到司伯伯的电话，说他和田间禾在“十一”赶到西柏，“十一”晚上7点，仍在“顺水人情”咖啡馆见面。玲玲颤声问：

“司伯伯，见面时你能一直陪着我吗？”

司伯伯笑了：“傻丫头，当然不能。我哪能这样不识趣呢？”

“司伯伯，我该穿什么衣服？”

司伯伯略微顿了一下，很快说：“不必考虑这些！你什么都不缺，唯一可能欠缺的是对自身魅力的自信。孩子，记住司伯伯的话，保持你的本来面目。”

这句话使玲玲有大彻大悟的感觉。她轻松地说：“谢谢你，司伯伯，我记住了。”

“十一”那天，街上张灯结彩，玲玲谢绝了小冰、小玉等朋友的邀请，自个儿待在屋子里。上午10点她来到“顺水人情”咖啡室。仰头看着霓虹灯组成的水波，不禁迷惘地想：人生有太多的变数，假如那天晚上没送司伯伯，假如司伯伯没请她喝咖啡……那么今生今世和田间禾会不会擦肩而过呢。

侍者迎上来，说：“咖啡屋还没营业，小姐有什么事吗？”玲玲说：“我想预订个座位，国庆节人多，我想预订那个靠窗的桌子。”侍者遗憾地说：

“对不起，那个座位已有人预订了。”

“是谁？”

“是电话预定的，那人说普通话，略带南方口音。”

玲玲立即断定是田间禾预定的，这个男人的细心让她感动。侍者还在问她是否预订别的座位，玲玲红着脸说：“不，不必了。”忙从咖啡室退出去。

晚上7点整，玲玲准时准点走进咖啡屋。她没有提前，因为听说男女约会时女方是不能早到的，但她又不愿迟到，不想让田间禾等她。司伯伯和那个青年男子已经坐在那张桌旁，这时含笑起身，两边的目光一接通，当时便有过电的感觉。两人都是那一天的旧打扮，在相对端详中，往日的好感又加重了一层。田间禾算不上奶油小生，不是太漂亮，但沉毅潇洒，是那种令女人怦然心动的男人。他的一身衣服整洁得体，也相当随意，但这是用名牌包装起来的随意。

玲玲坐到司伯伯身边，司伯伯笑着说：“该说的话我已经在电话中说过了，你们单独谈吧，我暂时告退了。”他站起来，按住玲玲的肩膀，目光中分明在说：“记住我的话！”便笑吟吟地到屋角的另一张桌子上坐下，要了一份咖啡。

刹那的慌乱过后，玲玲勇敢地直视着对方的目光。田间禾微笑着为玲玲要了咖啡。凭着少女的本能，玲玲狡猾地发现了自己对田间禾的震撼力，这增加了她的自信和对田的亲切感。侍者送来了咖啡，田间禾亲切地说：

“简直不敢相信你已经坐到我的面前。从那晚在这儿邂逅你，我就告诉自己，这就是我等待了30年的姑娘。玲玲，我比你大了11岁，希望这个差别不会成为我们之间的障碍，我想它只是让我多了一份长兄的义务。司先生和你父母都说你年纪还小，我想我们彼此不要过早做什么承诺，先相处个四五年，看看这个姓田的是不是个只会说漂亮话的家伙。等你有了结论，不管是喜是忧，告诉我一声就行。”他笑着说，“这对我本人也是一个考验。上次与你邂逅之后，我内心迸发出极度的激情。这种激情会不会持久？我也想考验考验自己。玲玲，你对这种安排有意见吗？”

玲玲爽快地说：“我同意。”

“还有，司先生说他已了解了我的身世，并且也告诉了你。我只想说一句，像我这样的身世，身边不可能没有一个女人的。但我向你发誓，从今往后，我再不会接触你之外的任何女人。”

玲玲沉着脸不说话，许久才冷冷地说：“像我这样相貌的姑娘，身边也不可能没有一个小伙子的，不过我也可以做同样的承诺。”

田间禾怔了片刻，尴尬地说：“对不起对不起，我失言了。不，不是失言，刚才的话是一个暴露，暴露了我的大男子主义、我对金钱的自矜等种种肮脏东西。请你原谅，我本意只是想对你做一个承诺。”

这番真诚的自责让玲玲心中很熨贴，她低下头，低声说了真话：“我不在乎你的过去。至于我，你是我的第一个男朋友。”

田间禾又怔了片刻，解嘲地说：“我该怎么回答呢？说我很高兴听到这句话，恐怕又有点大男子主义；如果说我无动于衷，那又太不真诚。还是实话实说吧，我很高兴抢在别的男人之前来到你身旁，我会加倍珍惜这一点。”

玲玲大胆地把手掌搭在他的手背上，两人的心意完全接通了。又说了一会儿话，田间禾起身把司先生请过来：

“司伯伯，很对不起，我不能多陪玲玲。郑州还有一个谈判，如果因为谈恋爱耽误了它，家父会立刻炒我鱿鱼的，他对我一向很严。”他难为情地说：“我太忙，恐怕以后没有太多的时间陪玲玲，但我很想为玲玲尽一点心。请司伯伯和玲玲千万不要误解，套句时下流行的话，人在商海身不由己，我穷得只剩下几个臭钱了。听司伯伯说玲玲马上要去北京培训，我不想让玲玲苦了自己。所以，请玲玲收下我的一点儿馈赠。”

把这些绕弯子话听到头，玲玲才听出来他是想留下一笔钱，尽管田间禾为此颇为难为情，似乎他不是在赠予，而是在乞讨，但玲玲仍觉得心里很不是味儿。她不想挫伤田间禾的自尊心，但她要坚决拒绝这笔钱。刚刚见面就以金钱相赠，他把吉玲玲看成什么人了！但司伯伯抢在她说话之前悄悄触触她，说：

“玲玲你不要客气，你如果拒绝，小田会很难过的，好吧。”他对田间禾说：“我替玲玲答应了。”

田间禾颇有些“千恩万谢”的样子，顺手把一个信用卡塞到司明手里。又聊了一会儿，田间禾恋恋不舍地告辞了。这一段时间玲玲一直心存芥蒂，她不满意司伯伯径自做主接下这笔钱财，她想司伯伯今天处事怎么会如此草率？但事已至此，再退回去未免太伤男人的面子。尽管心中有疙瘩，她还是忍着不快，亲切地同田间禾再见，送他上了出租车。

送走田间禾，她回头不快说：“司伯伯……”

司伯伯截断了她的话头：“不必说了，我知道你的意思，但你要相信伯伯的安排。这张金卡你尽管接下，而且你要答应我把它花完！等你花完后我再告诉你原因。你尽可把这看成是司伯伯的钱，伯伯没有儿女，正愁着钱花不出去呢。虽说司伯伯没有小田那么‘穷’，但十数八万还是不在话下的。玲玲，听见了吗？相信司伯伯，不要问原因，把钱花光再来找我。你想到演艺界发展，至少得为自己买几套时装吧。”

这些话激起了玲玲的好奇心，基于对司伯伯的绝对信任，她痛痛快快地答应了。司伯伯很高兴，依玲玲的感觉，这时他简直是放下了一件沉甸甸的心事。

第五章　第三个和第四个

吉中海死死地瞪着这个本子。天火创意室的记账本上，赫然写着五个人的名字：

仝大星

陈　廉

李河松

刘元庆

吉玲玲

五个人名的后面是0377的电话区号，然后是各人的号码。号码都是69起头，也就是说，五个人全是西柏县人。在四个人名的后面已用红笔打了对钩，只有玲玲的后边还没有，这使吉中海像抓稻草似的抓住了一丝希望。他声音嘶哑地问：

“前四个人都已经死了？”

“死？”何小姐和未婚夫困惑地反问，“不，我们打红钩表示这四个人的奖金已汇到，其中前两个人的已领走，第三、第四两人我们已电话通知了，但他们还未赶来。第五个的奖金还没到位。我们对此也有点奇怪，因为前四名的奖金都是随着通知立即汇到的，只有吉玲玲的名字通知半个月了，奖金还未汇来。”

郑州市局的庞科长从吉中海的表情上看出了异常，轻声问：“这最后一位吉玲玲……”

吕子曰看看吉中海，怜悯地说：“是老吉的侄女，一个人见人爱的姑娘。我见过，真真是一朵鲜花，唉——”

吉中海粗声粗气地对何小姐下命令：“这个名单绝对保密，吉玲玲……你们已经通知本人了吗？”

“没有，钱未汇到我们不会通知的。”

“那好，记住不要通知，钱汇到也不要通知，”他忽然想起这命令该市局下的，便歉然地说，“庞科长，你看……”

“行，就按你说的办。小何，汇款是怎么寄来的？”

“走工行。”

“我派人查一查工行的汇款。但我估计寄钱人一定在证件和名字上做过手脚，不会留下线索的。”

他们交待两位年轻人，如果李河松和刘元庆赶来领奖金，照旧发放，不要露出什么破绽，但要立即通知公安局。两个年轻人已充分意识到这件事的严重性，非常郑重地答应了。

他们赶到市局做了简短汇报，立即拨马返回。吉中海巴不得一步赶回西柏县，把玲玲保护在自己的翼下，那样才觉得放心。四个小时的行车中，吉中海一直闷声不响，眼神发呆地盯着窗外。吕子曰也保持着沉默，只是偶尔说几句话，使车里气氛不致过于沉闷。司机小张不知道内情，忍不住从后视镜中看两人的表情，弄得差点撞了一次车。晚上 7 点赶回北阴市，先把吕子曰送到家门口。老吕临下车时强为劝解：

“老吉，把心放宽些。好在咱们早走了一步。以后加强对玲玲的保护，肯定能躲过去的。”

老吉苦笑着点点头，他知道这种安慰是言不由衷的。目前已能肯定，几起死亡大奖都是人为的，人体自燃也必然是人为的。可惜最关键的部分——即凶手如何能使人体自燃，至今没一点点踪迹！既然如此，如何才能保护玲玲？也许杀手已在她身体中种下了生死符，一旦到某个限定的时刻，或收到某个外界指令，玲玲的身体霎时间就会变成熊熊燃烧的火炬。他不敢想下去，苦笑着同老吕挥挥手，回市局骑上他的警用摩托，立即赶回县城。

分局长老鲁和刑警副队长老姜在办公室里等他。看看两人的脸色，吉中海的心脏就猛然一沉。果然，他听到的不是好消息。鲁局长说，从黄山送回的消息可惜晚了一步，李河松已经自杀，刘元庆失踪，可能是去郑州领奖。

他们已通知了省局，估计能在郑州截住他，然后把他保护起来。

他拿出一叠照片。背景是小山岗，李河松下身赤裸，大腿和手腕上鲜血淋淋。鲁局长说，尸首是今天下午才发现的，地点是40千米外的火烧岗。那是一座小山，山上石色发红，光秃秃的不长树木。民间传说那是被天火烧过的。李河松在那儿割掉自己的生殖器，又割断了大动脉。他还留下遗书，遗书上写着：

神目如电。我这一生仅仅干了这一件欺心事，上帝的惩罚就施到我身上。我宁愿自杀，不愿在阴火中被烧死。所有对我期许甚高的长辈、同事和朋友，我骗了你们，但我已用鲜血洗刷了自己的耻辱，请你们原谅我吧。

遗书文笔优美，洋溢着浓重的悔疚和绝望。吉中海读了两遍，细心地揣摩着信中的含意。他问鲁局长：

“他到底做了什么亏心事，调查出来没有？”

“还没查清。从他的自杀方式看，肯定是男女之事。但他所在的县文化馆里没人相信这一点。听到李河松的死讯后，他们都连呼：不可思议！不能相信！他们说李河松是一个典型的书生，为人温顺礼让，从没和同事们红过脸，人缘极好。前天他接了一个外地电话，发了一会儿呆，然后便忙着处理了一些琐事，如还书，取消一个聚餐会等，事后同事们才意识到他是在处理后事。然后他递了一个假条，说要出一趟远门，之后就失踪了。局里查了近期的一些强奸未结案，让女方看了他的照片，都说不是他。所以，他的死因至今是一个大谜团。”

在询问另一个领奖者刘元庆的情形之后，吉中海抓紧时间和兄弟家通了电话。弟媳说玲玲已去北京。吉中海连声问：

“去北京？她到北京干什么？”

“是司明带她去的，要对她进行培训，然后当司明的助手。”

吉中海多少放了心——至少她不是去郑州。那边玲玲妈已从他的语气中听出点什么，犹豫着，想问又不敢问。她终于忍不住，藏头露尾地问："大哥，出什么事了吗？别瞒我。"

吉中海悟到自己刚才有点失态，连忙掩饰："不，没有，什么事也没有。"

玲玲妈忧心忡忡："那个案子有没有进展？你出去这几天，西柏县已乱成一锅粥了。连着烧死了两个人，葛家姑娘到现在还精神失常。听说今天又死了一个人，是因为怕天火烧，自杀的。现在，不信神的人也开始烧香拜佛了。再这样下去怎么得了啊。大哥，有什么消息可不能瞒我呀。"

吉中海心头沉重地说："不会的，你放心吧。"

刘元庆失踪前是一家拉面馆的厨师。拉面馆很小，连个店名也没有。这会儿小店刚刚打烊，店铺只有半间屋，屋外搭着简易凉棚。铁锅支在凉棚下，凉棚下摆了四张白茬桌子和十几个低凳。屋内靠墙处是一张折叠床，刘元庆失踪前一直睡在那里。据初步了解，他有二十八九岁，说话带东北口音，性格孤僻，话语很少，与外人基本没有交往。刘元庆两天前请了假，说是爹妈给他在家乡说了一房媳妇，让他回去相亲。

老板娘是个饶舌妇人。吉中海他们一来店里，老板娘就急急地问：

"刘元庆是不是出事了？死了没有？"

吉中海警觉地问："有你这么问话的吗？你听到了什么风声？"

"电话呗。他前天接了个电话，是邻家小杂货铺的公用电话转过来的。"老板娘很干脆地说，"公安同志你甭瞒我了。西柏县里谁不知道，接连有俩人被天火烧死。听说昨儿个又死了一个，虽不是被烧死的，也是被吓死的。大伙儿还知道，死的人先要得一个 10 万元的死亡大奖，先是一个外地电话通知你领奖，再就是被天打雷劈！弄得人人害怕，听见是陌生人的电话头皮就发炸。刘元庆的电话是小卖铺的小陈姑娘接的，打电话的是一个外地女人，嗓音很甜，说请隔壁拉面馆的刘元庆先生接电话。小陈一喊，刘元庆脸色唰地就变白了。他过去接了电话，连声问：'真是我？刘元庆？'然后就沉默了。回到拉面馆，他又发一会儿呆，强笑着说：'我得回去，家里来电话，说是给我找了房媳妇。'公安同志，要真是家里的电话能喊他刘先生？东北有这风俗？明摆着胡扯嘛。明摆着那是个催命电话。我这两天看着他真可怜啊，明明他是心里怕，怕到骨头缝里了，表面还强装镇静，切面时把指头也切破了。我不好说破，只能在一旁替他担心。后来他找我请假，我麻利答应了，还多给了两个月工资。这娃儿闷声不语，干活挺实在，我和他好歹搁合一场，多给俩钱尽尽我的心。说句不吉利的话吧，他要真是走了仝大星、陈廉那条路，算是我把花圈钱先头送了。”

这位女福尔摩斯扯起话头，没有别人插话的空儿，不过她挺懂行。知道公安来调查的路数，不等吉中海问，就主动叙述了警察们感兴趣的一些细节。她说刘元庆在拉面馆干了一年，从没和外人联系过，就只过年过节往家乡寄过两笔钱，好像是黑龙江伊春，具体地址不详。还有一点她感到奇怪，她的店里没装电话，打那个催命电话的人咋知道隔壁电话的号码？都说这儿起着火是天罚，是老天爷干的，莫不成灵霄宝殿里也安了电话总机，也能打114查号台！

所有该了解的东西吉中海都问清楚了，但他觉得蒙在这个系列死亡案件之上的迷雾更浓了。他无可奈何地离开拉面馆，回到分局。鲁局长说，等着案情发展吧，已通知郑州公安局，待刘元庆去郑州领奖时把他保护起来。

此时刘元庆正住在郑州 ×× 路一家小旅馆里。这是由民房改建的小旅馆，深深藏在小巷里，收费低廉，也比较安全。刘元庆赤着上身去伙房提水时，一个四十多岁、相貌粗俗的鸡子上来搭讪，拍着他后背的腱子肉说：“多壮实的男人，想不想玩玩？”刘元庆回头阴森森地横了她一眼，吓得她一语不发，赶紧溜走。

晚上刘元庆躺在单间里，目光阴沉地盯着天花板，不能入睡。二十八年的往事，主要是近三年来的往事，一幕幕闪现。

三年前的4月12日，株洲市 ×× 路的工商行储蓄所被抢劫，死亡两人，重伤一人，被抢现金120万。那是他和庄大哥一起干的，两个死者中有一个是他捅死的。庄哥教他，走上这条路就别想回头，要心狠手辣，不能留活口！那时他们没料到其中一个女营业员当时只是昏死，后来竟然活了下来。

他和庄大哥是在郑州结识的，一见如故。他不知道庄大哥的真名实姓，同样庄也不知道他的，大哥只知道“二兄弟”的家在东北。那次抢钱很顺利，庄大哥给他分了三分之一，两人约好以后见面的地点和暗号，匆匆告别。临走时两人洒泪拥抱，刘元庆忽然一刀捅进大哥的肝脏！大哥瞪着他，喃喃地说：“你……”刘元庆很快在胸口补了一刀，没让他受罪，又把他的80万揣到自己怀里。

这两刀不是冲动之下出手的，而是经过缜密冷静的思考。说到底，这是依照庄大哥教他的为人之道行事。他不想再干刀头舔血的勾当，可要收山的话，已到手的40万太少。杀庄大哥还有一个更重要的因素，那就是：自己是初犯，没什么案底，这次抢劫又做得很干净，警方很难查出他来。但大哥是惯犯，难免在过去留下什么尾巴，也难保他今后不再重操旧业。一旦大哥败露，也许会把他引出来。虽说庄大哥并不知道自己的底细，至少认得自己的相貌啊。

所以，他决心杀了庄大哥，也斩断这条刀头舔血之路，从此金盆洗手。他打算先找个地方藏起来，等风平浪静后把这120万拿出来，做个正经生意。记得看过一本旧武侠小说，名字早忘了，说的是一个大盗金盆洗手，远走他乡扎下根来，对外积德行善。刘元庆的这个决定就是受这部小说的影响。不过小说中那个大盗最终被儿子擒获交到官府——因为他一直在教诲儿子做正人君子。刘元庆解嘲地想，好在自己还没儿子。

刘元庆把120万分散存起来，在拉面馆中暂且栖身。三年时光平平安安过来了，他已经打算取出钱换一种活法了，谁料想忽然接到死亡大奖的通知！

已经是深夜。隔壁传来一个旅客洪亮的呼噜声，远处隐隐有火车哐哐通通的声音，夹杂着车站广播员带着睡意的报时。刘元庆紧张地思索着，在心里把明天的行动做了一次预演。他压根儿不信什么“天打雷劈”之类的神话。早在学校里他就接受了彻底的唯物主义教育，不过他按照自己的世界观把唯物主义作了新的剪裁。在他看来，唯物主义可以浓缩为两句十分实用十分精辟的话：做好事甭指望下辈子享福，做坏事也甭害怕下辈子遭报应。在这点上他和庄大哥是心意相通，所以才一见如故。

所以，他相信两起所谓人体自燃是冲着他来的，是来找他寻仇的，庄大哥没死？不大可能，那天他亲眼看着庄的身体变冷变硬，然后把他搾到一个阴沟里，用石块杂物填实。那么是庄大哥的同伙？有可能，因为庄大哥曾把他介绍给两三个朋友，说这是新结识的伙计。那么，很可能是庄大哥的伙计们发现了庄的尸首，又通过某种途径知道凶手躲在西柏县——很可能是因为他给老家寄过两回线——便决定用黑道上最残酷的手段要他的命。西柏县先头死的两人，仝大星和陈廉，无疑是被错认了，是他的替死鬼。

是祸躲不过。既然如此，他要横下心来迎上去！他要通过发奖金的天火创意室顺藤摸瓜，找到背后主使人。

第二天早上7点40分，他迈进了天火创意室的门。在这之前，他已踩过两次点，对周围环境了如指掌。两个年轻人正依偎在一起吃早饭。刘元庆戴上忠厚木讷的面具，喃喃地说他是来领奖的。他马上瞥见两人脸上浮出十分复杂的表情：紧张、怜悯兼而有之。女的用胳臂触触男的，男的才醒悟过来，忙问：

“请问先生姓名。”

“刘元庆。”

“请问通知你领奖的电话号码？”

“是隔壁小卖铺的公用电话，号码我记不清了。”

“好吧，在这儿签上你的名字，这是10万元支票，你拿上到工商银行中心营业厅去领取。

刘元庆傻呵呵地笑着：“恁容易？也不要身份证？”

“不必了，你签上名就行。”

刘元庆笨手笨脚地签上名，仍怀疑地问：“真的？拿这张纸就能领到10万元？”

两个年轻人脸上的怜悯之情更重了。自打公安同志来过之后，他俩知道，每个来领奖的人实际上是在死亡签到簿上签名。“没错，你一去银行就知道了。”

刘元庆千恩万谢地出了门。刚出门他就以猞猁般的敏捷悄悄返回，伏在门边偷听。他听见何小姐正在打电话，低声说：

“对，刚领走。这会儿出了大门。”

刘元庆暴喝一声，扑过去摁断电话，亮出锋利的厨刀：“妈的，你们敢玩老子！快说，是谁指使你们干的？刚才给谁打电话？”

寒光闪闪的厨刀横在眼前，小伙子脸色惨白，何小姐更是花容失色，他们齐声央告着：

“饶命！是别人让我们发奖，我们确实不知道那人是谁。领奖人名单是那人提供的，我们确实不是有意害你呀！”

刘元庆从他们的哀告中听出了马脚：“但至少你们知道这是死亡大奖，对不对？”

两人老实承认：“对，知道，刚刚知道。”

刘元庆暴怒地喝道：“妈的，知道了你们还来害我！”他一把扯过何小姐，用厨刀在她脸上划了一个十字，鲜血汹涌奔流，何小姐尖叫一声昏晕过去。他对男的喝道：“妈的，快告诉老子，你们背后是谁，否则老子割下她的脑袋！”

男的先是被吓蒙，随之反应过来，悲愤地喊：“小何，小何……我跟你拼了！”他随手拎起转椅，向刘元庆狠命抡过来，刘元庆只好推开怀里的何小姐，蹦出一步，躲开他的第一波攻击。这时四名警察突然冲进来，黑洞洞的枪口对准了他：

“不准动！举起手来！”

刘元庆像是被困的野兽，咻咻喘息着。他知道这次失算了。他原以为天火创意室是通黑道的，估计他们绝不会通警，没料到警察就埋伏在外面。但他以过人的奸诈作出应变，决定把自己装扮成一个被死亡大奖吓得精神失常的人。他扑通一声跪在地上号啕大哭：

“我不要10万元！我不想被天火烧死！”

他从口袋里掏出银行支票，抛在空中。趁警察们一晃眼，他猛地把厨刀杵到自己肚子里。警察惊叫一声，连忙捉牢他的双臂，他的肚子被割破了，血水和肠子从破口处涌出来。刘元庆低声央告：

“公安同志，快打死我，我不想被天火烧死。”

他昏过去了。警察中有一人是学过战地救护的，迅速把肠子塞进去，拿一只空碗罩住伤口，撕碎他的衣衫草草做了包扎。然后，把他和何小姐一道送到 ×× 医院急救室里。

在郑州市公安局大楼里，局长一边听庞科长汇报，一边紧盯着电视屏幕，录像带上记录着 ×× 医院急救病房里的情形。刘元庆已从手术麻醉中醒过来，慢慢转动着脑袋，茫然扫视着天花板，庞科长说：

“刘元庆的伤势不是太重，已脱离危险。他的行凶看来是因为精神压力太大。你想嘛，两个获奖者都已经被活活烧死，他自己也得了死亡大奖。性格越内向的人，在精神失常时越容易做出暴烈的举动。”

“小何的伤势怎样？”

“已做了手术。肯定会留下疤痕，今后恐怕要做两三次整容手术。”

局长不满地说：“只能怪我们保护不周！让一个无辜的姑娘终身留下伤痕，不仅是面容上的，也是心灵上的。为什么在做保护工作时不把问题考虑复杂一点？”

庞科长羞愧地低下头，局长闭上眼睛，用手指轻轻叩击着沙发扶手，停一会儿他忽然问：“你们是否注意到，刘元庆似乎发现了秘密摄像镜头？”

他让技术员把录像带回放。录像中刘元庆慢慢转动着脑袋茫然四顾，当他的目光与大伙儿相对，也就是与摄像头相对时，有一个只可意会的停顿，然后他的目光立即滑开。刚才大家没注意到这一点，经局长提醒，大伙儿觉得确实是有这么点意思，莫非刘元庆发现了秘密摄像头，只是佯装不知？那么，他恐怕不是一个普通人，而是一个狡猾的惯犯。局长问另一路侦察的老李：“你们谈谈。”

“我们通过西柏县的吉中海，在刘元庆汇过款的邮局里查到了他家的地址，是黑龙江伊春林业机械厂。两笔钱都不多，各为 300 元、400 元。通过黑龙江的同志了解，刘元庆在家时没什么案底，但为人阴狠，众人皆知。他们说了一个很有说服力的细节。刘元庆曾与一位王姓青年结仇，某次过年时他找王姓青年拜年，笑容满面地握手，握手时竟然折断了对方的小指！可他一再说是误伤，王姓青年只能吃哑巴亏。三年前，刘元庆外出打工，再没回黑龙江，听说他一直在河南。”

老李停顿片刻，局长仍瞑目沉思着，很久才睁开眼说：“继续。”

“他三年前离开家乡，一年半前到西柏县拉面馆干活，这中间有一年半时间的空当，他到哪儿去了呢？我们重点排查了这一年半来河南的和邻近省份的未结疑案，发现湖南省株洲市 ×× 工商行储蓄所被劫案值得考虑。那次是两个劫匪，一胖一瘦，都用黑纱蒙面，看不清容颜，但瘦的那人，从身材和脸盘轮廓看与刘元庆很相似。”

局长说：“我知道那个案子，储蓄员死二伤一。还有什么线索吗？”

“重伤的储蓄员在昏迷中听到二人对话，其中一人明显为东北口音。这个刘元庆也是东北口音。”

局长沉思很久：“我觉得老李的调查很有价值，老实说，我不太相信小庞说的‘精神失常’，正常人即使精神失常，恐怕也做不出在姑娘脸上划‘十’字的暴行。建议对刘元庆突击提审，看他有没有什么案底。至于‘死亡大奖’与这件事的深层联系，目前还不明朗，以后再说吧。”

第三天，市局老资格的审讯员阚明乾坐到刘元庆面前。这是在公安局审讯室里，手术未愈的刘元庆坐在轮椅中，一个身强力壮的男护士在后边守护着，这个护士是警察所扮。老阚亲切地和疑犯拉着家常：

“别担心，小刘。虽说那天你对小何姑娘下手残忍，但我们都知道你是因惊吓失去了自控能力，法院量刑时会充分考虑这一点的。你要配合政府，把自己的事讲清楚，争取宽大处理。”

刘元庆可怜兮兮地说：“局长，我怕。我不想被天火烧死，我这辈子没干过亏心事，为啥让我得这个下场？”

“那都是迷信，别去想它。你是黑龙江伊春人？”

刘元庆抬眼看看老阚，点点头。

“我们查过你的历史，没啥事。你是三年前离开家乡出外打工的。”

“嗯。”

“三年来，你只给家里寄过两回钱，分别是一年前和半年前寄回去的，也就是说，才离家乡的一两年中，你一直没寄过钱，那时你的境遇一定很差，对吧。都干过什么工作？”

“什么都干过，跑堂的，建筑队的小工，火车站装卸工……”

“都是在什么地方？”

“多了，郑州、洛阳、武汉……记不清了。”

“到过株洲吗？”

刘元庆又抬眼瞅瞅，迅速地回答：“没有。”

“没有？”老阚冷笑着说，“那为什么在三年前的4月12日，在株洲××路工商行储蓄所留下了你的指纹和录像？看看吧，这是指纹。”

刘元庆专注地盯着投影屏幕，上面是一个放大的指纹，但刘元庆清楚记得，作案时他们一直戴着手套，不可能留下指纹的。他假作痴呆地问：“这是我的指纹？留到株洲了？局长，你一定弄错了。”

老阚当然知道指纹的来历——是昨天才从医院里取出来的。他不想在这点多纠缠，冷笑着，换个方向对犯人施压：“还有这盘录像，请看吧。”

录像带上清楚显示出一壮一瘦两个身影，正用手枪和刀指着储蓄所业务员。刘元庆当然认出，这就是庄大哥和自己。乍一看到死去的庄大哥在眼前晃动，他的眼神不禁战栗了一下。老阚敏锐的目光没有放过这一点。录像带上两人脸上都罩着黑纱，看不清外貌，刘元庆生气地抗议道：

“这又不是我！我不认得这俩人是谁！”

“哼，你以为你的脸上蒙着黑纱，就无法认出你们？你们傻呀，现在电脑是无所不能的，只需稍做处理，就能显示出你的真面目。你睁大眼睛看吧！”

画面定格在瘦子身上，变为面部特写。画面唰地换了一帧，头像轮廓没变，仅仅脸上黑纱似乎淡了一点。刷，又换了一帧，黑纱的网眼又淡了少许。画面唰唰地更换，黑纱逐渐隐去，刘元庆的容貌逐渐浮现！他紧闭着嘴巴，目光阴狠，头像缓缓转过360度，重新变为正面像。

刘元庆短促地低呼一声，就像见到一个死人突然还阳，他的面色死白，双腿微微发抖。原来电脑还有这样的神通！老阚密切地注视着他，把他的异常表情看得清清楚楚，但同时老阚又捏着一把汗。这些图像确实是经过“特殊处理”的，因为任何电脑都不具备透视功能，除非在储蓄所安置了X光摄像机。眼前这些图像是从近几天刘元庆的录像中剪辑下来，加以电脑编辑后弄出来的。他不能让刘元庆有思考的余地，立即逼问：

“没错吧，是不是你的尊容？现在，把你杀人劫钞的经过做出交代！”

很遗憾，狡猾的刘元庆已度过了最初的震骇。他悟到电脑不可能透过黑纱透视出黑布后的面容，即使能，这种证据也是不能上法庭的。他慢慢地在脸上堆出憨傻的表情，佯作惊怒地喊：

“这明明是我呀，我啥时候去过株洲？局长，是不是电脑弄错了？”

他有意把“电脑弄错”几个字咬得很重，老阚知道这是冰凉的讥讽，不得不承认这回是输惨了，公安局精心布置的奇招完全未能奏效。老阚严厉地说：

“当然是你！你什么时候到过株洲，你自己清楚。回去想一想，老实交代！”

他草草结束了这场审讯。刘元庆不依不饶地哭叫着：“我真的没有干过坏事啊！政府不能冤枉我啊！”哭喊时牵动了伤口，他用手捂着肚子，咬牙忍受着剧疼，但他的目光深处分明流露出一丝得意。老阚气恼地挥挥手，让男护士把刘元庆推出去。但就在这一刹那，刘元庆的双眼突然瞪得很大，瞪得几乎裂开，似乎一阵剧疼突然使他屏住气息。缓过这口气后，他极度绝望极度凄厉地高呼：

“老天爷！我坦白，是我杀人……”

他的呼喊戛然而止。在老阚和护士的瞠目结舌中，他的身体忽然爆射出一团强光，一团强烈而又柔和的、被人形外壳紧紧包裹着的强光。然后，黑色像涨潮一样从下而上，迅速漫过他的全身，所到之处皮肉消失，显露出灰色的骨架。男护士扔下轮椅，双手捂着被强光灼伤的眼睛踉跄后退。到了这时，老阚才把眼前的景象同“人体自燃”联想起来，他大呼道：

“快，灭火器，灭火器！”

灭火器很快拿来，就在泡沫开始朝外喷时，老阚突然改变了主意，他高叫着“不要喷！”一个箭步上前，夺过灭火器，把喷嘴朝向门外。

门外走廊中很快堆出一座泡沫山。具有讽刺意味的是，这是老阚在这次失败的审讯中唯一正确的决定——为法医保留了一个完整的标本。这具标本后来用喷塑法固定，摆在郑州市局的法医解剖室里。审讯室的摄像头也留下了极为清晰完整的起火镜头。

技术专家们日夜研究这些资料，最终他们得出了一个无可置疑的结论，那就是：

没人知道这场“天火”是如何燃起的。

一点眉目也没有。

第六章　10万金卡

刘元庆的死讯传到西柏县后，西柏人真的垮了，从精神上垮了，患上了集体性的歇斯底里。人人自危，人人谈论人体自燃，人人担心自己或亲人死于天火，人人怕接外地的电话。在这种恐惧气氛中，只有算卦这门行业空前繁荣。大街小巷到处是卦先儿。其中大部分是自学成才，因为西柏县并没设立什么算卦速成培训班或函授班。可能这些卦先儿们头天还在找人算命，第二天就置备好行头上街操练了。县政府对此无可奈何，因为禁不胜禁，撵不胜撵，算卦先儿的生命力旺盛得就像节节草一样。

吉中海不胜其烦。这一天为算卦回潮一事又挨上级一顿骂，吉中海大为恼火，再加上吉玲玲之事造成的心情阴郁，就恶作剧地想出一个招数。不想试行之下竟然有奇效！那天，他让一个新进公安不久的警校学生装做求卦的，挤在人堆中听一会儿。身上手机忽然响了，年轻人大声问：

"哪一位？什么，天火教，你开什么玩笑！你怎么知道我的手机号码？"然后他装模作样听一阵，把手机交给卦先儿，困惑地说："你接，什么天火教的电话，一定要你接。"卦先儿疑疑惑惑地接过手机，里边有人阴森森地说：

"天机不可泄露！妄泄天机者必遭天火焚身！快滚！"

算命先儿吓得脸色惨白，立即收拾行头，撒腿就跑。这么着演了几场，卦先儿没有一个不震跑的。到后来，其余卦先儿听到这个风声，再不敢上街了。

星期六晚上吉中海上街溜达，发现卦先儿们已经一扫而光，不免洋洋得意。走过拐角，见白须飘飘的卦先儿关铁口还昂然端坐在那儿。吉中海大为恼怒，阴着脸上去质问："关老头，别的卦先儿都跑了，就你胆子大？"

关铁口嘻皮笑脸地说："公安同志，我不怕。我又没有泄露天机，怕个屌哇！别的卦先儿都傻呀，没想想咱们泄露的是啥天机？全是胡日鬼嘛，啥鸡巴天机！其实我这人最不信鬼神，咱天天胡吹瞎说，要是有鬼神早就不容我了。画匠不给神磕头，我不信那个邪。公安同志，你积福行善，睁只眼合只眼，别坏我的生意。这两天生意正火，叫老关头挣个棺材钱，死了不给政府添麻烦。”

吉中海倒给他弄得哭笑不得，只好硬着嘴巴说：“不许跟老百姓胡说八道！”

“那是那是。不瞒你说，我实际是在安定团结哩。我对谁都发宽心丸，说没事没事，消灾弭祸，否极泰来，放心回家吧。只有当官的来我才诈他，看他做过什么亏心事没有，至少叫他少睡两晚安生觉。”

“你咋知道谁是当官的？全县的人你能认识完？”

“那还不容易！只要是有实权有油水的官，一说话味就不一样，顶风能臭30里！”

吉中海奈何不了他，转身走了。走了十几步，老关在后边紧唤他，“公安，公安，我还有话说哩。”吉中海走回来，老关头神神秘秘地说：“公安同志，案子破了没有？人体起火实在蹊跷，是不是外国特务发明的玩意儿？我揣摩着一定是科学杀人！”

吉中海摇摇头，苦笑着离开。科学杀人！算命先生的结论是科学杀人！他解嘲地想，“真不愧是用唯物辩证法武装起来的新时代算命先生啊，他们的水平是旧社会卦先儿们望尘莫及的呀。”

他信步朝弟弟家里走去，一边品味着“科学杀人”这四个字。实际上，这个结论早就呼之欲出了。因为，几起自燃现象与10万元奖金的高度相关性，已排除了“自发”的或“偶然”的人体自燃，它一定是人为的。既然是人为，那就不会是什么巫术魔法，而只能是某种不为人知的科学手段。

这本是顺理成章的推理，但公安局的同事，包括吉中海都迟迟未做最后的结论。他们毕竟不是算卦先儿，可以凭着直觉或一得之见贸然下结论。侦察机关在下结论前起码要弄清两点：犯罪主体和犯罪动机，而这两点现在都不明朗。

如果是科学杀人，那它必定是某种极为尖端的科学手段，在研制时一定投入几千万乃至上亿的资金。再加上发给每个死者的10万元巨奖，也是一笔巨大的投入。谁有这样的雄厚财力？谁有可能做这些损人不利己的事情，投出巨资，只是为了杀害偏僻小城里几个普通人？

吉中海为此常常把脑袋都想炸了，仍然无法得出能自圆其说的推理。他曾考虑是否是某些国家，比如伊拉克或美国，选中了这个偏僻县城试验一种杀人手段，但这种推理未免过于纡曲。或者，是某个邪教组织用这种邪恶的方法杀人，以期引起百姓的恐惧潮，从而扩大邪教的组织？

筛选了所有的设想，仅最后一种还比较符合逻辑。那么，会是什么邪教呢？奥姆真理教，法轮功，人民圣殿教，拯救世界末日行动？这里有一个重要的缺节：不管是哪个邪教，它既然选中西柏县做试验场，就必然与西柏县存在某种联系：或者派人来踩过点，或者派人来就近观察民众对此的反应。一句话，邪教组织应该向西柏县派有至少一位代表。

这个代表是谁？

吉中海在脑子里筛遍了所有与本案有关的人士。仍旧找不出一个怀疑对象。长时间的无效思维使他十分郁怒。他要尽一切力量尽快勘破这个案子，只有这样才能保护西柏县的无辜百姓，尤其是——他的侄女玲玲！

前面就是玲玲家了，吉中海心头非常矛盾。他希望多听一点玲玲的消息，但又觉得自己简直没脸进这个院子。虽然郑州的天火创意室已在警方控制中，不会有人来向玲玲发出死亡大奖的通知了，但吉中海绝不会自己欺骗自己。玲玲远没有走出危险；真正的犯罪人还深藏未露；甚至凶手很可能已在玲玲身上下了“生死符”，到某一天她就会熊熊燃烧……

一想到这儿，吉中海就像掉到烈火中，浑身燥热，喘不过气。眼看着死神在阴险地向玲玲身边逼近，他却完全无能为力，天下没有比这更残酷的事了！小城已被恐惧淹没，西方宗教与东方迷信携手作乱。周易八卦，麻衣神相。福音堂人来人往，就像是赶庙会。信徒们终日祷告，牧师们拿腔提调地唱着：“愿主饶恕你们……”不信神的百姓骂公安：“死人一个接一个，公安局破不了案，你们是吃干饭的！”吉中海从心底里觉得，他们骂得对！骂得好！有时他恨不得批自己几个耳光！

弟弟和弟媳都在家，刚把晚饭端上来，见哥进来，忙添了副碗筷。夫妇俩的目光都有喜意在跳动。弟媳告诉他，玲玲那儿又有好消息，司明真是交游广阔，神通广大，他带玲玲去北京不到三个星期，已经为玲玲联系了两个新工作，一个是中央五台的节目主持人，一个是某个电视剧的三号女主角，现在还没最后确定。“大哥你是啥意见？司明说玲玲并不适合搞科研，最好能在演艺界发展。我和你兄弟商量，觉得去中央五台当主持人较好。你说呢？”

这些天，吉中海一直在弟弟这儿掩饰着自己的情感，但这会儿终于撑不下去了。那边是死亡逐日逼近，这边是神话般的憧憬，这个反差太强烈了！他抱住头，闷声不响，强忍住眼角的泪水。弟媳立刻看出了名堂——毕竟他们也处在小城恐惧大潮之中啊——声音发直地问：

“哥，玲玲怎么啦？”

吉中海硬着心肠说：“我想还是告诉你们为好，要不，万一有什么事，我没法向你们交代。我们在郑州已查到发死亡大奖的那个公司，他们只是受人利用，并不知道真情。发奖名单上有五个人，前四个已经领奖，都死了。第五个就是……玲玲！”

玲玲妈往后一仰，直挺挺倒了下去，吉中海一把捞住她，又是喊，又是掐人中，半天她才悠悠醒来，哇地一声放声大哭。玲玲爸两眼发直，默默流泪。

尽力慰解很久，玲玲妈才缓过劲儿，说了第一句话：

“老天爷！我们从没做过亏心事啊！”

吉中池怒吼道：“什么天爷地奶的，肯定是邪教组织用妖法杀人，你们公安局全是饭桶！”

吉中海垂头丧气地说：“不是妖法。刘元庆是在审讯员的眼皮下死的，肯定是凶手用的某种高科技手段。只是想不通为啥凶手拿西柏县作他的靶子。中池，我本想瞒着你们，但万一……那对你们太残酷了。你们把玲玲唤回来吧，加强对她的保护，这样放心些。”

吉中池闷声说：“好吧，我现在就打电话。”

吉中海内疚地走了。科学杀人！他再次品味着卦先儿的话。他忽然想起，好像最先提到科学杀人的并不是关铁口，而是另一个人，是谁？在什么场合？苦苦想了很久，他才想起是司明教授说的。司明说人体本是可燃物质，所以它的自燃并不违反科学原理。平常人体不会自燃，那就像是小球放在斜坡上一个凹坑里，是不稳定的平衡，一旦用某种方法打破这种平衡，人体自燃就会实现。

他想，回家就要和司明联系。既然是最尖端的杀人手段，就应该找第一流的科学家去咨询，也许司先生会给出一两个有价值的建议。晚上睡在公安分局的行军床上，不知为什么，他总觉得心神不宁。在他今天的思考中，他好像漏了某种重要的东西。什么东西？他绞尽脑汁也想不到。但是，他敢肯定，一定有某个重要的信息曾在他脑中闪过。

第二天下午玲玲就回来了，是乘飞机到北阴，又从北阴租了一辆夏利直奔西柏。进了门，她就扑过去，玲玲妈立即泪飞如雨，把宝贝女儿紧紧箍在怀里。玲玲懊恼地推开妈妈，佯嗔道：

“妈妈你没生病，为什么骗我？爸爸你也骗我，伯伯你们合伙儿骗我！”

到北京仅仅一个月，玲玲似乎变了。原先她就很美貌，但那是青虫的美丽，现在小青虫已羽化成蝴蝶了。三个大人把痛苦埋在心底，笑盈盈地看着她在屋里飞舞。他们多少也放心了。看着活蹦鲜跳的玲玲，怎么可能相信死神会来光顾她呢。

玲玲叽叽喳喳地谈着北京，谈中央电视台的摄影大厅，“呀，那么强的灯光！一个镜头试下来，烤得额上一层细汗！”谈北京电影制片厂的环境：“想不到那儿挺穷的，沙发上都露着破洞！”她半是难为情半是兴奋地告诉妈妈，她和田间禾又见过一面，他太忙，停了两个小时就飞回郑州了，但两人经常通电话。她对田间禾的好感越来越深了。“上次见面他给我一张牡丹金卡，让我支付在北京的花销。司伯伯一再说，用吧，全当是司伯伯给的花费。但我一直不敢用，这笔钱太多了！”

吉中海忽然心有所动，尽量不动声色地问：“多少钱？那个小烧包给你多少？”

“说实话我都没去查过，司伯伯对我说是 10 万。”

吉中海心头猛然一沉，追问：“你刚才说他叫什么名字？”

“田间禾，意思是田中的禾苗。他父亲没发达前是广东的农民，不，是农村的教书匠，所以给儿子起了这个名字。伯伯你怎么啦？”

吉中海连忙掩饰：“没什么，很艺术的一个名字嘛。”

电话铃响了，玲玲接过电话：“喂……咦，小冰你怎么知道我到家啦？”对方笑着说，“闻出来的。”“哼，那你长着超级猎狗鼻子啊！”

小冰说：“你在出租车里我见到啦，喊你你不答应，我想你是不是快成明星了，不认得老朋友了？”

“啥子明星，八字还没一撇呢。小冰你在家等我，我去找你玩！”

她同爸妈告别，像只蝴蝶一样飞出去了。她一出门，玲玲爸妈就焦虑地问：“大哥，你刚才……”

吉中海惨笑着，拿过一张纸，写了一行字。

“10万元大奖；田间禾——田禾——天火。”

他的预感被证实了。他一向认为，虽然天火创意室被公安局控制，但凶手绝不会轻易服输的，他们会用其他方法对名单上的第五个人——吉玲玲——送来死亡大奖。现在看来，死亡大奖只不过换了一个委婉的说法。变成了情人的馈赠。也许那些冷血凶手们对于像玲玲这样可爱的姑娘也多少宽容一些！

玲玲父母脸色惨白，欲哭无泪。玲玲妈要冲出去找女儿，她要把女儿抱在怀里永不松手，她要用母亲的身体去抵抗死亡……两个男人劝住了她，用母爱是挡不住死亡的——但用什么方法才能阻挡？他们毫无办法。

吉中海没有多停，很快回局里去了。既把田间禾列成怀疑对象，他想向领导汇报一下，明天就出发去调查。玲玲父母相拥而坐。默默地等玲玲回来。9点半钟，玲玲还没回来，玲玲妈忍不住向小冰家打电话询问，小冰妈说：“几个女娃子在打扑克，玩得正红火，别担心，一会儿我让他爸把玲玲送回去。”

玲玲妈默默地放好听筒，电话铃突然刺耳地响了，她几乎不敢去接，她怕是那个催命电话……实际上只不过是司明打来的。司明问候了她的病情，又夸玲玲是个懂事的孩子，有大家闺秀的风度，相信玲玲会在演艺界闯出一片天地，又说：

“田间禾那孩子也确实不错。对了，他给的金卡是我让玲玲收下的，你不要怪玲玲。我想试试田间禾的诚心。玲玲也需要一些钱，多少做一些包装。我告诉玲玲，这笔钱全当是司伯伯送的，如果将来需要还小田的话，由我来还好了。我独身一人，无儿无女，正愁着钱财不知该留给谁呢。”

玲玲妈简直不想听下去，听到田间禾的名字，她就想起大哥的分析，顿时心中火烧火燎的。但她从内心里不愿相信大哥对田间禾的分析：一个可爱的小伙子，怎么可能是凶手？也许是自己的阴郁心理所致，玲玲妈从司明的话里也听出几丝凄苦，她黯然说：

“老司，你的心情不好……”

“最近不知为什么，心绪有些惆怅。有时我想，也许这一生不当科学家会更好一些。当个普通人，没有那种无所不在的压力，没有先知先觉的痛苦……我把话题扯远了，再见。”

玲玲妈听出他确实心绪不佳，话中蕴含凄苦。她想这恐怕是对二人早年恋情的隐晦追忆，玲玲爸就在旁边，她不好多说什么。她打算再探问田间禾的详情，但对方已挂了电话。

第二天，吉中海到分局找到鲁局长，没等他说出自己对田间禾的猜疑，鲁局长先劈头说：

“李河松的死因已查清了！妈的，他根本没犯罪，一个好端端的念书人被糟蹋了！”

“没犯罪？他在遗书上说的‘亏心事’是什么？”

鲁局长扔过两本日记：“这是他的日记，你看看就明白了，只用看夹着书签的那几页。”

两本日记封面都已磨损，里边夹着几张书签，是警察夹进去的。吉中海坐到沙发上，迅速翻了一遍。从日记的片言只字中他很快拼出了事情的全貌。原来李河松从上中学起就在北阴市跟着哥嫂生活，哥嫂比他大八九岁，所以他从小就建立了对长嫂母亲般的依恋。不过，随着青春的觉醒，这种依恋慢慢掺进了性的内容。他喜欢走路握着嫂嫂光滑的手掌，喜欢听嫂嫂的声音，喜欢看嫂嫂丰满的背影。有一次，他甚至偷了嫂嫂的亵衣裤穿在自己身上。他觉得自己很肮脏，在日记中不止一次地痛骂自己，可是仍止不住想入非非。师范毕业后，他主动要求分到县里，离开哥嫂，彻底断绝了这种带点乱伦味道的单相思。

他已经从犯罪感中走出来了，可是突然间，死亡大奖的电话通知又冲溃了他的心理平衡。他在强烈的自责心理中丧失了理智，相信了“善恶有报”“神目如电”这些传说，所以义无反顾地选择了自杀。

鲁局长粗声粗气地说：“一个好娃子硬给糟蹋了！一个娃娃儿的胡思乱想算什么犯罪？我看过郭沫若写的回忆录《洪波曲》，他说他小时还对堂嫂有非分之念哩。妈的，说到底，是这个死亡大奖害了他！”

吉中海说：“我正要汇报点情况，”他说了10万元赠款和“田”“禾”——“天火”的巧合，鲁局长颇费踌躇：

“我没法得出结论。要说是巧合，恐怕也太巧了，可是若说田间禾就是疑犯，那他也太明目张胆了。他的作案动机是什么？作案手段是什么？也许……”鲁局长忖度着，“他是凶手，但在他确定死亡大奖的名单后见到了吉玲玲，被她的美貌俘虏，改变了主意？”鲁局长苦笑着：“不行，说不通。在这个案子里，逻辑推理已经不起作用了。不管怎样，你还是去调查吧，也许瞎猫碰个死耗子哩。至于这儿，我们要加强对玲玲的保护，从前几起案件的得奖——死亡的周期来看，玲玲已差不多快……了。”

吉中海当然知道这一点，他惨笑着，心向无底深涧坠落。

第二天，他赶到郑州，找到那家著名的家电集团驻郑州销售处。那是一幢漂亮的小楼，装潢一流，十分气派。厅堂很大，是错层式建筑，大厅上方是高高的玻璃屋顶，早晨的阳光从屋顶洒下来，照着厅堂四周摆放的花木。厅堂有很多茶几和沙发，分割成一个个半独立的空间，显然是用来谈业务的。吉中海一进去，就有一位衣冠楚楚的年轻人迎上来问：“我能为你效劳吗？”吉中海含糊地说：“我只是来看看，你忙吧。”

那个业务员很有教养地微笑着，做了个请坐的姿势，然后从他身边退开。

显然这儿是一家很正规很气派的公司，不像是黑帮的巢穴。吉中海想找一个人打听一下田间禾的情形。正好他发现了一个可能合适的对象。一个60多岁的老者刚从楼上下来，公关小姐们都向他点头致意。但从他的悠闲步态看，他显然不是这里的员工。老者出去了，吉中海忙跟在后边，在门口把老人叫住。

“你有什么事吗？”老者亲切地问。

吉中海嘿嘿笑着，难为情地说：“老人家，很不好意思。你是这个公司的人吗？”

“是的，但我去年已退休了。”

“能向你打听一个人吗？他叫田间禾。”

老者认真地看看他：“你问他做什么？”

“不好意思，我的女儿和他见了一面，看上他了，简直非他不嫁。我不放心，想来打听一下。”

老人笑了：“你女儿的眼力不错嘛，田间禾是这儿的总经理，很好的一个青年。很能干，没有一般年轻人的张狂。不过，”他委婉地说：“你女儿可得抓紧啊，追他的女孩太多了。”

“他的名字很艺术的，田间禾，田间的禾苗，请问这是他的原名吗？”

“没错。至少他上高中时就是这个名字。”

“他在家吗？”

“到洛阳去了，下午就回来。不过他的日程很忙，你先和他的秘书约一下，看有没有时间。”他笑着加了一句“可怜天下父母心哪”便告辞走了。

吉中海到旁边的小饭馆里对付了一顿，耐心地等着公司上班。吃饭时手机响了，是玲玲妈打来的。

“大哥，大哥，玲玲的金卡上不是10万，是100万！我催着那个傻妮子刚刚查过！”

吉中海一时不明所以。玲玲妈什么时候变得这么财迷心窍？听她高兴得声音都在打颤。女儿的性命尚在危险之中，她竟然为这100万而狂喜！但旋即吉中海明白过来她的话意：死亡大奖是10万，而田间禾给的金卡是100万，也就是说，这并不是那个死亡大奖！

吉中海却高兴不起来。也许自己对田间禾是多疑了，但天火创意室那个发奖名单上黑字白纸写着吉玲玲的名字，那是不会错的！只要那个幕后杀人狂没揪出来，玲玲就仍在危险之中。

不管怎样，这总算是一个好消息吧，如果这100万馈赠不是那笔死亡大奖，玲玲的行刑日期至少要推迟一些。也许凶手对玲玲特别仁慈呢！他违心地对玲玲妈说：

“我很高兴听到这个消息，我正在调查田间禾的公司，初步印象蛮不错的，也许我多疑了。”

下午他径直去见田间禾。接待小姐没说田在不在家，只是问：你约见了吗？吉中海说：

“没有约见。你对他说，吉玲玲的伯伯要见见他。”

接待小姐狐疑地把电话打过去，随即满面笑容地说：“吉伯伯请稍等，田总马上下来。”

三分钟后，田间禾下了楼梯，朝这边快步走来。他同客人握手，笑容满面地说：“吉伯伯真是贵客啊。欢迎你，请到我办公室去吧。”

打眼一看，吉中海对田间禾印象极佳。一个高挑儿青年，眉肃目正，笑意盈盈，两道剑眉透出他的坚毅，一双眸子极为清澈，有这种目光的人，绝不会心地阴暗或心地龌龊。吉中海自信有识人的眼光，看来未碰面前自己对田间禾的猜测肯定错了，“田”“禾”同“天火”的谐音确实只是个巧合。

田间禾对自己的热情也显示了玲玲在他心目中的地位。反正一切的一切都使吉中海很满意。他想玲玲还是有福气呀。他甚至不无辛酸地想，即使玲玲逃不脱魔爪，至少她在离开人世前得到过男人的真情。

这个念头使他的目光晦暗下来。一直在注意观察他的田间禾敏锐地感觉到他的情绪降落，急急地问：“吉伯伯，你……玲玲好吧。”

吉中海甩脱这个念头，笑着说：“我不上去了，就在这儿坐一会儿吧。”他和田间禾坐在角落的沙发里，工作人员迅速送过来两杯咖啡，又悄然退回。吉中海说：“玲玲很好，她不知道我来这里。我是想对你多一点了解。”

他和田间禾漫谈着，问了这名字是不是他的原名，问他在什么地方第一次看见玲玲。最后，似乎无意地提到：“玲玲说你给了她一张金卡……”

田间禾立即脸红了，那表情不像是他向别人赠予，而是向别人乞讨一样：“吉伯伯，我绝不是向她施舍，不是看轻玲玲的人格……听司先生说玲玲要去北京，到演艺界闯荡一番，我知道那要花很多钱的……正好我口袋里有这张牡丹卡，是父亲刚给我提的奖金……吉伯伯，我真的没有别的意思。”

“是100万？”

“嗯，父亲给我提了110.3万，我把零头留下，存了个整数，那天正好揣在兜里。”

吉中海微微一笑。他不大相信田间禾“正好”把一张百万巨卡揣在兜里，但他从田的窘迫解释中看出，他不是那种夸富矜贵、轻狂浮浪的家伙。而且从他一掷百万的情势看，他对玲玲确实是真心的。

对田间禾的怀疑基本被推翻了，吉中海不知该是高兴还是懊丧。因为，尽管排除了这个“疑犯”，但玲玲的危险并没有排除，她还时时刻刻处在危险之中！每次把鲜花一样的玲玲和那团阴毒的火焰联系起来，吉中海就觉得心头狂跳，浑身冷汗。田间禾又敏锐地发现了他的情绪黯淡，急迫地问：

“吉伯伯，你今天心情不好。玲玲有什么麻烦吗？”

吉中海想了想，决定对他实言相告，一方面再度观察他的反应是否对头，再一方面，如果确定田间禾与死亡大奖无关，那就应该让他也参加到对玲玲的保护工作中。他说：

“小田，我的确有要紧话要告诉你。三两句话说不完，咱们出去谈吧。”

田间禾没有犹豫，说：“请稍等。”他快步过去，对手下做了一些安排，然后陪吉中海出门。他没有乘坐公司的车辆，而是扬手叫了一辆出租。吉中海执意不到大酒店，让出租车在一个大排档前停下。田间禾没有勉强，随吉中海进了空空荡荡的大排档，简单地点了饭菜，迫不及待地等他说下去。

吉中海字斟句酌地说：“玲玲确实遇到了大麻烦，需要你的帮助。但她本人还蒙在鼓里。”他叹息着说：“小田，不要急，听我从根儿说起，否则你会以为伯伯是个老迷信哩。这要从半年前西柏县一起人体自燃说起……”他详细追述了事件的全过程，田间禾的脸色愈来愈惨白，嘴唇完全失去了血色。“我亲眼看见了那张名单，玲玲是第五个。天火创意室被警方控制后，玲玲没再接到电话通知，没有收到死亡大奖。她直到现在还安然无恙。但谁知道今后呢？只要幕后杀人犯没揪出来，玲玲时刻还处于危险中。”

田间禾神色惨然：“吉伯伯，谢谢你告诉我这一切。我现在就去西柏陪着她，全心全意保护她，决不让什么杀人狂戕害她。至于这儿的工作，我会在走前妥善安排，我想父亲会谅解我的。”

他们乘当晚的软卧赶回北阴。吉中海是下铺，田间禾是上铺。晚上吉中海睡不安稳，他头顶的田间禾更是一夜辗转。早上下火车，吉中海见他眼睛中布满红丝，满嘴燎浆泡，声音也嘶哑了。吉中海很感动，对田的好感又加深一层，他不光是个条件优越的侄女婿，更是一条真情汉子，难得！

两人从北阴乘汽车赶往西柏，到西柏后吉中海说：“我还要到局里汇报，你自己去玲玲家吧。”田间禾点点头，拎起背囊，要了一辆出租。吉中海用手机告诉弟弟，田间禾的疑点已被排除，那是个好人，真情汉子。我已经把玲玲的一切情况告诉了他，他一定要来，要一步不离地保护玲玲。你们成全他的一片真心吧。

吉中池刚放下电话，田间禾就来敲门了。玲玲听说是田间禾，立即从内屋飞出来，幸福而惶惑。玲玲爸妈向小田寒暄两句，立即躲到里间去，留下他和玲玲单独相对，玲玲惶惑地看着他，轻声问：

“禾哥，我还小，你不是说要等我五年吗？”

田间禾猛地抓住她的小手，贴在胸膛上，哽咽地说：“玲玲，我等不及了，从今天起，我要一步不离地跟着你。”

玲玲看到他满嘴的燎浆泡，她想这一定是思念所致。玲玲对此很感动，犹豫地说：

“其实我也想和你在一块儿……爸妈会不会同意？这样吧，”她想出一个主意，“我要到北京发展，你也去北京吧，我托司伯伯给你找一份儿工作，好吗？”

田间禾心疼地想：看她这孩子气的主意，她还是个孩子啊，他说：“好吧，我听你的。”他把玲玲搂到自己怀里，强忍着泪水。玲玲轻轻挣扎着：“嘘，别让爸妈看见。爸妈会同意我们一块儿到北京吗？”

“放心吧，我这就去对伯父父母说。”田间禾起身到里间，轻轻敲门，走进去。玲玲父母心情沉重地并排坐在床上。看见准女婿进来，没有说话，只是凄然地看着他。田间禾坚决地说：

“伯父伯母，吉伯伯向我说了玲玲的情况，所有的情况。从今天起，我想一步不离地保护她。请你们答应我，行吗？”

玲玲爸默默点头。玲玲妈几乎放声大哭，赶紧捂住了嘴巴。三个人一块出来见了玲玲，说爸妈同意二人一块儿去北京。玲玲不知道其中的隐情，喜滋滋地带田间禾见了老外婆。老外婆喜得咧着嘴，田间禾马上发现了她两排整齐的白牙，这对 95 岁的老人来说确实不寻常。老外婆转来转去地欣赏着田间禾，啧啧称赞：

“啧啧，多通条的小伙子，多惹人疼的小伙子。是个贵人胚子啊，玲玲真好福气。”她说着说着，把话说歪了：“就怕玲玲福薄，受不起呀。”

玲玲正在兴头上，没有怪罪老外婆的乌鸦嘴。田间禾忙把话题扯开。

玲玲家只有三间卧室，晚上在客厅里用沙发打了一个铺。玲玲爸一再说：“委屈你了，委屈你了。”田间禾不在意地说：“没事没事，这个床铺很好。”爸妈和玲玲都回屋里了，田间禾也脱衣就寝。等父母的卧室关上门，玲玲像条鱼一样窜出来，把田间禾的脑袋搂在胸间，她的心脏扑扑地狂跳。田间禾闻着她温热的气息，摩挲着光滑的皮肤，心中又酸又苦。少顷，玲玲放开他，凑到他耳边，声音极低地说：

“喂，你住到我家，要答应我一件事，行不行？”

“嗯？”

“那就是，只许我亲你，不许你碰我，直到……我答应你的那一天。你答应吗？”

田间禾的嘴角浮出微笑。他握住玲玲的手，郑重地说：“我答应。”

玲玲快乐地笑着，在他额头吻上一记，又像条鱼似的游回自己屋里。

早上，住在公安值班室的吉中海还没起床，听见有人在问："请问吉中海警官住在哪儿？"他听出是田间禾的声音，便高声说："小田，我在这儿，进来吧。"

田间禾推门进来。吉中海没有马上起床，双手枕在头下，声音沉闷地说："你拉把椅子，坐下吧。"

田间禾的情绪也很沉闷，沉闷中透着坚决。他说："吉伯伯，我来找你商量，如何保护玲玲。你也知道，我口袋里有几个臭钱，如果能用这些钱为玲玲做点什么，我会很乐意的。请你说，是为她雇100个保镖，还是立即带她躲到南太平洋的某个小岛上？我都能做到。"

吉中海叹口气："你甭来问我该怎么办，如果我知道，我自己早就做了。我现在最担心的，是那个幕后杀人犯已在玲玲体内种下了生死符，如果这样，你躲到哪里也躲不掉。可是，没人知道该怎么检查这种生死符，没一个医生知道。"

田间禾立即说："找司先生啊！你对司先生说过这些事吗？"

"司先生知道西柏的人体自燃，但他不知道玲玲也在黑名单上。"

田间禾急切地说："为什么不告诉司先生？我对他十分钦佩，他是个顶尖的医学科学家，是属于智者、哲人、先知之类的人物。如果这几起人体自燃确实是人为的，是科学杀人，那么，应该只有顶尖科学家才能创造或破译这种方法。"

他的话让吉中海霍然而悟，的确，这种顶尖的科学手段只有找顶尖的科学家才能破译！他不该去找局里的法医，应该直接去找司先生的。他说："好吧，反正玲玲也要去北京，你和她一块去，私下里央司先生尽量破译她的生死符！我随后也会找机会和他把这事说透。"

当天晚上玲玲妈主动为女儿准备好了行装。玲玲多少有些纳闷：爸妈相对说是老脑筋，尤其是男女之事，他们怎么放心年轻的女儿跟着男朋友出远门呢？毫无疑问那是有"风险"的。田间禾走上前，郑重其事地向二老鞠躬，说：

“二老放心，我会尽我的力量照看玲玲。我发誓一定把玲玲毫发无损地带回来。”

爸妈感动得眼圈红了，忍住泪默默地点头。玲玲误解了恋人的意思，她以为他所说的“毫发无损”是指她的处女宝而言。玲玲不平地想：“干吗要你保护，我有能力保护自己！”再说，对她最大的威胁，唯一的威胁，不就是田间禾吗？要他来保护，不是让狐狸保护小母鸡吗？想到这里，她扑哧一声笑了。她生怕别人追问她发笑的原因，立时满面通红，但奇怪的是，父母和田间禾都一声没吭。

她当然看到了父母的感伤，但她误以为是爸妈舍不得离开女儿，便低声揶揄妈妈：

“妈，我离出嫁还早哩，这会儿就哭，太性急了吧。”

妈妈低声否认：“我哪儿哭了，我没哭。”

去车站的路上不巧被一支送葬队伍挡住。这是李河松的丧事，因为等他外地的父母，所以停灵停到今天才办。丧事办得很隆重，黄纸白幡，素衣满街。有两盘吹响的起劲地吹着，汽车缓缓开过，留下鞭炮声和一地纸钱。围观的人水泄不通，二人乘坐的出租车不敢鸣喇叭，司机摇下车窗喊着：“让一让，让一让！”

从围观人群中，可以触摸到一团郁结不散的沉闷、郁怒、恐惧、悲愤。有人喊：“妈的，公安局不赶紧破案，要等到人死光啊。”有人说：“这个鬼城不能住了，得搬家！”有人低声说：“善恶有报，祸福前定，躲不了的，认命吧。”

这些天，自从认识田间禾又随司伯伯到了京城，吉玲玲的心房全被喜悦占满，差不多忘了死亡大奖这档儿事。但眼前的场景一下子把她拉回到恐惧和感伤中，她低声对未婚夫说：“你知道这人是咋死的吗？你知道围观人的话都是啥意思？都是因为死亡大奖啊，西柏县已有四个人得了大奖，也都被天火烧死了，不知道下一个是谁呢。”

田间禾面朝窗外，没有回话，似乎没有在意听她的话。但玲玲不知道，此刻恋人的泪水正如洪水决堤。

第七章　卦先儿的推理

到了司明的寓所，玲玲按了门铃，对着位于门上方的摄像头说："司伯伯，是我们。"

电脑合成音说："请进。"大门自动打开了。玲玲拉田间禾走进宽敞的客厅。玲玲是来过这儿的，所以没显出什么表情。田间禾则惊异地扬起眉毛：对于一个绝对超越时代的科学家，司先生房内的布置未免太古色古香了。

客厅很空，几张仿古的桌椅，墙上挂着裱褙过的字画，最奇特的是迎面墙上供着一个硕大的黑白太极图，黑的半边中有一个篆体的"地"字，白的半边中则是一个篆体的"天"字。两炷印度香正燃着，青烟袅袅，室内充溢着迷人的异香。田间禾忽然心有所动。他与司先生接触过几次，看到的是一个谦谦君子。现在他多少触摸到司先生内心的自负和狂狷。因为，以"天""地"配祭的人物除他之外只有一个：西游记中地仙之祖镇元子。镇元子的两个徒儿1200岁的清风和明月还对孙悟空夸口说："其实连天地也不配镇元子的供祭。"

客厅里没有一个人。玲玲放下背包，拉着田间禾在天地灵前合掌祷告，看来这是司家的日常功课。然后她脆声喊："司伯伯，你在哪儿？"

卧室里传来低沉的声音："玲玲，小田，进来吧。"

司明斜倚在床背上，眉头微蹙，玲玲着急地问："伯伯，你病了，吃药了吗？"

司明微微一笑："不碍事，不耽误明天陪你们出去玩。小田，拉把椅子坐下吧。"两人在床前坐下，玲玲问："保姆阿姨呢？你吃饭没有？"

"知道你们要来，我让她暂时回家了。玲玲，给我做一碗姜丝酸醋面片，我知道你做的最好吃。"

玲玲马上去了厨房，司明则探询地望望田间禾。田间禾知道司伯伯是故意支走玲玲，让他有一个说话的机会。因为昨天他已在电话中告诉司先生，他有一件极为重要的、事关玲玲生命的事情要求助于司先生。田间禾小心关上房门，尽量扼要地介绍了玲玲所处的危险：

“伯伯，所以我跟玲玲来北京，我要一步不离地保护她，即使……我也要陪她走完最后的岁月！”他怆然地说：“伯伯，我们都把希望寄托在你身上，如果这些人体自燃确定是人为的，是科学杀人——这一点已经基本上没有疑问了——那么这种办法一定是顶尖的科学家才能搞出来，也只有顶尖的科学家才能破译。司伯伯，你一定要帮玲玲！”

对这个噩耗，司明没有显得太吃惊，他沉思了很久，才叹息着说：“这些事我都有所了解，西柏县人认为这是天火，是天意。”

“那是迷信，我决不相信。”

司明又沉思良久，阴郁地说：“不要过于武断，其实很多东方迷信恰好暗合宇宙的机理。比如，玲玲老外婆常说‘五百年一劫’，实际上‘劫’是一个很准确的字眼。人类文明是波浪式发展的，繁荣——灾变和衰亡——复苏——繁荣——新的灾变。这个过程永不停止。从波峰看，是一波又一波的繁荣；从波谷看，则是一波又一波的劫难。科学亦不能改变这个大势，甚至缩短了上述周期。看看近百年的历史吧，虽然科学带来了高度的繁荣，但灾祸也成正比地强化：世界大战、吸毒、核弹、艾滋病、电脑病毒、抗生素失效……一个又一个灾祸接踵而来。我甚至觉得，这种加速进行的振荡式发展也许预示着一个超级灾变。”

“你说灾变是天意？”

“可以这么说吧。当然，不会有一个老天爷或上帝坐在灵霄宝殿和伊甸园中，用电脑或生死簿管理着人世。只有一个客观上帝，自在之天，而且上帝的旨意是通过人手来实现的。”

田间禾听出了司伯伯的阴郁心情，他想这一定与玲玲的危险有关，但田间禾无心进行这些玄妙的讨论。他起身悄悄拉开门缝，听见玲玲在厨房里忙碌，还轻轻哼着“吐鲁番的葡萄熟了”。田间禾关上门，急迫地说：

“伯伯你说得很对，但是——究竟有没有让人体自燃的药物或其他科学手段？能不能防范？玲玲时时刻刻都在危险之中啊！”

司明沉重地说：“从理论上讲，这种手段是可能存在的，不过能否破译它——目前我还没把握。我打算从明天起对玲玲做一次最彻底的检查。”

田间禾的眼圈红了：“谢谢司伯伯，我们只有指望你了。”

第二天，司明说要陪两人逛风景。玲玲当然很高兴，也很不安：

“伯伯，你的工作那么忙……”

“研究所的工作我已安排好了，难得有一对金童玉女陪着，我也想‘偷得浮生半日闲’。噢，对了，我这儿有全国最先进的医疗设备，抽空对你俩做一次最彻底的身体检查。”

田间禾说：“我用不着吧，身上每个零件都运转良好——不过只要玲玲去，我也去。”

玲玲不知道两人是在演双簧，毫无机心地说：“我去！禾哥你也一定要去，检查一次没坏处的！”

“好吧。”

司明用整整三天时间，陪两人逛遍了北京的景点。他担任着讲解员，娓娓讲解着积淀在各个景点的历史之魂，香山的旷逸，故宫的庄严，圆明园的悲愤，自然博物馆的邈远……这一切使玲玲如痴如醉。田间禾则以勉强的笑容来掩饰内心的焦灼。他恨不能今天就对玲玲做身体检查，查出她究竟被种下“生死符”没有。不过他服从司伯伯的安排。

但这种“相信”慢慢打折扣了，因为在这些天的接触中，从司伯伯的话语中，他逐渐读出一种阴郁的近乎凄苦的心情。也许他对玲玲的事没一点把握？因此，他在下意识中把“水落石出”的日期尽量向后推延？时不时地，他的阴郁和无奈从话语中透出来，就像雪层下的融水。慢慢地，连玲玲也听出了异常。但她不明白深层的原因，只是疑惑地看看司伯伯，再看看恋人。田间禾只好佯装糊涂。

在自然博物馆的恐龙骨架下，司明突然说了一段话：

“知道吗，古人说‘医生只能医病，不能医命’，如果换一个角度理解，实际不无道理，作为一个医学科学家，当我接触到医学的深层机理时，常常觉得无所适从。因为从本质上讲，医学的目的恰恰与自然之道相违背啊。”

玲玲扑闪着长长的睫毛，疑惑地问：“司伯伯，你的意思……”

“生物的进化是建基于‘遗传错误’上的，正因为有了遗传错误，产生大量的变异基因，其中有害基因被环境淘汰，留下能适应环境变化的有益基因，才使生物包括人类逐渐进化。但现代医学殚精竭虑在干的却是淡化自然淘汰的作用，让本该死去的病人活下去并繁衍后代。”他苦恼地说，“有时我真不知道我们这些科学家是在行善还是在作恶。”

即使玲玲再无心机，也听出了司伯伯话语中的灰暗。晚上，躲过司伯伯的目光，她悄悄对田间禾说：

“司伯伯怎么了？我看他心情十分晦暗。你们是不是有事瞒着我？”

田间禾暗暗吃惊，只好说：“怎么可能呢？司伯伯不会，我更不会。不要胡思乱想嘛。”

第三天晚上，司明告诉两位客人，从明天起他要回所里上班，不能再陪他们玩了。“噢，不是说好了要给你们检查身体吗？明天就去，然后你们自己安排游玩的日程。”

田间禾欣喜地点头。他祈盼着明天检查之后司伯伯会给他一个喜讯。

晚饭后，吉中海按惯例去街上闲逛。他是单身，没什么家务，又不喜欢打牌下棋摸麻将之类。所以除了看书就是到街上闲逛，接触三教九流的人物。这种爱好对他的工作大有裨益，因为干公安工作，要求你心中时刻装着一个“活”社会。如果只能通过汇报、材料、报纸、电视这些媒介来了解社会，嗅觉就要大打折扣了。

闲逛中吉中海再次嗅到了小城中的恐惧，只不过恐惧变换了方式：人们不再谈论天火、自燃这些字眼，而是强迫自己忘掉它。住宅楼上到处是哗啦啦的打麻将的声音，马路边紧紧拥抱的少男少女像雕塑般一动不动。算卦先生们又回潮了，不知道他们是悟出了吉中海那个“绝招”的破绽，还是受关铁口的熏陶而把生死置之度外了。不过奇怪的是，他们的生意已远不如前些天红火，对命运已逆来顺受的西柏人不再关心卦先儿们的预言了。只有关铁口的生意还算火爆，有四五个人围着他，痴痴地听他大讲玄机。可笑的是，他的行头也有了进步，在太极图、推背图之上，新添了四个大字：科学算命！

吉中海对他的厚颜啼笑皆非，不想与他照面，悄悄地绕过去。但关铁口却不放过他，远远地喊着：

“同志哥，我来给你算一卦，不问你要卦金！”吉中海只好走过去。“同志哥，我看你心情郁闷，诸事不顺。莫担心，自古道邪不压正，鬼魅作祟终将现形。我算你10天之内就会时来运转，否极泰来……”

吉中海不想听他胡说八道，感念他的好心，掏出10块钱递过去。声称“不收卦金”的关铁口欣然笑纳了。吉中海继续散步，一边无意识地念叨着：科学算命，科学杀人……

他猛然收住脚步，纷纷乱乱的思维忽然有一个定格，一个停顿，一个静音。他想起，上次见到关铁口，听他说出“科学杀人”的见解后，他曾心旌摇摇，觉得什么事情被他忽略了，是一件很重要的事情。之后他认真回想过，没有想起来，工作一忙就把这事忘掉了。现在，见到关铁口，那个念头又窜入他的脑中。

什么事情？他苦苦思索着。干了多年的公安，他知道这种直觉是最宝贵的。常常预示着对案情认识的重大进展。其实它不是什么直觉。警察在破案侦察时，会把所有的与案情有关无关的细节都记在心里，由于信息量太大，可能某些细节被暂时忽略。但潜意识已把这些细节记录在案，并会向显意识传递这些想法，当然是隐晦的、断续的，就像黑暗中偶然闪现的信号灯光。

什么事情？他在大脑里苦苦思索着，小脑仍下意识地指挥两腿向前迈步，他走过中心广场，走过电信局，走过百货商场。有两个熟人向他打招呼，他满面笑容地回了招呼，其实根本没看清对方是谁。前边是县医院，急诊室里灯光明亮。他想起司先生曾在县医院坐诊过。他的坐诊是为搞研究而非营利，所以看病吃药都免费，再加上他的名气，一时间门庭若市，几十里外的病人都来找“司先生”……

他脑中灵光一闪，终于想出那个重要的信息是什么：病历，司明先生免费看病的病历。

在对四个横死者家中搜查时，他曾几次发现县医院的病历。专为司先生用的县医院病历都盖着免费戳。司先生为了收集遗传病资料，曾给数千人看过病，所以这几个横死者都有这样的病历并不奇怪。他自己、弟媳、吉玲玲等也都有。

但是，真的没有一点异常吗？

不管怎么说，死亡大奖名单上的五个人正好都在司先生那儿看过病，这是不是一种巧合？

他摇摇头，想赶走自己的胡思乱想，他觉得世界上最不该怀疑的，应该就是司明教授了。他是从奥林匹斯山下来的希克拉波底，恂恂有长者之风，仁者之心。而且——说到底，他会有什么作案动机？

不要胡思乱想了。不要忘了，自己曾因田间禾——天火的谐音去无端怀疑，闹了个大笑话。

但对司明的怀疑一旦种下，他就再也摆脱不掉。他想起，自燃事件全部是司明来到小城之后发生的。还有，正如田间禾说的，人体自燃如果是科学手段所致，则它的发明者一定是位顶尖的科学家，而司明正好符合这一点。

单凭这些片断破碎的资料就去怀疑司教授，未免太草率了。但他又想起田间禾最近的几个电话。田间禾说司伯伯最近心情很不好，他的很多思想是非常超前的，锋利得让人胆寒。田间禾无意中说了这个名词：锋利。吉中海觉得用得很准确。锋利的刀剑能杀人，过于锋利的思想也能杀人。

田间禾还说，司先生正在给玲玲做检查，最彻底的检查，他正祈盼着检查的结果。吉中海不由苦笑：假如司明真有问题，那么，把玲玲送给他检查，不是把羊羔送入虎口吗！

他又想起，从仝大星的自燃开始，一直到现在，虽然不少人都认识到“自燃”可能是人为的，但只有两个人明确地指出“科学杀人”或“用科学手段使人体自燃从理论上说是可行的”，这两人是：算命先生关铁口和医学科学家司明教授。

吉中海离开县医院，向县公安局返回。他觉得浑身燥热，意识最深处在一声接一声地报警，尽管对司明的怀疑还很零乱，很不成熟，但既然直觉已经示警，他一定要加紧追查下去。

吉中海不是坐而论道之人。他知道单凭这些材料，根本不足以让县、市、省公安局对司明做出什么动作，那可是在国家挂着号的大人物啊。吉中海决定独自行动。他查了查，第二天有北阴到北京的民航班机。于是他匆匆回到县局，留下一个请假条，便发动摩托奔北阴而去。

芳草公寓是北京的高级住宅区，住户大都是没有官位的高级知识分子和社会名流。门口，衣冠楚楚的警卫认真地登记来访客人，身着制服的保安在院内巡逻。吉中海今天是来做梁上君子的，但他并不把这套保卫程式放在心中。他知道，在“官本位”的中国，除了对高级领导人的保卫，其他的保卫常常流于形式。吉中海用真实姓名在门口做了登记，径直来到司明的住宅。正是下午1点，院内几乎无人。他在门口用手机打通了司明的电话，隔着厚重的橡木门，隐约听见门内微弱的铃声一遍一遍响着，但无人接听。正如吉中海所料，他们大概在司明的研究所内，正为玲玲检查身体。这个念头一浮出，吉中海又是浑身燥热。可怜的玲玲！她对这一切毫不知情，说不定那位“仁爱慈祥”的司伯伯正在她体内种生死符呢！可案情仍是毫无头绪，根本无法对司明采取任何措施！

吉中海十分焦灼，在他对司明的怀疑中，另一个念头，一种模模糊糊的反怀疑顽强地向上浮。司明真是凶手？这又回到那个一直困扰他的症结：他是什么作案动机？还有，他用什么办法能使人体自燃？

没有答案。

司明的房门是电子锁，吉中海鼓捣了十分钟，门开了。他回头瞥瞥走廊和院子，没有一个人影，便闪身进屋，轻轻锁上房门。与田间禾一样，他首先被屋内那个醒目的太极图吸引住。在一个超前时代的科学家屋里醒目地悬挂着古老的太极图，总感到有那么一股巫气或妖气。

他的检查就是从太极图开始。他把太极图取下，仔细地检查了背面。这是一件纯粹的木制品，没有什么异常。接下来他从书房开始检查，书房里放满了书柜，至少有数千本书籍和光盘，根本无法逐一检查。他只能从中抽查一些。它们大都是有关遗传学的专业书籍，纵然吉中海自学过遗传学，但这些书籍对他仍太深奥了。他也检查了书桌抽屉内的笔记本和稿纸簿，没发现可疑之处。

吉中海已经开始后悔自己的孟浪了。这样仓促的没有周密计划和重点的搜查，本来就不能指望获得什么成果。但既然来了，他仍不懈地干下去。接下来检查卧室。与客厅和书房相比，卧室显得更为寒碜，一个简单的单人硬板床，踏板上放一双拖鞋，墙壁上光秃秃的，只有手书的两个字：返朴。笔力遒劲，不知道是否是他本人的书法。

他一边细心翻着，一边侧身听着外边的动静。突然一阵急骤的电话铃声，在寂静的房间内显得十分聒耳。他来到客厅，盯着正在闪烁的电话机。是什么人打来的？是不是他的同党？他很想拿起听一听，但最终谨慎占了上风，他打消了这个主意。

电话不响了，他正要返回卧室，发现茶几上一本笔记。因为这个位置过于显眼，他刚才反倒没注意。虽然不指望从这本笔记中发现什么，但他仍习惯性地拿起来。笔记本中有一处折页，他首先从这儿翻开，立刻睁大眼睛，这儿不仅有犯罪证据，而且太确凿！笔记上工工整整地记着：

名　字	电　话	原定时间	实际时间
仝大星	69842345（工厂办公室电话）	5月10日	5月15日
陈　廉	69033246（宅电）	9月1日	9月9日
李河松	69122300（宅电）	9月2日	9月12日
刘元庆	69233842（隔壁小卖铺）	9月14日	9月17日
吉玲玲	69488745（宅电）	10月12日	？

“实际时间”一栏记的正是四人的死亡时间，只有玲玲的时间栏是一个大大的问号，而且用红铅笔重重画了一道。

吉中海眉头紧皱，紧张地思索着。现在完全可以确定司明与四人自燃案有关系，否则他怎么知道四个人的死亡的“原定时间”？但吉中海想破脑瓜也想不出来，司明为什么将如此确凿的证据放在如此显著的位置！莫非他算定吉中海要来搜查，故意放上它以示嘲弄？还是他良心发现，打算向警方自首？

吉玲玲名下的红色横线就像是一道血淋淋的警示。玲玲危在旦夕，不能再犹豫了。他拨通北阴市公安局的电话，请他们速与北京市公安局联系。五分钟后，一个电话打到他的手机上，电话中那人说，他姓李，北京市公安局刑警队的，他马上带车到芳草小区门口，然后带上吉中海直接去司明的研究所。那儿在五环路之外，比较偏僻。

这位李同志听起来很精干。吉中海觉得放心一些，揣上笔记本，快步走到住宅区大门口。一分钟后，一辆未带警灯的丰田面包车急速驶来，穿便衣的小李拉开车门请他上车。从车辆和小李的便服来看，北京市公安局是相当谨慎的，他们并未完全信服吉中海的发现。小李说话很有分寸，他说，他奉北京市公安局的命令，全力配合吉中海的工作，不过，司先生是很有影响的科学家，对他采取正式行动必须谨慎。

司明的研究所是一幢漂亮的新建小楼，院门口挂着一块小小的谦逊的铜牌：遗传病研究所。这儿的警卫不严，大门敞开着，丰田面包开进去时，门卫隔着玻璃扬扬手，就让他们通过了。在一个女医生的指点下，两人来到二楼检查室。田间禾和玲玲坐在旁边，忘情地拥抱着，一点不在乎来来往往的工作人员，一些工作人员常常送去好奇的一瞥。

吉中海走近侄女时，他们还没发现，仍默默地依偎在一块儿。吉中海敏锐地发现两人的表情不大对头。他们不像是旁若无人的热恋，倒像是正在生离死别。莫非玲玲已猜测到自己的命运？他们看见了吉中海，忙站起来，玲玲抿抿头发，淡淡地问：

“伯伯，你来了？”

“嗯，我到东北搞外调，顺便看看老战友。”

他想自己说漏嘴了，作为老战友，身旁的小李未免太年轻。但玲玲没注意到这一点，她和田间禾只是礼节性地跟小李打了招呼，然后目光灼灼地盯着检查室的门口。很快门开了，司明走出来。他看见了两位不速之客，但并没有惊疑或者惊惧。他朝两人点点头，寒暄了两句。田间禾迫不及待地问：

“司先生，玲玲……我和玲玲的检查结果没毛病吧！”

司明踌躇未言。田间禾的脸色唰地变白了，嘴唇微微颤抖，目光死死地看着司明。玲玲突然笑了，伸开双臂搂住田间禾的颈项，旁若无人地来了一个长吻！她柔声说：

“禾哥，有了这段爱情，我就是明天去死也值得了，司伯伯，”她微笑着转向司明，“不必瞒我了，你打算什么时候让我死？”

田间禾大惊失色，惊愕地看着玲玲。吉中海和小李互相交换一个心照不宣的眼色，悄悄做好拔枪的准备，奇怪的是司明神色自若，既未否认也未气愤，玲玲平静地说下去：

“两天前我无意中看到了你的笔记，看到了那份确凿的死亡名单。我特意把那一页折起，把笔记本放到客厅的茶几上。司伯伯，我想你一定会安慰我，或向我解释的，可是都没有。你还是若无其事地把我带到检查室来。司伯伯，请你告诉我，我到底犯了什么十恶不赦的大罪，必须去死呢？”

第八章　交　锋

吉中海恍然大悟，他一直奇怪自己搜查到的证据来得太轻易，原来是玲玲放在那儿的！玲玲自语般地说下去：

“我两天前就看到了，我很怕。睡梦中我常常觉得自己的脚心已开始燃烧，阴火正向上蔓延！我没有告诉禾哥，因为，”她惨然一笑，“我发现他知道得实际比我更早。这些天来他一直在强颜欢笑。他是在陪我走完最后的人生。司伯伯，已经死去的四个人都是你亲手干的吗？”

吉中海悄悄移近司明，怕司明会采取什么突然行动，比如说，咬破氰化物胶囊自杀。司明冷静地看了看他，问：

“你好，吉先生，逮捕证带了吗？”

吉中海声音冷硬地回答：“还没有。不过，如果需要，这位北京市公安局的李警官会很快办妥，在这之前我打算一步不离地陪着你。司先生，我想你不会赶走从家乡远道赶来的故人吧。”

“当然不会，家乡来的故人。”他喃喃重复着，“家乡，家乡……吉先生，想了解所有的真相吗？我只有一个条件，把我带回家乡，公开审讯。”

这个要求令吉中海和小李感到困惑：一个十恶不赦的冷血杀手，这么快就缴械投降了？那家伙肯定能猜到，公安局所掌握的情况远远不足以开出一张逮捕证。但不管司明是什么动机，吉中海机敏地顺着他的要求说下去：

“当然可以，你的作恶地点本来就在家乡嘛。不过，难道你不怕家乡父老对你食肉寝皮？”

司明淡淡地笑道：“食肉寝皮？我记得，大明忠臣袁崇焕就是被不明真相的北京百姓食肉寝皮的，因为据说他与清廷勾结。科学家布鲁诺是在火刑柱上被烧死的，而当时的群众拍手称快，因为他居然宣扬哥白尼的日心说。我对家乡无愧于心，我不怕你说的食肉寝皮。带我回家乡吧，我会在那儿坦承自己的罪行。”

十天后，在西柏县法院审判厅开始了司明杀人案的审讯。简陋的县法院审判厅挤得满满的。被害人家属坐在前排，都穿着丧服，表情愤恨。几名法警严密地监视着他们，因为刚才他们进门时做了预防性搜身，在陈廉遗孀葛小白和李河松父母的身上，都发现了剪子、匕首等凶器，他们确实想对司明食肉寝皮！

应司明的要求，还来了不少外地的记者，大多是与科学有关的报刊杂志，名单是司明提出的。如《科学世界》《大自然》《科学 21 世纪》等，还有北大、科大等学校的学报记者。他们挤在后排，窃窃交谈着。

玲玲坐在第二排，左边是父母，右边是恋人。她的左手被父母握着，右手被田间禾紧握。玲玲脸色平静，当然这种平静是假的，这些天她一直浸泡在对死亡的恐惧中，即使是轻轻的无意的触碰，都会令她悚然低头，看看是否天火已从足下烧起！因此，她对司明——她曾视为慈爱长辈的凶手——的仇恨是不言而喻的。

两名法警带司明进来，走上被告席。法庭内立刻起了一阵骚动，那气氛很像是一群猎犬发现了猎物，而主人还没下达进攻的命令。法警们觉察到了法庭的紧张，在前排游动着，轻声命令大家保持秩序。司明平静地向听众席上扫视，一眼就看见了玲玲四人。他没有让目光躲避，而是平静地凝视着，不管玲玲父母和田间禾的目光充满了多少仇恨。

审判开始了，公诉人在宣读诉状时，司明不耐烦地听着。诉状平平淡淡，明显证据不足。因为这次审讯实际是在罪犯的催促下开庭的。司明没有请律师，轮到被告方发言时，他嘲弄地说：

“控方的起诉书恐怕是我所听到的最糟糕的一份，不过不要紧，其中的漏洞我会主动补齐的。因为我早就盼着有一个公开场合说明我的观点了。”下面涌起一片骚动。“不错，西柏县因自燃死去的四个人，和即将因自燃死去的若干人，都与我有某种关系。”下面涌起更强烈的骚动，可以说，仇恨情绪已接近于沸腾。另外还夹杂着惊讶——惊讶于被告的坦率和厚颜。审判员们聚精会神地听着。“所谓关系，是指他们都是我在遗传病普查中发现的遗传病患者。比如，仝大星4号染色体上有两个基因突变，他可能患上一种神经性功能紊乱症——沃尔弗拉姆综合征。比如李河松的9号染色体上有突变，他将来可能患上进行性肌肉退化症。顺便说一句，人类9号染色体上的这个突变是2000到2500年前形成的。因某种原因，致使一小段粗糙的基因信息被复制到染色体上，即遗传学家所称的反转位子，因而造就了这种极难医治的遗传病。刘元庆则是囊纤维变性，这也是一种致命的遗传病，病人常产生黏液将肺部阻塞，造成无法治愈的慢性感染，病人平均寿命只有29岁。不过现在已经可以使用经遗传工程改造过的蛋白质脱氧核糖核酸酶，以喷雾法喷入呼吸道内来减轻症状。这里所涉及的专业词汇和知识太多，我就不多说了。总之一句话，这些死亡者和候补死亡者都是遗传病患者，只是尚没有发病。如果他们结婚并生育后代，就会把这种疾病传给后代。”

控方耿检察官愤怒地插言：“我不知道正常人能否听懂你的话，姑且承认你说的都是实情，即死者都是某种遗传病患者——因此他们就该被杀死，对吗？这是疯子、狂人的逻辑！”

司明讥讽地说：“请你稍微安静一会儿，听我来一点科学人文思想的启蒙，好吗？在21世纪，人类已足够强大，强大到可以向上帝挑战了，前面所说的用基因法治疗遗传病就是明显的证据。顺便说一句，我正是基因疗法的专家，而且是为数不多的优秀者。不过我逐渐发现，上帝还是比人类更强大，他还在牢牢地掌握着人类的命运。”

耿检察官不耐烦地说：“请审判员制止这些与本案无关的叙述，这些关于上帝的呓语他尽可到教堂里去宣讲。”

审判员说：“请被告回到主题。”

“请你们耐心听下去，我已说到关键点了。人们都知道，所有生物，当然包括人类，在一代又一代极其精细的复制中，难免会出现一些遗传错误。这种遗传错误是否会逐渐累积，越来越多？不，不会这样，因为有一种最为可靠的大自然机制在起着作用，那就是无情的死亡之筛。凡导致病人在育龄前死亡的遗传病，自然会在人类中被剔除；至于那些导致病人在育龄后死亡的遗传病虽能一代一代传播，但他们在人口中的数量，也会因死亡之筛受到限制。”

旁听席上的吉中海立即想到，几个自燃死亡者有一个共同点：他们都是未婚或未育的年轻人，这一点他早就注意到了，但当时他没能发现这个现象的深层原因。司明继续说：

“死亡是残酷的，尤其是未到天年的夭亡。谁也不愿自己或亲人死去，于是，人类尽全力破译遗传病的秘密。现在已经破译了很多，我们因而可以用种种方法保全遗传病人的生命。使他们正常地生活、生育、衰老，直到天年。比如，可以用喷雾法治疗囊纤维变性病人，用胰岛素治疗糖尿病患者，用骨髓移植法治疗白血病……医学战胜了上帝。但人类忘了，这种胜利打破了死亡之筛的淘汰作用，使遗传病人也能繁衍后代，使遗传病累积、浓缩，最终会造成更大的灾难！我想上帝是最仁慈的，他实施那些残酷的自然法则都是不得已而为之。现在，上帝一定在云端焦急地看着人类的蛮干，因为人类正在一条完全错误的路上向前迈进。”

耿检察官说：“你说的并非没有一定道理，但是——该怎么办？杀死所有的病人？”

“该怎么办？只有人为地恢复上帝的秩序。我们不想做上帝，但既然科学已迫使上帝退位，救世主弥赛亚又迟迟不来，我们只好越俎代庖了——虽然很可能我们是不合格的上帝。”

“你不觉得这样的理论过于残忍了吗？它比纳粹思想还要疯狂！”

“残酷？大自然的生存竞争本身就是残忍的，其实，我们早就在做着最残忍同时又是最正确的事——计划生育。无辜的胎儿被医生从子宫里刮掉，变成一团血肉碎块，失去了生存的权利，这是不是杀人？是不是残忍？是的，谁也不必否认这一点。但同时这又是最正确的行为。因为，没有计划生育，人口爆炸将会使人类社会很快崩溃。人类已经认识到了计划生育的必要性，但可惜还未认识到死亡之筛的必要性。仅有少数先知先觉者醒悟了，他们决定以自己的行动来挽救人类。”他把目光转向玲玲父母，“我早就想找一个相对闭塞的小城，来强制性恢复大自然本来的秩序，通过对遗传病的淘汰，逐渐使小城居民变成强势群体。人们哪，不能再自欺，不能再短视了，所谓五百年一劫，人类的下一劫什么时候来到？很可能在一百年甚至五十年内人类的自身防病系统就会全面崩溃。那时，已成强势群体的小城百姓就获救了。这正是我想为家乡做的事情。”

耿检察官愤怒地说：“我请法庭制止这种蛊惑人心的宣教。它不是科学，甚至不是宗教，它是邪教！”

司明心平气和地说：“它不是邪教。至于说它是宗教——也可以吧。可以认为它是反科学教，以科学为力量去反科学。我和几位朋友都是身体力行者。当然，对个人而言，死亡总归是不幸的，所以我们用个人钱财建立了基金会，对每个将死的遗传病人发10万元巨奖，让他们在死前尽情享受一番。”

他所描绘的阴森图景使人不寒而栗，法庭陷入不祥的沉默。现在司明的目光转向玲玲，平静，毫无愧疚，饱含着无奈和苦涩。审判员对他的雄辩似乎失去了判断力，很长的沉默后，审判员才问道：

“那么，你承认是你杀害了四名死者？”

司明立即嘲弄地说：“啊，不，我们只是思想犯，不是刑事犯。刚才已经说过，我们认为人类已处于大劫难的前夜，必须立即用人为的方法去恢复上帝秩序，但我们还没有采取任何实际措施。请问，你们抓到我行凶的证据了吗？比如说，你们是否在我的皮包内、住处内或试验室内搜查到人体自燃药物？没有，不可能有的。所以，很遗憾，恐怕法庭无法判我有罪，更无法判我偿命。我这颗脑袋很有用的，不能毫无代价地葬送。”

后排的记者们飞快地记录着，他们知道这场审判的分量，也相信这种戏剧性场面肯定会吸引读者。只有吉中海心里一沉——他总算知道了司明的战术。在这之前，他对司明何以会如此轻易认罪颇为不解，因为靠警方已经掌握的证据根本奈何不了司明。现在他知道，司明正是想借审判把自己的思想广为宣传，同时他又牢牢把住底线，不承认行凶杀人。对此，法庭确实无可奈何，到目前为止，关于使人体自燃的方法——那一定是极高超的科学手段——还没有任何蛛丝马迹。

审判员们低声商量着，宣布休庭。司明平静大度地离开法庭，倒像是一位凯旋的英雄。审判庭内，仇恨满腔的死者家属们像是被噩梦魇住了，只能无可奈何地看着他离去。

尽管严格保密，玲玲的死讯——确切地说，是她即将到来的死讯——还是被传了出去。晚上小冰和小玉来到吉家，一言不发，抱着玲玲失声痛哭，哭得撕心扯肺。玲玲爸妈也泪流满面，田间禾想劝止她俩，说了一句：

“你们不要这样——”

便哽住了。他扭转脸，抹去泪水。

只有玲玲没哭，也许她的泪水已经流干了。在女伴的拥抱中，她淡漠地盯着远方，不耐烦地说：“哭什么！这会儿我还没死呢。”

两个姑娘在田间禾的劝解下抽抽搭搭地走了。这些天玲玲妈已接近崩溃，她不上班不做饭，总是傻呆呆地坐着，有时焦急地自语：“不能等了，得想办法救玲玲——可是，有什么办法？”

没有办法。随之而来的是撕心裂肺的号哭。玲玲反倒劝妈妈，想开点，也许司明抓起来后已经没事了呢。但大家都知道这是自我麻醉，从四个人的死亡看，使人自燃的“生死符”早就种入人体内，然后定时发作。现在谁知道玲玲体内是否已种下生死符？谁知道小城内哪个人会是下一个牺牲者？10月12日！司明的笔记本上说玲玲原定于10月12日死亡，现在已超时半个多月了。

每晚田间禾躺在沙发上，心中火烧火燎地发疼。他爱玲玲，愿以全部力量挽救玲玲的生命。他也有足够的金钱——但他就是一筹莫展！还有什么比这更使人绝望吗？有轻微的脚步声过来，是玲玲，她无声地拉田间禾起床，进了自己房间，紧紧抱住他躺到被窝里，用少女的胸脯紧紧贴着他。两人在黑暗中无声地流泪，情热中玲玲低声说：

“禾哥，我想和你……可是我怕……”

她想在死亡来临之前享受男人的爱，她想为爱人生儿育女。可是她怕自己体内的遗传病传给下一代，她怕婴儿降生前灾祸就会来临，使胎儿和她一样遭难。她不忍心这样。究竟她患的什么遗传病？司明对此缄口不言，但它一定是一种致命的疾病。田间禾无法劝慰，他用舌尖舔干了玲玲的泪水，然后两人拥抱着，在恐惧中入睡。

夜里玲玲妈悄悄过来查看，看见两人相拥而睡。但她没有声张，悄悄离开。

司明教授被关押在县看守所的单人牢房，牢房很小，只有一张床，一张桌子，一把旧椅子，墙角放着脸盆和便盆。但司明想，这恐怕是这里最高级的牢房了。他对此倒能随遇而安，每天除了吃饭及接受检察院的询问，其余时间都在床上瞑目打坐。即使在北京的寓所里，他实际也过着这种苦行僧式的生活，没有美食，没有娱乐，没有女人，没有亲近的朋友。他把人生的每一刻都贡献给科学女神了，所以，当他还有一批志同道合的科学家同仁忽然大彻大悟并叛离科学时，连他自己也觉得意外。

他这一生太忙碌了，所以，能有十几天的闲暇容他回味一下自己的一生，他是求之不得的。至于这桩案子有什么后果，他根本没放在心上。

门开了，狱警领进来三个人。前头的是玲玲妈，玲玲妈今天薄施脂粉，隐约还能看见当年校花的风采。后边是玲玲和田间禾。玲玲神色惨然，但这并不影响她的娇艳，倒像是一株被泪水冲洗过的海棠。她挽着英俊儒雅的田间禾，默默地看着司明。司明从床上下来，微笑着说：

“怎么请你们坐呢，坐到床上吧。”

三个人默默地挤坐在床上，司明也在椅子上入座，一时间似乎都无话可说。玲玲妈先开口，她苦楚地说：

“司明，我今天是来求你的。也许年轻时我曾无意伤害过你，如果是真的，请你处罚我好了，我没有一点怨言——但不要把报复施到我孩子身上。看在过去相处的面子上，我求你答应我，好吗？”

司明苦笑道：“你这样说我很难过，看来你一直不了解我。玉彤，我一直很珍惜我们曾有过的交往，更喜欢玲玲，我几乎是把她当女儿对待的，可是——天意不可违呀！”

田间禾愤怒地说：“什么天意？玲玲究竟犯了什么错，触犯了天条，非要被残酷地处死？司先生，如果你一定要一个牺牲者，就让我充数吧。你把我烧死，放过玲玲吧。”

司明沉重地叹息着，没有答复。玲玲看着他，心中充满仇恨——但这仇恨似乎又没有落脚之处，很显然，司明杀人并不是因为邪恶的本性，而是基于他的信念，他要代上帝整顿这个世界。他对玲玲肯定很喜爱，但不能徇情取消对玲玲的判决。玲玲刻毒地说：

“妈，禾哥，不要求他了。司伯伯这样坚持原则，大义灭亲，高风亮节，我几乎都爱上他了。妈，咱们走吧，趁着死神还没到，我想尽量享受剩下的时间呢。司伯伯再见，你千万不要心存怜悯改变主意，什么时候该下手——就请来吧。”

她拉上妈妈和田间禾，决绝地摔门而去。一直在室外监听的吉中海把三人送走，叹息着，匆匆赶到县公安局家属院。

鲁局长正在吃晚饭，见吉中海进来，局长妻子陈桂花忙问：“小吉来了，吃饭没？”吉中海说没吃，本来就打算到这儿蹭饭的。桂花拿来一双筷子，说：“你先吃，我再去炒个菜。”

老鲁从酒柜里摸出半瓶剑南春，说这是前天老战友来喝剩下的，今晚把它解决了。吉中海说行啊，一醉解千愁。老鲁把酒斟上，笑道：

“喝，干吗垂头丧气呀。”

吉中海把酒干了，冲动地说：“局长，我知道你承受了很大压力，死人一个接一个，一直抓不到凶手。总算逮住个嫌疑犯，法庭审判又进行不下去，僵持了。现在，这么有名的大人物，放也不是，关也不是。局长，这事儿都怪我，怪我把侦查工作做成了夹生饭。”

老鲁哼了一声：“胡说，你又没权签署逮捕证，怪你什么事。只能说咱们上了司明的当了。他故意暴露自己，几乎是催逼着咱们把他抓起来。你知道他是为什么吗？”

“知道。”

“那你说说看。”

桂花炒好一盘鸡蛋，又端来一碗米饭，然后坐在桌旁听着，吉中海边吃边说：“司明是一个狂人，他认为自己的所作所为是拯救人类，所以想借法庭审判把自己的观点向大众宣扬。你想嘛，还有什么比一件扑朔迷离的疑案更能激发大众的注意力呢。这是最好的免费宣传。但司明也很狡猾，他牢牢守住两条底线：第一，不暴露他的同伙；第二，不暴露使人自燃的方法。第二条是最关键的，找不到这个手段，法庭就对他无可奈何，只好无罪释放。白教授说……”

局长注意地问：“哪个白教授？”

“司明读博士时的导师，这次到北京我和他有过接触。关于使人体自燃的办法，我专门请教过他。白教授说，首先从理论上说，人体自燃是可能的，使人体自燃的手段——如果确实有这种手段的话——必然和纳米技术和基因技术有关，是两大技术的结合。但他说，至少据他所知，科技界目前没有人能掌握这个手段。它是略略超前于时代的、妙手偶得的发明。司明正是对这种超前性有充分的自信，才敢有意暴露自己来吸引大众的视线。他是在夸耀自己的智力，像猫玩老鼠一样玩弄法律——反正你没有证据抓我嘛。”

鲁局长叹口气：“我也是这么分析的，我对他太低估了。不过，你也不必过于自责，毕竟你捉到了真凶，至少可以让西柏百姓吃一颗定心丸。”

桂花插话：“老鲁你可是官僚了，你说的吃定心丸是刚逮捕司明时的情形。现在风向已经变啦。这么长时间审不出司明的行凶手段，县城里谣言满天飞，说凡是到司明那里看过病做过检查的人，体内都种下了生死符；有人说不是所有人，是经司明检查出有遗传病的人才种下生死符，还有鼻子有眼地说一共是23人，都将在一年之内自燃。还有更邪乎的，说司明是邪教教主，他被捕后，邪教准备大举复仇，要在西柏县点上100个天灯！”

局长和吉中海唯有苦笑，吉中海说：“局长，这种局面不能再继续下去了。我有一个走旁门左道的方法。”

“什么方法？说说看。”

“刚才我说过，我见过司明的导师白教授，那是位很正直、很有责任感的老知识分子。他对司明十分痛心，十分痛恨。他说司明讲的道理都不错，人类是应该慎重考虑科学干扰自然选择这个问题。但他说，真理越过一步便是谬误，越过两步便是疯狂！司明已完全变成了一个疯子，一个清醒的因而加倍危险的疯子。白教授说，他愿意做任何事情来使凶魔伏法，早日结束西柏人的劫难。”

“用什么办法？”

吉中海苦笑道：“以下的内容我就要保密了，反正昨晚我和白教授初步商量了一种不走正路的方法。我想试一试，如果出什么娄子，完全由我个人负责，不能连累你。我今天只是来向你请事假的，私人事务的事假。”

老鲁沉吟片刻，让老伴取出了 3000 元现金：“给，拿上，处理你的私人事务去吧，我知道你手头不宽余。至于你和白教授商量出什么具体办法，不要瞒我。毕竟我的肩膀比你宽一些不是？”

吉中海摇摇头：“不，具体办法你就不要管了，我和白教授商量后才能确定。我今晚就去北京。”他朝厨房喊道：“嫂子，我走了，走前我想再去看看玲玲。”

玲玲不在家，她和田间禾一块儿出去散步了。吉中池感激地说多亏了小田，现在每天一步不离地跟着她，劝慰她，玲玲才能坚持下来。这个该千刀万剐的司明，他到底是不是已经在玲玲身体内种下了生死符？妈的，司明对这一点一直坚不吐实。看来，他一定是已经种下了，可怜的玲玲啊。

他们夫妻二人神志都有些恍惚，语无伦次。比较起来，吉中池尚能自持，玲玲妈则几乎已精神崩溃。听吉中海说他要进北京，玲玲妈恍恍惚惚地说：

“去北京？你不是去过一次了吗？……对了，你去吧，顺便把玲玲带上，她要到北京去当演员哩。”

吉中海看看兄弟。兄弟眼眶红了，赶紧扭过脸。屋里空气很沉闷，吉中海想安慰安慰他们，又难以措辞。在这桩实实在在的灾难之前，任何语言都是苍白无力的。他声音沉闷地和两人告别，临走又到外婆的小屋去了一趟。

外婆的变化更大，在 20 天内几乎老了 10 岁。不过不是因为玲玲，家里一直把玲玲的事瞒着她。两个月后，即外婆咽气之后，家人才知道她是患了脑瘤，但因为那桩灾难把全家人压垮了，所以他们忽略了老人的病因。当然，即使不忽略也于事无补，在外婆这个年纪，已经不可能为她动开颅手术了。

外婆的白发几乎脱光，瘦得只剩下一张皮。她的眼神浑浊迷乱，常常痴痴呆呆地自语着。吉中海进屋时，她正坐在门口的小凳上，半仰着头，死死地盯着外边的大槐树。她说："吉相公你来啦？……是三更时分哪，咔喳喳一个炸雷把树劈开了！……孩他爹，多亏我劝你吃斋念佛啊……"

吉中海忽然心中一动，想起外婆过去言谈中半吐半藏的，说老外公年轻时干过亏心事，因此家里才遭雷击。吉中海想，此刻若顺着她的话意去探问，也许能问出这桩历史疑案。但看着老人枯槁惨白的神色，他不忍问出口。

就让那件事永远埋在她心里吧。吉中海和外婆告别，转身出室。外婆没有应声，她的心智大概还在几十年前游荡着。吉中海已经把脚跨出屋门，忽然听见外婆声音凄厉地低声喊：

"报应啊，天打雷劈……38块光洋，一条人命……"

吉中海不由心中战栗！他终于知道几十年来埋在外婆心中的秘密了，原来外公年轻时害过人命！他没有停步，也没有回头，经过枯了半边的槐树走出大门。

第九章　一半死亡

20 天以后，法庭再次开庭，被告席上的司明还是那样从容大度，儒雅飘逸，不沾人间尘土，从他身上看不出牢狱生活的影响。旁听席上的听众，尤其是死者家属们仇恨地瞪着他，但他们的痛苦经过时间的磨耗，已经不那么锐利了。所以笼罩法庭的气氛，是一种多少带点麻木的平静。

控方今天的精神面貌显然与前几日不同，语调铿锵，发言咄咄逼人。他说：

“被告从不放过机会，展示他的动机是无私的、纯洁的、光明正大的。他认为自己应当做上帝，代替上帝对人类进行自然淘汰。听众席上有一位吉玲玲，一个鲜花般可爱、天使般善良的姑娘，司明先生十分喜爱她，但这并不妨碍司明把她列到死亡大奖的名单上。因为司明是在代上帝行事，所以他要像阴司判官那样铁面无情。我说的对吗，司明先生？”

司明平静地说：“对。”

“那么我想问一句，你对自己做过遗传学检查吗？”

“做过。”

“什么时间？”

“八年以前。”

“检查结果呢？”

“我很遗憾地告诉控方律师，我没有遗传疾病。否则，我会立即自行了断的。”

“那么，你对自己的检查结果就那样自信？人类的基因是一部天地间至为深奥的无字天书，即使你是当今名列前茅的科学家，也不能全部窥知基因的秘密。牛顿说得好，如果科学像大海那样深广，自己只不过是在沙滩上偶然捡到一只贝壳的孩子罢了。”

司明的神态依然非常平静：“检察官先生说得很对，我甚至还没捡到贝壳，只捡到了一两颗色泽晶莹的石子。”

“那么，如果你本人的检查并不可靠，直率地说吧，如果你被检查出自己确实患有遗传病，你该怎么办？”

司明冷冷地说：“这个问题似乎不必回答。我的信仰是无坚不摧的。”

“那么好吧，司明先生，十天前狱医曾为你抽了一管血，对吧。这管血送到北京，经你的导师白世渊先生仔细做了基因检查，发现你患有一种极为罕见的马萨尔遗传病，这种疾病一般在50岁左右发作，导致脑部产生空洞，智力丧失，发病率为百万分之一，是隐性遗传，即病人的男性孙辈后代有50%的几率患上此病。这儿是白教授签字的检测报告。请问被告，对这个消息你有什么想法？”

控方把检测结果给审判长，审判长皱着眉头说：“控方，法庭认为这个证据与案情并无直接关联……”

被告打断了审判长的话：“请问，我可以看看这份检查结果吗？我对它很感兴趣。”

审判长同意了。司明从法警手里接过检测报告，非常认真地阅读着。坐在前排的吉中海紧盯着他的表情变化，心中虽然自信，也免不了少许忐忑。这个检测报告是白教授精心炮制的，他保证说，即使以司明的学识和智力也绝不会看出破绽。因为马萨尔症是科学界刚刚发现的遗传病，在这份报告中，白教授把马萨尔病的异常基因天衣无缝地嵌进司明本人的遗传序列中。白教授当时分析说：

“对这份报告他有可能相信的，因为，”他苦笑着说，“他肯定相信我的人品，我这一生是从无妄言的。但今天，我愿意为高尚的目的做一件卑鄙的事。司明这样的狂人不能留在世上了，他已成了祸害天下的撒旦！”

如果相信，他该怎么办？吉中海分析，按司明所具有的走火入魔式的信仰，他很可能使自己也自焚。监狱将严密地看守他，努力发现他使人体自燃的具体手段，然后制止他的自焚——即使来不及制止也并非坏事。让他不明不白地死去算了，因为一旦法庭判他无罪释放……一想到这名狂热的杀人科学家会走出牢狱大门，吉中海就感到不寒而栗。

他知道自己的做法不光明，但他觉得，为了高尚的目的去做一两件卑鄙的事，还是值得的。

司明仔细阅读完报告，陷入沉思中，对法庭提出的所有问题都拒绝回答。法庭不得不匆匆结束了这场审判。

司明回到看守所后，吉中海和同事在监狱办公室里，一眼不眨地盯着墙角的屏幕。司明牢房里安了三个秘密摄像头，他的一举一动都在严密的监视之中。但司明看来很平静，他要来了那份检测报告的副本，但没有再翻动它，一直躺在床上，瞑目沉思。

第二天早上他向狱方提出，想见一见吉玲玲。吉中海欣喜地想，看来自己“不走正路”的法子快要奏效了。

听到司明要见玲玲的消息，玲玲妈兴奋欲狂，“玲玲有救了，他肯定是给玲玲去掉生死符，肯定是的！”

但玲玲仍未走出痛苦的麻木感。这些天来，在死亡恐惧的高强度蹂躏之下，玲玲迅速地改变了，变得宿命，变得成熟，变得冷峻。尽管她很想相信妈妈的安慰，但凭她的直觉，她不相信灾难会这么轻易地离去。田间禾陪玲玲来到看守所，在牢房门口停下来，田间禾默默握一握玲玲的手，目送她进屋。

司明正在桌上写着什么，他亲切地请玲玲坐下。非常奇怪，尽管玲玲对他恨之入骨，但对面相视时，玲玲仍能感到自己对他的敬畏。司明写完了，把那张纸叠好，微笑着说：

“玲玲我想告诉你，我非常喜欢你。在我心目中，你是一个纯洁的天使，是一件晶莹透明的水晶雕塑。说一句厚颜的话吧，如果不是当年和你母亲相恋过，我也许会不顾年龄的悬殊爱上你。但世上有些事是无奈的，我不能违背自己的诺言，不能背叛自己的信仰。”

玲玲，门外的田间禾，还包括在监视屏幕前的吉中海，三颗心都猛地坠下去。司明的话打破了他们的幻想。停了一会儿，玲玲疲倦地说：

“谢谢你，总算亲口宣判了我的死刑。我已经不在乎了，只是求求你，该来的就让它快来吧，这种等待甚至比烧死更折磨人。”

“玲玲……”

“我只问你一句：四个死者都接到了10万元死亡大奖，而我只收了禾哥的一份儿馈赠。这件事是你特意造成的，对不对？你是想以尽量委婉的方式通知我已中了死亡大奖，对吧。”

司明没有直接回答：“田间禾是一个好孩子，好好爱他，享受你的人生吧。”

玲玲以一种平静的刻薄说：“那么我一定尽快花够我的10万元，花完了，我立即通知你，你就可以行刑了。司伯伯，多谢你的苦心，要是你没有别的话，我就走了。”

司明的神情颇为恋恋：“孩子，再见。”

这次谈话是司明最接近承认“科学杀人”的一次。

在第二天的法庭审判中，司明非常痛快地承认：

“我想告诉法庭，也想通过审判厅内的记者告诉公众：不错，我是一个反科学组织的成员，这个组织的非正式名称叫‘弥赛亚’，即基督教传说中救世主的名字。科学太强大了，它正推着人类一步步走向被自然淘汰的末路，这个结局几乎是不可逆转的。即使有少数最高瞻远瞩的人看到了前边的悬崖，他们的叫声也几乎不可能惊醒世人。所以，与其坐而论道，不如从现在起就实干，我们几个志同道合者愿以自己的微薄之力，多少恢复一点被科学破坏的大自然的秩序，恢复上帝的旧秩序。”

控方诘问：“也就是说去杀人？用这种血淋淋的、非常残忍的、非常不人道的办法去恢复上帝的秩序？”

司明痛痛快快地承认：“你说得不错。人道主义——这是很好的玩意儿，可惜它阻断了自然选择规律在人类中的运行，造成人类体质的无可逆转的退化。它是一剂味道醇香的慢性毒药，引人上瘾不能自拔。它与自然选择的机理是背道而驰的。在我们这个组织里，人道主义只能作为一种辅助手段，比如说——颁给死者的10万大奖。”

控方说：“很好，司先生最终向大家敞开了自己的心扉，审判员和听众可以参观一下里面是什么东西：是疯狂和残忍，是淋淋鲜血，是厚颜无耻的诡辩。司先生的导师白世渊先生说，司明所阐述的思想有一定合理性，但真理越过一步便是谬误，越过两步便是疯狂。现在，站在被告席上的，就是一个彻头彻尾的疯子。”

司明平静地说：“仁者见仁，智者见智，有人志在高山，有人志在流水。是非功过留给历史来评价吧。我愿做21世纪的布鲁诺或谭嗣同，以自己的血来激醒麻木的世人。”

他转过身，在听众席上找到了玲玲、玲玲父母和田间禾，一丝真诚的微笑从他唇边漾起。他大声说：“玲玲，玲玲爸妈，小田，咱们再见吧。你们要努力享受人生的乐趣呀，人生百年，死亡是必然的归宿。我的责任已经尽到，我该下场了！”

他的声音苍凉豪迈，乐观而自信。厅内的人都觉察到即将发生的事件，后排几名记者站起身紧张地抢拍。审判长示意被告身边的法警要提防被告的异常行为。这时，玲玲突然感到一阵冲动，她从座位上跳起来，向司明奔去，但被法警挡住了。司明微笑着闭上眼睛，像老僧入定一样，变成一具凝固的石像。然后，他的身躯内突然爆发出一团强光！正捉着被告手臂的法警尖叫一声，像火烙一样缩回双手。迅速产生的高热使那团空气发生畸变，变成一团摇曳不定的透镜。接着，火焰从司明足部升起。

法庭乱作一团。女人们尖叫着向外逃跑。被告身旁的法警在强光灼射下用手臂遮住眼睛。审判员目瞪口呆。拦着玲玲的法警也愣住了，玲玲从他腋下钻过去，奔向司明。

此刻司明的眼睛仍睁着。他看到了玲玲，在含笑致意。他足下的“天火”极迅速地向上蔓延，很快越过腰部。火焰之波掠过后，下身已变成焦黑的骨架。忽然——自燃停止了，不知何故停止了，司明上半身基本完好，随之上半身的重量压垮了烧酥的腿骨，扑通一声，司明“坐”在地板上，折裂的腿骨滚在一旁。吉中海的心脏刹那间停止了跳动，紧张得几乎窒息。显然司明的自燃是主动的，他用某种不为人知的办法点燃了自己，但自燃的突然中断肯定不在他的计划之内。司明的头脑还保持着清醒，他在瞬间明白了真相。这时，真正的恐惧才从他眼中闪现。半截身体斜靠在被告席的桌脚上，他仰望着面前的玲玲，喃喃地说：

“不要让我这样……快杀了我……”

玲玲望着这半截身体，热泪滚滚涌流。事情到了这个地步，她不知道自己对司明是恨，是怜悯，还是……爱恋。她俯身吻吻司明的嘴唇，用很低的声音柔声说：

“我听从你的心愿。我送你走吧。”

她忽然从乳罩中掏出一把匕首，那是她早已备好，打算在法庭上复仇的。因为藏得严实，没让法警发现。但她没料到，这把刀最终却是用来帮司明完成心愿的。她用左手揽住司明的后背，在法警还未做出反应前，敏捷地将利刃插入司明的心脏。

血液顺着利刃喷射出来，溅在玲玲的胸前。可能是自燃的影响，喷出的血色已经发黑，这使场面变得更加恐怖。司明的脸抽搐一下，随之安然地闭上眼睛。玲玲直起身，凄然望着审判员，掠了掠头发。直到这时，惊魂稍定的法警们才反应过来，扑过去抓住玲玲的双臂。

尾 声

司明的死讯很快传遍西柏县城，小城顿时一片欢腾。尽管危险并未真正消除——谁知道那个凶魔已在多少人体内种下了生死符？谁知道生死符什么时候发作？但既然凶魔已死，小城百姓宁可相信噩梦已随他而去了。

只有鲁局长和吉中海他们处于哭笑不得的境地。凶魔已经伏法，这当然是件好事。但司明什么时候在体内种下了生死符？这种生死符是药物，还是其他手段？他是如何随心所欲地控制自燃的时刻？要知道，司明被捕后，每天 24 小时，他一直处于最严密的监视之下，但监视者从未发现他有什么异常动作。他们检查了几天的录像带，仍是毫无头绪。

老百姓们不管这些。他们兴高采烈，狂饮达旦。凶魔已经死了，是谁杀死了凶魔？是玲玲，是年仅 19 岁的天使般的玲玲。所以，小城人把玲玲当成了小城的救星，当成了圣女贞德，盗盒的红线女，杀蛇的李寄。这位女英雄现在在哪儿？在看守所的牢房里关着哩。于是，愤怒的百姓把看守所围得水泄不通，高声喊着："快放了玲玲！马上释放吉玲玲！"

县公检法三大家的头头忙聚到一起商议。他们不敢忤逆百姓的意愿，更主要的原因是，没有一个人愿意关押吉玲玲。她为百姓除了一害，杀死了那个残害西柏的凶魔，让公检法的头头们长舒一口气，这样的功臣怎么能关起来呢。自然，从法律意义上讲，玲玲是一个杀人犯——司明只能算是一个杀人嫌疑犯，而吉玲玲却是证据确凿的杀人犯，因为在法庭上，她当着睽睽众目把匕首插入司明胸膛时，那个半截家伙还活着，从法律意义上说还是一个活人。当然法律也是可以伸缩的，公检法的头头们很快达成了共识：他们认为，在玲玲动手前，司明已经以自燃的方式自杀了，这是有目共睹的。吉玲玲只是把死人又杀了一次。因此，她不是杀人犯。

两天后玲玲出狱。她没有想到迎接自己的是这么一个场面。数千名乃至上万小城百姓自愿地等候在看守所旁，把这条本来就不宽敞的街道挤得水泄不通，不少人手里拿着鲜花，那架势就像是迎候外国元首。看到玲玲出来，人群一下子沸腾了，人们高声喊着：吉玲玲！吉玲玲！吉玲玲！

田间禾站在最前边，他冲过去，把玲玲整个揽在怀中，泪水唰唰地淌下来，浇到玲玲的肩上。可是，田间禾的心很快凉了，因为他怀中抱着的是一具冰凉僵硬的身体，它已被冥河之水浸透了，透着凛人的寒意。玲玲的表情漠然，目光空洞，步履僵硬。她已不是那个花苞似的少女了。

在这一瞬间，田间禾清楚地预知了玲玲的命运。

田间禾忍着泪，忍着悲凄，匆匆对玲玲说："快回家吧，老外婆快咽气了。她在强撑着，想见你一面。"他拉着玲玲上了早已备好的出租车，艰难地挤过狂热的人群，匆匆赶回家中。但是晚了，老外婆在10分钟前刚刚咽气。玲玲妈在撕心裂肺地哭着，她的悲痛主要不是因为老外婆的死——那已是人们等候多时的必然结局了——而是因为老外婆死前的最后一句话。刚才，老外婆回光返照，睁开眼睛说：

"玲玲还没回来？我等不得了，我先去了。"

说完就合上了眼睛。玲玲妈心中一凛，忍不住大哭起来。这句话太不吉利了！她说等不及玲玲，先去了，难道玲玲会随后……她看见女儿进屋，便一把把她揽到怀里，昏天黑地地哭起来。玲玲从妈妈怀里挣脱，到老外婆的床前俯下身，恭恭敬敬磕上三个头：

"老外婆，我回来了，你为什么不等等我呢。"

又是这句不吉利话！玲玲妈又号啕大哭起来。

玲玲变了，变得十分陌生。她终日沉默寡言，从来不露一丝笑容。偶然说话，声音也沉闷干涩，没有了往日的水灵。她不再像过去那样跳跳蹦蹦，浑身有用不完的活力，而是变得迟缓僵硬，浑身包裹着一层不祥的外壳。她的亲人都小心翼翼地守护着她。

她每天都认真地佩戴着黑纱。只有田间禾心里明白，她的黑纱不光是为老外婆，同样也是为司明佩戴的。那天，她赶到殡仪馆，以家属的名义领回了司明的骨灰，然后非常客气地说：

"禾哥，我想把司伯伯的骨灰撒到他的故乡，你能陪我去吗？"

田间禾忍着心头的痛楚答应了。他租来一辆奔驰，行驶百里赶到司明的故居。司明的父母已经去世，这儿住的是陌生的人家。故居前有一条小河，玲玲把骨灰一捧一捧细心地洒在河水里。看她的行事，很像司明的未亡人。田间禾越看越觉得心里发冷，过去那个快乐天使呢？没有了，永远消失了。他恨恨地想，虽然恶魔已死，但他的魔法还在，还在冥冥中支配着玲玲年轻的身体。他已吸干了玲玲的青春、活力、激情和欢乐！

从北阴返回，一路上两人几乎无话。自打两人相识以来，这种气氛从未有过。

第二天晚上，玲玲全家，还有田间禾和吉中海在一块儿吃了一顿团圆饭，按大伙儿私下的商量，准备在饭桌上安排玲玲的今后。吃饭中，田间禾小心地探问玲玲今后作何打算，最好能跟他一块儿回到广州，重新开始新的生活。玲玲直截了当地说：

"不，我要去北京。"

玲玲妈问："你到北京干什么？人生地不熟。"

"我要为司明报仇！"

人们都瞠目结舌！玲玲妈惊怒地问："你……你……"

"我要为司明报仇！这两天我才知道司明并没有患遗传病，是那个姓白的老东西骗了他。不错，司明是个恶魔，我对他恨之入骨，但他恶得光明磊落，不能让他受小人之害！"

吉中海怒极反笑，他在这件事上所起的作用没对任何人说过，玲玲更不知道，所以"小人"并不是骂他。但玲玲这种病态的仇恨仍使他寒心，司明是什么东西？一个连害四命的冷血杀手，没准儿玲玲体内还有他埋下的生死符哩，而玲玲如今唯一的念头就是为这个凶魔报仇！吉中海觉得，玲玲已深陷在司明的魔法中，变成了一个心境阴暗的小巫婆。他冷笑道：

"好啊好啊，去干吧，为这个君子去向小人报仇吧。兄弟，拿酒来，为我有这么一个侠胆义肝的侄女干杯！”

吉中池看出哥哥的异常，迟疑着不愿去拿酒，吉中海干脆自己去酒柜拎来一瓶卧龙玉液，一只酒杯，也不谦让别人，自斟自饮起来。等玲玲妈终于夺走他的杯子，他早已酩酊大醉了。

晚饭后玲玲要出去向小冰她们告别，田间禾陪她去了。他们走后，吉中池困惑地问：

“哥，你咋啦？我觉着你今晚不对劲儿。”

吉中海哈哈大笑：“咋啦？玲玲骂的那个小人就是我！是我想的主意，是我与白教授一起逼司明走上死路的，要不法律也拿他无奈，不知道他还要害死多少人哩。好，现在我的侄女儿反倒要为他报仇！”

玲玲爸妈难过地说：“哥，对不住你……”

“别说这些没油没盐的话！我心里难受！我比你们还心疼，一个水晶一样心地透明的好闺女，硬是被司明的魔法迷住了。这个魔鬼死了还要害人！死了还害人！凶魂不死！”

他推开弟弟和弟媳的搀扶，摇摇晃晃回公安局了。

三天之后，玲玲和田间禾到北京找到了白教授。田间禾不忍心批评她的乖张，更不放心她一人去胡闹，所以坚决跟她一起来了。玲玲冷冷地盯着满头银发的白教授，直截了当地问：

“是你用小人伎俩害死了你的学生？”

白教授很有涵养，平静地说：“你是指那份假报告？没错，是我干的。司明曾是我最得意的学生，但我做梦也想不到，他会走火入魔，疯狂到杀人害命！他已成了为害社会的冷血杀手。所以，能为除掉他出一点力，是我感到欣慰的事。怎么，同样是被害人的吉玲玲小姐反倒要向我复仇吗？”

吉玲玲不说话，盯着他，目光十分歹毒。田间禾担心地看着她，时刻做好应变的准备。昨晚，他已借着耳鬓厮磨的时机，检查出玲玲并没带凶器。那么，她打算怎么为司明报仇？女人的心思真是不可捉摸啊。

白教授继续说：“不过说句实在话，‘诛杀元凶’的荣誉落不到我身上。我不是想在你面前洗刷，我说的是事实。我准备的那份基因报告是无可挑剔的，它可以骗过所有外行和内行，唯独不一定能骗过司明。以司明的智力，即使面对一个毫无破绽的基因报告，他也不会轻易相信的，他肯定会以科学手段来再次查证。所以，他这么痛快地自行了断，一定有别的原因。”

“什么原因？”玲玲逼问。

“我不敢肯定，因为他的行事准则大异常人，也许他是想以身殉法，所谓以鲜血激醒群众的蒙昧；也许是为了解脱——因为他一直在为信念杀人，但杀人终究不是他的本性。这样，他就能以自己的死亡来卸下杀你的责任。当然，”白教授看看玲玲，隐晦地说，“也可能是另一种原因，他是以自己的陪葬来向你伏罪。”

他的话虽然隐晦，其实够明白了，那就是说，司明已把生死符种到了玲玲体内，她的死亡并没有被豁免。田间禾面色苍白，不敢看玲玲的眼睛。玲玲沉默了很久，忽然站起身来，一言不发，转身就走。

田间禾领玲玲到邻近一家酒家，点了菜，要了一瓶茅台。玲玲与他碰了杯，一饮而尽，立即剧烈地呛咳起来。咳嗽平定后，她让田间禾再斟上一杯。

“禾哥，恐怕这是我们的诀别酒了。我知道你是个好男人，天底下难得一见的好人。我打心眼里爱你敬你。但咱俩恐怕没办法白头到老了。禾哥，我的心已经死了，我好像能感觉到身体里有一个生死符在琮琮地走动，不知道死神会在什么时候降临，也可能是 10 年后，也可能是明天，或是五分钟后。而且，是那么一种死法……”她打了一个寒战，缄口不语。

田间禾心痛地看着她，真不忍心离开她。但他也清楚地知道，两个人的缘分已经断了。司明留下的魔法已种入她的心中，永远无法取出。他所喜欢的那个心地单纯、快乐善良的姑娘实际已经死了。田间禾叹息着，同玲玲碰了杯：

“玲玲，我永远是你的朋友，比爱人更亲密的朋友。如果你需要，一个电话我就会从千里之外赶来。你答应我，好吗？”

玲玲莞尔一笑，答应了。

晚上他们相互拥抱着，度过了没有情欲的一晚。第二天，田间禾要送玲玲回西柏，玲玲执意不让。这时西柏县公安局的电话追到田间禾的手机上了。原来在检查司明的遗物时发现了司明的遗嘱，是他在看守所写的。遗言中说，一旦他有什么不测，他把在北京的房屋、产业全部留给西柏县的吉玲玲。

玲玲妈妈的电话也随之打来："不要，玲玲千万不能要！那凶魔有万贯家产咱也不能沾边。他的东西都沾着邪气，沾着它，一辈子都脱不了噩运！"

玲玲挂了电话，久久沉默。然后她凄然说："不沾他的东西，我就没有噩运了吗？不，我要。我要继承他的遗产。"

田间禾不久就离开了郑州办事处，离开了那片伤心之地。半个月后，他从广州来北京看望玲玲。他发现，玲玲已在司明的住宅里牢牢扎根，心境举止已与这座屋子浑然一体。屋子丝毫没变，嵌有天地二字的黑白太极图高悬在客厅中央，静静地俯瞰着苍生，透着一股巫气。玲玲黑亮的长发挽在头上，松松地打成一个髻。从她的打扮和心境来看，她已经在半个月内跨出少女阶段，变成一个少妇了。

或者说，是司明的未亡人。

玲玲很高兴他的来访，忙不迭地去厨房准备菜肴。田间禾赶去帮忙，问玲玲今后作何打算，玲玲不在意地说：

"什么打算也没有，司先生留的财产足够我花一辈子了，我想永远待在这儿，陪着他的遗物，把他留下的书全部读完，也许那时我会懂得他的思想。"

她说得十分轻松，但田间禾却觉得心里发冷。那个死者仍在紧紧缠绕着玲玲，看来她终生难以脱身了。吃饭中田间禾说：知道司明把遗产留给玲玲后，他放心了，因为这说明"他很可能并没有在你体内种下生死符"。司明是在决定自杀后写的遗嘱，既是这样，司明大概不会让玲玲死了。田间禾生怕这句话会引起玲玲的悲伤，谁知玲玲浑不在意。她不经意地说：

"可能吧，反正我已习惯了，我几乎已把这件事给忘了。对了，禾哥，今晚住哪儿？你留在这儿吧，这么大的房间，你用不着睡沙发了。"

田间禾觉得心中发苦。在玲玲家的沙发上和她的小闺屋里，两人度过了令人难忘的十几个日夜。虽说两人没越过那条界限，但在情热和苦闷之中也曾有过裸体相拥。不过，田间禾十分清楚，在这间属于司明的屋子里，绝不会有过去的肌肤相亲了。

他不愿留下，饭后他就客气地告别。

送走禾哥，玲玲一个人在屋内徜徉。满屋的书，满屋的光盘，那上边尽是佶屈聱牙、难以卒读的东西，就像是上帝的符咒。但玲玲发下海誓，一定要强迫自己读下去，一定要读懂司明留下的所有书籍，那时，她才能和司明在同一层面上对话。夜里，她揉着困涩的双眼上床，做了一个长长的梦。

她梦见自己变回那个天真活泼、单纯快乐的小女孩儿，赤着双脚在书柜前认真查看。司伯伯就在这儿，在她头顶上方，在冥冥中慈爱地看着她。她问："司伯伯，你要杀死我，那么到底我有什么遗传病？"司明平静地说："我已经死了，尘世上的事就不要问我了。"玲玲天真地问："司伯伯，你有这么多书啊，我怎么一点也看不懂呢，你能给我指出一条捷径吗？"高高在上的司伯伯叹息着："傻孩子，你干吗要读懂它？其实我也不懂。我曾自以为懂了，实际上根本没懂。上帝的天书是无限的，无限的东西你怎么可能在有限的人生中读懂呢。其实，不懂也是一种幸福，真把它读懂了，人就不是人了。"

"不是人，那是什么？"她不解地问。司伯伯说："是一部机器，是自然选择这部绞肉机中暂时存活的一部基因机器。"

即使在梦中，玲玲还在做着推理，她觉得眼前的一切不是梦境，因为司明说的话绝不是她自己能在梦中想出来的。她想，验证是否是梦境，有一个好办法，那就是问一问生死符的事。因为梦境是不会对未知事物给出明晰答案的。她问：

"司伯伯，你在我体内种下生死符了吗？你尽管告诉我，我早就习惯了，早就不怕了，我只想知道它在什么时候发作。"她透过虚空看到了司伯伯的疚悔神色，他没有正面回答，只是低声说："玲玲，对不起。"玲玲莞尔一笑："伯伯你干吗老说对不起呢，我已经不怪你啦。但我想请你告诉我实情。"

司伯伯不说话，他的目光穿透生死之界，盯着玲玲的脚下。玲玲心有所悟，低下头去，一团青色透明的火焰正从涌泉穴处升起，沿着小腿上的血脉经络迅速向上蔓延……

她从睡梦中疼醒，急忙抱着双脚观看。她看到的仍是一双洁白的玉足，肤色红中透白，没有任何异常。但也许是心理作用，足部确实有强烈的疼痛感，她的心脏狂跳着，几乎要碎开。

丁零零！急骤的电话声。她跳下床，她能感到双足的灼痛。她抓起床头柜上的电话，是妈妈焦灼的声音：

“玲玲，你好吗？你没事吧。”

“没事，妈妈，我很好。你怎么啦？”

“死亡大奖！西柏县又有人接到了死亡大奖的通知！天哪……”